中国文学理论批评文选
2012

中国作家协会理论批评委员会 编

北京大学出版社
PEKING UNIVERSITY PRESS

图书在版编目（CIP）数据

中国文学理论批评文选.2012/中国作家协会理论批评委员会编.—北京：北京大学出版社，2013.3

ISBN 978-7-301-22213-3

I.①中… Ⅱ.①中… Ⅲ.①中国文学－当代文学－文学理论－文学评论－2012－文集 Ⅳ.I206.7-53

中国版本图书馆CIP数据核字（2013）第036695号

书　　　名：	中国文学理论批评文选（2012）
著作责任者：	中国作家协会理论批评委员会　编
责 任 编 辑：	黄敏劼　特约编辑：徐文宁
标 准 书 号：	ISBN 978-7-301-22213-3/I·2605
出 版 发 行：	北京大学出版社
地　　　址：	北京市海淀区成府路205号　100871
网　　　址：	http://www.pup.cn　新浪官方微博：@北京大学出版社
电 子 信 箱：	pw@pup.pku.edu.cn
电　　　话：	邮购部 62752015　发行部 62750672　编辑部 62750112 出版部 62754962
印　刷　者：	三河市腾飞印务有限公司
经　销　者：	新华书店 720毫米×1020毫米　16开本　30.5印张　545千字 2013年3月第1版　2013年3月第1次印刷
定　　　价：	58.00元

未经许可，不得以任何方式复制或抄袭本书之部分或全部内容。
版权所有，侵权必究
举报电话：010-62752024　电子信箱：fd@pup.pku.edu.cn

编委会

南 帆　雷 达　吴秉杰

陈晓明　梁鸿鹰　何向阳

执行主编

何向阳

目 录

马克思主义与中国新文艺……………………………………张 炯（1）
马克思主义文学批评中国形态的历史进程………………黄念然（29）
对于文学理论的性质和功能的思考………………………王元骧（41）
文学地理学的渊源与视境……………………………………杨 义（56）
人类中心主义的退场与生态美学的兴起…………………曾繁仁（77）
文学公共性：抒情、小说、后现代…………………………南 帆（86）
文艺创作是文化产业的芯源与动力………………………艾 斐（108）
地气·人气·正气
　　——我对当前文学发展的几点思考……………………雷 达（119）
关于现实主义的思考………………………………………廖 文（125）
空间视域中的文学史叙述和其构形考察
　　——以20世纪40年代"延安文学"为例……………杨洪承（138）
叙述者的广义形态：框架—人格二象………………………赵毅衡（150）
"文如其人"命题探微
　　——以考察其思想基础、思维方式为中心………………徐 楠（162）
中国传统自然主义文学精神的消亡
　　——从陶渊明之死说起……………………………………鲁枢元（174）
去历史化的大叙事
　　——20世纪90年代以来的"精神中国"的文学建构……陈晓明（191）
乡村文明的变异与50后的境遇
　　——当下中国文学状况的一个方面………………………孟繁华（208）
论小说伦理与"去作者化"问题……………………………李建军（223）

永不陨落的文学星辰
　　——萧红文学创作综论 …………………………… 季红真 （247）
法外权势的失落与村落秩序的重建
　　——以赵树理40年代小说为例 ………………… 颜同林 （265）
不忍远去成绝响
　　——张长弓、张一弓父子的"开封书写" ……… 陈平原 （280）
文论危机与文学文本的有效解读 ……………………… 孙绍振 （305）
且说文艺批评的异化 …………………………………… 於可训 （323）
小说叙事的伦理问题 …………………………………… 谢有顺 （328）
小说文体流变考 ………………………………………… 何　弘 （338）
当代中国新科幻中的人文议题 ………………………… 刘志荣 （345）
"进步"与"终结"：向死而生的艺术及其在今天的命运 ……… 高建平 （361）
文学风尚与时代文体
　　——《人民文学》（1949—1966）头条的统计分析 ………… 黄发有 （381）
"复述"的艺术
　　——论当代先锋作家的文学批评 ……………… 叶立文 （399）
非虚构女性写作：一种新的女性叙事范式的生成 …… 张　莉 （412）
格非小词典或桃源变形记
　　——"江南三部曲"阅读札记 ………………… 敬文东 （424）
网络时代："新文学"传统的断裂与"主流文学"的重建 ……… 邵燕君 （455）
异质与互渗：艺术视野下的文字与图像关系研究 …… 赵炎秋 （472）

马克思主义与中国新文艺

张 炯

一

　　文学艺术不仅满足人民的审美需求，还能够帮助人们认识世界和历史，优化自己的思想情感，提升自己的精神境界。它既是民族文化的重要载体，也是传播民族文化的有力传媒。在历史进入全球化的现代社会中，它已成为社会精神文明的重要标志和国家软实力的重要组成部分。文艺如何发展决非小问题，而是关系民族命运和国家前途的大问题。

　　还在19世纪末、20世纪初，梁启超、黄遵宪、夏曾佑等发动"文界革命"、"诗界革命"和"小说界革命"，就源于认识到文学艺术对国家民族命运的巨大意义。梁启超在《小说与群治之关系》一文中便指出："欲新一国之民，不可不先新一国之小说。故欲新道德必新小说，欲新宗教必新小说，欲新政治必新小说，欲新风俗必新小说，欲新学艺必新小说，乃至欲新人心，欲新人格，必新小说。何以故？小说有不可思议之力支配人道故。"当时的维新派堪称新文艺的先驱。但真正的新文艺则崛起于"五四"新文化运动之中。

　　中国新文艺迄今已有九十余年的历史。它的诞生与马克思主义在中国的传播差不多同时。梁启超、孙中山早年浅触过马克思主义，但到了1917年俄国发生革命，工农掌握了政权，震动了全世界。这才使中国的知识分子认识到马克思主义的重要。李大钊不但在《新青年》上连续发文介绍十月革命和马克思主义，还与邓中夏等在北京大学率先成立了马克思主义研究会。《新青年》是当时新文化运动的主要阵地，而信奉马克思主义的共产主义学说的陈独秀和李大钊则是新文化运动的最激进的旗手。他们和马克思主义研究会中的先进分子积极筹备了中国共产党的成立，并成为党的初期主要领导人。这样，随着"五四"新文化运动和新文艺的发展，各种思潮和文艺现象纷至沓来，都为中国共产党人提出需要面对的如何以马克思主义指导中国革命和中国新文化新文艺的问题。而马克思主义文艺理论在中国的发展，又与中国共产党所领导的新文化新文艺的实践分不开。即马克思主义文艺理论在指导相关实践的同时，必然要从实践的经验教训中去升华和发展自己的理论思想。马克思主义不仅为中国开辟了从民主革命到社会主义革命与建设的胜利道路，也为中国新文艺的发展提供了理论的指导，并赋予新文艺以新的思想艺术境界，新的世界观、人生观、价值观和文艺观。

　　从1921年至今，中国革命的发展差不多经历了三个三十年。前三十年，中国共产党人解决了夺取政权，逐步形成毛泽东思想，实现民主革命的胜利；中间的三十年在毛泽东思想及其后来左倾路线的引导下对社会主义革命和建设进行了探索，奠定了社会主义制度和工业化基础，也产生过严重的曲折；后三十年则在邓小平理论的指导下实行改革开放，进行了中国特色社会主义现代化的建设，在国家实力的各个方面均取得举世瞩目的成就。中国新文艺在上述三个不同阶段表现出不同的历史风貌和发展状态。中国共产党的文艺理论思想在马克思主义与中国革命文艺实践的结合下，也大体经历了上述三个历史阶段，并在对文艺发展规律不断深化认识的基础上，开拓文艺繁荣发展的广阔的道路。

二

　　第一个三十年中，中国共产党于深化文艺规律认识的过程中，使文艺为新民主主义革命事业作出有力的贡献，并形成了中国化的马克思主义文艺理论——毛泽东文艺思想。

　　文化和文艺的领导权问题，文艺与革命的关系问题，是中国共产党登上历史舞台就需要解决的首要问题。要实现领导权，并使文艺为革命事业服务，必然要提出相应的文艺理论，并团结和建构强有力的文艺队伍，展示文艺创作的新成绩。

　　中国共产党成立后，对资产阶级性质的民主革命是否应该由无产阶级来领导的问题，曾经有过争论。随着革命的进展，以毛泽东为代表的、主张应由无产阶级来领导的意见，在大革命失败后便为全党所接受。而实际上，新文化新文艺一诞生，信奉共产主义的知识分子就在其中起着重要的领导作用。

中国共产党一经成立，新文艺已如火如荼而且趋向复杂多元。政治上的民主主义、自由主义、基尔特社会主义和无政府主义等各种思潮相互激荡。文艺上唯美主义、现实主义、浪漫主义、现代主义等艺术主张纷纷登台。西方哲人从柏拉图到尼采、马克思、弗洛伊德、杜威的学说，都冲击中国的思想文化界。当时信奉共产主义的知识分子和信奉西方自由主义的知识分子以及思想摇摆的小资产阶级知识分子都在推进新文艺中产生自己的影响。正在争夺中国革命领导权的共产党人当然也要争夺新文化新文艺的领导权。为实现这种领导权，当时就必须按照马克思主义的世界观、人生观和价值观来阐明新文艺应朝何种历史方向发展，文艺到底为什么人，它与革命、与现实生活有什么关系等重大理论问题。

中国共产党的首任总书记陈独秀还是激进的民主主义者时，早就在《文学革命论》中提出"三大主义"："曰推倒雕琢的阿谀的贵族文学，建设平易的抒情的国民文学；曰推倒陈腐的铺张的古典文学，建设新鲜的立诚的写实文学；曰推倒迂晦的艰涩的山林文学，建设明了的通俗的生活文学。"对于陈独秀的"国民文学"思想，后来毛泽东在《湘江评论》发表文章表述为"平民文艺"。前此中国文学的主流多为贵族和士大夫的文学。因此，"国民文学"和"平民文艺"主张的提出，不能不有划时代的意义。中国共产党成立后，邓中夏在1923年更提出三条主张：即诗歌必须"多作能表现民族伟大精神的作品"；"多作描写社会实际生活的作品"；"新诗人须从事革命的实际活动"。他说："如果你是坐在深阁安乐椅上做革命的诗歌，无论你的作品，辞藻是如何华美，意思是如何正确，句调是如何铿锵，人家知道你是一个空喊革命而不去实行的人，那就对于你的作品也不受什么深刻地感动了。"[1]这实际上就提出了文艺必须反映现实并与革命紧密联系的理论主张。早期就加入共产党的茅盾，是文学研究会的发起人之一和主将。他在《文学与人生》和《什么是文学——我对于现代文坛的感想》两文中不但提倡"为人生的文学"，而且具体讲到因人种、环境、时代与作家人格的不同，文学所写人生也有所差异。他批判传统的"文以载道"说和"游戏说"，批判"名士派"和"颓废派"的文学。他从唯物主义的反映论出发，明确提出，"商人工人都可以做文学家"，"革命的人，一定做革命的文学"。他还明确地说："我们决然反对那些全然脱离人生的而且滥调的中国式唯美的文学作品。我们相信文学不仅是供给烦闷的人们去解闷，逃避现实的人们去陶醉；文学是

---

[1] 邓中夏：《贡献于新诗人之前》，载《中国青年》第10期，1923年12月。

有激励人心的积极性的。"① 因创作《女神》而誉满诗坛的郭沫若,以提倡自我表现和唯美主义、浪漫主义始,随着中国大革命的发展,他不但加入中国共产党,还急剧地转为革命文学的激进宣传者。在《革命与文学》一文中,也明确认为当今存在"革命文学与反革命文学"。他以欧洲新兴的社会主义文艺为鉴,更进一步号召作家"应该到兵间去,民间去,工厂间去,革命的漩涡中去。"并说:"我们所要求的文学是表同情于无产阶级的社会主义的写实主义的文学"。他不仅提到社会主义的写实主义,而且明确地提出了文艺必须深入工农兵生活的口号。

文艺必须面向平民、面向现实、面向革命,这就是早期中国共产党人的理论回答。它实际指明文艺发展的新的历史方向。这对当时新旧文艺并陈的文坛,无异石破天惊,发聋振聩,乃至被视为过激的"异端"。自然,这种回答是从马克思主义既要为解放全人类而奋斗,又要对现实社会做阶级分析的基本立场和观点出发的。前此,从马克思到列宁在这些问题上都已有基本论述,虽然他们有关文艺问题的言论,当时并未都翻译到我国来。

20世纪20年代是中国民主革命浪潮高涨的年代。鉴于代表军阀和洋奴买办势力的北洋政府的反动嘴脸日益暴露,身居南方的孙中山在李大钊等的协助下毅然实行联俄、联共、联合工农的政策,实现国民党和共产党的第一次合作,酝酿北伐的大革命。但1925年孙中山的去世和国民党右派的后来叛变革命、屠杀共产党人,激起共产党人发动秋收起义和八一南昌起义,开始了革命与反革命尖锐斗争的十年内战时期。系列的革命的浪潮自然促进了革命文学的兴起。在我国新文学从文学革命到革命文学的转变过程中,中国共产党人在文艺理论重大问题上所做的阐述,无疑对后来的文学发展产生了重大的影响。

当时的中国文坛上,革命文学如异军突起,涌现了大批的作品。革命文学的积极提倡者蒋光慈的《少年漂泊者》、《短裤党》、《咆哮了的土地》便是激励许多青年走向革命的著名小说。丁玲从写《梦珂》、《莎菲女士的日记》到转向写《韦护》和《一九三〇年春上海》等革命倾向的作品,也显然受到革命文学主张的影响。殷夫(白莽)等的诗歌,柔石、胡也频等的小说,都为初期革命文学增添了耀目的亮色。

革命文学倡导过程中,发生了后期《创造社》和新成立的由共产党员成仿吾、钱杏邨、李初梨、冯乃超等组成的《太阳社》同人与鲁迅、茅盾的论争。它反映了

---

① 茅盾:《大转变时期何时来呢?》,载《文学周报》103期,1923年12月31日。

革命文学发动者营垒中的"左派幼稚病"思潮和宗派主义倾向。而这场论争却促使鲁迅认真阅读和翻译了许多马克思主义的书籍，使他更坚定地站到马克思主义的革命立场上来。鲁迅和茅盾都是新文学的奠基者。鲁迅以《呐喊》和《彷徨》开拓了新文学的现实主义道路，而茅盾先以现实主义理论，后又以《幻灭》、《动摇》、《追求》三部曲为大革命留下现实主义的写照。在1928年左右围绕革命文学的论争中，鲁迅在《文艺与革命》、茅盾在《从牯岭到东京》等文中实际还提出了革命文学发展必须很好解决的另一些重要问题，如正确认识文艺的特性与本质，避免"标语口号"式的创作问题，革命文学与小资产阶级的关系问题，语言的大众化和欧化问题等。但这些问题的进一步解决则是在左翼作家联盟成立以后。

1930年3月2日中国左翼作家联盟的成立，无疑标志着我国无产阶级革命文学走上新的发展阶段。这个联盟是在中国共产党人的主导下，联合鲁迅等党外作家成立的。左联在自己的纲领中宣布，将马克思主义的艺术理论和批评理论作为自己的工作指针，还指出，"我们的理论要指出运动之正确的方向，并使之发展。常常提出中心的问题而加以解决，加紧具体的作品批评，同时不要忘记学术的研究，加强对过去艺术的批判工作，介绍国际无产阶级艺术的成果，而建设艺术理论。"左联标志着革命文艺队伍的聚集，并意味革命文艺统一战线的形成和很大程度上克服了前此革命文学论争中狭隘团体主义的排他倾向。同时，左翼作家内部和左翼与新月派、第三种人等的论争中，又提出了文艺理论的系列新问题。例如，文艺自由的问题，文艺与政治的关系问题，民族化大众化问题，文艺与人性、阶级性的关系问题，现实主义问题等。诸多问题的核心都涉及关于文艺本质特性的认识。这些问题的讨论，势必推进人们对马克思主义文艺理论的理解。

与《新月派》以梁实秋为代表的争论是围绕文学与人性、阶级性的关系问题展开的。《新月派》反对无产阶级文学，认为文学是超阶级的，只表现所谓"人性"。而且认为文学是天才的产物，永远与大多数人"无缘"。这种论调自然受到左翼作家的反击。鲁迅就明确指出："文学不借人，也无以表示'性'，一用人，而且还在阶级社会里，即断不能免掉所属的阶级性，无需加以'束缚'，实乃出于必然。"①鲁迅否定抽象的不变的"人性"，认为人性是发展的，在阶级社会中，人性必然带有阶级性。无疑，鲁迅的观点是合乎辩证唯物史观的。

---

① 鲁迅：《"硬译"与"文学的阶级性"》，收入《鲁迅全集》第4卷，第164页，人民文学出版社，1958年。

左翼作家与胡秋原、苏汶的论争起因于他们主张"自由人"的、非政治的"完全站在客观的立场"的文学。在当时革命与反革命尖锐对立的情势下，这种文学虽非不存在，但这种企图脱离两军对垒而"自由"的文学口号，实际上不利于无产阶级革命文学的发展。它受到左翼的批评也是必然的。文学能否和应否脱离政治而自由的问题，实际就是文艺与政治的关系问题。从文学史上看，这种关系自然相当复杂。但在阶级斗争激烈的时期，文艺与政治存在紧密的关系正是合乎规律的普遍现象。

革命文学要面向大众，就需要大众接受。因此，大众化问题的提出也势所必然。当时瞿秋白、郭沫若、郑伯奇、茅盾、周扬等所探讨的"普罗大众文艺"的建设问题，从文学语言的层面提出"大众语"，意在使当时还不够通俗的和欧化的白话文更能为群众所接受。他们的主张虽曾受到"语言是上层建筑"、"语言有阶级性"的错误观点的影响，但要求白话文更多汲取群众生动活泼的丰富口语，从文学大众化的视角来看，又确有其必要。至于整个文学语言应在现有白话的基础上进一步从传统文言、外来语言和民间丰富口语汲取有益的养分以丰富和发展自己，则是通过讨论后所逐步达成的共识。虽然如此，在当时大部分作家均与群众隔绝的情况下，大众化问题的实际解决并不可能。

避免文学的标语、口号化，重视文学应有的特性，在提倡革命文学不久即被提出。鲁迅针对其时确实存在的忽视文艺特性的倾向，指出，"我以为一切文艺固是宣传，而一切宣传却并非全是文艺"，"革命之所以于口号，标语，布告，电报，教科书……之外，要用文艺者，就因为它是文艺"。① 这使文艺特质的问题得到进一步的讨论。事实上，文艺的意识形态性、文艺与现实生活、文艺与政治的关系都涉及文艺的特质。而左联成立后所组织的对马克思主义文艺理论书籍的翻译，如鲁迅翻译的普列汉诺夫的《艺术论》、《没有地址的信》，冯雪峰翻译的卢那察尔斯基的《艺术之社会的基础》、普列汉诺夫的《艺术与社会生活》，还有瞿秋白编译的马克思主义论文集《现实》和列宁论托尔斯泰的文章等，都产生了广泛的影响，有助于人们从辩证唯物主义和历史唯物主义的原理进一步认识文艺是通过艺术形象反映社会生活，表现思想和情感并反作用于社会，因而它属于一定社会经济基础的上层建筑意识形态的特性。而现实主义则是从马克思、恩格斯到列宁都一再论述的重要问题。20年代末因翻译日本左翼理论家藏原惟人的"无产阶级写实主义"和"新写实主义"，后来又引进苏联"拉普"（俄罗斯无产阶级革命作家联合会）的"唯物辩证法

---

① 鲁迅：《文艺与革命》，收入《鲁迅全集》第4卷，第68页，人民文学出版社，1958年。

的创作方法",从而在我国文坛也产生了各种各样的现实主义观点。后来,周扬介绍苏联作家协会第一次代表大会所提出的"社会主义现实主义"的新口号,包括他所概括的社会主义现实主义的三大特征:在现实的发展运动中认识与反映现实、创造典型环境中的典型性格、为大众的文学等,对人们更为正确地理解马克思主义世界观与艺术创作方法的关系方面,起到了纠偏的有益的作用。上述翻译和引进对于我国革命文艺界更深入地推进文艺本质的更全面的认识,都有着明显的重要意义。

在中国共产党当时的左倾思想中,有一时期把小资产阶级视为"危险的敌人"。从20年代起,马克思主义文艺理论在我国的传播和实践过程中,"拉普"的左倾幼稚病和庸俗社会学的重要表现除了否定传统,要在平地上建设无产阶级的新文化外,还有对"同路人"打击的理论,即所谓"没有同路人,只有同盟者或者敌人"。他们甚至批判高尔基和马雅可夫斯基。这些关门主义、宗派主义的观点不仅影响到我国《创造社》、《太阳社》对鲁迅等的批评,在与胡秋原和"第三种人"的论争中,也仍然流露出来。当时中国共产党领导人之一的张闻天便化名"歌特",发表《文艺战线上的关门主义》一文,对左翼作家中的策略上的宗派主义和理论上的机械主义进行纠偏,指出左翼不应排斥"自由人"和"第三种人",而应团结他们,这样才能壮大革命文艺统一战线。上述不利于团结更多的作家加入文艺统一战线的倾向,到后来中共中央提出抗日民族统一战线的口号后,才有更显著的纠正。因而左联存在期间,其内部的宗派之争仍然没有能够完全克服。既存在党内冯雪峰作为中央代表来到上海后与夏衍、周扬、阳翰笙等的矛盾,还存在周扬等与鲁迅、胡风等党外马克思主义者的矛盾。后来还引发了"国防文学"与"民族革命战争的大众文学"两个口号之争。在当时与中央联系不畅的情况下,周扬等从共产国际季米特洛夫的报告的启发中提出"国防文学"的口号,与鲁迅等提出的"民族革命战争的大众文学"的口号,都从当时反对日本侵略的立场出发,精神上是一致的。后来都得到毛泽东的肯定。左翼时期国统区的革命文艺运动与当时中央苏区的工农文艺运动,构成中国20世纪30年代新文艺发展的崭新景观。尽管当时也存在有自由主义的各种派别的文艺。但左翼文艺与国民党当局所倡导的"党治文学"和"三民主义文艺"、"民族主义文艺"相对抗,成为揭露蒋介石倒行逆施统治的匕首和投枪,鼓舞革命人民起来斗争的战鼓与号角。这时期鲁迅所写的杂文,茅盾、丁玲、张天翼、艾芜、沙汀、萧红、萧军等的小说,田汉、阳翰笙、夏衍等的戏剧、电影,中国诗歌会和臧克家、艾青等的诗歌,都显示了左翼文艺的实际成绩和广泛的影响。它成为当时世界范围内"红色三十年代"左翼文艺运动的重要一部分。

左翼时期鲁迅、瞿秋白、冯雪峰等除了翻译马克思主义文艺理论著作外，他们对于马克思主义文艺理论与中国文艺实践的结合，还阐述了许多正确的意见。鲁迅不仅在文艺与革命、文艺与政治、文学中的人性与阶级性、文艺创作与文艺批评等问题上发表了精到的见解；他对中外文化遗产的批判继承方面所阐述的"拿来主义"也很精彩！他指出，"采用外国的良规，加以发挥，使我们的作品更加丰满，是一条路；择取中国的遗产，融合新机，使将来的作品别开生面也是一条路"。[①]他认为，继承和采用旧形式"必有所删除，既有删除，必有所增益，这结果是新形式的出现，也就是变革"。又说："这些采取，并非断片的古董的杂陈，必须熔化于新作品中……恰如吃用牛羊，弃去蹄毛，留其精粹，以滋养及发达新的生体，决不因此就会'类乎'牛羊的。"[②]这些意见都是十分正确的。瞿秋白曾担任党的主要领导人，执行过左倾路线。1931—1933年他参加左联的领导。1932年瞿秋白编译的《现实》一书中除介绍马克思主义的文艺论著外，他还写有《马克思恩格斯和文学上的现实主义》、《恩格斯和文学上的机械论》、《社会主义的早期同路人——女作家哈克纳斯》等论文，宣传马克思主义的文艺思想。瞿秋白是文艺大众化运动的首倡者之一，对这问题的理论思考比较深入。他在《普洛大众文艺的现实问题》一文中指出，"革命的文艺，向着大众去"，关键是作家要"去观察、了解，经验工人和贫民的生活和斗争，真正能够同着他们一块儿感觉到另外一个新天地。"他一再提倡以现实主义来克服当时流行的"革命的浪漫蒂克"倾向和空洞浮泛的文风。尽管瞿秋白的文艺理论与批评也带有当时难免的某些左的倾向，但他的理论更有系统性和指导意义。冯雪峰从1930年到1933年担任左翼文化运动的领导人，后参加红军长征，1936年又以中共中央特派员身份回上海主管文化和文艺工作。还在1928年，冯雪峰就发表《革命与智识阶级》一文不赞同创造社、太阳社批判鲁迅和新文学的传统，认为现阶段仍是民主革命，反封建的任务尚未完成。他一直坚持认为无论革命文学，还是同路人都仍然担负"五四"以来的反封建的任务。这使他在政治上比较宽容，在对"第三种人"和"自由人"的批判中，他也提醒要注意要防止机械论和关门主义。但在实际文艺批评中，他受过"唯物辩证法的创作方法"观点的影响。其他如周扬、胡风等在传播马克思主义文艺理论观点方面，也都作出过不同的贡献。

---

① 鲁迅：《且介亭杂文·〈木刻记程〉小引》，收入《鲁迅全集》第6卷，第39页，人民文学出版社，1958年。
② 鲁迅：《且介亭杂文·〈论旧形式的采用〉》，同上书，第19页。

三

从抗日战争爆发到 1949 年人民解放战争的胜利，是马克思主义指导中国文艺发展的一个重要的时期。其标志性的理论成果是产生了毛泽东文艺思想。

1937 年抗日战争爆发前夕，中共中央就提出建立抗日民族统一战线的号召，实现了共产党和国民党的第二次合作。左联解散，大批左联成员在抗战高潮中都先后奔赴前线，投身战地服务团和各种文艺演出队，以自己新的作品呼唤全民抗战。1938 年 3 月在共产党员作家阳翰笙等多方协商下，中华全国文艺界抗敌协会在武汉成立，实现了国民党、共产党等各党派和前此不同文艺社团的作家的广泛团结，并推举国民党人邵力子为主席，选出郭沫若、丁玲、老舍、胡风、巴金、朱自清、田汉、郁达夫、胡秋原、陈西滢、张恨水、茅盾、夏衍、张道藩等 45 人为理事，周恩来到会讲话，勉励和支持这种团结。当时的国民政府军事委员会政治部以陈诚为主任，周恩来为副主任，并任命郭沫若为主管文艺的第三厅负责人，使得大批左翼文艺工作者得以进入第三厅所属单位工作。武汉失守后，革命文艺工作者大批奔赴延安和共产党领导的抗日民主根据地。留在国民党统治区的则先后在桂林、重庆等地形成文艺活动的中心。而 1941 年皖南事变后，国民党掀起反共高潮，国统区革命文艺工作者多受波及。除留在原地坚持斗争的外，更多的人奔赴了延安等抗日民主根据地。1942 年 5 月延安文艺座谈会的召开和毛泽东的《在延安文艺座谈会上的讲话》的发表，则体现了中国共产党人把马克思主义文艺理论与中国革命文艺实践相结合达到了一个新阶段，也达到马克思主义文艺理论发展的新阶段。

1939 年毛泽东发表的《新民主主义论》不但提出中国共产党的新民主主义革命的纲领，而且对"五四"新文化和新文艺运动以来的历史作出了科学的总结。他指出："在'五四'以后，中国产生了完全崭新的文化生力军，这就是中国共产党人所领导的共产主义的文化思想，即共产主义的宇宙观和社会革命论。……这个文化生力军，就以新的装束和新的武器，联合一切可能的同盟军，摆开了自己的阵势，向着帝国主义和封建主义文化展开了英勇的进攻。这支生力军在社会科学领域和文学艺术领域中，不论在哲学方面，在经济学方面，在政治学方面，在军事学方面，在历史学方面，在文学方面，在艺术方面（又不论是戏剧，是电影，是音乐，是雕刻，是绘画），都有了极大的发展。二十年来，这个文化新军的锋芒所向，从思想到形式（文字等），无不起极大的革命。其声势之浩大，威力之猛烈，简直是所向无敌的。

其动员之广大,超过中国任何历史时代。"

　　延安文艺座谈会召开前,毛泽东就对文艺问题作了许多调查和研究,征求和听取了延安文艺界许多人士的意见。《在延安文艺座谈会上的讲话》不但回应了当时延安文艺界所出现的各种问题,实际上也对"五四"以来,特别是中国共产党成立以来有关革命文艺论争所涉及的主要问题进行了重要总结。它以回答文艺为什么人和如何为的问题为中心,展开了对于文艺的审美特性,文艺与社会生活,文艺与政治和革命,文艺与广大人民群众,文艺的世界观与创作方法,文艺的革命内容与完美形式,文艺创作中的人性与阶级性,文艺的歌颂与曝露,文艺发展中的继承、借鉴与创新,文艺的提高与普及,文艺批评的重要性与批评标准,文艺的统一战线等问题,都作了深刻的辩证的论述。毛泽东从马克思主义的基本原理出发,指出,文艺必须为最广大的人民,包括广大的小资产阶级劳动群众和知识分子服务,"首先是为工农兵服务,为工农兵而创作,为工农兵所利用";"现今世界上一切文化或文学艺术都从属于一定的阶级一定的政治路线",文艺能够"起伟大作用于政治";革命需要有文化的军队,文艺也可以成为"团结人民,教育人民,打击敌人,消灭敌人的有力的武器";"一切文艺都是社会生活在人们头脑中反映的产物,革命的文艺是人民生活在革命作家头脑中反映的产物";只有现实生活才是文艺"取之不尽用之不竭的唯一的源泉";文艺的美之所以区别于现实的美,是因为它"更高、更强烈、更有集中性,更典型,更理想,更有普遍性";对中外文艺遗产都要采取批判地继承和借鉴的态度,但是"继承和借鉴不可以变成替代自己的创造";文艺应从人民的基础提高,并向人民普及;文艺工作者应该与时代和人民群众相结合,深入群众的生活与斗争,转变自己的立场和感情,要"用辩证唯物论和历史唯物论的观点去观察世界,观察社会,观察文学艺术,并不是要我们在文学艺术作品中写哲学讲义。马克思主义只能包括而不能代替文艺创作中的现实主义";文艺的革命的政治内容应该与完美的艺术形式相统一,没有完美艺术形式的作品,即使政治内容再革命也是没有感染人的力量的;在阶级社会中只有带阶级性的人性,没有超阶级的抽象的人性;在抗日文艺统一战线的建立上,应该从抗日、民主、艺术方法和作风等不同层面的目标上去团结尽可能多的人,坚持既团结又批评、斗争的方针;文艺批评应该发展,"我们的批评,也应该容许各种各色艺术品的自由竞争",并"按照艺术科学的标准给以正确的批判",等等。尽管毛泽东是在革命战争年代的特殊环境中论述文艺,过于强调文艺从属于政治、从属于党在一定时期的革命任务等的提法,并非适用于一切年代,但《讲话》所阐述的基本思想还是符合文艺的普遍规律的。它是共产党夺取部分地区政权后对于文艺问题第一次作出最系统最全面的论述，它也是毛泽东所提出的"全心全意为人民服务"的新人生观在文艺领域予以坚决贯彻的表现。《讲话》的影响不仅深入抗日民主根据地，而且后来扩及全国和国外。在它的指导下，当时各抗日民主根据地和后来的解放区的文艺都有蓬勃的发展，涌现了赵树理的《小二黑结婚》、《李有才板话》、《李家庄的变迁》，贺敬之、丁毅的《白毛女》、李季的《王贵和李香香》、周立波的《暴风骤雨》、丁玲的《太阳照在桑干河上》等大量的为人民群众所喜闻乐见的作品，而且国统区的革命的进步的作家受其影响也创作了许多好的作品。像茅盾的《霜叶红于二月花》和《清明前后》、老舍的《四世同堂》、巴金的《寒夜》、曹禺的《日出》、陈白尘的《升官图》等。

周扬在40年代编选的《马克思主义与文艺》一书辑录了马克思、恩格斯、列宁、斯大林、毛泽东、鲁迅等的文艺理论观点，对传播马克思主义文艺思想起了重要的作用。

在这时期，围绕胡风文艺思想曾展开过两次争论。一次在重庆，一次在香港。这两次争论不仅影响当时，还影响到新中国建立后对胡风展开大规模的批判和错误的处理。而论争的实质都涉及如何认识和对待毛泽东文艺思想。

胡风曾参加过日本共产党，30年代初回国后又参加领导过左翼作家联盟，与鲁迅比较接近，与周扬、冯雪峰等虽都宣传马克思主义的文艺思想，彼此已有观点的歧异。从30年代到40年代，胡风是活跃于我国文坛的重要的马克思主义的文艺理论家，也是著名的诗人和文学活动家，曾主编过《七月》、《希望》杂志和《七月》文丛，团结和培养过许多青年的作者。毛泽东的《讲话》发表后，他也表示过拥护并宣传过。他完全赞同文艺应为无产阶级革命服务，并与周扬等一起批判过朱光潜的文艺思想。但他由于身处国统区，又处于脱党状态，对《讲话》的理解不免有所隔阂，他的文艺思想也曾受过柏格森的生命哲学、卢卡奇的现实主义理论的影响。在主体与客体的关系上，他偏于从创作主体的"自我扩张"来解释"艺术创造的源泉"。因而他的一些文艺观点就被视为带有唯心主义的成分。特别是他关于"生活就在足下"，"哪里有生活，哪里就有诗"；现实主义必须发扬"主观战斗精神"，"通过主观拥抱客观"，劳动人民都有"精神奴役的创伤"等观点，虽均不无它的道理，毕竟与毛泽东的《讲话》精神有异。1945年根据当时在重庆中共中央南方局负责的周恩来关于要帮助胡风的指示，从延安被派往重庆文艺界工作的乔木、何其芳以及黄药眠等便开展了对胡风有关文艺观点的批评，包括批评了舒芜的文章《论主观》。其后，1948年，由于胡风没有改变自己的观点，邵荃麟、林默涵、胡绳等在香港的

《大众文艺丛刊》上对胡风又再次开展了批评。胡风又写了《论现实主义的路》为自己辩护并进行反批评。他们的批评和反批评的文章反映了马克思主义文艺理论界的观点分歧，也反映了左翼文艺队伍中仍然存在的宗派主义影响。冯雪峰在《什么是艺术力及其他》和《论民主革命的文艺运动》两文中表达的观点与胡风比较接近。但对胡风的这两次批评都仍然贯彻了统一战线内部从团结的愿望出发，经过批评，达到新的团结的方式。其后，胡风经东北解放区，还是来到北平参加了全国革命文艺队伍大聚合的第一次文学艺术工作者代表大会。

四

经过三年人民解放战争，新中国成立前夕，在北平召开的全国第一次文学艺术工作者代表大会不仅实现了解放区和国统区革命的和进步的作家队伍的会师，而且明确以毛泽东文艺思想作为新中国文艺的指针。新中国的成立标志着我国从民主革命向社会主义的过渡，也标志着我国从半封建半殖民地社会变革为人民当家、独立自主的、以建设社会主义现代化为目标的新社会。从1949年10月1日到1978年12月党的十一届三中全会召开，在这三十年间我国社会主义建设，包括文艺创作都有很大的成绩，也有严重的挫折。这期间毛泽东文艺思想有了新的发展，却日益走向左倾，但在建国初的十七年与"文化大革命"的十余年又有所差异。

建国初十七年我国面临国内外严酷的斗争形势，台湾尚未解放，两岸关系高度紧张，外国帝国主义对我进行封锁。我国经历了土地改革和抗美援朝战争，自1953年起，实施社会主义过渡时期总路线，对工业、农业、手工业和资本主义工商业实现社会主义改造，并实施社会主义工业化建设的五年计划。当时，如何团结和改造全国文艺界，繁荣文艺，使之更好地为党在那时的政治任务服务，为社会主义革命和建设服务，这不能不成为新中国文艺最大的实践课题。它涉及对旧社会艺人的团结和改造，也涉及所有文艺工作者的世界观、人生观、价值观和文艺观如何适应新的形势，还涉及对整个文艺领导、文艺生产与消费体制的改造。鉴于毛泽东当时提出"学习苏联"的口号，文艺体制的改造完全移植自苏联，如建立各级作家协会和国家出版社等，有中国特色的则是成立了全国文联和通过学习、通过批评与自我批评，对文艺工作者进行思想的教育与改造。而文艺创作发展中还提出了写什么和怎么写等实际问题，以及文艺作为上层建筑意识形态怎么适应社会经济基础的变革等问题。这期间，西方现代主义文艺思潮被目为"资产阶级颓废派"一概受到批判。

还在民主革命时期，毛泽东在《新民主主义论》中根据历史唯物主义关于经济基础与上层建筑意识形态的学说，提出上层建筑意识形态不但要适应经济基础，还可以和应该超前的观点，坚持在民主革命时期必须宣传共产主义的意识形态，以为将来的社会主义革命做思想的准备。这一观点贯穿于他后来的文艺思想和社会革命理论中。关于经济基础，他还主张生产关系可以超越生产力发展，他不同意刘少奇的"新民主主义阶段"论，主张建国后即过渡到社会主义革命，在经济的各个领域实现全民所有制和集体所有制。

新中国建立后，为解决文艺实践面临的系列新问题，毛泽东文艺思想有了新的发展，如提出戏曲改革的"百花齐放，推陈出新"的方针，在《与音乐工作者的谈话》中提出"洋为中用，古为今用"的指导思想，在《关于正确处理人民内部矛盾的问题》中除提出要区分敌我与人民内部两种不同性质的矛盾，用"团结——批评——团结"的办法解决人民内部矛盾，还提出繁荣和发展文艺的"百花齐放，百家争鸣"的方针，认为："艺术上不同的形式和风格可以自由发展，科学上不同的学派可以自由争论"。这都是符合社会和文艺发展规律的十分正确的理论主张。而受毛泽东直接关心和干预的对电影《武训传》、对《红楼梦》研究、对胡风文艺思想、对所谓"右派"言论、"右倾机会主义"和"修正主义"言论，以及对电影《北国江南》、京剧《海瑞罢官》等的批判，乃至发动了后来长达十年之久的"文化大革命"，要求"斗私批修"，实行"两个彻底决裂"，提出所谓"无产阶级专政下的继续革命"，将传统文化和文艺一概当作"封资修黑货"予以打倒，等等，则表现了毛泽东日益左倾冒进的思想。由于遵循他的左倾思想，多次混淆敌我矛盾，使文艺界许多人受到不该受到的处理和伤害。胡风及其朋友从文艺思想被批判到升级为所谓"反革命阴谋集团"，就是突出的例子。将善意向党提批评意见的大批知识分子一概打成"反党反社会主义的右派分子"，又是个例子。毛泽东还主张实行大跃进、人民公社化，表现出急于过渡到共产主义等急躁冒进的主观唯意志论，这与他对上层建筑意识形态改造中的左倾观点是相关联的，也与他对社会主义时期阶级斗争形势的错误估计与判断相关联。尽管周恩来、刘少奇、邓小平等对毛泽东的错误有所抵制，但由于毛泽东的崇高威望，这些抵制都没有效用。相反，其间暴露的分歧反导致"文化大革命"初期刘少奇和邓小平被迅速打倒。

从50年代到60年代文艺理论问题的讨论中，对艺术创作方法在提倡"社会主义现实主义"或"革命现实主义和革命浪漫主义相结合"的同时却排斥其他，并批判了秦兆阳的"现实主义广阔道路"论和邵荃麟的"现实主义深化"论；对文艺题材的表现上在提倡"重大题材"的同时却多年忽视题材的多样性；在正确提倡英雄人物形象塑造的同时却错误地批判"中间人物"论；在主张文学艺术描写人时应表现阶级性，却不承认也存在共同的人性，把人道主义一概冠为"资产阶级的人道主义"，甚至斥为"反革命修正主义思想"（如对具有真知灼见的钱谷融的著名论文《论文学是人学》的批判）。这都不同程度地体现了当时对马克思主义文艺理论认识上的片面性和左倾的弊病。其时负责领导全国文艺工作的周扬既是毛泽东文艺思想的积极贯彻者，又对毛泽东的某些左倾思想有所抵制。如他反对文艺只表现"十七年的社会主义建设"，曾组织力量草拟更好地反映文艺规律的"文艺八条"和"文艺十条"，还执笔撰写《人民日报》社论《为最广大的人民群众服务》等。正是在上述社会革命理论和文艺思想理论复杂变动的过程中，新中国文艺既经历了十七年初步繁荣和曲折，也经历了"文化大革命"中的凋零和荒芜。

就总体而论，建国初十七年间文艺的成绩，包括文艺理论发展的成绩都不容低估。毛泽东所发动的多次批判运动尽管存在左倾的错误，但同时也有助于马克思主义观点的传播。如在文艺领域坚持历史唯物主义，反对历史唯心主义；坚持辩证唯物主义的反映论，坚持社会生活是文艺创作的唯一源泉；坚持文艺与政治的密切联系，坚持文艺为最广大的人民群众服务等观点。对防止文艺创作的概念化公式化问题，文艺的特性与本质问题、现实主义与典型创造问题、革命现实主义和革命浪漫主义相结合问题，历史剧创作问题等也展开较有成效的讨论，并在积极促进文艺理论的建设、编写高校文艺理论教材等方面引进苏联已有的成果，在逐步使之中国化等方面，也产生国内学者若干自己的著作。1958 年，周扬还提出了建设中国特色马克思主义文艺理论的号召。60 年代，在他主持下，由蔡仪、叶以群分别主编的《文学概论》和《文学基本原理》就是当时试图运用马克思主义观点建构有中国特色文学理论体系的代表性著作。何其芳的《战斗的胜利的二十年》、林默涵的《更高地举起毛泽东文艺思想的旗帜》等文都在阐释毛泽东文艺思想，总结文艺实践中的经验教训，比较深入地也比较正确地论述了文艺发展所提出的重要理论问题方面作出自己的努力，尽管也仍然不同程度地受到过左倾思想的一定影响。而文学创作方面成果更相当显著。如涌现了郭小川、贺敬之、闻捷、李季、公刘、李瑛等许多著名的诗人激情洋溢的战歌和颂歌和内容厚重、风格新颖的被称为"红色经典"的系列长篇小说，包括孙犁的《风云初记》、赵树理的《三里湾》、杜鹏程的《保卫延安》、吴强的《红日》、杨沫的《青春之歌》、曲波的《林海雪原》、周立波的《山乡巨变》、柳青的《创业史》、罗广斌、杨益言的《红岩》等,都产生于这一时期;戏剧方面如胡可的《战斗里成长》、陈其通的《万水千山》、老舍的《龙须沟》和《茶馆》、郭沫若的《蔡文姬》、田汉的《关汉卿》、曹禺的《胆剑篇》等话剧;新编戏曲《白蛇传》、《十五贯》、《梁山伯与祝英台》;歌剧《草原之歌》、《洪湖赤卫队》、《江姐》、《刘三姐》;电影《董存瑞》、《党的女儿》、《林则徐》、《革命家庭》等佳作,也产生于这十七年间。大多数作品不仅在文学史上开拓了新的题材和主题,表现了新的人物和新的世界,塑造了从个人主义转向共产主义、集体主义的新的英雄形象,而且在民族形式和语言的民族化大众化方面都创造了新的成绩。对广大读者和观众新的世界观、人生观、价值观的形成,产生了广泛而深远的影响。

至于林彪委托江青召开的《部队文艺工作座谈会纪要》和中共中央代表"文化大革命"纲领的《五·一六通知》先后经过毛泽东修改后被陆续颁布,则集中体现了毛泽东后期的左倾思想与路线。他所发动的"文化大革命"使我国社会主义建设受到严重的挫折和伤害,造成国民经济几临崩溃的边缘。"文化大革命"中江青之流所鼓噪的全盘否定此前革命文艺成就的"文艺黑线专政"论、"空白论"和以"革命样板戏"为起始的"新纪元论",更是颠倒是非,混淆黑白,重复和超越了当年"拉普派"的错误,愈发造成革命文艺的灾难,导致"文化大革命"十年之间文坛的一片荒芜。只有极少数作家依照自己的信念坚持创作,产生有《闪闪的红星》、《万山红遍》、《春潮急》等少量较好的作品。"文化大革命"中被吹捧的"革命样板戏"如《红灯记》、《沙家浜》、《智取威虎山》、《奇袭白虎团》、《白毛女》、《红色娘子军》等虽经过进一步的加工,其原著实际都创作于建国初的十七年。

五

1978年12月中国共产党十一届三中全会的召开,肇始以邓小平理论为指导的建设中国特色社会主义的新三十年。这三十年,中国共产党经历了邓小平、江泽民、胡锦涛三届领导核心对于社会主义建设理论的坚持和发展,包括文艺理论的与时俱进,更深刻和全面地阐明文艺的本质与规律,从而为我国社会主义建设和文艺事业开拓了新的局面和广阔的道路。

邓小平根据历史的经验与教训,从"文化大革命"结束后的实际出发,主张放弃阶级斗争为纲,转向以经济建设为中心,坚持四项基本原则,解放思想,改革开放,实事求是,政治上坚持共产党领导下与民主党派长期共存,相互监督,民主协商,发展不断完善的人民民主制度;经济上坚持公有制为主体,允许多种所有制存在和发展,从计划经济转向社会主义市场经济的体制;思想文化上坚持马克思主义的指导,坚持社会主义精神文明建设,容许文化的多元。在发展目标上允许一部分人、一部分地区先富起来,而长远目标则是实现共同富裕。在邓小平领导下,经过胡耀邦等的努力,还为过去被错误处理而受冤屈的各种干部和人员平了反,恢复了他们的工作,包括所谓"胡风集团"和"右派分子",从而扩大了社会的团结面。后来,江泽民又提出了"三个代表"理论和文艺要"弘扬主旋律,提倡多样化"的方针,胡锦涛则提出以人为本的科学发展观与和谐社会的建设以及确立社会主义的核心价值观。从而使新的三十年产生了深刻的翻天覆地的变化,我国在社会主义政治、经济、文化、社会建设各方面均取得前所未有的举世瞩目的成就。我国文学艺术在邓小平等新的领导人的思想理论指导下,也取得了很大的成绩和持续的繁荣。

改革开放的新时期我国面对的是全球趋向经济一体化、政治多极化、文化多元化的新时代,也是由于高科技的发达而使文化和文学艺术空前频繁交流的时代。我国文艺面临的现实任务是如何迅速改变"文化大革命"所造成的文艺荒芜的局面,使文艺合乎规律地走向新的繁荣并走向现代世界的前列。要实现这样的任务,无疑十分艰巨!

邓小平首先在思想文化上、理论上实行拨乱反正,领导了批判"文化大革命"中所奉行的极"左"路线和后来的"两个凡是"的思想,开展了关于"实践是检验真理的标准"的讨论。他在《在中国文学艺术工作者第四次代表大会上的祝词》中坚持毛泽东文艺思想的基本原理,坚持文艺为最广大的人民服务,为社会主义服务的方向,重申了"百花齐放,百家争鸣","洋为中用,古为今用","推陈出新"的文艺方针。但他又以极大的理论魄力,放弃"文艺从属于政治"的提法,指出,这样的提法"利少害多"。① 他在《祝词》中认为,"作家艺术家写什么和怎样写,应由作家艺术家自己在实践中去解决,不要横加干涉"。这就实际宣布了"创作自由"。他要求党按照文艺规律加强和改善对文艺的领导,同时,他又号召作家艺术家"成为名副其实的人类灵魂工程师",与人民群众"保持血肉联系","自觉地在人民的生活中汲取题材、主题、情节、语言、诗情和画意,用人民创造历史的奋发精神来哺育自己"。并要求文艺塑造社会主义新人,"要批判剥削阶级思想和小生产者守旧

---

① 邓小平:《目前的形势与任务》,收入《邓小平文选》,第220页,人民出版社,1983年。

狭隘心理的影响,批判无政府主义、极端个人主义,克服官僚主义。要恢复和发扬我们党和人民的革命传统,培养和树立优良的道德风尚,为发展高度发展的社会主义精神文明做出积极的贡献"①。这就为我国社会主义文艺的发展拓展了更广阔道路。

在拨乱反正,解放思想的浪潮中,遵循邓小平理论,我国文艺界不仅为过去被"四人帮"错误批判的所谓"黑八论"包括"文艺黑线"论、"写真实"论、"现实主义广阔道路"论、"现实主义深化"论、"时代精神汇合"论、"反'题材决定'"论、"中间人物"论、"离经叛道"论等平了反,还先后对文艺特征和形象思维问题,现实主义和典型问题,人性、人道主义问题,主体性与客体性的关系问题,现代主义文艺思潮及其创作表现问题,人文精神问题,古典文论的现代转化问题,文艺学向审美文化拓展的问题,西方马克思主义文论问题等展开了广泛的讨论。通过讨论,大多数学者都努力辩证地去理解相关的问题,也深化了对有关问题的认识。这时期学术界和翻译界也大力加强对马克思主义文艺理论的研究和翻译,出版了大批新的著作。包括重新依据德文本翻译了马克思恩格斯的全集,出版了多种研究马克思主义经典作家文艺论著的著作和研究毛泽东文艺思想、邓小平文艺理论的著作。如陆梅林编选的《马克思恩格斯论文学与艺术》、李准、丁振海主编的《毛泽东文艺思想全书》,以及中国社会科学院文学研究所、中国作家协会先后编选的《周恩来论文艺》、《邓小平论文学艺术》和中国作家协会、中央编译局编的《马克思、恩格斯、列宁、斯大林论文艺》等。上述工作对于文艺界正确地认识马克思主义经典作家的思想体系,从而指导自己的工作,产生了良好的作用。关于建构当代中国的马克思主义文艺理论体系的问题,在这时期得到许多学者的关注,也展开过讨论。或主张这个体系应包括文艺社会学、文艺心理学和文艺语言学,或认为它应该反映文艺的本质规律、发展规律、结构规律、创作规律和接受规律。而大多数学者都认同应汲取我国古代文论和外国文论的精华,并总结我国特色的文艺实践,在此基础上以马克思主义为指导,去建构新的理论体系。新世纪中央实施的马克思主义研究和建设工程中所定的、由数十位专家共同完成的文艺理论教材的编写和出版,对马克思主义文艺理论的发展,对文艺的本质与功能,文艺的历史发展规律,文艺的创作和接受规律,文艺与现代市场经济和科技网络的关系等都作了与时俱进的论述,可以说是这时期体现当代中国马克思主义文艺理论体系的一部具有代表性的著作。

---

① 邓小平:《在中国文学艺术工作者第四次代表大会上的祝词》,收入《邓小平文选》,第181页,人民出版社,1983年。

由于这三十年，中国共产党已经形成了从实践中总结出来的反映文艺规律的理论和在这基础上制定的比较完整和正确的文艺方针政策，文艺创作真正涌现了"百花齐放，百家争鸣"的良好局面，文艺队伍不断壮大，文艺作品无论在数量和质量上都有明显的提高。仅从代表国家文学水平的长篇小说而论，前三十年的新作不过两千部左右，建国后至1978年的三十年则不过四百六十部，而新三十年则近两万部。并且逐年增多。上世纪90年代每年不过五百到八百部。新世纪以来每年达千部以上，2010年则达两千部。可见，这时期文学艺术经历着空前的持续繁荣。可谓名家辈出，佳作如云。就文学而言，像冰心、巴金、丁玲、艾青、臧克家、刘白羽、孙犁、姚雪垠、马识途、贺敬之等年长的作家多有新作，而在人民共和国成长的作家，如李瑛、公刘、王蒙、李凖、李国文、张洁、蒋子龙、冯骥才、刘心武、陈忠实、铁凝、王安忆、梁晓声、贾平凹、莫言、二月河等，都以作品的优秀和丰富，见誉于文坛。年青一代作家更难以枚举，80后和90后的作家也已经有许多引人注目的创作。全国各个地区和各个民族都涌现了自己的富于地方特色和民族特色的作家群，使我国文学地图得到更为平衡的五彩斑斓的改写。像蒙古族的玛拉沁夫、壮族的陆地、维吾尔族的铁衣甫江、藏族的阿来、白族的晓雪、彝族的吉狄马加、朝鲜族的金哲等大批少数民族作家都更加知名于全国文坛。这时期有大量优秀作家的诗歌、小说、散文、报告文学、戏剧和电影、电视，都荣获过全国最高文学奖——鲁迅文学奖、茅盾文学奖和骏马文学奖以及"百花奖"、"金鸡奖"等。

这三十年文艺的发展既反映了现实社会生活的巨大变化，也反映了中西文化又一次大规模撞击所带来的西方各种思潮的冲击，文艺发展本身也提出了系列的理论课题。如伤痕文学、反思文学、改革文学和寻根文学的递嬗，不仅对现实主义的真实论提出深入思考的材料，也消解了以歌颂光明为主的观点，并引发过"歌德"与"缺德"的争论；从"朦胧诗"、"意识流小说"和"荒诞小说"，到"探索性戏剧"等先锋文学的出现，更颠覆了现实主义文学的传统及其创作规则、理论根据，还点燃了关于创作主体与客体的关系、关于现代主义和后现代主义的讨论；描写性爱的作品大量问世，为研究文学与人性的关系拓展了新的领域，并凸显了文学中的道德落坡问题；而女性主义创作的出现，非但挑战男权社会，也为研究女性文学的时代特色提供了许多新的文本；"底层文学"的崛起，吸引人们关注社会弱势群体的同时，也为现实主义的回归和深化的研究，展现了丰富的资料。而网络文学和电子传播的普及，为文艺的生产与消费展开了全新的前景，其影响之广泛和深远，也必然要波及人们对文艺与经济、与科技的关系及其发展的理论认知。凡此等等，都为马克思主义文艺理论研究提供新的课题、构成新的机遇。

当然，这一时期由于市场经济体制的建立，由于多种所有制的发展，由于改革开放后西方资本主义意识形态的渗透，社会上拜金主义、享乐主义和极端个人主义的思想在滋长，多元文化也必然导致世界观、人生观、价值观、文艺观的多元，文艺创作界也不同程度受到影响，出现了浮躁情绪和媚俗倾向，乃至产生了唯利是图的追求。这些也不能不构成对社会主义精神文明建设的严重冲击，并对马克思主义文艺理论构成一定的挑战。

六

"时运交移，质文代变"。① 这是文艺发展的普遍规律。中国新文艺历史风貌的演变，当然与中国的历史巨变分不开，也与马克思主义及其文艺理论的指导和影响分不开。

九十多年来中国的新文艺在中国共产党的领导下取得了伟大的成绩，也产生许多宝贵的经验和教训，为马克思主义文艺理论的与时俱进，提供了新的机遇和资料，促使当代马克思主义文艺理论在系列重大问题上都进行多方面的思考。如文艺作为上层建筑审美意识形态与经济基础的关系，文艺与社会生活的关系，文艺与人民的关系，文艺与政治的关系，文艺与传统的关系，文艺与科学技术的关系，文艺与经济文化产业的关系，等等。这些问题的核心都涉及应如何理解文学艺术的本质规律和发展规律，如何做到社会主义文艺生态的健康体现。

一、上层建筑意识形态是一定经济基础的反映，并反作用于一定的经济基础。但上层建筑意识形态的先进部分，又可以超越现实的经济基础，并促进现实经济基础的未来改造。这是辩证唯物史观的重要观点。但文学艺术与经济基础的关系实际上比较复杂。一是，文学艺术包括许多的门类，许多的题材、主题、形式、风格，是否一切文学艺术作品都属于上层建筑意识形态，就存在不同的意见。比如说，杂技、书法、舞蹈、雕塑以及音乐的无标题音乐、轻音乐，美术中的静物画、人体画、花鸟画、风景画，文学中的山水诗、爱情诗等不含政治、宗教、道德内涵的作品，是否也属于上层建筑意识形态呢？根据马克思关于"在不同的所有制形式上，在生

---

① 刘勰：《文心雕龙·时序》。

存的社会条件上,耸立着由各种不同情感、幻想、思想方式和世界观构成的整个上层建筑"①的观点,大多数学者认为,除上述部分外,总体上应视文学艺术为上层建筑意识形态。但也有人认为,文学艺术总体上都不属于上层建筑意识形态(如朱光潜先生就有这样的观点)。二是,上层建筑意识形态是应与经济基础相适应,还是可以和应该超越于一定的经济基础。比如在民主革命时期和社会主义初级阶段,是否应该宣传和提倡共产主义意识形态?按照毛泽东和邓小平的观点,当然应该宣传和提倡。但也有人认为不然。改革开放以来,西方资本主义意识形态对我国的渗透有增无已,由于市场经济体制的建立和允许私营经济的发展,经济基础领域存在多种所有制,这就必然反映到意识形态上滋长了唯利是图的拜金主义,乃至还产生了损公肥私、损人利己的极端个人主义的世界观、人生观、价值观。这种状况自然不利于未来社会主义的发展,因为社会主义不仅要走向共同富裕,还要在生产力高度发展,社会财富高度涌流的未来过渡到更高级的共产主义社会去。因此,即使在社会主义初级阶段,我们也必须超前地坚持不懈地宣传共产主义意识形态,坚持社会主义核心价值观,大力建设社会主义精神文明,批判资本主义以个人主义为核心的意识形态。这是关系国家民族前途和命运的大问题。文学艺术尽管主要功能是为了满足人们的审美需要,但由于大多数作品都具有思想政治倾向,都涵蕴哲学、道德、宗教等意识形态的内容,它总体上属于社会的上层建筑意识形态应没有疑义。因此在文艺创作中歌颂什么,反对什么,揭露什么,追求什么,都不能不是社会主义文艺理论所关注的重心。邓小平要求文艺坚持为人民、为社会主义服务的方向,大力塑造社会主义新人形象,加强社会主义精神文明建设的号召,江泽民对"弘扬主旋律,提倡多样化"的号召,胡锦涛关于坚持社会主义核心价值观的号召,我以为都基于从上层建筑意识形态既适应经济基础又应超前于经济基础,具有前瞻性的科学理解而提出的。

二、文学艺术与现实生活的关系,实即创作主体与客体的关系。文学艺术作为观念形态,是社会存在的反映。基于这种唯物主义的观点,社会生活自然是文学艺术创作的唯一源泉。当然,如毛泽东所指出,文学艺术是社会生活在作家头脑中反映的产物。因而必然有作家作为创作主体的能动的反映作用,反映的产物不同于被反映对象本身。同一对象,如果作家艺术家的世界观、人生观、价值观、文艺观不

---

① 马克思:《路易·波拿巴的雾月十八日》,收入《马克思恩格斯选集》第1卷,第629页,人民出版社,1972年。

同,思想情感不同,艺术创作方法不同,作品里反映出来的对象就不会一样。主体性还包含主体的想象力和幻想力,以及艺术思维中理性与感性的作用。现代主义主张自我表现,实际回避了自我本身也是存在的产物,其所表现的归根结底仍然源于社会生活。后现代主义者认为现实生活只是碎片,是没有深度的平面,似乎现实生活是不可认识和把握的。这种观点的错误在于,它完全忽视人类历史地形成的思维能够从感性上升到理性,正是理性的伟力,使人类能够透过无数的现象的"碎片"与"平面"而把握其中的联系、深入其中的本质。我们承认艺术思维的特性是形象思维,而形象思维并非只是形象的碎片和平面,其中也包含理性的作用。完整的主体性研究理该包括上述几个方面,而不仅仅是创作激情和主观简单地拥抱客观的问题。事实上,任何艺术创作都是主观与客观的统一,既不可能完全是"自我表现",也不可能完全是"再现现实"。如果认为文学艺术只是社会现实生活的反映,忽视创作主体的差别性和能动作用,将文学艺术与现实生活等同,将艺术真实与生活真实等同,那就犯了机械反映论的错误,就会大大限制作家艺术家艺术创造、艺术想象与幻想的天地。如果,否认现实生活是文学艺术创作的源泉,片面强调创作主体的作用,那就可能犯主观唯心主义的错误,就会造成对于作家艺术家的误导,使他们的创作思维因没有从生动活泼的、新新不已的生活得到不断补充而陷于枯萎,也限制了文学艺术创作题材、主题、形式、风格的丰富性和多样性。强调作家艺术家应该深入人民群众的生活和斗争,"观察、体验、研究、分析一切人、一切阶级、一切群众、一切生动的生活形式和斗争形式、一切文学和艺术的原始材料,然后才有可能进入创作过程"。①这主张并没有错。但如果忽视作家艺术家的主观能动性,忽视作家艺术家的想象力和幻想力能够弥补生活的不足,能够在非现实主义的创作中开辟广阔的艺术天地,并有可能表现理想的、未来可能会有的生活图画,那就会陷入另一个片面,从而无法解释历史上的许多创作现象,并产生独尊某一种创作方法而排斥其他创作方法的弊病。从毛泽东的"百花齐放"到江泽民的"多样化"主张,应该理解为,都是基于对文学艺术反映现实生活的无限丰富性和作家艺术家作为创作主体的创造潜力的充分而深刻的认识基础上提出来的。

三、文学艺术与人民保持密切的关系,既为广大人民群众而创造,也为广大人民群众所利用,这是社会发展的必然趋势,也是人民当家做主时代的必然规律。马

---

① 毛泽东:《在延安文艺座谈会上的讲话》,收入《毛泽东选集》第3卷,第860—861页,人民出版社,1991年。

克思主义的这一根本观点，自然也基于历史唯物主义和解放全人类的共产主义学说。否定这一观点，就是否认以人为本。认为文艺从来只为少数人的"贵族文艺"观，自然是错误的。但把为人民服务，只理解成"为工农兵服务"，那也是不完全的。"人民"的概念内涵随时代的变化而变化。今天，不但知识分子已成为工人阶级的一部分，一切为社会主义建设作出不同贡献的阶级、阶层和爱国民主人士也都属于人民的范畴。作家艺术家与人民群众的结合，深入人民群众的生活，自然也指向最广大的人民群众，更不能狭隘地理解为只与工农兵群众结合，虽然，与工农兵结合在任何时候都应该摆在重要的地位。文学艺术只要从人民群众的根本利益出发，表现人民群众的思想、愿望和理想、追求，即使作品没有直接描写人民群众，它也具有人民性，也应当得到人们的肯定。反之，以仇恨人民、反对人民的观念和态度去写人民，那样的作品则理所当然会被人民所唾弃。在社会主义时代，文艺为人民服务跟为社会主义服务是完全一致的。因为，社会主义体现的正是人民的根本利益。"三个代表"的重要思想的提出，将先进文化与体现先进生产力、体现人民的根本利益相联系，无疑基于对社会主义文化艺术性质的深刻理解。文学艺术与人民的密切关系，还表现在随着广大人民群众文化水平和文化需求的不断提高，文学艺术也必须从数量到质量都不断提高自己，以满足人民群众的需求；更表现在要创造条件从人民群众中培养出愈来愈多的作家艺术家。共产党对于文艺的领导要体现"以人为本"，就不仅要保障文艺为人民服务、为社会主义服务的方向，还必须努力通过各种手段，使文学艺术能够满足人民群众日益增长的文化需求，并从广大人民群众中去发现、培养越来越多的文艺家。文艺与人民的密切关系，是社会主义时代文艺的重要本质的体现，是当代马克思主义文艺理论必须予以深刻认识和阐述的基本理论问题，也是被中国共产党历代领导人所不断重申的理论问题。

四、文艺与政治的关系问题也是马克思主义文艺理论最为关注的基本问题之一。政治是管理众人之事，是经济利益的集中表现，也是阶级斗争的重要表现形式。人们任何时代总都生活于一定的经济和政治关系之中，总会产生反映自身经济利益和政治观点的政治立场与倾向，并或浓或淡地渗透于自己的思想情感。作家艺术家也不例外。这种思想情感也总会自觉不自觉地表现于他们的创作中，从而也使作品带有或浓或淡的政治倾向和色彩。通过人们的阅读和观览，作品的政治倾向和情感色彩就会传达给他们。而在阶级斗争、政治利益尖锐冲突的时期，优秀的文艺作品中的政治倾向和情感便更鲜明与强烈地感染读者观众，激起他们的共鸣和认同，鼓舞他们起来站在同一立场上去投入社会的斗争。文艺反作用于政治，乃至产生伟大作用于政治，这在历史上是常见的现象，它反映了文艺本身的深刻的规律。这也是所有政治家和政党都不能不关心文艺并力图把文艺纳入为其政治服务的缘故，也是文艺不可能脱离政治的缘故。但我们又要看到，并非一切文艺作品都有政治内容，都只能为一定的阶级服务。例如花鸟画、山水画或某些爱情诗就不一定有政治内容，常常能为不同时代不同阶级阶层的人们所欣赏、所接受，这也是事实。因而，要求一切文艺都为一定阶级、阶层的政治服务，显然是不完全合理的，也是不利于文艺题材、主题、形式、风格多样化和繁荣的。文艺与政治结盟，可能使文艺创作走向概念化、公式化和标语、口号化，从而丧失艺术的应有魅力。这自然是不可取的。但也可能因为作家、艺术家十分重视文艺的特性，能够将鲜明的政治内容与完美的艺术形式相结合、相统一，从而使作品既具艺术魅力，又有进步的政治内涵和倾向，乃至使自己的作品更加伟大，更加崇高。这也是为历史上从屈原的《离骚》到鲁迅的《狂人日记》、《阿Q正传》、《祝福》等所证明了的。因而，笼统地反对文艺与政治结盟，笼统地提倡文艺疏离和脱离政治，那也是片面的。在这问题上，邓小平在讲到基于"利少害多"而不再提"文艺从属于政治"时，又指出"文艺是不可能脱离政治的"①。从中正是可以见出他对文艺与政治的关系问题的深刻的辩证的认识。

五、文艺与传统的关系如何认识，同样是马克思主义文艺理论必须重视的课题。从鲁迅到毛泽东，都主张对于我国固有的传统和外国创造的经验，我们都应批判地继承和借鉴，努力做到"古为今用，洋为中用"，"推陈出新"。对传统经验采取虚无主义的全盘否定的态度，或是对传统经验采取顶礼膜拜、全盘肯定的态度，都是违反马克思主义的唯物辩证法的。继承与借鉴，目的在于创新。文学艺术的生命也在于创新。只是模仿和重复前人的题材、主题、形式、风格的作品是没有生命力的。古人所指出的"文贵创新"，乃是文艺发展的千古不易的一条重要的规律。对传统有无继承和借鉴，正如毛泽东所指出，"这里有文野之分，粗细之分，高低之分，快慢之分"②。自然，创新中并非一切新的都是好的。只有站在前人肩膀上继续前进的创新才真正具有历史发展的意义，才会在文学艺术的发展史上留下进步的不朽影响。因而，不断开拓新的题材、新的主题、新的形式、新的风格，就不能不为历代作家艺术家所不懈地追求。在这个问题上，一味反传统，或一味迷古崇洋，都会损害文艺

---

① 邓小平：《目前的形势和任务》，收入《邓小平文选》，第220页，人民出版社，1983年。
② 毛泽东：《在延安文艺座谈会上的讲话》，收入《毛泽东选集》第3卷，第860页，人民出版社，1991年。

有价值的创新。现代主义和后现代主义都曾标榜反传统，实际上它们的创作也并没有完全脱离传统的影响。在继承传统和借鉴外国的过程中，难免会产生矫枉过正的情况，如"五四"新文化新文艺刚刚诞生，为了使新的东西站住脚，对旧的文学艺术、对传统的"国学"采取激烈的否定态度，提出了打倒旧文学、打倒"孔家店"的口号。这在当时，实有它的必要。因为，不"过正"就往往难以"矫枉"。但这种情况，毕竟很快就得到纠正。上世纪30年代鲁迅的主张和态度就是证明。毛泽东在《新民主主义论》和《在延安文艺座谈会上的讲话》在这问题上的主张与鲁迅完全一致。"文化大革命"中，江青之流提出的"空白论"和"新纪元论"，又重复了一次全盘否定传统的错误。然而，他们所推崇的"革命样板戏"，却又从传统和外国吸收了许多东西。不独"样板戏"的基础创自"文化大革命"之前，将交响乐引进《沙家浜》、将芭蕾舞引进《白毛女》和《红色娘子军》，正说明不管如何创新，也难以摆脱对传统必须有所继承，对外国经验也必须有所借鉴的规律，即"古为今用，洋为中用"，"推陈出新"的规律。

六、文艺与现代科学技术的关系，应该也成为当今马克思主义文艺理论必须关注的问题。它不但涉及文艺的创作，还涉及文艺的传播与接受。以文学而言，人类就经历了口头传播时代和纸质文字传播时代，今天随着电子排版，随着电脑、电视、电子书和网络、手机、光盘的发展，已进入电子和光子传播时代。科学技术的进步，必然会给文学的生产与消费带来新的前景。电子时代文学的生产和消费，已经并将继续产生种种新的变化。不仅引发文学生产力的飞跃发展，也使文学传播力获得飞跃的发展。前面说到，1919年至1949年，我国新创作的长篇小说仅2000部，而仅2010年我国新创作的长篇小说即达2000部。应该说，这正与文学进入电传时代分不开。电子时代的文学受到图像文化的冲击，它日益与电子图像相结盟，不仅与电影、电视结盟，还与电脑网络、手机和光盘制作结盟，以扩大自己的传播，从而也引起自身从内容到形式的新变，这都已成为当今文学发展的不可忽视的趋势。赋予一定的程序，电脑会绘画，会做诗，会谱写音乐的曲调，会绘制舞蹈的形象，也已成为现实。电影、电视的生产早已出现创作的团队，至今文学创作也开始出现工作室的集体分工与合作。电视连续剧《渴望》的成功就是突出的一例。凡此种种新的现象，都必然要引起文艺理论工作者的兴趣，也要求他们从理论上给予总结和回答。运用一切科学技术手段去促进文学艺术的发展，这也已成为当今世界各国发展软实力的重要选择，也必然会成为我们党领导文艺事业所必须考虑的重要问题。而超越电传的光传时代很快就会到来，从未来学的视点来看，它对未来文学艺术会产生怎样的影响,自然也是文艺理论工作者所不能不关注的。

七、文艺与现代社会经济的关系,同样会影响到我们对于文学艺术的本质特性的认识。文艺作品是人类精神凝结的花朵,其价值本来难以衡量,但在现代社会市场经济充分发展的历史条件下,文学艺术产品已不单纯是艺术品,它们还是具有交换价值的满足人们审美需求的商品、消费品。生产与消费相互依存的关系,生产满足消费,消费促进生产,供与求相互依存的经济规律,已经像一只看不见的手在引导文学艺术的生产,引导作家、艺术家对作品题材、主题、形式、风格的创造和选择。这种状况与上世纪50年代到80年代有很大的不同。它为党和国家领导文艺提出新的课题、新的挑战。由于兼具审美性和商品性,文艺如今已发展为重要的文化产业,成为社会财富的重要资源,成为国家文化生产力的重要部分。文学艺术的制作、出版和传播,每年已能为国家创造数千亿元的财富,也能为作家、艺术家带来丰厚的金钱收入。这都是今天文艺理论工作者所必须加以研究的现象,并从中探讨文艺发展的历史规律。而且,这种新情况下,政治如何去领导和影响文艺,道德、宗教、美学等上层建筑意识形态如何去滋润文艺,都需要加以深入的探讨。如何挖掘和充分发挥文艺的生产力,寻求合理的生产机制与消费机制,更好地配置资金与人力,以求为国家创造更多财富,创造更强的软实力,也已成为当今党和国家领导文艺所必须考虑的重大问题。文艺社会学和文艺经济学已成为马克思主义文艺理论的新的重要学术生长点。

八、上述问题从方方面面都补充和丰富了对文艺本质的认识。本质是关系的总和。事物的本质是多层次的。列宁曾指出,"人对事物、现象、过程等等的认识是从现象到本质、从不甚深刻的本质到更深刻的本质的深化的无限过程。"[①] 审美当然是文艺作为社会意识形态特性的本质。文学艺术作品正如马克思所说是"人按照美的规律来建造"的产物[②];也如毛泽东在《讲话》中所说的文艺的美比现实的美"更高,更强烈,更有集中性,更典型,更理想,因而就更有普遍性"。曾有"文学是人学"的说法,这当然从另一重要角度补充了人们对文学艺术本质的认识。但文学并非一般的人学,它有别于人类学或人的生理学、心理学与人体解剖学等关于人的其他科学。尽管人始终是文学艺术表现的中心,人的思想、情感、行为和性格,人与

[①] 列宁:《黑格尔〈逻辑学〉一书摘要》,收入《哲学笔记》,第239页,人民出版社,1961年。
[②] 马克思:《1844年经济学—哲学手稿》,收入《马克思恩格斯全集》第42卷,第96页,人民出版社,1979年。

人的关系，人与社会和自然的关系，不断被文学艺术作品所描绘，关于人的各种科学的知识可供作家了解人的参考，但文学艺术总是从审美的视角来描绘的。这正是文艺作为审美意识形态的特性所决定的。无视这一点，如果只从动物性、只从生理需求去表现人，就会使文艺走向歧途。文艺既然以人为主要的描写对象，对人性自应有正确的认识，从而就不能不为文艺理论所探寻。人性虽然不能完全摆脱动物性，但人作为社会的动物，是离开社会就难以存在的动物，所以马克思指出："人的本质并不是单个人所固有的抽象物，在其现实性上，它是一切社会关系的总和。"① 他认为人性是历史地形成的。故而他还指出"首先要研究人的一般本性，然后要研究在每个时代历史地发生了变化的人本性"②。文学艺术对人性的描写和表现，不但要从审美的视角出发，而且应该理解不存在抽象不变的人性。人性实际上是由多种关系所决定、所形成的心理意识的系统结构，特定历史时代的人性中总包含有人类、民族、阶级、阶层、党派、家族、家庭、朋友以及接触的思想材料等种种社会关系所赋予的烙印。具体的人性总是一般与个别的统一。因而在一般的共同性中总存在个别的种种差别，从而为文学艺术塑造人物形象的典型深度和鲜明个性提供现实的基础。文学艺术作为审美意识形态，它对人的描写必然要达到真善美的统一，即以真实生动的艺术形象，崇善贬恶的思想导向和令人愉悦的美感形式的统一，来满足读者和观众的审美需求。而文学艺术与现实生活、与人民群众、与社会政治和经济、与中外前人的审美创造传统所发生的关系，也展现了自己作为上层建筑意识形态的多层次的本质。正因为文学艺术本质具有多层面的丰富内涵，随着历史时代的发展和变动，文学艺术内容与形式也都必然要发展和变动。由于人的现实生活的丰富性和作家艺术家创造潜力的无限性，以及读者和观众审美需求的多样性，都决定文学艺术作品的题材、主题、形式、风格必然要求"百花齐放，推陈出新"，而社会经济基础和上层建筑意识形态的主导性质及其相互适应、相互矛盾的复杂性，则又要求社会主义时代的文学艺术必须正确处理与人民、与政治和经济等各方面的关系，并把"弘扬主旋律"与"提倡多样化"结合起来，坚持以马克思主义为指导的，包括中国特色社会主义共同理想、爱国主义的民族精神、改革创新的时代精神和社会主义荣辱观所共同构成的社会主义核心价值理念，从而使文艺既有良好的生态环境，又有

---

① 马克思：《关于费尔巴哈的提纲》，收入《马克思恩格斯选集》第1卷，第18页，人民出版社，1972年。
② 马克思：《资本论》，收入《马克思恩格斯全集》第23卷，第669页，人民出版社，1962年。

明确的历史指向。

九、文化艺术的领导权与统一战线是中国共产党领导革命和进行社会主义建设所必然要面对的重要问题。以社会主义、共产主义理想为目标的革命事业，包括为这个目标服务的文学艺术，没有坚强的领导和动员千百万人共同奋斗，是难以完成的，因而就产生邓小平所说的要"加强和改善党对文艺的领导"和毛泽东所说的建立文艺界的统一战线的必要性。它包括如何动员和团结广大的文艺工作者，并通过实施领导而保障文艺能够为人民为革命事业服务，也包括如何处理文艺队伍内部的各种矛盾，正确区分人民内部矛盾与敌我矛盾，妥善对待不同流派、学术观点的竞争，创造适合和促进文艺繁荣的组织体制和生态环境等。事实证明，放弃领导权，那样就难以保障文艺为人民为社会主义服务的方向，也难以维护文艺队伍的团结。邓小平强调党必须按照文艺的规律来加强和改善对文艺的领导，"坚持正确的政治方向，从各个方面，包括物质条件方面，保证文艺工作者充分发挥自己的聪明才智"。他并指出，"文艺这种复杂的精神劳动，非常需要文艺家发挥个人的创造精神。写什么和怎样写，只能由文艺家在艺术实践中去探索和解决。在这方面，不要横加干涉。"[①] 领导的最大责任是通过正确的政策方针、明确的思想导向和必要的物质措施，为保证文艺发展的良好生态环境，充分调动作家艺术家的创作积极性，并为便利他们深入人民群众的生活，感受时代前进的脉搏，保障创作的时间等提供必要的条件。文联和作家协会的最重要的作用就是团结作家艺术家并为他们服务。历史的惨痛教训说明，在文艺界也决不应轻易把人民内部矛盾混淆为敌我矛盾处理，务必保障创作自由和评论自由，对思想问题、学术问题、艺术问题，都应鼓励作家艺术家去自由创造和自由讨论，真正贯彻"百花齐放，百家争鸣"和"推陈出新"的方针。当然，对不同的文艺作品，必须开展批评，有好说好，有坏说坏，以激浊扬清；对不同的学术见解必须开展讨论，追求真理而改正谬误。正如毛泽东所说："真的、善的、美的东西总是在同假的、恶的、丑的东西相比较而存在，相斗争而发展的。"[②] 无视矛盾，不分是非，不但不利于文学艺术及其理论的健康发展，也不利于激励优秀的文学艺术在相比较的竞争中脱颖而出。

---

① 邓小平：《在中国文学艺术工作者第四次代表大会上的祝词》，收入《邓小平文选》，第185页，人民出版社，1983年。
② 毛泽东：《关于正确处理人民内部矛盾的问题》，收入《毛泽东选集》第5卷，第390页，人民出版社，1977年。

我以为，这就是积九十余年之实践经验所理应获得的关于文艺基本规律和社会主义文艺规律的认识。可以说九十多年来，中国共产党的文艺政策正是根据上述文艺规律的认识深化和全面而不断作出调整，不断纠正"左"和右的干扰，从而促进文艺的健康发展和繁荣，使之更好地为人民，为社会主义服务。这些理论认识虽然难以涵盖当代文艺理论的全部，但却在相当程度上充实了当代中国马克思主义文艺理论的基本体系，并为引导我国文艺迈向未来的光明前景奠定了坚实的理论基础。

2011 年 7 月 24 日于北京花家地

（原载《燕赵学刊》，2012 年春之卷）

马克思主义文学批评中国形态的历史进程

黄念然

马克思主义文学批评中国形态（以下简称"中国形态"）的建构是一个由世界性理论向民族性理论、由普遍性理论向具体性实践、由精英化理论向群众性意志转化的过程，同时，它也是中国文学理论家推动马克思主义文学批评发展的过程。从这个意义上讲，马克思主义文学批评的中国化就是马克思主义文学批评的民族化、时代化、实践化和大众化。这一建构过程包含着三个基本逻辑环节：一是探索与坚持，即通过译介与传播，去学习和掌握马克思主义文艺基本原理，用马克思主义文艺理论武装文艺工作者的头脑，并在理论探讨与文艺实践中以正确的态度加以坚持和运用。二是结合与转化，即把马克思主义文艺原理同中国文艺实践相结合，突出强调它对中国文艺的实践性和针对性，并实现理论风格的空间转换和理论应用的时间转换。三是发展与创新，即基于对文艺实践的深度追问，对文艺理论的批判性改造，不断践行文艺实践及其理论探讨的历史性反思，进行理论创新，形成中国特色、中国风格、中国气派的马克思主义文学批评。本文将以上述"四化"和"三环节"为主要线索，寻绎马克思主义文学批评中国形态建构的总体发展历史。

一、马克思主义文学批评中国形态的发生和毛泽东文艺思想的形成

从马克思主义文艺理论传入中国到毛泽东文艺思想的形成这一历史时段是"中国形态"的萌生、发展期。其历史跨度大致为近现代之交到新中国的成立。

（一）马克思主义文艺理论早期译介与传播中的选择性吸收

"五四"运动以来，马克思主义文艺理论在中国的早期译介和传播同留学生有着密切的关系，其主要传播途径有日、俄、西欧三条，其传播特点表现在革命性的视阈和对唯物史观的强调。这种以日、俄等译本为中介的传播由于理论来源的间接性，既使得译介与传播中的个人创造性得以发挥，也不可避免地存在对理论文本的过度诠释或误读。

"五四"运动前后的译介与传播较之前期有了明显的进步与提高。早期共产党人如李大钊、陈独秀、瞿秋白等在译介与传播中强调了马克思主义文艺理论的革命性和意识形态功能。一些著名文艺社团对马克思主义文艺理论的译介与传播起了推动作用。如"文学研究会"对现实主义文学理论的传播，"创造社"批评群体对马克思主义文艺理论的倡导，以及"未名社"和"太阳社"对苏俄文艺理论的译介与传播，都在这一时期起着薪火相传的作用。左翼文艺界则将译介与传播推向了一个新高潮。其突出表现是：译介与传播的重心从阐释性文本向经典性文本转移，形成了马克思主义文艺基本原理引进和革命文学实践相结合的基本译介原则，展现出从混杂走向清晰的总体发展态势。

（二）"文艺大众化"论争与马克思主义文学批评中国形态的建构

"中国形态"的建构历程同 20 世纪以来中国文艺界关于文艺重大问题的论争有着密切的关系。发生于 20—40 年代的"文艺大众化"论争充分体现了中国化的马克思主义文学批评在大众化方面的自觉追求。这种追求既体现在文艺制度的初建方面，也体现在理论探讨之中。比如，在 20 年代中后期，"创造社"就通过设立介绍马克思主义文艺理论基本概念与范畴的"新辞源"栏目来进行文艺大众化的启蒙，甚至在译介与传播活动中将"普罗化"制度化；而"太阳社"在其理论探讨中通过形成自己的文学理论链（如蒋光慈的"革命"的文学——"新写实主义文学"——"普

罗文学大众化")和无产阶级文学批评规范(如钱杏邨的思想内容和艺术方法"二分法")来达到大众化、普及化的目的。30年代左翼文艺运动在文艺大众化讨论中的理论探讨呈现出从多向展开到浮现重大理论问题的发展态势,诸如瞿秋白的文艺大众化"三化"原则的主张(题材的斗争化、体裁的朴素化、作者的工农化),鲁迅对苏联"同路人"理论的选择性接受,左联在文艺大众化讨论中的身份想象("大众写"还是"写大众"、"大众化"还是"化大众")等,最终汇集为对新旧形式关系、大众语和通俗化等核心问题的辩论,为后来的延安文艺大众化运动的理论探讨和文艺实践奠定了基础。延安时期的诗歌大众化问题讨论以及戏剧改革和新文艺推广运动(新秧歌、新歌剧、文艺下乡)中的文艺大众化探讨,相较于左翼的文艺大众化探讨,实现了从理论话语到现实实践、从抽象的"大众"到阶级的"大众"等方面的重心转移。

(三)"民族形式"论争与马克思主义文学批评中国形态的建构

"民族形式"论争主要围绕三个层面展开,并在"中国形态"建构中取得一定实绩:

1. 文艺"民族性"的意识觉醒催生了中国形态建构过程中对文艺民族特性的思考与体认

茅盾、邓中夏、蒋光慈、鲁迅等人将"民族性"范畴引入理论探讨与文艺实践中,起了导夫先路的作用;在文艺民族性探讨向左、中、右三翼展开的过程中及其相互论战中,左翼将文艺的民族性问题同革命现实和民族性改造联系起来,一定程度上给这一问题的探讨打上了革命功利性的印记。抗战前夕中国共产党人对文艺"民族性"的体认则为后来的"民族形式"论争确立了一种文化学的思考角度,诸如艾思奇的文化遗产继承理论、何干之的民族传统文化观以及陈伯达对马列主义与中国共产党和中国民族文化传统之间"应然"关系的论述等,都是这种文化视角的突出体现。文艺民族性问题和文化民族性问题也由此有机关联起来,并为后来中国共产党人的新文化构想提供了一个从文艺入手解决文化问题的思路。

2. 核心问题的浮现

"民族形式"问题论争最终聚焦于旧文艺的新式化和新文艺的民族化、民族文艺与西洋文艺的关系、新文艺的民族形式与现实主义的关系三个核心层面,深刻表明学界对"民族形式"问题的认识得到了进一步的深化。

3. 毛泽东"民族形式"理论的成型与拓展

毛泽东 1938 年提出的"中国作风与中国气派"不仅具有方法论意义，也为国统区和延安根据地对"民族形式"的进一步论争给出了理论依据。1940 年他在《新民主主义论》中对"民族形式"理论的进一步丰富，既实践着他的政治革命与新文化思想的结合，也使"文艺界民族形式运动"得到进一步拓展，如周扬对民族化与文艺发展新方向的阐述，光未然对民族形式表现的剖析，郭沫若对文艺民族新形式与大众关系的论述，以及潘梓年对"大众化"与"民族化"关系的分析等，都是毛泽东"民族形式"理论在各具体层面的展开与补充。

（四）毛泽东文艺思想的形成

作为"中国形态"建构之典范的毛泽东文艺思想，是毛泽东及其他马克思主义文艺理论家运用马克思主义的世界观和方法论考察、研究、分析文艺问题的科学体系，是马克思主义文艺理论同中国文艺实践相结合的产物。《在延安文艺座谈会上的讲话》（以下简称《讲话》）是毛泽东文艺思想形成的重要标志，其中有在时代革命和新文化构想的实践中进行文艺批评的时代创新意识，有把"为人民大众"作为其理论出发点的人民大众意识，也有大力提倡具有中国气派与中国作风的文艺批评的民族意识。从这个意义上讲，它是推动马克思主义文艺理论中国化、民族化的典范之作。同时，我们也应认识到其他马克思主义文艺理论家在毛泽东文艺思想形成过程中的重要作用。比如：瞿秋白的马克思主义文艺观及其在译介方面的巨大贡献与毛泽东文艺思想的形成有着不容忽视的联系；鲁迅对文学与政治、文学与革命、文学与人民群众的关系等问题的阐述，对文艺社会作用及文艺真实性、阶级性与人性等的剖析，都达到了那个时代马克思主义文学批评中国化的新高度，这在毛泽东的"鲁迅论"中得到了充分的肯定；冯雪峰的革命现实主义的理论建树、"鲁迅论"中的马克思主义文学批评实践、"主观力"与"人民力"的创新性以及《论民主革命的文艺运动》中的理论探索，都足以说明他在"中国形态"的建构和毛泽东文艺思想形成中的重要成就。此外，茅盾的现实主义文学理论对毛泽东的文艺源泉论的补充，张闻天的新民主主义文化建设理论（新文化四要求：民族的、民主的、科学的、大众的）对毛泽东的新文化构想的启发等，都在"中国形态"的建构史上值得书写一笔。在中国现代文艺思想史上备受争议的周扬，其文艺思想的理论品格及其与《讲话》的互动关系也值得学界进行新的开掘。而胡风的实践性文艺观及其创造性转换并不因其后来的个人悲剧而掩盖其与毛泽东文艺思想之间的内在联系，他的"主客观化合论"是对文艺创作规律的深刻揭示，他的"精神奴役创伤论"体现了对异化问题的本土探索，他的"主观战斗精神论"体现了对作家主体意识的关注，他的"到处都有生活说"则是对毛泽东文艺源泉论在实际操作中疏漏的弥补。所有这些，都说明毛泽东文艺思想是一种创造性的集体智慧的结晶。

二、马克思主义文学批评中国形态的发展与变异

从中华人民共和国成立至"文化大革命"结束，是"中国形态"进一步发展以及在特殊历史条件下发生变异的时期。"十七年"文学批评在当代文学进程中扮演着创新"革命文艺理念"、整合中外文学资源、确立文学新秩序等方面的重要角色，其目标是建构社会主义文学理论新秩序。这一时段受苏联政治与文艺思想的影响，出现过多次思想批判运动，但在坚持和巩固马克思主义文艺理论上，其主流仍是积极的、正面的，"中国形态"的建构也仍然处于发展之中。"文化大革命"十年，由于左倾理论的盛行，"中国形态"的建构出现了严重的变异，产生了多种理论误区和现实灾难，其中的教训非常深刻。

（一）"十七年"文学批评：科学性、现代性理论改造与"中国形态"的巩固

"十七年"文学批评对中国本土的传统文艺批评以及"五四"运动以来的各种资产阶级文艺批评进行了马克思主义的批判性继承和科学化的改造，一定程度上巩固了"中国形态"。这种科学性、现代性改造主要有三条途径：一是中国共产党领导人为适应社会主义建设时期的文艺发展以及为摆脱苏联政治与文艺思想的束缚而进行的调整。比如：毛泽东在《同音乐工作者的谈话》中对"民族化"问题进行了更深入的阐述，他提出的"双百"方针不仅符合文艺发展的内在规律，更从民主性的理论高度提升了"中国形态"的理论品格，他带有鲜明方法论特色的"古为今用、推陈出新"思想既是马克思主义历史辩证法在文艺问题中的创造性运用，也为"中国形态"的建构指明了民族化的努力方向。周恩来在社会主义时期马克思主义文艺理论中国化进程中，充分考虑到文艺的固有特性和它作用于人与社会的特殊实现方式，对社会主义的文艺价值取向以及文艺的阶级性与人民性、继承性与创造性、民族性与世界性、生活真实与艺术真实、物质生产与艺术生产的关系、党对文艺工作的领

导与艺术民主、作家的个人素质建设、知识分子与工人阶级的关系等诸多文艺问题作了全面的辩证的阐述，不仅超越了单纯从社会政治的视角来要求文艺和仅从文艺本身看文艺的局限，而且在延续和加快发展马克思主义文艺理论中国化的历史进程方面作出了不可磨灭的贡献。二是当时主流文艺方针与代表人物在对毛泽东文艺思想的宣传和实践中进行马克思主义文艺基本原理同中国文艺批评实践相结合的理论探索，也在一定程度上起到了深化马克思主义文学批评中国化实践的积极作用。比如，周扬在批判修正主义和清算教条主义两条战线上"作战"时，对文艺艺术性、创作规律作了集中体认和阐发。他对形象化的强调，对艺术特殊性的重视，在克服公式化、概念化方面的努力，都有其积极的作用。何其芳坚持用历史唯物主义原则进行文学史研究，对当时流行的"厚今薄古"观念进行了反驳，他关于艺术典型问题的"典型性并不等于阶级性"的看法，他的"实践是检验一切理论的标准"的主张以及著名的"共名"说等，都使得一些重要文艺理论问题得到了进一步探索。三是那些被边缘化、处于政治斗争风口浪尖而又执著于真理的文艺理论家们在理论探讨的"破"与"立"中接续着马克思主义文学理论的血脉。就"破"而言，有胡风在其体验现实主义文艺思想中以"主观战斗精神"对流行的"主观公式主义"和"文艺宗派主义"的批判；有秦兆阳在其现实主义理论探索中对苏联的"社会主义现实主义"创作方法和"文艺从属于政治"观念合理性的质疑；有黄药眠"生活实践论"对苏联教条主义文论的批驳；也有学界"干预生活"命题对苏俄"无冲突论"的突破。就"立"而言，在文学内部规律探讨中，有巴人的"人情"论、王叔明的"人性"论、钱谷融的"文学是人学"、邵荃麟的"中间人物"论和"现实主义深化论"以及张光年的"题材多样化"论等。此外，在马克思主义美学中国化的初步尝试方面，王朝闻的马克思主义审美经验论对中国鉴赏家和艺术家美学传统的创造性继承、《新艺术创作论》对艺术辩证法的阐扬，以及《美学概论》在马克思主义美学中国化的普及方面的探索，在这一时期都是难能可贵的。

（二）政治化与马克思主义文学批评中国形态的变异

"文化大革命"是形势认识和理论追求出现严重错位的产物。"无产阶级专政下继续革命的理论"对马克思主义中国化正确方向的背离，给文艺界带来了一场浩劫，也使得马克思主义文学批评中国形态的建构发生了断裂与变异。文艺界的主流意识形态及其理论的推广与宣传者通过歪曲马克思主义文艺理论而为现实的政治斗争服务（如"部队文艺工作座谈会纪要"），不仅没有为马克思主义文学批评中国化的实践提供新的理念，反而在极左路线和庸俗社会学的主导下，完全歪曲和篡改了马克思主义文艺理论所强调的现实主义及其真实性原则，将文艺的政治性、功利性推到实用主义的极端。这一时段的马克思主义文学批评理论的探讨陷入了多重误区，出现了文艺性质认识中的所谓"从属论"、"服务论"、"工具论"，创作方法认识中所谓的"三突出"、"两结合"、"题材决定论"，以及文艺与生活关系认识中的所谓"唯一源泉论"、"改造先行论"。

三、新时期以来马克思主义文学批评中国形态的建构实践

新时期开始至今（指"文化大革命"结束至今）是"中国形态"建构的多元综合创新期。其中，"文化大革命"结束到80年代中期是文艺理论界的自我反思和调整期，文艺学的各种论争对于恢复马克思主义文艺学说的指导地位、重启"中国形态"建构，起了积极的推动作用。邓小平文艺思想是这一时期"中国形态"建构的创新性、典范性成果。80年代中期到90年代初期，"中国形态"的建构在学界的理论自主性追求中稳步前行。90年代以来，社会文化转型语境下的"中国形态"的建构实践则具有面向当代、面向世界、注重对话、注重理论创新的鲜明时代特征。

（一）新时期以来的文艺学论争与"中国形态"的建构实践

从"文化大革命"结束到80年代中期，伴随着文艺学问题的各种论争，"中国形态"的建构在论辩中发展，其间伴随着各种对立因子的碰撞与冲突，如文艺观念的旧与新、对马克思主义理解的浅与深以及政治气候的阴与晴等，将"文化大革命"结束伊始理论界霜冻初解的历史场景一并敞现了出来。文艺与政治关系作为马克思主义文学批评中最重要的问题之一，经过反复论辩，最终正式以"文艺为人民服务、为社会主义服务"取代"文艺从属于政治"、"文艺为政治服务"的口号。这次拨乱反正强调了文艺的相对独立性，对党的文艺方针作了重大调整，为"中国形态"的建构打开了思想解放的新局面。

现实主义问题论争及其相伴而生的艺术真实和艺术典型问题的论争，强调了文艺与生活的联系及艺术真实与生活真实的区别，突出了思想性和艺术性的统一，区分了自然主义与现实主义的界限，清理了"写真实"与"写本质"的关系，开掘了艺术典型的多种内涵和基本特征，一定程度上恢复了马克思主义的现实主义文学理

论的原貌。其中贡献尤大者是理论家陈涌,他以"真实性"与"倾向性"、"典型"与"阶级性"、"美学"与"历史"等核心范畴构筑其现实主义文学理论体系,注重培育理论感、历史感和艺术感"三感"的结合,始终坚持把握经典文论应回到经典作家的原著和回到对象(作品)本身。"两结合"问题论争中,王元化用感性-知性-理性三分法的哲学认识论,取代感性-理性二分法,廓清了学界对马克思"由抽象上升到具体"这一经典命题的惯性认知①,对文艺界的"抓要害"、"抓本质"、"写本质"、"三突出"等错误文艺观进行了认识结构上的纠偏。不少论争使得马克思主义文艺理论的原貌得到了不同程度的恢复与应用,比如:在"形象思维"问题论争中引入马克思主义认识论中关于"掌握世界"方式的论述,用马克思主义历史唯物论解释"共同美"的形成,用马克思主义的"美学的和历史的观点"取代"政治标准第一、艺术标准第二"的文艺批评原则,在"文学的人民性"问题的论争上打破了言"人民性"必取消"党性"原则的理论禁区,从"民主性精华"的理论高度上承认了"人民性"存在的合法性,等等。一些论争则凸显出"中国形态"建构的自觉意识。如:艺术生产与物质生产发展不平衡关系问题的论争直接同社会主义时期经济与文艺建设的现实联系起来;在从人性、人道主义的讨论到"文学是人学"命题的重新确立过程中,周扬、黄药眠、王蒙、钱谷融等学者或从理论的自我批判、或从马克思主义社会实践理论、或从创作经验的实际、或从人性共同形态与典型的关系等方面,不同程度地深化了对这一命题的本土探索。

(二)邓小平文艺思想的创新性及其对"中国形态"建构的影响

邓小平文艺思想是中国特色社会主义的文艺思想。它作为当代马克思主义和当代中国文艺实践相结合的产物,是马克思主义文艺学说和毛泽东文艺思想在新的历史条件下的继承和创新性发展。文艺学界在邓小平文艺思想指导下,深入进行"中国形态"的探索,在一些方面取得了突破性进展:(1)在文艺与政治及社会生活关系问题上,通过纠正传统机械反映论的偏颇,深入探讨了文学主体性及艺术反映能动性问题。(2)在文艺本质问题上,吸收传统意识形态论、艺术反映论的有益成分,整合现代西方哲学、美学思想,先后提出了情感本体论、自由象征说、审美反映论、审美意识形态论等多种新说,丰富、拓展和深化了对文艺本质的认识。(3)在文艺理论哲学基础问题上,以马克思主义的哲学反映论或辩证唯物主义的认识论为基础,

---

① 王元化:《论知性的分析方法》,载《上海文学》,1982年9期。

深入拓展了以历史唯物主义为基础的哲学实践论的研究，一定程度上实现了文艺理论研究中实践品性的回归。（4）通过对人性、人道主义和异化问题的论争，重新确立了"文学是人学"的命题，并对马克思主义人学理论进行了补充和丰富。（5）重新探索了马克思主义倡导的"美学的观点"与"历史的观点"有机统一的理论，初步建立了"外部研究"和"内部研究"相结合的文艺理论研究格局。

（三）实践论美学的拓展与"中国形态"的建构

20世纪50—60年代关于"美的本质"的美学大讨论，到了80年代演化为实践论美学的独树一帜，促其蓬勃发展者当推李泽厚、朱光潜、蒋孔阳等人。李泽厚的主体性实践美学通过马克思主义的实践观改造康德的先验主体性，突出了"实践"范畴中潜含的"主体性"内涵，这对于推动美学摆脱静态的认识/反映模式，对于文艺学界突破长期以来所习惯的哲学——文艺社会学阈限，有着深远的意义。李泽厚的"积淀"说，虽然只是对"实践"范畴之于僵硬的心物、主客以及感性与理性对立的超越等问题的理论猜想，但其对康德先验认知模式、荣格原型理论、贝尔"有意味的形式"、皮亚杰的发生认识论原理和格式塔心理学的"异质同构"等西方思想资源都进行有效吸纳，并与马克思的"自然的人化"等思想相互参证，不失为一种当时高出国内同侪的本土理论创构。朱光潜之于"中国形态"建构的重要意义不仅仅在于他呼应李泽厚引用马克思实践观点的做法，将其"美是主客观统一"观点与马克思的实践论融为一体，借以形成新的实践论美学观；更在于他的自我解剖、自我批判精神和对真理永不停息的寻求，以及对马克思主义的自觉学习与不断发现。相比某个概念范畴或理论形态的建立，这种精神在未来的"中国形态"探索中更弥足珍贵。"美在创造中"是蒋孔阳自选集的书名，是其美学思想新体系的凝练，也是其学术品格与心路历程的集中体现。他的以实践论为哲学基础，创造论为核心的审美关系论，其理论创新是多方面的，诸如"美在创造中"、"美是多层累的突创"、美是"自由的形象"等多个命题的提出，不仅继承了马克思主义学术研究的历史性研究和逻辑性建构相结合的原则，更显示出历史总结和再创造的品格。

（四）理论自主性的追求与"中国形态"的建构

在理论自主性的追求中拓展马克思主义文学批评理论的深度与广度是这一时期"中国形态"建构的特点。这主要体现在：（1）对文艺研究方法的多元化追求。80年代中期以来，各种西方现当代文艺学方法被纷纷引进本土文艺批评实践，并大致形成了科学主义和人文主义两大派别。它们对批判庸俗社会学和机械论的思维方式、推动文艺研究方法的多样化、丰富和发展马克思主义的辩证思维，起到了一定的促进作用。（2）文学的主体性论争。刘再复的文学主体论作为对"文学是人学"这一原有命题的深化努力，因其"主体"的先验给定性而陷入理论盲区，与马克思关于人的主体性发展的三大历史形态的理论也有所偏离，并由此引发了学界关于文学主体论与文学反映论的论争与冲突。它在"中国形态"建构进程中的意义就在于它引发了学界对庸俗社会学之弊端的思考和对单纯认识论文艺学的反思与批判。（3）文学"审美反映"论和"审美意识形态"论的确立。从其形成过程来看，它们是中国学者在坚持马克思主义文艺基本原理的同时，整合本土理论创造（如王国维的超功利艺术本质观、鲁迅的"不用之用"文艺本质观、朱光潜的艺术审美本质理论、蔡仪的形象反映说、李泽厚的情感表现说、王朝闻的艺术审美反映说等），又经钱中文、童庆炳、王元骧等学者通过对文学政治工具论的深入批判和对文学特殊性的深度开掘，并整合马克思主义的存在与意识的关系理论和经济基础与上层建筑的关系理论而形成的。可以说，它们既是中国当代学者的集体理论结晶，也是对马克思主义文艺理论的创造性延伸。（4）在"中国特色的文学理论"的建设性探讨中初步提出中国特色文学理论的当代形态构想。陆贵山、朱立元等人的当代马克思主义文艺学体系建构和董学文的以文学理论科学性诉求为理论支撑的建设有中国特色的马克思主义文艺学当代形态的构想，是这一时期的重要收获。

（五）社会文化转型语境下马克思主义文学批评中国形态的建构实践

90年代以来，随着市场经济的开启和中国社会全面而深刻的转型，文学批评在多元化和多样化的追求中走向"众声喧哗"。"中国形态"的建构呈现出面向当代、注重比较与对话的特征。其建构实践主要体现在以下几个方面：

1. 文学"现代性"论争与"中国形态"的建构实践

20世纪90年代中国学界在文学批评领域逐渐展开"现代性"的论争，由于"现代性"话语内涵的多义指向，使得这一视阈下的文学批评实践陷入了某种困顿，但它关于中国文学现代性规范的剖析、关于中国现代化进程与文学思潮发生之间内在联系的分析，一定程度上引发了人们对马克思主义现代性理论的深度思考。它在现代性视野中进行的中国文艺思潮史研究，则是借鉴西方理论对马克思主义文艺史观的本土拓展。

2. "人文精神"大讨论与"中国形态"的建构

这场针对性明确而其内在含义却甚为模糊的讨论作为"对精神滑坡的集体抗衡"[①],主要是在精神/物质的论述结构中去质疑交换原则和消费逻辑对精神文化的压迫。钱中文的"新理性精神"论、童庆炳的"文化诗学"、鲁枢元的"生态文艺学"等,是文艺学界作为对现实人文精神之失落的回应。这其中,"新理性精神"论是马克思主义文艺理论中国化指导下构建人文精神的新尝试。"文化诗学"主张在市场化、产业化及全球化语境下通过对文学文本和文学现象的文化解析,提倡深度的精神文化,提倡人文关怀和诗意追求,是对马克思主义人义关怀的新回应。

3. "文化转向"与"中国形态"的建构

20 世纪 90 年代以来,西方"文化研究"进入国内文学批评视野。由于马克思主义文化理论对文化研究具有深远影响,文化研究的一些重要理论框架、阐释模式乃至概念范畴都以不同方式回归马克思。因此,探讨马克思主义文化理论的内容特点及其与文化研究的关系、探讨马克思主义文化理论与文学理论的关系、马克思主义文化理论与当代批评建设的关系、为当代文化批评寻找坚实的理论支持,一直是 90 年代以来学界关注的热点。其中对于"中国形态"建构具有启发意义的是:(1)一些"文化研究"学者力倡文化研究理论的本土化及中国学派的建立;(2)市场经济条件下伴随着文艺新业态的产生而兴盛的本土"文化产业"论。

4. "理论创新"时代的"中国形态"建构

进入新世纪以来,在"三个代表"重要思想和科学发展观、社会主义和谐社会论的指引下,特别是在党的十七大报告明确提出要与时俱进、"不断推进马克思主义中国化"的思想激励下,文艺理论界掀起理论创新的热潮,"中国形态"的建构真正步入了一个理论活跃期。这些理论探讨呈现出多元化的探索路向:(1)开始探讨"马克思主义文艺理论中国化"这一命题的科学性和其中的"中国化"的基本含义。对中国化与民族化、大众化、时代化、实践化之间的联系和区别展开了深入的探究。(2)开始对马克思主义文学批评中国化的进程进行历史分期描述或研究,形成了"三期"说(经典著作译注期、理论体系探讨期和当代形态建构期)和"五期"说(启

---

① 罗四鸽:《对精神滑坡的集体抗衡——陈思和答关于"人文精神大讨论"的若干问题》,载《文学报》,2008 年 12 月 18 日。

蒙、奠基、"十七年"、"文化大革命"、新时期）①。（3）开始总结中国化马克思主义文学批评的基本特征（如革命实践性、伦理意识形态性、整合和谐性等）②。（4）开始探讨马克思主义文学批评中国化的理论形态。如提出以马克思主义实践论哲学与人学的统一为理论基点的主体论、本体论与价值论有机统一的系统整合式批评形态③。（5）开始探讨马克思主义文学批评中国化的基本路径。如提出"中国化"、"民族化"、"科学化"相统一的建构途径和发展道路。（6）开始总结马克思主义文学批评中国化进程中的重大环节和重要理论成果。（7）考察了中国化马克思主义文艺批评标准与方法的演变。（8）从艺术人类学视角对马克思主义文艺理论话语中国化问题作了解析、评估和展望。（9）初步分析了马克思主义文论中国化研究中的全球化语境。（10）剖析了马克思主义文艺理论中国化中存在的问题，对"去政治化"、"去意识形态化"或融合西方理论以标榜马克思主义文艺理论中国化等各种"泛马克思主义文艺理论中国化"现象进行了清理和批判④。

由上可见，马克思主义文学批评中国形态的建构是一个铢积寸累、在曲折中前行的艰难历程，是一个中国数代学人不断寻求马克思主义文学批评中国形态的内容和形式、实践形态和理论形态、政治过程和文化过程相统一和完善的动态历史过程，也是一个中国特色逐渐形成同时又伴随着中国文学批评本身"既济"（完成性）和"未济"（未完成性）相纠结的辩证发展过程。认真清理这一历史进程并提炼出切实可靠的历史经验，必将为马克思主义文学批评中国当代形态的建构提供有益的借鉴。

（原载《中国人民大学学报》，2012 年第 2 期）

---

① 季水河在《回顾与前瞻：论新中国马克思主义文艺理论研究及其未来走向》（中国社会科学出版社，2009 年）中将新中国的马克思主义文艺理论研究分为经典著作译注期（1949—1979）、理论体系探讨期（1980—1988）和当代形态建构期（1989—2003）三个阶段。朱立元在《马克思主义文艺理论中国化研究》（经济科学出版社，2009 年）一书中分为启蒙、奠基、"十七年"、"文化大革命"、新时期五个时段。
② 张玉能：《中国化马克思主义文学批评的美学特征》，载《青岛科技大学学报》，2010 年 6 期。
③ 赖大仁：《关于马克思主义文学批评的当代形态》，载《中国人民大学学报》，1999 年 2 期。
④ 董学文：《马克思主义文艺理论中国化问题的反思》，载《文艺理论与批评》，2008 年 2 期。

对于文学理论的性质和功能的思考

王元骧

一

我国自古以来缺乏理论思维的传统,所以按照理论思维的规律来研究文学问题,还是"五四"前后在西方文学理论的影响下发展起来的。就西方的文学理论来看,至少有这样三种思维模式:即规范型的、描述型的和反思型的。

"规范型"的研究模式源于古希腊的文学理论。由于古希腊哲学主要是一种本体论哲学,并带有明显的目的论的倾向,所研究的是世界的理式和范型的问题,所遵循的是一种形而上的思维方式,一般都轻视感觉经验,认为"存在的本性是永恒的","理性把握不变,感觉把握变动",后者只不过是"意见",而前者才算是"真理"。所以只有以不变动的东西为范型而创造出来的事物才是"完美的",否则就"不完美"[1]。哲学所要探讨的就是这种世界的永恒不变的范型。推广到文学理论(诗学)研究的领域,也就要求把对文学的不变的原理的探讨放在首位,不仅以一个基本原理作为逻辑起点,借助演绎的方法推导出整个理论体系来,而且以此来规范文学创作和批评。如亚里士多德的《诗学》首先界定诗就其性质来说是对生活的"摹仿",然后从媒介、对象、方式的差别来探讨史诗、悲剧、喜剧(此部分已失传)各自的特点,认为摹仿之所以使人感到愉快,就在于使人获得一种"求知的满足"[2],这样就确立了知识论文艺观的基础和核心的地位。这种以一般来规定个别、把个别纳入一般、消融在一般之中的思维方式,在当时就被怀疑学派冠之以"独断论"来加以批判和否定;但

---

[1] 柏拉图:《蒂迈欧篇》,收入《古希腊哲学》,第382、374—375页,中国人民大学出版社,1990年。
[2] 亚里士多德:《诗学》,第11页,人民文学出版社,1962年。

是由于怀疑学派不能辩证地看待个别与一般的关系,在看重个别的时候又产生了无视一般而走向相对主义,因而最终未能对规范型的思维方式作出有力的批判。

"规范"是人的一切活动所不可缺少的,文学活动自然也不例外。就文学理论范围来说,如文学的本质、形式,都可以看做是一种文学活动的规范,它们作为作家长期创作实践经验的提升的成果,不仅是每个作家创作所应该遵循的,而且读者也只有按照这些规范才能理解作品,甚至连反传统著称的尼采也认为"每一种成熟的艺术都有许多惯例作为基础,因为它总是一种语言。惯例是伟大艺术的条件而不是它的障碍……"①。所以豪泽尔认为在作家、艺术家中,即使是那些"反对习俗的'造反派',自己也是用祖辈的'习语'来表达自己的思想的,因为不这样做,人们就无法理解,他们自己也说不清楚"②。但另一方面,文学生产毕竟是一种创作而非制作。创作就需要有创造性,那种陈陈相因、机械重复的东西总是使人感到枯燥乏味而缺乏吸引力的。所以对于规范,我们也只能把它理解为一种原则,它需要我们根据具体情况而加以灵活运用,而不应该把它当作是一种教条,要求文艺必须循规蹈矩地按此进行。但是规范型的理论却很少注意到这一点,它往往试图以一般来替代个别,当作对个别的一种强制的规定。在这方面,布瓦洛的《诗艺》可谓典型。它不仅制订了"三一律"等古典悲剧所不能逾越的法规,甚至连一个韵脚,都要求听命于理性的安排,认为"理性之向前进行常只有一条正路"③而别无其他选择。这样,创作也只能是按照这些法规来如法炮制,这怎么能使作家的创作才能得以充分发挥呢?17世纪流行于法国的新古典主义,就是由于这样死守成法而走向衰落的。这种规范型的理论很长一段时间在我国文学理论界被视为文学理论的一种基本形态,并把它与当时所流行的一些被歪曲了的马克思主义经典作家关于阶级斗争的理论和阶级分析的方法,以及他们在个别场合和特定环境下所说的关于文学问题的个别言论结合起来,视为文学研究和批评所必须遵守的标尺,以致教条主义和庸俗社会学的批评在我国风靡一时。这突出地反映在对"真实性"和"典型性"这两个问题的理解上:认为真实性就是对生活本质规律的揭示,生活的本质是光明的,所以反映生活的阴暗的方面就是对生活的歪曲;典型就是个别与一般的统一,人的一般性就是社会性、阶级性,这样,就把典型人物看做是一般的代表,他必须最充分地体现一般,否则

---

① 尼采:《悲剧的诞生》,周国平译,第358页,生活·读书·新知三联书店,1986年。
② 豪泽尔:《艺术社会学》,居延安译编,第16页,学林出版社,1987年。
③ 《西方文论选》(上册),第290页,上海译文出版社,1979年。

就不是典型的。周扬对于《老工人郭福山》的评论就足以反映这种思维方式。小说描写郭福山的儿子,一个铁路工人的领袖、党支部书记郭占祥,由于过去特殊的经历所以听到美帝国主义的飞机就感到害怕;这使得他的非党员的父亲郭福山深感愤怒,要党支部开除他的党籍。但总支书仅仅撤销了他的支部书记而保留了他的党员身份。后来在郭福山的影响下消除了郭占祥恐惧飞机的心理,父子都成了英雄。对此,周扬作了这样的批评,认为"作者不只歪曲地描写了一个模范的共产党员形象,而且完全抹杀了共产党员的教育和领导作用。似乎一个模范共产党员还不如一个普通的老工人;似乎在最紧要的关头,决定一个人的行动的,不是他政治觉悟的程度,而是由于某种原因所造成的生理上、心理的缺陷和变态……,似乎使一个共产党员改正错误的,不是党的教育,而是父亲的教育"[①]。由于这样一种批评方式的垂范,结果导致文学评论似乎毋须艺术修养和鉴赏能力,只须记住一些原则和教条,不必对人物、环境、事件以及由此所造成的种种复杂的关系作具体细致的分析,把一些观念和原理当作如同形式逻辑中的大前提那样,按照三段论法就能推断出结论,来对作品进行评论、作出判决。于是,人们误以为理论就是法规、条条、框框,就是"普洛克路斯忒斯的床",而使理论在我国变得声名狼藉,令人望而生畏、退避三舍。这种影响至今犹存。如上几年有学人把"理论工作的程序"看做是"先给某些概念规定某种定义",然后"再用这些概念来衡量具体的文学现象",就像"先掘了一个坑等待一棵合式的树"那样,其结果就必然会"滤掉那些没有本质意义的现象",去寻找"一种独立的、不受任何外来影响的文学语言结构"。从而提出只有文学理论的"终结"才会有"文学批评的开始"。这就是一种典型的基于误解基础上对于文学理论所生的新的误解。

二

到了近代,由于古希腊的以所谓"永恒真理"来设定世界的思维方式被看做是一种独断论而受到质疑和批判,文学研究的范式也开始发生变化,由原先"规范型"的而逐步向"描述型"和"反思型"转变。"描述型"的研究是着眼于现存的事实,认为只要通过对事实的陈述就能推出得到实证的知识。它是在英国经验主义哲学的

[①] 《周扬文集》第 2 卷,第 57 页,人民文学出版社,1985 年。

背景上发展起来的。经验主义内部有不同的派别，除了霍布斯、洛克等按科学的观点把经验看做只不过是外部的经验这一主流派之外，还有贝克莱、休谟等按人文的观点视经验为内部经验和主观体验的非主流派。通常人们所说经验主义一般侧重于前者。它深受当时正在兴起的自然科学的影响，竭力反对理性主义代表人物笛卡尔的"天赋观念"学说，认为认识只能来源于感觉经验，"人们单凭运用他们的自然能力，不必借助于任何天赋的印象，就能够获得他们所拥有的全部知识；他们不必有任何这样一种原始的概念或原则，就可以得到可靠的知识。"[①]所以在获得知识的过程中，他们通常看重于经验的归纳而反对逻辑的演绎；在知识的应用上，也认为只是以符合经验为标准，认为只有为经验所证明了的才能是可靠的、有用的。这样，在经验主义的基础上又引发出了实证主义和实用主义。它们的共同特点都是反对先验设定而以符合经验和付诸实用为衡量理论的最高的标准。所以理论也被看做只有实证意义、实用价值而无规范意义。文学研究中真正以描述的方式来进行研究是从20世纪以来，在英国分析哲学思潮的背景下发展起来的。这当中，瑞恰兹是一个很关键的人物。他在《文学批评原理》中把以往理论批评中的那些先在设定的原理都视为"臆说"、"怪论"、"玄虚之谈"，提出"批评理论所必须依据的两大支柱便是价值的描述和交流的描述"[②]，因而被学界认为是"英美批评界中的一本破天荒的书"[③]，认为它立足于客观事实、"富有科学精神"而"对由来已久的主观武断的批评传统形成了动摇其根基的挑战"，"使批评从纯粹主观主义走向科学态度"迈出重要的一步，瑞恰兹因此也就被视为在西方文艺批评中"开风气之先者"[④]。这部著作与他稍后出版的《实用批评》和《修辞哲学》一起，不仅启发了美国"新批评"的产生，使瑞恰兹被公认为美国"新批评"的鼻祖，就像蓝塞姆所说"新批评几乎就是从他开始的"。而且作为20世纪二三十年代我国清华大学的客座教授，他的讲学也对我国的批评理论产生过不少影响。只是在解放之后，由于马克思主义思想在我国跃居为统治的地位，他的影响才开始淡出。改革开放以来，随着英美文学理论的大量引入，以及一些英美留学归国的学者的批评活动，才使得这种描述型的研究模式又流行开来，大有成为当今我国文艺理论研究的一统天下之势。

描述型研究的最大的优势就是讲求科学精神，强调从文学作品和文学现象的实

---

① 《西方哲学原著选读》（上卷），第447—448页，商务印书馆，1981年。
② 瑞恰兹：《文学批评原理》，杨自伍译，第19页，百花洲文艺出版社，1992年。
③ 《钱钟书散文》，第86—87页，浙江文艺出版社，1997年。
④ 瑞恰兹：《文学批评原理》，杨自伍译，第1页，百花洲文艺出版社，1992年。

际出发，重视对"文本"的"细读"，并力求在研究中还原事实。这决定了它主要是属于一种微观的、实证的研究，而对于宏观的、思辨研究是采取排斥态度的。所以它往往只限于作品论和批评论，而难以上升为本质论。它的局限性至少有这样三点：

首先，经验是局部的、有限的，是对事物的外部联系的一种认识，所以经验的描述往往只能停留于个别事物，难以深入到事物的内在联系，发现事物的本质规律，形成普遍有效的知识，而使之上升为理论。因为理论是离不开思维的，"思维的本质就在于把意识的要素联合成一个统一体"①，唯此才能达到对事物本质规律的揭示，所以恩格斯说："经验主义竭力要自己禁绝思维，正因为如此，它不仅错误地思维着，而且也不能忠实地跟着事实走或者只是忠实地叙述事实，结果变成和实际经验相反的东西。"② 甚至连经验主义的鼻祖弗兰西斯·培根（严格地说，我们不能像以往人们那样把他归之于经验派）也认为："感觉本身乃是一种不可靠和容易发生错误的东西"，"经验派哲学比诡辩派或理性派所产生的教条还要更加丑恶和怪诞。因为它并不是在共同概念的光辉照耀之下建立起来的（虽然这种光是很暗淡和浮泛的，但总还是某种普遍的，涉及许多事物的东西），而是建立在少数狭隘和暧昧的实验上的。"③ 所以，如果说规范型的理论以一般强制个别、吞噬个别，那么描述型的研究则导致了以个别消解一般。

其次，文学是作家所创造的一种审美价值的载体，美不是事实属性而是一种价值属性，它不可能仅凭感觉经验而还需要评价活动才能把握。而评价是一种主客体的双向运动，它既需要立足于价值客体，又需要以主体一定的价值观念为标准和依据。尽管审美判断常常是不经思索刹那之间仅凭直觉而作出的，但实际上在意识深处已经被人们的趣味标准所衡量和裁决过了，这里就包含着一个主观预设在内。所以完全持价值中立的态度，像丹纳所说的如同植物学家那样，以纯客观的态度"用同样的兴趣时而研究桔树和桑树，时而研究松树和桦树"，"既不禁止什么，也不宽恕什么，它只是鉴定和说明"的文学理论④ 是没有的。甚至连以"客观性"为标榜的美国"新批评"派的代表人物韦勒克都认为"要想有一种完全中立的、纯粹说明性的文学理论，在我看来只是幻想"⑤。这决定了文学理论就其性质来说在我看来不只是

---

① 《马克思恩格斯选集》第3卷，第81页，人民出版社，1972年。
② 同上书，第454页。
③ 《西方哲学原著选读》（上卷），第352、355页，商务印书馆，1981年。
④ 丹纳：《艺术哲学》，傅雷译，第11页，人民文学出版社，1963年。
⑤ 韦勒克：《现代文学批评史·第五卷和第六卷前言》，第XV页，中国人民大学出版社，1991年。

一种科学,而且还是一种学说,它不可能完全回避对人生意义和价值的思考和回答。而描述型的研究由于拘泥于既定事实而反对理论预设,这样就出现了像胡塞尔在批评实证主义时所指出的"在原则上排斥了一个在我们不幸时代中,人面对命运攸关的根本变革所必须立即作出回答的问题:探寻整个人生有无意义",以致"在人生的根本问题上,实证主义对我们什么也没有说"①。这怎么能使我们的文学评论在复杂的文学现象面前保持自身的判断能力而不迷失方向呢?

再次,描述型的研究认为理论的价值应该以对事实的阐释功效来衡量,这与我们常说的"实践是检验真理的标准"似乎颇为相似。但只要我们细加分析,就会发现两者之间原则的区别。因为从实践的观点看来,现实是一个发展的过程,它从过去走来而又走向未来,现实只不过是其中的一个环节、一个中途点。所以对于阐释的有效性,我们就不能仅仅以是否符合当下事实来衡量,而只能理解为在实践过程中由实践来证明理论的客观真理性,就像霍克海默所说的,解释不只是一个"逻辑的过程",同时也是一个"历史的过程";"不只是对具体历史状况的表达,而且也是促进变革的力量"。只有这样,它的真实作用才能显现出来。而"描述是无目标的",它把现实当作一种静止的存在,"把一切事物看做都是理所当然的"②,只是以能否说明和解释现状为标准。这就使得理论在发展变化着的现实面前,永远是滞后于现状的,理论与现实之间也就失去了一种必要的张力,也就很难起到推动现实发展的作用。

如果说规范型的理论要求把个别纳入一般,以一般吞噬了个别;那么,描述型的理论则刚好相反,它以个别来否定了一般,因而往往由于驻足于个别而不能给人以举一反三、触类旁通的启示,理论的普遍有效性也就无从谈起。它实际上只不过是一种批评的理论。

三

"反思"按亚里士多德的说法是"对思想的思想",它被看做是哲学所固有的本性。哲学不同于一般科学,它所直接面对的不是经验事实,而是反映在意识中的现实

---

① 《二十世纪哲学经典文本》(欧洲大陆哲学卷),第181—182页,复旦大学出版社,1999年。
② 霍克海默:《批判理论》,李小军等译,第202、205—206页,重庆出版社,1989年。

发展过程中所出现的问题。所以从事实到理论还必须经由"问题"这一中间环节。问题不会是自发产生的，而只能从对事实与规律、实是与应是之间所存在的矛盾的思考中所提出，其中总是包含着一个有待解决的矛盾在内，这个矛盾愈普遍、愈尖锐、愈带有解决的紧迫性，那么这个问题的意义也就愈重大。所以在人文科学中，它必然带有对在现实变革过程中所突显出来的当下人的生存状态的思考以及人生价值的追问的性质，就其性质来说，不只是一种认识，而更是一种评判，因而它被霍克海默看做是一种"批判的"理论。它与"传统的"、亦即实证的理论不同，就在于"传统理论可以把一切事物看做是理所当然的"，而这"在批判思想那里却引起了怀疑；批判理论追求的目标是社会的合理状态"，所以"在批判理论影响下出现的概念是对现在的批判"[1]。它是指向未来的，因此也就被视为推动现实发展的思想动力。马克思不赞同"哲学家们只是用不同的方式解释世界"，而提出"问题在于改变世界"，就表明马克思主张哲学的功能是批判的。这种反思型的理论的思维方式流行于德、法文化区，特别是德语国家。它为康德所开创，在德国古典哲学、马克思主义哲学、西方马克思主义中的法兰克福学派、还有新康德主义、哲学解释学等那里得到了继承和发展，形成了自19世纪以来对抗经验主义、实证主义和实用主义的一股强劲的势力。

反思型的研究思维方式与规范型的研究模式之不同在于，它强调必须立足于对经验现象研究的基础之上；但是又与囿于经验事实，与以说明和阐释经验事实为满足的描述型的研究不同，它认为仅凭经验事实的描述是不能成为知识的，要使经验事实上升为理论，还需要经过问题这一中间环节和以先天的知性概念为依据来进行解释，"因为经验本身就是一种需要理智的知识，而理智的规则我是必须假定为在对象向我呈现以前就先天地在我心中的，它先天地表现在概念里，所以经验的一切对象都必然是依照概念的，必定与概念符合一致"[2]。这表明认识不仅是主观符合客观，而且还须客观符合主观，即经由一定思想观念、认知结构的整合和同化才能构成我们对事物的知识。所以"知性概念"亦即观念，在理论研究中逻辑上也就具有先在的地位，也就成了反思型研究所首先必须解决的一个理论前提。它被康德看做是一种"普遍的立法形式"，它不是"从属于现象"而"只能由理性来表象"，他的哲学就是研究这些独立于现象的普遍法则的[3]。在这一点上它又颇接近于规范型的研究，

---

[1] 霍克海默：《批判理论》，李小军等译，第206、208页，重庆出版社，1989年。
[2] 《西方哲学原著选读》（下卷），第243页，商务印书馆，1981年。
[3] 康德：《实践理性批判》，韩水法译，第28—29页，商务印书馆，1999年。

而且在实践上也确曾出现过像规范型的研究那样,以一种蜘蛛织网的方式,试图从一个知性的概念出发来推演出整个思想体系的那种脱离事实的纯思辨的倾向,就像恩格斯当年批评黑格尔所指出的,他把理论看做是"概念自己运动的翻版",使得他"由于'体系'的需要,……常常不得不求救于强制的结构"①,以致他的论著中所阐述的"这些规律是作为思维的规律强加于自然界和历史的,而不是从它们当中抽引出来的,从这里就产生出整个牵强的并且常常是可怕的虚构,世界,不管它愿意与否,必须符合于这一思想体系"②。之所以出现这种倾向,我认为主要是实践的问题而非反思型研究所必然导致的结果。只要我们稍加分析,就可以发现它与规范型的理论有着根本的区别。

首先,反思型研究认为认识必须以一定观念为依据才能作出,这表明反思必须要有一个思想预设和理论前提。但是与规范型的思维方式不同,这观念只不过是逻辑在先而非时间在先,它归根到底是从经验中概括、提升而来的。这思想在伽达默尔那里得到了进一步的发展,他一方面指出理解是不离"前见"的,一切理解都不能完全超出传统之外。因此理解不是消极的,而是积极的;而另一方面又认为这种"前见"是发展的,通过实践会使"人不断地形成一种新的前理解"。所以前见不是凝固不变的,它是"经验的不知疲倦的力量"的产物③。再由于文学是诉诸人的审美感觉和审美体验的,所以在文学研究中,这种前见又不是以抽象的"普遍原则"而是经由"趣味"而对文学研究发生作用的,它与僵硬的规则绝缘。因为"在趣味自身的概念里包含着不盲目顺从和简单模仿主导性标准及所选择样板的通值",这决定了它与经验有着不可分割的内在联系。所以趣味在伽达默尔看来虽然具有"先验的特征",但作为"判断力批判"的"这种批判就旨在探究在有关趣味事物中这样一种批判性行为的合理性",而非脱离趣味判断"把某事认作为某个规则的实例,它在逻辑上是不可证明的"④。

其次,反思型的研究虽然立足于原理,但这原理不是认识论的而是实践论的。因为实践是关于个别事物的,在实践中,包括我们在文学研究活动中,我们所要掌握的"不只是对于普遍的知识,而且还应该通晓个别事物"。这就需要我们根据实际情况对普遍的知识加以自由灵活的运用,这按亚里士多德说法是一种"明智",一种

---

① 《马克思恩格斯选集》第4卷,第239、215页,人民出版社,1972年。
② 《马克思恩格斯选集》第3卷,第484页,人民出版社,1972年。
③ 伽达默尔:《解释学反思的范围和作用》,收入《哲学解释学》,第39页,上海译文出版社,1994年。
④ 伽达默尔:《真理与方法》(上卷),洪汉鼎译,第39—40页,上海译文出版社,1999年。

实践的智慧，而非"理智"，"这须通过经验才能熟悉"①。因而舍勒认为这种作为反思的思想前提不是什么"'不变的'理性组织"，而是"服从历史变化的"，"只有理性自身作为禀赋和能力，通过把这些本质观点变为功能，不断创造和塑造新的思维与观照形式，以及美与价值判断的形式"并把观念转化为能力才有意义②。"所以判断力一般来说是不能学到的"，艺术感觉的迟钝不可能仅靠学习理论去改变，"只能从具体事情上去训练，而且在这一点上，它更是类似一种感觉的能力。……因为没有一种概念的说明能指导规则的应用"③，而只有通过理解力与想象力的协同作用才能产生功效。

再次，在思维方式上，与规范型和描述型研究的静态的思维方式不同，反思型研究的思维方式是动态的，它主张在经验与观念的相互作用的辩证运动中来理解理论的性质和功能。表现为它不仅要求文学研究必须从文学实际和文学经验出发去发现问题，而且不像规范型研究和描述型研究那样，把经验看做只不过是外部经验，同时被认为以艺术趣味、艺术修养等内化的成果而作为理论研究所必具的主观条件。这就使得文学观念不像思辨理性那样趋向封闭，而因其具有着丰富的具体内容而更具有向经验事实的开放性，它需要在与文学现象接触过程中不断吸取新的经验成果来充实和完善自身，以求观念随着文学的发展不断地有所更新。所以在新观念的指引下，回过头来又会对文学作出新的理解和解释，通过这样一种认识的循环，使研究进入历史的视域，使理论在解决现实问题的过程中不断求得自身的发展。既不像规范型理论那样固守观念，也不像描述型研究那样停留于经验，而真正体现了理论研究自身的生机和活力。

四

按文学理论研究的要求，我认为反思型的模式无疑应是它所达到的最成熟的形态，但这并没有否定和排斥描述型研究模式存在的价值。因为任何知识都可以分为两个层面，即经验水平的知识和理论水平的知识。前者着眼于现象、个别性、事物

---

① 亚里士多德：《尼各马科伦理学》，第123—124页，中国社会科学出版社，1990年。
② 《舍勒选集》（下卷），刘小枫选编，第1341页，上海三联书店，1999年。
③ 伽达默尔：《真理与方法》（上卷），洪汉鼎译，第54、39页，上海译文出版社，1999年。

的外部联系；后者着眼于事物的本质、普遍性和内部联系。作为研究文艺的学问，即通常所说的"文艺学"，一般认为也是由文艺理论、文艺批评和文艺史三部分所组成。据此，我觉得我们可以把描述型的研究归之于文艺批评，反思型的研究归之于文艺理论，而文艺史的方法则是描述型与反思型两者的有机结合。当然这种划分也是相对的，如同康德所说的"概念无直观则空，直观无概念则盲"[1]。但对于这三个部分我们也不能作机械的划分，而只不过认为各有侧重而已。也就是说，相对于理论性的研究来说，经验性的研究是本源性的，没有经验知识的积累，就不会有问题的出现和理论的发展；而相对于经验性的研究者来说，理论的研究是指导性的，没有理论思想的指导，经验的知识就无法把握和选择，就更难以归纳和提升。人类认识的发展，就是这样由两个层面的相辅相成、辩证运动所促成的，文学研究自然也不例外。但由于理论是承担着对于文学性质、功能追问的任务，相对于经验现象的"多"来说，是属于"一"的东西，因而必然是概括的、形而上的、带有思辨的色彩，用意不在于说明现象而旨在评判现状、以求对现状的超越，即引导现状向着应是的方向发展，因而往往被人视为"脱离实际的"、"大而空的"东西。这显然是站在经验主义的立场来看待理论所生的误解。它导致在我国当今出现了几乎完全以文学批评来取代文学理论这样一种不正常的局面。究其因，我认为大致有这样三方面：

首先，受了我国传统的思维方式的影响。我国传统的思维方式是强调实用，强调"经世致用"，这经过顾炎武、黄宗羲、章学诚等人的提倡，自明清以来在思想界占据很大的优势。它标榜"实学"，肯定事功的价值，对于纠正宋明理学的空疏之弊自然有积极的作用；但它不加分析地把理论思辨都斥之为"空论"，却又使理论与经验合流而放弃了对事物本质作进一步的追问，在研究中只问其然而不问所以然。以致出现了像王国维所说的"不通哲学而言教育，不通物理化学而言工学，不通生理学、解剖学而言医学"[2]这样的流弊，这就严重地影响了我国近代科学的发展和进步，所以李约瑟、杨振宁等都认为我国古代只有技术而没有科学，只有应用性的研究而没有科学性的探讨。因为"科学的目标是在发现规律，使人们用以把各种事实联系起来，并且能预测这些事实"[3]，它作为一种理论水平的认识，虽然"可以用经验来检验，但并没有从经验建立理论的道路"[4]。所以对于科学研究来说，就不仅需要凭借归

---

[1] 转引自卡西尔：《人论》，甘阳译，第75页，上海译文出版社，1985年。
[2] 《王国维学术文化随笔》，第56页，中国青年出版社，1996年。
[3] 《爱因斯坦文集》第3卷，许良英、范岱年编译，第185页，商务印书馆，1978年。
[4] 《爱因斯坦文集》第1卷，许良英、范岱年编译，第46页，商务印书馆，1976年。

纳法，而且更需要演绎法，需要理论思维的能力。这同样是我国传统文论所缺失的。这使得我国传统的文学理论绝大多数都是感悟式和评点式的，大致都可以归之于描述型的研究范围，像叶燮的《原诗》这样重视理论建构的可谓绝无仅有。

其次，是由于马克思主义在我国文学理论界的淡出和经验主义的盛行。由于我国传统的思维方式缺少思辨而偏重于实用，所以在我国，现代意义上的文学理论研究还是自"五四"以来由于西方哲学与文论，特别是上世纪30年代马克思主义文论的引进，才开始发展起来。然而它却走着一条十分曲折的路。这是由于在苏联学派的影响下，长期以来人们把马克思主义哲学视为一种认识论哲学，而不理解它的本质是实践的。实践面对的是具体事物，需要我们从实际情况出发对理论加以灵活的运用；所以恩格斯说：我们的学说不是"教条"，而是"行动的指南"①。这表明理论不是纯思辨的，它有待于回归现实，以解决现实中所存在的问题为己任，并在接受现实检验的过程中而使自身不断地得到修正、发展和完善。这就需要有一种反思的精神，并突显了反思乃是理论实践性中的应有之义。这精神由于长期以来教条主义的流行而没有得到应有的发扬。近些年来，学界对马克思哲学理解的视界空前扩大，特别是从认识论视界中突破出来而进入实践论视界，使马克思主义哲学研究在我国有了许多新的进展；这本可以为我国文艺理论的推进创造一个新的契机，但遗憾的是这一切并没有为我国的文艺理论界所重视和吸取，加上由于英美文学理论著作的大量引入而导致马克思主义的日益淡出，使得英美文学理论所采用描述型的研究方法因与我国传统的思维方式的契合而很容易为我们所接受。所以至今反思型的研究模式还少为我们所理解，更谈不上在我国生根，形成理论思维的传统。

再次是后现代主义"反本质主义"所带来的思想混乱。后现代主义是针对现代主义的流弊才产生的，它在反对现代主义对于理性、技术的崇拜所造成的同质化、齐一化倾向而导致对于个性、差异性的扼杀是有积极意义的。但是它们对本质的理解还停留在两千五百年前柏拉图理论的水平，认为它追求普遍、永恒、二元分割，是一种"逻各斯中心主义"，不加分析地认为对于个性、差异性的排斥都是由于致力于对事物的本质的研究所造成的，从而把凡是对本质的研究都称之为"本质主义"，即"唯本质论"来加以否定；看不到本质的理论本身就是在发展的，特别是到了黑格尔那里，已经完全扬弃了柏拉图的那种把事物本质看做是永恒不变的形而上的见解，而认为本质是不离关系的，是运动的、流逝的，"在本质中一切都是相对的"，"它们只是在

---

① 《马克思恩格斯选集》第4卷，第456页，人民出版社，1972年。

它们的相互关系中才有意义"①,并把对本质的认识看做是思维对客体的永远不终止的接近的过程,它只是对事物的一种"贫乏的规定",为人们认识事物提供一种思想依据,并非像柏拉图那样视之为一种凝固不变的理式,而以此直接规定具体事物。这足以说明所谓"反本质主义"完全是由于对本质理论发展的历史缺少理解而提出轻率的、并不严肃而科学的观念,我们怎么能把它当作一种经典来供奉呢?

我这样说,并非要为我国当今文学理论研究的现状辩护。我认为我国当今的文学理论研究确实存在着严重脱离实际的倾向。只是与经验主义、实证主义、实用主义的观点不同,认为其原因除了教条主义和庸俗社会学的流毒,不重视研究者自身的艺术经验和艺术修养,视理论为某种教条而在具体事实上任意套用之外;更在于盲目地追随西方,以西方马首是瞻,而不能从我国的实际和文艺实践的现状出发,提出我国当今文学发展中摆在我们面前而迫切需要解决的重大问题,以及通过对这些问题的科学回答来确立我们自己的文学观念,自己看待文学的原则和标准。所以要使我们当今的文学理论研究真正有所进步,我觉得还是要从建立既能反映我国当今时代要求,又能融合中外文学优秀传统的文学观念入手。

五

那么,怎么才能实现这一目标呢?这就得要我们首先认清是什么观念以及观念在理论中的地位。观念是对于问题的根本回答,是理论的思想根基和核心。一部真正有创见的理论著作,在我看来就是按对现实中存在的根本问题的回答所形成的思想观念,在解决具体问题过程中的逻辑的展开;所以如果没有这样的观念,即使引用的材料最丰富、所论的问题最齐全,也不过是一种杂凑。从文学理论的历史来看,就是由于基本观念的更新而导致理论视界的变化而发展的。

如果这认识能够成立的话,那么我觉得要形成既能反映我国当今时代要求,又能融合中外文学优秀传统的文学观念,首先就要求我们的理论立足于我国现实,从当今我国文学艺术发展过程中所提出的问题的答案中去提炼,而不能以引进西方文论来取代我们自己的创造。就目前的情况来看,一个有目共睹的事实摆在我们面前:自改革开放以来随着市场经济的发展,文艺从以往作为政治的工具和道德的工

---

① 《马克思恩格斯选集》第3卷,第586页,人民出版社,1972年。

具的束缚中摆脱出来之后,又沦落为娱乐的工具和谋利的工具,同时也造成了文艺观念空前的混乱。文学是文艺的一种形态,自然也不能不受其影响。文学到底是什么?它到底应朝什么方向发展?这恐怕不仅是当今许多作家,也是许多批评家所没有解决甚至还没有意识到的问题。这就是尖锐地摆在我们面前需要我们认真思考和回答的一个重大问题。这个问题若不解决,我们的行动(创作和批评)也就没有目标,没有方向。但这个问题是很难孤立回答的。因为文学如同人们通常所说就是"人学",它的对象是人,目的也是为了人。所以我们也只有联系"人是什么"、"人应如何"以及当今社会人的生存状态才能作出正确的回答。但要正确回答这个问题,我觉得就需要把存在论的回答和目的论的回答结合起来,实际上许多哲人也自觉不自觉地沿着这一方向在思索。只不过出发点不尽相同,综观两千五百多年来各家的学说,概括起来大概是从两种观点出发,一是从普遍性出发,视人为理性的、社会的、道德的人,像柏拉图、亚里士多德、笛卡尔、康德以及我国的儒学思想家都是如此;一是从个别性出发,看重人的自然本性、自然权利和个人存在的价值,如英国经验主义,法国启蒙运动思想家,直至生命哲学、生存哲学、精神分析哲学都是如此。而自19世纪以来,又以后者居优势、占上风。尽管双方思考的路径完全不同,但深入分析下去,就不难发现它们所要达到的目的却是一致的,即使近代西方的人学理论从总的倾向来看是转向自然人性和个人本位,但仍然没有从根本上否定人的理性、社会性和人的伦理德性。如经验主义和启蒙运动思想家,他们思考问题虽然都立足于人的感性,认为人的自然本性是"利己"的;但又认为个人的利益是需要别人来维护的,"利己"还必须"利他"。如霍尔巴赫说:"为了使自己幸福,就必须为自己的幸福所需要的别人的幸福工作。在所有的东西中间,人最高需要的东西乃是人。"[1]又如精神分析哲学,虽然以欲望来为"本我"定性,但认为人之所以是人,就在于"本我"需要经由"自我"而接受"超我"的约束,把"超我"看做是"自我典范",它以"良心的形式"控制命令着"本我",使"本我"经过升华以社会所能接受和赞许的形式得以表现[2]。所着眼的都非纯粹的感性和自然性,而是感性与理性、自然性与社会性的统一。并非像我国一些学人所误解和曲解的是在宣扬利己主义和本能至上,而把所谓"本能追求"和"欲的炽烈"作为评价文学作品最高的标准。所以后来哲学人类学的创始人舍勒吸取两者的合理因素,把人身上的感性与理

---

[1]《西方伦理学名著选集》,周辅成编,第89页,商务印书馆,1987年。
[2]《弗洛伊德后期著作选》,林尘等译,第86页,上海译文出版社,2005年。

性、"生命"与"精神",看做既是对立又是互补的二元结构,认为人之所以是人就在于他的生命冲动不是盲目的,而是以精神的力量在制约和引导的,所以他把人定义为"具有精神能力的生物"。但这种精神能力又与理性主义哲学的理解不同,认为"他们设定了理性形式的历史恒定型,只了解历史成就、价值物、功业的积累,不依赖于人的生物性和精神性的变化","没有注意到精神本身的历史地共同的真正发展,及精神在思想、直观、价值和价值偏好等等形式中的发展"。他提出"生命的精神化"亦即"冲动的理念化",就是为了把精神与生命冲动结合起来,而使之成为促使人类走向完善的一种内在的动力①。

  这思想我认为是很值得我们关注的。如果大家同意这一观点的话,那么,在人自身走向完善的过程中,文学应起到什么样的作用这个问题也就可以迎刃而解。我们通常把文学看做是人类的精神家园,是人类一个精神上的栖居之所,精神生活的特点就在于超越性,它既"内在于人"又"超越于人"②。这就要求文学在给人以精神的抚慰的同时又使人从中获得一种鼓舞和激励,促使人从"实是的人"向"应是的人"提升,而非仅仅满足于一种感官上的享受和满足,更非在这种享受和满足中把人引向沉沦。这个观念虽然不是我们今天才有,但在当今社会这一特定的语境下却不乏有其新的现实意义,至少对于当今文学创作与批评中放弃思想追求,而日趋低俗、庸俗、恶俗的倾向,在把人日益推向物化和异化的险境的过程中起到维护自身人格的独立和尊严的作用。这就是以往我们所未曾有过的对于文学意义和价值的一种新的理解。这种使人日趋物化和异化的走向在当今已引起了许多人文学者的深切的忧虑而纷纷撰文予以批判,而奇怪的是唯有在文学理论界却被有些论者当作是消费时代文学与现实关系变化的特征来加以肯定,把"公众不再需要灵魂的震撼和'真理',他们自足于美的消费和放纵——这是一种挖平一切、深度消失的状态,一种无须反思、不再分裂、更无所崇高的状态",看做是"消费文化逻辑的真正胜利"来大肆颂扬。以致使理论一味地俯视现状,迎合现状,为现状辩护,而完全丧失了它固有的提问能力和反思精神。这我认为才是最大的脱离实际!

  之所以产生这样的一种情况,直接的原因我觉得有两方面:一是理论研究者人文情怀的丧失。文学理论是一门人文科学,人文科学是以人和人的生存状态为研究对象的,它所探讨的就是人的生存的意义和价值的问题。因此,人文情怀乃是一个人文

---

① 《舍勒选集》(下卷),刘小枫选编,第1376、1389、1383页,上海三联书店,1999年。
② 奥伊肯:《新人生哲学要义》,张源、贾安伦译,第173页,中国城市出版社,2002年

学者所首先必须具备的条件。所以历史上许多伟大、杰出的思想家和理论家，总是对人类和人类社会怀着一种崇高的信念来从事研究工作的，如同费希特所说的："我绝不能设想人类的现状会永远一成不变，也绝不能设想这现状就是人类全部最终的目的。……只有我把这现状看做是达到更好的状态的手段，看做是向更高级、更完善的状态的过渡点，这现状对我才有价值。……我的心情不能安于现状，一刻也不能停留于现状；我的整个生命都不可阻挡地奔向那未来更美好的事物。"[1] 这足以说明他们都无不是为自己的理想、信念而奋斗的战士！而这样的理论家在当今我国还有几人？二是思维能力的弱化。理论虽然立足于经验现象，但由于它的性质不在描述而在于反思，是以提出问题、分析问题、解决问题这样一种思想途径展开的，所以它不能只停留在"是什么"，而还必须有"为什么"和"应如何"的追问。它的目的就是为了使实践增加自觉性而减少盲目性，推动实践朝着正确方向发展。这就决定了理论是不可能由经验事实直接提升而来的，而提出问题并对问题作出切实有效的回答就需要借助思维的力量，但"要思维就必须要有逻辑范畴"[2]，就必须懂得思维科学，这是思维的工具和武器，它必须经过一定的思想训练才能获得，所以恩格斯认为"为了进行这种锻炼除了学习以往的哲学，直到现在没有别的手段"[3]。这是一个理论工作者所不可缺少的一种学养。但从我国目前文艺理论队伍来看，似乎较为普遍地存在着这种缺乏理论思维训练的情况，以致不少理论文章不是仅凭自己有限的阅读经验发言，就是以转述和阐述西方学者一些思想观点为满足，一般都缺乏理论创造的能力。

以上都是从直接的原因上来说的。至于间接的原因，我认为就在于对理论的性质和功能缺乏应有的、正确的认识，看重的是描述性而无视它的反思性。这关系到文学理论的命运前途以及文学理论朝什么方向发展的问题。所以，要改变我国当今文学理论研究这种落后的现状，使理论承担起马克思所说的不仅只是"说明世界"而是旨在"改变世界"的重任，首先还得要我们对文学理论的性质和功能有一个正确的认识。

（原载《文学评论》，2012年第3期）

---

[1] 费希特：《论学者的使命》，梁志学等译，第165页，商务印书馆，1984年。
[2] 《马克思恩格斯选集》第3卷，第533页，人民出版社，1972年。
[3] 同上书，第465页。

文学地理学的渊源与视境

杨 义

好端端的文学研究，为何要使它与地理结缘呢？说到底就是为了使文学研究"接上地气"，通过研究文学发生发展的地理空间、区域景观、环境系统，给文学这片树林、或者其中的特别树种的土壤状况、气候条件、水肥供给、种子来源，以一个扎实、深厚、富有生命感的说明。"地气"是古代经籍中论述地理环境对物产、生物影响的非常重要的概念。汉代郑玄将这个概念引导到"民性"的领域，进入了人文地理的范畴。中国古人凭着经验和智慧，发现人类居住的地球表层的山川水土的差异，影响了生物存在和器物制造的品质，又体验到山川水土上氤氲着一种"气"，与人类呼吸相通，生命相依。地理环境以独特的地形、水文、植被、禽兽种类，影响了人们的宇宙认知、审美想象和风俗信仰，赋予不同山川水土上人们不同的禀性。早期人类的生产生活方式，受地理环境制约较多，又以为"万物皆灵"，崇拜自然物象，特殊地域的万有物象就在冥冥中嵌入其心灵深处，形成原始信仰，并携带原始信仰这份文化行李，习惯成自然地走向文明。水乡居民擅长龙舟竞渡，草原民族喜好驰马射雕，莫不如此。这自然也渗透到他们的审美体验和文学创造之中，这也就是"地气"连着"人气"。有鉴于此，经过长期研究实践的选择，本人在2001年就提出"重绘中国文学地图"的命题，开始把文学地理学引入研究的前沿，成了我近年研究的一个中心课题。如今已有不少同道，将人文地理学跟文学和文学研究结缘，推动文学地理学的研究，成了近年学术研究进展上一个有重要开拓价值的领域。因此，有必要深入文学地理学学理探讨，接通地气，深入脉络，以阐明文学生成的原因、文化特质、发展轨迹，及其传播交融的过程和人文地理空间的关系。

一、在三维耦合中回归文学生命意义现场

中国人最早发明"地理"一词是两千年前的《周易·系辞上》："《易》与天地准，弥纶天地之道。仰以观于天文，俯以察于地理。"孔颖达疏："地有山川原隰，各有条理，故称理也。"① 这就是"地理"一词的起源，它是与"天文"相耦合的。"上知天文，下知地理"，是中国人形容的大智慧，也就是《周易·系辞》所讲的弥缝补合、经纬牵引天地之道。而蕴含着文学的"人文"，最早则出现在《周易·贲卦》的"彖辞"："刚柔交错，天文也。文明以止，人文也。观乎天文，以察时变；观乎人文，以化成天下。"② 这里的人文，也是与天文相耦合。我们研究文学地理学，就是要实行"第三维耦合"，即地理与人文的耦合。耦合，本来是物理学上的术语，指两个或两个以上的体系或两种运动形式间通过相互作用而彼此影响，以致联合起来的现象。第三维耦合的意义，是使人文之化成、文学之审美与地理元素互动、互补、互释，从而使精神的成果落到人类活动的大地上。"文明以止"的"止"字，在甲骨文中是脚印状，脚踏实地，才有文明的居止处。唯有落地，才能生根。天文和地理的第一维耦合，与天文和人文的第二维耦合，形成一个支架，尖角指向苍天；人文与地理的第三维耦合，则是这个支架的底盘，落实在地，共同形成了三维耦合的等边三角形。

首先，我们应该认识到，地理是人类生存活动的一个场所，地理如果没有人就没有精神，人如果没有地理就没有人立足的根基。人们追求"诗意栖居"，"诗意"属于人文，"栖居"联系着地理。中国是一个诗的国度，又拥有广阔的幅员，在人文地理学的研究资源上得天独厚。但是以往的一些研究不太注意这个思想维度，甚至忘记这个思想维度，总喜欢从一些空幻的虚玄的概念出发，就像鲁迅所讽刺的那样"想用自己的手拔着头发要离开地球"③，离开发生在地球上的时代、社会、文化和人群。其实，讲义文地理学就是使我们确确实实地使文学回到自己生于斯长于斯的这块土地上，体验"这里"有别于"那里"的文化遗传和生存形态。人文地理学就是研究"这里"的人学。时间和空间作为物质存在的方式，其基本特征表现为时间

---

① 《周易正义》卷七，《十三经注疏》，第77页，中华书局，1980年。
② 《周易·贲卦》"彖辞"，《十三经注疏》，第37页，中华书局，1980年。
③ 鲁迅：《南腔北调集·论"第三种人"》，收入《鲁迅全集》第4卷，第440页，人民文学出版社，1981年。

是在空间中展开和实现的。没有空间，时间的连续性就失去它丰富多彩的展示场所。只有地理的存在，才能提供了广阔的空间来展开我们人生这本书的时间维度。探讨文学和地理关系，它的本质意义就在这个地方，就在于回到时间在空间中运行和展开的现场，关注人在地理空间中是怎么样以生存智慧和审美想象的方式来完成自己的生命的表达，物质的空间是怎么样转化为精神的空间。我讲重绘中国文学地图的时候，就说："我们要在过去的文学研究比较熟悉、比较习惯的时间这个维度上，增加或者强化空间的维度，这样必然引导出文学地理学的研究"。

地理学 Geography，在古希腊的词源就是"大地的描绘"的意思，包括描绘和分析发生在地球表面的自然生物和人文现象的空间变化，探讨它们重要的区域类型和相互关系。地理学分为自然地理、人文地理和区域地理三个分支：（1）自然地理包括地貌、气候、水文和由此所引起的生态环境资源保护。这当然是文学描绘和吟唱的对象，比如中国魅力独具的山水田园诗。它在山光水色中，呼唤出山水之魂。（2）跟文学关系更密切的两个分支就叫人文地理和区域地理。人文地理包括历史地理学、社会文化地理学、政治地理学、经济地理学、人口地理学和城市地理学，这些都从不同的角度设定了，至少是影响了人类的生存方式和思维方式。（3）区域地理赋予文学以乡土的归属，比如世界上的大文化区、国家区域的划分、城市和农村的差异，这些组合都属于区域地理所要解决的问题。它使得特定区域的人们生活得像模像样、有滋有味，有许多家族的大树，有许多人伦的芳草。唐代杜佑《通典》卷一百七十一说："凡言地理者多矣，在辨区域，徵因革，知要害，察风土。"[①] 这是区域地理研究的起码内容。

由于人类生活在地理环境中，越来越丰富地出现了和拥有了很多物质的和精神的、社会的和个人的、客观的和主观的因素，这些因素是千姿百态、错综复杂的，它们又相互作用、相互影响、相互制约，处在不断的发展和变化之中。西方地理学家曾经把位置、空间、界限看做支配人类分布和迁移的三组地理因素。中国地理学家竺可桢也研究过"地理与文化"、"气候与人生"、"天时与战争"等命题。一旦把人文综合于地理之间，它就成了复合的概念结构。研究文学的发生发展，从时间的维度，进入到具有这么多种多样因素的复合的地理空间维度，进行"再复合"的时候，就有可能回到生动活泼的具有立体感的现场，回到这种现场赋予它多重生命意义，就可以发现文学在地理中运行的种种复杂的曲线和网络，以及它们的繁荣和

---

① 杜佑：《通典》卷一百七十一"州郡一"，四库全书本。

衰落的命运。所以文学进入地理，实际上是文学进入到它的生命现场，进入了它意义的源泉。

二、"史干地支"的原生知识结构与诗学双源

那么中国人在几千年的历史中，是怎么样把握和认识人文地理的广阔空间，怎么样把握和认识这个生命的现场和意义的源泉呢？研究任何一门学问，都要从根本处入手。只有对文学与地理关系的历史轨迹进行一番追本溯源，才可能达到《论语》所说"君子务本，本立而道生"的根本处。在中国，"地理"向来是经史子集四部中"史部"的分支，这种"以史为干，以地为支"的原生知识结构，使"中国地理学"带有浓郁的人文色彩。"言其地分"、"条其风俗"，成为地理学的基本思路，并将之与圣人的学统联系起来，有所谓"凡民函五常之性，而其刚柔缓急，音声不同，系水土之风气，故谓之风；好恶取舍，动静亡常，随君上之情欲，故谓之俗。孔子曰：移风易俗，莫善于乐。言圣王在上，统理人伦，必移其本，而易其末，此混同天下一之乎中和，然后王教成也。"① 剔除其间的圣王教化说教，可以看出其在知地理中强调"观风俗"，形成非常深厚的"风俗地理观"。

早期文献是史地纵横，文学蕴含于其间，而蕴含则是以"风俗"作为萃取剂的。众所周知，中国诗歌有两个源头，一个是《诗经》，一个是《楚辞》。《诗经》的搜集，《汉书·艺文志》根据刘歆《六艺略》，提出了"采诗说"："《书》曰：'诗言志，歌咏言。'故哀乐之心感，而歌咏之声发。诵其言谓之诗，咏其声谓之歌。故古有采诗之官，王者所以观风俗，知得失，自考正也。"② 这里也隐含着一个"风俗地理观"。如此采诗，自然采来了不少平民的、或泥土的声音。那么，朝廷乐师又是如何对之结构和编撰，最终经孔子删定呢？《诗经》分为三体：十五国风，大小雅，以及颂。这个顺序，就是由地理的民俗，通向士人阶层，通向朝廷的政教，一直通向宗庙的祭祀，穿越了原野、朝政、天国三界，而这一切是以地理作为基础的。十五国风开始于"周南"和"召南"，就周公、召公在汉水、汝水、长江流域这一带，推行其政治教化，从现实的政治升平而开始，然后再回到地理的方国。先回到卫国，卫、

---

① 《汉书·地理志》，第1640页，中华书局，1962年。
② 《汉书·艺文志》，第1708页。

邶、鄘，这是过去殷商王朝的核心地带。然后回到洛水流域，它先从中原要害地方商、周两朝最核心的地方开始十五国风，然后扩散到周围，扩散到郑、齐、魏、唐，唐就是晋，现在的太原一带；还有秦、陈，陈就是现在的河南淮阳、安徽亳州一带。从地理的核心转到周边，最后回归到豳（今陕西彬县），豳在岐山之北，是周人的祖先公刘崛起之地，所谓"笃公刘，于豳斯馆"，"于胥斯原，既庶既繁，既顺乃宣，而无永叹"①，是周朝开国的地方。《诗经》的十五国风，隐藏着一种潜在的地理意识，由中心到边缘，由现实到历史，以漩涡式的地理运转脉络，总揽西周初期到春秋中期五百年之间中原诸国民间的吟唱，颇多"饥者歌其食，劳者歌其事"②的人间声音。《诗经》的诗歌，跳动着二三千年前中国人的精神脉搏，其十五国风以螺旋式的地理结构，牵引着中国人文对中心与边缘、历史与现实的结构性想象和安排。

作为另外一个诗歌源头的《楚辞》，崛起在长江流域，楚人多才，奇思妙想，产生了屈原的《离骚》、《九歌》这样的千古绝唱。它用楚国的语言，楚国的声韵，楚国的地名，楚国的名物，展开了富有神话色彩的想象，与天地鬼神进行令人心弦颤动的对话。楚国疆域，本是三苗迁移居住之地，这里的巫风祭祀歌舞，自然会刺激长期被流放的屈原，孕育着他神异奇诡的想象力。对此，一千年后的流放文人刘禹锡身临其地，犹有同感。《新唐书·刘禹锡传》说："禹锡贬连州刺史，未至，斥朗州司马。州接夜郎诸夷，风俗陋甚，家喜巫鬼，每祠，歌《竹枝》，鼓吹裴回，其声伧伫。禹锡谓屈原居沅、湘间作《九歌》，使楚人以迎送神，乃倚其声，作《竹枝辞》十馀篇。于是武陵夷俚悉歌之。"③清人舒位亲临其地，也作《黔苗竹枝词》一卷说："夫古者辎轩采风，不遗于远，而刘梦得作《竹枝词》。武陵俚人歌之，传为绝调。"④南楚夜郎之地，多民族聚居而巫风歌舞极盛，对于孕育疏野奇幻的歌诗的产生，长期存在着野性的活力。

因而《楚辞》旷世独步，与《诗经》双峰并峙，成为另一个独立的诗歌想象和语言表达的系统。中国文学是有福的，它开头的时候就和地理空间结下不解之缘，出现了代表着黄河文明和长江文明两个各具千秋的诗性智慧的系统，这样我们去采风、去发掘民间资源、发掘人文地理资源，以及展开我们的想象方式，就有了两个源头。"诗学双源"是中国文学的根本性特点，单源容易枯竭，双源竞相涌流，"双

---

① 《诗经·大雅·公刘》，《十三经注疏》，第542—543页。
② 《春秋公羊传注疏》卷十六，《十三经注疏》，第2287页。
③ 《新唐书》卷一百六十八，《刘禹锡传》。
④ 舒位：《黔苗竹枝词》一卷，《香艳丛书》本。

源性"赋予中国诗歌开放性的动力。这就是地理赋予文学生命现场和意义源泉，即地理造福于人文之所在。

三、经史、文史的耦合与神话的地理思维

　　双源的、或多源的地理空间，是一种开阖自如的空间。文学地理学既要敞开空间，拆解空间，又要组合空间，贯通空间。有分有合，在动态中分合，是空间不至于流为空洞，而充满生命元气的基本原则。考察其组合、贯通的形态，需从中国人的基本思维方式入手。中国人最发达的思维方式一个是诗，另外一个是史。诗中有史，史中有诗，形成整个民族文化的优势。比如清朝章学诚讲"六经皆史"。为何讲六经皆史？就是因为中国经典文化中有一个潜在的对话性结构，可以从历史记载中，提炼出治国平天下和修身养性的基本法则；又可以从治国平天下和修身养性的基本法则中认识历史发展的生命力。二者之间形成对话性的张力，"经"不做凭空说话，而是以"史"来说话，"经"与"史"共构了"文化的双源性"。在传统中国的经、史、子、集的原生知识结构中，经、史居于核心位置，有所谓"博通经史，学有渊源"，其中经是核心中的核心。但由于经过分关注"一字褒贬"的微言大义，反不及"据事直书"的史更能接通"地气"，更能与地理结缘。

　　《国语》和《战国策》一类古史，记录东周时期各国的政治外交和士人的游说活动，都是以政治地理上的邦国（大者称邦，小者称国）作为编撰的框架。《国语》共21卷，依次是周语3卷、鲁语2卷、齐语1卷、晋语9卷、郑语1卷、楚语2卷、吴语1卷、越语2卷。编撰者虽然还尊重春秋时期尚未完全颠覆的尊卑亲疏、内中国而外蛮夷的次序，但晋国9卷远多于鲁国2卷，透露了鲁国重经而晋国重史的文化倾向。南方蛮夷之国分量不少，说明这些国家的霸主地位不容忽视，其中《越语》写范蠡崇尚阴柔、持盈定倾、功成身退，带有萌芽状态的黄老道家色彩。《战国策》也采取国别史体的结构方式，记载战国时期谋臣策士、主要是纵横家的政治主张和纵横捭阖的言行策略。全书33卷，依次是"二主并立"的所谓"东周"、"西周"各一卷，秦策5卷，齐策6卷，楚策4卷，赵策4卷，魏策4卷，韩策3卷，燕策3卷，宋、卫二国合为1卷、中山国1卷。《国语》、《战国策》的分卷方式，标示着由春秋到战国的政治局面和礼制状态的变迁，而且由于此类简帛来路芜杂，反而透露了对春秋蛮夷霸主，以及对战国纵横家的略带异端的姿态。地理结构引导文化下

行，使之接触更多的旷野气息。

然而，只有分别邦国的编撰体制还不够，还要有综合邦国为一体的编撰体制。所谓"地气"，既有一地之中，地与人的气息相通；又有此地与彼地之间，异地气息相通，这才是中国人言"地气"的博大浑厚之处。提到综合邦国的编撰体制，首创者当是《春秋经》。历史学家钱穆先生认为《春秋》出自孔子，自然没有异议，他以史学方式展示"全体的人文学"。《春秋》的贡献是什么呢？第一它是历史编年之祖；第二它转官方史学为民间史学，开平民舆论的自由，孔子是没有很高的贵族身份，是以平民舆论褒贬历史；第三是它有一种"大一统"的思想，虽然以鲁国历史为底子，但是包含了各个国家的国别史成为一种通史，主张联合华夏各个国家来抵抗外来的一些夷蛮，"内诸夏而外夷蛮"的大一统观念贯穿始终①。但是《春秋经》重微言大义而记事过简，检阅《论语》、《礼记》、《大戴礼记》、《孔子家语》诸书，孔子与二三子论史，要从容有趣得多。因此宋朝王安石"黜《春秋》之书，不使列于学官，至戏目为'断烂朝报'"②。毕竟它连通地气的笔墨较少。孔子整理《春秋》，出以布衣论史、追求大一统，已经开场编年史的意识，可以启发我们，讲人文地理的区域文化意识与民族国家统一的意识是相辅相成的，文化完整性是贯穿于区域文化的脉络。因此《春秋》三传中有一部《左传》，说是左丘明所著，分国别的《国语》说是《左传》的外传。这就形成了一根三株，枝叶婆娑的经史互动、互补、互释的景观。

应该看到，中国人文思维在地理维度上的优势，具有极强的渗透性，令人颇有无所弗届之感。这种渗透性既弥漫于上面所述的经史耦合，又促成了神话与史地的耦合。神话思维本是天马行空，鲲鹏翱翔，无所拘束，但中国神话却沾泥带水，富有地理因缘。先秦出现的《山海经》，全书18卷，约3.1万字，是记怪述异的鼻祖。太史公好奇，但在《史记·大宛列传》还说："《禹本纪》、《山海经》所有怪物，余不敢言"③。正史的"艺文志"或"经籍志"有时候把它列入地理书，有时候把它列入小说书，属于孔子"不语怪力乱神"的一个另类的精神空间。那么这本书采取什么编撰体例呢？它采取了南、西、北、东的地理方位顺序，先写《南山经》、《西山经》、《北山经》、《东山经》、《中山经》这些所谓"五藏山经"，以南方居首，可

---

① 钱穆：《孔子与论语·孔学与经史之学》，第213—215页，九州出版社，2011年。
② 《宋史·王安石传》。
③ 《史记·大宛列传》"太史公曰"，第3179页，中华书局，1959年。

能是古代楚人或巴蜀人所作。全书用山川的走向,陆地和海洋的分布来结构"山经"、"海经"、"大荒经"、"海内经",记载了五百多座山、三百条水及一百多个邦国（部落或部落联盟）,展示奇奇怪怪的神人怪物二三百种,还有巫术神话的一些片断,反映了我们中国人的神话思维有异于西洋神话的"地理思维"。西方神话的主神高居天上,中国神话的众神,联系地理的脉络,是一种地理式的原始思维,附着于土地的神话思维。所以乡村有土地神,城市有城隍神,都是分布最广的掌管一方水土的神祇。中国的神话思维、历史思维和文学思维都渗透了地理因素,地理神经很发达。《尚书》中的《禹贡》,用1193个字记载九州的山川物产,使中国地理观念和地理区域的形成,跟一个伟大的"中国故事"——大禹治水联系起来,所以篇名叫《禹贡》。通过大禹治水的故事,古代中国将地理与神话紧紧地捆绑在一起。

幻想世界有神话的地理,现实世界有历史的地理,二者的耦合,颇有点类乎"太虚幻境"对应着"大观园",曹雪芹是很能把握中国人思维方式的玄机的。在历史地理上,首先应该提到班固著《汉书》,开辟了一个栏目叫做《地理志》,以后《二十四史》有十六部设立了《地理志》。宋以后,尤其是南宋以后,出现很多"地方志",地方的郡县之志。一直到民国一千多年,中国的"地方志"的数量,现在可以统计的有八千多种。这是一大笔文化遗产,国家图书馆的文津馆就是"地方志"的大总汇。由此可以知道,中国人对人文地理的认知是源远流长的,积累了非常丰富的文献资源和思维成果,涵盖了中央和地方,中原和边疆,地域和民族,甚至南方和北方的地理文化分野。我们可以从浩如烟海的材料中,追踪人文地理承传和演变的脉络,寻找中国人的生活方式、民俗信仰的形态。在中国,人文地理材料的丰富性和历史编年的准确性,可以说是人类文化史上的"双绝"。编年史的准确,使得从周共和元年,即公元前841年,从司马迁《史记》的《十二诸侯年表》就留下一个传统,直到现在每年重大事件,都记录在案。要是到别的国家,比如印度哪一个作家生卒年限可能相差几百年,中国在脂砚斋评点中发现材料,由于曹雪芹的卒年相差 年,就养活了很多搞考证者。所以说编年史的准确性和人文地理材料的丰富性,是中国对人类文化史可以称得上"双绝"的重要贡献。这就给复原文学地理学的经度和纬度,探讨它的学理体系,提供了第一流的历史文献资源。

四、文学地理学四大领域与区域类型的"七巧板效应"

在中国"天文—人文—地理"的三维耦合（属于元耦合），以及文与史、经与史、神话与文史的多重耦合中，文学地理学的研究收获了第一流的历史文献资源。以浩如烟海的文献资源为根基，结合"取之不尽，用之不竭"的现代文学资源，文学地理学的研究敞开了四个巨大的领域。四大领域：一是区域文化类型，二是文化层面剖析，三是族群分布，四是文化空间的转移和流动。既然称为文学地理学，就包含着人文与地理两个互动而相融的板块。因此，从地理方面出发，就有区域类型问题；从人文方面出发，就有文化和族群的问题；从二者互动出发，就有空间转移和流动的问题。因此，区、文、群、动四大领域在交互作用中成为动态的浑然一体，而且都有必要从中国的经验和智慧中提出问题，深入考究，才能把学问做大做深，才能作出学理体制上的创新性。

首先是区域文化类型，它是四大领域的基础。区域类型的形成，在文明起源的多元性基础上，与政治区划关系极深。"区域"一词最早见于战国时期的《鹖冠子》，它介绍了郡、县、乡、扁、里、伍等政治建制之后说："天子中正，使者敢易言尊益区域，……故四方从之，唯恐后至。"① 秦汉建立统一王朝之后，区域划分成为分级治理的需要，"区域"一词，自此流行。"区域"的形成，虽然与"禹会万国"的早期部落、《禹贡》九州的地理划分、封建王朝的州郡制度有关，但是，更有本质意义的是春秋战国时期在西周分封基础上，大国对缝隙间的部落和部落联盟的兼并聚合，诸子推动地域文化建构，成了中国区域人群文化生成的第一个原因。既然是"区域文化类型"，它需要的就不仅是王朝政治区域划分，更重要的是风俗、民性、信仰的沉积。西周初期，分封了很多同姓国和异姓的诸侯国，这就是《左传》鲁僖公二十四年记载："周公吊二叔（管叔、蔡叔）之不咸（和），固封建亲戚，以藩屏周。"② 于是在公元前11世纪，周武王和周公先后分封了七十一个国家，除了十几个是异姓的国家之外，其他的都是同姓的国家。有如《荀子·儒效篇》所说："兼制天下，立七十一国，姬姓独居五十三人。"③ 这些诸侯国然后再经过春秋战国时候的扩张

---

① 《鹖冠子》卷中"王鈇第九"。
② 《春秋左传注》，第420页，中华书局，1990年。
③ 《荀子集解》卷四，收入《诸子集成》（二），第73页，中华书局，1954年。

兼并，留下了屈指可数的一些邦国，这就沉积下文学的区域类型。重要的区域类型有秦、楚、齐、鲁、燕、三晋（韩、魏、赵）、吴越这些人文地理板块。其后又开发了岭南、塞北、西域、关东、藏区、大理和闽台这些区域类型。在区域文化类型的丰富性上，中国在世界上是首屈一指的，形成了一块块色彩丰富的，具有独特的环境板块、历史传承和群体行为方式的区域文化"七巧板"或"马赛克"。"区域文化类型的七巧板"使得我们的思想文化的底蕴非常深厚，多姿多彩。

对于丰富多彩的"区域文化类型的七巧板"，《汉书·地理志》"言其地分"，"条其风俗"，力图把握其各自的人文地理特征。除了前面所述的楚地重巫风，鲁地"其民有圣人之教化"，燕地有"宾养勇士，不爱后宫美女，民化为俗"的"燕丹遗风"等等之外，又点出"赵、中山地薄人众，犹有沙丘纣淫乱余民。丈夫相聚游戏，悲歌忼慨，起则椎剽（杀人抢劫）掘冢，作奸巧，多弄物，为倡优。女子弹弦跕躧，游媚富贵，遍诸侯之后宫"①。致使战国末年，秦、楚、赵三国都有出自邯郸歌舞女伎的王后，相当深刻地影响了当时的政治。由于地域人文构成的差异之存在，当这些差异的人文因素在不同的时段作用于中心人文结构时，就出现了丰富多彩的"七巧板效应"。

中国思想文化的源流是非常丰富复杂的，并非单线汲取、单源发展的，其底蕴深厚，流派迭出，式样多姿多彩，跟区域文化的交替汇入、相互作用极有关系。比如周公长子伯禽分在鲁国，鲁国原来是东夷之地，东夷民族很容易跟华夏民族融和。到了汉以后，山东、江淮一带的东夷民族到哪里去了？都融为华夏，都汇合到中华民族里面来了。周公的后代封于鲁国，到了春秋时期礼崩乐坏，唯有在鲁国保存周公礼乐最是完整。鲁昭公二年（公元前540年），孔子十二岁的时候，晋国上卿韩宣子出使鲁国，"观书于大史氏，见《易象》与《鲁春秋》"，就感叹说："周礼尽在鲁矣。"② 各诸侯国往往到鲁国学习周礼和古代文献，鲁国就以"礼仪之邦"驰名。所以孔子在鲁国创立儒家学派，是得天独厚，以周礼作为他思想的轴心。

但是孔子的远祖是宋国贵族，殷王室的后裔。孔子十九岁娶宋人亓官氏之女为妻，一年后生子，鲁昭公派人送鲤鱼表示祝贺，孔子感到荣幸，就给儿子取名为鲤，字伯鱼。所以孔子与奉祀商朝的宋国，渊源很深。鲁国民间的和官方的文化，加上周边的由杞国传下来的夏文化、由宋国传下来的商文化，使孔子的儒学既能够在鲁的本土区

---

① 《汉书·地理志》，第1655—1662页。
② 《春秋左传注》，第1227页。

域生根，又渊博丰厚而能传之久远，演变成为古代中国主流的思想文化体系。

孔子再传之后最有名的两个大儒是孟子和荀子。孟子是邹人，邹是鲁国的附庸国，《左传》讲，鲁国打更而敲击梆子，邹国都能听得到声音，如此邻近，所以邹国的思想也就是鲁国的思想。孟子在邹接受了子思一派传下来的思想，他的儒学思想就比较纯粹。曾子、子思、孟子这一条线索是通向后来的宋学，即程朱理学一脉的。还有另外一条血脉就是孔子的弟子卜商（字子夏），居西河传学。黄河从甘肃、宁夏流到内蒙古，转为由西往东流，这段黄河叫"北河"；然后拐个弯，从山西、陕西中间流到风陵渡，这段黄河就叫"西河"，即《禹贡》所说的"黑水、西河惟雍州"的西河，以后就进入黄河中下游了。子夏到了西河，即魏国西部，相当于现在山西的临汾地区，那里还有子夏讲学的古迹。当时魏文侯是战国时候第一个准霸主，拜子夏为老师。子夏在那里为《诗经》做序，讲授《易经》、《春秋》和《礼》，所以儒家的文献学从子夏这条脉络往下传。子夏传学前后，晋国一分为三，赵国首都是在邯郸，荀子是赵人。晋国的荀氏，到晋文公时期的荀林父，就分成三支，一支是"中行氏"。晋文公跟少数民族（狄人）在山区作战，除了车战的三军之外，还组织了步兵作战的"三行"，因为车战无法在山里展开兵力，得用步兵。荀林父是中间这个步兵行列的统帅，以官名为姓氏，就是"中行氏"；荀氏还分出"知氏"一支，都是当时晋国势力最大的六卿之一。知氏和中行氏，后来被韩、赵、魏给灭了。剩下的一支是"荀氏"，在三家分晋之后，居住在赵国。

荀子五十岁才到齐国临淄的稷下，三次当稷下学宫的祭酒，是稷下学派的领袖。荀子五十岁才到稷下，意味着他的思想主要是在赵国形成根基的，在这种环境中成长的荀子，学问脉络虽然属于儒学，但是难免把儒学法家化，因此荀子学说的核心概念叫做"礼法"。他晚年向韩非和李斯传授帝王之术，又经过稷下将本来法家化的儒学，进一步黄老化了。所以子夏、荀子这条学脉是通向汉朝的儒学，即"汉学"的。荀子的儒学是"三晋儒学"，不同于邹鲁之纯儒，乃是一种"杂儒"。中国儒家最大的两个学派，"汉学"与"宋学"，在某种意义上说，就是由于区域文化对儒学注入不同文化因素所造成的。区域文化，三晋的文化和邹鲁的文化分别作用于儒学，就衍变形成儒学里面的汉学和宋学。

五、文化层面剖析与"剥洋葱头效应"

　　文学地理学的四大领域之二,就是文化层面剖析。深入区域文化类型之后,随之而来的问题,就是追问何为文化,文化何为。文化以特定的思想价值观念,渗透到人间的各种现象和生活方式之中,赋予人间现象和生活方式以意义,以特色,以思维方式。其渗透的特点就像盐溶于水,看不到盐在何处,但是饮水自知咸滋味。因而随着这些观念、现象、方式、意义和滋味的不同,文化就分离出许多层面。文化之内有许多"亚文化"的构成,比如说有官方文化、民间文化、日常生活文化、山林隐士的文化;有雅文化层面,俗文化层面;又有城市文化、乡土文化。文化、亚文化还可以再分层,如剥洋葱,层层深入,层层具体。城市文化里也可以分出很多层面,比如官僚府邸文化、平民市井文化,现代则有洋场、租界、大宅院、大杂院、贫民窟等等文化形态。文化层面就像"洋葱头"或"千层饼",各个层面存在着不同的文化功能,文化层面剖析就是剥"洋葱头",或揭"千层饼",揭示其中的结构功能差异。

　　比如城市地理学,就应该注意其中存在着不同功能的区域。城市功能使其文化松动为"洋葱头"、"千层饼",层层的甜酸苦辣,自有区别。非均质性是其特征。北宋词人晏殊的府邸文化功能与柳永的市井文化功能就有很大的区别,甚至对立。晏殊十四岁以神童召试,赐同进士出身。一生富贵优游,官居"太平宰相"。其词擅长小令,多吟咏官僚士大夫的诗酒风流和闲情逸致,表达舞榭歌台、花前月下的娴雅自适。就以这首《浣溪纱》来说:"一曲新词酒一杯。去年天气旧亭台。夕阳西下几时回? 无可奈何花落去,似曾相识燕归来。小园香径独徘徊。"词的境界非常温馨,小园——还有一个后花园,香径——布满花草的小径,他在那里徘徊,在那里咀嚼着"无可奈何花落去,似曾相识燕归来"。有这份清闲的沉思,笔调自然就闲婉蕴藉,想想宇宙,想想人生,闲适中流露出索寞怅惘的心绪,旷达中渗透着无可奈何的人生哲理。难怪《宋史》本传说他"文章赡丽,应用不穷。尤工诗,闲雅有情思"[①]。与此形成巨大反差的是,柳永词却多有世俗滋味。他到五十一岁才中进士,仕途坎坷,生活潦倒,长期混迹于烟花巷陌中。他的音乐才能和歌词艺术赢得了歌妓们的喜爱,流传于当时的国内外,最终却贫病而死,停尸僧寺。晏殊的"小园香径"

---

① 《宋史》卷三百一十一,第10197页,中华书局,1985年。

和柳永的"烟花巷陌",府邸文化和市井文化,这份清闲和那份热闹,代表着宋朝城市文化的两个截然不同的层面。它们存在着不同的城市地理空间秩序和功能,是"同葱不同瓣",臭味互异。

文化分层的方式和标准,也有许多维度。从地理方位上看,有中心文化和边缘的文化;从社会地位上看,有主流文化和非主流文化;从政治经济构成上看,有城市文化和乡村文化等等。如果从微观的文化学着眼,老舍《四世同堂》讲了一句经过现实考察得来的话:"在这样一个四世同堂的家庭里,文化是有许多层次的,就像一块千层糕。"他注意到具体而微的社会细胞的内部空间面貌的丰富性。美国《星期六文学评论》曾经载文说:"老舍的《四世同堂》不只是第二次世界大战以来中国出版的最好小说之一,也是在美国同一时期所出版的最优秀的小说之一。"评论家康斐尔德认为:"在许多西方读者心目中,《四世同堂》的作者老舍比起任何其他的西方和欧洲小说家,似乎更能承接托尔斯泰、狄更斯、陀思妥耶夫斯基和巴尔扎克的'辉煌的传统'。"抗战时期北平小羊圈胡同的祁家宅院,以为用石头顶住大门,就可以过安稳的日子了。但在社会文化和民族灾难中,祁老头和他的儿子、三个孙子及重孙子,都处在不同的文化层面。四合院外面杂乱的胡同,文化层面就更加混杂和丰富,以几个家庭众多小人物屈辱、悲惨的经历,京腔京味十足,写出了北平市民在八年抗战中惶惑、偷生、苟安的社会心态,发掘着在国破家亡之际沉重、痛苦而又艰难的觉醒历程。家庭小说是中国现代小说的大宗,而对家庭内在文化层面的考察,使老舍的创作进入现代家庭小说新的深度。

在文化层面的剖析上,以往文化史比较注重雅的书面文化,而对俗的民间文化,"五四"以后关照比较多一点,但是这个问题还是没有彻底解决,没有从文化本体论上加以解决。这就使得"文化的洋葱头",有待更为深入地接通"地气"。应该强调,对于民间文化、口传文化的价值和功能的认识,必须还原到本体论的高度。根据牛津大学一个研究室的 DNA 研究,人类会说话的基因变异发生在十二万年前,人类会说话已经十二万年了。人类会写字才五千年,中国发现的甲骨文才三千多年,而且在古代百分之九十九的人都不能够用文字著书立说的。大量的民族记忆和民族想象存在于哪里呢?存在于口头上,所以口传系统是个非常重要的本源性系统。如果只是研究文字记录下来的文献,所研究的就是水果摊上的水果;如果加上民间口传的传统,就研究了这棵果树是怎么生根发芽、枝繁叶茂之后结出果子,研究了文化生成的完整的生命过程。

文字的传统是有限的,文字的尽头处,就是口传。在口传系统上,歌仙刘三姐是以往文学史所缺载的，因为她是民间歌手，是口传文学。我在《中国古典文学图志》一书中就指出，文学史写上刘三姐，比大谈二三流的汉语诗人更有价值。原因在于写上这一笔，可以沟通汉族和南方的少数民族、书面文学和口传文学之间的关系，从而展开文学史的丰富层面和文学结构的完整性①。广西许多地方志，还有明清时代的一些笔记，都记载过刘三姐，除了"刘三姐"这个称呼之外，有的叫"刘三妹"、"刘三娘"，回到我的电白老家，还可以发现有叫"刘三婆"的，从叫妹、叫姐、叫娘、叫婆，刘三姐逐渐长老了，这些都属于"歌仙刘三姐"系统。根据这些地方志和笔记的记载，刘三姐生于唐朝中宗（武则天的儿子）年代，大概比诗仙李白小三岁，歌仙是诗仙的"妹妹"。据说她是著名的刘晨、阮肇"天台遇仙"故事中，那位刘晨先生的后代，民间传说这么会拉亲戚。广东阳春县一个山崖上有个"刘仙三姐歌台"，歌台铭文落款是五代后梁，已经一千多年了。到了明清时期对刘三姐的记载更多。清朝初期"岭南三大家"之一的屈大均，自问《广东新语》一书，何为而作也？……予举广东十郡所见所闻，平昔识之于己者，悉与之语。……言地者，言其一撮土，而其广厚见矣。"②他对于文化接通"地气"，独有心得。因而在《广东新语》卷八《女语》中，他以远比前人更多的笔墨记述这个岭南传说：刘三妹"相传为始造歌之人"，千里内闻歌名而来学歌、对歌者络绎不绝，她"往来两粤溪峒间，诸蛮种类最繁，所过之处，咸解其言语"，被称为"歌仙"。无论平民百姓，还是瑶族、壮族或者山里的少数民族，凡是做歌的人，都要先买一本歌词供奉刘三妹，放到她的祭台上，让祭台管理人员收藏。然后谁要求歌，不准带出去，只能在那里抄录，所以在刘三姐庙里，这些歌词已经积累几箩筐了。又记载刘三姐跟邕州（现在的南宁）的白鹤少年张伟望在山崖上唱歌，对歌七天七夜，"俱化为石，土人因祀之于阳春锦石岩"。有的记载却说，二人成仙飞去，时在唐玄宗开元十三年。推算起来，唐玄宗开元十三年，刘三姐二十一岁，李白二十四五岁刚从四川出来，"仗剑去国，辞亲远游"，在洞庭湖、扬州的长江一带漫游，过三年之后才有《黄鹤楼送孟浩然》。

清朝康熙年间的文坛领袖王渔洋在《池北偶谈》卷十六中说，同榜进士吴淇，"为浔州（今广西桂平县）推官，采录其歌，为《粤风续九》。虽侏儒之音，时与乐府子夜诸曲相近，因录数篇。"《粤风续九》，就是以两广地区"粤风"续写《九歌》。其中记录了刘三妹的故事，录有刘三姐对歌七首，比如《相思曲》："妹相思，

---

① 参看拙著《中国古典文学图志》，第26页，生活·读书·新知三联书店，2006年。
② 屈大均：《广东新语》自序，清康熙二十九年木天阁原刻本。

不作风流待几时？只见风吹花落地，不见风吹花上枝。"《蝴蝶思花歌》："思想妹，蝴蝶思想也为花。蝴蝶思花不思草，兄思情妹不思家。"很俗白，很新鲜，是山野间的吟唱，跳出了文人写作陈陈相因的方法。此外还录有徭歌四首、倷歌二首、僮歌一首、蛋歌三首、倷人扇歌一首，并且介绍"担歌者，侗人多以木担聘女，或持赠所欢，以五采龄作方段，龄处文如鼎彝，歌与花鸟相间，字亦如蝇头。布刀者，侗人织具也，书歌于刀上，间以五采花卉，明漆沐之。又有师童歌者，巫觋乐神之曲，词不录"①。作为文坛宗师，王渔洋转录时的好奇心，也许大于取法之心，但是这确实是"人文的洋葱头"在"地气"的催生下，生长出来的青翠可喜苗叶。对于如此"天籁"之音，要不要进入文学史？如果把民间口头传统也载入文学史，比起只记一些文人或锦心绣口的、或酸溜迂腐的，毕竟天地很窄的诗词的文学史来，就会敞开一个更加令人心旷神怡的"天苍苍，野茫茫"的宏大空间，文学史能够动员的资源就会非常生机勃勃，烟波浩渺。

六、族群划分与"树的效应"

　　文学地理学四大领域之三，是族群的划分与组合。中华民族是一个多民族的国家，有许多古民族，又有五十五个现代少数民族。经过严格的科学鉴定的很多民族，都有自己的居住的区域，生产生活的方式，民族信仰的习惯和自己的行为方式、语言系统。这些文化群体曾经相互对峙又相互吸引、相互融合，在长期的发展中越来越深地变得你中有我、我中有你。汉族与少数民族之间，也是一种耦合结构。讲中国文学，不讲少数民族就讲不清楚汉族，不讲汉族也讲不清楚少数民族，那是"失耦合"的偏枯式的严谨方式，因为我们 DNA 都混在一起了。北方的汉族和北方的少数民族 DNA 的接近程度，超过了北方的汉族和南方的汉族；同样的，南方的汉族和南方的少数民族 DNA 的接近程度，超过了南方的汉族和北方的汉族。这就既是血脉相连，在文化上也是你中有我，我中有你，打断骨头连着筋，从而形成了一个多元一体的国家民族的总体构架。因此民族群体文化，"同树异枝"，是文学地理学可以进行大开发的重大问题。

---

① 王士祺：《池北偶谈》卷十六"谈艺"六；《渔洋诗话》卷下也有此材料，见《清诗话》，第218页，上海古籍出版社，1978年。

就以中华民族的史诗传统而言，汉族由于文化理性早熟，生活态度务实，主流思想"不语怪力乱神"，留存下来的史诗是很不发达的。以往写文学史是为了跟西方接轨，从史诗写起，一些老先生从《诗经》里面找了五首诗，《大雅》中的《生民》、《公刘》、《绵》、《皇矣》和《大明》等五篇，说是"周朝的开国史诗"。但是，这五首诗加起来三百三十八个字，怎么和《荷马史诗》比？西方学术界认为中国没有史诗。比如德国的黑格尔认为，在东方各民族中，只有印度和波斯才有一些粗枝大叶的史诗，"中国人却没有民族史诗，因为他们的观照方式基本上是散文式的，从有史以来最早的时期就已形成一种以散文形式安排的井井有条的历史实际情况，他们的宗教观点也不适宜于艺术表现，这对史诗的发展也是一个大障碍"①。

要打破这种"西方中心主义"的傲慢，最好的方法是拿出事实。如果考虑到少数民族文化，中国就无可怀疑的是"史诗的富国"。少数民族最是宏伟绚丽的史诗，如藏族的《格萨尔王传》，蒙古族叫《格斯尔可汗传》。《格萨尔王传》作为活形态的史诗，至今仍有数以百计的民间艺人能够演唱，有若藏族谚语所云："岭国每人嘴里都有一部《格萨尔》"。遂以其六十万行的超长度，建构成了古代藏族社会的一部包罗三界、总揽神佛而气象万千的百科全书。虽然每个歌手传唱的细节有所不同，但都有一个共同的故事梗概：古远时候，藏区妖魔横行，天灾人祸使黎民百姓苦难深重。梵天王派其少子下凡，做黑头发藏人的君王——即格萨尔王。他具有神、龙、念（藏族原始宗教里的一种厉神）三者合一的半人半神的英雄品格，将阻挠他降临人间的妖魔鬼怪杀死。五岁时，与母亲移居黄河之畔。格萨尔十二岁，在部落的赛马大会上获胜称王，娶最美的少女珠牡为妃。格萨尔从此施展天威，降伏了入侵岭国的北方妖魔，战胜了霍尔国的白帐王、姜国的萨丹王、门域的辛赤王、大食的诺尔王、卡切松耳石的赤丹王，南征北战，东讨西伐，先后降伏了几十个"宗"（藏族古代的部落和小邦）。格萨尔又入地狱，救出母亲郭姆、王妃珠牡，同回天界。其基本结构有若歌手们所概括："上方天界遣使下凡，中间世上各种纷争，下面地狱完成业果。"

六十万行的《格萨尔王传》，篇幅超过世界五大史诗的总和。世界五大史诗：最古老的是古巴比伦的《吉尔伽美什》，以三千行的楔形字写在泥版上；影响最大的是荷马史诗《伊利亚特》、《奥德赛》，二三万行；最长的是印度史诗《罗摩衍那》、《摩诃婆罗多》，后者是二十万行。中国少数民族三大史诗，还有蒙古族的《江格

---

① 黑格尔：《美学》第 3 卷下册，朱光潜译，第 170 页，商务印书馆，1981 年。

尔》，柯尔克孜族的《玛纳斯》，都是二十万行左右的英雄史诗。这两个史诗都是跨国界共享的国宝。可以说，公元前一千年，世界上最伟大的史诗是荷马史诗；公元后第一个千年，世界上最伟大的史诗是印度史诗；历史将会证明，公元后的第二个千年，世界上最伟大的史诗是包括《格萨尔》、《江格尔》、《玛纳斯》在内的中国史诗。中国文学干枝参天，那种固执于"有干无枝"的研究方式，面对已成"国际显学"的少数民族文学瑰宝，理应反省自身研究视野和知识结构的缺陷。《老子》三十三章云："知人者智，自知者明。"[1] 对于文学史研究现状，当以此共勉。

中国学人应该形成一种共识：中华民族的文化和文学，是汉族和少数民族共同创造的，文学史应该将这种整体风貌和深层脉络描绘出来。如果把少数民族的神话、想象和民族记忆、民族创造都计算进来，中国就毫无疑义地是一个史诗大国、富国、强国。少数民族给中华民族增加很多辉煌的文学方式和文学经典，可惜古代中原主流文化把自己看得太了不起，把少数民族的创造看做"蛮夷之音"，并没有将"见贤思齐"[2] 的理念穿透华夷界限。公元11世纪，也就是欧阳修、苏东坡在写几十字、百余字短小精粹的宋诗、宋词的岁月，维吾尔族的诗人尤素甫·哈斯·哈吉甫，在喀喇汗王朝（即黑汗王朝）的喀什，历时十八个月写成回鹘文长篇诗剧《福乐智慧》（直译为《赐予幸福的知识》），凡八十五章一万三千多行，时在公元1070年前后[3]。值得深思的是，该书《序言之一》直言不讳地承认："此书极为珍贵，它以秦地哲士的箴言和马秦学者的诗篇装饰而成。"它并没有回避受了辽（秦地）、宋（马秦）文化的影响，实践着的正是"见贤思齐"的理念。这种文化交融的非对等性，是值得反思的。

一万三千多行是什么概念呢？意大利但丁的《神曲》就是一万三千行。这个维吾尔诗人跟李白一样，也生在碎叶，由于躲避政变到了民间，五十岁之后到了喀什去当御用侍臣，写了此部韵文巨著。《福乐智慧》熔叙事性、哲理性、戏剧性三性于一炉，展开了跟中原的诗词体制完全不同的另外一种美学范式。它主要写四个人物，一个国王叫日出王，他象征公正和法律；一个大臣叫月圆，他象征福乐；月圆大臣的儿子叫贤明大臣，他象征智慧；还有个修道士象征觉醒。四个人物互相辩论治理国家的方针政策和人生哲理。最后，修道士，一个伊斯兰教某教派的修道士，超脱世俗的政治辩论，归隐于山林。它主要的中心思想是：人心是国家之本，有法律

---

[1] 《老子校释》，第133页，中华书局，1984年。
[2] 《论语·里仁篇》，收入《四书章句集注》，第73页。
[3] 尤素甫·哈斯·哈吉甫：《福乐智慧》，郝关中译，民族出版社，1986年。

才能治理国家，而且智慧是人间的明灯。他是崇拜智慧的，智慧是美德的根本，人的高贵全在于有知识。这么一个主题，使长诗成为智慧和知识的赞歌。里面还有许多格言、谚语，随手拈来，很是深刻。比如说："狮子如果作了狗的首领，狗就会像狮子一样勇猛，如果狗当了狮子的首领，狮子就会像狗一样无能"，讲究施政用贤，崇拜英雄。所以，德国有一位考古探险家在考察高昌古城时讲过一段话：阿拉伯的语言是知识，波斯的语言是糖，印度的语言是盐，维吾尔的语言是艺术。我们不妨给不容假设的历史来一个假设，如果中原人士在公元11世纪以后，能够接受边疆少数民族的诗的智慧，中国的诗歌的局面就会完全改观。可惜到了宋以后的元代、明代，士大夫文人依然整天讨论"宗唐"还是"宗宋"，在唐诗和宋诗的有限性差异中翻跟斗。他们并没有超越中原中心主义，去思考能否学一学维吾尔人的《福乐智慧》，能否从少数民族的史诗思维汲取点什么。汉族士大夫高雅得很，那么短小的诗，喝喝酒就能作。喝酒把情绪提起来之后，诗思泉涌，可惜涌出的泉水只能斟满一小杯。酒劲一过，或者酒劲过猛，就写不出来，这就是中原式的"诗酒风流"。如明清之际的小说《平山冷燕》所倾慕的："富贵虽不耐久，而芳名自在天地。今日欧阳公虽往，而平山堂一段诗酒风流，俨然未散。吾兄试看此寒山衰柳，景色虽甚荒凉，然断续低徊，何处不是永叔之文章，动人留连感叹。"①

　　族群划分的另一个关键，是家族问题，这是古代中国独特的人群文化聚落。《孟子·离娄上》说："人有恒言，皆曰'天下国家'。天下之本在国；国之本在家；家之本在身。"②这三个"本"的链条很重要，家族在"国"和"身"之间，扮演着关键的本位环节。宗法社会的人们往往聚族而居，因此在中国地名中，以姓氏族群命名的村落或城市相当多。如张店、李村、宋庄、吴镇，又如丁家村、许家屯、冯家堡、穆家寨，由此还要建祠堂、修族谱、认同宗，因而组合成独特的人群文化聚落，聚落中存在着独特的文化人群秩序。难怪钱穆先生在《中国文化史导论》中说："中国文化，全部都从家族观念上筑起。"③古代的家族作为一种制度，不单是一个血缘的单位，而且有着经济、政治的功能，攀龙附凤、沾亲带故、裙带关系等等均由此而发生，衍生出某种经济政治的潜规则。还有家学、家风，延续着一种独特的家族文化传统。因此研究中国文化而不研究家族问题，是很难把握它的深层奥妙的。

---

① 《平山冷燕》第十三回"观旧句忽尔害相思"。
② 《孟子集注》卷七，收入《四书章句集注》，第278页。
③ 钱穆：《中国文化史导论》。

七、空间流动与"路的效应"

文学地理学四大领域之四，是空间流动。"动"，就是对事物原本的状态和位置进行推动和变动。有所谓"应时动事"，动是生命的表现。在文学地理学中，无论是区域文化类型，文化层面剖析，族群的区分和组合，只要它们中的一些成分（比如个人、家族、族群）一流动，就能产生新的生命形态，就能产生文化、文学之间新的选择，新的换位，新的组接和新的融合，就可以在原本位置和新居位置的关联变动中，锤炼出文学或文化的新品质和新性格。

人要动，就要不畏长途，上路寻找新的发展机遇。不妨考察一下广东、江西、福建、台湾一带独特的客家民系。秦汉以后两千多年中，中原汉人走上南迁之路，在唐宋以后就形成具有自己特殊的方言和文化的族群。近年因为客家土楼围屋成了世界文化遗产，以及台湾和闽粤的客家关系问题，我们对之有了更多了解。梅县客家诗人黄遵宪在《己亥杂诗》中说："筚路桃弧辗转迁，南来远过一千年。方言足证中原韵，礼俗犹留三代前。"[①] 筚路，是用竹子和荆条编成的车，筚路蓝缕来自楚国祖先艰苦的南迁和开拓。客家民系的祖先也像楚人祖先那样，开辟草莱，辗转迁移到南方，而且"南来远过一千年"了。这里以一千年为时间刻度，意味着客家移民在晚唐五代就开始形成民系。"方言足证中原韵"，客家民系的方言保存着唐宋时代的中原音韵，客家人素有"宁卖祖宗田，莫忘祖宗言"的祖训，没有受金元以来入主中原的胡人语言文化过深的影响。比如保留了入声字，就是某种没有胡化的语言活化石的见证。客家语言、广东语言都有入声字，方言足证中原韵，证明他们来自中原；礼俗犹留三代前，古老的三代就是夏、商、周，最近的三代就是元、明、清，那以前的古老礼俗还有保留。这种族群迁移，既可以携带上原来的民风民俗，保存了某些中古时期的中原汉族文化，又可以在新居住地混合了百越族文化，开拓新的民风民俗。客家民系进入了赣南、粤北、闽西的山区，中原人士变成了山里人，成了"丘陵上族群"，形成了一种刚直刻苦的性格。迁移人群的走路，能坚定意志，能登高望远，见多识广，能磨练体魄、耐力和心魂，这就是"路的效应"。

空间的流动，往往可以使流动主体的眼前展开两个或者两个以上的文化区域和文化视野，这种"双世界视景"，在对撞、对比、对证中，开发了人们的智慧。比如

[①] 黄遵宪：《人境庐诗草》卷九，民国辛未年重校再版本。

当年的右派重回文坛，他就拥有两个世界：右派世界，作家世界；农村孩子到城市上大学或打工，他也拥有两个世界：农村世界，城市世界；中国青年学者出国，他的两个世界是：中国世界，外国世界。两个世界的对比，可以接纳、批判、选择、融合的文化资源就多了，就能开拓出一种新的精神境和思想深度。空间流动的一加一是大于二的，是超越二的，进入一种新的维度丰富的思想层面。思想在流动中发酵。这就是"双世界效应"。

鲁迅曾经将《离骚》中的"路漫漫其修远兮，吾将上下而求索"，作为其小说集的题词，可见其对屈子的景仰，及对探路的坚毅。"路"，在鲁迅心目中，是人类的前途所在。1919 年 12 月，在北京当教育部科长，兼管北平图书馆的鲁迅，奔波几千里回绍兴，准备把自己的祖屋卖掉，带着母亲和发妻朱安到北京定居。这次回乡的观感，他写成了三篇小说，《故乡》、《在酒楼上》和《祝福》。此时之鲁迅已然不能简单地看做"当年绍兴的周树人"了，他已经承受了多种"双世界效应"，或者叫做"多元世界效应"。自从他的家道中落，饱受世态炎凉之后，走异路，逃异地，去寻求别样的人们，到了南京读到《天演论》，到了日本接触到了尼采、易卜生、拜伦、裴多菲的思想和文学，又在北京感受过新文化运动，还在《新青年》上发表了《狂人日记》。他在这么多姿多彩的地理区域和文化领域里流动，再回过头来看自己的家乡，他的"故乡观"就发生了本质性的变化。他冒着严寒回到相隔两千里，别了二十年的故乡，天气阴晦，冷风吹到船舱里面来，远远看到几个萧索的荒村，心不禁悲凉起来，这就是我二十年前的故乡吗？他带有南京、东京、北京、中土、东洋、西洋文化这么巨大繁杂的思想文化框架，反观他萧索、荒凉的故乡，就不可能不充满着何为故乡、人生何从的疑虑，充满着痛苦的人生意义的追寻。经他母亲的提起闰土，到底"月是故乡明"，他就想起在深蓝的天空底下，一轮金黄的圆月，闰土拿着一把叉去刺偷吃西瓜的小动物，这个生动活泼的画面占满了他对故乡的童年记忆。但是见到现实的闰土，这个幻想就打得粉碎，多子、饥荒、苛税、兵匪、官绅，都把这个闰土折磨成木偶人了。更何况在老实到了麻木的"木偶人"闰土的周围，叽叽喳喳地跳出了一个想引领市井风骚的小脚如"细脚伶仃的圆规"一般的"豆腐西施"，这个绰号好得令人心酸。这篇小说作于鲁迅的"不惑之年"，但二十年风尘使故乡黯淡、青春消磨，不惑之年的鲁迅又疑惑起来了。叙事者在悲凉中陷于绝望，但还要反抗绝望，去寻找希望。离乡，就是离开月下少年、豆腐西施、沧桑闰土这些支离破碎的故乡图像。因而离乡的航程中又升起这轮明月，朦胧之中看到海边碧绿的沙地上，深蓝的天空悬挂着金黄的圆月，牵引出一句至理名言：希望本无所谓有，无所谓无，正如地上的路，其实地上没有路，走的人多了，也就成了路。①

路是地球上人造的血管，人员、物资、资讯都从路上流过。然而将路比喻人生，就很容易感受到卢梭所说的："人是生而自由的，却无往不在枷锁之中。"②这就是中国古乐府诗中，为何多见"行路难"的感慨，李白写过《行路难》三首，大呼"大道如青天，我独不得出"；又咏叹着："欲渡黄河冰塞川，将登太行雪暗天。闲来垂钓坐溪上，忽复乘舟梦日边。行路难，行路难，多歧路，今安在。长风破浪会有时，直挂云帆济沧海"。《乐府解题》曰："《行路难》，备言世路艰难及离别悲伤之意，多以'君不见'为首。"③鲁迅当然也感受到行路难，但他的精神取向是反传统"行路难"。当鲁迅将离乡二十年来所经历的多重世界与故乡的古老世界叠印在一起的时候，他的"故乡观"在新的世界观的撞击下发生破裂和爆炸，炸裂成一种在荒芜处寻路、开路，而不避艰难困苦的意志。老子言"道"，鲁迅言"路"，在字义上，道与路相通，但是道更玄妙，而路更踏实。路联通了世界上一切秘密，路通向人类的希望。人生在世，总在路上，如鲁迅所谓"过客"，以探索追求来实现生命的价值，来托起心中那轮"碧蓝天空上金黄的圆月"。年届四十不惑的鲁迅，在这一点上是不须疑惑的：这篇小说是一曲非常深刻、非常悲凉、又非常伟大的荡气回肠的东方乡土抒情诗，又是一首理智新锐而意志坚毅的反《行路难》。文学地理学的"路的效应"，在鲁迅此行中体现得极其充分。

文学地理学是一个极具活力的学科分支，是一片亟待开发的学术沃土。它使文学研究"接上地气"，接上中国历史文化和现实生活的第一流资源，敞开了区域文化类型、文化层面剖析、族群分布，以及文化空间的转移和流动四个巨大的空间，于其间生发出"七巧板效应"、"剥洋葱头效应"和"树的效应"、"路的效应"。"一气四效应"，乃是文学地理学在辽阔的文化空间中，为我们的研究输入的源源不绝的学理动力。

(原载《文学评论》，2012 年第 4 期)

---

① 鲁迅：《呐喊·故乡》，收入《鲁迅全集》第 1 卷，第 476—485 页。
② 卢梭：《社会契约论》，何兆武译，第 8 页，商务印书馆，1980 年。
③ 郭茂倩编：《乐府诗集》卷七十"杂曲歌辞"，文学古籍刊行社影宋本。

人类中心主义的退场与生态美学的兴起

曾繁仁

20世纪90年代中期以来,生态美学在中国悄然兴起,在新世纪得到一定程度的发展。但在其发展过程中却遇到强劲的阻力,主要是人类中心主义思潮的强劲对抗。其论者认为,生态美学是对人类中心主义的颠覆,而人类中心主义作为对人的利益的维护则是具有永恒价值的理论,反对人类中心主义就是反人类,如此等等。因此,厘清人类中心主义及其与生态美学的关系即是生态美学发展的当务之急。

一

什么是人类中心主义呢?《韦伯斯特第三次新编国际词典》指出,人类中心主义指"第一,人是宇宙的中心;第二,人是一切事物的尺度;第三,根据人类价值和经验解释或认知世界"[①]。这种人类中心主义包含着传统的人文主义内涵,萌生于文艺复兴之时市民阶层以人权对教会神权的对抗。但其真正的发展则是工业革命迅猛发展的启蒙运动时期。当时,由于蒸汽机的发明,科技的进步,大工业的出现,生产力的迅猛发展,人类充满了从未有过的自信,认为完全能够改造、控制并战胜自然。启蒙主义的最重要代表人物之一,著名的百科全书主持人狄德罗指出:"有一件事是必须得考虑的,就是当具有思想和思考能力的人从地球上消失时,这个崇高而动人心弦的自然将呈现一派凄凉和沉寂的景象。宇宙变得无言,寂静与黑夜将会显现,一切都变得孤独。在这里,那些观察不到的现象以一种模糊和充耳不闻的方式遭到

---

① *Webster's Third New International Dictionary*, 4nd, Merrian Co.

忽视。人类的存在使一切富有生气。在人类的历史上，如果我们不去考虑这件事，还有什么更好的事情考虑吗？就像人类存在于自然中一样，为什么我们不能让人类进入我们的作品中？为什么不把人类作为中心呢？人类是一切的出发点和归宿。"①德国古典哲学的开山祖康德则明确地指出"人为自然立法"。他说："故悟性乃仅由比较现象以构成规律之能力以上之事物；其自身实为自然之立法者。"②

人类中心主义在审美领域同样得到表现。在作为西方古典美学高峰的德国古典美学，以理性主义作哲学根基，使人类中心主义得到集中的表现。康德明确地将美归结为"形式"的"合目的性"与"道德的象征"。自然在审美中几乎消失殆尽，只剩下人的"目的性"与"道德"。而黑格尔更是完全否定了自然美，将之放到"前美学阶段"，并将其内涵界定为对人的"朦胧预感"。中国当代的"实践美学"继承德国古典美学，成为我国当代美学领域人类中心主义的突出代表。这种美学观以"自然的人化"与"工具本体"作为核心美学观念，力主人在审美中对于自然的"控制"，从而成为过分张扬人类改造自然的力量、一味贬低自然地位的典型的人类中心主义的美学理论形态。而更令我们震撼的则是美籍华裔人文主义地理学家段义孚所深刻揭露和批判的"审美剥夺"（aesthetic exploitation）现象。这是人类在人类中心主义指导下，凭借其丰富的想象力，在审美领域对自然进行粗暴压制与扭曲的行径。他将这种行径斥之为"审美剥夺"。他说："这是出于娱乐和艺术的目的对自然本性的扭曲。"又说："我们为了寻求快乐正在对自然施加着强权 —— 我们在建造园林，饲养宠物中都能体会到这种快乐。"他还认为，将权势与"玩"相结合是件相当可怕的事，这种"结合"对环境的破坏力甚于经济对环境的破坏。因为"经济剥削有个限度……相反，玩是无止境的，自由随意的，仅凭操纵者的幻想和意愿"③。他对这种"审美剥夺"进行了具体的描绘，在植物方面就是花样翻新的所谓的"园艺"。人们"居然会使用刑具作为自己的工具 —— 枝剪和削皮刀、铁丝和断丝钳、铲子和镊子、标绳和配重 —— 去阻止植物的正常生长，扭曲它们的自然形态！"④例如：把独立的植株和整个一小簇树丛修剪成繁复的形状，为了娱乐而糟蹋植物的"微缩景园"与盆景等等；对待动物，段义孚认为是"问题出现最多，人的罪过体现最深的方面"。

---

① 沃尔夫冈·韦尔施：《如何超越人类中心主义》，载《民族艺术研究》，2004年第5期。
② 康德：《纯粹理性批判》，蓝公武译，第136页，商务印书馆，1995年。
③ 山东大学2011年文艺美学专业宋秀葵博士论文：《段义孚人文主义地理学生态文化思想研究》，第93—94页。
④ 同上书，第96页。

如通过驯化使动物成为负重的劳力，变成玩偶，经过选择性繁殖，使动物变得奇形怪状，机能失调，使鱼长出圆形外突的大眼睛，将京八狗改造得只剩下一小撮狗毛重量不足五斤等等。至于在建筑领域，人类的"审美剥夺"更是举不胜举。诸如，填海造地，挖山建城，断河造湖等等。当然，这种人对自然的"审美剥夺"并不始于工业革命而在古代即已存在，但从工业革命以来，"人类中心主义"兴盛泛滥的背景下，"审美剥夺"的情况愈演愈烈，至今未止。特别是随着大规模的工业化与城市化，在推土机的隆隆声响中，昔日美丽的自然早已不复存在而面目全非。表面上我们剥夺的是自然，实际上我们剥夺的是人类赖以生长的血脉家园，是人类自己的生命之根。

由上述可知，在"人类中心主义"观念基础上产生的"审美剥夺"是与审美的"亲和性"本性相违背的，是一种审美的"异化"。其结果必然是审美走向自己的反面——非美，从而导致审美与美学的解体。因此，告别"审美剥夺"及其哲学根基"人类中心主义"就是美学学科自身发展的紧迫要求。当然，对于"审美剥夺"的理解也不应过于绝对，而是应该在人与自然共生的背景下理解，并不是人类对于自然一点也不能改变。但压制与扭曲自然的现象则是不能允许的。

二

马克思主义唯物辩证法告诉我们，新陈代谢是万事万物发展的普遍规律，世界上没有永恒的东西，一切都在发展当中，都是过程，包括一切理论形态，也都在发展的历史进程之中。即便是作为西方古典哲学高峰的德国古典哲学也随着资本主义现代化过程中诸多弊端的暴露而逐步退出历史。1886年，恩格斯写了著名的《路德维希·费尔巴哈和德国古典哲学的终结》指出德国古典哲学时期"对德国现在一代人却如此陌生，似乎已经相隔整整一个世纪了"[①]。恩格斯在该文中宣告这个曾经无比辉煌的理论形态及其所包含的"人类中心主义"业已退出历史舞台。这当然首先是由历史时代所决定的，对于包括像"人类中心主义"那样的理论形态我们都不能孤立抽象地加以审视而必须将其放到一定的历史发展之中。"人类中心主义"作为一种理论形态并非自古就有的，而是在历史中生成并在历史中发展，最后完成自己的历史使命而必然地退出历史舞台。众所周知，在西方古代农耕社会之时，占统治地位

---

① 《马克思恩格斯选集》第4卷，第210页，人民出版社，1972年。

的自然观仍然是万物有灵的"自然神论"。柏拉图关于诗歌创作的"迷狂说"就是古希腊诗神的"凭附",而诗神奥尔菲斯则是一名能与自然相通的占卜官,能观察飞鸟,精通天文等。而美学与文学理论中十分流行的"模仿说"也是一种将自然放在先于艺术位置的理论。诚如亚里士多德在《诗学》中所说,"一般说来,诗的起源仿佛有两个原因,都是出于人的天性。人从孩提的时候起就有模仿的本能(人和禽兽的分别之一,就在于最善于模仿,他们最初的知识就是从模仿得来的),人对于模仿的作品总是感到快感"[①]。这里所谓"模仿"就是对自然的模仿,在这里自然有高于艺术的一面。只在工业革命以后,科技与生产能力的迅速发展,人类掌握了较强的改造世界的能力,"人类中心主义"才随之兴起。但19世纪后期以来,特别是20世纪开始,资本主义现代化与工业化过程中滥伐自然、破坏环境的弊端日益暴露,地球与自然已难以承载人类无限制的开发,不得不由工业文明过渡到后工业文明即生态文明。1972年6月5日,全世界183个国家和地区的政府代表聚会瑞典斯德哥尔摩召开了国际人类环境会议。这是世界各国政府代表第一次坐在一起讨论人类共同面临的日益严重的环境问题,讨论人类对于环境的权利和义务。会议宣告"保护和改善人类环境关系各国人民的福利和经济发展","要求每个公民、团体、机关、企业都负起责任,共同创造未来的世界环境"。全世界各国将环境问题作为全人类共同面临的严重问题并将保护环境作为全世界每个公民的共同责任就意味着以开发自然为唯一目标的工业革命时代的结束,而一个新的开发与环保统一的"生态文明"时代已经来临。同时也意味着"人类中心主义"这一理论形态已经完成自己的历史使命而退出历史舞台。人类中心主义曾经以其所高举的"人道主义"旗帜和对于人的主体性的张扬,而在历史上起过积极进步的作用。但随着历史的发展和其弊端的暴露已无可避免地衰落并成为被批判的对象。恩格斯在其《自然辩证法》中曾对"人类中心主义"过度贬抑自然并将人与自然对立的倾向提出了自己的批评。他说:"人们愈会重新地不仅感觉到,而且也认识到自身和自然界的一致,而那种把精神和物质,人类和自然,灵魂和肉体对立起来的荒谬的、反自然的观念,也就愈不可能存在了。"又说:"我们连同我们的肉、血和头脑都是属于自然界,存在于自然界的。"[②]法国哲学家福柯则明确地宣布"人的终结"即"人类中心主义"的终结。他说:"在我们今天,尼采仍然从远处表明了转折点,已被断言的,并不是上帝的不在场或死亡,而

---

① 《诗学》,罗念生译,第11页,人民文学出版社,1982年。
② 《马克思恩格斯选集》第3卷,第518页,人民出版社,1972年。

是人的终结（这个细微的，这个难以观察的间距，这个在同一性形式中的退隐，都使得人的限定性变成了人的终结）。"①另一位法国哲学家德勒兹则以其别具一格的非人类中心的"块茎理论"取代人类中心的"根状系统"。他说，"块茎本身呈多种形式，从表面上向各个方向的分支延伸，到结核成球茎和块茎"，"块茎的任何一点都能够而且必须与任何其他一点连接。这与树或根不同，树或根策划一个点，固定一个秩序"②。至于美学领域，从1966年美国美学家赫伯恩发表《当代美学及自然美的遗忘》开始，环境美学逐步在西方勃兴，宣告由"人类中心主义"派生而出的"艺术中心主义"也受到挑战并必将逐步退场。我国也从20世纪90年代中期开始，生态美学与生态批评日渐兴起。

当然，对"人类中心主义"的批判决不是一种简单的抛弃，而是一种既抛弃又保留的"扬弃"，恩格斯将这种"扬弃"解释为"要批判地消灭它的形式，但要救出通过这个形式获得新内容"③。这就告诉我们，我们批判"人类中心主义"并不是将其彻底抛弃而走到另一极端的"生态中心主义"。事实证明，"生态中心主义"将自然生态的利益放在首位，力图阻止人类的经济社会发展否定现代化与科学技术的贡献。这不仅是一种倒退的反历史的倾向，而且因其与人类的根本利益相违背，所以在现实中也是一条走不通的路。我们与之相反，一方面批判了"人类中心主义"对人类利益的过分强调，同时又保留其合理的"人文主义"内核；另一方面批判了"生态中心主义"对自然利益的过分强调，同时又保留其合理的"自然主义"内核。由此，延伸出一种新的生态文明时代的人文主义和自然主义相结合的精神——生态人文主义（其中包含生态整体主义的重要内涵）。这是一种既包含人的维度又包含自然维度的新的时代精神，是人与自然的共生共荣，发展与环保的双赢。这种新的"生态人文主义"就是我们的新的生态美学的哲学根基，它的首先倡导者实际上是海德格尔。众所周知，认识论哲学采取"主客二分"的思维模式，人与自然是对立的，也是人类中心主义的，人文主义与自然主义永远不可能统一。只有在存在论哲学之中，以"此在与世界"的在世模式取代"主体与客体"的传统在世模式，人与自然，人文主义与自然主义才得以统一，从而形成新的生态人文主义。海氏的存在论哲学与美学以现象学为武器有力地批判了将人与自然生态即此在与世界对立起来的人类中

---

① 米歇尔·福柯：《词与物》，莫伟民译，第503页，上海三联书店，2001年。
② 吉尔·德勒兹、费利克斯·瓦塔里：《游牧思想》，陈永国译，第127页，吉林人民出版社，2011年。
③ 《马克思恩格斯选集》第4卷，第219页，人民出版社，1972年。

心主义，深刻地论述了现世之人的本质属性就是"在世"与"生存"，也就是人对作为"世界"的自然生态的"依寓"与"逗留"。这就是生态存在论的哲学与美学，就是一种生态人文主义。生态人文主义的提出也是与"生物圈"的存在密切相关的。因为生物圈的存在告诉我们人类与地球上的其他物种甚至无机物密切相关，须臾难离，这其实也是人性的一种表现，正是生态人文主义的重要依据之一。有论者认为，人类中心主义作为世界观是荒谬的，但作为价值观则应该坚持，对各种事物和行为的评价还应以人的需要为中心来进行。这种观点仍然是对传统人类中心主义的维护。因为价值观与世界观是一致的，根本不可能在荒谬的世界观基础上产生出正确的价值观。生态人文主义是对人类中心主义世界观与价值观的根本调整与扭转。尽管在价值评价上只有人类是价值主体，但评价的视角与立场却发生了根本的变化，由完全从人的利益和需要出发到兼顾人与自然的利益与需要，由只强调人的生存到强调人与自然的共生，由经济发展一个维度到发展与环保两个维度。这样的根本转变是过去的人类中心主义所不可想象的。

三

以生态人文主义为哲学根基所建立的生态美学是迥异于传统的在人类中心主义理论基础上建立起来的美学形态的。

我们先从美学的基础方面来谈两者的区别。从哲学观上来看，生态人文主义实际上是一种存在论的哲学观，而人类中心主义则是传统的认识论的哲学观。存在论哲学观是对传统认识论哲学观的一种超越。在认识论哲学观之中，人与世界的关系是一种"主体与客体"的关系，这是一种纯粹的认识关系，所面对的是现实生活中并不存在的静止不动的"存在者"；而存在论哲学观则是一种"此在与世界"的关系，是一种属人的生存论关系，所面对的是活生生的、在时间中生成发展的"此在"（人），这一此在的发展过程即为"存在"。从思维方式来看，人类中心主义的美学观是一种主客二分对立的美学观，在这种美学观之中，人与自然，主体与客体，感性与理性，身体与心灵等等完全是二分对立的。这是一种脱离生活的僵化的美学。而生态人文主义的美学观则凭借生态现象学方法将所有的二分对立加以"悬搁"，而在纯粹的意向性中进行审美的"环境想象"①。从美学对象来看，人类中心主义美学观是只以或主要以艺术美作为美学对象的，从而走上典型的艺术中心主义。而生态人文主义美学观则在"此在与世界"的关系之中，从此时此刻的生存中进行美的体验。艺术与自然在"此在与世界"之关系中，并无伯仲高下之分。

下面，我们再从更加具体的审美范畴对两者加以区分。首先，从时间的角度来看，人类中心主义的美学观是一种没有时间感的静观美学。例如，康德美学就是一种人与对象保持距离的、判断先于快感的、仅仅凭借视听感官的典型的静观美学。其实，这种静观的审美形态在现实生活中是不可能存在的。它是一种纯粹在理论中存在的认识论美学。而生态人文主义美学观则是一种在时间中存在的动态人的现世的美学。诚如德国美学家韦尔施所说"独辟蹊径：由人类之人（homo humanus）到现世之人（homo mundanus）"。又说"克服人类中心论的视角，从一开始就要采取一种不同的态度……，人类的定义恰恰是现世之人（与世界休戚相关之人）而非人类之人（以人类自身为中心之人）……正是对现世之人的构想最终使我们放下人类中心主义……"②海德格尔则更加明确地指出，作为现世之人的"此在"其意义就是在时间中展开的这一"此在"的存在方式。他说："此在的存在在时间性中发现其意义。然而时间性也就是历史性之所以可能的条件，而历史性则是此在本身的时间性的存在方式。"③也就是说，真正的现实生活中之人是此时此刻生存着并由生到死之人，从而是具有历史之人。这种现世之人与包括自然生态在内的世界休戚相关，须臾难离，因此一切的人类中心主义在现实生活中是无法成立的。所以，时间性恰恰是现世之人的本真呈现，而从时间性的角度来看审美，根本就不可能存在与人所借以生存的"世界"毫不相关的、仅凭视听觉的静观之美，只有存在于人的生存进程之中、所有感觉都介入的动态之美。这就是美国当代环境美学家阿诺德·伯林特所提出的"介入美学"（aesthetics of engagement）。

再从空间的角度来看，人类中心主义的美学观是一种纯思辨的抽象美学，立足于对于极为抽象的美的本质的思辨与探讨。这种美学观是既不包括时间观，也不包括空间观的。例如，康德为了沟通其纯粹理性与实践理性，实现其哲学的完整性而创造出作为沟通两者桥梁的"审美的判断力"，而黑格尔美学则是绝对理念在其自身

---

① 劳伦斯·布伊尔：《环境的想象：梭罗、自然与美国文化的形成》，美国哈佛大学贝尔纳普出版社，2001年。
② 海德格尔：《存在与时间》，陈嘉映、王庆节译，第25页，生活·读书·新知三联书店，1987年。
③ 同上。

发展中感性阶段的呈现。这些美学理论尽管不乏现实的根据并具一定的理论阐释力，但总体上来看却是主要从纯粹理论出发，所以不免其虚无高蹈性而脱离人生，是既无时间意识也无空间意识的。但生态人文主义的美学观却是一种人生的美学，而人都是立足于大地之上，生活于世界之中，与空间紧密相关，所以，生态美学也是一种空间的美学。海德格尔十分明确地阐释了生态美学的"空间性"，他说，"此在本身有一种切身的'在空间之中存在'，不过这种空间存在唯基于一般的在世界之中才是可能的"，而所谓"在世界之中"，海氏认为存在两种情况，一种仍然是认识论的，空间中的"一个在一个之中"，两者是二分对立互相分离的；另一种则是存在论的，是居住、依寓与逗留，人与世界须臾难离血肉不分①。后来，海德格尔用"家园意识"来界定这种"空间性"，他说，"在这里，'家园'意指这样一个空间，它赋予人一个处所，人惟有在其中才能有在'在家'之感，因而才能在其命运的本己要素中存在。这一空间乃由完好无损的大地所赠予"②。段义孚则将"家"的内涵界定为"安定"与"舒适"。他说："我们想知道我们所处的位置，想知道我们是谁，希望自己的身份为社会所接受，想在地球上找个安定的地方，安个舒适的家。"③正因为"家"是人舒适安定的依寓、栖居与逗留之所，是人须臾难离的"世界"，所以它与"围绕着人"的环境是不相同的。段义孚指出，"'世界'是关系的场域（a Field of relations），'环境'对人而言只是一种冷冰冰的科学姿态呈现的非真实状况，在'世界'的'关系场域'中，我们才得以面对世界，面对自己，并且创造历史。"④很明显，"环境"与人的关系就正是海德格尔所说的"一个在一个之中"的两者分离的认识论关系。而从字意学的意义上说，"环境"（Environment）与"生态"（Ecological）也有着不同的含义，前者有"包围、围绕与围绕物"之意，没有摆脱"二元对立"；而后者则有"生态的与生态保护的"之意，与古希腊词"家园与家"紧密相关，反映了人与自然融为一体的情形。这就是我们之所以将生态人文主义的美学观称作"生态美学"而不称作"环境美学"的重要原因。当然，在现实生活中自然对人并不总是温和友好的，有时也是严峻甚至是暴虐的。杜威将自然称作是人类的"后母"，而段义孚则对此进行了更加深入具体的描述。他说："自然既是家园，也是坟墓，既是

---

① 海德格尔：《荷尔德林诗的阐释》，孙周兴译，第15页，商务印书馆，2000年。
② 山东大学2011年文艺美学专业宋秀葵博士论文：《段义孚人文主义地理学生态文化思想研究》，第49页。
③ 同上书，第38页。
④ 同上书，第125页。

伊甸园，也是竞技场，既如母亲般的亲切，也如魔鬼般的可怕。"① 正因此，段义孚提出人类常不免选择"逃避"，从而写作了著名的《逃避主义》一书。这种"逃避"既包括择地而居的迁徙，也包括通过艺术创作在想象中创造出理想的人类之家来进行逃避。他说："文化是想象的产物，无论我们要超出本能或常规做些什么，总是会在头脑中先想象一下。想象是我们逃避的唯一方式。逃到哪里去？逃到所谓的'美好'当中去——也许是一种更好的生活，或是一处更好的地方。"② 但他极力反对压制扭曲自然的"审美剥夺"式的想象，倡导一种"改变或掩饰一个令人不满的环境"的想象。这到底是一种什么样的审美想象呢？我想这应该是一种如美国生态文学批评家劳伦斯·布伊尔所说的与"绿色文学"有关的"绿色的想象"，构建一种人与自然共生共荣的美好家园。

下面要涉及到的就是生态美学所特有的"生命性"内涵，这也是它与人类中心主义认识论美学的重要区别之一。从古希腊开始，以"模仿论"为其标志的认识论美学就力倡一种外在的形式之美，所谓"比例、和谐、对称、黄金分割"等等。但过分地强调这种外在的形式美就会导致一种无机性、纯形式性。这也正是传统认识论美学的弊端之一。但生态人文主义的美学观抛弃了这种无机性与纯形式性，而将"生命性"、"生命力"带入美学领域，使之成为生态美学的有机组成部分。著名的"该亚定则"就是生态人文主义的重要内涵，它将地球比喻为能进行新陈代谢的充满生命活力的地母该亚，从而开创了著名的地球生理学，以是否充满生命力与健康状态作为衡量自然生态的重要标准。更进一步由著名的环境美学家爱伦·卡尔松明确提出外在的形式之美是一种"浅层次的美"，而"深层含义"的美则为"对象表现生命价值"。③ 这种"生命性"与"生命力"的美学内涵恰与中国古代的"有机性"的"生命哲学"和美学相契合，所谓"生生之谓易"、"气韵生动"等等均可在建设当代生态美学中发挥重要作用。

总之，人类中心主义的退场就标志着传统认识论美学的退场，也意味着一种新兴的以生态人文主义为根基的生态美学的产生并逐步走向兴盛，而且，在我国还意味着对以人类中心主义为根基、以"自然的人化"为核心原则的实践美学的突破，意义深远。

（原载《文学评论》，2012年第2期）

---

① 段义孚：《逃避主义》，周尚意、张春梅译，第145页，河北教育出版社，2005年。
② 同上。
③ 卡尔松：《环境美学》，杨平译，第207页，四川人民出版社，2006年。

文学公共性：抒情、小说、后现代

南 帆

一

"公共性"显然是一个重要的公共话题，公众参与这个话题的广泛程度决定了公共性的质量。显而易见，不存在某种古今通用的标准版公共性，每一个历史阶段无不倾向于提出和论证公共性的某种独特解释。尽管如此，"公共"的基本涵义无疑相对于"私人"，二者相互依存；没有所谓的私人领域，也就没有所谓的公共领域。汉娜·阿伦特认为，"公共"这个术语的首要特征是"最大程度的公开性"，即公众有条件看到或者听到。另一方面，"公共"同时表明，接受公众关注的事务意味了足够的分量，种种无关紧要的私人事务或者私人兴趣没有资格占据公众的视野。阿伦特继而指出，"公共"另一个特征指的是世界本身。在她看来，世界处于人们之间，如同一张桌子的四周坐了许多人；"这个世界，就像每一个'介于之间'（in-between）的东西一样，让人们既相互联系又彼此分开"。

如果生活于这个世界的人们漠然相向，离心离德，那么，历史的维持必将难以为继。这时，正如阿伦特所言："只有一个公共领域的存在，和世界随之转化为一个使人们聚拢起来和彼此联系的事物的共同体，才完全依赖于持久性。如果世界要包含一个公共领域，它就不能只为一代人而建，只为活着的人做规划，它必须超越有死之人的生命长度。"不过，阿伦特又补充说，公共领域包含了"无数视角和方面"——"公共领域的实在性依赖于无数视角和方面的同时在场，在其中，一个公共世界自行呈现，对此是无法用任何共同尺度或标尺预先设计的。因为公共世界是一个所有人共同的聚会场所，每个出场的人在里面有不同的位置，一个人的位置也不同于另一个人的，就像两个物体占据不同位置一样。被他人看到或听到的意义来自于这个事实：每个人都是从不同角度来看和听的。"① 当然，"无数视角和方面"包含了分歧的方向，公共领域的意义并非复述一个同质整体的决议；如果"无数视角和方面"的交叉产生了某种共识，那么，这多半是交流、辩论、博弈和协商的产物。所以，"公共性"的实质内容不在于推出一个现成的结论，而是围绕共同关注的问题展开多向的思想探索。

那么，文学贡献的是什么？作为"无数视角和方面"之一，文学看见了哪些内容？这些内容如何卷入公共领域的纷杂辩论？这即是文学显现的"公共性"。当然，当文学聚焦日常生活的时候，文学的公共性必须显示一个答案：琐碎的日常生活如何进入公共领域，并且制造了不可忽视的影响？文学崇拜的个人情怀及其独异风格与公共问题的普遍意义如何衔接？阿伦特对于日常生活的种种"小玩意儿"似乎不那么重视。在她看来，这些"迷人"的小玩意儿无关宏旨，仿佛仅仅证明某种私人兴趣。公共领域是一个容量巨大的空间；公共领域追求的是宏伟，而不是迷人。这时，如果企图替文学进一步辩护，人们或许可以援引阿伦特的另一个观点："日常关系的意义并不揭示在日常生活中，而是揭示在罕见的行动中，正如一段历史时期的意义仅仅在少数照亮它的事件中显示自身。"② 换言之，人们可以如此形容文学——文学不是日常生活的单纯记录，文学是探索、分析、搜集和汇聚日常生活之中足以酿成重大历史事变的能量；同时，文学所拥有的心理动员进而使这些能量扩散至公共领域。因此，按照革命领袖的著名形容，文学可以使"人民群众惊醒起来，感奋起来，推动人民群众走向团结和斗争，实行改造自己的环境"③。这是文学公共性最具成效的时刻。

相当多的时候，公共领域的辩论围绕多重的利益博弈展开，不同的阶级、阶层、社会集团纷纷慷慨陈词，表白各自的立场。这个意义上，公共性的很大一部分即是政治性。然而，许多人主张，文学尽快与政治性脱钩。当阴谋、血污、极权和失控的野蛮愈来愈多地篡夺了政治的名义之后，"政治性"时常被视为一个声名狼藉的概念。文学嫌恶地甩下政治的纠缠，康德的美学思想充当了一个强大的理论掩护。人们力图斩断审美与社会的关系，文学的自律如同这种论断的一个派生观念。如果没有摆出"为艺术而艺术"的姿态，许多人几乎不知道如何向文学表示敬意。相当一部分的现代主义文学对于这种观念作出了呼应，作家坚信文学的目的存在于本身。文学仅仅注

---

① 汉娜·阿伦特：《人的境况》，王寅丽译，第32、34、36—38页，上海人民出版社，2009年。
② 同上书，第34、27页。
③ 毛泽东：《在延安文艺座谈会上的讲话》，收入《毛泽东选集》第3卷，第861页，人民出版社，1991年。

视文学内部，种种内在风格形成了自足空间。拒绝了历史、社会、政治或者所谓的公共性这些混乱的骚扰之后，一种纯粹的文学有望诞生——"纯文学"演变为许多理论叙述的唯一线路图。大约在20世纪的后半段，尤其是当"文化研究"蔚为大观之后，这种幻觉逐渐破灭。即使是隐秘的内心波纹或者独异的文本结构，人们仍然可以察觉各种政治压力的痕迹。对于某些远离历史社会的现代主义文学说来，"远离"即是别一种政治表白。"艺术的社会性主要因为它站在社会的对立面"，这一点已经由阿多诺阐释过了。①

中国古代知识分子曾经意识到"公共性"吗？"士"是中国古代知识分子的称谓，他们时常"以道自任"，并且坚信"道尊于势"的观念，纵横议论时政。② 这是当时知识分子对于公共性的实践。科举制度吸纳了一大批知识分子进入政权体系，他们拥有名正言顺的"议政"空间。这些知识分子同时是中国古代文学的生产主体，他们念念不忘"原道"、"征圣"、"宗经"；许多时候，文学的"兴"、"观"、"群"、"怨"构成了介入公共事务的具体形式。文学对于公共事务的助益曾经赢得了统治阶层的认可，例如"观风"的传统。"风"是"诗六义"之首，诗人的感时抒怀背后始终包含了再现民间疾苦的意愿。从"上以风化下，下以风刺上"到采诗以"观风俗，知得失，自考正"，从杜甫的"致君尧舜上，再使风俗淳"，到白居易的"文章合为时而著，歌诗合为事而作"，"兴寄"、"讽谏"、"补察时政"的传统不绝如缕。许多知识分子身在江湖，心存魏阙，天下兴亡，匹夫有责，儒家推崇的人格典范转换为他们关注公共事务责任心。他们共同持有一种观点：如果诗文的写作无助于济世匡时，徒然追逐一套华丽的词藻，那么，"玩物丧志"必将形成一个危险的陷阱。

然而，那些镜花水月、禅意空灵的诗文显示了何种公共性？司空图形容某些诗作"脱有形似，握手已违"或者"不着一字，尽得风流"；《沧浪诗话》崇尚"羚羊挂角，无迹可求，故其妙处，透彻玲珑，不可凑泊"，种种冲淡曼妙的韵味怎么能衔接公共生活之中的契约、制度或者斤斤计较的财政预算方案？在我看来，拒绝投入社会即已表明了诗人对于公共事务的失望。"众鸟高飞尽，孤云独去闲。相看两不厌，惟有敬亭山"——宁可与孤云群峰为伍，不愿意置身于熙熙攘攘的世俗氛围，这已经隐含了无言的负面评价。当然，中国古代知识分子之中，陶渊明式的主动归隐为数不多；许多人的出世姿态来自怀才不遇的失意。回应朝廷的冷落乃至放逐，寄情山水、

---

① 参见阿多诺：《美学理论》，王柯平译，第386页，四川人民出版社，1998年。
② 参见余英时：《古代知识阶层的兴起与发展》，《道统与政统之间》，收入《士与中国文化》，上海人民出版社，1987年。

浪迹江湖是"独善其身"之际的明智选择。道家或者佛家对于尘世的旷达、超脱与自然的精微体味汇成了一种若即若离的心境，这终于促成了"意境"的诞生。"明月松间照，清泉石上流"或者"曲径通幽处，禅房花木深"不仅再现了恬静的景象，更为重要的是，这些诗句还作为"他者"暗示了社会生活的势利、嘈杂、鄙俗和凶险。至少在这个时候，知识分子撤离或者缺席公共事务恰恰是文学公共性的证明。

显而易见，这种公共性有机地嵌入中国古代社会结构。朝廷与民间、君与臣、国家与社会的结构关系决定了哪些事务必须向公众公开，知识分子以及文学有权利发表何种意见。然而，现代社会的降临改变了一切。社会结构、公共领域、知识分子的位置以及文学无不产生了巨大的位移。这不仅意味了"公共性"的重新定义，而且意味了文学"公共性"的重新阐释。古典文学——"古典"的趣味，"古典"内容和风格——被清晰地划分出来，并且判给了遥远的过去。

一个巨大的转折到来了。

二

查尔斯·泰勒曾经指出："'现代性'指的是历史上前所未有的一次大融合（amalgam），包括全新的实践和各种制度形成（科学、技术、工业生产、城市化等）、全新的生活方式（个人主义、世俗化、工具理性等）以及全新的烦恼（malaise）形式（异化、无意义、迫在眉睫的社会分裂感等）。"[①]"现代性"带来了社会结构的分化、瓦解和重组，全面的震荡制造了前所未有的"公共性"。

现代社会公共领域的形成显然是改变公共性的一个重要因素。从商业、市场、经济网络、报纸、期刊到咖啡馆、博物馆，尤尔根·哈贝马斯具体地考察了欧洲资产阶级公共领域的发生史。然而，对于中国现代历史说来，公共领域的形成更像是一种义化的仿造。省略了早期的摸索和试探，中国的公共领域很快拥有相对成熟的形式；尽管如此，人们没有理由认为，中国的公共领域仅仅在于重复上映欧洲的主题。正如许纪霖所说的那样：

---

① 查尔斯·泰勒：《现代社会想象》，收入许纪霖主编，《公共空间中的知识分子》，第33页，江苏人民出版社，2007年。

现代中国的公共领域，与以市民社会为基础、以资产阶级为基本成员的欧洲公共领域不一样，其在发生形态上基本与市民社会无涉，而主要与民族国家的建构、社会变革这些政治主题相关。它们从一开始就是以新式士大夫和知识分子为核心，跳过欧洲曾经有过的文学公共领域的过渡阶段，直接以政治内容作为建构的起点，公共空间的场景不是咖啡馆、酒吧、沙龙，而是报纸、学会和学校。在风格上缺乏文学式的优雅，带有政论式的急峻。①

譬如，报纸即是一个明显的例子。根据哈贝马斯的描述，欧洲的报纸最初源于商业信息的交换，商人之间的私人通信是报纸的前身。"当时的私人通信中已经出现有关国会和战争情况、农作物收获、税收、贵重金属贩运，当然首先还是关于国际贸易的广泛而详细的消息。"②这些信息成了商品，并且被定期翻印，逐渐演变为固定的报纸。政府利用报纸维持政治统治，这已经是后来的事情了。欧洲的报纸由西方传教士带入中国；据考，第一份中文报纸是1815年由英格兰传教士马礼逊创办的《察世俗每月统计传》；1842年至1891年间，中国各类报刊已有76种；③短短的时间里，报纸迅速风靡于世，1906年的时候，报刊的总数达到339种。如此迅猛的繁衍速度表明，公众之中潜藏了巨大的消费需求。显然，这是与知识分子对于公共空间的渴望分不开的。李欧梵认为，当时的许多知识分子共同致力于开创文化和政治批评的公共空间，尽管这种公共空间并非坐落于欧洲式的市民社会之中："所谓'公共'，这里指的不一定是'公民'的领域，而是梁启超的言论——特别是所谓'群'和'新民'的观念——落实到报纸而产生的影响。换言之，我认为晚清的报业和原来的官方报纸（如《邸报》）不同，其基本的差异是：它不再是朝廷法令或者官场消息的传达工具，而逐渐演变为一种官场以外的'社会'声音。"④这种状况证实了现代社会的一个重要动向：传统的"士"正在化蛹为蝶，一种新型的知识分子形象开始活跃在另一个历史阶段的入口处。

余英时强调说，"士"是"道"的承担者，不依附于任何阶层，并且摆脱了个人

---

① 许纪霖：《导言：重建社会重心：现代中国知识分子与公共空间》，收入许纪霖主编，《公共空间中的知识分子》，第9页，江苏人民出版社，2007年。
② 尤尔根·哈贝马斯：《论资产阶级公共领域》，曹卫东译，收入《哈贝马斯精粹》，第49页，南京大学出版社，2009年。
③ 参见张涛甫：《报纸副刊与中国知识分子的现代转型》，第16页，广西师范大学出版社，2007年。
④ 参见李欧梵：《追求现代性》，《"批评空间"的开创——从〈申报〉"自由谈"谈起》，收入《现代性的追求》，第180、4页，生活·读书·新知三联书店，2000年。

经济基础的限定，"超越他自己个体的和群体的利害得失，而发展对整个社会的深厚关怀"①。尽管如此，君王通常是"士"的议政预设的对话对象，"士"与同僚之间的分歧亦是由君王作出最终的裁决。所以，"帝师"是许多"士"的普遍情结，君王的厌倦或者拒绝构成了他们"怀才不遇"的主要原因。报刊等传媒造就的公共空间彻底扭转了这种困境。面向君王的进谏仅仅是展示抱负的一个路径，他们还可以在公共空间发表自己的真知灼见。进入现代社会之后，由于政治体制的改变，后者的意义远远超过了前者。这是"士"演变为新型知识分子的关键环节。

公共性通常是新型知识分子的一个显眼特征。新型知识分子不仅具有特定的专业造诣，同时，他们具有高度的社会责任感，勇于坚持真理，富于批判精神，并且关注各种公共事务以及人类命运。换言之，知识分子的职责远远超出自身利益而力图以天下为己任。然而，时至如今，他们的道德操行从何而来？如果"士"所依赖的君王政权体系业已崩溃，那么，新型知识分子的文化性格植根于哪一种历史环境之中？

我曾经在工作伦理的意义上考察知识分子的文化性格。顾名思义，知识分子的日常工作是知识的承传与生产。因此，这个共同体的衡量标志与其说是生产资料的占有份额，不如说是知识的话语系统。作为知识生产主体，知识分子的文化性格不断地接受这个话语系统的塑造：

> 尽管科学的话语可以按照不同的学科类别显示种种差异，但是，这种话语的基本规则是统一的。进入这个话语系统首先必须遵循理性原则。这个话语系统内部，人们有义务坚持真理，怀疑权威，宽容异见，舍弃独断和迷信。为了有效地保证上述特征，这个话语系统通常在逻辑、论证、追问——而不是想象或者臆测——的轨道上运行。众所周知，这种理性原则是科学工作者的纪律，所有服从这一话语系统的人都不能任意违背。事实上，这也就是知识对于知识主体的基本规定。许多知识分子的性格原型——例如理性、严谨、精确乃至刻板、保守——无不可以在这种基本规定之中得到解释。②

知识分子所依存的话语系统通常产生双重效果：首先，这个话语系统的特殊知识空间赋予知识分子某种独立性，他们有权利遵从话语系统内部规则，拒绝接受各种外

---

① 参见余英时：《古代知识阶层的兴起与发展》，收入《士与中国文化》，第34—35、38页，上海人民出版社，1987年。
② 南帆：《知识·知识分子·文学话语》，收入《敞开与囚禁》，第5页，山东教育出版社，1999年。

部舆论的干预；其次，特殊的知识空间往往导致知识分子与社会的脱节乃至断裂，这是许多人诟病知识分子的理由，甚至视之为知识分子的原罪。多数时候，知识的逻辑与历史演变速度无法重叠，不能要求一个化学家或者一个考古学家的研究可以立即兑换为社会财富。他们的研究只能置于学科框架内部评价，尽管任何一个学科迟早可能与社会相遇。通常，知识分子与社会的联系即是公共性，这个话语系统培养的工作伦理是他们进入公共领域的资本。这时，开放的公共空间提供了知识分子维持文化性格的重要条件——这是我力图补充的另一点。新型的知识分子仿佛沿袭了"士"身上无所畏惧的传统，但是，他们不再重复"文死谏"之类老故事。公共领域的参与者是广大公众，他们取代了君王而充当知识分子的对话对象。传统的"天下"观念中止之后，民族国家作为现代性的产物刷新了人们的政治视野。这时，如果政府领袖对于公共领域和广大公众没有兴趣，那么，遭受抛弃的往往是前者。

这一切无疑是谈论现代文学公共性的重大背景。人们首先可以发现，"观风"的传统仿佛走到了尽头，"怀才不遇"的失意开始为浪漫的或者多愁善感的个性解放所替代。以君王为轴心的文学主题逐渐寿终正寝。现代文学公共性的一个重要事件肯定是现实主义潮流的涌现。显然，这里所谈论的现实主义并非拘泥于某一个标准的定义，譬如对于世界的精确描写，或者某种叙述模式的规定。这里所说的现实主义更多地是一种视野：抵近芸芸众生的日常生活，正视世俗之中卑微的普通小人物，记录种种琐碎的、富有烟火气息的民间疾苦。对于文学说来，高贵的神话英雄隐退了，孤傲的士大夫形象也隐退了，人们开始遇到日常生活之中许多杂乱的细节：街头的热络寒暄、脸上的愁苦皱纹、大车店里南腔北调的聊天，菜市场上纠缠不清的讨价还价，如此等等。李欧梵察觉到，"清末文学刊物的一个显著特点在于给'小说'以主导地位。"很大程度上，这是报刊杂志制造的文学动向。中国古代文学之中，诗文盘踞于正统的位置，小说不登大雅之堂。然而，八股文堕落为士大夫制造的陈词滥调之后，"由于文化的这种'高雅'形式走向僵化，努力去重振一种'低下'的民众文体这一举动就适逢其时地应运而生了。"总而言之，公共空间的开拓终于使公众、日常生活与世俗气氛借助小说走到了前台，另一种崭新的文学公共性开始浮现。诚如李欧梵所言："这首先要归功于梁启超和其他文学精英们的开拓性努力，他们把崭新的知识生命和政治意义灌输到这种历来'遭贬'的文学样式中来。"[①] 这时，公众、国家、社会理想以及

[①] 参见李欧梵：《追求现代性》，收入《现代性的追求》，第180、183页，生活·读书·新知三联书店，2000年。

文学的启蒙意义开始在现代性的平台上进入想象。

三

如果说，梁启超的倡导或者现实主义的成熟可以视为报刊对于文学的改造，那么，中国古代文学的抒情传统似乎与现代性包含的个人主义一拍即合。譬如，在亚罗斯拉夫·普实克看来，"主观主义和个人主义"是中国现代文学的重要倾向。晚清至现代文学，抒情传统和主观性成为两个阶段的内在衔接。许多著名的"五四"作家隐蔽地接受了中国古代文学的抒情遗产："作为革命时代显著特征的主观主义，正是连接两次世界大战期间文学与前一时期文学的主要纽带。简言之，从某种意义上可以说，中国现代文学在新的形式和主题层面，在不同的背景下继承和发扬了清代文人文学的传统，即受过教育的中国统治阶层的文学传统。"普实克如此乐观表述这种文学倾向隐含的公共性："上述特征表现了一种社会征候：个人从封建传统中解放出来，旧社会在家庭和社会生活等方面束缚个人自由的一切桎梏都被打碎了。毫无疑问，只有当个人意识到自己的存在和独一性时，他才能争取自己的权利，以自己的方式安排自己的生活，决定自己的命运。"① 换一句话说，抒情传统有效地保存了个人身份，个人身份是现代公共领域之中一个不可化约的基本单位。

然而，这种抒情传统仅仅出现于中国古代文学后期。如果说，《诗经》确立了中国古代文学的抒情始源，那么，儒家的"诗教"规范了抒情的分寸和节度。《论语·八佾》肯定了《关雎》"乐而不淫，哀而不伤，怨而不怒"，这意味了抒情的收敛和节制，继而逐渐演变为"中和之美"。《礼记·中庸》说："喜怒哀乐之未发谓之中，发而皆中节谓之和。"这种趣味不仅与中庸哲学有关，而且约束了文学之中政治批评的尖锐程度。这时，美学是规训心理政治的机制之一。心理空间并非一块净土，仅仅容纳花前月下的"诗意"或者美；这里的每一个细微的波动必须得到中规中矩的控制，而不能挟带强烈的怨恨波及至政治领域。所以，《毛诗序》要求"发乎情，止乎礼义"，要求"主文谲谏"，一切观念无不总结为"诗教"——《礼记·经解》之中说，"温柔敦厚，《诗》教也"。这既是诗人推崇的含蓄微妙，也是文学露面之际保持的委

---

① 亚罗斯拉夫·普实克：《中国现代文学中的主观主义和个人主义》，收入《抒情与史诗》，第9、1页，上海三联书店，2010年。

婉姿态。按照这种标准,古代公共空间的不少诗人似乎都动作过大。屈原怨声载道,情绪失控;竹林七贤乖戾放诞,桀骜不驯;李白狂放无羁,傲视天下;柳永纵情青楼,耽于声色。理想的抒情范本是慷慨隐含了委屈,激烈兑入了婉约,藏锋不露,点到即止。这是美学格调,也是人伦规矩。这种抒情传统长时间被视为正统,一直延续至王国维的《人间词话》。王国维的"境界"以及对于"有我之境"、"无我之境"的精微辨析仍然是这种抒情传统的遥远回音。

打破儒家"诗教"的是浪漫主义文学。鲁迅的《摩罗诗力说》对于种种抒情传统的牢笼表示了强烈的异议:"故态永存,是曰古国。惟诗究不可灭尽,则又设范以囚之。如中国之诗,舜曰言志;而后贤立说,乃云持人性情,三百之旨,无邪所蔽。夫既言志矣,何持之云?强以无邪,即非人志。"鲁迅所推崇的是称之为"摩罗诗派"的浪漫主义诗人。这些诗人"立意在反抗,指归在动作",他们的共同特征是"大都不为顺世和乐之音,动吭一呼,闻者兴起,争天拒俗,而精神复深感后世人心,绵延至于无已"。他的心目中,拜伦是浪漫主义诗人的偶像:特立独行,无视流俗,"所遇常抗,所向必动,贵力而尚强,尊己而好战,其战复不如野兽,为独立自由人道也"——换言之,这即是鲁迅向往的"精神界之战士"的形象。[①] 对于如此高亢的诗人说来,他们不屑于左顾右盼,循规蹈矩;抒情的意义是摧毁一切桎梏,解放出一个强大的"自我"。郭沫若的《女神》等诗集之所以惊世骇俗,爆炸式的激情喷涌无疑是最为主要的原因。这时,所谓的"中和之美"将在一个呼啸而来的抒情主体冲击之下分崩离析。

"五四"之后的新诗塑造出一个新型的抒情主体,这个文学事实的意义很快扩展到公共领域。许多时候,人们站在文学之外评估这个转折。这时,"个人主义"概念终于开始与新诗的抒情主体互通款曲。李泽厚阐述中国现代思想史的时候曾经指出,"五四"新文化运动的一个主题即是,引用西方的个人主义取代封建的集体主义。否定传统纲常伦理,摧毁"家族本位主义",反对"孝"是一个首要的战役。个体冲出家庭,追求自由、平等、独立,这是启蒙的意义;揭露"孝"的虚伪即是瓦解"忠"的基础——君臣关系如同父子关系的放大,这是社会政治意义。[②] 考虑到如此宏大的文化博弈,新诗抒情主体的考察远远超出了"文学风格"、"个性"等范畴。这个意义上人们可以说,公共领域新生力量的崛起强烈地敦促文学革命的到来。

---

① 鲁迅:《摩罗诗力说》,收入《鲁迅全集》第1卷,第70、68、84、102页,人民文学出版社,2005年。
② 参阅李泽厚:《中国现代思想史论》,第17-18页,东方出版社,1987年。

相同的理由，由于公共领域存在的"无数视角和方面"，"个人主义"很快引起了激烈的论争；辩论之中的某些观点再度返回文学，并且制造了阵阵回响。尽管各种表述见仁见智，尽管个人主义话语与民族国家之间的关系出现过种种历史组合[①]，但是，两种倾向的对立还是逐步明朗：要么认为个人先于民族国家，理想的民族国家必须为个人提供足够的成长条件；要么认为个人必须服从民族国家，个人的价值只能显现于民族国家的整体之中。某些时候，二者的关系被简化为"小我"与"大我"之争。当然，大多数时刻，"小我"总是铩羽而归。无论如何阐述现代性进入中国文化版图的特殊演变，20世纪文学史始终保持一个特征：维持文学的公共性。回避公共领域，远离种种社会的漩涡，闭门完成独特的美学修行，诸如此类的文学观念从未占据上风。革命、救亡形成的众多历史事件之中，文学从未缺席。如同许多人意识到的那样，文学介入这些历史事件带来的一个观念转折即是，逐渐放弃个人主义话语。阶级、民族、国家充当了这些历史事件的主角，摆脱了"家族本位主义"的个人开始重新接受各种共同体的选择。民族危亡、国难当头之际，文学不再以个性解放的名义转述种种卿卿我我的恋爱故事——这是"小我"投身于"大我"的时刻；革命的洪流席卷大地，整个社会正在脱胎换骨，这时，个人的伤悲哀愁仅仅是无聊的杂音。如果说，救亡运动是一段相对短暂的历史，那么，革命显然是一个漫长的考验。帝国主义的军事侵略宣告失败，阶级阵营成为一代知识分子的归宿选择。无产阶级逐渐树立了大公无私的典范，个人主义传统日复一日地式微；资产阶级被定位为敌对阶级之后，形形色色极端自私的个人主义者充当了这个阶级的文化肖像。这时，带有"五四"新文化运动血缘的知识分子陷入了窘境。知识分子的孤芳自赏、患得患失、多愁善感、谨言慎行与豪迈奔放的工人、农民或者士兵格格不入；他们鬼鬼祟祟地活动在资产阶级边缘，许多时候被命名为"小资产阶级"。"小资产阶级"如同一个多余的赘物存活于激烈的阶级斗争间隙。一种普遍的设想是，如果知识分子没有及时地改造思想，他们天性之中的个人主义注定会伺机复活，并且终将投向资产阶级的怀抱。

20世纪40年代初期，毛泽东发表的《在延安文艺座谈会上的讲话》谆谆告诫知识分子，务必远离小资产阶级王国，尽快回归以工农兵为代表的无产阶级阵营。这时，无产阶级尚未夺取政权，革命领袖对于知识分子的批判仅仅诉诸一些嘲讽的言辞；20世纪50年代之后，资产阶级退出了历史舞台，小资产阶级迅速成为众矢之的。置身于一个崭新的时代，阶级、党派、政权、民族与国家开始重叠为一体，集体主义氛围

---

① 参阅刘禾：《个人主义话语》，收入《语际书写》，上海三联书店，1999年。

盛况空前。许多人心目中,公与私、主观与客观、历史与现实、领袖与人民之间的分裂即将弥合。这种理想的总体之中,任何游离的个人均是一个刺眼的瑕疵,个人主义话语身败名裂。这个时代的文学雄心勃勃地企图再现历史总体。如果这个历史总体已经清晰地显示了未来的路径,那么,革命现实主义与革命浪漫主义的相互结合恰如其分,抒情诗即是史诗。这时,所谓的"大我"犹如高高在上的一尊神,众多抒情诗的"小我"无一不是"大我"的各种翻版或者变异。从质朴的民歌加古典诗词到音调铿锵、洋洋洒洒的政治抒情诗,这些风格各异的诗歌只有唯一的共同特征——一个强大的抒情主体。即使文学之外的生活出现了大面积的塌方,这个抒情主体仍然强作欢颜,不惜"为文造情",竭力维持一个辉煌的幻觉。

这种幻觉的最终崩溃带来了抒情主体的巨大创伤。"告诉你吧,世界,我——不——相——信",全面的怀疑再度返回了个人主义话语。飘浮的映像,内心碎片,朦胧未明的情绪悸动,个人化的象征与意象,这一切组成的小小"自我"远比高亢的口号真实。20世纪80年代初期,一批音域低沉的新诗崛起在地平线上。诗人不屑于外部世界的丰功伟绩而仅仅注视自我——批评家的概括再次点燃了激烈的争辩。[①]不论如何评估这一批新诗,人们必须意识到一个复杂的事实:众多诗人再也不是公共领域的领唱者;但是,他们的沉痛、疑惑、愤慨、苦涩以及他们的瘖哑声调和偶尔发出的"嚎叫"——这一切恰恰是历史赋予他们的公共形象。

四

尽管普实克如此赞赏中国现代文学的抒情传统,但是,他仍然意识到,另一种文学品质——"史诗性"——正在取而代之:"在过去,对现实的观察、体验、冥思,都具有典型的抒情性;而现在,对现实的忠实反映、描写和分析,成为了现代散文的主要目的。"普实克认为,"这本身就意味着对现实的态度的改变。"在他看来,中国古代文学仅仅"具有审美的、消遣的、最终是道德的目的";然而,这种文化姿态已经无法有效地参与当时的公共领域。现代文学必须摆脱这种悠闲的状态而更多地成为投入历史的工具:

> 现代文学所表现出来的力求真实地反映现实、了解和描绘个别现象之间

---

① 参见孙绍振:《新的美学原则在崛起》,载《诗刊》,1981年3期。

的关联的尝试，表明了将文学作为工具，一种特殊的认识工具的努力。文学的目的不再是对现实的沉思默想，享受对现实的观照和品味，而变成了去熟悉现实、理解现实，从而认识它的规律。这就是新文艺的现实主义的基础。①

作为这种转折的标志，"真实"晋升为文学批评的一个重要范畴。"真实"曾经是哲学的关注对象，涉及经验的性质和本体论。柏拉图借用镜子隐喻艺术，"真实"的映像显然是这个隐喻的首要涵义。然而，对于中国古代文学说来，"真"的意义远不如"道"、"气"、"神韵"或者"境界"——"真"更多地是"诚"的同义语。"修辞立其诚"，这个古老的命题与漫长的抒情传统遥相呼应，联袂出演。不论是"情真"、"意真"、"真诗在民间"还是坦荡无忌的"童心"，"真"通常指向了抒情主体。这不仅来自诗的兴感言志，而且符合"立德"、"立功"、"立言"的顺序，符合人物品藻的风气。从风骨、雄浑到韵味、禅意，抒情主体逐渐形成了种种精妙的体验，去伪存真往往是所有体验的前提。借景传情或者托物喻志是中国古代诗人惯用的修辞策略；这时，"情"、"志"的真诚远比景物重要，后者无非是精神起跳的一个踏板而已。

许多人可以援引一些著名诗句证明，中国古代诗人曾经精确地描摹大自然景象。尽管如此，人们仍然没有理由认为，诗人的企图是真实地再现完整的大自然。中国古代诗词之中，自然景象几乎构成了一个自律的符号象征系统，诸如江河、山峰、明月、清风、修竹、老树、雄关、古寺、驿道、扁舟……如此等等。与其说这些景象惟妙惟肖地展示了自然环境，不如说这些景象构成了士大夫自我期许的精神对应物。只要有助于完成主题，诗人的夸张与想象几乎不受"真实"的限制。诗仿佛享有歪曲和生造自然的特权。

"真实"的追求似乎是叙事文学——例如，小说，或者戏剧——兴盛的副产品；然而，我更愿意颠倒这个命题：叙事文学的兴盛来自"真实"的追求。换言之，文学内部的风尚再度曲折地折射了公共领域的要求。分析和研究历史的运行规律，科学、精确地再现现实世界，这些现实主义的文学主张与当时公共领域的启蒙思想不谋而合。知识分子以及众多有识之士对于封建帝国的末世景象痛心疾首，历史已经到了关键的时刻。革命风潮，列强的野心，内忧外患之间再也安放不下一张平静的书桌了，

---

① 亚罗斯拉夫·普实克：《〈中国现代文学研究〉导言》，收入《抒情与史诗》，第39、40页，上海三联书店，2010年。

知识分子甚至丧失了"独善其身"的一隅，各种个人的神秘体悟已经无法纳入民族国家的宏大视野，与饥饿、战火、革命、救亡等强烈的动作、情节格格不入。启蒙，觉悟，改造国民性，打破传统的枷锁，反对帝国主义，这一切成为迫在眉睫的历史任务。文学应当也可以尽绵薄之力。梁启超带着夸张的激情说："欲新一国之民，不可不先新一国之小说。故欲新道德，必新小说；欲新宗教，必新小说；欲新政治，必新小说；欲新风俗，必新小说；欲新学艺，必新小说；乃至欲新人心、欲新人格，必新小说。"①显然，这些观念表明了公共领域对于文学的期待。至少在当时，许多知识分子对于中国传统文化的"瞒和骗"深恶痛绝，他们不约而同地承担了"盗火者"的角色，积极向西方文明取经。当"现实主义"文学主张赢得了马克思主义经典理论家的广泛赞誉之后，一批"五四"新文学主将迅速地给予理论介绍。现实主义的历史眼光，现实主义对于普通小人物和底层的关怀，现实主义对于社会黑暗的揭露与批判，现实主义与人物性格的塑造，现实主义与生活景象的再现——数十年的时间之内，人们曾经从各个方面分享现实主义文学主张。不言而喻，"真实"成为每一种观念的主宰。

即使对于文学，"真实"涉及的许多问题仍然悬而未决。例如，"真实"的个人经验与集体经验；"真实"的科学标准与感官标准；"真实"与各种知识门类的范式；"真实"与文学的虚构和想象；"真实"的局部与整体；"真实"与各种符号成规；"真实"崇拜与特殊的美学韵味；如此等等。相当长的时间里，只有"真实"与阶级意识形态的关系得到了关注。人们承认，真实与否的经验与个人的阶级出身密切相关。阶级出身所决定的见识、接受教育的程度、美学观念、道德水准、信息量的大小无不影响真实与否的判断。许多时候，一个阔少爷认定理所当然的事实，一个人力车夫可能无法置信。反之亦然。当真实被视为整个人类共同认可的底线时，或者，当真实被视为不可质疑的判断依据时，这是一个有力的反诘：谁的真实？如果不存在共享的真实，那么，"真实"引申出来的各种后继结论并非普遍真理。在启蒙所制造的普遍主义语境之中，这种观点提前具有了后现代主义的反叛意味。

然而，当"阶级"逐渐被当作形而上学的僵化标准时，反讽的局面出现了。首先，阶级成为一个同质的整体，所有的阶级成员只能拥有统一的思想观念，任何个体差异无不蒙上阶级异己的嫌疑；其次，阶级之间的疆界固定不变，"阶级本性"类似于不可更改的政治血缘，背叛自己的阶级出身——例如，一个剥削阶级的子弟投身于

---

① 梁启超：《论小说与群治之关系》，收入陈平原、夏晓虹编，《二十世纪中国小说理论资料》，第 50 页，北京大学出版社，1997 年。

无产阶级革命——一辈子也不可能摆脱怀疑的眼光;第三,世界上仅仅剩下无产阶级和资产阶级两大阵营,二者之间不存在任何沟通而时刻处于你死我活的敌对状态。如果被驱逐出无产阶级队伍,一个人注定沦落为可耻的阶级敌人,他所赢得的待遇只能是口诛笔伐和肉身的清除。20世纪50年代之后,生产资料的占有作为阶级划分的标准已然失效,"阶级"归属的判断渐渐地演变为政治文化的定性。与此同时,革命领袖的崇高威望抵达顶点,他被视为无产阶级的化身,他的所有言辞被视为无可置疑的"最高指示",他的个人好恶被视为阶级鉴定的唯一标准,于是,"阶级"作为一个形而上学观念形成某种可怕的、同时又捉摸不定的教条。文学只能战战兢兢地迎合这个教条;作家再也不能坦然地抒写个人经验,他们领取到的不过是遭受阶级垄断的"真实"。当所有的声音都变成了一个声音之后,这个形而上学观念终于摧毁了公共空间,取缔了公共领域——当然,如此之大的破坏性同时为自己的破产提供了条件。20世纪70年代末期出现了剧烈的历史震颤,这个形而上学观念再也维持不下去了。

人们把遭受垄断的"真实"解放出来的时候,普遍主义的"真实"观念再度返回。多数人欣然承认,存在一个"客观"的真实。他们心目中,所谓的客观真实即是个人的五官经验。事实上,"真实"迟迟没有成为一个理论考察的对象,这种状况一直持续到"语言转向"的出现。解构主义的语言分析瓦解了一切形而上学观念的基础,包括所谓的"真实"观念。符号体系、认识主体的复杂关系共同介入了何谓真实的考虑,文学批评之中的"真实"范畴再度出现了不稳定的迹象。

当然,这一切已经跨入了后现代的语境,这种语境正在用自己的历史特征重新定义文学的公共性。

五

梁启超在《论小说与群治之关系》这篇著名的论文之中描述了小说支配人们精神的四种力量:熏,浸,刺,提。显然,四种力量分别代表了审美欢悦的不同境界。梁启超清晰地意识到,所谓的审美欢悦犹如双刃之剑:"有此四力而用之于善,则可以福兆亿人;有此四力而用之于恶,则可以毒万千载。而此四力所最易寄者惟小说。可爱哉小说!可畏哉小说!"[①]

[①] 梁启超:《论小说与群治之关系》,收入陈平原、夏晓虹编,《二十世纪中国小说理论资料》,第52页,北京大学出版社,1997年。

文学所拥有的魔力始终是与审美欢悦联系在一起的。理论分析止于认识，然而，所有的文学主题必须在审美欢悦之中真正实现。审美欢悦意味了某种特殊的心理能量。柏拉图曾经对这种心理能量嗤之以鼻。在他看来，审美欢悦可能破坏理性原则，制造哀怜癖等畸形的嗜好。然而，亚里士多德曾经表示异议。他在《诗学》之中提出，悲剧产生的恐惧和怜悯有助于"净化"人们的精神。弗洛伊德的精神分析学力图在审美欢悦背后开启另一个空间：无意识。这种观点包含了强烈的解禁意味。这是精神分析学令人激赏的原因，也是精神分析学令人恐惧的原因。许多人已经察觉，审美欢悦之中隐藏了某种奇特的放纵倾向，撤除闸门可能冲垮种种严密的道德禁令。

因此，中国古代思想家始终小心翼翼地防范审美欢悦隐含的危险。儒家的诗学观念竭力把审美欢悦约束于修身养性的伦理道德区域。《毛诗序》断言诗可以"动天地，感鬼神"之后说："先王以是经夫妇，成孝敬，厚人伦，美教化，移风俗。"这种观念曾经在后世的批评家之中得到了反复的论证。刘勰的《文心雕龙·明诗》之中说，诗者，持也，持人情性。审美欢悦不能威胁老成持重的人格范型。如果说，审美欢悦形成了一种内心的解放，那么，伦理道德必须及时跟进，避免不轨的思想尾随而至。为诗之道是善善恶恶，为文之道是教化天下，这些观念几乎不可动摇。对于审美欢悦的无形敌意甚至带来了一些无可稽考的成见，例如"文人无行"，或者"一为文人，便无足观"。程颐曾经以理学家的傲慢质疑杜甫的诗句"穿花蛱蝶深深见，点水蜻蜓款款飞"："如此闲言碎语道出做甚？"① 另一些中国古代批评家惊奇地发现了小说或者戏曲的引人入胜：由于主人公的悲欢离合，读者可能怒发冲冠，可能惊魂欲绝，可能涕泗滂沱，可能纵声长笑。然而，对于审美欢悦存在的潜力，他们几乎没有更多的考虑。

如同梁启超论文标题显示的那样，审美欢悦与"群治"的联系意味了一个新的开始。公共领域的兴起为之提供了充分的条件。报纸、刊物等公共空间急剧扩大之后，文学迅速占据了一席之地。文学并不是政治学的例证或者社会学的图解，文学制造的审美欢悦形成了公共领域独一无二的声音。换言之，审美欢悦即是一种观点；审美之中寓含了褒贬喜怒。这个时期的作家开始意识到，他们的文学活动置身于公共领域，文学的公共性正在以从未有过的形式实现。"五四"时期的白话文学显然是一个公共领域的文学事件。一批激进的作家公然站到了大众一边，白话文学敞开了大众进入公共领域的通道。利用文学启蒙大众，开启民智，这是他们共同认可的战略目标。尽管当年的"鸳鸯蝴蝶派"声势浩大，但是，这一批作家不屑于为娱乐奉献精力。先驱的

---

① 参见《二程语录》卷十一。

使命感造就了知识分子的严肃姿态。鲁迅在《呐喊》自序之中的沉痛告白几乎众所周知：刑场上一批愚昧麻木的同胞让他深为震惊，他的结论是——拯救他们的精神远比拯救肉体重要。至少在当时，这是众多知识分子对于公共领域的期待。

估计当初没有多少人预料到，知识分子的立场和权威逐渐遭到了挑战。知识分子与大众之间关系的二元理论构图遭到了质疑。公共领域的结构之中，知识分子为什么天然地拥有高高在上的权利？谁又能证明，大众仅仅是卑贱的群氓？据考，"大众"一词已经于19世纪末进入汉语。① 但是，这个术语的广泛扩散显然与民主、平等以及民粹主义的气氛联系在一起。20世纪30年代"文艺大众化"的论争开始颠倒知识分子与大众的传统关系。知识分子没有理由轻蔑地认定大众是等待拯救的"乌合之众"。如果说，当年白居易的"老妪能解"仅仅是一种奇特的美学风格而不是公民社会的政治姿态，那么，现代性开始把大众推到了前台。精英或者贵族式的高傲愈来愈多地遭到了抵制和批判。"五四"时期，陈独秀的《文学革命论》慨然号召："推倒雕琢的、阿谀的贵族文学"，知识分子会不会改头换面，再度沦为新的贵族？

当然，"大众"并非一个自明的术语。"大众"的通常解释即大多数人。然而，谁是大众？谁被排除于大众之外？哪里是大众的外围边界？每一个历史阶段，每一种文化氛围之中，这些内涵始终游移不定。尤其是"大众"摆脱了平庸、凡俗而成为一种巨大的肯定之后，争夺这个术语时常演变为理论争讼的导火索。没有人知道大众姓甚名谁，没有人获得正式授权，但是，他们无不坦然地自称代表大众，并且指斥对手所占有的"大众"仅仅是一个空洞无物的词藻。当理论的矛头指向统治阶级的时候，大众通常指的是无产阶级工农大众，用"五四"时期的流行语形容即是"引车卖浆之徒"；当民族的救亡成为首屈一指的任务时，"大众"指的是全体民族成员，包括统治阶级与被统治阶级。当然，某些时候，"大众"可能指现代民族国家意义上的公民，可能指相对于掌权者的普通民众，也可能指相对于少数敌对分子的大多数社会成员。总之，"大众"始终是一个历史建构的概念。

多少有些奇怪的是，知识分子时常在"大众"的历史建构之中扮演了一个反面的相对物。晚清以来，"大众"在知识分子的叙述之中浮出地表，但是，叙述者与"大众"的关系始终悬而未决。知识分子是否大众的一员？知识分子能否代表大众发言？或者，知识分子是否有资格启蒙大众？这些问题一直没有获得共同认可的答复。左翼的观点逐渐成为主流之后，知识分子的身份愈来愈可疑。知识分子的严谨、执拗、

---

① 齐晓红的论文《当文学遇到大众》考辨甚详，可以参阅，载《文学评论》，2012年第1期。

羸弱无不成为脱离"劳动人民"——"大众"的另一个别名——的标志。他们的迂腐形象不断遭到漫画式的夸张，继而被描述为种种不合时宜的异类。20世纪30年代至80年代提供的理论图景是，知识分子神情落寞地尾随大众，勉强充当革命的同路人；每当特殊的历史事件发生，他们总是摇摆不定，试图甩下大众另谋出路。由于知识分子无法如同资产阶级那样占有大量的财富，因此，他们的表现只得被形容为"小资产阶级本性"的周期性发作。

必须指出，知识分子曾经不断地为左翼观点推波助澜——尽管20世纪50年代以后，他们的陈述伴随了巨大的惶惑不安和无可奈何。历史表明，左翼观点愈来愈强烈地主宰了文学之中的"雅"、"俗"之争。例如，30年代的"文艺大众化"论争之中，论争的各方无不认可"大众化"的前提；他们的分歧毋宁是——文艺如何适应大众。郭沫若曾经夸张地号召："通俗！通俗！通俗！我向你说五百四十二万遍通俗！"①由于文学史的漫长积累，种种文学传统或者文学形式成规无不可能成为大众接受的屏障。对于文学说来，文学传统、文学形式与大众接受之间始终存在必要的张力。这种张力保证了文学的特殊视角。文学传统与文学形式归零的实质在于，废除专业知识继而废除知识分子身份。这是知识分子皈依革命、皈依无产阶级的隆重表态。有趣的是，即使革命领袖也未曾接受如此激进的策略。毛泽东的《在延安文艺座谈会上的讲话》论述了"普及"与"提高"的辩证循环，这种观点如同是上述论争的迟到的回应。

不论是拒绝知识分子还是取缔知识分子，大众将要遇到的一个问题是——他们能否完整地表述和争取自己的利益，包括享受美妙的文艺？许多时候，答案令人沮丧。被压迫阶级无法认识自己的境遇，无法认识历史提供的改变契机，这是屡见不鲜的故事。这时，知识分子根据自己的良知和学识——而不是他们的阶级意识——说出真理。他们心甘情愿地成为大众的代言人，甚至是启蒙者。然而，通常的想象之中，所谓的良知和学识总是在阶级利益的诱惑之下节节败退。这种想象断定，慷慨激昂地替大众代言的时候，知识分子往往不知不觉地返回意识形态的旧辙，"衣服是劳动人民，面孔却是小资产阶级知识分子"。这是知识分子无法彻底赢得大众信任的重要原因。既不能放弃知识，又不能依赖知识，既要唯唯诺诺，又要高瞻远瞩，因此，知识分子很快陷入矛盾的双重逻辑：一方面，他们勤勉地追随大众，景仰大众；另一方面，他们又庄重地代表大众，教育大众，用革命领袖的话说，既是"群众的学生"，又是"群

---

① 郭沫若：《新兴大众文艺的认识》，收入《中国新文学大系·第二集·文学理论集二》，第283页，上海文艺出版社，1987年。

众的先生"。① 事实上，许多知识分子无所适从，继而放弃了曾经拥有的话语权。如果说，知识分子由于迫害、胆怯或者思想贫乏因而在公共领域失声——如果知识分子无法站在某一个历史制高点表述大众的利益，那么，这种状况带来的损失最终仍然由大众共同分摊。20世纪迄今发生的一切再三证明了这一点。

六

不论怎么评价现代性如何为文学打开了公共领域，时至如今，人们已经到了面对另一个问题的时候了：如何阐释文学、公共性与后现代三者的关系？

后现代不再是一个陌生的术语，但是，众多大大小小的思想家对于"后现代"的描述仍然莫衷一是。解构主义，反总体化，去中心，无深度，偶然，差异，随意性，混合与挪用，拼贴与堆积，零散化，不确定，反讽，反规则，玩世不恭，戏仿，商品主义，表象主义，符码化，文本，大众传媒，众声喧哗，拒绝普遍主义的绝对价值；后现代是松弛的而不是紧张的，无所谓的而不是专注的，慵懒的而不是愤怒的，别出心裁的而不是深刻的……如此缤纷的理论万花筒之中，后现代并未构成一幅完整的图案，而是一堆拥有相似风格的碎片。当然，破碎本身就是后现代的最大特征。

后现代无疑发源于西方文化，标志了发达国家意识形态的又一个与众不同的阶段。奇怪的是，这种风格的历史段落怎么可能和中国文化版图衔接起来？中庸哲学，儒家风范，耕读传家，乡土中国；晚清至20世纪50年代，悲愤、沉痛和忧患意识始终是中国现代历史的主旋律，前仆后继，不屈不挠。然而，哪一天开始，如此轻佻的狂欢居然在这一片土地上找到了相宜的气候？这是一个有趣而复杂的文化之谜。

无论如何，翻译和理论旅行产生了不可低估的作用。一个多世纪的时间里，西方文化观念的持久冲击孕育了另一种文化类型的胚胎。另一方面，北京或者上海等国际性城市的繁华景观、大众传媒以及社会关系已经为后现代的降临预订了一定的空间。全球化气氛为文化的移植创造了优越的条件。尽管如此，人们仍然要考虑，某些特殊的历史事件如何形成了节点——不同的文化类型出现了突如其来的交汇，来自西方文化的某些思想、观念、感受和想象方式进入中国文化版图，并且制造出各种跨界的呼

---

① 毛泽东：《在延安文艺座谈会上的讲话》，收入《毛泽东选集》第3卷，第864页，人民出版社，1991年。

应。20世纪80年代显然是一个不同寻常的时期。60年代开始的"文化大革命"曲终人散,激情与无知的结合遗留的是血污和思想废墟。革命的名义导演了一场历史悲剧。政治神话崩塌带来的众多后遗症陆续地传送至80年代的文化之中。除了解放的欢欣,幻灭、荒诞、内心的惊悚和恐惧作为长期的精神遗产萦绕不去,尤其是积压在文学之中。如果说,这些精神遗产曾经是现代主义的典型主题,那么,接踵而至的后现代观念仍然在持续同一个故事。总体感的碎裂、宏大叙事的信任危机以及对于"深刻"的厌倦,这一切仍然是政治神话崩塌的余震。现今的文学不仅再现了各种生活表象,同时还不断地察觉生活表象背后远未痊愈的精神创伤。因此,当西方文化报告一批"后现代"症状的时候,这种精神创伤由于相似的征兆继而共享同一命名。

如果描述中国版的后现代动态,人们没有理由忽视文学的某种奇特转折。可以察觉,种种意味深长的迹象已经延续了一段时间:相对于虔诚的、明亮的颂歌式抒情,相对于慷慨激昂、气壮山河的英雄传奇,反讽美学急剧增加,"无厘头"嬉闹可以视为这种美学的巅峰状态。怀疑、讥笑、调侃、嘲讽、戏谑、亵渎等正在与反讽共同组成某种家族式的表情,盛行的戏仿策略恶作剧地把各种严肃的故事拖入可笑的泥潭。这一切无不表明了崇高风格的衰落。崇高遇到的常见故障是不信任——现在还能产生如此正经的故事吗?不幸的是,这些不信任一次又一次地成为先见之明;玩世不恭的情调一次又一次地获得了泛滥的理由。历史的追溯可以显示,这些反讽和玩世不恭的很大一部分源头仍然是20世纪70年代的政治神话崩塌。如果说,神圣的政治理想成为当年"文化大革命"的动员令,那么,无私的道德维持了革命行动的高尚性质。绝对正确的道德制高点甚至包含了某种隐蔽的许诺:即使出现了暴力、血腥等非常手段,人们必须宽容地谅解和接受——大公无私赦免各种过激的言行。排除了狭隘的个人报复,污辱和伤害情有可原,甚至是革命风暴的必然产物。然而,事实无情地证明,"文化大革命"的终结不仅仅由于错误的政治判断,同时,一批伪君子的暴露极大地挫伤了大众的革命激情。如果攻击资产阶级权威的巨大战役仅仅是争权夺利的口实,那么,所有的堂皇辞句无不成为欺世之言。错误的政治判断曾经在20世纪80年代遭到理论清算,然而,革命偶像的虚伪道德带来的是普遍的怀疑主义氛围和犬儒思想。迄今为止,伪君子形象纷至沓来,言行不一的矛盾愈演愈烈,人们逐渐从愤怒转向了冷嘲。正剧谢幕之后喜剧开场,"后现代"负责提供喜剧美学的阐释代码;然而,这同时显示了文学公共性的退缩。冷嘲或者"无厘头"仅仅向公共领域表示了不合作的姿态,真正的思想交锋中断了。哄堂大笑在于暴露生活的难堪而不是告知解决的方式。对于公共领域说来,这种笑声表示的不屑多半是沟通失利不祥之兆。

后现代已经不相信所谓的"真诚",那么,"真实"还能有多少公信力?尽管"真实"还是许多人口口声声的担保,但是,迹象显明,这个范畴正在遭遇多种深刻的挑战。对于文学说来,这个范畴分担了现实主义衰落而产生的部分压力。现实主义文学不仅擅长于精确复制生活表象,同时隐含了一个重大许诺:显现生活表象背后的历史必然。然而,种种意外的历史变故不断地重创现实主义文学的自信,后现代文学开始谋求与历史脱钩。多种版本的"大话"历史络绎不绝,所谓的历史"真实"已经被轻易地抛弃。工业技术、数码技术和发达的大众传媒构成了后现代的强大支持,"真实"悄然转向某些新型的探索,例如仿象问题的提出。在德鲁兹、鲍德里亚、弗·詹姆逊等一批思想家的重新考察之下,许多隐蔽的理论裂缝显现出来,"真实"的传统观念被突破了,原型、模仿、复制、第一形象、想象和幻象之间的秩序遭到了动摇。大众传媒是世界的模仿,还是世界模仿了大众传媒?或者,大众传媒的内容是世界更为重要的组成部分?至少在目前,虚拟现实的前景正在成为兴趣的焦点。如果说,虚拟意味了情景效果的栩栩如生,那么,电脑以及各种附属设备——例如头盔、手套、紧身衣,等等——已经拥有制造这种效果的能力。虚拟现实提供的局部空间可以召唤极具真实的感官经验。只有置入一定长度的历史脉络,这些局部空间的虚妄性质才能暴露。虚拟现实与后现代气氛的一个联系即是,摆脱历史脉络的限制,制造多种虚幻的情景换取内心的满足感。这是一种令人眩惑的新奇娱乐。某种程度上,盛行于网络小说的"穿越"策略如出一辙。"穿越"是甩开历史的便捷手段,作家试图找到一个称心如意的栖息之地发展理想的故事。"穿越"允诺了逃避,虚拟承担了再造。这是贬低坚固的现实而崇尚潜在的可能。"人工生命和人工物理则创造了虚拟现实。之所以属于后现代,不在乎真实世界的真正图像,探索世界的可能性和不可能性。不关心世界是什么,而是世界如何可能。"当然,约斯·德·穆尔对于虚拟现实给予了正面的评价:"虚拟现实不是去掌控、逃避、娱乐或者交流,它的终极承载,或许是要改变和补救我们的现实感——这是最高级的艺术曾经尝试去做的事情。"[①]或许,约斯·德·穆尔没有刻意指出,虚拟技术如同双刃之剑。虚拟技术——所谓的"穿越"也是如此——可以再现远比现实深刻的可能,也可以沉溺于浮浅的幻象。后者常常屏蔽日常生活不可化约的政治经济因素,所谓的浪漫、传奇、惊险、玄幻犹如一剂廉价麻醉品。这时,后现代不得不重返一个尖锐的问题:历史脉络无法接纳的"真实"能够维持多久?种种"速成形象"带来的快感效力短暂。进入公共领域,这种"真实"

---

① 约斯·德·穆尔:《赛博空间的奥德赛》,麦永雄译,第 135、138 页,广西师范大学出版社,2007 年。

无法提交富有竞争力的观点。政治经济因素始终是现实存在的强大支配，没有政治经济支持的娱乐性想象通常不堪一击。

后现代的视野之中，这无疑是现代主义的重大缺陷：与日常生活分离。现代主义注重的是文本自主，自我指涉，实验性的语言探索，纯粹的个人意识，删除"内容"，避免大众文化与日常生活的玷污，这些特征无不集合在现代主义的反抗主题之下。① 这显然是一种狭窄的反抗，现代主义的结局是必然的——重新被体制收买，再度晋升为经典，接受学院和博物馆的供奉。相反，后现代主张走下神坛，回归日常生活，摧毁隐藏在雅俗之分背后的等级观念。因此，在精英与大众之间，后现代义无反顾地选择了后者。撤除现代主义设置的种种屏障，让大众重新担任主角，菲德勒"越过界线，填平鸿沟"的口号广为人知。在他看来，现代主义以及所谓的"先锋派"无非是强调某种文化特权，这必将导致精英与大众的重大分裂。菲德勒对于所谓的高雅嗤之以鼻，他声称宁可为好莱坞写作而不愿意投机学院；菲德勒的心目中，教授对于文本天花乱坠的阐释不足为凭，大众的心醉神迷才是最终的标准。多少有些意外的是，菲德勒断定大众的激情来自一个隐藏的神话原型，大众文化的神话转述解除了日常的压抑因而令人动容。尽管这也是精英热衷的理论故事，但是，菲德勒还是信心十足地将决定权交给大众："为什么在一个政体里，大多数缺少教育的天真选民，拥有同等权利选择他们的政治领袖，在市场上购买什么牌子的冷冻快餐、牙膏或卫生巾，就没有权利对艺术作品作出相应的决断呢？"② 当然，所谓的文学选举从未发生；文学以商品的形式出现的时候，市场仿佛协助行使投票的职能。菲德勒不在乎作为消费者的大众与作为革命主力军的大众存在何种区别。市场并没有让菲德勒忧心忡忡，他不惮于劝诱文学向消费投降。尽管菲德勒如此雄辩，我仍然某种程度地质疑一个貌似不言而喻的前提：大众所激赏的内容，是否必定对于大众有利？相当多的时候，事情并非如此简单。

当然，这又回到了公共领域。后现代改变了什么吗？《后现代主义的幻象》之中，伊格尔顿写下的最后一句话是："后现代是处于问题的最后部分而不是解决办法的最后部分。"③ 无论是反对现代主义还是完善现代主义，后现代肯定不是历史的终结。新型的经验、新型的问题和新型的可能交织在一起。中国文化版图之中，后现代至少在

---

① 参阅安德烈亚斯·胡伊森：《大分野之后：现代主义、大众文化、后现代主义》，周韵译，第58页，南京大学出版社，2010年。
② 莱斯利·菲德勒：《文学是什么？高雅文化与大众社会》，陆扬译，第56、63、74、155、141页，译林出版社，2011年。
③ 特里·伊格尔顿：《后现代主义的幻象》，华明译，第152页，商务印书馆，2000年。

如下三个方面显出了特殊的意义：第一，活力的解放。总体、宏大叙事及其依附的专制性意识形态遭到了瓦解，许多藏匿于局部的反抗能量重见天日。即使在形式上，后现代文学精力旺盛的古怪实验仿佛证实了这一点。其次，公共空间的急剧扩大。报纸和杂志之后，电视机是一个革命性的转折，互联网的容量几乎可以用"惊世骇俗"予以形容。这无形地解除了一种主宰性观念的统治，各种纷杂的声音制造了广泛的对话网络。尽管许多对话的质量不尽人意，尽管许多神奇的技术仅仅为詈骂和平庸之见造就平台，但是，空前的活跃隐含了空前的希望。第三，日常生活的探索。后现代放弃了现代主义的傲慢，躬身进入了种种日常景象。当然，事情并不像某些人认为的那样，关注日常生活即是鼠目寸光，陷入琐碎和庸常而不能自拔。相对地说，人们更多遇到了另一种情况：利用一批堂皇的大概念夸夸其谈，绘述各种宏大的、华而不实的蓝图；许多时候，历史即是从这些大概念的腋下悄然逸去，调皮地演变出各种猝不及防的故事。后现代对于日常生活保持了平视的姿态，但是，这不等于与世俗无原则地和解。后现代秘密地接受了现代主义的理论嘱托，力图以另一种形式重演现代主义的反抗主题。这种反抗不是居高临下或者外在的，而是潜伏在日常生活的言行举止、待人接物之中。如果后现代文学不愿意在嬉闹或者各种出人意表的实验之中耗尽自己的才智，那么，这一切必须抵达日常生活的结构，形成二者的紧张。这是后现代文学脱颖而出的理由，也是后现代文学公共性的特殊展示。

（原载《文艺研究》，2012 年第 7 期）

文艺创作是文化产业的芯源与动力

艾 斐

文艺创作是文化产业的芯源与引擎。所以,要正确认识和把控文化产业的现实业态与发展前景,就必须首先正确认识和科学评析文艺创作的主体形态与现实走向。

一

文化产业是一个泛概念,其核心意蕴是从产业视阈来认识和规范文化产品的创意、制作、营销、流通等一条龙链式生产与消费过程。而在这个过程中,文艺创作不仅是母题,而且是酵体。它往往有着很大的膨化与延伸空间,乃至进入产业链的绝大多数生产和消费项目,在本质上就都是文艺创作的蘖生物与衍生品。

基于此,在文化产业中唱主角的电影、戏剧、电视剧、歌曲、唱片、图书、曲艺、绘画等,就都是以文艺创作作为蓝本与源流的。美国之所以是世界文化产业大国,其主要标志就是它不仅占取了全世界56%的广播和有线电视收入、85%的收费电视收入、55%的电视票房收入和36%的电影票房收入,而且仅在2010年度就发行图书三十一亿册,发行唱片十七亿三千万张。而所有这些,不就皆属于文艺创作的延伸产品和对文艺作品的深度开发么!作为亚洲文化产业大国的日本和韩国,其产业项目就更是以动漫和影视制作作为龙头和支柱了,以至形成令人刮目相看的"日风"劲吹与"韩流"飙起现象。

显然,在任何时候和任何情况下,文化产业的业态和走向,就都是要以相应的文艺创作作为其赖以存世的主脉与发展之动力的。

因此，要正确认识、准确把握和科学预测文化产业的现实状态与发展前景，就首先必须把脉文艺创作。只有在全面把握、正确认知和辩证评骘了文艺创作的现实形态与质态及其潜能与走向之后，才有可能对文化产业的今天和今后获得一个全面的认识、科学的调控和正确的驭动。

正是在这个意义上，我们就很有必要以文艺创作的现实状态作为切入点，层层深入地对之进行评析和论证，并通过这样的评析和论证而从本质上进一步透视和展望我国文化产业发展的现状与前景。

二

文艺创作是对社会变革和时代发展的艺术反映。因此，什么样的生活和时代，就注定会产生什么样的文艺作品，亦即哲学意义上的存在决定意识。

我们既处于改革开放和跨越发展的大变革时代，那也就必定和必然会在文艺创作上迎来硕果累累的丰收季。因为大变革、大发展的时代不仅会为鸿篇巨制、精品佳作的产生提供条件和土壤，而且还会为作家艺术家们的创造性劳动输送养料和激发灵感，并在此基础上形成充沛的创作激情和旺盛的艺术生产力。

事实上，呈现在我们面前的文艺景象，不就正是"姹紫嫣红看不尽，满目春色不胜收"么！

任何事物的有效构成，都是质与量的辩证统一。对于文艺创作来说，尤其如此。因为创作是一种复杂的艺术化的精神劳动，是一个对思想和生活不断体验、积累和磨砺的过程，实际上也就是由量的积累达到质的飞跃的过程。所以，以量臻优、量中求质，向来就是文艺创作走向繁荣与发展的普遍现象和基本规律，这同时也便决定了创作量的增加无疑是文艺繁荣的基础性标志。

现在，我国每年出版的图书都在三十万种以上，正式出版的文艺类报刊则有上千种。每年创作和生产的电影有四百多部；电视剧有五百多部，长达一万四千余集；正式出版的长篇小说有两千多部；歌曲有两万多首。在诗歌创作方面数量更是惊人，大体上每年都有几百万首新作问世。至于通过网络发表的各类文学作品，那就数量更大了，动辄即以百万、千万计，其中光是网络长篇小说每年就有数万部，文字总量超过六十亿。各种文艺演出的类别、数量、剧目和场次，也都在不断扩大，节节攀升。仅在北京一地，每年就有三百多个小剧场剧目在上演。此外，戏曲、绘画、书法、曲艺、音乐、舞蹈、文博、会展等方面的创作与活动,也都呈现出空前的繁荣与兴盛,不仅新作如缕而至,而且精品频仍出现,大有"潮逐浪涌任翩跹"之势。

在创作量不断攀升的同时,文艺的辐射面和影响力也越来越广泛、深刻。我国影视作品的观众量和收视率长期居于世界前列;文艺作品的发行量和翻译语种,也都在逐年增加和不断扩大。其中,仅欧洲各主要语种译介的中国当代文学作品,就已达五百余种。而有作品被译成外文的中国当代作家,则早已超过了三百名。特别是有不少长篇小说的发行量都在五万册以上,像以《狼图腾》为代表的一批纯文学作品的发行量,竟创下了突破百万大关的新纪录。其他如《白鹿原》、《古船》、《笨花》、《尘埃落定》、《平凡的世界》、《浮躁》、《红高粱家族》等长篇小说,在发行量上也都创下了不俗的业绩。至于网络小说,其每一部点击率基本上都在二百万次以上,有的甚至超过了一千万次。

正是在文艺创作的数量激增、辐射面和影响力日益扩大的背景下,精品佳作也如雨后春笋般蝉联亮相。文艺的各个方面和各种领域,都频有内容庄尚、思想厚重、意蕴丰赡的熠世之作走向社会,引起大众和学界的高度关注与好评。这些作品,均以其美好的意趣、正确的导向和精湛的艺术而赢得了受众的广泛接纳与一致认同。特别是其中一些领衔之作,更是秉具着富于时代精神的生命活力与艺术魅力,非常自觉和自如地展现了深刻的生活体验与博大的思想情怀。其作者在世界文化理念和民族文化传统的交织与对接中,极具创新意识和个性特色地彰显了社会变革的轨迹与人性升跃的步幅,使受众从中既能准确地认识历史,又能客观地把握现实,并通过这些作品而不断地增强民族自豪感和扩大对世界的包容性,从而起到为实现民族复兴而提振精神、熠燃热情和积蓄力量的积极作用。

文艺作品能够具有这样的品格和发挥这样的作用,足见其不仅实现了量的丰收,而且也达臻了质的上乘。对于此,新近备受瞩目的"第八届茅盾文学奖"和"第二十八届中国电视剧飞天奖"的入选作品,便是有力的佐证。

茅盾文学奖四年一届。这就意味着此次获奖的五部作品实际上是从近万部长篇小说中遴选出来的。尽管这五部长篇小说远不是四年来所产生的优秀作品的全部,但作为一种典范、一种标志和一种导向,这五部长篇小说无疑代表了这一时期诸多优秀作品的艺术旨趣、审美追求和精神灌注,是这一时期小说创作中具有典范意义的艺术集萃与思想结晶。而这些作品所突出表现的,则是精神境界的高远和思想阈限的开拓,是艺术触角的广涉和美学谱系的提升,是全球视野的淡定和民族意识的炽燃,是个人风格的成熟和文本意蕴的嬗变,特别是其对时代、社会、生活与人性的认知和把握都进一步具有了科学尺度与理性思维，并因此而得以游刃有余地赋予了这些作品以丰富的内涵和巨大的张力。

这便是新一届"茅盾文学奖"获奖作品的质量标识，而这质量标识所涵蕴和所凸显的，则是我国文学创作在总体形态上的新特点与大趋势。

回望改革开放三十多年来的文学发展之路径，我们不能不认为它确是在一步步地走向成熟和淳雅，一步步地跨越裂谷和跻臻高峰。当那种初获解放的狂欢式的非理性生长和近乎原生态的叙事方式与文本摹袭同我们渐行渐远的时候，取而代之的则是一种具有时代禀赋和个性特色的文学的自觉与自信，其突出表现便是对生活的开掘越来越深，对时代的把握越来越准，对精神内蕴的认识越来越高。与此同时，作家个性化的叙事方式和艺术风格的渐趋娴稔，以及在表现生活和塑造人物时的手法多样与文笔老到、语境丰盈与神韵妙合、分寸恰切与表里照应、意趣盎然与情愫飞扬等，也都为文学精品的产生创设了极为有利的主体条件。如果说在新时期之初和之中曾经一度出现过粗放式的"井喷"现象、原汁原味式的"写实"现象、在每个作家甚至在每篇作品背后都晃动着一个西方现代主义作家的影子的现象，那么，现在我们则可以自豪地说："这一切都已成为历史。"因为对于越来越走向成熟和具有自信的中国文学来说，其最大的特点和亮点，就是已经完成了并在更高层次上进一步完成着具有世界眼光和中国气派的独特的个性化的艺术创造。

毋庸置疑，新一届"茅盾文学奖"的闪亮登场，就正是对这种艺术创造的检阅与展示。

当然，与茅盾文学奖相偕并伍的第二十八届中国电视剧飞天奖的获奖作品，也同样是参加这一壮伟检阅和豪华展示的别一劲旅。与小说相比，电视剧的传播速度和辐射空间自然要快捷和宽广得多。也就是说，在文化积累和精神创造层面上，小说占据优势。而在快速占领社会文化视阈、即时传播时代精神图谱和灵活捕捉大众审美热点方面，则显然是电视剧得天独厚。本届飞天奖的参评剧目多达一百六十一部，共五千六百五十五集。这不仅比上一届增加了五百多集，而且其中题材重大、制作精良的长篇电视剧占了很大比重。像以宏大叙事和壮伟气度着力再现历史事件与世纪伟人之本真性格和非凡业绩的《解放》、《沂蒙》、《毛岸英》、《红色摇篮》、《解放大西南》、《五星红旗迎风飘扬》；以生动情节、精彩叙事、睿智决策和可人形象，近距离反映社会热点、家庭伦理和大众诉求的《老大的幸福》、《我的青春谁做主》、《媳妇的美好时代》；以穿越现实和感悟人生为特点，而开阖有度地表现生命之创痛与坚贞和心灵之隐忍与豁达的《兵峰》、《我是特种兵》、《一路格桑花》等等，就都是思想内容和艺术气质俱佳的精致之作，不仅表现了电视剧创作的高水平，而且也代表了电视剧发展的新走向。

尽管任何评奖都会有遗珠之憾，但它毕竟是一次对精品创作的全方位选拔和集合性亮相。正是在这个意义上，我们从对获奖作品的审视与评析中所得到的总体印象和典型认知，就不仅是对中国文艺之现实形态和总体风貌的全面领略，而且更是对中国文艺之发展趋势和未来走向的准确把握。这也就是说，无论从"纵"的方面作线性比较，抑或从"横"的方向做扇式扫描，我们现今的文艺创作所呈现的，都是一种盛景；所达到的，都是一个峰值。

三

面对丰饶而富于创新性和成就感的时代文艺景观与现实文化生态，颔首认同者有之，拊掌称颂者有之，不置可否乃至不为所动和不予首肯者亦有之。为什么对于如此洞若观火的事实，人们却会有不尽相同甚至完全不同的反应和认识呢？这主要是由一些云翳遮蔽和认知误区造成的，当然也有视阈局限和观念差异的原因。尽管见仁见智历来就是文艺作品和文化现象评判中的一种常见现象，也是正常现象，但以解读和阐释的方式对之进行拨翳纠谬，以求返璞归真，也还是必要的和可行的。概括起来，大体有以下几种情形和原因：

一是"量、质对立"。

人们在评判文艺作品时，往往容易陷入一种习惯性思维，即把量与质对立起来看，下意识地认为量大必然质差。这其实是一个认识误区。文艺创作的量与质就像一座金字塔，注定是要下大上小的。因为只有在充分的量的基础上才能形成和托举辉煌的顶端，即精品佳作。否则，如果没有一定的量，优秀作品也就很难产生。因为一部优秀的作品，往往都是多年积累的成果和反复修改的产物，而决非天马行空，一挥而就。即如新近获得茅盾文学奖的五部长篇小说，就无一不是作者多年生活积累的结晶、长期思想认知的凝聚和丰富创作经验的体现。《天行者》是早年问世的《凤凰琴》的扩展与续写；《蛙》是作者所长期经营的高密系列乃至姑姑系列小说的深度发挥。至于《你在高原》、《推拿》、《一句顶一万句》，则无论在生活基础、美学文本和叙事方式上，就都是作者此前一系列小说创作的美学提炼与思想荟萃。这说明，只有在长期历练和积累的过程中，才会为精品问世创设条件，也才会实现质的飞跃。有时候，甚至数量丰盈的本身就是优秀作品得以创造和存续的别一种机制与方式。所以，在文艺创作中，量与质不仅具有因果关系，而且更是一种高度的辩证统一。这种现象，在先秦时期，在欧洲的文艺复兴时期，在中国的"五四"至上世纪30年代，都曾出现过。

二是"以偏概全"。

在现时代，不仅文艺的创作量越来越大，而且其体例、格制和表现形式也都越来越多。于此情况下，出现一些低俗作品和艺术粗劣、思想质量不高的精神疣物，在所难免。水至清，则无鱼嘛！但我们在认识和评判创作得失与文艺形势的时候，却绝不可以点代面，以偏概全，以一眚而掩大德。文艺创作不仅是一种个体化的艺术劳动，而且还是一种个性化的精神创造，其主体和客体都具有极大的差异性和自由度。这就决定了我们既不能用一把尺子去要求作者，又不宜用一个标准去衡量作品。因为文艺最忌讳模式化和单一化。创作繁荣与发展的一个重要标志和前提条件，就是思想解放、艺术自由，允许、支持和鼓励个性化与特色化的创作，并积极创造条件力促不同题材、不同形式、不同风格和不同艺术追求的各类作品都能够自由开放、相互竞争。只有这样，才是优秀作品得以产生的良好氛围和适宜环境。但也正是在这个过程中，往往会伴随着大量优秀作品的出现而偶生庸品与俗物。这不仅难以避免，而且也无伤大雅。从某种意义上说，它还能起到提醒和防疫的作用，全然与对文艺形势和创作质量的评价毫无干系，就像在当年的大革命时代，张资平用以示秽的"△"小说的出现，不仅不影响以鲁迅、郭沫若、茅盾为主将而掀起"为人生"之文学大潮的雄起，反而倒以别一种方式让人们保持警惕和清醒。特别是在尔后的历史沉淀中，其是非曲直不就愈来愈洞若观火、泾渭分明了么！

三是"坐标失当"。

鲁迅说过，"比较"是个"好方子"[①]。对任何事物的评判及其臧否，都是相比较而言的。既如此，就首先需要有一个坐标和参照系。那么，认识和评判当今文艺创作的坐标和参照系又是什么呢？恐怕许多人都是既明确，又模糊，始终影影绰绰的，只是在下意识和潜意识的作用下进行着概率式的对标活动。如此这般，当然就

---

① 鲁迅：《且介亭杂文·随便翻翻》。

很难得出剀切的结论了。其实，若拿我们现今的文艺创作形势和成就与欧洲的文艺复兴时期比，与19—20世纪初叶的俄罗斯文学创作比，与上世纪30年代的上海滩文化圈比，应该说都是毫不逊色的，至少也是旗鼓相当，各有千秋。要知道，我们今天在巨大的创作量背后所涌动着的，不仅是高涨的创作激情，而且更有一支浩浩荡荡的创作大军。中国作家协会的会员人数已逾八千，加上各省（市）、区的作协会员，从事文学创作的骨干力量已有数十万之众。如果再加上各级文联的各种文艺协会的会员，显见从事艺术创作的骨干力量更为庞大。而但凡参加作协和文联各协会，都是有着对相应的创作能力和创作量的硬性要求的。这至少说明，我们今天所拥有的骨干创作力量乃是绝对空前的。仅以中国作家协会会员人数与三十年前相比，就已增加了十倍还多。生产力是决定生产量和生产值的核心要素，这也便决定了我们今天文艺创作量的激增，实在是一种必然和自然。当然，最实质性的比较，还是作品的思想水平与艺术质量。对于此，我们可以毫无赧色地说，现今无论在文学或者艺术创作上所达到的标准与水平，都是深孚史望的。特别是在小说创作上更具实力，也更有精品。只是由于作品量大而导致阅读分散和焦点稀释，才使人们在短期内无法对所有作品作出中肯的质量判断。不过，这并不影响精品佳作的客观存在。应当相信，在岁月的磨砺与检验中，人们定将会逐步认识其价值，并将之与历代名著共添优列，同纳华堂。

四是"时空错位"。

生活是变化的，时代是发展的，社会是进步的。作为对生活、时代和社会进行典范缩微与审美再现的文艺创作，自然是要与之相契合、相印证的。这就要求我们在认识和评析文艺现象与文艺作品时，必须运用一种发展的眼光、动态的元素和趋新的意识，而不能把着眼点和评价尺度一成不变地定格在某个历史刻度上，以致造成"用老瓶子装新酒"的历史性误会。《文心雕龙》所讲的"诗文代变"，就是针对这种情况而开出的有效"药方"。事实上，文艺形态和审美标准的流变，乃是亘古就有的不贰法则。所以，当我们审视和评判现今的文艺创作和文化现象时，一定要更新观念、变革尺度，突出当下性和在场性，既不能同历史上和世界上的某种文艺现象硬比，也不能用曾经流行过的某个观点或某种尺度硬套。因为无论是历史上的某一文艺盛世与盛典，抑或是曾经一度操控文艺潮流的某一观念与学说，他们都只是一个辉煌的历史存在，而并不完全适合甚至完全不适合用作认知和评价我们现今文艺创作与文艺现象的套路和绳墨。否则，就会落入时空错位的认识论陷阱。为了回归正确的认知与评判,我们必须面对现实,承认事实,求真务实,坚定地站在面向世界、面向未来、面向大众的中国特色社会主义文艺的立场上。只有这样,才能避免出现"不识庐山真面目,只缘身在此山中"的尴尬。

五是"浅尝辄止"。

在任何时候对任何事物仅凭感觉所下的结论,都是靠不住的。而人们对文艺创作之形势与走向的认识和判断,则恰恰在许多时候都是靠感觉的。不是人们不认真对待,而是确因量大时少,实在难以顾及全面。于是,浅尝辄止就成了如今认识和评判文艺创作的一种虽不正常,但却常态化了的工作状貌。想想看,纯文学报刊有上千种,长篇小说每年的出版量有两千余部,加上网络创作的铺天盖地和影视作品的蜂拥而至,谁能有时间和精力对之一一过目、细细品读呢!更何况信息时代本来就视野宽、看点多,人们阅赏的对象和目标既庞大,又分散。在这种情况下,要求人们仔细阅读哪怕是出版物总量的十分之一,恐怕都是不可能做到的。所以,在认识和评判时下的文艺创作时,便只能是靠感觉、凭印象了,而感觉和印象的文本源头相对于全部作品本身来说,却是相当片面和狭窄的,这就难免要使其感觉和印象发生偏颇和误差。其实,这种情况在历史上也并不鲜见。每逢盛世,必有创作高峰期和爆发期的到来,作者和作品的大量涌现,委实令人难以卒读和细品,所以要对之全面认识和准确把握,就会有一定的难度。不过,这并不妨碍精品佳作的存世与价值。经过时间沉淀,自会有精准的选择和中肯的评价。就像历史上的李白和杜甫一样,他们的诗在他们的当世并不被看好。公元744年所编选的历史上第一个唐诗权威选本《国秀集》,共辑诗二百二十首,却连李、杜的一首诗也没有选入。直至到了清朝,李、杜的诗才逐渐受到推崇,并被荐入一流诗人的行列,其诗歌的创新价值和人民性也才被发掘出来,并得到广泛认同和高度评价。看来,岁月淘洗和历史沉淀确实是一个好法子,只要是金子,总会发光的。

六是"先入为主"。

多元化、多样化、信息对等交流和主体参与意识增强,是改革开放时代的一大特点。在这一时代背景下,对文艺作品和文化形态的认识与评析自然就会见解多,散点广,分歧大,这无疑是一种令人欣喜的好现象。因为它不仅显示出参与主体的自主意识增强了,而且标志着社会群体的审美标准和审美水平提高了。既有自主意识和独立见解,又能自觉而积极地参与到对文艺创作和文化形态的社会评析活动中去，这本身就是社会文化形态的一种进步标志和良性表现。所以，对于所出现的认识分歧和评价褊仄，都既无需感到诧异，更不必强求一致。不过，在另一意义上，我们也需要防止由于这种分歧和褊仄在特定情境中所形成的个人偏见，会以先入为主的方式进入到社会评价体系之中，以至影响正确结论和舆论的适时形成与正常传播。这便是事物的两面性。而我们的责任，则始终都是必须积极而主动地向着正确的一面实现归附和靠拢。

七是"评介缺如"。

文艺评论与文艺创作，从来都是促使文艺事业得以奋翮高翔的两翼。因为创作主要是对生活的切身感知和艺术表诸，而评论则是对作品的理性分析与能动引导。正是在这个意义上，任何创作都是须臾不可背离评论的伴随与辅佐的。然而，在我们的现实文艺生态环境中，创作与评论的失重和失衡，却是一个不争的事实。一方面是创作队伍和创作量的快速增长与超常发展，而另一方面却是评论队伍和评论效能的不济与乏力。这两个方面的不相匹配所造成的后果之一，就是不仅使创作在一定程度上处于荒芜状态，而且更造成了文艺创作尤其是精品力作在相当范围内与大众和社会的隔膜与疏远。当然，文艺评论的不济和乏力，决不仅仅是队伍小和成果少，而是更在于其自身的深刻性和正确性的缺失。相对于队伍小和成果少而言，这种深刻性和正确性的缺失更为不利于发挥文艺评论的功能与效益。鲁迅说过，批评家必须"真懂得社会科学及其文艺理论"[1]、"必须坏处说坏，好处说好"[2]。应该说这是对文艺批评的基本要求，也是文艺批评之所以能够有为、有用、有益的起码素质与必备条件。但是，以我们现在的实际情况而言，显然是与这个基本要求尚有相当距离的。其中，取向多元、主义失真、见解偏畸、行文浅悖以及所谓的贵族评论、人情评论、有偿评论、非主流评论、实用主义评论等的流行，就显然是难以起到文艺评论所应起和能起的积极作用的。自然，其对有效地评介作品也就不会产生任何助力了。所以，加强文艺评论的关键，不仅在于要壮大队伍，增加产量，而且尤其在于要端正方向，提高质量。

---

[1] 鲁迅：《二心集·我们要批评家》。
[2] 鲁迅：《南腔北调集·我怎么做起小说来》。

八是"自信不足"。

自信，不仅是一个国家、民族和政党的文化内涵与文明素质，而且更是其承接历史、开启未来的精神资本与力量源泉。同样，在文化问题上，自信从来就是不可或缺的。我们要正确认识和评判文艺创作的形势与成就，就必须要具有高度的文化自觉和文化自信。而要具有高度的文化自觉与文化自信，则又笃定要在民族传统文化与世界优秀文化的交融和互补中创造出我们时代的先进文化。这些年来，我们的文艺创作就是这样一程一程地走过来的，所以它便本能地赋有了丰富、质朴、开放而灵睿的特点，其历史感与包容性、民族情与世界心、乡土味与舶来韵的有效对接和高度化合，已经结出了累累果实。创作的连年丰收，就正是这种果实的具体呈现。显然，中国文艺在探寻蹊径和回归本真的道路上，不仅找到了自我，而且也走向了世界，并成为世界文艺的璀璨一页和重要构体。因此，我们应当自信，我们也有资格、有条件充满自信。作为世界文艺的中国谱系，我们已经做到的和正在做着的，就都是辉煌的集结与全新的创造。尽管在对创新的不懈追求中，我们要做的工作还很多，要走的路还很长，但毕竟我们在攀援中业已到达了一片开阔地、进入了一个新境界。在世界文艺的舞台上，我们一方面凭靠自己的实力和实绩而确立了既定的位置，另一方面则依恃足以令全球瞩目和赞赏的文化贡献而赢得了不容忽视的话语权。今天的中国文艺，比以往任何时候都更对大众有泽惠，更为世界所看重。

这，就是我们文化自信的力源和根据，这同时也是我们正确认识和评判文艺创作之形势与成就的心愫和底气。

四

对于文艺创作之现状和成就的正确认识与科学评析之所以重要，乃是因为它直接关系到能否对文化产业的现状和进向秉以科学的认知与精准的把握。而能否科学认知和精准把握文化产业的现实业态与发展前景，则又直接决定着对文化产业发展形势的准确判断与投资经营方略。

显然，这种认识和判断，是与投资和经营方略呈因果递进关系的。判断不准，即投资失误，经营失策；判断准确，则投资生效，经营向善。而正确认识和判断文化产业发展之现状与前景的关键，则在于要从对文艺创作和文艺作品的科学认知与辩证评析中得出既符合实际，又契合规律的结论来。因为只有从源头上看形势，才能知其底气足不足；只有从酵体上看发展，才能勘其潜力大不大。

在这个过程中，要着力解决的一个问题就是：我国文化产业究竟是处于外延扩大再生产的过程中呢，还是已开始进入内涵扩大再生产的新阶段？如果是前者，那就说明主要是通过直接和重复劳动而进行资本积累。这反映在文艺创作上，就是单纯的以作品数量取胜。如果是后者，那就说明我们的文化产业已开始进入以创造性劳动追求并实现了智力积累。这样两种生产和积累过程与方式，乃是具有本质区别的。以外延扩大再生产为特征的精神生产，就是一种摊大饼式的生产，无限铺陈、扩张，单纯追求"量"的增加。而以内涵扩大再生产为特征的精神生产，所追求和所呈现的则是金字塔式的生产，即循序渐进，层层积累，营构精品，跻臻高峰。着力于量中求质，以质取胜。

不言而喻，我们所追求和期待的，显然是后者，也只能是后者。然而，要实现这一追求和期待，则必须具有一定的条件，主要就是环境的优化、精神的成熟、智能的日渐趋高和创新能力的不断增强。而从我国当前的文艺创作——文化产业的实际情况看，应当说是正处于从外延扩大再生产向着内涵扩大再生产实现转型跨越发展的过程之中。这表现在文艺创作上，就是以量取胜，量中求质。在作品数量的强势增速中频现精品力作，屡有创新之举，偶呈宏篇佳构。但却都远远不够。

转型，是为了跨越，而跨越之后便是实现新的发展。为了及时而准确地认识和把握文化产业的发展脉动，我们就必须高度关注和科学评析文艺创作的现实形态与未来走向。只有这样，才能从源头上和根柢上驭动和促进文化产业的快速扩容与科学发展。

2011 年 12 月 16 日

（原载《东岳论丛》，2012 年第 5 期）

地气·人气·正气

——我对当前文学发展的几点思考

雷 达

七十年前，毛泽东站在民族危亡的关口，从中国的西北角，发出了对知识分子和文艺工作者新的重大要求。他提出，知识分子和文艺工作者要深入生活，深入群众，与人民群众的思想感情打成一片，要为最广大的人民群众首先是为工农兵服务；文艺要成为战斗的号角和打击敌人、消灭敌人的武器。在推翻三座大山和争取民族独立解放的历史情境中，这一思想无疑具有巨大的合理性，现实性，凝聚力，因而发挥了极其重要的作用。

七十年来，《讲话》始终与中国的文艺事业相伴而行，以至于有人说，只有理解了《讲话》，才能理解中国的当代文艺何以是这样，而不是那样。七十年来，时移事迁，沧海桑田，文学史几经演变，文学的性质和功能也发生了微妙的调节，变化，文学史家所推崇的作家也在不断重新排名。然而，尽管时代变了，有些提法变了，但舍去《讲话》的某些实用层面，进入其理论层面，便会发现，一些重要的命题仍然具有真理性，有效性，比如，文学为人民服务的问题，作家深入生活的问题，文学源于生活高于生活的问题，等等。于是，结合今天的时代特点和现实矛盾，重新思考和辨析这些问题，将大有利于当代文学的发展。

一

时间虽然相隔了七十年，一些带根本性的问题仍有贯穿性和内在联系，比如，七十年前毛泽东在《讲话》中说过这样的一段话，人民生活"是一切文学艺术的取之不尽、用之不竭的唯一的源泉。这是唯一的源泉,因为只能有这样的源泉,此外不能有第二个源泉。"毛泽东明确主张,中国的文学家应当深入社会生活这个唯一的最广大最丰富的创作源泉,观察、体验、研究、分析一切人,再进入创作过程,只有这样才能创作出人民群众喜闻乐见的作品,成为受人尊敬和爱戴的人民艺术家。这些话放到七十年后的今天一点也没有过时。我甚至认为,当年的问题又轮回似的回来了——深入生活的问题在今天又变得相当突出——与人民生活实际的隔膜,表现"中国经验"的薄弱,原创力的匮乏,顽固的自我重复症,原有积累的消耗殆尽,新的创作捉襟见肘,等等,仍然是困扰着当今不少中国作家的难题。

生活是唯一源泉的创作原则是毛泽东对人类艺术创作规律的科学总结。他的归纳、概括和阐发,确乎是精当的,深刻的,富于创造性的。司马迁铸造《史记》几乎走遍当时的中国;罗贯中演绎《三国演义》也曾数访赤壁;柳青为著《创业史》举家落户皇甫村长达十四年,《山那边人家》的作者周立波举家迁至乡村。再想想那些著名的知青小说,如《我那遥远的清平湾》、《归去来兮》、《北方的河》、《棋王》、《小鲍庄》、《麦秸垛》,哪一部不是作家投入巨大情感的生命之作?

1980年代之后,人们对以往深入生活的做法有了一些反思,作家可以有直接经验,也可以有间接经验,读书也是生活的一部分,不可以低估灵感与想象的力量,对于忽视作家创作个性,一刀切,绝对化的做法的批评也都是不无道理的,胡风的"到处有生活"也并没有讲错,但是,尽管如此,生活的唯一源泉性是颠扑不破的真理,因而作家需要不断寻求源头活水,挖深井,扩见闻,增加生活积累和情感积累,这,仍然是带决定性的内功修炼。

大凡经得起阅读和评品的好作品,莫不是作家深入生活,经过头脑加工厂提炼、升华的结晶。多年前,陈忠实常坐远郊班车前往临潼、蓝田等地搜集资料,风尘仆仆。他足足用了四年时间酝酿、构思才写就《白鹿原》。张炜煌煌十卷本的《你在高原》也是他走遍齐鲁大地,宁静深思的结果。迟子建的《额尔古纳河右岸》写得那样深情、细腻,感人落泪,不仅仅出于作家童年的记忆,更是作家深入生活、细究历史、大胆想象的结果。近年来,又有一些作家主动深入生活,出现了如梁鸿《中国在梁庄》、贾平凹《定西笔记》、李娟的散文等有影响之作。这些作品之所以引人注目,得到好评,因为作者走出了书斋,吸纳了新鲜的因素,关注了民生与生态,于是充盈着地气。

最近贾平凹接受媒体采访时说:"这几十年一路走来,之所以还没有被淘汰,还在继续写,得益于我经常讲的两句话:一个要和现实生活保持一种鲜活的关系,起码要了解这个社会,和这个社会保持一种特别新鲜的关系;再一个你在写作过程中,一定要不停地寻找突破点,或者是常有新的一些东西出来。我现在六十岁的人了,基本上是和人家二十多岁的娃们在一块写哩,文坛淘汰率特别残酷。所以说你只有把握住这两点,才能写得更多一点,更好一点。我这几十年就是这样过来的。"贾平凹的话比较实在。只有从生活中找到源源不断的活水,才能不去复制别人,也不复制自己。贾平凹写《定西笔记》并未显出多么庄严的深入生活的架势,他说他纯属闲情,是到甘肃去寻找秦人的古迹,不意诱发了创作冲动。他称这也是"接地气"。

二

　　文学的本质是"人学",对"人"的关怀是文学的全部价值所在。只有关怀人的文学才是有人气的文学。文学的人气必须要落实在为人民服务上。我们的文艺是源于人民,为了人民,服务人民,坚持以人民为核心的。尽管"人民"的概念几经变迁,受过极"左"思想的扭曲,现在是回到了最广大的人民群众上来了。"人"是"人民"的哲学内涵基础;"人民"是"人"的社会学群体化命名。也曾有人把"人民的文学"与"人的文学"对立起来,其实,它们一是外延,一个是内核,或者,一个为体,一个为用。人民对忘记他们、脱离他们的作品,从来是不感兴趣的,只有通过作家这个个体的心灵,写出人民的所思所想,喜怒哀乐,传达出人民心声的作品,才是最有价值的。中外文学史无不证明了这一点。

　　人民不是抽象的。"人"才是人气的根本。对人的理解,认识,对人性的发现和揭示的深度,对创作起着决定作用。我们对人的理解曾经很狭窄过,只讲阶级性,不讲人性,只讲单一性,不讲复杂性,只讲显意识,不讲潜意识,只讲理性,不讲非理性。新时期以来,解放思想,在对人的理解上有了重大突破,这才带来了文艺的大繁荣。

　　要振兴当下的文学,并在内质上发展文学,使文学得以真正的繁荣,就要在揭示人性的深度、表现人民的思想情感的宽广度上有所突破。回望三十年来的中国文坛,归来一代、知青作家、朦胧诗人、寻根之游、先锋之旅等等,其作品若能直指人心,皆因为作者的沧桑阅历和对人性的深度挖掘。那些现实主义的力作也往往因此而震撼人心,立于文学的长河之中。比如,张贤亮的反思之作不同凡响,就因为他对于极"左"时代政治的深切反思,人性的开掘,灵魂的搏斗,达到了相当深度,所谓"在清水里泡三次,在血水里浴三次,在碱水里煮三次"。高晓声也曾深度发掘过陈奂生们的内心。他说:"我写《陈奂生上城》,我的情绪轻快而又沉重,高兴而又慨叹。我轻快,我高兴的是,我们的情况改善了,我们终于前进了;我沉重、我慨叹的是,无论是陈奂生们或我自己,都还没有从因袭的重负中解脱出来。"

一切取决于对人民生活表现和关怀的深度。刘醒龙的《天行者》为当下"底层书写"的深度给了一个"另类的"示范;莫言的《蛙》,则以强大的内在张力挑战"敏感题材";毕飞宇的《推拿》以细腻的文笔写出了"黑暗世界的光明",也是作者所说的"对人的局限性的表达";而刘震云的《一句顶一万句》,是颇有形式感的中国人的说话哲学的寓言。它们各自有它的突破领域。但都紧紧抓住了人,人民。莫言说,我始终贴住人物写;刘震云说,我更愿意做一个倾听者,倾听我的人物的声音;毕飞宇说,对一个作家来说,人道情怀比想象力还重要。

今天的文学要人气旺盛,就要大力扶持具有原创力的作品和大力加强创作中的现实感。在全球化,高科技化,网络化,城市化的语境下,当今人们的精神结构,生活方式,道德伦理,思想情感皆发生了前所未有的深刻变化,与之相较,文学却表现得很不充分。我们对某些领域的创作也许比较成熟,例如处理起乡土经验,但是对大量新的生活场域,新的行业和新的人物,创作可说是落后于生活的,某些作品显现出一种贫困,思想上的贫困,精神资源上的贫困,语言的贫困,以至陷入自我重复,互相重复的怪圈。

还要看到,在今天这个和平发展的时代,一般来说,从宏大叙事向日常叙事的转变也许是一个值得注意的趋势。这就为文学提出了新的审美要求。艺术史学家赫舍尔曾说:"在人的存在中,至关重要的是某些隐蔽的、被压抑的、被忽视或者被歪曲的东西。"好作家的本领就在于能从这种日常生活中发现意义和价值。对日常生活世界的重视和肯定,表现了作家对人的自信。

作家要得到人民的喜爱和经受历史的考验,就要回答人民在时代生存中的问题,就要表现人民在时代生存中的灵魂状况,就要以广阔的同情心和深刻而细致的人性体验来塑造时代的人民形象,就要以人类理想和崇高的精神价值来引领人类昂扬向上。一个作家如若冷淡了人民,远离人民,过度自恋,只迷信"内宇宙",他的创作也就失去了重要意义。上世纪90年代以来,文学变得更加多元,"个人化"、"知识分子"、"民间"、"欲望",乃至"身体",等等,纷纷成为一些创作的向度,皆无不可。但无论是国家、民族还是文学自身,都需要一个主体性、根本性的方向。丢掉了人民,也就丧失了人气之源,其作品至多是昙花一现。

三

《楚辞·远游》中谓："内惟省以端操兮，求正气之所由。"中国知识分子自古就将正气作为自身追求的重要价值，屈原、文天祥等人均在其文中将之书写并弘扬，人类社会之所以能发展向前，皆因"天地有正气"；作家作为知识分子的重要构成，不仅要书写自己的个体情感，更要善养吾浩然正气。为天地正心，为生民立命，这正是儒家精神的集中体现。人们常说，作家是人类灵魂的工程师。那是因为，那时候的作家以圣贤为榜样，以代言为己任，以笔为旗，主张正义，敢于为民请命，以启蒙为要务。现在历史情境变了，但我认为，无论是"泛写作化"还是"去精英化"，使精英意识退却了，传统知识分子情结逐渐消散，但作家的价值坚守不能丢，担当精神不能丢。

事实上人们一直在期待弘扬正气、体现人类正面价值、挖掘人性深度的伟大作品的出现，人们在期待关心民生疾苦，直面社会矛盾，批判社会不良风气、树立社会正义和理想的好作品出现。然而，我们现在的不少作品，更缺少肯定和弘扬正面精神价值的能力，而这恰恰应该是一个民族文学精神能力的支柱性需求。我曾经说过，今天的不少作品，并不缺少直面生存的勇气，并不缺少揭示负面现实的能力，也并不缺少面对污秽的胆量，却明显地缺乏呼唤爱，引向善，看取光明的能力，缺乏辨别是非善恶的能力，缺乏正面造就人的能力。

我们说的正气，就应该是民族精神的高扬，伟大人性的礼赞，有了这些，对文学而言，才有了魄魂。它不仅表现为对国民性的批判，而且表现为对国民性的重构，不仅表现为对民族灵魂的发现，而且表现为对民族灵魂重铸，两个方面不可偏废。

在当下这个多元的时代，作家更应直面现实、弘扬正气，体现人类正面价值。正义和向上的精神就是好的文学作品存在的价值之一。尽管批评的标准可以多种多样，多元并存，但多元不是乱象。正如鲁迅先生所说的，有一些"圈"是基本的，是人类审美经验的结晶，共同认可的。比如，"前进的圈"，"真实的圈"，"美的圈"，等等。《平凡的世界》为什么能博得一代代青年读者的喜爱，一个重要的原因就在于，它的主人公改变自身命运的强烈愿望，和那种外在的贫穷下的内心的理想和高傲，是历史进程命运化的表现，代表了一种必然趋势。恩格斯在高度赞扬18世纪的德国文学时，曾不无遗憾地指出"庸俗化"潜在而深刻地抑制了它的可能高度。尽管我国当代文学经过80年代的"世俗化"运动，但仍须警惕大众文化趣味、市场法则、享乐主义等因素诱使它陷入"格调"危机。

与七十年前相比,现今的中国,以经济建设为中心,科技是第一生产力,国家一直处在现代化的转型中,我们的目标是建设一个现代化的强国,复兴中华文化,重铸民族灵魂,振奋民族精神。经济体制改革已经发生了极深刻的变化。它必然带来了人心的动荡、人性的混乱、理想的迷茫以至伦理的失衡,这一切都需要我们去研究、去深思、去重建。我们仍然面临一个精神领域的百废待兴局面,二是,我们现在身处的是世界文化的场域。世界的气浪在扑向中华大地,我们面临在多元文化、多元价值面前的重新选择。我们到底是谁?我们到底要到哪里去?这是需要我们作家、知识分子回答的问题。三是,我们身负传承中华文明和建设文化强国的大任。作为文化重要组成部分的文学自然首当其冲。文学自古以来就是文化的先锋。

今天,在建设社会主义文化强国的新的历史起点上,文学要挑起满足人民群众精神文化需求的重担,要承担起为时代立像、为民族铸魂的重任。这就要求我们的作家大力深入实际、深入生活、深入群众,在时代的洪流中,以独特的艺术品质和强大的精神力量、以感人至深的艺术形象,满足人民群众的精神需求,推动文化的大发展大繁荣。

(原载《文艺争鸣》,2012第7期)

关于现实主义的思考

廖 文

现实主义的精神立场

现实主义的精神立场,强调文学艺术的任务是忠实和真实地反映现实。无论还原现实还是批判现实,真正决定一个作家、一部作品的精神高度和艺术价值的,是以社会发展进步为价值坐标的、强烈的历史感和时代感。

文学艺术的真正繁荣,离不开一个健康活跃的生态环境。只有形成百舸争流、万马奔腾的生动局面,各种艺术手法争奇斗艳,各种艺术风格交相辉映,各种艺术流派异彩纷呈,文学艺术才能在互相砥砺、激荡中突飞猛进地发展。

对于一切遵循艺术规律的探索和尝试,我们应该给予鼓励与敬意。但是,如果借此认为文艺创作可以抛却根本,逃离现实,甚至将躲避和非议现实主义精神视为时尚,无疑会使文艺创作同文艺的本质、时代精神和大众期待渐行渐远。现实主义精神是文艺的命脉,是文学艺术的灵魂,没有什么主义可以无视现实。

(一)

文艺作品归根结底是现实的产物。现实主义的精神立场,强调文学艺术的任务是忠实和真实地反映现实。随着文艺创作理念的不断探索发展,特别是19世纪以来现实主义作为文艺主流思潮的蓬勃崛起,"写现实"日益清晰地成为一种精神自觉和创作原则,使人们更加深刻地理解文学艺术的本质,正确地把握生活和艺术的源流之分。

现实主义标明了文艺活动在人类社会分工中的位置和价值。离开现实，文学艺术难以成为对人类精神有意义的活动。因为从根本上说，文学艺术是人们把握现实世界的形式，是对现实存在、现实活动及现实关系的感性摹写。尽管创作者对现实的理解相去甚远、表现各有千秋，现实始终是全部艺术创造的本源和指向。文学艺术的存在价值，始终要放在人类全部社会实践中去认识。文学艺术通过反映现实、评价生活表达立场，以审美愉悦来感召和引领受众，从而参与社会意识和社会存在的运动，成为意识形态的一部分，并作用于人类历史进程。如果抛开这一点，孤立地、割裂地估价文艺和文学的意义，只能把它逼进死胡同。如果丢掉讲述现实、把握现实、影响现实的愿望和能力，文学艺术失去的不仅仅是佳作纷呈的繁荣局面，而且要失去在人类社会分工中的地位，失去作为一种实践活动的价值。

现实主义指出了从个人话语到文艺创作的根本路径。文艺创作始终是一种表达，作品终归要交给受众。离开现实，文艺作品难以传世，无法从个人创作进入公共话语场域。形式探索对于表达固然重要，但所谓"纯粹的形式"却丧失了表达的根本。现实才是沟通作者和受众的语言，否则，就会陷入创作者无目的的自说自话，完全失去创作的意义。而且，现实含量更高的作品，总有能力为自己开拓更广阔的流传空间。我们不完全以受众多寡来评判作品高下，但那些更深更广地涉入现实的作品，确实要比生活视角狭窄、受众有限的作品影响更加广泛。

现实生活的广阔丰美，承负着人类的永恒追求和多样性境遇，为文艺创作提供鲜活丰厚的素材，提供美的范式。源自现实又回到现实，这是文艺创作的内在逻辑和必然轨迹。离开现实，文艺创作必将生机枯竭，陷入困顿。对于有抱负的艺术家来说，深入现实、融入现实，才是向艺术巅峰、精神高地攀爬的唯一途径。我们也能看到，时下一些作家艺术家，一朝成名，被鲜花掌声簇拥，便开始脱离和蔑视现实这个创作母体，丧失了和现实深度对话的意愿和能力，造成精神矮化，境界逼仄，游戏笔墨，在创作上自我重复，无可奈何地滑向平庸。更有些新晋艺术家，功底浅薄，心态浮躁，觉得发掘生活、锤炼思想的漫长过程很不"现实"，便以玄虚高蹈充先锋，靠猎奇炒作出风头，最终毁了自己的前程。

（二）

文学艺术有力地介入现实，为现实服务，贵在参与现实变革进步，作用于历史的运动发展。无论还原现实还是批判现实，真正决定一个作家、一部作品的精神高度和艺术价值的，是以社会发展进步为价值坐标的、强烈的历史感和时代感。在这一点上理解和坚持现实主义精神的文艺作品，始终呈现一个重要品格，就是以人类理想生活为指归，以批判精神、审美立场和人文关怀，凝视当下，推动历史，昭示未来。

现实主义主张直面社会生活的矛盾。现实充满了矛盾，并在矛盾的转化中发展。越是本着现实的、客观的态度，就越是会看到矛盾的此消彼长和事物的新陈代谢，就越是会看到社会的运动前进。一部伟大的作品，总是以对现实的精细书写和深度拷问，对蕴藏其中的变量和趋向的深刻揭示，在历史永不停顿的脚步中担当先声和前导。一个忠于现实、融入现实的艺术家，一定会时时感受保守的、落后的东西不断逝去，新鲜的、变化的因素不断生长。无论主观上是送出挽歌还是献上礼赞，都会在作品中反映这一无可更改的规律，发挥文艺应有的作用。

现实主义主张通过塑造典型环境中的典型人物，揭示社会生活的规律和主导倾向。典型是文艺形象的高级形态，一个成功的艺术典型，必然准确反映时代特征和生活潮流，包含鲜明价值取向，同时以独特的个性、强烈持久的艺术魅力感染人，启发人们对社会人生的深刻思考。一个有志于"写出现代的我们国人的灵魂来"的艺术家，必然要从自己的时代生活出发，塑造体现历史前进方向和社会发展本质的艺术形象，以典型承载高度的认识功能、审美价值和鼓舞力量，使人们惊醒和兴奋起来，改变自己的生活环境。在中国革命、建设和改革的奋斗进程中，中国共产党人和亿万人民创造了伟大的业绩，可谓万千风流，遍地英雄。我们的作家、艺术家自当满怀热情地去挖掘和描绘这样的典型，淋漓尽致地刻画那些展现历史首创精神、变革进取意识和美好崇高情怀的典型人物，为人类的艺术宝库增添光彩照人的"这一个"，为时代精神和民族精神灌注无限生气。

现实主义主张在细节的真实、个性的真实基础上，努力达到本质的、全面和整体的、艺术的真实。真实是文艺的生命，而创作者对真实的理解和表达的程度，决定于他的认识能力，决定于科学认识指导的正确艺术理念。现实主义体现的是唯物的、辩证的艺术反映论，在客观与主观、特殊与一般、生活原型与艺术创造的对立统一中，深入社会关系的本质，把握历史潮流的总体情势，对现实作出正确判断和审美的描绘，进而引领和变革现实生活。这样的创作力求交给受众一个生动活泼、神采飞扬并蕴含规律和联系的"自然而然的整体"。既不是主观化、概念化地役使和剪裁现实，也不是以"绝对客观"为借口简单地摹写。现实主义不能回避丑恶，而对于现实的龌龊之处，既不是刻意粉饰，也不是冷漠拷贝，更不是庸俗地恣意助长，而要在是非、善恶、美丑的冲突中，找到光明的一面，张扬进步的力量。现实主义的创作艺术地揭示历史曲折上升的必然规律。既不无视矛盾地盲目乐观,也不以表面的矛盾遮蔽发展的必然。对于历史事件和历史人物,要真实地还原其历史地位和客观作用,而不是混淆历史、歪曲历史,甚至戏弄历史、消费历史。现实主义的创作要忠于现实又高于现实,着力本真又负载理想。艺术家要凭借深厚功力和火热激情,实现生活真实向艺术真实的升华,保持美好理想与现实生活的张力,引发人们审美品格和精神境界的跃迁。这样的作品才能成为"时代精神的自白"、社会前进的号角。

(三)

现在,"回归现实"、"写现实"虽然风潮再起,但是在许多作品中,我们仍然看到创作者对现实的表面和片面的描摹,感受到一种涉入现实的软弱,洞察现实的乏力,还有或隐或显的某种优越感、疏离感甚至围观态度。这不能简单归因于艺术和思想功力的困顿,而是缘于创作者在经验、立场、感情和视角上远离了文学艺术最需要贴近的那些人。面向现实的文学艺术,必须面向自己的民族和人民,站在人民群众立场上,去表达和满足人民群众的意愿、需要。

人民群众需要现实主义的文学艺术。人民群众置身现实,创造着生活,开拓着未来,他们最熟悉生活的本来面目,最需要充满人性的力量,最深切体察美的品质和标准,需要文艺给他们观照现实、找到自我、表达爱憎、寄托希冀与梦想的窗口,代言他们的文化诉求。特别是当今时代,人民群众身处前所未有的大变革大发展中,现实生活多姿多变,利益诉求冲撞交织,各种思潮、不同话语与之互为表里,人们尤为迫切地要求文艺创作和他们一起,明辨是非善恶美丑,梳理和分享生活感悟,在时代的潮汐中定位人生价值,获得精神的安顿和振奋。

人民需要艺术,艺术更需要人民。人民群众的精神价值和物质价值创造,寄寓着现实生活的崇高价值和美的法则。与人民群众同呼吸、共命运,为人民群众说真话、抒真情,才能与真善美同行,赋予艺术以崇高的意义。文艺创作的思想艺术高度,任何时候都在于把笔触和镜头对准人民,真诚地贴近大众,体现他们的生活、情感和意志,以人民群众创造生活的伟大精神来哺育自己。如今,文艺的生产消费环境深刻变化,资讯日益发达,大众自我创造、表达意见的途径更加通畅,人民群众的艺术主体性地位更加突出,正在从根本上改变文艺创作的样貌和走向。那些空洞的、矫情的、病态的东西必然会无可逃避地被反感和排斥,那些自命"精英"、缺少真诚,与现实和大众隔阂甚深的作品,必然会毫不含糊地遭到嘲弄和遗弃。

艺术是要人民批准的。文艺创作必然要站在人民群众的根本立场和最高利益上，采取科学的历史观和艺术观去理解和描绘生活，在人的社会性本质基础上描写人，到生活的矿藏中去提炼和创造美，以人民群众的价值观去判断善恶美丑，把人民群众的意愿作为创作理想，用人民群众认同的典型形象去鼓舞和激励人。如此才能让文艺创作有地位、有市场、有拥趸，在人民群众的需要和欣赏中不断绽放艺术和人性的光辉。

（原载《人民日报》，2012年2月17日）

现实主义的生命力
—— 从现代、后现代主义和现实主义的关系谈起

现代、后现代主义自其诞生以降始终呈现出决绝的反现实主义姿态，耐人寻味的是，无论现代、后现代主义如何厌恶现实主义、贬低现实主义，两者的内核中还是流淌着现实主义的血液。遗憾的是，当前的一些作家艺术家并没有深刻地认识到这一点，而是为表象所蒙蔽，草率地否定现实主义，放弃对现实主义创作原则的坚守。

毫无疑问，在现代文艺发展史上，现代主义、后现代主义的出现，以及在20世纪形成世界范围内的文艺主潮，当然不乏积极意义。并且，在创作实绩上，二者的确可圈可点，为人类贡献了一大批堪称经典的名篇佳构。在给予充分肯定的同时，也必须看到，虽然现代、后现代主义以反叛现实主义"起家"，在创作中极力规避现实，躲在"非理性"的"冰山"下奋力开掘，在根本上，二者并未完全挣脱现实主义这一重要创作原则，所谓"告别现实主义"只是梦想而已。这有力地证明了现实主义的生命力。

（一）

现实主义与现代、后现代主义的重要分歧之一，以及基于这种分歧所产生的创作实践上的分野，首先表现在内容与形式的关系问题上。内容与形式，是构成文艺作品的两个核心要素，关于二者关系的探讨和争论几乎贯穿于整个文艺发展史。19

世纪以前,尤其是在现实主义那里,内容居于主导地位,"内容论"始终是世界文艺史的主流。在现代、后现代主义出现以后,两者的关系发生根本性逆转,形式获取了至高无上的权威,"形式论"得到了广泛而热烈的支持。

虽然文艺观念、理论主张、创作原则等多有疏异,但是,不可否认的是,几乎所有的现代、后现代主义作家都有一种"形式主义"偏嗜症。他们对"怎样写"的关注和探索冲动,远超过对"写什么"的热情。一些现代、后现代主义作家宣称,形式就是一切,创造完美的形式是文艺创作至高无上的目标。并认为,文艺创作是否传达意义,是否具有现实指涉功能已经不再重要,甚至认为形式完全可以脱离内容而独立存在。正是在这种理论的驱动下,现代、后现代主义对现实主义创作原则大胆颠覆,进行了一场规模空前、声势浩大的"形式革命"。

纵观历史可以发现,现代、后现代主义的每次形式创新,最后之所以被认可并得以保留下来,无一不是因为这种形式是一种"有意味的形式"。这里所说的"有意味的形式",不是克莱夫·贝尔所指的线条、色彩、结构等纯技术层面的含义,而是指这种形式所蕴含的内容寓意。迄今为止,没有任何一部作品仅仅是因为形式本身的华丽或奇特而被归入经典之列。例如《等待戈多》,与传统戏剧不同,它没有跌宕起伏的情节,没有完整清晰的故事脉络,也没有紧张的冲突和丰满典型的人物,通篇只是两个木偶一样的流浪汉在茫然地等待一个叫"戈多"的人的到来。为什么要等待戈多,戈多是谁,来还是不来,都是迷雾。作者贝克特之所以采用这种古怪的艺术形式,或者说这种形式之所以受到读者和观众的认可,就是因为它巧妙地呼应了作品的主题,表现了现代人孤独绝望、无所归依的精神状态。再如《秃头歌女》。该作在语言上大胆尝试,开篇就是史密斯夫妇莫名其妙、不着边际的对话,这些对话充满空洞的陈词滥调,句子虽然仍旧合乎语法规范,但表达不了任何意思,而且越来越冗长,充斥整个舞台空间。到末尾,人物台词干脆变成了一个个毫无关联的单词,甚至只是一些简单的元音或辅音。全剧就是在这种单纯的音节叫喊中戛然而止。这种语言形式揭示的,正如作者尤奈斯库所说,"是一种现实的崩溃"。在此,形式已经不再仅仅是形式,而是上升为具有强烈社会批判意义的"内容",锋芒直指现实对人的异化。正是在这个意义上,贝克特和尤奈斯库们与现实主义大师殊途同归,共同抵达了现实主义创作原则的终点。由此可见,现代、后现代主义处心积虑、挖空心思地开创的种种花样翻新的形式,最终达到和收获的,仍然是现实主义的目的和结果。这应该是现代、后现代主义拥趸者当初始料未及的。

（二）

现代、后现代主义在 20 世纪的异军突起，的确在一定程度上对现实主义潮流形成遮蔽之势。有人将这种现象视为现实主义衰朽的表征，认为，未来的文艺，必将是现代、后现代主义的天下。实则大错。现代、后现代主义大势之成，主要倚仗的是方法上的优势，而并未在根本上颠覆和取代现实主义的创作原则和精神立场。

在创作方法上，现代、后现代主义之于现实主义，一方面是继承和赓续，另一方面是变革和创新。

现代、后现代主义始终致力于对现实主义的反动，对客观写实、真实再现手法的颠覆、淡化情节、打乱时空逻辑，等等，的确呈现出与传统现实主义的断裂特征，但是，在断裂性的另一面，赓续性的存在也是不容否定的事实。

比如，一般认为，典型化是现实主义的标志性创作方法。但是，在很多优秀的现代、后现代主义作家笔下，对典型化的挖掘和运用并没有被全盘抛弃，而是得到了继承和尊重。在卡夫卡的《变形记》中，主人公格里高尔这个小职员形象，其变身为甲虫之前每日为生计奔波，任劳任怨、勤勤恳恳，却依然得不到上司的信任和赏识，时时生活在失业的精神重压之下，这难道不正是当时千千万万西方底层百姓生存现状的缩影吗？格里高尔不能承受的生命之重，不正是作者"杂取种种，合成一个"的结果吗？再如，在马尔克斯的《百年孤独》中，作者之所以将叙述的焦点集中在布恩蒂亚家族身上，不正是因为这个家族百年的兴衰史，能更精准地浓缩拉美地区的历史变迁、更能突出作品的主题吗？

赓续的同时，是变革和创新。传统的现实主义创作方法主要是客观写实，即通过对客观世界和客观现实的"逼真"再现，力求达到完整、真实的效果。19 世纪批判现实主义大师巴尔扎克在这方面达到极致，阅读他的《人间喜剧》，"甚至在经济细节方面所学到的东西，也要比当时所有职业的历史学家、经济学家和统计学家那里学到的全部东西还要多。"（《恩格斯致玛·哈克奈斯》）巴尔扎克之后，自然主义在继承现实主义创作方法的同时，将"摹写现实"推向极端，左拉甚至要求作家绝对服从自然，不从任何一点来变化和削减它，即倡导"照相式"的反映生活。显然，这种囿于外在描摹的手法，在忠实还原现实生活本来面貌的同时，对于进一步在文艺创作中展现人丰富的心理情绪、主观感受是一个不可回避的短板。而现代主义、后现代主义恰恰在现实主义力有不逮处大胆开掘，弥补了传统现实主义手法的不足，开创了自己日后风生水起的未来。

应该承认，现代、后现代主义开创的象征、隐喻、意识流等创作手法，与传统的现实主义手法相比，有它利于表现人的内心世界的一面。这些创作手法，或者寓无形于有形，通过有形的载体传达难以直接呈现的无形的心绪、感悟和思想；或者将意识的流动稍加整理，直接植入作品，呈现人丰富多彩的心理波澜；或者打破时空、逻辑秩序，重新穿插组合，或者进行夸张、扭曲、变形，使文本呈现出诡谲、错乱、离奇的效果，从而契合现代人对现实世界焦灼不安、躁动惶恐的心理感受。凡此种种，都还只是技法而已。这些新的技法，真正形成的效果，不是背离现实，而是更加全面、生动、有冲击力地反映现实。说到底，再凌乱、再主观的心理感悟，也是现实生活在人心理上的投射。

（三）

现代、后现代主义自其诞生以降始终呈现出决绝的反现实主义姿态，耐人寻味的是，无论现代、后现代主义如何厌恶现实主义、贬低现实主义，两者的内核中还是流淌着现实主义的血液。现实主义如幽灵一样无处不在、无时不在，甩不开，躲不掉。

现代、后现代主义本身就是社会现实的"诱发物"。19世纪末、20世纪初，欧美各主要国家相继进入垄断资本主义阶段。资本主义的纵深发展，带来的是矛盾的激化和危机的浮现。现实社会的动荡不安，战争的威胁和极大破坏，经济危机的爆发，传统道德体系的崩塌，极大地动摇了此前占据主流地位的"理性主义"的基础，"非理性主义"乘虚而入。现代主义文艺思潮的本质，就是"非理性主义"思潮在文学艺术领域的显现和延伸。及至20世纪50年代，西方社会步入后工业时代，旧的社会矛盾尚未解决、新的社会矛盾又不断涌现，西方社会发生了普遍的信仰危机，黄钟毁弃，瓦釜雷鸣，权威扫地，英雄遭讽。着力于解构一切的后现代主义应声而起，受到追捧，并逐步对文学艺术产生影响，生发出蔚为大观的后现代主义文艺思潮。正是现实的巨大变化催生了现代及后现代主义。

现代、后现代主义在其发展过程中也难以完全剔除现实主义的精神特质，所谓"全面反动"实乃一厢情愿。与现实主义瞩目于客观存在的现实生活不同，现代主义往往着眼于人的主观世界，直觉、本能、梦幻、潜意识、虚构、想象，等等，成为现代主义作家的钟爱。问题的关键在于，任何一种主观情绪、心理体验，都绝非凭空而至，实质乃是客观现实的派生物和折射品。世界上从来也永远不会存在一种毫无来由的主观情感。弗洛伊德由梦、由潜意识而解释现实，解释实际生活，本身就是最好的说明。并且，从创作意图来看，所有现代主义作家艺术家，其创作的主观目的，绝不止于为表现而表现、为心理而心理，最终指向无一不是社会现实。同样，后现代主义对现存秩序、权威、中心的解构，说到底，本身仍然是对现实的一种立场表达。无论它的内容有多荒诞，形式有多离奇，其逻辑起点和根本归依仍在现实，仍在生活。列宁曾把托尔斯泰的现实主义作品称为镜子，那么，后现代主义也是一面镜子，只不过它们不是现实主义那样的平面镜，而是哈哈镜或凹凸镜，将真实的现实镜像通过扭曲、变形，夸张地呈现出来，达到另外一种艺术效果。

原封不动地"克隆"现实不是现实主义，同理，放弃对现实的直接描摹也不意味着就完全摆脱现实主义。现代、后现代主义的创作理路，仍然是一定程度地围绕现实、观照现实、介入现实，只不过与传统的现实主义相比，调整了观照点和切入点，由正面直取，转为侧面迂回；由直接对准客观现实，转为对准客观现实派生出的个体体验、主观感悟；由肯定和建构，转为质疑和消解。现实主义精神特质依然深藏其中。遗憾的是，当前的一些作家艺术家并没有深刻地认识到这一点，而是为表象所蒙蔽，草率地否定现实主义，放弃对现实主义创作原则的坚守。这无疑是错误的。

（原载《人民日报》，2012年2月21日）

现实主义的发展

现实主义积累了丰富的理论和经验，是我们的宝贵财富。要让现实主义重新焕发生命力，必须深入到波澜壮阔的现实生活中去，捕捉时代脉搏，记录时代发展，更要清除现实主义发展的观念障碍，创新表达方式，让现实主义作品既具有高度的现实观照，又具有强烈的审美穿透力和艺术感染力。

在文学艺术的发展演进过程中，任何一种"主义"，无论它曾经如何强大、创造了怎样辉煌的历史，一旦陷入僵化，止步不前，等待它的必然是生机消弭，最终被历史尘封。

现实主义同样如此。长期的创作实践和理论探索，使现实主义形成了丰富而庞大的体系。这些历史遗产，是我们今天发展文艺的必要支撑，需要被吸纳继承。同时还必须意识到，仅有继承远不足够，更重要的是发展。在新的历史语境下，在新的现实面前，只有始终保持开放的胸怀和发展的脚步，不断呼应时代和人民的需要，现实主义才能生机永驻、生命常青。

（一）

现实主义理论正在面临挑战。只有凭借发展创新，才能迎接挑战、续写辉煌。当前，对现实主义通常有两种态度，一种是严格地遵从传统现实主义的"铁律"，固守陈规，不越雷池一步，试图以此来维护现实主义的权威性。这种做法有利的一面在于，能够清晰地判别现实主义与非现实主义的界限，不利的一面在于，越来越难以应对新的创作对现实主义理论提出的挑战。另一种是将现实主义泛化，即无限地扩大现实主义的边界，直至这个概念能够容纳各种新模式、新经验。"无边的现实主义"表面看来好像解决了现实主义的发展问题，实则是消解了现实主义。无边无界的现实主义也就等同于没有现实主义。如何化解这种理论困境，使现实主义理论既能够熔铸新经验，不断丰富内涵，又能够坚守品格、明晰特点？只有诉诸理论上的发展创新。

现实主义的核心是与现实偕行、与时代同步。时代跃迁，现实巨变，现实主义创作方法必须随之发展。当前我们面临的现实主义遗产，主要是19世纪欧洲传统的现实主义理论及其创作，以及中国现当代文学史上，鲁迅、茅盾、巴金等开创的革命现实主义理论及其创作。两者都具有鲜明的时代特征，即政治思维的精神底色。今天的社会现实，显然与当初存在着天壤之别。面对的时代课题、时代和社会为我们提供的丰富性和复杂性，都是史所未见的。与现实偕行、与时代同步，需要创作姿态的坚守，更需要创作方法的更新。同样是忠于现实，对革命战争的书写和对市场经济的展示，用同样的方法和思维，显然难以胜任。必须承认，与后起的现代主义、后现代主义相比，现实主义创作方法还停留在19世纪或20世纪，即便有所创新，也没有形成气候。在国内，经过对各种"主义"的演练，越来越多的艺术家、理论家重新认识到回归现实的重要性，但如何回归现实、表现现实，在方法上还需要探索、尝试、提升。

发展创新不仅是现实主义自身摆脱沉滞、拥抱时代的要求，也是广大人民群众的迫切期待。历史上，尤其是新文化运动以来的现当代史上，现实主义文艺始终勇立潮头，高擎民族精神火炬，吹响时代进步号角，以文学艺术特有的方式，生动展示中国人民的激情、智慧、果敢，讴歌劳动群众的伟大创造，探索历史发展的必然规律，教育人民、鼓舞斗志、凝聚力量、推动发展，成为重要的思想驱动力和历史推动力。今天，在巨大的社会转型过程中，置身于全新的文化语境里，现实主义出现了暂时的"不适症"，现实主义创作明显滞后于波澜壮阔的社会巨变。当下，人民群众不是不需要现实主义文艺，相反，包括现时代在内的任何时代，人们都对现实主义创作葆有热情。只不过，他们期望的是能够更加真实、全面、鲜活地展示当下生活的精品佳构。这一期望的实现，只能倚仗于现实主义的发展创新。

（二）

从某种意义上说，发展现实主义也就是解放现实主义。具体说来，就是要将长期以来形成的，我们今天已经习焉不察的束缚现实主义发展的一切固化思维清除，最大程度地激活现实主义的生命力。

首先，现实主义创作既要瞩目于客观现实，也不应遗漏主观现实。无疑，时代变迁、人生际遇、社会发展等这些可感可见的存在是现实，并且是最根本的现实，一切现实主义创作必须以此为根本，但这并不意味着主观现实不能作为现实主义创作的表现对象。以主观形态存在的价值观念、心理波澜、思想感悟、情感心绪等，虽然无形无迹、无影无踪，但它确实又是一种真实的客观存在，不可或缺地构成我们生活的一部分。在当代中国，社会发展速度空前加快，社会变化频度日益加强，"快"与"变"成为时代显著特征。这种社会巨变所引发的情感纠结、观念冲撞等十分剧烈。缺失了对这一内容的观照，现实主义创作是不完整的。只不过需要注意的是，现实主义对主观现实的表现，切不可如现代主义、后现代主义一样，完全归于非理性冲动、力比多驱使，等等，从而陷入误区。而是要将主观现实作为客观现实的一种衍生品和能动反映来认识和处理，坚持物质第一性、意识第二性，客观与主观相统一原则，在二者的辩证关系中寻求突破。

其次，现实主义创作既要为时代著史，也要为个体立传。捕捉时代脉搏，记录时代发展，是现实主义的优良传统，也是现实主义的重要使命。放弃使命，与时代隔离，躲进个人化的小圈子安然自得，现实主义没有出路。这就要求，现实主义创作必须要有宏阔的视野、博大的情怀，敏锐发现、积极把捉、生动书写现时代的大事件、大变革、大发展。一度，宏大叙事在文坛饱受质疑，但真正有价值的洪钟大吕式作品现今又是何等稀缺。现实主义就是要有大志向、大手笔，着力打造时代的史诗、民族的史诗，追求振聋发聩的艺术效果。同时，也要有为草根立传的人文情怀，关注个体命运，聚焦最普通的人民大众的生存境况、喜怒悲欢。深刻挖掘潜隐于沃土深处的精神矿藏，生动展示人民群众的奋斗、拼搏、苦痛。历史是由人民创造的。为时代撰史与关注个体命运并不矛盾，从根本上讲是统一的。换言之，只有站在人民群众的立场上，饱含深情地绘就人民群众伟大物质创造和精神创造的壮丽诗篇，时代波澜壮阔的历史画卷也便个由中出，不作而成。这是历史唯物主义在现实主义文艺创作上的生动阐释。

再次，现实主义创作既要做时代进步的歌鼓手，也要做社会发展的清道夫。一些人认为，现实主义的本质特征是暴露和批判，暴露现实社会中一切不合理的存在，进而亮出批判的利剑；另一些人则认为，现实主义的主要价值在于发现和讴歌，发现美好、伟大、崇高，并给予肯定和讴歌。基于此，历史上形成了"批判的现实主义"和"微笑的现实主义"两大流脉。要申明的是，现实主义是暴露和批判，又决不能仅仅是暴露和批判；现实主义是发现和讴歌，也决不能止于发现和讴歌。它应该既有暴露，又有发现，既有批判，又有讴歌，偏执一端，必然盲视。现实主义一贯倡导的忠于现实原则，就是要求现实主义创作要像镜子一样，从中既可以看到蓝天白云，也可以看到泥塘污水。对美好的事物、伟大的思想、崇高的精神，应该毫不吝惜地鼓与歌，勇做时代进步的歌鼓手；对丑恶的现象、低俗的趣味、落后的观念，要底气十足地予以鞭答，甘当社会发展的清道夫。这种既着眼于"破"又致力于"立"的态度，才是现实主义的应有立场。

（三）

发展现实主义，不仅要丰富和拓展其表现领域和表现内容，而且要提升和创新创作方法和表现技巧，最大限度增强现实主义的艺术表现力，使现实主义创作既具有高度的现实观照性，又具有强烈的审美穿透力、艺术感染力。

"典型化"是现实主义的根本精要和重要标志，是社会主义文艺的科学的创作方法。没有典型化，就没有现实主义。奇怪的是，当今的一些文艺家，一方面标举现实主义，一方面却又刻意躲避典型化原则。其结果必然是，放弃了典型化的所谓现实主义，实则为非现实主义、伪现实主义。近年来，回归现实主义成为文艺创作不可逆转的历史大势，遗憾的是，翻检大量相关作品，真正为人所称道、饱满鲜活的艺术典型却又寥寥。

进入当代以来，文艺创作在典型化问题上经历了诸多反复，没有找准位置。一段时期，典型塑造片面强调人物的共性，甚至将其和阶级性、民族性以及性别特征画了等号，千人一面、千篇一律，衍生出概念化、模式化等诸多弊疾，典型化沦为类型化。另一种倾向是将塑造典型理解成"造英雄、选模范",越伟大越好,越崇高越棒,塑造的人物顶天立地,却断了地气,有如神造,"塑造典型"变成了"创造典型"。相类似地,近些年来,一些作者又以猎奇为能事,为了强调个性而选取极端化的环境、人物和事件,赋予典型人物偏激的想法、怪异的癖好、离奇的言行,人物成了偏执狂。凡此种种,都是对典型化的误解。发展和创新当代典型化,首先必须进行类的提取,要让典型真正从大地上氤氲而出,浸润着创造历史的人民大众的精神血液。底座牢固,典型方能站得稳、立得住。也只有建立在类的样本基础上的个性提炼才有意义,才堪称典型。

　　同时,现实主义的发展要有兼容并蓄、广纳博取的开放胸怀,敢于和善于借鉴吸纳其他艺术思潮、流派更富表现力的艺术手法,取长补短,为我所用。一直以来,很多人对现实主义存在这样一种观念,认为只有"按照生活的本来面目描写生活"才是现实主义,机械地忠于现实、还原现实成为现实主义创作的金科玉律。事实上,现实主义更应该被理解为一种创作姿态、精神立场。只要心系现实、观照现实、聚焦现实,把现实生活作为创作的出发点和落脚点,那么,采用怎样的手段、运用何种方法都不是最重要的。追求真实,尤其是追求历史的真实和本质的真实,远比追求表面的逼真形象更为重要。只要无损这一要义,适当借鉴现代主义、后现代主义的一些艺术手段和表现手法,不仅不会使现实主义"变色",而且还会增强现实主义的表现力和感染力。这应该是对现实主义更加理性、更加灵活的坚守。

　　有理由相信,只要敞开胸怀、博取精华,应时而变、与时俱新,现实主义必将重新焕发生机,创造辉煌,占领文艺创作的高地,继续担当人类思想文化进步的重要引领。

(原载《人民日报》,2012 年 2 月 24 日)

空间视域中的文学史叙述和其构形考察
——以20世纪40年代"延安文学"为例

杨洪承

一

　　文学的历史是史家笔下的历史和文学的记录，客观性和主观性、史实与史识孰重孰轻争论已久。文学史有多种多样的叙述方式，文学史也有一定时代社会的基本诉求。重要的是，文学史在多元和统一之间应该有规约文学和历史表述的时间空间意识。20世纪中国文学中的"延安文学"，在今天似乎已经成为一个约定俗成的文学史概念。她是中国革命文学从奠基到成熟的标志性文学，她是现代文学的一座里程碑，新中国文学的源头。在毛泽东的《在延安文艺座谈会上的讲话》(以下简称《讲话》)[①]发表七十周年的隆重纪念中，今天这一高度统一的价值判断达到了历史与时代、社会与政治的共识。然而，从文学史的叙事和文学自身结构来考辨，将"延安文学"纳入空间视域下，文学历史的叙事和现实文学观念、文学现象是既有联系又有区别的。空间的虚实观整合文学与历史，那么，看似没有异议的文学史认知共识，实际多有对概念、现象或文学史的政治化、理想化、简单化的叙述，亟待回归其文学自身的深化研究。

　　"延安文学"在20世纪40年代中国文学中，既是平常普通的地域文学，又是非

---

① 毛泽东:《在延安文艺座谈会上的讲话》，讲演时间为1942年5月2日和23日，全文正式发表为1943年10月19日《解放日报》。

常态特殊时段的文学。"空间视域"是指发生在以抗战时期延安乡村等陕甘宁边区为主体的文艺。如陕北戏剧（秧歌剧）运动，有普及性的集中于这些区域的演出独幕剧、救亡歌曲、街头诗、朗诵诗等活动；有提高性的在该地区学院式的话剧、歌剧、戏曲的排练表演、散文、杂文、报告文学、短篇小说的创作发表等。还有大家熟悉的典型地域意象，如纺车、黄河、窑洞和堡垒、黄土坡、延河水、宝塔山等，这是延安文学主要依赖的"形象"。当然，空间视域又是一种象征性建构起来"想象的"延安文学话语："几回回梦里回延安"（贺敬之诗）、"赵树理方向"、"窑洞风景"（吴伯萧散文）、"陕北风光"（丁玲书名）。它是在历史进程中的城市与乡村、文学与政治、知识分子与工农兵同构的现代性形态。由此，文学史的叙述应该回归历史现场和清理历史原貌的构形细节。

对历史时间起止期的规范，对于文学史叙事，不仅仅是寻踪研究对象的起源，重要的是明确辨析其探讨问题的疆界和可能性范围。1936年11月，苏区首府保安，"中国文艺协会"成立。这能否追溯为"延安文学"酝酿形成时间的节点。将它作为一个地域文学的开端，自然可以讨论。在"中国文艺协会"成立大会上，毛泽东说："中华苏维埃成立已很久……中国文艺协会的成立，这是近十年来苏维埃运动的创举。"并提出，文协的同志要"发扬苏维埃的工农大众文艺，发扬民族革命战争的抗日文艺"。[①] 随后抗日战争爆发，1938年大批文化人涌入延安，先后成立了陕甘宁边区文化协会（简称"文协"）、西北战地服务团、文化俱乐部的文艺界抗敌协会延安分会（简称"文抗"）等团体组织，并且延安逐渐成为中国共产党的政治经济文化中心，相继有了与文学密切联系的抗日军政大学、鲁迅艺术学院、马列学院等高等院校，及《解放日报·文艺副刊》、《文艺突击》、《文艺战线》、《大众文艺》、《草叶》、《文艺月报》等报刊文艺宣传阵地。显然，延安文学从个体到群体有了自己的组织团体、人才培养的学校和文化传播媒体的建制，形成了一个可供各方面相互交流对话的文化平台。这标志着文学史中的主体作家队伍、文学公共空间的基础条件完形。1945年8月24日（9月2日日本帝国主义无条件投降正式签字），延安文艺界集会，欢送"延安文艺工作团"前往解放区工作。丁玲到会致辞，周恩来、林伯渠等讲话。该团系"文抗"发起和组织，共百余人，两个团，分别由舒群和艾青率领。10月，周恩来到重庆谈到延安文艺活动时说："现在又是一个新的时期到了，延安作家，又大批地到收复区去，去深入生活。我到重庆来以前，就送走了一百多位

---

① 丁玲：《丁玲写作生涯》，第248页，百花文艺出版社，1984年。

文艺工作者……在目前也是在新的时期中,求得更大的发展,驰骋的地方也多了,今后一定会有更大的成绩的。"① 我认为,这个"新的时期"的开始,恰恰标志了抗战以来地域性的"延安文学"由此结束。之后,应该是广义的延安文学,或者称为由延安文艺精神放射的在共产党领导下的解放区文艺、新中国文艺了。

"延安文学"作为独立形态的文学,具有完整的文学史意义,正在于她在这个特定时限中和按照周恩来的话说,"延安虽然是一个城市,但性质上还是农村环境,社会活动比较少"②。在这样独立的区域里,发生发展了它完全不同于30年代大都市生长的左翼文学内容和形态。"延安文艺"的中心任务,是直接与抗战的现实需求相联系。她在表述文学和政治关系上有十分简洁明了的要求。当时艾思奇将其概括为两点:一是动员一切文化力量,推动全国人民参加抗战;二是建立中华民族自己的新文艺。③到了1942年党的思想整风和延安文艺座谈会的召开,这时期前后的文学内部形态和外部语境更为纷繁复杂。毛泽东具有纲领性的文艺"讲话"的统领,延安作家无条件的服从,有着空间的必然,当文学创作实践在小说、诗歌、散文、戏剧各个领域出现了一批突出创作成果时,又有了创作主体认同的自然。"延安文学"作为特定的时空形态,取决于抗日战争民族革命的大背景和中国共产党集中居住地政治中心的延安等陕甘宁边区地域。这是一个经济文化相对独立封闭的贫瘠区域环境,又在不长的时间里聚合了来自全国各式各样的热血革命青年、理想的文艺青年与本土边区农民和武装起来的农民干部士兵。这些构成了延安文学基本的也是主体的文学场域和队伍阵营。一切文学史的叙述不能够脱离这个历史空间前提,史家和后来的评述者的宗旨是还原可能与不可能的时空元素,而非青睐有色眼镜的价值判断。

二

文学史叙事的目标,旨在"一个时期就是一个由文学的规范、标准和惯例的体系所支配的时间的横断面,这些规范、标准和惯例的被采用、传播、变化、综合以

---

① 刘增杰等编:《抗日战争时期延安及各抗日民主根据地文学运动资料》(上),第330—331页,山西人民出版社,1983年。
② 丁玲:《丁玲写作生涯》,第248页,百花文艺出版社,1984年。
③ 艾思奇:《两年来的延安的文艺运动》,载《群众》第3卷第8、9期,1939年7月16日。

及消失是能够探索的。"① 对历史空间"延安文学"的探索，必须规约在 1936—1945 年的时间里，需要贴近历史现场的重新认知。它既是一个时期乡村符号的规范体系，又是衍生放大的延安文艺中的延安文学，中国革命视野中的延安文学。

"延安文学"地域构形中陕北乡村空间独有宝塔山、延河、"鲁艺"的洋教堂、枣园、杨家岭的窑洞、群山环绕的南泥湾等地标，也有聚合人与事的大生产运动、春节秧歌群众艺术节、关于民族形式的讨论、延安整风运动和《讲话》、赵树理的通俗读物等文化景观。他们规范了 1937—1945 年的延安地域文学，也建构了独特的政治思想文化文学体系。从时空的地域性来说，"延安文学"有几个核心的文化元素：（一）抗战中的延安特殊的生存条件：经济文化的贫瘠、资源的匮乏和黄土地的寒冷。（二）军事封锁下的延安，政治思想要求的高度统一。军事政治的最高统帅毛泽东完整思想体系的建立，其重要组成部分之一的文艺思想决定了延安文学的方向和内容。（三）一大批都市青年满怀革命的理想，克服重重困难从各地到延安。延安一时间相当可观的知识文化人，与战争聚结的部队，以及本地的民众，构成了特殊的社会群体力量。

文学史的叙事应该关注特定时空中重要核心的文化因素，寻求它们构形演变整合的规律。1942 年前后的延安，经济军事封锁的实际处境，经济贫困的壁垒，严重地威胁着那里每个人的生存。当时，陕甘宁边区的财政和经济的困难，正如毛泽东指出的："我们曾经弄的几乎没有衣穿，没有油吃，没有纸，没有菜，战士们没有鞋袜，工作人员在冬天没有被盖。"② 这与生活其中的作家丁玲当时创作的小说《在医院中》里描述的情景大致相同：刚到延安某医院报到的陆萍，指导员"告诉她这里的困难。第一，没有钱；第二，刚搬来，群众工作还不好，动员难；第三，医生少……"而陆萍亲眼目睹的医院状况更为直观更细节，"只要有人一走进产科室，她便会指点着，你看，家具是这样的坏。这根唯一的注射针已经弯了，医生和院长都说要学会使用弯针；橡皮手套破了不讲它，不容易补，可是多用两三斤炭是不可以的。这房子这样的冷，如何适合于产妇和落生的婴儿……"③ 这个时期毛泽东及时倡导"自力更生、丰衣足食"的大生产运动，打破敌人的经济封锁，自己动手，克服困难。三五九旅部队带头种地开荒，作为南泥湾精神的样板，使得边区局面逐渐有所改观。

---

① 韦勒克，沃伦：《文学理论》，刘象愚等译，第 306 页，人民文学出版社，1984 年。
② 转引自《延安大学校史》，第 89 页，人民出版社，2008 年。
③ 丁玲：《中国现代小说精品·丁玲卷》，第 428、432 页，陕西人民出版社，1995 年。

此刻，经济自救的生产运动与以配合政治环境需要高度统一的思想整风运动，在延安几乎是同时展开的。毛泽东从1939—1940年间写作的《新民主主义论》就十分关注在中国革命历史进程中思考外来马克思主义如何中国化问题。针对延安思想整风，1942年前后毛泽东的《反对党八股》、《反对自由主义》、《改造我们的学习》等系列文献写作，既在坚持扩大马克思主义与中国革命实际相结合的理论视野，又更针对当时延安的政治思想经济文化的现实语境。对此已经有很多文章论述了，这里不赘。作为思想整风文献之一的《讲话》，这一重要文本就是建立在政治革命的阐释与文学史的叙述之间。就其空间视域，应该注意到当时环境下毛泽东正积极对中国革命理论问题进行思考，其思想观念必然对文学史叙述具有渗透性。

通过文学艺术的形式传达人的精神需求、审美取向，是需要立足时空地域和实际情境的。从陕北群众性的秧歌运动，到"民族形式的中心源泉"、"中国老百姓所喜闻乐见的中国作风与中国气派"等文艺理论的论争，再到延安文艺座谈会上毛泽东对知识分子作家的转变思想、深入生活的规约，要求文艺对政治的服从，文学为工农兵服务等，即确定了延安文艺思想的内核和延安文学史的构形。关于文艺的普及与提高、批判的继承、政治标准与艺术标准等《讲话》核心理论观点，实际是毛泽东对其《矛盾论》、《实践论》哲学思想的理论运用之案例，立论他探索中国革命如何与马克思主义相结合，建构毛泽东思想精髓的重要依据。

回到历史的现场文学主体的作家队伍，与革命队伍有重合又有独立。"延安文学"在独特地域构形中有一套规范的思想体系："明朗的天"、党政文化、工农兵文艺、文学政策与文艺制度。同时，也有文学自觉与不自觉的生成演变理路。1942年5月前后发生种种的人与事，是延安文学完成历史形态的关键节点。2月，丁玲在《中国文艺》第一期发表《什么样的问题在文艺小组中》一文中说："文艺不是赶时髦的东西，这里没有教条，没有定律，没有关于有些自己要写的东西吧，放胆的去想，放胆的写，让那些时髦'教育意义'，'合乎什么主义'的绳索飞开去，更不要把这些东西往孩子身上去套了，否则文艺没有办法生长，会窒息死的！"后来三四月间在《解放日报·文艺副刊》上有了丁玲的《三八节有感》、艾青的《了解作家，尊重作家》、罗烽的《还是杂文的时代》、萧军的《论同志之"爱"与"耐"》、王实味的《野百合花》、《政治家·艺术家》等文章，代表着都市知识文化青年作家进入延安以后一次集中真实思想的倾诉。因为情感的真实，他们更贴近了文学本质自由精神的书写，从而，这时出现丁玲《夜》、《一颗未出膛的枪弹》、《我在霞村的时候》、《在医院中》等小说的美学诉求也就很自然了。而《讲话》的酝酿和及时诞生，之所以能够迅速规约作家，"点石成金"：一是此文本源于延安艺术界实际状况的调研，有明确的人与事的针对性；二是毛泽东思想有对文学本质问题高屋建瓴思考的穿透力；三是毛泽东文学观点鲜明地针对了大延安的中国革命和小延安地域封锁实际；四是身在工农兵的延安队伍、环境中的作家们，确实面临着种种的精神困惑，文学家的自由民主与农民士兵的政治统一、精神理想与物质贫困等矛盾冲突。《讲话》之后，出现了周立波《思想，生活和形式》、艾思奇《谈延安文艺工作是立场、态度和任务》、刘白羽《对当前文艺的诸问题的意见》等，部队党的文艺家迅速撰文表态，响应毛泽东要求文艺工作者转变立场、态度、工作对象、思想感情，加强马列主义学习和投身社会生活，以及对王实味的文艺思想进行大批判。来自都市的知识文化人艾青、萧军也有了明显的变化。1942年9月27日《街头诗》创刊，艾青写到："诗必须成为大众的精神教育的工具，成为革命事业里的宣传与鼓动的武器。""只有诗面向大众，大众才会面向诗。"① 丁玲也有同样一篇认同《讲话》的文章《关于立场问题我见》发表在《谷雨》1942年9月15日第5期。"文艺应该服从于政治，文艺是政治的一个环节，我们的文艺事业只是整个无产阶级事业中的一个组成部分。"关于写光明还是写黑暗，"表面上属于取材的问题，但实际上是立场方法问题"。应该说，延安文艺的作家们思想迅速统一，除了延安当时党的组织领导和政治要求文艺思想、政策、方式方法的绝对依规之外，文学队伍的本身和文学创作实践的走向，也是文学史客观叙述的历史元素，重要的还是细致分析他们基本的文化文学构形内容。

三

毛泽东在《讲话》中说，延安此刻有两支队伍，即"手里拿枪的军队"和"文化的军队"。以往中国现代文学史的叙述多从毛泽东肯定、重视文化工作的重要而赞同，文艺工作者和作家们也以此感到身负历史的重任。由此可见，历史地还原"延安文学"面貌，只有在"军队"思维和视野中，才能够准确理解前述军事包围下的延安特殊存在，受经济封锁影响的"文化军队"需要文学以光明向上的主题和大众易于接受的形式给予精神鼓舞。其间，文艺整风与思想整风的一致性，以及作家们能够如此迅速地转变、自觉地接受改造，其历史的合理性自然不容否定一个民族抗

---

① 艾青：《展开街头诗运动——为〈街头诗〉创刊而写》，载《解放日报》，1942年9月27日。

战的大时代的必然选择。其文学历史的叙述还需要条分缕析找寻自身的相关细节。比如，在抗战历史的空间中，毛泽东所说的这支"文化军队"完整的构造形态是什么？确定它的基本原则、目标方向、内容任务等，也需要细致地清理前因后果。

无论从战争的政治背景而言，还是就文学自身发展的规律说，1938年前后，应该是现代中国文学发生重大转折的关键性历史节点。其中应运而生具有重要标志的"延安文学"，呈现了一个较为完整的有特色的独立文学形态。它具备了作家群体与个体、文学组织与创作主体在一个特定区域的相对完整性，能够自我掌控有机协调彼此间的各种相互关系，自觉接续了20世纪30年代左翼革命文学向民族大众的文学方向发展，并且也建构了一定规模的文学团体组织，作家群体性活动相当活跃。在延安，前期就有与全国中华文艺界抗敌协会相联系的"文协分会"，本地的"文抗"等，1940年前后的中期就有"文学月会"①、"延安新诗歌会"②、"鲁艺"③，1942年以后，还有一个当时并不自觉又有区域色彩的"山药蛋"④文学流派等。这些文学文艺群体，或在历史的进程中，或在延安相对稳定的乡村区域里，呈现了这支"军队"最具规模的组织机构形态。它们既是民族战争外力下的推动和特定政治环境的需求，又是延安文艺界自身的集体无意识。20世纪20年代初中期，以北平为中心的新文化新文学运动活跃的文学社团作家群体，30年代以上海都市为中心的无产阶级文学运动的"左联"团体的巨大辐射，就区域的集中而言在一定范围具有相似度。1938—1945年间的延安，作家群体形态和具有社会化的文学组织可以说超过了同时期的任何一个文化场域和行政地区。我们既要强调延安文学与"文化军队"的整体联系性，又要特别注意这些文学社团作家群体自身的独立形态和文学追求。

那么，再细化分解这些文学组织团体、作家群体人员内部构成，更可见延安特

---

① 该会1940年10月9日，由丁玲、萧军在延安发起成立。会刊《文艺月报》，重要作家还有王实味、艾青、罗烽等人。
② 该会1940年12月8日，由肖三、柯仲平等诗人在延安发起成立。会刊《新诗歌》，重要诗人还有鲁藜、公木、郭小川、塞克等。
③ 1938年春在延安创办，全称"鲁迅文艺学院"。1940年改称"鲁迅艺术文学院"，1943年又更名为"鲁迅艺术学院"，简称"鲁艺"。1941年7月才有"鲁艺"设文学系，系主任由周扬兼任，有综合文艺刊物《文艺战线》，后又成立文学社团草叶社，1942年11月创刊《草叶》，主要作者有丁玲、周立波等作家。
④ 该流派形成于40年代初山西晋察鲁豫边区和晋绥边区，奠基人赵树理长于太行山，他的代表作1943年的小说《小二黑结婚》形成了通俗化、大众化的独有风格，并作为1942年后毛泽东在延安座谈会上讲话精神实践的典范，后影响了一个文学史上宽泛概念的流派。

殊区域文学体制的构形。

  首先，由党内领导人毛泽东、周恩来、陈云等和文化文学部门领导人凯丰、周扬、艾思奇等直接体现了与延安文学体制的密切领导关系。如"鲁艺"就是在毛泽东、周恩来亲自带头，并有林伯渠、徐特立、成仿吾、艾思奇、周扬等人联名发起"成立缘起"下诞生的，并且随后毛泽东出席开学典礼讲话、亲笔题写学院校训，为学院周年纪念题词等。在中国共产党的领导视野里，在延安特定的环境中，用毛泽东1939年5月10日为"鲁艺"成立一周年题词："抗日的现实主义，革命的浪漫主义"，表述现行延安文学体制的核心观念最为准确。这是政党对文学组织团体思想观念的诉求，也是以此引领和协调延安文学队伍中两个作家群体的准则。延安文学中这部分领导者组织团体在文学之外，但其阐发的思想主张无不直接影响着作家聚合行为取向。这与20年代"五四"作家们聚合的文学社团和地缘关系或地域生成的作家群体完全不同，也与30年代党领导下的"左联"革命团体阶级对立结构有区别。政治的参与性对"延安文学"更注意精神的渗透和引导。

  其次，由丁玲、艾青、萧军、王实味、何其芳、罗烽、周文、萧三等从大城市来到延安的知识分子作家群，与刘白羽、周立波、郭小川、吴伯箫、严文井、师田手、雷加、康濯等来自部队的，或地方的作家群。这两支作家群体进入延安，一方面是1939年中共中央的《关于吸收知识分子的决定》的巨大感召力，《决定》明确提出这场民族的抗战"没有知识分子的参加，革命的胜利是不可能的"；另一方面是"抗战进行曲和战斗鼓声同时响彻大地，它和卢沟桥的炮声，联袂而来"。[①] 这就决定了文学群体的构成已经不是单纯的文学本身了，就其精神追求而言，在作家群中也各不相同。比如，前者我更认为出自现代知识分子的精神本源，永远充满着理想和使命意识，崇尚自由是他们确立自我、获得知识的前提，面对自我放逐精神、面向社会思想独立，在多变的大时代常态的流亡漂泊。生逢其时的萧军萧红，这对苦难时代短暂的患难夫妻，他们一度同在山西临汾民族革命大学任教，同样壮怀革命，有六年的情感基础，但是也没有改变本质的现代知识分子的自我独立性格。一个桀骜不驯、粗犷尚武，一个多愁善感、细腻自尊。在时代和生活的冲突中，彼此分道扬镳，一个去了延安，一个到了西安。大批都市知识青年就是像萧军一样满怀着"革命浪漫主义"的热情，向着自己心中精神理想的延安奔去的。1938年11月16日夜，何其芳写的《我歌唱延安》开篇就是这样描述的："延安的城门成天开着，成天有从

[①] 《延安文艺丛书·散文卷·前言》，第1页，湖南人民出版社，1984年。

各方向走来的青年，背着行李，燃烧着希望，走进这城门"。

而后者是随着抗日的烽火，参加八路军投身激烈的战斗，从前线战场、游击队、在马背上，过封锁线，一路枪林弹雨、出生入死来到延安文化人的革命战士。他们写下了《前线一日》(肖华)、《潼关之夜》(杨朔)、《三颗手榴弹》(刘白羽)、《前线故事——敌后行》(雷加)、《马上的思想》(吴伯箫)、《中条山的小战士》(白朗)、《捉放俘虏记》(康濯)等一系列散发着"抗日现实主义"时代芬芳的篇章。他们既是随着部队在战斗间隙中的短暂休整，又是迫切需要学习文化、提高思想来到了延安。他们从五湖四海、四面八方追随革命理想、胸怀远大抱负来到延安。1939 年师田手到达延安后是这样描述的"……南方人，北方人，外国人，多穿起灰色的军衣，汇成了一个可钦的巨人"。"……延安的空间每日震荡起各地的方言土语，各种的声调腔音——延安，仿佛一块巨大的吸铁石，把一切坚硬强壮勇敢如钢铁的人们吸引来了。"①

显然，上述这样基本队伍构形的"延安文学"，旨在围绕"大众的民族抗日"这个政治中心，其本质上强调作家聚合，文学社团建构，以坚持革命现实主义和革命浪漫主义的相结合为前提。因为延安文学不可能脱离大时代的历史情境，即抗战初的国共合作，抗战中期的国共两党的破裂、抗战处于相持阶段，1945 年的抗战胜利。这一革命政治历史发展的轨迹，始终又与参与者地域空间的人文精神价值取向，此时此地人与事的纠结（作家个体自由、理想精神、批判意识与现实环境的冲突）的知识文化发展线索相交织。"延安"实地的军事封锁和精神理想的象征地，恰恰促成了独有文化空间的交汇地。而文学的情景，最初是"一个人初到延安……见到延安最多的还是那些唱着歌的年轻人的队伍，热烈的群众集会，游行时的火把、旗手、手拿红缨枪的自卫军等等；对那些真正的边区人民的生活，八路军各种艰苦奋斗的情形还是不太清楚，顶多只有一个朦朦胧胧的印象。所以他没有办法歌颂得更深刻，歌唱得更具体，更丰富的东西，而只有唱着一些自己感激的，快活的情绪，和一点对于将来的幻想"。② 随后，在 1942 年之前，一度坚持文学精神的作家旨在表述军事封锁和经济贫困环境下的个体诉求。再后，以 1943 年《小二黑结婚》为标志，一个适应延安文化空间的"赵树理方向"的确立，服从接受者的大众化通俗化的需求，

---

① 师田手：《延安》，收入《延安文艺丛书·散文卷》，第 158 页，湖南人民出版社，1984 年。
② 严文井：《评过去四期〈草叶〉上的创作》，载《草叶》，1942 年 7 月 1 日第 5 期。这段文字是评论白原《五月的太阳》、林沫《晨光》等诗歌创作的话。

文学的现实性与政治的美学性获得了统一。在行进的历史和不断调适的人与事纠结之过程中，延安文学完成了自己的基本形态，包括突破地域空间的文学内外因素的培育。

四

在多重文化历史语境中，在动态和静态的时空变动调节过程中，"延安文学"既是永恒凝固的20世纪40年代中国革命历史和陕甘宁边区地缘的文学，又是跨越时空和文化疆界，承载政治风云，属于作家精神体验记忆的文学。当文学史叙述"延安文学"的完整构形时，一是延安地域地理描述的实地形象，一是由延安唤起的感知、情感记忆、话语元素等诸多复杂层面。两者不可孤立论之，也不可混为一谈。今天阐释"延安文学"的历史和现实意义，应该注意建构文学完整构形的内在脉络。

一、"五四"以来"人的文学"，进入抗战和延安特定的时空，形成了自己外部与内部的延伸，与特有文化构形，即文学中人的完整形态（自我与社会）的形成和丰满，受惠于中国革命自身问题和规律的探索和寻找过程。延安首先作为中国革命的发源地，毛泽东思想完成体系建构的发祥地，其次才是延安文学的奠基地，"五四"以来中国现代文学的一个地域文学的生长地。由此，延安文学的基本内容和美学诉求，及其意义的阐释和理解，虽然是一个地域性阶段性规范明确的文学形态，但是它有文学史承传的规律和文学特有的精神情感元素，以及文化复杂层面的纠缠新质。"五四"以来的"人的文学"经历20世纪40年代延安时空究竟出现了哪些历史延续中的裂变？毛泽东思想中的文艺阐释与延安文学建构的联系和区别。当毛泽东在集中思考中国革命的现实如何与外来马克思主义相结合时，中国现代文学人的解放和思想启蒙的核心命题，同样面临着阶级、民族急变而来的新挑战。许多现代作家们身不由己中进入"延安"的地域与政治化的语境，迫使得他们要重新认识文学的本质和使命，既是体现对毛泽东政治革命的顺势，又是文学功能价值全面认知的必然。当以"救亡压倒启蒙说"、文学性的偏执和失衡说、"政治决定论"等评价40年代文学、延安文学时，有失空间视域下文学史叙述的"完形"考察，多少有着思想史、纯文学、政治史认知思维的侧重，这必然左右了文学一定程度合理性的价值判断。自然，"延安文学"在中国文学中现代性特征的准确把握，也要受到大大的削弱。

二、延安文学的中心内容是文艺为工农兵。工农兵是抗战时期社会的主力军、时代的代表，文学的自觉和精神不可能脱离这个重要的对象。其文学主体的作家自觉，文学精神的向度，决定延安文学空间构形的内在认知和行为。进入40年代中国革命的语境和延安地理范围，文学的"民族形式"讨论、文学的陕北农村文化认同、文学的传统与本土经验、文学的救亡与启蒙、文学创作者的角色转换与调整等问题，实际都在被重新建构和用新话语再阐释，也是经受历史和时代的考验逐渐明朗的。最初延安文学在"文章下乡，文章入伍"的引导下，是文艺突击社、戏剧救亡协会、文艺战线社、讲演文学研究会、大众读物社等团体的宣传活动占据主要内容，文学的散文、朗诵诗、街头剧等轻型通俗形式为主。中间相对稳定阶段，大批城市来的文学作者对延安现实生活的书写，面临高扬的精神期盼和实际存在的距离，《解放日报·文艺副刊》、《文艺月报》、鲁艺的《草叶》、《谷雨》等文艺文学阵地，成为他们坚守"五四人"的文学个性主义、启蒙批判、灵魂改造的主要表达通道、传播自由民主意愿的集散地。《讲话》之后从1943年开始，春节农闲全民秧歌剧运动、鲁艺的"演大戏"、赵树理《小二黑结婚》为代表的通俗读物小说和《王贵与李香香》长篇叙事诗、《白毛女》歌剧等的大众化民族化自觉追求。这一系列文艺活动过程和其创作实践的成果，折射着延安作家一次巨大的精神炼狱，代表着"延安"地域文化包孕者积极向上、歌颂光明对困惑矛盾、暴露黑暗的精神反拨。"五四"文学创作者的心路，因此而蜿蜒曲折，文学本身也就呈现出色彩斑斓。延安文学完整构形（时空观）考辨不是要否定这个对象，而是要找寻切合对象的认知、感觉、观念、表达的各种复杂层面。经历人生大起大落遭际的女作家丁玲自觉去写《太阳照在桑干河上》这一至今仍然有阅读空间的文本，就是最典型的案例。文学史的叙述是一种尊重历史、理解作家、体验人生的重写。中国现代文学在"延安"空间被重新建构的价值，延安文学形态真正意义上的解读，只有从真诚理解作家精神层面获得途径。

三、"延安文学"作为一个独立的话语形态，本质上是知识分子话语与工农兵话语同构中时空对接、交叉、重构的文学史过程。文学的理想、欲望、人性的思索和表现，是知识者的深度自我独立、自由追求，最典型的现代性意识，大都市空间环境更有他们生存的土壤。但现代知识者走进民族抗战的行列和进入延安的乡村后，首先发生了从未有的政治高扬、地理环境的巨大落差，甚至因物质经济因素身份也在被迫改变，这就有了文学现代性错位的重构。在文学与政治的直接冲突中精神道德的反省、文学本质的美学诉求，相对成为了"弱势群体"，文学精神人性直接面对战争面对生与死的考验。革命家军事家的毛泽东恢弘视野，其辩证务实的思想体系的建立，从根本上改变了现代中国的政治结构，即二元的城市与乡村转为单一的乡村中心。文学也受到一次强烈时代政治光源的透视,文学与政治的话语重构,即调整了"五四"以来新文学侧重知识分子主体的角色。毛泽东重写中国城乡问题,也就定位了延安文学的核心问题。当中国文学经历了一次乡村社会化和政治强化的现代性调整(决定于毛泽东军事战略"农村包围城市")。适时,要求文学家到农村、工农兵中间去,老百姓喜闻乐见的大众化的民族形式,必须走先"普及"后"提高"文学传播路线。这些都决定于"延安"文化空间的存在。文学现代性是一个动态的不断调整的过程,同时,文学滋生的源泉永远来自生活。工农兵营造了丰腴生活的土壤,革命理想和追求,正义对邪恶的反抗决定了战争中的人性和欲望又有新的提升。在延安文学中"现代性的重构"正是一次作家贴近现实的精神涅槃,即表现为集体无意识地排斥乡村牧歌式表达,个人心灵哀悯的流露,反对模糊的形象塑造、自觉抵制语言的书面化知识腔。为此,讲故事章回体、评话本、"信天游"、秧歌剧、长篇叙事诗等通俗形式也是文学的内容,更是成为"延安文学"的精神象征物。

最后,真正意义上的还原一个有特殊地域文化内涵和复杂经验世界的"延安文学",远远不是本文篇幅所能够完成的。围绕《讲话》的延安文学虽然七十年历史中也有几轮文学史叙事的反反复复,但是今天仍然未到这一文学对象或曰地域文学现象终结评价的时候。文学史叙事没有模式也没有终点,历史是时间和空间的过程,文学是立足人向内向外不断反思的过程。我试图在这样的过程中找寻心中理解的延安文学,上述零散的片段真诚求教关心此话题的同仁。

(原载《当代作家评论》,2012年第4期)

叙述者的广义形态：框架－人格二象

赵毅衡

一、叙述者之谜

叙述者，是故事"讲述声音"的来源。至今一个多世纪的叙述学发展，核心问题是小说叙述者，包括其各种形态，以及与其他叙述成分（作者、人物、故事、叙述接收者、读者）的复杂关系。卡勒说："识别叙述者是把虚构文学自然化的基本方法……这样文本的任何一个侧面几乎都能够得到解释。"[①]这种"基本方法"，适用于任何叙述体裁：确定叙述者，是讨论任何叙述问题的出发点。

叙述者形态，至今似乎只是个小说研究的课题，在小说之外，如历史新闻、戏剧电影、幻觉梦境里，几乎无法找到叙述者：如何在个别体裁中找到叙述者，已经是争论不休的难题。而要建立广义叙述学，就要找到各种体裁叙述者的共同形态，就更为困难。一旦走出小说，各种叙述形式都显得相对简单，但叙述者的形迹似乎完全消失了。

叙述者是叙述的发出者，若找不到通用的叙述者形态规律，对各种叙述就只能做个别的描述，而无法说明它们的本质：如果我们不能在一场梦、一场法庭庭辩、一出舞剧、一部长篇小说之间找到共有的叙述者形态（不管它们差异有多大），就不可能为各种叙述建立一个共同的理论基础，也就不可能找出叙述的一般性原则。

分门别类讨论各种叙述体裁，不总结共同规律，这种做法已经延续了一个世纪，何妨照旧？但理论思维应有的彻底精神不允许我们敷衍了事。更重要的是，只有找

---

① 乔纳森·卡勒：《结构主义诗学》，盛宁译，第299页，中国社会科学出版社，1991年。

出这样一个叙述源的共同形态，才能看到各种叙述体裁与总体规律的关联方式，才能见到其特殊性。

寻找叙述者，是建立一般叙述学的第一步，却也是最困难的一步。在国际学界，建立一般叙述学的努力至今没有进展，因为无法找到叙述者的一般形态规律[①]。这个被叙述学界称为"讲说源头"（illocutionary source）或"垫底叙述者"（fundamental narrator）[②]的功能，是叙述的先决条件之一。找出这个广义叙述者的形态规律，理解叙述本质的工作就开了一个头。

二、叙述源头

从信息传达的角度说，叙述者是叙述信息的源头，叙述接收者面对的故事必须来自这个源头；从叙述文本形成的角度说，任何叙述都是选择材料并加以特殊安排才得以形成，叙述者有权力决定叙述文本讲什么、如何讲。

从这个观点检查各种体裁，我们可以看到叙述者呈二象形态：有时候是具有人格性的个人或人物，有时候却呈现为框架。两种形态同时存在于叙述之中，框架应当是基础的形态，而人格形态会经常"夺框而出"。什么时候呈现何种形态取决于体裁，也取决于文本风格。这种二象并存，很像量子力学对光的本性的理解：光是波粒二象，既是电磁场的波动，又是光子这种粒子。两个状态似乎不相容，却合起来组成光的本质。

检查各种体裁中叙述者的存在，首先要说清什么是叙述。自然状态的变化不是叙述，对自然事件的经验也不构成叙述，自然变化如水冻成冰、地震、雪崩，如果不被中介化为符号文本，就不构成叙述。而且，叙述作为一种文化表意行为，必须卷入人物：描述不卷入人物的自然变化，是科学报告。简单地说，用某种符号（文字、言语、图像、姿态等）组合成文本，描述卷入人物的事件，才形成叙述。

因此，叙述必然是某种主体安排组织产生的文本，用来把卷入某个人物的变化

[①] "广义叙述学的最根本任务，是寻找不同传统、不同时期的各种叙述共有的模式。"[Patrick Colm Hogan, *Affective Narratology: The Emotional Structure of Stories*（Lincoln & London：University of Nebraska Press, 2011），p.12.]

[②] André Gaudreault, *From Plato to Lumière: Narration and Monstration in Literature and Cinema*,（Toronto：University of Toronto Press, 2009），p.65.

告诉另一个主体。满足以下两个条件的符号文本，就是叙述：（一）叙述主体把有人物参与的事件组织进一个符号文本；（二）此符号文本可以被接受主体理解为具有时间和意义向度。

叙述包含两个主体进行的两个叙述化过程。第一个叙述化，是把某种事件组合进一个文本；第二个叙述化，是在文本中读出一个卷入人物的情节，这两者都需要主体有意识的努力。两者经常不相应，但接收者解释出文本中的情节，是叙述体裁的文化程式的期盼。叙述文本具有可以被理解为叙述的潜力，也就是被"读出故事"的潜力：单幅图像（例如漫画、新闻照片）文本中似乎无情节进展，只要能被读出情节，它们就是叙述。

这样的叙述文本本身，不一定能告诉我们叙述源头在哪里。乌莉·玛戈林（Uri Magolin）在讨论小说叙述者时提出，文本叙述者可以从三个方面寻找：语言上指明（linguistically indicated），文本上投射（textually projected），读者重建（readerly constructed）①。小说的叙述者可以被"语言上指明"，即是所谓"第一人称"、"第三人称"等人称代词指明。对于非语言的叙述文本，这个源头叙述者可以从以下三个方面加以考察：

"文本构筑"：文本结构暴露出来的叙述源头；

"接受构筑"：叙述接收者对叙述文本的重构，包含对文本如何发出的解释；

"体裁构筑"：叙述文本的社会文化程式，给同一体裁的叙述者某种形态构筑模式。玛戈林说的"语言上指明"，应当泛化为"体裁上规定"。

叙述者就是由此三个环节构筑起来的一个表意功能，作为任何叙述的出发点。当此功能绝对人格化时，他就是有血有肉的实际讲述者；当此功能绝对非人格化时，就成为构成叙述的指令框架。叙述者变化状态的不同，是不同体裁的重要区分特征。本文提议把全部各种叙述体裁按叙述者的形态变化分成五类：实在性叙述及拟实在性叙述；记录性虚构叙述；演示性虚构叙述；梦叙述；互动叙述。这五种分类，要求五种完全不同形态的叙述者。这个排列顺序中，叙述者从极端人格化变到极端框架化。

---

① Cf. "Narrator", *Living Handbook of Narratology*, http://hup.sub.uni-hamburg.de/lhn/index.php.

三、实在性与拟实在性叙述：叙述者与作者合一

实在性叙述（新闻、历史、庭辩、报告、口述报告等）及拟实在性叙述（诺言、宣传、广告等），无论是口头的还是书面的，都具有合一式的叙述者：作者即是叙述者。历史学家、新闻记者、揭发者、忏悔者等各式人等，文本就是他们本人说出或写下的，整个叙述浸透了他们的主观意志、感情、精神、意见以及他们对所说事情的判断甚至偏见、谎言，这些偏见和谎言都无法推诿于别人。除了文内引用他人文字外，没有其他人插嘴的余地。与实在性叙述构成对比的是，在小说中，所有的话是叙述者说的，没有作者说话的机会。

当然，实在性叙述的作者—叙述者可能反悔，可能声称讲述该文本时"受胁迫"、"受蒙骗"、"一时糊涂"等。主体意图会在时间中变化，因此应当说这个叙述者是作者在叙述时的第二人格，即叙述时的执行作者，不一定是作者全部和整体的人格。

既然此类文本的所叙述内容被理解为事实，必须要有文本发出者具体负责。所谓"实在性"，不一定是"事实"："事实"指的是内容的品格，"实在性"是文本体裁与文化整体的关系定位。具体说来，是文化规定叙述接收者把此类文本看成在讲述事实，这就是笔者在另一篇文章中提出的"接受原则"[①]。

此种约定的理解方式，是文本表意所依靠的最基本的主体间关系。内容是否为"事实"，不受文本传达控制，要走出文本才能验证（证伪或证实）。可以用直观方式提供经验证实（例如法医解剖），或是用文本间方式提供间接证实（例如历史档案）。不管是否去证实，作者—叙述者必须为实在性叙述负责：法庭上的证人对其案情叙述负责；新闻记者对其报道负责。对于非实在性叙述的文本（例如说者言明"我给你们说个笑话"），则无法追责，也无法验证。

"泛虚构论"（panfictionality）曾一度盛行于学界，此说认为一切叙述都是虚构。提出这个看法的学者根据的是后现代主义语言观："所有的感知都是被语言编码的，而语言从来总是比喻性的（figuratively），引起感知永远是歪曲的，不可能确切（accurate）。"[②] 语言本身的"不透明本质"使文本不可能有"实在性"。

[①] 赵毅衡：《诚信与谎言之外：符号表意的"接受原则"》，载《文艺研究》，2010年第1期。
[②] Marie-Laure Ryan, "Postmodernism and the Doctrine of Panfictionality", *Narrative*, Vol.5, No.2 (1997): 165–187.

这个说法在学界引发很多争议。很多历史学家尖锐地指出，纳粹大屠杀无论如何不可能只是一个历史学构筑[①]，南京大屠杀也不可能是。多勒采尔称之为对历史叙述理论的"大屠杀检验"[②]。历史叙述必须是实在性的：不管把李鸿章说成卖国贼还是爱国者，在文本构成上都必须基于事实。尽管历史学家引证材料必然有选择性，或者说偏见（否则历史学家之间不会发生争论），但体裁上既然为实在性叙述，哪怕编造历史，也必须作为事实性叙述提出。正如在法庭上，各方有关事件的叙述可以截然相反（因此不会都是"事实"），却都必须是实在性的，都要受到对方的质疑，最后法庭根据叙述所确定的事实进行裁决。

同样，对于日记或笔记之类写给自己看的实在性叙述，如果写者捏造一个故事记在日记里，此段日记是否依然是实在性叙述？这就像法院判某本小说犯诽谤罪，叙述者－作者心里明白他在写的已经不是日记，而是虚构：这是超越体裁的犯规。

固然，在实在性叙述中，作者－叙述者依然可以有各种规避问责的手段。例如记者转引见证者，律师传唤证人，算命者让求卦人自己随机取签。这些办法都是让别人做次一级叙述者。不管用什么手法，作者－叙述者依然是叙述源头，必须对文本整体的实在性负责。

那么，如何看待所谓"匿名揭发"或"小说诽谤"？此时法庭就必须裁定该文本已经脱离虚构，成为实在性叙述。涉及诽谤的如果是传记、历史、报告文学等文体，庭审就直接按案情处理，不需要文体鉴定这道程序。

因此，蒙混过关的检讨、美化自己的自传、文过饰非的日记、逻辑狂乱者的日记，依然是实在性的（虽然不是事实）。因为这是体裁要求的文本接收方式：接收者面对这个叙述，已经签下文化契约，把它当作事实来接受。正因为如此，他才有资格心存怀疑，才会去检验此叙述是否撒谎。

谣言或"八卦"也是一种实在性叙述，人们不会对已经宣称不是事实的故事感兴趣。2011年7月，默多克集团的《世界新闻报》卷入窃听丑闻，其中一项罪名是用电话窃听来确认流言。一旦确认流言确凿，该报社就会拿原谣言去讹诈有关人物[③]。正因为谣言是实在性叙述，其是否与事实对应才值得去确认。

[①] Jeremy Hawthorn, *Cunning Passages: New Historicism, Cultural Materialism and Marxism in the Contemporary Literary Debate*(London: Arnold, 1996), p.16.

[②] Lubomir Dolezel, "Possible Worlds of Fiction and History", *New Literary History*, No.4(1998): 785－803.

[③] 《默多克帝国密码》，载《中国经济周刊》，2011年7月26日。

预测、诺言、宣传、广告，这些关于未来事件的叙述，谈不上是否是事实，而是拟事实性未来叙述。作为解释前提的时间语境尚未出现，因此叙述的情节并不是事实，但是这些叙述要接收者相信，就不可能虚构。因此这些是超越虚构/非虚构分野的拟实在性文本。之所以不称"拟虚构性"，是因为发送主体不希望接收者把它们当作虚构。因此，预言将来会发生某事件，是拟实在性叙述，其叙述者就是作者本人：正因为作者用自己的人格担保，而且听者也相信预言者的人格（例如相信算命者的本领），才会听取他们的叙述，而且信以为真。

四、记录性虚构叙述：叙述者与作者分裂

任何叙述的底线必须是实在性的，如果不具有实在性，叙述就无法要求接收者接受它。叙述接收者没有必要听一篇自称假话的叙述。那么，如何解释人类文明中大量的虚构叙述呢？的确，虚构叙述从发送者意图、意义，到文本品质，都不具备实在性。此时，叙述必须装入一个框架，把它与实在世界隔开，在这个框架内，叙述保持其实在性。例如在小说这种虚构叙述中最典型的文体中，作者主体分裂出来一个人格，另设一个叙述者，并且让读者分裂出一个叙述接收者，把这个文本当作实在性的叙述来接受。此时叙述者不再等同于作者，叙述虽然是假的，却能够在两个替代人格中把交流进行下去。

例如，纳博科夫虚构了《洛丽塔》，但是在小说虚构世界里的叙述者不是纳博科夫，而是亨伯特教授，此人物写出一本忏悔，给典狱长雷博士看。书中说的事实是不是实在的？必须是，因为忏悔这种文体必是实在性的。在小说框架内的世界里，亨伯特教授的忏悔不是虚构，所以《洛丽塔》有典狱长雷博士写的序：他给亨伯特的忏悔一个实在性的道德判断："有养育下一代责任者读之有益。"[①]

作者已经说谎（虚构）了，他就没有必要让叙述者再说谎，除非出于某种特殊安排。麦克尤恩的小说《赎罪》魅力正在于此。叙述者布里尼奥小时候因为嫉妒，冤枉表姐的恋人强奸，害得对方入狱并发配到前线，使她一生良心受责。二战期间，她有机会与表姐和表姐夫重新见面，她同意去警察局推翻原证词以赎罪。但是到小

---

① Vladimir Nabokov, *Lolita* (New York: Putnam's Sons, 1955), p.8. 有些人认为《洛丽塔》中的典狱长 John Ray 这个名字，类近"genre"（体裁）发音，纳博科夫暗指典狱长是在按体裁程式读此"忏悔"。

说最后,她作为一位年老的女作家承认说,这一段是她脑中的虚构,表姐和表姐夫当时都已经死于战争。

这里的悖论,也是此小说的迷人之处,就在于:无论实在段落,还是虚构段落,都是小说中的虚构,那一段是虚构的实在性叙述中的非实在性段落。但在这个小说虚构世界中,赎罪依然必须用实在性叙述才能完成,当事人(哪怕作为人物)已死,就无法做到这一点。叙述者作那一段叙述时,是靠想象让自己的人格再次分裂出另一个自己作叙述者,她对自己编出一段作为事实的虚构,用来欺骗地安慰自己的良心。

我们百姓在酒后茶余,说者可以声明(或是语气上表明):"我来吹一段牛",听者如果愿意听下去,就必须搁置对虚假的挑战,因为说者已经如钱钟书所言"献疑于先"[①],即预先说好下面说的并非实在,你既然爱听就当作真的。所有的虚构都必须明白或隐含地设置这个"自首"框架,此时发送者的意思就是:你听着不必当真,因为你也可以分裂出一个人格来接受,然后我怎么说都无"不诚信"之嫌,我分裂出来一个虚设人格作叙述者,与你的虚设人格进行实在性的意义传达。

五、演示性虚构叙述:框架叙述者

叙述文本的媒介可能是记录性的(例如文字、图画),也可能是演示性的(舞台演出、口述故事、比赛等),两种媒介都可以用于实在性的或虚构性的叙述。如果是实在性叙述,无论是记录性媒介(例如书面汇报)还是演示性媒介(例如口头汇报),本质相同:叙述者与实际发送者合一。

一旦用于虚构叙述,记录性媒介与演示性媒介情况就很不同,上节已经讨论过以小说为代表的记录性媒介。在演出性媒介虚构叙述中,表演者不是叙述者,而是演示框架(例如舞台)里的角色,哪怕他表演讲故事,他也不是讲述源头。

我们可以从戏剧这种最古老的演示性叙述谈起。戏剧的叙述者是谁?不是剧作家,他只是写了一个稿本;不是导演,他只是指导了演出方式,他和剧作家在演出时甚至不必在场;不是舞台监督,他只是协调了参与演出的各方;也不是舞台,它是戏剧文本的空间媒介。

我们可以设想一个场面:舞台上有个演员在谈此剧排练经历,此时他在给出一

---

① 钱钟书:《管锥编·太平广记卷一九六》,第1343—1344页,生活·读书·新知三联书店,2007年。

个实在性叙述,他是这段叙述的作者－叙述者。然后出现演出开始的指示符号隔断（例如灯光转暗或锣鼓声起），舞台就不再是一个物质场所,一个叙述框架已然罩下,把讲述变成戏剧叙述,该演员就成了角色。一直到谢幕时,他退出这个叙述框架,返回演员身份。所有的演示性叙述,都需要这样一种框架:连儿童都知道从某个时刻开始,泥饼就是坦克,竹签就是士兵,而从某个时刻起,虚构结束,一切返回原物。几乎所有的当场演示(非记录媒介演示)叙述都必须在这个框架里进行。

就因为两种再现方式的明显差别,亚里士多德认为史诗是叙述,而悲剧是模仿。西方叙述学界全今认为亚里士多德的这个区分有道理,至今坚持戏剧非叙述[1]。这样就必须把电影、电视等当代最重要的叙述体裁排除出叙述学研究范围。而本节讨论的演示虚构叙述,目的就是把戏剧和电影拉回叙述研究的范围之内。

电影的叙述者是谁?是《红高粱》中那个说"我爷爷当年"的隐身的声音?或是《最爱》中那个一开始就死于艾滋病的半现身鬼魂孩子?或是《情人》中讲述年轻时的故事的老作家?这些讲故事的人格,如希腊悲剧与布莱希特戏剧的歌队,元曲的副末开场:电影的画外音都是次级叙述者,而不是整个文本的源头叙述者。可以设置,但不一定必须设置。大部分电影没有画外音叙述者,哪怕有也只是用得上时偶然插话,其叙述并不一直延续,因此这个声音源不能被认为是源头叙述者。

在电影理论史上,关于叙述者问题的争论,已经延续大半个世纪。1948 年马尼提出的看法是:电影如小说,导演－制片人就像小说家,而叙述者就是摄影机[2]。这看法很接近阿斯特鲁克的"摄影机笔"(camera-stylo)论,他认为导演以摄影机为笔讲故事[3]。50、60 年代盛行"作者主义"(auteurism)理论,巴赞是这一派的主要理论家,他认为"今天我们终于可以说是导演写作了电影"[4]。以上理论,忽视了故事片作为虚构叙述的特点。如果是纪录片、科教片等实在性叙述,才可以这么说:影片的拍摄团队集体组成的电影作者,就是影片叙述者,纪录片必然有的画外音讲述者,是代表这个集体性作者－叙述者的声音。但是故事片、动画片等虚构电影,上一节已经说过,作者与叙述者是分裂的。

---

[1] Gerald Prince, *A Dictionary of Narratology* (Aldershot: Scolar Press, 1987), p.58.
[2] Claude-Edmunde Magny, *The Age of American Novel*, *The Aesthetic of Fiction Between the Two Wars* (New York: Ungar, 1972), p.34.
[3] Alexandre Astruc, "The Birth of a New Avant-Garde", in Peter Graham (ed.), *The New Wave* (New York: GardenCity, 1968), pp.17－23.
[4] André Bazin, *What Is Cinema?* trans. Hugh Gray, (Berkeley: University of California Press, 1967), p.18.

70年代后,"作者主义"理论消失了,出现了抽象的"人格叙述者"理论。布拉尼根认为:"理解文本中的智性体系,就是理解文本中的人性品格。"[1]科兹洛夫提出电影的叙述者是一个隐身讲故事者,可以称作映像创造者(image-maker)[2]。麦茨认为,电影叙述者类似戏剧中的司仪,他称为"大形象师"(grand imagier)[3]。但电影文本的构成不只靠形象,电影有八个媒介:映像、言语、文字、灯光、镜头位移、音乐、声音、剪辑。此后拥护"人格论"的论者,则把电影叙述者理解为一个综合的拟人格:90年代列文森提出电影叙述者应是一位"呈现者"(presenter),这个叙述人格"从内部呈现电影世界"[4]。古宁则把这个人格称为"显示者"(demonstrator)[5]。

当代西方电影理论家,则开始转向"机制叙述者论"。提倡"新形式论"的波德维尔,提出"电影叙述最好被理解为构筑故事的指令集合(set of cues),这样,先决条件就是信息有接收者,但是没有任何发送者"[6]。他的意思是演出性叙述不需要有人格叙述者。

笔者认为,按照本文的叙述者框架——人格二象理解,这两种看法并非不可调和,而是相反相成。波德维尔的"指令集合"机构叙述者论,与列文森等人的"呈现者"人格叙述者论,可以结合成一个概念:电影有一个源头叙述者,他是作出各种电影文本安排、代表电影制作"机构"的人格,是"指令呈现者"。电影用各种媒介传送的叙述符号,都出于他的安排,体现为一个发出叙述的人格,即整个制作团队"委托"的人格。

而非虚构的纪录片,与上述故事片叙述者不同。纪录片也有创作班子,也有各种媒介如何结合的指令集合。但没有这样一个框架把电影叙述切出来:拍一部纪录片,所有拍摄下来的材料,在本质上(而非美学价值上)都可以用进片子里。而拍一部虚构的故事片,不按指令进行的部分(例如演员忍不住笑出来,例如不应进入

---

[1] Edward R Branigan, *Point of View in the Cinema* (Berlin & New York: Mouton, 1984), p.66.

[2] Sarah Kazloff, *Invisible Storyteller* (Berkeley: University of California Press, 1988), p.13.

[3] Christian Metz, *Film Language: A Semiotic of Cinema* (Chicago: University of Chicago Press, 1974), p.21.

[4] Jerold Levinson, "Film Music and Narrative Agency", in David Bordwell et al. (eds.), *Post-Theory: Reconstructing Film Studies* (Madison: University of Wisconsin Press, 1996), pp.248—282.

[5] Tom Gunning, "Making Sense of Films", *History Matters: The U. S. Survey Course on the Web*, http://historymatters.gmu.edu/mse/film/.

[6] David Bordwell, *Narration in Fiction Film* (Madison: University of Wisconsin Press, 1985), p.62.

叙述框架的物象或声音），必须剪掉。如果保存，像《大话王》或《杜拉拉升职记》的片尾，会把穿帮镜头放到片尾。这个部分超越了虚构叙述框架，是实在性的"纪录片"。

体育比赛，某种程度上说，也属于此类演示叙述。比赛指令有严格的规则，在框架内运动员可以努力影响比赛的叙述进程：运动员只能在这个框架内尽力表现，争取按规则取得胜利。但一旦超出虚构的实在性对抗，例如拳王泰森咬伤对手的耳朵，曼联队长基恩踩断对方的腿，就超越了虚构叙述框架，而裁判的任务就是把互动叙述进程限定在框架之内。

六、梦叙述：叙述者完全隐身于框架

梦叙述（梦、白日梦、幻觉等）无法追寻叙述者。人们常说，做梦像看电影，这种直观感觉是对的：幻觉者不是叙述者，而是接收者；我们说自己在做梦，是因为梦的叙述者也在我们的主体之内，是主体的另外一部分。做梦者接收的梦，是梦主体发出的叙述，只是这个叙述者隐藏得很深，需要释梦家或精神分析家来探寻。梦中的情节再杂乱，也是经过"梦意识"这个叙述者挑选、组合、加工的结果，渗透了叙述者的主体意识。因此从远古起，释梦就是窥探主体秘密的重要途径。

对梦叙述的叙述者，我们了解最少，因为无法直接观察。做梦者经常没有意识到自己处于做梦状态，有时候会朦胧地意识到在做梦（所谓"透明的梦"），但是依然无法控制这个梦中的任何情节，因为接收者无法干预叙述，这与下一节要说的互动叙述不同。做梦者的意识主体实际上分裂成两个部分：一部分是叙述者，但隐而不显；接收梦的是意识的另一部分。在梦中，主体截然分明地分裂了：叙述者完全隐入叙述框架，而接收者的梦经验成为唯一的文本显现方式。一旦框架消失，做梦者醒来，他对梦的回忆讲述，则成为完全不同的叙述。

因此，梦叙述是梦的接收者从自我的另一部分获得的叙述，类似电影叙述：叙述者完全隐身于叙述框架之后。梦叙述者难以发现认定。这并不是因为学界能力不够，而是这样一个无意识人格，从定义上说就无法清楚揭示：这种探查本身，必须用意识语言来解释无意识，就改变了这个叙述源的本质构成。

七、互动式叙述：接收者参与叙述

在演示叙述中已经出现的戏剧反讽张力，在网络叙述、超文本文学、网络游戏等互动叙述中进一步延伸，影响到其基本的叙述方式：这类叙述，必须依靠接收者参与到叙述框架内，才能进行下去。

所谓"戏剧反讽"，是充分利用演示叙述的接收者干预可能而设置的手法。《罗密欧与朱丽叶》中，罗密欧误以为朱丽叶已死，绝望而自杀；当饮了迷药的朱丽叶醒来，发现罗密欧已死，只能真地自杀。剧中人物因为不知底细而被情景误导，但是观众却知道，戏剧力量就在于让观众为台上的人物焦急，甚至冲动地喊叫。

此种张力只出现于演示性叙述中：结果未定，才能引发接收者的干预冲动。记录性文本（如小说、历史）有悬疑，能让接收者急于知道下文（例如先看结尾），但是它知道下文已定。而演示叙述的互动性，来自于它的进行式叙述，场外叙述接收者似乎可以打断，以影响叙述发展。这在戏剧、相声等口头叙述中非常明显，场下观众可以干扰叙述的进行。著名的"枪打黄世仁"就是个例子。另外，郭德纲有相声说一个盗墓者，正说到开棺的紧张关键时刻，他说"这时手机响了"，原来此时观众席上有手机铃声，郭德纲顺势甩一个包袱，这是无奈的互动。

演示性文本这种被干预潜力，在互动式文本中被发展到极端。最典型的互动式叙述文本是游戏（包括各种历史悠久的游戏、运动、赌博以及当代的电子游戏），也包括邀请读者参与的互动文本如"超小说"（包括互联网上的"可选小说"）。此类叙述有意不预先规定情节结果，究竟如何进行下去要靠叙述接收者参与。

体育或游戏比赛的运动员，也可理解为这种参与式叙述接收者。他们不是被动接收叙述框架的安排，而是参与叙述，在叙述框架内与框架互动，而且在很大程度上决定叙述的进程。"神雕侠侣"等电子游戏，让游戏者选择做什么人物、用什么装束和武器，一步步练成自己的"武功等级"，推动叙述前进。最后演变出来的叙述，是叙述接收者参与到叙述框架里进行互动的结果。

结　语

以上讨论可以引出一个结论：作为叙述源头的叙述者，永远处于框架—人格两象之间。究竟是"框象"更明显，还是"人象"更明显，因叙述体裁而异，也因文本而异，无法维持一个恒常不变的形态。从体裁上说，从实在性叙述的叙述者几乎完全等同于作者，到记录性虚构的分裂人格叙述者，到演示性虚构的框架叙述，到梦叙述的主体完全隐身于框架，再到互动性叙述的接收者参与，形态变化极大。

这五种叙述者，不管何种形态，都必须完成以下功能：

（一）设立一个叙述框架，把叙述文本与实在世界或经验世界隔开。在框架内的任何成分都是替代性的符号，而把直观经验连同现象世界隔到框架外面；

（二）这个框架内的材料，不再是经验材料，而是通过媒介再现的携带意义的叙述符号；

（三）这些叙述元素必须经过叙述主体选择，大量可叙述元素因为各种原因（例如为风格化、为道德要求、为制造悬疑等等）被"选下"；

（四）在这个框架内，叙述者进行一度叙述化：对各种叙述元素进行时空变形加工，以组成卷入人物与变化的情节；

（五）面对这个框架，接收者完成二度叙述化：把叙述文本理解成具有时间向度与伦理意义的情节。

叙述主体在叙述框架内完成叙述，他在任何情况下都是双态的，既是一个人格，也是一个叙述框架，合起来说，叙述者是一个体现了框架的人格。叙述框架是叙述成立的底线，但是具体到每一个叙述文本，或每一种叙述体裁，叙述者可以在框架－人格这两个极端之间位移：不同体裁的叙述文本，叙述者人格化－框架化程度不一样。哪怕是控告信或忏悔书，叙述者等同于作者，叙述框架依然作为基础存在。

我们最熟悉的叙述体裁小说，其不同变体也展示叙述者的框架－人格二象。传统小说叙述学一直在讨论的叙述者基本变体——第三人称（隐身叙述者）与第一人称（显身叙述者）——就是这种二象共存。即使在同一篇小说作品中，两种叙述者形态也可以互相转化。不管如何变异，两者永远同时存在：所谓第三人称叙述，实际上是"非人称"框架叙述。在这个框架内，叙述者经常可以现身成各种人格形态。例如在干预评论中，叙述者局部人格化；而在"第一人称叙述"中，叙述者贯穿性地人格化。因此，在小说这种最典型的、被研究得最透彻的体裁中，叙述者的二象共存其实最清楚，只是至今没有学者注意到叙述的这个基本性质。

（原载《文艺研究》，2012年第5期）

"文如其人"命题探微

——以考察其思想基础、思维方式为中心

徐 楠

"文如其人"是中国古代文论史上的重要命题,也得到了当代学界的持续关注[①]。综观目前相关研究,可知重点有二:其一为梳理该命题在古文论史上的生成过程与具体内容,属于以复现史实为目的的描述式考察;其二则在于结合古人围绕该命题的种种争议,探讨其成立限度或可能合理的内涵、外延,这也就表现出在当代理论视野中重建该命题的积极意图。

然而除开上述思路,我们似有必要采用新的视角观照"文如其人"。因为已有研究虽取得了丰富的成果,但并没有完满地解答以下重要问题:其一,为什么屡遭质疑,"文如其人"仍得到古人的持续青睐?其二,既然从当代研究者的立场上看,该命题的可信度存在问题,那么在古代文论史上,导致这种问题产生的根源到底何在?古人又是否可能自觉察知此根源?为解答这些,我们就必须对"文如其人"命题在古代文论情境中特有的思想基础与思维方式进行考察;由此,庶几会对该命题生成及长期延续的原因产生细致理解,并对其内在问题作出更为深刻的反省;进而,也可能为思考当下文学研究的方法问题提供有益启发。

[①] 按:古代文论中"文如其人"要义,在于认定作品能够反映作家的人品、思想情感或个性气质等内容。本文循研究惯例,将古人自觉阐发此要义的表述均纳入考察。凡非特别说明,行文中所谓"文",皆指创作者个人作品。关于本题近期成果,笔者参考了蒋寅《古典诗学的现代诠释》第九篇《文如其人?——诗歌作者和文本的相关性问题》(中华书局,2003年)、邓心强《"文如其人"研究述评》(载《淮阴工学院学报》,2009年第2期)、任遂虎《分层析理与价值认定——文如其人命题新解》(载《文学评论》,2010年第2期)等文。

一

在《原诗》中，叶燮有一段关于"文如其人"的表述，其思路颇引人注目："诗是心声，不可违心而出，亦不能违心而出……故每诗以人见，人又以诗见。使其人其心不然，勉强造作，而为欺人欺世之语；能欺一人一时，决不能欺天下后世。究之，阅其全帙，其陋必呈。"[①] 令笔者感兴趣的是，他既将"文如其人"看做实然判断，又将其认定为应然判断。无独有偶，其弟子沈德潜也讲一段相似的话："性情面目，人人各具。读太白诗，如见其脱屣千乘；读少陵诗，如见其忧国伤时……倘词可馈贫，工同罄悦，而性情面目隐而不见，何以使尚友古人者读其书想见其为人乎？"[②] 这段话包含两层意思。它一则表示：文必然正确呈示作者的个性气质或思想感情。另一则实际上含有警示创作者的意味：人理应在文中呈示真实的"性情面目"，否则就不可能被他者理解、认可。这种看法与叶燮的判断意旨相合，无非表达方式不同而已。其实不仅叶、沈两人，在中国古代"文如其人"说的支持者中，于实然认定外尚赋予该命题应然意义者，可谓比比皆是——翻检文献，我们很容易找到这类掷地有声的陈述："文若是心弗若是，奚以文为。"[③] "心声心画，吾辈正赖有此留天地间互相参验者。"[④] 在这里，笔者更为关心的便是，上述"实然"、"应然"判断何以产生？为回答此问题，我们自然需要对两者的思想基础分别进行追寻。

尽管在具体表达时，"文如其人"命题往往也包含对文之审美形态的描述，但它主要的阐释目的，终归是在于肯定文承载创作者人品、思想情感或个性气质等信息的有效性。而在中国传统儒家思想诸多根深蒂固的观念中，恰有一种与此息息相关，那就是承认并重视文、尤其是自作之文的反映、认识功能。儒家诗学经典文献中的相关表述，可谓该观念的典型体现。《尚书·尧典》中的"诗言志"[⑤]，《诗大序》中的"诗者志之所之也，在心为志，发言为诗，情动于中而形于言"[⑥] 等判断，均至少

---

① 叶燮：《原诗》，第52页，人民文学出版社，1998年。
② 沈德潜：《说诗晬语》，第257页，人民文学出版社，1998年。
③ 毛伯温：《毛襄懋先生文集》卷三《送萧司训序》，收入《四库全书存目丛书》第63册，第258页，齐鲁书社，1997年。
④ 余廷灿：《存吾文稿·与蔡东塾同年书》，收入《续修四库全书》第1456册，第88页，上海古籍出版社，2002年。
⑤ 阮元校刻：《十三经注疏》，第131页，中华书局，2008年。
⑥ 同上书，第269页。

是在认定,诗能够反映创作者的思想情感。《论语·阳货》中所谓诗"可以观"①,《礼记·乐记》与《诗大序》都说:"治世之音安以乐,其政和;乱世之音怨以怒,其政乖;亡国之音哀以思,其民困。"②《汉书·艺文志·诗赋略》云:"(诗)可以观风俗,知薄厚。"③这类判断至少认为:通过诗(文艺),可以认识其创作者(在某种情境中也可指吟诵者)的思想情感、心理状态,进而合理推断特定时代的民风与政治状况。其实"反映"与"认识"不过是一个问题的两个方面而已;上述两类文献的共同之处,正在于认定文之承载作者情志、心理无可争议。除了这些言论,孟子被众多后学奉为圭臬的认识方法"以意逆志"实也包含着上述事实判断。细味《孟子·万章》中"说诗者不以文害辞,不以辞害志,以意逆志,是为得之"④这段名言,不难发现,支撑该判断的,无疑有对正确发挥读解者主观能动性的肯定与期待;但除此而外,则还有一点比较隐蔽,那就是对语言文字反映、认识功能的认可。因为在对该方法的表述中,孟子否定的仅仅是认知主体不恰当的理解方式,而绝不是作品承载"志"的真实性——"以意逆志"成立的前提之一,正是"志在文中";倘非如此,即便读解者"知人"能力再强,也是无处应用的⑤。当然,除开上述儒家经典文献,在古人其他常见表达中,文的这类功能也被一再确认。众所周知,所谓"读其书,想见其为人"是被古人多次重复的心愿,这其中潜藏的,是对文之能够承载他者情志、个性的肯定。而《汉书·司马迁传》所载《报任安书》中的"藏之名山,传之其人"⑥说,则和曹丕《典论·论文》的"年寿有时而尽,荣乐止乎其身,二者必至之常期,未若文章之无穷"⑦这类判断一样,不单关注着文对德性或声名的传播,还表达出对文之展示自我情感、个性的信赖。在这类观念中,具备上述功能的文,已不仅具有一种认知工具的意义,更是异代之人感通的桥梁、创作者精神永存的保证。显而易见,将文等同于反映、认识创作者个人信息的可靠媒介,乃是被经典著作及文人普

---

① 阮元校刻:《十三经注疏》,第2525页,中华书局,2008年。
② 同上书,第1527页。
③ 《汉书》,第1756页,中华书局,1987年。
④ 阮元校刻:《十三经注疏》,第2735页,中华书局,2008年。
⑤ 我们可参阅《文心雕龙·知音》中的阐释:"夫缀文者情动而辞发,观文者披文以入情,沿波讨源,虽幽必显。世远莫见其面,觇文辄见其心。岂成篇之足深,患识照之自浅耳。"(范文澜:《文心雕龙注》,第715页,人民文学出版社,1998年)它既是对"以意逆志"真理意义的肯定,也更具体地阐明了该说内蕴:文能承载创作者的信息无可置疑,关键在于读者是否具有察知的能力。
⑥ 《汉书》,第2735页,中华书局,1987年。
⑦ 萧统编:《文选》,第2270页,上海古籍出版社,1992年。

遍情感反复确认的真理性认识。既然如此，"文如其人"命题能够得到长久的拥护，自是绝非偶然。

除"客观事实认定"一端外，在"人"与"文"的应然层面，"文如其人"命题同样存在深厚的思想基础。在这个层面，"文如其人"表达的是一种贵真理念，即文、人一致是理应追求的境界。而真，正是中国古代哲学、文艺思想共同推崇的价值理想。在道家学派中，"真"往往是终极理想"自然"的另一种表达形态；其对立面乃是一切形态的伪与矫饰。至于道家所推崇的真人，则是超越道德理性、世俗情感乃至自我意识，与天地万物浑然无间的自在者。只不过在思想史流程中，该理想往往也会激发一种维护并真实表现自我个性的观念。在这种观念中，个体人格、情感的存在既是事实，也同时合理。与之相比，儒家学派并不否认个体人格、情感的客观存在，不过同时还要求这种实然意义上的"真"在符合道德理性规范后方具有充分价值。所以，儒家尊崇的人格、情感之真，是往往以"修身"为前提条件的。但不管怎样，言行不符、表里不一，同样为其人格理想所厌弃。落实到文艺观，"真"正是古代文论一以贯之的价值尺度。总体来说，中国古代文艺观中的"真"尺度一方面要求作家真诚地表达真实的思想情感；一方面要求作品具备完满呈现作者真情实感的水平。如果说后者是对作品客观效果的考虑，其实现程度尚不完全取决于作者主观愿望；那么前者就是对创作者主观动机的要求，即要求作家无论创作水准怎样，至少理应保证内容的真实、表达态度的真诚。这两点原则上人人皆可实现，若不能做到，为人为文就均不足取（当然，对于信守儒学的论文者来说，足以成为价值理想的为文之"真"，同样存在"符合道德理性规范"这一潜在前提）。就文论史事实来看，《易传·文言》中的"修辞立其诚"①，《礼记·表记》中的"情欲信，辞欲巧"②，就已包含了对真原则的自觉确认。《文心雕龙·情采》关于"为情造文"、"为文造情"的判断，堪称以此尺度衡量文之价值的典型例证。而后世即便是格外重视形式风格如明之"七子派"文人者，也是在上追审美典范之余，绝不背弃该原则的。不难看出，当"真"成为古代文人立身、为文的普遍追求时，在他们心中，同样标举该理想的"文如其人"也就必具有"应然"意义了。

综上所述，即便存在"言不尽意"说一类对立观念，"文如其人"命题仍具备坚实的思想基础。或者毋宁说，它的生成，不过是上述认识、上述理想的具体表现、

---

① 阮元校刻：《十三经注疏》，第15页，中华书局，2008年。
② 同上书，第1644页。

必然结果而已。在知识背景与价值观念均发生了较大变化的当代,我们很容易将"文如其人"当做一个中性的命题加以多角度剖析。而在古代思想文化情境中,质疑、否定该命题者动摇的就不仅是中性的文论命题,更可能是真理性认识的普遍有效性及修身、为文价值理想的合理性。"文未必如其人"可能引发如下疑问:诗言志、以意逆志是否可能?文能否成为沟通异代人心灵的有效媒介?对人的全部行为而言,内外相符、表里如一原则是否普遍适用?这类问题固然深刻、尖锐,但它们已经是在质疑多数古代文人心中的"真理"或"信念",恐怕是他们不愿、也不可能透彻思考的;即使拥有这种思考的勇气,能否以其既有的思想武器完满地反省、解答,也将成为问题(此点详见本文第二部分)。正因为此,就如今日研究者普遍承认的那样,在古代文论中,即便"文未必如其人"一说也屡有论及者,"文如其人"仍在事实上得到了多数论者的支持,其内部分歧不过在文所反映的具体内容(是人的品格、情志还是气质,抑或几者兼有),而不在反映的能力、更不在"真"的理想。

二

下面需要探讨的是:"文如其人"命题的提出与应用体现着古人思维方式的哪些特征?

按照思维常规,欲形成"文如其人"判断,第一步要明确"文"与"人"各自包含的信息,然后才谈得上发现两者相关性,进而得出"文"与"人"某方面或全部相符的结论。有关"文"的信息,通过对作品文本内容的解读即可获得。而欲获得有关"人"的信息,则至少需要两种基本途径:一为亲身接触,一为他者转述(史料、耳闻均属此类)。我们首先需要思考的是,在"文如其人"判断中,古代文人一般怎样理解上述诸信息的性质与价值?在笔者看来,相关理解可分为两类。

第一类理解认为,欲得出"文如其人"的结论,仅凭"文"的信息就已足够,其他证据并不具有在场的必要。这类判断当以扬雄、叶燮的表述为范例。它们分别代表了机械与宽松两种类型。扬雄《法言·问神》云:"言,心声也,书,心画也。声画形,君子小人见矣。"[①] 叶燮在《原诗》中则写道:"(诗人)面目无不于诗见之。

---

① 汪荣宝:《法言义疏》,第160页,中华书局,1987年。

其中有全见者,有半见者……然未有全不可见者。"① 表面看来,叶燮立足于近乎个性气质的"面目"而非道德品格,言论似更具合理性;其实两者在思维方式上却具有一致特征。他们都在判断时混淆了"实然"与"应然"的界限,由此,便对作品的反映能力作出了过高估计。前文说过,"文如其人"命题成立的思想基础,是由这两方面内容共同搭建而成的。然而也正是二者的界限不清,必然导致古人在分析具体文学现象时犯下致命的学理错误。因为应然判断一般仅适用于价值尺度、预期行为,与研究对象的实存特性绝非一事。就思想感情、道德品格内容而言,作品只有同时满足创作动机真实、表达效果真实两方面条件时,才可能让观察者读出相关的可靠信息。而个性气质能否在作品中准确呈示,则至少与表达效果真实这一条件相关。遗憾的是,考诸文学史事实,符合上述条件的情况固然不乏实例,却毕竟并非普遍现象。诸如作家艺术表现能力、特定文类写作惯例等主客观因素,均可能影响上述两条件的有效落实。而在上述"文如其人"论者那里,这些更多当属于"应然"层面的内容却往往被预设为无须考量的既有事实。所以,此种结论终归只具备有限的合理意义,而很难具备普遍有效性。

第二类则是在同时拥有"文"之外与"人"相关的"其他信息"(如前述史料、目见耳闻所得等)的前提下,建立"文"与"人"间的反映与被反映关系。此类例证颇多,《文心雕龙·体性》所说的"贾生俊发,故文洁而体清,长卿傲诞,故理侈而辞溢"②云云及前文所引沈德潜"读太白诗,如见其脱屣千乘"诸语均为典型。这类思维方式的特征往往是:观察者自信能够从"文"之外的"其他信息"中获得对"人"的可靠了解,然后在此基础上认定,"文"必然准确地反映这些"其他信息"的全部或某一侧面。比之第一类,此种理解有"其他信息"为旁证,得出的结论似乎更为准确。然而一旦仔细分析,便可发现问题并非如此简单。其一,在这种条件下,"文如其人"判断得以成立的关键,不仅在于"其他信息"是否全面可靠,更在于"文"能否有效地反映出这些信息。显然,第二类判断者在此处与前举第一类并无实质差别。他们也是在将"应然"预设为"实然",夸大"文"的反映能力后,才能得出这种答案的。其二,更关键的问题是,尽管引入了"其他信息",这类判断者终归缺乏对此类信息性质、限度的反省。在相关判断中,这类信息与作品间的关系,往往是一种一致或包含关系,而不是互补的,当然更不是矛盾的关系。换言之,判

---

① 叶燮:《原诗》,第50页,人民文学出版社,1998年。
② 范文澜:《文心雕龙注》,第506页。

断者往往认定,这些信息足以涵盖"人"的全部,"文"则必然符合其中的某一部分。而严格地讲,我们所考察的"人",实具有两层面意义。一个层面乃是"实在的人",另一个层面乃是其通过各种途径向他者呈示出的内容。第一个层面意义上的"知人"与其说是可实现的具体目标,不如说是可以不断向之趋近的终极理想。实际的读解操作,只可能在第二个层面进行。在这个层面上,任何与人相关的材料,包括文在内,都是"实在的人"展示给他者的内容,也可以说是为"知人"提供的具体切入点或观照角度。明乎此便可知晓,在"知人"这一目的上,前述"其他信息"未必能做到全面可靠。相比之下,"文"同样是了解"人"的重要途径;不仅与"其他信息"存在彼此证实的关系,还可能保存"其他信息"未必能反映的内容,与之形成相辅相成、互相补充的关系①。而前述"文如其人"论者,无疑是将"其他信息呈示出的人"等同于"实在的人",这便在夸大"文"之认识价值的同时,也夸大了此类"其他信息"的认识价值。

其次需要考察的是,"文如其人"论者怎样描述"人"与"文"各自的特征?沿此思路,我们不难察知:这类论者往往倾向于分别对"人"与"文"的特性作出一元化归纳,然后确定两者的相关性。也就是说,他们在判断人时,较少关注人格可能存在的多元性、复杂性;在判断文时,则较少考虑文风多样化、变化问题以及创作传统、文体等要素对文可能产生的影响。这类例证不胜枚举,前文所及言论均有此特征。这里可再选吴处厚语为例:"白居易赋性旷达,其诗曰:'无事日月长,不羁天地阔。'此旷达者之词也。孟郊赋性褊隘,其诗曰:'出门即有碍,谁谓天地宽。'此褊隘者之词也。然则天地又何尝碍郊,孟郊自碍也。"②只要拥有唐代文学史常识者,均可以如此质疑:白居易的性情,岂能仅用"旷达"概括?"江州司马青衫湿"这类诗句体现的岂是"旷达"型人格?同样地,孟郊其人其文确实可能给部分读者留下"褊隘"印象,但是否因此便要将其细腻深沉的《游子吟》、开放热烈的《登科后》斥为矫饰之作呢?无可否认,"人"与"文"往往存在典型特征,故某些"文如其人"的一元化概括实存在一定合理性。然而,将典型特征等同于纯一特征,就未免机械、武断;尤其是,当考察对象的人格或文风的确存在多元特性时,这样的一元化概括就不仅是存在漏洞,而是以偏概全乃至严重歪曲了。

---

① 钱钟书论"文如其人"问题时曾云:"人之言行不符,未必即为'心声失真'。常有言出于至诚,而行牵于流俗……见于文者,往往为与我周旋之我;见于行事者,往往为随众俯仰之我,皆真我也。"(《谈艺录》,第163页,中华书局,1999年)此当属对该问题较深刻的认识。
② 吴处厚:《青箱杂记》,第75页,中华书局,1985年。

论述至此，我们自然需要追问：作为"文如其人"的对立面，古文论中那些"文未必如其人"的阐释是否已有效质疑了上述思维方式呢？总体来看，这个反命题主要有三种类型。第一类当以元好问屡被征引的《论诗绝句》最为知名："心画心声总失真，文章宁复见为人。高情千古《闲居赋》，争信安仁拜路尘。"① 同样的思路，也表现在古人对隋炀帝、宋璟、严嵩等"人"与"文"存在明显差异者的反思中②。他们通过列举具体文学现象，肯定"人"、"文"分离确为事实。第二类则以萧纲在《诫当阳公大心书》中的名言"立身之道与文章异，立身先须谨重，文章且须放荡"③为典型。与其相近的便是"为人不可狠骛深刻，为文不可不狠骛深刻"④ 或"诗心与人品不同，人欲直而诗欲曲，人欲朴而诗欲巧"⑤ 这类表达。这并非从现象列举，而是从价值理想的角度，指明"人"、"文"分离具有合理性。至于第三类，则着重通过原因分析的方式，证明"文未必如其人"确非虚谈。《文心雕龙·情采》中的"为文造情"说当属此类代表。关于第一类反命题，当代论者多已指出，此种结论重于考察道德品格内容而非个性气质，因此未必能形成对"文如其人"的有效质疑。这一见解自堪称深刻。但在笔者看来，该反命题的症结，更主要在于其思维方式上的漏洞。同"文如其人"论者一样，这类判断者实缺乏对"文"、"人"各自相关信息性质、限度的反省——我们至少可以向元好问也提出两个问题：现存有关潘岳的史料和作品，能够完整且准确地揭示其人格吗？就理解潘岳其人来说，那些证明其人品卑劣的史料与《闲居赋》，为什么一定是此真彼伪的关系，而不是互补关系呢？与此同时，这类判断者依旧是将"文"与"人"的特征分别作出纯一化归纳后再进行关系判断。与"文如其人"论者相比，他们不过是颠倒了判断结论，依然对"人"、"文"可能存在的多元特性缺乏自觉反省。在这个意义上，我们当然同样可以向元好问式判断提问：为什么潘岳只可能拥有一种人格或气质，而不可能是逐利之心与山林之趣兼而有之呢？一言以蔽之，这类论者在完成质疑的同时，忠实地复制了其对立面思维方式的漏洞。这样，他们与"文如其人"论者的差别，往往或在于看到对象的不同侧面，或在于理解对象的方式不同；两者本难以形成有效对话关系，更何谈有效的驳难？至于以萧纲为代表的第二类反命题，则存在两种情况。其一，这类

---

① 郭绍虞：《元好问论诗三十首小笺》，第62页，人民文学出版社，2001年。
② 相关文献今人多有引用，限于篇幅，此不具列。
③ 严可均辑校：《全上古三代秦汉三国六朝文》，第3010页，中华书局，1999年。
④ 王铎：《拟山园初集·文丹》，转引自钱钟书《管锥编》，第1388页，中华书局，1996年。
⑤ 叶矫然：《龙性堂诗话初集》，郭绍虞辑《清诗话续编》（上册），第938页，上海古籍出版社，1999年。

判断中，有些存在偷换概念之嫌。就前例而言，不论"放荡"确切意旨何在①，至少为文、为人意义上的"狠鸷深刻"或"曲"、"巧"显然存在本质差别。在为文意义上，实属对艺术风格或手法的描述，并非指作品包含的人品或个性内容。所以，这类判断描述的"人品"与"文品"并非同类概念，其矛盾关系本就难以成立，又如何能驳斥"文如其人"？其二，即便"放荡"这类判断所指确为作品所含人品或个性内容，也不能不面临如何证明其合理性的问题。今天看来，这类判断必须建立在确认人格、文风多元化的价值意义这一理论前提上，方可能具备成立的恰切理由。按照这种思路，与"立身"特征有异的"为文"或可被解释为作家表达多层面人格、气质的自然结果。可不幸的是，萧纲辈仅仅是作出了判断，却从未讲出任何恰当的理论依据。如此，他们刻意分"文"、"人"为两途的价值理想，就违背了"真"或"自然"一类立身、为文的普遍原则，这即便在当代也是难以得到积极评价的。既然自身成立尚面临困难，该判断又如何能形成对他者的反击呢？而前举第三种类型，仍然存在问题。"为文造情"说的优点在于追本溯源地分析意图。可是，此类分析关注的一般是"文"与"人"在人品或思想情感内容而非个性气质上的一致与否，然而很多"文如其人"论者认定的恰恰是个性气质层面的人文一致——刘勰本人在《文心雕龙·体性》中，就是坚定不移地将文与人在该层面的一致认作事实的。所以，这类分析可能纠正的，只是部分将"文如其人"内涵局限在道德品格层面的观点，而很难在整体上推翻该命题。综合上述辨析，今人自不难看出，"文如其人"命题之所以在古代文论史上光景常新，既是源自前文所述的思想基础因素，也是源自论辩对手的虚弱无力。

那么，"文如其人"命题的阐释者何以具有这样的思维方式？此处，笔者姑择其大端，尝试论之。究其根本，前述混淆"实然"、"应然"界限，夸大文之反映、认识功能的现象，在那些具有思想基础意义的经典诗学判断中就已存在。如当代多家学人指出的那样，"诗言志"这类模糊表述不仅内含"实然"意蕴，同时恐怕也兼有"应然"意蕴。"诗者志之所之也，在心为志，发言为诗"这类句子虽属明确的事实陈述，但严格地说，被其认作事实的内容只有在前文所述诸多条件齐备的前提下方能成立，在"实然"意义上未必经得起推敲。就此而言，前举扬雄、叶燮式的"文如其人"论者，是此类结论的拥护者，也是其思维方式忠实的传承人。而在反省语言文字等信息的性质、价值这一问题上，则中国古代道家思想本可能成为解惑良方。

---

① 关于萧纲所谓"放荡"究竟指文之风格还是内容，今人多有争议。笔者以为各有道理，故不偏执一说。

因为在其哲学理念中,任何形下现象均有其限度,不可能落实形上本体的全部意义。有此思想基础,就必然产生其质疑乃至否定语言文字媒介意义的那些著名判断。可是,即便向来与儒学存在互补之实,在多数历史时段内,道家思想终归未动摇后者权威意识形态的地位。这反映在古代文论史事实上,便是它更主要地启发了古人对文艺内部问题的深入思考。在多数情况下,它至多是补充,而很难摧毁古人心中由儒家确立的文学功能论、价值观诸方面主导判断。至于对人格的理解问题,应该承认,客观地剖析人格的多元层面、冷静地审视人性复杂特征并赋予其价值意义,至少是近代以降方才逐渐成熟的思维方式、认识原则。它们产生的思想基础,乃是以人格独立、个体价值平等为基石的民主理念。它们的成立,离不开当代伦理学、心理学等学科研究成果的支持。所有这些,在古代文化世界中均难以存在成熟生长条件。就以上三方面来看,前文对"文如其人"思维方式作出的诸多批评、反省,其实很难由古人在古代文论的具体情境中自我完成。那些持"文未必如其人"看法的古人之所以难以对"文如其人"构成致命威胁,原因也正在于,他们与其对立面身处同样的思想、文化空间,较难站在崭新的视角、价值立场上窥得庐山真面。按照古人的思维方式论证"文如其人",其实际意义恐怕在于:儒学认可文之反映及认识功能的经典判断能由此得到无条件印证,文之沟通异代心灵的高贵价值可由此得到决绝维护,儒道两家共同推崇的贵真理想也足以由此获得简捷的确认。

三

从考察思想基础、思维方式的角度进入"文如其人"命题,意味着尽可能站在局外人立场上,对已成事实的古代文论现象进行反省。这种反省同样具有面向当下的意义。在文学研究活动中,通过反省这类古文论既有命题的特质、得失,我们就可能获得研究方法上的启示。

在笔者看来,重要的古代文论命题,多具有"开放"与"封闭"两重特征。"开放"是指其内蕴及问题意识往往具有超越时间限制的普遍意义,足以对后世文艺活动形成长久的启发;其既有内容也将在阐释、反省过程中不断丰富,成为新时代文论的组成部分。"封闭"则指这类命题同时也是既成事实的历史现象,往往生长在特定的古代文化土壤中,其形成、意蕴均有独特的内在理路,不能用当代观念任意置换。"文如其人"命题即体现着以上两重特征。我们今天的相关研究确实所获良多;

不过，对上述特征缺乏足够估计的情况，恐怕也多少存在。这样，部分论断未免便出现了"代古人立言"的倾向，而湮没了对古人自身理路的自觉探寻。尽管任何研究都不可能避免当代观念的介入，但尽可能对上述二特征的界限保持警醒，却也是必要的。这样，我们庶几可尽量保证一方面积极地阐发甚至完善前述重要命题，一方面也与其既有形态建立对话关系，而不是"六经注我"甚至取而代之。研究古代文论命题如此，研究其他历史现象或许也莫不如此。

此外，从反省古人思考"文如其人"命题时的漏洞起步，我们便会发现，当文学研究已经获取类别众多的信息时，重要的首先并不在于对其作出诠释，而是在于辨明其性质与价值，尽可能对其限度、适用程度作出理性判断。否则，即便颇具价值的信息，也可能随着过度诠释而降低甚至丧失其应有意义。当我们从事传统的"作家研究"时，不可避免地既要面对其作品，也要面对与其人相关的诸多史料。想当然地认为史料文献具有无限度的合理意义，便会产生相当的危险。应该尽量判断的是：相关史料具有怎样的来源？其叙述者可能具有怎样的目的与态度？如果不同的史料存在不同的描述、判断，那么原因何在？与此同时，武断地认为作品只存在证实史料的价值，不存在与史料平等的认识价值，就有可能忽视前者所具有的"心灵史"意义。而在这一方向上仍需注意的，便是作品作为"心灵史"的限度。面对作家自作之文，我们同样需要尽可能地反省：它们是在怎样的具体情境下写出的？其创作是否带有特定目的？其表达特征与文学史既有写作传统或特定创作风习是否存在关联？尽管任何判断与研究均不可能完成对真相的彻底还原，但在反省的基础上尽量有效地利用信息，终归有可能推动我们向真相不断趋近。

进一步讲，足以激活相关思考的，又不仅在于反省"文如其人"的漏洞。足以与古人反复确认"文如其人"之真理意义相映成趣的，莫过于当代部分文学研究者对作品与作者关系的淡然视之。在"作品研究"领域，"作者缺席"甚至"作者已死"是当代常见的研究起点。面对这类现象，我们似乎同样有必要提问：即便古代文论中的"文如其人"命题存在这样或那样的不足，它所热衷论证的作家、作品之必然联系，就真的毫无道理、了无启示意义吗？"作品研究"一般当包含"诠释"与"评价"两方面。如果说在"评价"层面确乎无须考察作者情况的话，那么在"诠释"层面，刻意排除作者因素以凸显文本的自足特性，无非也是研究方法之一，其价值与"知人论世"平等，本身并不具有真理意义。在这一层面上，偏激地否认作者在场的必要性其实正与偏激地坚持"知人论世"一样，存在"各照隅隙，鲜观衢路"之嫌。同样地，就"读者接受研究"而言，"读其书想见其为人"实在是古今中西概莫能外的普遍心理特征。审美接受的乐趣，往往正在于综合性的接受目的与体验效果。而排除机械、片面之处后，我们不能不承认，古代文人关于文、人关系的高度敏感及随之产生的理解、体会，对于今人理解审美接受的复杂特性仍不无有益启示。总而言之，文学研究似无必要在方法上预设价值区别，而更宜根据研究对象实际情况，保持开放式的多元状态。无限放大本具有一定合理意义的研究方法，既可能导致理论视野的自我封闭，也往往会使方法本身流于机械、招致误解。当然，也就是在这个原则下，文学研究中"文"与"人"这对永恒矛盾的复杂关系，方可能被今人宽容并进行多角度的审视、思索。

（原载《文艺研究》，2012年第4期）

中国传统自然主义文学精神的消亡

——从陶渊明之死说起

鲁枢元

晚年的梁启超在其专著《陶渊明》中,对于陶渊明的人品与艺术曾有如下评述:"渊明何以能够有如此高尚的品格和文艺? 一定有他整个的人生观在背后。他的人生观是什么呢? 可以拿两个字来概括他:'自然'。""他并不是因为隐逸高尚有什么好处才如此做,只是顺着自己本性的自然。'自然'是他理想的天国,凡有丝毫矫揉造作,都认作自然之敌,绝对排除。他做人很下艰苦功夫,目的不外保全他的'自然'。他的文艺只是'自然'的体现,所以'容华不御'恰好和'自然之美'同化。"[①] 这一段话中,梁任公竟一连用了七个"自然",表达他对陶渊明"自然精神"不容置疑的肯定。

陈寅恪在 1945 年发表的一篇专论《陶渊明之思想与清谈之关系》中,同样用了一连串的"自然"概括陶渊明的文学创作精神,并将其上升为中国古代诗歌传统中的"新自然主义":"新自然主义之要旨在委运任化。夫运化亦自然也,既随顺自然,与自然混同,则认为己身亦自然之一部,而不须更别求腾化之术,如主旧自然说者之所为也。""渊明虽异于嵇、阮之旧自然说,但仍不离自然主义"。陈寅恪因此认定,陶渊明不仅是一个"品节居古今第一流"的文学家,而且也是"吾国中古时代之大思想家"。[②]

什么是陶渊明的文学精神? 两位近现代学术大师都把中国传统的"自然"哲学

---

① 梁启超:《陶渊明》,第 26 页,商务印书馆,1923 年。
② 《陈寅恪集·金明馆丛稿初编》,第 229、225 页,生活·读书·新知三联书店,2009 年。

看做陶渊明安身立命的根基、文学精神的核心,应当说大抵符合陶渊明其人、其文的实绩。

然而,在一部中国文学史中"自然"的观念与价值并非始终如一,随着"自然"在中国社会生活中的演替,关于诗人陶渊明的阐释评述也在发生着明显的变化。早先我曾在一篇文章中将中国文学史中"自然主题"的兴衰划分为"混沌"、"谐振"、"旁落"、"凋敝"几个阶段,认为人与自然的关系在唐宋文学中得到高度的推重与成熟的表现;明清之际则开始旁落;进入20世纪之后,在现代中国,"当'自然'成了'进军'和'挑战'的对象时,文学艺术作品中的'自然',甚至连'配角'也当不上了,常常只能充当'反面角色'"。[①] 对照陶渊明的接受史,我惊异地发现,关于陶渊明文学地位与价值的评判,竟也与此息息相关:唐宋时期攀至顶峰;元代之后、明清以降逐渐旁落;延至现代当代几近名存实亡。目前已有的两部陶渊明接受史专著,仅只论及元代之前;[②] 胡不归先生的《读陶渊明集札记》下篇"陶诗对后世之影响"带有接受史研究的性质,也只是到宋代为止。而在我看来,诗人陶渊明在元明清之后,尤其在现当代的处境际遇更为复杂曲折,也更具现实意义。

一

相对于唐宋时代关于陶渊明的评价,明清时期虽亦不乏赞誉推崇之辞,但重心已发生了明显的"位移"。概括地说,即由"自然"移向"世事"。由前人推崇的自然主义哲学精神偏向忠君不二的政治道德与经国济世的社会伦理。这固然与明清各时代诗歌整体的萎缩有关,更与时代价值观念的变迁、审美偏爱的走向有关。

按照通常的说法,中国古代社会以农业为主体的自然经济在唐宋达到鼎盛,从明代就开始受到新的经济形态的冲击,主要是城市商品经济的冲击,从而使社会结构、文化心态都发生了微妙的变化。国内一些史学家从历史唯物主义的角度阐发,认为从明代开始,中国社会内部已开始孕育出自身的"资本主义萌芽"。余英时先生并不同意这一判断,但也认为由鸦片战争前后开始的中国社会的内部变革,早在

---

① 鲁枢元:《文学艺术中自然主题的衰变》,载《文艺理论研究》,2000年第5期。
② 见李剑锋:《元前陶渊明接受史》,齐鲁出版社,2002年;刘中文:《唐代陶渊明接受研究》,中国社会科学出版社,2006年。

明清时代就以"渐变"的形态开始了,其在思想文化界的表现就是"15、16 世纪儒学的移形转步",①在知识界则具体表现为文人的"弃儒就贾",在社会层面则表现为民众的"崇奢避俭",有些像是今日的"文人经商"与"大众消费"了。余英时列举了许多生动的例子证实明代中期山西、安徽、江苏一带的商人已经达到相当的数量,其中一部分是儒生兼营的,一部分是商贾发财后又以数量不等的金钱购置了"监生"、"贡生"等"学历学位"加入儒者行列的,这在晚明时代的《三言》、《二拍》中均有精彩的表现,在这些脍炙人口的小说中商人已成为主角。士商之间的界限开始变得模糊起来,士商之间的互动、合流已蔚然成风,历来耻于言利的文人儒士也乐于以自己的某些才技投放市场以获取高额酬报。士商合流的结果,"儒家重农轻商的传统原则也因此不能不在新的社会现实面前有所调整"②,"士大夫'商业化'已成为无所不在的社会现象,明清之际小说、戏曲等文学样式的流行无不与此相关。至此,"君子喻于义,小人喻于利"的儒家元典精神已基本瓦解,义与利已经"合而相成,通为一脉"了。③

与商业活动的扩展互为因果的,便是人们对财富、舒适、享乐的追求不但成为合理的,也成为必须的。余英时书中列举了明代学者陆楫(1515—1552)撰著的一篇反对节俭、鼓倡奢费的文章,该文认为奢可以刺激生产、扩大就业,从国计民生角度、从发展社会经济意义上肯定"奢侈"的重要性。"俭"与"奢"的道德意味被大大削弱,现代社会的"经济效益"理论在明代开始已被用来为"奢侈消费"正名。④ 至于陶渊明身体力行的"敝庐何必广,取足蔽床席"、"耕织称其用,过此奚所须"、"富贵非吾愿"、"转欲志长耕"的清贫自守志向已经不再受到社会的鼓励。陶渊明在《感士不遇赋》中发出:"闾阎懈廉退之节,市朝驱易进之心"的批评话语,也已经难以在此时的社会舆论中获得共鸣。宗白华先生曾经屡屡以渊明诗意为证:"晋人向外发现了自然,向内发现了自己的深情"⑤,晋人风神潇洒,不滞于物,对于自然、对于友谊、对于哲理的探求全都一往情深,从内到外,无论生活上、人格上都表现出自然主义的精神。而明清以来日渐炽盛的"崇奢避俭"的物欲心态,必然壅塞了人们对于外在自然的感悟;而"弃儒就贾"的士林取向,又必然污染了心灵中内在

---

① 余英时:《现代儒学的回顾与展望》,第 189 页,生活・读书・新知三联书店,2004 年。
② 同上书,第 212 页。
③ 同上书,第 219 页。
④ 同上书,第 221 页。
⑤ 宗白华:《美学散步》,第 183 页,上海人民出版社,1981 年。

的自然，在这样的社会与时代环境中，与自然同化的陶渊明其诗其文的失落也就无足为怪了。到了清朝末年，士子钱振锽竟然说"渊明诗不过百余首，即使其篇篇佳作，亦不得称大家，况美不掩恶，瑕胜于瑜，其中佳作不过二十首耳，然其所为佳者，亦非独得之秘，后人颇能学而似之"①。陶渊明作为诗坛"大家"的地位竟也被取缔了，这在以往的时代是从不曾见到的。

鸦片战争拉开了中国近代史的序幕，日渐式微且日趋老化的中华民族的文化道统遭遇西方现代社会思潮的猛烈冲击，遭遇到西方国家强权政治的严重威胁，古老的中国已经被推上生死存亡的历史关头。传统的儒家精神已无力支撑这一残局，传统的道家精神更无法挽回这一颓势。中华民族遂被推上了这样一种看似尴尬的选择：向自己深恶痛绝的西方学习，吸收西方现代文化以图自强，从而抗拒西方的入侵。从鸦片战争到"五四"运动不过半个世纪的时间，中国人的思想观念却发生了根本性的改变。于此期间轰轰烈烈开展的"洋务运动"、"戊戌变法"无不基于这一转向。就社会普遍心理而言，放旷冲淡、归隐田园的素朴人生观就显得更加不合时宜。根据史学界的共识，从1911年的辛亥革命之后，尤其是1919年的"五四"运动之后，中华民族已经摆脱传统社会的束缚进入"现代"阶段，被纳入世界现代化的进程。西方的启蒙观念、工具理性开始了从根本上改造中国思想文化界的这一宏阔过程。在这样的历史与社会格局中，诗人陶渊明将又以何种面目、何种姿态现身于中国民众的精神视野之中呢？

从表面上看，百年来的中国文学史书写中陶渊明的身价地位并未出现戏剧性的大变化，不像"五四"前后的"孔圣人"一下子被列入打倒之列。文学史提到陶渊明时，往往仍旧冠以"伟大诗人"的赞语，但若深入进去看一看，"伟大"的内涵已悄然发生变化，而且随着社会现代化进程的加速，变化愈来愈显著，远不止是余英时先生形容儒家的"移形转步"，陶渊明"形"未变，其内在的精神却被置换了，自东晋南北朝、唐宋以来广泛流布于诗苑文坛的陶渊明的精灵已经散逸，陶渊明的身躯内被注入另外的思想与观念。

在对陶渊明的精神实施改造的过程中，胡适、鲁迅二位新文学运动的先驱曾发挥强有力的作用。

胡适的"文学革命"首先是从"诗界"切入的，当然避不开陶渊明。他评诗的标准简单明了：好诗应明白如话，通俗易懂。在他的半部《白话文学史》中，凡是

---

① 钱振锽：《快雪轩全集》卷上，光绪活字本。

白话的一律赞赏；凡是文言的，一律贬斥；即使同一个诗人，接近白话的诗就被赞为上品，用事用典的，难以解读的，便斥为败笔。其内在的理论支撑可以概括为"白话体"与"平民性"。平心而论，胡适在这一文学批评标准之下，的确发掘出一批民间的、散佚的、清新质朴的、朗朗上口的好诗，但也拒斥了许多诗意葱茏而用语隐晦的好诗。陶潜是被列为"大诗人"专节论述的，而且评价甚高："陶潜的诗在六朝文学史上可算得一大革命。他把建安以后的一切辞赋化，骈偶化，古典化的恶习气都扫除的干干净净。他生于民间，作了几次小官，仍旧回到民间……他的环境是产生平民文学的环境；而他的学问思想却又能提高他的作品的意境。故他的意境是哲学家的意境，而他的言语却都是民间的言语。"①胡适的这番话对陶渊明的推崇不可谓不高，其中不乏恰切肯綮之论，但话语的重心仍十分明显，胡适推重的陶诗"自然"，主要还是陶诗语言风格上的"天然去雕饰"、"轻描淡写，便成佳作"，可以印证其文学革命的理论："中国文学史的一个自然的趋势，就是白话文学的冲动"，陶渊明的出现"足以证明那白话文学的生机是谁也不能长久压抑下去的"。②且不说胡适的这段史述并不周严，因为陶渊明的诗文并不全都质朴如白话，陶的辞赋中也没有完全抛弃骈俪体的意思。更重要的是陶渊明的"自然"并不仅仅体现在他的文字与手法上，而是基于他"散淡旷放"、"委运任化"、"心与道冥"、"纵浪大化中不喜亦不惧"的自然主义人生观，而胡适赞颂陶渊明的用意显然并不在这里。正如周策纵先生论及胡适的诗学视野时曾经指出的：他"没有个人对大宇宙'深挚'的神秘感和默契。因此，他的诗不够幽深，在中国传统中不能达到陶潜、王维的境界，也不能到苏东坡，因为胡又远离老庄的幽玄和释家的悲悯与他们的忘我。"③胡适所谓陶诗的"自然"，多半停留在文字表达的明白如话、通俗易懂上，应是其"科学"、"民主"精神在文学批评中的实践。

较之胡适，中国现代文学革命的另一位旗手鲁迅关于陶渊明的评论，其影响要复杂、重大得多。

《鲁迅全集》中提到陶渊明的地方有十余处，其中《魏晋风度及文章与药及酒之关系》、《隐士》、《题未定草》(六)等篇中有较具体的讲述。与胡适相比，鲁迅的这些文章并非专题研究，多与当时的某些情事相关。如"魏晋风度"一文，原本是

---

① 胡适：《白话文学史》，第95页，安徽教育出版社，2006年。
② 同上书，第96页。
③ 唐德刚：《胡适杂忆·附录》，第222—223页，广西师范大学出版社，2005年。

1927年夏天在国民政府举办的广州夏期学术演讲会上的讲稿，他自己后来也说："在广州之谈魏晋事，盖实有慨而言。"① 其话锋暗中指向国民党统治下的现实生活。《隐士》一文，意在嘲讽林语堂、周作人在《人世间》倡导"悠闲生活"及"闲适格调"小品文，顺手牵来"隐逸之宗"陶渊明借题发挥，杀猴给鸡看。尽管如此，鲁迅关于陶渊明的这些言论并非纯是嬉笑怒骂，仍具备一定的学术价值，在一定的程度上代表了鲁迅对陶渊明的态度。"魏晋风度"一文论及陶渊明处约八百余字，其中前半说陶是一位"贫困"、"自然"、"平和"、"平静"的"田园诗人"；后半文字则反过来指出"他于世事也并没有遗忘和冷淡"，"完全超了政治的所谓'田园诗人'，'山林诗人'，是没有的，而且，于朝政还是留心，也不能忘掉'死'"。他还特别强调："用别一种看法研究起来，恐怕也会成一个和旧说不同的人物罢。"② 鲁迅这里对陶渊明所做的品评，虽没有什么突破性的创见，也大体符合陶渊明生平的实际状态。只不过他在这里着重强化的是陶渊明并未忘情于社会政治生活的一面，为后人寻此路径阐释陶渊明预留一片空间。到了《隐士》篇，由于索性把陶渊明与当下的论敌"隐君子"林语堂们捆绑在了一起，那用语就尖锐、刻薄得多了：先是说"赫赫有名的大隐"陶渊明有家奴为他种地、经商，要不然，"他老人家不但没有酒喝，而且没有饭吃，早已在东篱旁边饿死了"，接着又讲"登仕，是噉饭之道，归隐，也是噉饭之道。假使无法噉饭，那就连'隐'也隐不成了"。③ 他还又引出唐末诗人左偃的诗句"谋隐谋官两无成"④，来拆穿隐士们的虚伪与奸巧。明眼人完全可以看出，后边的发挥已经不再指称陶渊明，而是针对"当代隐士"林语堂、周作人们的（至于林、周是否这样的人，则另当别论）。尽管如此，鲁迅对包括陶渊明在内的"归隐之道"的怀疑与不信任还应是真实的。

至于《题未定草》中论及陶渊明的文字，同为论战旁及。这次论战的对象除了林语堂，还有梁实秋、施蛰存、朱光潜。起因是施蛰存批评鲁迅《集外集》的文章应有取舍，不必全录。而鲁迅则认为要看清一个作家的真实面貌就不能看选本，更不能看摘句，一定要顾及整体，于是就举出陶渊明的例子，认为以往的选家由于多录取《归去来辞》和《桃花源记》，陶渊明在后人的心目中就成了飘逸的象征。"但在全集里，他却有时很摩登，'愿在丝而为履，附素足以周旋。悲行止之有节，空委

---

① 《鲁迅全集》第11卷，第646页，人民文学出版社，1981年。
② 《鲁迅全集》第3卷，第515—517页，人民文学出版社，1981年。
③ 《鲁迅全集》第6卷，第223、224页，人民文学出版社，1981年。
④ 同上书，第224页。

弃于床前',竟想摇身一变,化为'阿呀呀,我的爱人呀'的鞋子……就是诗,除论客所佩服的'悠然见南山'之外,也还有'精卫衔微木,将以填沧海,刑天舞干戚,猛志固常在'之类'金刚怒目'式,在证明着他并非整天整夜的飘飘然。"① 这里鲁迅强调的是论人要全面,不可偏执一端,虽然不免情绪化,仍可言之成理。《题未定草》之七是反驳朱光潜所说"陶潜浑身是'静穆',所以他伟大",鲁迅对此深为不满,不但花费许多笔墨重申了要顾及全文、全人的道理,最后他还申明了这样的结论:"历来的伟大的作者,是没有一个'浑身是'静穆''的。陶潜正是因为并非'浑身是'静穆'',所以他伟大。现在之所以往往被尊为'静穆',是因为他被选文家和摘句家所缩小,凌迟了。"② 作为论战文字,鲁迅以陶为例阐发自己的观点,亦无可厚非;当然对方也可以说出"选本"与"摘句"的许多必要来。问题在于,鲁迅强调陶渊明的"金刚怒目式",竟至得出"陶渊明正因为并非浑身静穆所以才伟大"的结论。虽然这一结论的得出有着与梁实秋、朱光潜论辩的具体语境,但给人的印象却是:鲁迅推崇的陶渊明是一名"金刚怒目式"的斗士。如果作为鲁迅一己的偏爱,别人仍无权提出异议;但假如作为一位文学研究者的学术判断,别人或许可以质疑:陶渊明的伟大以及他在中国文学史上的地位和价值,究竟是因其关心政治的斗争意志,还是散淡放旷、委任运化的自然精神?而这个问题,恐怕是早有定论,假如一定要做翻案的文章,未必能有更多的空间。一个失败的例子是日本当代学者冈村繁,他在《陶渊明李白新论》一书中说:"对过去这种视陶渊明为偶像的观念抱有疑问,并想从根本上予以重新审视评价的慧眼之士并非没有,这就是在中国被称为现代文学之父的鲁迅。"③ 他强调他对于陶渊明的研究是沿着鲁迅指引的方向开展的,决心要挖掘出陶渊明"和旧说不同"的一面。令人深为遗憾的是,他在"从根本上""重新审视"陶渊明之后,便不能不跌入"斗士"、"隐士"两极对立的逻辑陷阱,结果发掘出的竟是"深深蕴藏于陶渊明之后的,也可以说是人的某种魔性似的奸巧、任性、功利欲和欺瞒等特点。"④ 他自谓看到了陶渊明这轮被人们美化、幻化了的月亮的另一面,与实际"全然相反"的真实的一面:"那里只不过是由岩石、砂土等构成的一片干燥无味的世界罢了。"⑤ 被中国诗界历来崇仰的陶渊明成了一个"疏懒"、"怯

---

① 《鲁迅全集》第6卷,第422页,人民文学出版社,1981年。
② 同上书,第430页。
③ 冈村繁:《陶渊明李白新论》,第31页,上海古籍出版社,2002年。
④ 同上书,第34页。
⑤ 同上书,第127、128页。

懦"、"苟且求生"、"虚伪"、"世俗"、"卑躬屈膝"、"厚颜无耻"、"内心布满阴翳"的复杂人物。

冈村繁虽然明确强调自己的研究是沿着鲁迅指引的道路进行的,但我并不认为最终得出的这些"卑污"的结论应由鲁迅负责。我想,如果鲁迅在世,也不会同意冈村繁的这些论断。但毋庸讳言的是,鲁迅之所以对陶渊明作出与众不同的评价,除了论战时的一时之需外,也是他个人心性的映射。鲁迅自己作为一位一贯主张"痛打落水狗"、"费厄泼赖应当缓行"的"猛士"与"斗士",自然会更欣赏陶渊明的反叛性与斗争性,且无意间又将其夸张、放大许多。

如果往深处探究,我想,《鲁迅全集》中留下的那些论及陶渊明的言论,也许还和鲁迅自己当时的处境有关。从1912年到1926年十多年的时间,鲁迅一直在北洋政府教育部和南京国民政府教育部任"佥事"一职,1922年底至1931年年底,又曾受聘于半官方的国民政府大学院任撰述员。为此,他曾受到对立派如陈西滢、林语堂们的猛烈攻讦。陈西滢曾发表文章讽刺他"从民国元年便作了教育部的官,从没脱离过。所以袁世凯称帝,他在教育部,曹琨贿选他在教育部,'代表无耻的彭永彝'做总长,他也在教育部……"① 平心而论,鲁迅担任这些"官职"时曾为国民的文化生活做过不少有益的事,如普及艺术教育、清查图书、筹建图书博物馆等;但官差不自由,有时也不得不委屈自己参与一些并非本心所愿的官场应酬,如由国民政府举办的"祭孔大典"。② 鲁迅自己解释说,做官只不过是谋个饭碗,"目的在弄几文俸钱,因为我祖宗没有遗产,老婆没有奁田,文章又不值钱,只好以此暂且糊口"③。针对陈西滢的文章中嘲讽的"在'衙门'里吃官饭",于是便有了前文提到的鲁迅所说的陶渊明的"闲暇"是因为"他有奴子",做官是"嚼饭之道",归隐也是"嚼饭之道"的议论,其中未必没有为自己辩诬的意气。鲁迅在教育部任佥事一职的薪俸是每月大洋三百元,对于鲁迅来说,这是一笔不小的家庭收入来源(毛泽东当时在北大图书馆做管理员,每月收入为八元)。鲁迅没有学习陶渊明,放弃这几斗官俸,按说也无可厚非,历史上许多"诗人"同时也是"官人",如杜甫、白居易、苏轼、辛弃疾,并不都要像陶渊明那样决绝地辞官种地。此时鲁迅若是再去赞颂陶渊明的"辞官归隐"、"不为五斗米折腰",那反倒不正常了。可以作为参照的是,这一时期的鲁迅

---

① 转引自吴海男:《时为公务员的鲁迅》,第3页,广西师范大学出版社,2005年。
② 同上书,第230—231页。
③ 《鲁迅全集》第3卷,第228页,人民文学出版社,1981年。

受到论敌攻讦的,还有他与女学生许广平的恋爱。鲁迅在论及陶渊明的《闲情赋》时,却并不否定陶渊明恋爱的狂态,只说他有些"大胆"和"摩登",甚至还特别为之开脱地说"譬如勇士,也战斗,也休息,也饮食,自然也性交"。由此看来,鲁迅评价陶渊明的文字多与当时文坛论战的具体语境有关,也有鲁迅自己个性上的偏爱,并不是对于陶渊明的全面论述,甚至也不是严格意义上的学术判断。

二

可能是因为胡适、鲁迅在中国文学研究领域中拥有的至高无上地位,也许还由于时代精神已开始为陶渊明铺设别样的色彩,所以从"五四"以后,胡适的"白话体"、"平民性",鲁迅的"反叛性"、"斗争性"、"金刚怒目式"便成了评价陶渊明的基调。1949年中国大陆政权更替以后,鲁迅固不必说,即使作为政治营垒中的敌人的胡适,其对于陶渊明的评价实际上依然在大学的教科书中延续下来,并成为评价陶渊明的主要尺度。胡适与鲁迅的评价,上承明清以来经世致用的儒学移步,下启文学为政治服务的阶级斗争文艺方针,加上胡适个人的工具理性与实用主义哲学、鲁迅永不妥协的战斗精神,文学研究界已经另立炉灶,为古人陶渊明灌注更多的现代理念。

完稿于1952年秋季的李长之先生的《陶渊明传论》为此率先作出贡献。作者在"自序"中表示,要从政治态度与思想倾向上对陶渊明进行新的阐释,落实鲁迅先生的夙愿,得出"一个和旧说不同的人物"。① 作者在阐释过程中一再摒弃青少年时代读陶时获得的真率的感性体验,而希望运用阶级的眼光、政治的眼光对陶渊明其人、其文作出理智的剖析,更由于坚执"和旧说不同"的先入之见,结果便真的塑造出一位新式陶渊明:就"人民性"而言,他虽然出身于没落仕宦家庭,曾经过着地主的享乐生活,后来由于家道败落,开始参加劳动,接触劳动人民,缩短了与劳动人民的距离,在很大程度上成为"人民的代言人","在中国所有的诗人中,像他这样体会劳动,在劳动中实践的人,还不容易找出第二人。因此,他终于是杰出的,伟大的了。"② 在这篇仅仅六万余字的论著中,作者还花费大量的笔墨铺陈东晋、刘宋之际的政治斗争与军事斗争,而把陶渊明看做一位始终念念不忘政治斗争的孔门仕

---

① 李长之:《陶渊明传论》,第1页,天津人民出版社,2007年。
② 同上书,第129页。

人，他的退隐只是出于"赌气"，出于"无奈"，并非"'乐夫天命复奚疑'那样单纯"。① 他的沉默，不过是与政治的对抗；他的超然，不过是对现实的否定。由于受到"鲁迅的启发"，并且为了落实"鲁迅的指示"，证明"陶渊明是非常关怀当时的现实，而有战斗性"，作者甚至还从陶渊明那位身份不甚确定的曾祖陶侃那里，寻觅到陶氏家族凶暴善战的"溪人"（即"巴蜀蛮獠豀俚楚越"的豀族）血统；《桃花源记》中"秋熟靡王税"的诗句，也被认作"随闯王，不纳粮"的"同义语"。② 这实际上比之鲁迅已经走得更远了，还应当说正是那一时期的政治氛围左右了《陶渊明传论》一书作者的学术考量。

北京大学中文系 1955 级集体（由学生与教师共同组成编委会）编著的四卷本《中国文学史》，于 1958 年由人民文学出版社出版，次年修订再版，书中对于陶渊明的评价集中代表了新中国成立之后的主流意识形态。该书对陶渊明单独开列一章："伟大的诗人陶渊明"，对其多有正面评价，但"伟大"的内涵已不同于梁启超、陈寅恪当年的品评，而在于他自幼怀有济苍生的壮志，不肯屈服于黑暗势力，毅然与统治者决裂，回归陇亩，亲自参加劳动，接近了下层农民，体验到劳动的重要性与民间疾苦；在于他以"金刚怒目式"的姿态、慷慨激昂的情绪揭露了社会的黑暗，表现了坚贞不屈的精神；在于他作品的艺术风格多采用"白描的手法和朴实的语言"，自然质直、明白如话，反对选择惊奇的辞藻或雕镂奇特的形象。该书同时又对陶渊明思想中"消极落后"的东西进行了批判，批判的矛头不但指向"安贫乐道"的儒家思想，尤其集中指向他"与世无争"、"逃避现实"、"自我麻醉"、"借酒浇愁"、"屈服命运"、"放弃斗争"、"随顺自然，委任运化"的道家思想。

该书虽是"大跃进"年头北大文学系师生的急就章，书中评价陶渊明的模式却是早已制定了的，并在此前此后的文学教科书中渐次固定下来。如果非要细分，1949年前的文学史著中多突出陶渊明在"文体革命"方面的价值，如刘大杰撰写于 1939 年的《中国文学发展史》指出的："陶渊明的作品，在作风上，是承受着魏晋一派的浪漫主义，但在表现上，他却是带着革命的态度而出现的。他洗净了潘、陆诸人的骈词俪句的恶习而返于自然平淡，又弃去了阮籍、郭璞们那种满纸仙人高士的歌颂眷恋，而叙述日常的琐事人情。在两晋的诗人里，只有左思的作风和他的稍稍有些相像。"③

---

① 李长之：《陶渊明传论》，第 69 页，天津人民出版社，2007 年。
② 同上书，第 138 页。
③ 刘大杰：《中国文学发展史》，第 140 页，百花文艺出版社，2007 年。

这里关于两晋诗人的品评并不那么公允，其主旨无疑是沿袭胡适《白话文学史》的主调写下来的。而1949年之后的文学史著，如游国恩主编的《中国文学史》中，则强化了阶级性、政治性的内容，其中往往少不了援引鲁迅关于"金刚怒目式"的说法。即便在刘大杰后来修订再版的《中国文学发展史》中，也增补进鲁迅关于"猛志固常在"的语录。反叛性、斗争性成了陶渊明精神的正面评价，而反叛性不足、斗争性不强成了陶渊明精神的负面评价。这一单纯从政治性、阶级性出发的评价模式，在"文化大革命"中发展到登峰造极的地步，即使学力过人、涵养深厚且对陶渊明怀有诚挚感情的学者如逯钦立先生，也未能抵挡住"时代浪潮的冲击"。他在去世前留下的遗文《关于陶渊明》中，从退隐归田，到安贫嗜酒，从"游斜川"到"桃花源"，几乎全盘予以否定，文章中自然少不了反复引用鲁迅的话。这或许可以看做一个特殊时期对陶渊明进行政治性、阶级性、斗争性评论的极端例证。

20世纪即将结束之际，一部由中国社会科学院文学研究所、少数民族文学研究所张炯、邓绍基、樊骏主编的《中华文学通史》面世。单就陶渊明的评述而言，该书基本上是选用了余冠英先生主编的《中国文学史》1984年修订本的内容，单独列章，标题没有使用"伟大"的字眼，而是"田园诗人陶渊明"，对于陶渊明诗文的成就给予了高度的肯定，对其后世产生的影响也给予了积极的评价，而且用语平和稳健，体现出学术大家的风范。但在对于陶渊明的基本评价上，仍然没有摆脱"五四"以来启蒙理念与革命政治的约束，思想方面尽量突出其对普通劳动人民的亲近、对于黑暗统治势力的拒斥与反抗及"有志难展、壮怀不已"的矛盾心态。艺术上则赞赏其朴素、自然、简洁、"全无半点斧凿痕迹"的创作风格。而"乐天知命、安分守己"，则为陶渊明"消极思想"的表现，属于"陶诗的糟粕"。该书对陶渊明的评价，一洗多年来极"左"思潮强加于陶渊明身上的卑污之辞，起到了"拨乱反正"的效果。但这个"正"，仍不过是"五四"以来学界的通识，仍运行在由现代理性规约的文学河道中。

三

陶渊明何年出生，众说纷纭，至于陶渊明的卒年，几乎没有异议，《晋书》、《南史》、《宋书》都有明确的记载，确切地说是刘宋王朝的元嘉四年十一月，即公元427年冬天，距今已一千五百八十四年。但此后千年以来，由陶渊明的诗歌和人格所彰显的任真率性、放旷冲澹、化迁委运、清贫高洁、孑世独立的自然精神始终如和风细雨滋养着中国的文学和文化。从这个意义上说，陶渊明并未死去，他的精神依然活着，甚至作为他的生命升华物的诗歌和文章仍然活着。

本文所说的"陶渊明之死"，该是诗人的第二次死亡。即不但肉体消失，他的思想，他的精神，以及作为他思想和精神载体与象征的诗歌文章也已经在现实世界中渐渐消泯。比起陶渊明一千多年前的那次死亡，他的这一次死亡，才是真正的死亡。

20世纪以来，尤其是20世纪50年代以来，关于陶渊明的研究虽然还在文学史的书写与学术会议的讨论中继续展开，甚至不乏貌似轰轰烈烈的场面，但是在人们的现实生活中，包括现实文学创作界，陶渊明的身影却在不断淡化。即使偶尔登台露面，却又往往形象不佳，或灰头土脸，或下场悲惨。在我的记忆里，印象较深的就有这么两次。

一是1959年7月，毛泽东在《七律·登庐山》一诗中写到陶渊明："陶令不知何处去，桃花源里可耕田？"据臧克家、周振甫对于该诗作出的权威解释："陶渊明已经过去了，在当时他可以到桃花源里耕田吗？不行，因为那是空想。今天中国的农村跟桃花源不同，今天的知识分子自然也跟（古代知识分子）陶渊明不同了。"① 照此说，毛泽东的这句诗不但没有肯定陶渊明和桃花源的意思，反而认为陶渊明的这一页已经翻过去了。可资佐证的，中共中央文献研究室副主任、全国毛泽东文艺思想研究会副会长陈晋先生在他不久前出版的《读毛泽东札记》一书中披露，毛泽东曾向他的文学侍读芦荻表示过对陶渊明的不满："即使真隐了，也不值得提倡。像陶渊明，就过分抬高了他的退隐。"陈晋对此的解读是："在历代社会，读书人不是总有修身、齐家、治国、平天下的责任吗？结果你却躬耕南亩，把说说而已的事情当了真，白白浪费了教育资源不说，忘却了自己更大的社会责任和历史使命，实在是有违于士子们的共识。再说了，如果真的像老、庄宣扬的那样，全社会都绝圣弃智，有文化有知识的人都陶然自乐于山野之间，文明的脚步还怎样向前？"② 与《七律·登庐山》一诗形成鲜明对照的是毛泽东主席于前五日（1959年6月26日）写下的《七律·到韶山》："喜看稻菽千重浪，遍地英雄下夕烟"，诗中对人民公社的高度赞誉。在后来毛泽东写给《诗刊》的信中，进一步坦诚地挑明了他写作这两首诗的心态与

---

① 臧克家、周振甫：《毛主席诗词讲解》，第37页，中国青年出版社，1990年。
② 陈晋：《读毛泽东札记》，第86页，生活·读书·新知三联书店，2009年。

动机:"近日右倾机会主义猖狂进攻,说人民事业这也不好,那也不好,我这两首诗,也算是答复那些王八蛋的"。①据朱向前先生主编的《毛泽东诗词的另一种解读》中披露:"毛泽东的原稿为'陶潜不受元嘉禄,只为当年不向前',后改为'陶令不知何处去,桃花源里可耕田'。"②改前的诗句显然流露出毛泽东对陶渊明更大不满。从1957年开始,中国上下全都处于"反右派"、"反右倾"、"反保守"、"反倒退"、"反'反冒进'"、"反厚古薄今"的政治风潮中,有五十五万人被打成"右派分子",更多人被定性为"右倾机会主义分子",被贬职、罢官、劳教、流放、监禁。此时的陶渊明被划为"不向前"的右倾保守之列,恐已不仅仅是一个诗意的戏谑了。现在的人们也许会说,不也就是一两句诗中偶然地讲到陶渊明吗?从那个时代过来的人都知道,在20世纪50、60年代的中国,毛泽东诗词的普及绝对超过中国文学史上任何一位诗人,毛泽东的话在一个时期内真的是可以"一句顶一万句"的,毛泽东对于陶渊明的态度,也就为那个时代对于陶渊明的评价定下了基调。

接下来,在20世纪60年代围绕着陶渊明发生的一件"文学政治"的事件,就更加严重、悲惨了。

事件源于陈翔鹤的一篇小说《陶渊明写挽歌》。陈翔鹤,四川重庆人,生于1901年,20世纪20年代先后就读于复旦大学、北京大学,并与杨晦、冯至等人创办沉钟社,编辑出版《沉钟》半月刊。1938年加入中国共产党,20世纪50年代先后任四川省文联副主席,四川大学教授、《文学遗产》主编等。此人性情率真内向,喜欢养花,尤喜兰花,崇尚陶渊明,是共产党内一位有自己个性的文化人。大约也是由于性格的散淡,比起他同代文化人,著述不多。《陶渊明写挽歌》是发表在《人民文学》1961年第11期上的一篇短篇小说,问世后颇得圈子中友人的好评。以现在的目光看,这篇小说写得风致有趣、舒卷自如,有30年代文坛遗韵,深得陶渊明精神之况味:旷达中游移着丝丝感伤,愤世中又不乏旷达的自我解脱。小说写元嘉四年秋日,陶渊明上庐山东林寺见慧远和尚不欢而返,步行二十里下山后一夜未能安眠。次日在儿孙绕膝的温馨农家生活中情绪稍得缓解。在与家人的闲谈中,论及佛门名僧慧远的矫情迎俗,达官贵人王弘、檀道济之辈的骄横跋扈,友人颜延之的患得患失,名士刘遗民、周续之的浅薄平庸,同时也表露了对新上台的皇帝刘裕的蔑

---

① 毛泽东:《关于〈到韶山〉、〈登庐山〉两首诗给臧克家、徐迟的信》,收入《建国以来毛泽东文稿》第8册,第488—499页,中央文献出版社,1993年。
② 朱向前主编:《毛泽东诗词的另一种解读》,第294页,人民文学出版社,2008年。

视与憎恶，对前贤阮籍高风亮节的认同。陈翔鹤以其厚积薄发的文学才情，在不大的篇幅里全面展现了中国天才诗人陶渊明伟大的精神内涵：坚守率真自然，厌恶矫情作势；拒斥权力诱惑，保持人格独立；超然对待现实，旷达直面生死；不肯附和时代潮流，甘愿固穷守节、困顿终生。小说在颂扬陶渊明清贫自守的高风亮节、淡泊高远的人生志向的同时，也流露出20世纪60年代初中国知识分子屡受强权整肃与政治迫害的抑郁心态，以及回归自然、从文学创作中寻求自我解脱的意向。应当说《陶渊明写挽歌》既真实地塑造了一位存活于历代文人心目中的陶渊明形象，也如实表达了新中国如陈翔鹤一类知识分子从灵魂深处对陶渊明的认同，这在1949年以后的中国文学界，是颇为罕见的，应看做陶渊明精魂不泯的一线生机。

然而，这一线生机很快就被扼死了。

从1964年开始，权力高层组织了对于《陶渊明写挽歌》的严厉批判，认定这是一篇"有害无益"的小说，充满了"阴暗消极的情绪"，"宣扬了灰色的人生观"，是"没落阶级的哀鸣与梦呓"。这里的"阴暗"、"消极"、"灰色"、"没落"，不仅指向小说家的创作心态，完全可以看做对诗人陶渊明的定性。当时文坛的绝对权威姚文元就曾在一篇文章中指责：某些共产党员不想革命，却神往陶渊明的生活情趣。到了"文化大革命"中，更有人将这篇小说的写作背景与"庐山会议"放在一起（那也正是毛泽东主席写作《七律·登庐山》的写作背景），宣布《陶渊明写挽歌》是"为一切被打倒的反动阶级鸣冤叫屈，鼓动他们起来反抗的'战歌'"，是"射向党和无产阶级专政的毒箭"。小说作者陈翔鹤因此受到残酷的迫害，于1969年4月22日下午死于接受批斗的路上。《陶渊明写挽歌》竟成了小说家为自己写下的"挽歌"！

四

"文革"结束后，"陶渊明研究"与其他文学研究、文学批评一样，一度出现活跃局面，并最终推出像袁行霈的《陶渊明研究》、龚斌的《陶渊明传论》、胡不归的《读陶渊明集札记》以及关于陶渊明接受史研究的一些颇有分量的学术成果。然而，却难以挽回陶渊明精神渐趋消亡的时代命运。

中国诗人陶渊明在新旧世纪之交再次遇到严重挑战，这次的对手并不在学术界，甚至也不在政治界，而在于中国社会的转型，即由传统农业社会向工业社会的转型，由严格的国家计划经济向市场经济的转型。经济发展成为社会发展的硬道理，市场经济、消费文化迅速占据了人们的公共空间乃至私人空间。"平面化"、"齐一化"的货币特性变成"现代社会的语法形式",GDP 成为当代中国人的最高统帅,国人的注意力全被引向发财致富的金光大道,资本的魔性在我们这块曾经绝对革命化的土地上显得格外张狂。新的价值体系对国家财力的积累颇见成效,而对于高尚生活风格的形成却一无补益。被货币占领的社会生活界变得越来越"非人格"、"无色彩",个人精神文化中的灵性和理想伴随着自然生态系统的恶化越来越干涸萎缩。面对蜂拥进城的农民工,还能说什么"归去来兮,田园将芜胡不归?"面对一脸渴望走进"公务员"考场的大学生、研究生,还能说什么"不为五斗米折腰!"即使有人有心回归乡土,当下的中国农村在城市化浪潮的冲击下也已经失去了固有的价值与意义。

以往文学史书写中由胡适与鲁迅为陶渊明定格的"平民性"与"斗争性",在当下其实也已经遭遇尴尬。"文革"结束以后,国家的决策层不再希望将阶级斗争、路线斗争持续下去,即使社会生活中"斗争"时有发生,也不再把"斗争性"作为每个国民必备的高尚品格,当初为政治服务而代陶渊明强化的"斗争性"已经失去现实的依托。至于胡适强调的"平民性"、"大众化",情况更要复杂些。当一个社会真正进入现代化轨道之后,"大众化",包括文学艺术大众化、审美大众化(或曰审美日常生活化),其真正的推手已经不再是文学艺术家,甚至也不再是政界的"英明领袖",而是由资本与高新技术操纵的市场。在市场经济汹涌澎湃的今天,文化事业正在转型为产业和企业,作为市场精英的资本家完全有办法收买或扼杀那些已经背时倒运的文化精英。面对新世纪的文化市场,我们的伟大诗人陶渊明,也未能逃脱那些商业文化大腕、大鳄们设置下的一个又一个"大众化"陷阱。

不久前,台湾著名导演赖声川先生的话剧《暗恋桃花源》在大陆演出场场爆满,无论是票房价值还是社会效应,都取得了极大的成功。"桃花源"作为一个语言符号或许正由于这台戏的演出,将得以在 80 后、90 后青年一代的集体记忆中延续下去。不幸,恰恰正是这位才华横溢的赖导演将中国传统诗歌文化中的"陶渊明"、"桃花源"整个地解构了。留在人们记忆里的只是那位打着武陵人旗号的"老陶"、"春花"与"袁老板",陶渊明连同他的桃花源再度被严严实实地遮蔽起来。

到互联网上搜索一下,争先恐后扑进人们"眼球"的更多的"桃花源",竟是房地产开发商们的广告,开发商们热衷于将自己的楼盘命名为"桃花源",装扮成人间仙境。这里下载一例,为陶渊明的研究者们长长见识:

豪宅专家营造绝版"桃花源";面积:963m²;售价:4500万(46728元/m²);私家花园、室内游泳池、仿古长廊;周边环境:百老汇购物商场、沃尔玛购物超市;贷款总额:31499344.8(元);月均还款:193512.5(元);契税:674985.96(元);交易印花税:22499.53(元);超级经纪人专业代理,多套供选,现房诚售!

这样的桃花源,当然已不再是"相命肆农耕,日入从所憩"、"春蚕收长丝,秋熟靡王税"的桃花源,然而这样的"桃花源"对于现实的中国人却拥有更强烈的吸引力,陶渊明的桃花源在现代人的日常生活中已被成功置换。

如果说陶渊明在后现代的艺术家那里只是被解构,那么,他在当代中国房地产开发商那里遭遇到的却是被侵吞,连骨头带肉的一并吞噬。面对中国现实生活中从内到外的各个方面,陶渊明似乎已经整个地失去了存在的意义,他赖以传布百世的自然主义生存理念、文学精神也已经死亡。在21世纪的中国,陶渊明已经完全成为这个时代的局外人,成为被这个时代消解、戏弄、遗弃的人。但也正恰恰因为如此,陶渊明成了我们这个时代的一个"他者","陶渊明之死"成为一个值得深思的问题。按照德里达"幽灵学"的说法,陶渊明的这一次死亡,才使他可能成为一个真正的"幽灵"。我们现在在重提陶渊明的意义也许正在于此。

面对当前人类在自然生态、社会生态、精神生态方面存在的种种繁难问题,人们能否向一个幽灵求助?德里达在其《马克思的幽灵》一书中阐述了这样一个道理:幽灵像是精神,却又不等于精神。或许可以把幽灵叫做"精神中的精神",这是一种游移不定、绵延不绝、无孔不入的精神遗存。世界本身的现象兴衰史就是幽灵式的。"幽灵不仅是精神的肉体显圣,是它的现象躯体;它的堕落的和有罪的躯体,而且也是对一种救赎,以及——又一次——一种精神焦虑的和怀念式的等待。"[①]用德里达的话说,幽灵具有"不可抵挡的作用力"和"原生力量"。[②]幽灵似乎也成为"纵浪大化中"的一个精灵,成为"一个永远也不会死亡的鬼魂,一个总要到来或复活的鬼魂"[③]。任何试图彻底清除它的举动,都只会让他以游魂的形式重新返回。德里达的"幽灵学"用语艰涩深奥,以我的肤浅理解,他的用意在于以他的幽灵说更好地解释精神现象,包括精神的流布与效应。从哲学的意义上讲,德里达认为他的幽灵说,

---

① 德里达:《马克思的幽灵》,第91页,中国人民大学出版社,1999年。

② 同上书,第206页。

③ 同上书,第141页。

已经将我们引向一个对于超越于二元逻辑或辩证逻辑之外的事件的思考。从某种意义上讲，超越也是救赎，幽灵更由于拥有这种原生的与再生的力量，也就具备了参与救赎（非基督教的）的潜在能量。继海德格尔的诗性拯救之后，在德里达的幽灵学中，"幽灵"被再度赋予拯救艰难时世的力量。

传统中那些属于精神文化领域的东西是不会轻易被取缔的。当现实社会的滚滚红尘、滔滔洪水漫过人类的精神原野时，那些隐匿在人类思想与情感幽深处的精灵并不全部席卷而去，它们还会守候在某些深潭、深渊中，游荡在某些山峦、林木间，会飘散在月光下，清风中，云里，雾里，文学评论的任务就是要寻觅并召回这些幽灵，让其在新的时代境遇中显灵、显圣，为人类社会调阴阳、正乾坤，让包括人类在内的整个地球生态系统品物咸亨、万国咸宁、逢凶化吉、共享太平。

（原载《苏州大学学报》，2012年第1期）

去历史化的大叙事

——20世纪90年代以来的"精神中国"的文学建构

陈晓明

众所周知,中国当代文学颇受媒体责难,流行的观点认为,当今中国文学没有人文情怀,没有深厚博大的思想,也没有令人信服的艺术水准。当今中国在思想文化和精神价值上的危机,似乎要中国文学承担主要责任,或者中国文学正是这种危机的表征。显然,我承认当今中国面临人文价值危机的状况,但我并不认为当代中国文学无所作为,或者陷入了价值混乱的境地。

观察当今有影响力的那些作品,可以看到它们对当代中国的精神文化建构就起到了积极的推动作用。因为文学的影响力在今天相对边缘化,因而也是内在的和基础性的,由此也表明文学的影响力具有持续性和深远性。我想在这里强调指出,当代中国有相当一部分文学作品,以其独特的方式,从不同的侧面构建当代中国的精神文化价值。"精神中国"因为这些作品的存在,故而有一种内在的韧性,有其活力和深度。

这种建构的方式是复杂的,比之80年代激烈的社会反思性批判与整个社会的价值重建状况,这些值得关注的作品所提供的精神价值支持是以复杂的形式展开的。旧有的现实主义为主导的历史叙事受到了质疑,中国作家在回到个人经验的同时,也重新梳理了20世纪的中国历史;审视了当下中国现实的本质;叩问了当代人的灵魂。确实,在这一意义上,90年代以来的中国文学的思想意向是以重写、改写乃至解构为目标的,原有的宏大的历史叙事的经典模式被破解之后,这些以个体经验为出发点的文学叙事,着眼点是小叙事,但内里还是有一种压抑不住的要为时代寻找解释的意向。在这一意义上，这些去历史化的叙事又可以看成也是一种"大叙事"——最终它总是回答了现实的大问题，回答了普遍性的有未来面向意义的问题[①]。

文学创作根源于它既定的传统与前提，回应现实的精神与价值建构总是要以文学的方式，现实的挑战当然也促成了那些文学变革，给予那些变革以美学的和思想的支持。因而，这种建构总是一种多边形的结构展开，也就是说，它们是互动的动态结构。本文拟从重写历史、重建日常伦理、回归乡村精神、重审自我经验以及叩问灵魂等多个方面来讨论，或许可以勾勒出 90 年代以来的文学建构"精神中国"的基本状况。

一、文化价值替代历史想象

经历 80 年代的经济改革和思想解放运动，中国社会在 90 年代初期面临着短暂的歇息和调整。表面的平静实际上酝酿着中国思想文化的内在结构的变化，80 年代在思想和文化上的整体性趋于分离，知识分子、民众与主导意识形态已经失去了内在统一性。在 80 年代，在实现四个现代化和改革开放的历史意愿下，社会各方面的力量结成一个共同体。90 年代初，市场经济开始启动并加速，知识分子从社会中心退出，并且在专业和社会角色双方面都找不到方向。前者是因为教育的危机；后者是因为民众进入市场，已经不需要改革派和保守派的论争，也不需要人道主义、人性论之类的思想旗帜。90 年代的主导意识形态着力于重建五六十年代的国家想象，其社会伦理诉求也是重建集体主义、奉献精神，重新塑造时代典范人物。90 年代初的市场经济一方面混乱而富有活力，另一方面也在培育适应市场经济的一套实用主义准则。在这样的价值重估与无序的情境中，知识分子的话语被悬置于一边。随之出现的关于人文精神的讨论，则可以看做是知识分子重返历史的一种努力。

在这种背景下，我们来看 90 年代初的中国文学作品。我们不可能全面梳理那个时期的文学作品，但可以选择当时最有影响的作品。例如，《废都》和《白鹿原》。

[①] 贺绍俊在 2010 年出版评论集《重构宏大叙事》（吉林出版集团，学院批评文库），其中多篇论文讨论到当下中国的小说叙事的文化内涵，在解构旧的宏大叙事的同时，也在建构另一种宏大叙事。这种对精神价值不同侧面的表现，以及重新历史化的必然性，使得当代文学中的精神性建构呈现更为复杂的形态。

这二部作品在当时发行量都极大，引发的争论以《废都》为最。《废都》在90年代初受到的批评主要是因为写性过于直露，以及对知识分子的精神世界揭示得并不深刻云云。写性是否直露，并非有一个绝对标准，名著写性直露的不在少数。90年代初期，知识分子重新寻求批判性的话语，关于性话语的讨论，最能容纳道德性的批判话语，这也是中国几代知识分子最熟悉的话语。贾平凹《废都》为那个时期的知识分子重新出场提供了批判的对象，启蒙话语在90年代初的重建，带着强烈的道德批判意识，这是知识分子超越现实的精神依据。但这样的批判有些错位，《废都》并非只专注于性，贾平凹真正的理想在于复活古典美文。

贾平凹试图通过性来写出庄之蝶的灵魂深处，进而写出当代知识分子面临的精神困境。应该承认贾平凹还是写出了庄之蝶的性格心理的复杂性，问题在于，人们试图从庄之蝶身上辨认现代知识分子的形象注定要大失所望。因为贾平凹并不是要写出现代知识分子的灵魂，他要复活古典时代的士大夫文人。他有着非常深厚的传统的文化记忆，在90年代初西方现代主义文化崩塌的短暂时期，贾平凹的古典文化就浮出地表。90年代初确实有一种复活传统文化的诉求，这是西学退潮后的自然而又别无选择的结果。一方面是主导意识形态复活五六十年代的红色记忆；另一方面是古典传统也获得了合法性。这在80年代的反传统和西化的时代潮流中是不能想象的诉求，现在有了历史机遇。贾平凹只是想回到古典传统记忆，以此来规避主导意识形态的威权文化。贾平凹在这样的历史空档时期，突然想到要复活古典美文，在《废都》的后记里他就明确表示那些古典名著是他膜拜的范本，他痛责自己是不能写出那些美文。①

庄之蝶沟通的是复古的文化记忆，那些关于性的叙事，连接的不只是《西厢记》、《红楼梦》这些传统经典文本；还有另一些野史和非主流的读物。在那些寻欢做爱的时刻，那些女人经常手持《红楼梦》之类的书籍阅读②。《废都》关于性的叙事太容易让人想起《金瓶梅》这类古代禁书，贾平凹有意用"删节号"的方框框，来指向这些古代禁书。在那样的历史时期，它似乎有意与书报检查制度建立一种冒犯的暧昧关系。但贾平凹真实意图在于沟通那些禁书的传统，他要唤起的是从历史至今被遮蔽的文化，这是更具有民间特征的，也是更纯粹书写"性情"的那个文化传统。固然，《废都》在这方面未必成功，他的努力方式也有值得讨论的不纯粹之处，但它确

---

① 贾平凹：《废都》，第519页，北京出版社，2002年。
② 再有《浮生六记》、《翠潇庵记》、《闲情偶记》之类的古籍读本也使唐宛儿这样的妇人获益非浅。参见《废都》，第310页。

实表达了 90 年代初中国社会意识形态转型的境况，也要承认它在为时代寻求精神文化和美学价值重建的基础。

90 年代初传统文化在文学中的复活，固然有着告别西方现代主义的实际效果，但也有告别经典革命叙事的隐秘企图。如果说贾平凹只是潜在地规避，那么《白鹿原》则是直接重写革命历史，以他的叙事来为 90 年代以后的中国社会建构新的文化根基。本文在这里并不是要去分析《白鹿原》的主题和思想内涵，它重写历史所具有的意义则值得探讨。

张炜《古船》开启了家族叙事替代了并改写了革命历史叙事，也就是民族史诗替代和改写了革命史诗。中国作家不再是扎根在革命中，而是重新扎根在土地上——这一变迁是重要的。当然，《古船》的叙事还有二元对立的基本结构，家族叙事也是在植根于历史的善恶结构中，但这里的价值判断重新回到了传统语境中，不再是简单的阶级论与阶级斗争。

《白鹿原》在多大程度上受《古船》影响不好妄做评论。但它们同属于中国当代农业文明基础上建立起来的宏大历史的叙述者，第一次如此逃脱现代中国的政治意识，开始有了作家的主体意识来叙述历史。虽然这样的逃脱并不彻底，也不可能彻底，也不需要彻底。但是回到土地上的叙事开始有了另一种价值取向，这是农业文明的历史决定的价值观。这种"回到"可以看出，《古船》有一种乡土的亲切感，《白鹿原》则有一种更广大和普遍性的文化上的信念。尽管前者是从时代激情（另一种拨乱反正）获得那种亲切感；而后者的信念却立在对农业文明的信赖中。

《白鹿原》写了传统家族中的生殖、婚丧嫁娶、土地耕种等农业事务，小说还有大量篇幅描写了白鹿两家关于土地的争夺的故事。整个中国农村传统宗法制社会的生活形态，族规族法，家业继承，责任和义务被表现得相当周到具体。可以说这部小说是乡土中国的百科全书，也是中国现代性历史的百科全书。于是，作者在题辞里引述巴尔扎克的话：小说被认为是一个民族的秘史。

陈忠实当然不避讳要写出中国民族的秘史，农业文明进入现代文明的秘史。这样的历史在中国现代性历史的宏大叙事中，本来已经有无数的作品确认了这样的秘史（推翻三座大山，党领导人民……胜利），何以陈忠实还要写作"秘史"，他有什么惊人的秘密要揭示？

黑格尔说过："作为这样一种原始整体，'史诗'就是一个民族的'传奇故事'，'书'或'圣经'。每一个伟大的民族都有这样绝对原始的书，来表现全民族的原始精神。在这个意义上史诗这种纪念坊简直就是一个民族所有的意识基础。"① 陈忠实要写作史诗，或者说重新写作史诗，他要为民族找什么样的"意识基础"？至少他要清理和构建不同于原有的红色经典确认的"意识基础"。

在《白鹿原》的叙事中，文化上的信念与对革命的反思难以贯穿一致，那种文化信念在进入革命的暴力历史之后，随之就被悬置了。小说转向了对革命的反思，文化的叙事就成为背景，只是作为对革命暴力的质询的背景。革命付出如此高昂的代价，最终的结果只是白鹿两家以不同的方式陷入绝境。既然如此，20世纪的革命的意义何在？中国传统农业文明创建的那一套家族与土地伦理，何尝不能支撑中国农业社会的生存呢？但这一问题至少有二个层面：其一是革命的层面。革命的历史在白鹿两家留下烙印，已经昭示了革命的宿命论特征。其二是现代性的层面。传统文化价值并不能引领家族伦理走进现代，白鹿两家都是如此。那么，陈忠实要质疑的是中国现代性的全部历史？陈忠实推崇传统文化固然有其道理，但他如何面对中国要进入现代这个历史事实？这个不可避免的历史方向？传统中国的文化如何在现代性的历史中依然可以引领中国乡村？革命的必然性如何思考？如果陈忠实不能质询革命的必然性，那么革命合理性甚至革命暴力的必然性都难以避免。事实上，陈忠实也在叙述革命的必然性，白家已经面临沦落的命运，阶级论依然是不可避免的视角。阶级的矛盾和日本侵略造成的民族的矛盾，这使革命变得不可避免，《白鹿原》对此有深刻的表现。正是因为革命的必然性及其暴力后果，这可能正是中国现代性历史的悲剧所在。小说或许就是对这种矛盾的表现，留给人们更多的思考和感悟。

当然，不管是《废都》、《白鹿原》还是同时期的其他作品，对传统文化的重新关注与对宏大历史的解构，都不能说是明确、有力或有效的文学行动。我们前面说过，文学作品的对现实的回应只能是在既定的条件下来进行的，它本身也是在艺术的、审美的因而也是探究性的对时代作出应答。只是众多的文学作品合力一起构成一种有效的文化氛围，这才可能构建一个时期积极的精神力量。

在这一意义上，我们可以看到，恰恰是西北的作家，对传统文化有特殊的情怀，有意偏离主导意识形态，试图以传统文化来作为90年代转型期的精神依据。尽管这种来自"纯文学"的对时代思想或精神底蕴的设想，影响力有限，而且在随后更加汹涌的市场经济大潮中气若游丝。但我们不能否认中国文学以它独有的方式，持续

---

① 参见黑格尔：《美学》（第三卷·下），朱光潜译，商务印书馆，1981年。

地在寻找转型期的思想文化底蕴，它终究经历较长时期的积淀，对当代文化价值建构起到有效的作用。

二、重建日常生活的存在根基

"文革"后的中国文学着眼于拨乱反正、反思"文革"，它是思想解放运动的急先锋，文学因此而有强大的社会感召力。80年代中期的现代主义思潮，把文学推向观念和形式的高地，无疑有其值得肯定的意义。不管是意识形态的变革方面；还是艺术创新的突破方面，当代文学一直以其观念和形式二方面来建立"进步"的合法性。90年代以后，思想意识的探索随着追寻西方新理论的退潮，思想文化方面仅只有回归传统可做文章；而先锋性的形式主义实验也已经偃旗息鼓，文学其实失去了方向感，不再有创新的动力和胆略（到了21世纪初，文学的创新是另一个问题）。在历史方向未明的间歇时期，回到平庸就是生存的必要法则，这就很好解释90年代初中国文坛"新写实主义"获得广泛认同的缘由。这个口号以其含混暧昧得以生存，根本原因则是这个时期的人们有着回到日常生活的强烈愿望。意识形态的翻云覆雨的纷争已经失去威慑力；人们也已经厌倦大话和空话。正如丹尼尔·贝尔所说：意识形态要么是全能的，要么是无用的。但在中国特殊的历史情势下，意识形态话语可以有独立自足的运行空间，它的存在就必然能起部分作用。"新写实主义"重建生活真实性，回到普通人，回到日常性生活，这本来没有什么新奇之处，但在半个多世纪以来的中国文学中，绝对是有重大意义的选择。90年代的"新写实"，接通中国现代市民生活的血脉，这是它意想不到的一个收获，尤其是张爱玲就隐藏在这样的血脉中，更可说是意外之喜。只是过去数年，王安忆与张爱玲的重逢，回到日常生活就不可避免成为当代文学的一项伟业。

本来是自觉平庸化的选择，何以变成一项伟业，这是颇费周折才能论证的逻辑。所有这一切依然要回到历史前提才能理解。在半个多世纪中国小说以民族国家叙事为主导，所有的"生活气息"都要围绕人民、革命、阶级这些概念来展开。当然，相当多的作品也能挣脱这些概念，具体作品（以及具体段落）的挣脱并不能抹去"日常生活"承受着政治压力的事实。"新写实"出现之后，"日常生活"才具有独立的合法性，"冷也好，热也好，活着就是好"，这是池莉小说的名言，代表了那个时期摆脱观念性焦虑的态度。中国小说是到了90年代才就生活事相来看生活本身，而不是由此要想到"反思"、"改革"等观念性命题。

在所有的作家中,王安忆对上海市民生活的表现却有着非同凡响的意义。事实上,王安忆并非甘愿于写作小市民的生活,某种意义上因为她的批判性企图,她的叙述目标还是有观念性的野心。无奈她的日常生活写得太出色,而且现实也不再关心那些观念性的反思。把王安忆看成海上生活的精彩表现者,这肯定不会有太大出入。或许王安忆并未意识到也不想去关注,她对市民生活的表现有多少意义,她思考的显然是更为形而上的和重大的问题。如,上海弄堂小市民的生存境遇,现时代的贫富差距,城乡对立,传统现代的错位,等等。但王安忆仅仅凭借她对90年代以来的海上生活的表现,她的文学贡献就站得住脚。因为,她关于日常生活的书写,不只是具有精湛的笔法,而且还有着旧上海的全部文化记忆,厚实的历史感,使得这样的日常生活具有情调、韵致和本质化。

这里尤其要谈到她的《长恨歌》。《长恨歌》于1995年在《钟山》(第2、3、4期)连载,这一年9月,张爱玲在海外黯然辞世。在此之前,王安忆出版的小说是《纪实与虚构》,这部题目很不"小说"的作品,确实有着奇怪的梳理历史的野心,那种企图无疑与90年代初重新审视中国现代革命史有关。显然,那么庞大的重写历史的抱负并不适合王安忆,尽管她试图通过家族的故事,通过自我精神自传来缩小历史庞大视野,但王安忆还是有些力不从心,《长恨歌》才使她有如归故里之感。小说讲述一个女子的命运,这样的命运横跨了旧上海和新上海二个历史阶段,正是历史变故改变了王琦瑶的命运,这样的角度和叙述方式正是王安忆所长。

90年代初,与传统文化的复活相映成趣,中国社会有各式各样的怀旧。有知青的怀旧,有重唱红歌的怀旧,这些怀旧都还是在红色的怀抱里撒娇或撒野,并未脱离旧有根基多远。只有王安忆的《长恨歌》的怀旧是纯粹的怀旧,她建构起一个如此完整的旧上海的形象,那是从上世纪初绵延而至的记忆,让人们如此完整地重温海上旧梦。

老上海的浮华旧梦:十里洋场、弄堂、小户人家、资本家、资产阶级小姐、电影、片场、照相馆、选美、交际花、情妇……。所有旧上海的浮华符号应有尽有。只有复活了上海旧式的日常生活,今日上海的日常生活才不至于沦落为小市民文化;因为这是所有的地域文化之现代宗师,中国的现代性之不可替换的上海魂灵。这是上海真正的幽灵,王安忆出色的叙述居然把幽灵现实化和本质化了。

王琦瑶无疑是始终是一个怀旧者,一个旧上海的守灵人,她在为自己往昔瞬间辉煌持续守灵,她是自己过去的守灵人。但所有的守灵都因为日常生活的琐碎,才捕捉住一点幽灵,日常生活是往昔重现的肉身。不断地,反反复复地演绎那些日常生活,没完没了的吃饭,围着饭桌的点心,麻将牌,小礼节,等等。在点心中度过的人生,这只有上海人。

这些日常生活淹没了、覆盖了革命的宏大岁月。因为日常生活,王琦瑶可以生活在旧上海中。王琦瑶的家,奇怪地与当时上海/中国进行轰轰烈烈的阶级斗争和革命无关,所有外部世界的纷扰都被略去,只剩下这几个旧式的上海女人男人在一起吃饭搓麻将,敏感而患得患失的情爱。历史只有萎缩和隐蔽在那个小匣子里——李主任给王琦瑶留下的那个匣子。那里面的金条,一种始终的,反讽式的讽喻。她最终被她卖身的钱所害死。这个故事就这样以完整封闭的格局建构了一个旧式上海女子的命运,其实是复活了旧式的上海在今天留存的生活韵致。王安忆变成一个怀旧的叙述者,一个上海老旧弄堂的代言人。

但这样的叙述方式又是王安忆不愿意认同的,王安忆原本是知青作家,反思"文革",以她当时青春年少,就赶上了"本次列车终点";随后80年代中期,寻根骤然风起,她也不甘落后,写下《小鲍庄》。怎么说她始终在主流,在中流击水。何以在90年代要怀旧,而且把她与张爱玲相提并论。对于所有做此对比的论者,都是出于一个重构海上文坛的美好愿望。如果在张爱玲与王安忆之间可以建立一种联系,那么,老上海的形象,它的文脉,也就是它的气质格调,都复活了,传承下来了。这本身就是一个动人的文学故事。敏锐的王德威先生就看到了这一点,他在《从"海派"到"张派"——张爱玲小说的渊源与传承》一文中,细致梳理了海派到今天的传人,为当代中国文学重建现代传统,勾勒了一幅精彩美妙的图谱。随后他又写了《海派文学,又见传人——王安忆的小说》,相当细致精当地分析了王安忆作品的来龙去脉,精辟地把握住王安忆小说与张爱玲的神似关系。在充分肯定王安忆小说对书写上海女性的卓越贡献之后,王德威指出:"王安忆的努力,注定要面向前辈如张爱玲者的挑战。张的精警尖诮、华丽苍凉,早早成了三、四十年代海派风格的注册商标。《长恨歌》的第一部叙述早年王琦瑶的得意失意,其实不能脱出张爱玲的阴影。"①

王德威看到:在《长恨歌》的构架中,"张爱玲小说的贵族气至此悉由市井风格所取代。"②王德威先生大约是说张爱玲描写的大体是破落贵族,骨子怎么着也透着一种世家劲头;而王安忆讲述的都是上海弄堂里的平民百姓,面向的是上海现实。确

---

① 王德威:《如此繁华》,第196—197页,香港天地图书有限公司,2005年。
② 同上书,第202页。

实，我们看王安忆写的上海弄堂生活，无非家长里短，斤斤计较，一股市民的庸俗气息被刻画得如此精细雅致。如此的市民生活或市井风格，在当代中国文学中却有着颇为重要的意义。中国文学经历了从政治乌托邦到回归普通市民生活的变异。文学可以面对普通人的生活，真实去表现普通人的生活——他们不是因为要献身党和人民而可以在文学占据一席之地，而是因为作为人而活着——这在中国文学中居然是一种进步（说起来都是令人羞怯的进步）。同样是90年代上半期，余华的《活着》和《许三观卖血记》写出普通人的艰难的甚至悲剧性的命运，其意义也在于政治的控诉性；这是延续了"文革"后反思的那种文学态度。王安忆的《长恨歌》其政治的反思性已经相当淡薄，王琦瑶的命运变迁固然本质上还有政治的反思性；但王安忆的小说叙事专注于命运失落后王琦瑶的生活事相，在那样几乎与世隔绝的弄堂里，王琦瑶的生活天地。而在这里，演绎的是从旧上海延续下来的那种生活习性，情调和品味。如此弄堂里的生活固然没有贵族气，却有着老上海的韵味。

　　王安忆复活的是两种东西，一种是旧上海的怀旧的美学形象；另一种是弄堂里的日常生活。这二者互为表里，它使旧上海在今天扎下根了，它使今天的弄堂生活具有了深厚的历史底蕴。日常生活的合理性，普通人的卑微需求，弱者无可摆脱的结局，当代中国文学中的悲悯情怀由此可以有真切的根基。如果说忧国忧民是一种崇高的文学精神，这是中国在社会主义革命激进化时期所需要的精神支持，那种历史渴望也并非全然没有合理性。只是说，全部那种关于历史正义的叙事都是建立在民族国家的整全意识上，那种价值的崇高性压倒了所有的个人的和普通人的真实生活，作家只是对着民族国家说话，它未必真正是普通人所具有的精神品格。90年代以后，中国文学才有真实意义上的回到日常生活，这才有真正的人道主义和人文情怀。五六十年代不用说，人性论、人道主义遭遇禁锢；80年代的人道主义依然是历史反思性的政治诉求；只有90年代中国文学如此大量地描写日常生活，这才开始建构贴近普通人的人道主义。在这一意义上，王安忆的小说具有双重性，她不只是复活假模假样的旧上海，她使那种市民生活及其历史具有合法性，并且与当代生活贯穿一致。在这一意义上，她是具有人道主义精神和人文关怀的。同理，当代中国文学关于日常生活的叙事已经形成了普遍的经验，在这一意义上，就有必要看到这种叙事对于当代中国文化建构的积极意义。

　　当然，王安忆本人也未必认同这些意义，把她做如此定位，可能是会让她觉得有无力补天之恨。2008年，那时正值张爱玲的小说借着李安的《色·戒》持续走红，王安忆在与法国龚古尔文学奖得主葆拉·康斯坦一次文学对话时说，她在获得茅盾文学奖的小说《长恨歌》中，写了上世纪 40 年代的老上海，招致很大的误解和困扰。"由于对那个时代不熟悉不了解，这段文字是我所写过的当中最糟糕的，可它恰恰符合了海内外不少读者对上海符号化的理解，变成最受欢迎的。"王安忆抱怨说，《长恨歌》长期遭遇误读，几乎成了上海旅游指南。王安忆一直是要忧国忧民，要写出"时代精神"。现在把她放到与半个多世纪前的张爱玲相提并论，多数人会认为是抬爱王安忆，而王安忆显然不甘心这样的抬爱。而且她的作品作为重温海上旧梦的注解，她更是心有不甘。与其说她要强行与张爱玲区别，不如说她有壮志未酬之憾。

岂止是王安忆不能接受如此定位，在当今中国大陆有不少的读者或专业评论者，也经常责备当代小说落入写作日常生活的窠臼，没有大情怀和大思想。这种论调当然有其论说的前提，在对具体作品的论述中这样的评判或许可以自成一格。如果作为一个抽象的标准来看当今中国文学，来倡导一种大思想大情怀的作品，恐怕会让人不得要领。当今中国文学从民族国家的大叙事中走出来不久，也不远，像王安忆这种多少有些琐碎的日常生活的叙事，未尝不是在建构着当下中国的一种日常生活伦理，不能说这里面没有情怀和悲悯。精神中国并不只是高昂的理念，回到日常生活，回到普通人，回到生命的卑微和无能，这恰恰是中国文学少有的诚实与勇气。在这样的小叙事中隐藏着大叙事，真精神；这里酝酿的精神中国，更有一种坚实而实在的品格。

三、乡土中国经验的重建

中国文学在失去了明确的统一的时代意识后，作家的个人化写作这才有了路径。确实，在我们描述当代中国的文学和文化是一盘散沙的同时，我们也不得不承认这样的状况有可能酝酿着中国文化和文学的另一番景象。比如，作家更自觉去发掘那些个体经验的独特性，这是对历史地形成的民族的、本土的文化经验的某种深化，无疑也是一种丰富性。在这一意义上，它丰富了我们称之为"精神中国"的那种文化想象。有一种文学的精神，那就是面对当下现实而能有效运用文学经验的积累，去挖掘民族性和人性的复杂性。

乡土文学叙事是中国文学比较成熟的文学经验，在这方面，如果要从鲁迅算起，再以沈从文、汪曾祺为典范，那可以说是中国文学的最主要的乡土叙事传统。在此历史前提下，如何开掘中国乡土文学新的经验，也是一项极其艰巨的挑战。贾平凹、陈忠实、莫言、刘庆邦、刘醒龙……等一大批中国作家在这方面都在寻求新的出路，无疑各自都有一套乡土叙事的路数。2009年，刘震云出版《一句顶一万句》，其开辟的乡土经验就别开生面。这部小说破解历史叙事的力度相当强大，它所涉及的乡土与现代的主题，对乡土农民人性与心灵的表现，其独辟蹊径的表现都非同寻常。

这部有着诙谐书名的作品，其实却透着骨子里的严肃认真。它以如此独特的方式进入乡土中国的文化与人性深处，开辟出一种汉语小说新型的经验。这部作品被称之为中国的《百年孤独》，这并非是刻意要在马尔克斯之后来说中国的故事，刘震云一直在重写乡村中国的历史，他的重写不可谓不用力，不可谓不精彩。但《一句顶一万句》出版后，刘震云前此的写作仿佛都是为这部作品做准备。这部作品涉及的重写乡村中国现代性起源的主题，它转向汉语小说过去所没有涉及的乡村生活的孤独感，以及由此产生的说话的愿望，重新书写了乡村现代的生活史，它把乡土中国叙事传统与现代结合得恰到好处，所有这些都表明这部作品具有可贵的创新性。

乡村中国的经验已经历经20世纪的写作，已经累积了相当丰富的经验，甚至可以说已经过度成熟，也使后来的创作要有所突破变得越来越困难。在"现代的"乡土或者"革命的"乡土之后，80年代的中国试图从"寻根"那里来发掘乡土新的经验，使之具有现代主义的内涵。"寻根"是中国文学走向世界，与世界文学对话的努力。但这场对话不了了之，并未有能力持续下去。取而代之的还是重写革命历史，把乡土中国的经验置入现代性的革命历程中，去看待它经历的历史变异。《白鹿原》、《故乡天下黄花》、《笨花》、《生死疲劳》等就是这样的"向内转"。乡土中国还是回到自身的世界中，讲述自己的故事，对自己讲述自己的故事。显然，"向内转"的经验也已经被几部大书耗尽，留给想要进一步有作为的乡土叙事，可能的路径就十分狭窄，那几乎只有在绝处逢生。如同幸存一般，能活下来，能活着走下去，那就是幸存的文学了。在这一意义上，或许《一句顶一万句》创造的就是一种幸存的文学经验。

刘震云这部作品并未有介入现代性观念的企图，小说只是去写出20世纪中国乡村农民的本真生活，对农民几乎可以说是一次重新发现。农民居然想找个人说知心话，在这部作品中，几乎所有的农民都在寻求朋友，都有说出心里话的愿望。这样的一种愿望跨越了20世纪的乡村历史，刘震云显然在这部小说里建构一种新的关于乡土中国的现代性叙事，一种自发的农民的自我意识。在20世纪面临剧烈转折走进现代的时代，乡村农民也有他们的孤独感，有他们的内心生活和发现自我的能力。

孤独感来自对家庭伦理的反思，家庭伦理与朋友之间的友爱及其背弃构成了孤独感的内在依据。在小说的叙事中,亲人、朋友之间的反目在这部小说中几乎构成了"友爱"的二律背反。小说中的寻找友爱和说话的故事都隐含着朋友之间的误解、反目,以及婚姻的错位。友爱与婚姻因此都廉价化了,杨摩西变成吴摩西之后,与吴香香的婚姻充满戏剧性,这样的婚姻却隐含着背叛。然而,"友爱"在一个地方失效,在另一个地方被唤起,被重建,总是以"非法"的形式重建,但这里的"非法"却是对原来的合法的伦理准则的挑战,在伦理法则之外,还有更高的"法",那就是友爱建立于说话与心灵的相通这一根本意义之上。然而,小说插入的一章"喷空"却又暗含着友爱交流的自我解构,在"一句顶一万句"的言语极致真理之侧,"喷空"时刻警惕着话语的塌陷与交流的最终虚妄。在这部小说中,解构友爱或许是其突出的意向,但寻找友爱、去友爱、重建友爱,它们总是构成一个循环的戏剧学;但它们总是在细微的差异中来重建。牛书道与冯世伦,他们的儿子们,牛爱国和冯文修,也在模仿他们重建友爱,然而反目;牛爱国与庞丽娜,庞丽娜与小蒋,牛爱国与章楚红,他们之间都在爱欲的背叛关系中隐含着重建爱欲的可能性,其重建也是隐含着重复与延异的结构。

  这部小说令人惊异之处还在于,它开辟出一条讲述乡村历史的独特道路。它并不依赖中国长篇小说习惯于依赖的历史大事件进行编年史的叙事,它的叙事线索却是通过一个乡村农民改名的历史:杨百顺改名为杨摩西再改为吴摩西,最后把自己的名字称为罗长礼——这是他从小就想成为,却永远没成为的那个喊丧人的名字,这就是乡土中国的一个农民在20世纪中的命运。

  脱离历史大事件的叙事并非只是书写田园牧歌,刘震云倾心关注的是人心,人心到底如何?他没有回避中国乡村潜在的冲突,那是源自于人性的困境。在某种意义上,刘震云书写的历史更加令人绝望,并不需要借用外力,不需要更多的历史暴力,只是人与人之间,那种误解,那种由对友爱的渴望而发生的误解,更加突显了内心的孤独。就是杨百顺这样的还算不坏的人,却动了多次的杀机,他要杀老马、要杀姜家的人,要杀老高和吴香香,在内心多少次杀了人。牛爱国同样如此,他要杀冯文修,要杀照相馆小蒋的儿子,同样不是恶人的牛爱国也是如此轻易地引发了杀人动机。当然,杀人并没有完成,但在内心,他们都杀过人。刘震云虽然没有写外在的历史暴力,但暴力是如此深地植根于人的内心,如此轻易就可激发出杀人动机。在这一意义上,那位意大利传教士老詹的故事,就是在人性与信仰的交界处发生的思考。那是一个失败的宗教故事,不再是中西冲突,却有充满感伤的怀乡气质。

  刘震云的书写不能不说在经典性的历史叙事之外另辟蹊径,过去人性的所有善恶都可以在"元历史"中找到根源。革命叙事则是处理为阶级本性，而"后革命"叙事则是颠倒历史的价值取向，但历史依然横亘于其间。也就是说，人性的处理其实可以在历史那里找到依据，而人与人之间自然横亘着历史。刘震云这回是彻底拆除了"元历史"，他让人与人贴身相对，就是人性赤裸裸的较量与表演。人们的善与恶，崇高与渺小，再也不能以历史理性为价值尺度，就是乡土生活本身，就是人性自身，就是人的性格、心理，总之就是人的心灵和肉身来决定他的伦理价值。

我们说乡土生活的本真性，并不一定是就其纯净、美好、质朴而言，因为如此浪漫美化的乡土，也是一种理想性的乡土；刘震云的乡土反倒真正去除了理想性，它让乡土生活离开了历史大事件，就是最卑微粗陋的小农生活。在很多情势下，历史并不一定就是时刻侵犯着普通百姓生活方方面面，百姓生活或许就在历史之外，在历史降临的那些时刻，他们会面对灾难，大多数情势下，他们还是过着他们自身的"无历史的"或者不被历史化的生活。事实上，现代以来的中国文学要抵达这种"无历史"的状态并不容易，读读那些影响卓著的文学作品，无不是以意识到的历史深度来确认作品的厚重分量。一个没有战争、没有动乱、没有革命、甚至没有政治斗争的"现代中国历史"，几乎是不可能的历史，但刘震云居然就这样来书写中国现代乡村的历史。准确地说，是无历史的贱民个人的生活史。

这部小说对乡村中国生活与历史的书写，一改沈从文的自然浪漫主义与五六十年代形成的宏大现实主义传统，而是以如此细致委婉的讲述方式，在游龙走丝中透析人心与生活的那些分岔的关节，展开小说独具韵味的叙述。这种文学经验与汉语的叙述，似乎是从汉语言的特性中生发出文学的品质。如果说文学要探索人的心灵，要建构新世纪精神中国，以这种艺术表现形式才能真正有艺术生命力。

四、穿越历史与现实的自我经验

中国小说历来擅长于讲述历史故事，或者有未来发展方向的故事，人在历史中，依靠历史事件的推动来推动故事情节发展。作家的自我经验当然也可以通过对历史的刻画体现出来，但自我经验总是让位于客观化的外部故事的呈现。90年代以来，更年轻的作家也试图表现自我经验，先锋小说确实包含较多的主观经验，但多变的形式策略与过分极端的心理经验，使其在现实性上的自我经验显得有疏离感。女性作家的自我经验无疑相当充分，但女性作家一旦以第一人称来叙述，审视自我经常成为单向度的视角。中国的男性作家习惯于第三人称，讲述客观化的故事，只有张炜似乎是一个例外，他经常以第一人称叙述，而且他相当充分地以自我经验介入其中。值得关注的是，张炜不只是审视自我，他也审视同代人，他的自我经验是在对同代人的互相审视中展开的。他叩问的是当代人的灵魂，他想触摸的是当代精神的走向，这一点在他2009年出版的长篇小说《你在高原》里体现得相当出色。

这部十卷本的小说有四百五十万字，可谓鸿篇巨制。尽管试图简要概括这部十卷本的大部头作品是一项不可能的事情，但在这里还是要做必要的尝试。我以为在艺术上要说这部作品的显著特点的话，那就是：这部系列长篇如同一个"我"穿越历史与现实在高原上叙述。

当然，这得益于小说叙述气韵充足，境界高远。小说叙述开始就切入历史，"我"的叙述穿越历史，叙述人可以在历史中穿行，这是在宽广深远的背景上展开的叙述，有一种悠长浓郁的抒情性语感贯穿始终。张炜强调主观化的视角，也注重表达个人自我经验，因此，他的历史叙事并不做长久的停留。看他的第一卷《家族》，在开篇切入历史叙事不久，他就迅速插入当代的故事，他要用当下的经验随时打断历史叙事的自足性和封闭性。张炜这种叙述方式，并非只是为了小说叙述上的视角变换，他同时也是为了反观自我的经验，让"我"的感受、情感随时介入到故事中去，来建构一个主客体交融的文学情状。

张炜以他的思想、信仰和激情穿越历史，沟通了现代浪漫主义文学传统，因此他能建构这么庞大复杂、激情四溢的历史叙事。从根本上来说，他与当代依然占据主流地位的现实主义叙事是大相径庭的，而且是这么一部十卷本的长篇小说，尽管每一部都有独立的主题，都有独立成篇的体制，但叙述人宁伽贯穿始终，其中的人物也在分卷中反复登场，故事也有明晰的连贯性。但张炜在这么漫长的篇幅中，始终能保持情绪饱满的叙述，那种浪漫主义的激情和想象在人文地理学的背景上开辟出一个空旷的叙述语境。并不是说浪漫主义要比现实主义优越，也不是说从后现代主义退回到浪漫主义中国文学就有了更为中庸调和的路数，而是浪漫主义从中国现代就被压抑，总是以变形的方式，甚至经常被迫以现实主义的面目出现。张炜以他的自然自在的方式释放出充足的浪漫主义叙事资源，或许说以浪漫主义为基础，融合了现代主义后现代主义的元素，张炜以我的叙述穿过历史深处，同时有多元的叙述视角展现出来。

这部小说贯穿着叙述人"我"的深深忧虑，小说的叙事一方面寻求人文地理学的背景，小说大量写到地质学和地理学背景下呈现的大山、原野、植物等等，张炜的那个"我",或者宁伽、庄周,或者吕擎、宋渠,他们都有一种要去到自然的冲动。小说依赖人文地理学来反对社会异化,寻求自然的存在方式以反对权力崇拜。空旷的地理学和大自然背景,在小说叙事中,为精神性的存在拓展出一片广袤的天地。自我反思背靠着这样的自然背景,始终能穿越当代社会的各个场景。这部小说不只是反思中国20世纪的历史,反思父辈的历史,而且尖锐地反映了当代社会现实纠结的精神困境。当然,它同时又以内省的笔调去写出"我们"的历史,写出50代人的命运。小说对历史与现实的反思敏锐而透彻,对这一代人的书写真挚而深切,他能够客观平静地审视一代人,揭示这代人的独特性,反思、批判与同情融为一体,有一种通透之感,留下一份50代人的饱满的精神传记。

因此,这部小说对自我的书写如此强调,甚至繁复,但却能给人以强烈的印象。其自我的经验与细节始终融合在故事中。张炜算是中国当代少数浪漫主义特征比较鲜明的作家,同时又带着思辨色彩,情感亦很丰富和饱满。与客观化的叙述相比,张炜的叙述总是带着诚挚的温暖,如同与朋友握手谈心,那种亲切和诚恳溢于言表。他的批判性经常激烈而痛切,但能让人感到他对正义与善的不懈追求。因为那种亲切感,在含量如此丰伟的叙事中,同时有非常细致的和微妙的感受随时涌溢而出。

那些当下的细节刻画得栩栩如生,这才是小说在艺术上饱满充足的根基。那些激越的情感表达并不空洞,而是有着扎扎实实的生活质感,那些具体的描写与自我当下的感受总是被结合得相当精当。在叙述与朋友的交往时,他对友情的思考,总是与对同代人的敏锐而亲切的注视相关。例如,《忆阿雅》临近结尾第23章,就是写"回转的背影"。他想看清50代这代人,而林蕖或许就是50代人最奇特的代表,代表了那种可变性与隐晦曲折,甚至包藏着太多的秘密。但却显示出那么有理想,甚至独往独来。小说在反思50代人时,实际上是也是自我反思,自我的经验总是在那些细节中停留,咀嚼和感怀。细节与心理经验结合得颇为生动别致,小说才会真正显出勃勃生机,韵味十足。

一方面是去历史,以个人的自传替代民族志,另一方面,这样的个人叙事又穿越过父辈的历史和同代人的精神世界。如此的个人叙事重新聚合为一种叩问精神中国的大叙事。

在中国不算漫长的百多年的现代性历程中,自我经验始终是一个被抑制的精神区域。因为在哲学上反主观唯心主义,强调以现实主义方法表现历史的客观规律,中国文学无法开掘主观精神领域的复杂性层次。因为诗歌天然地具有了个人主观性的特权,朦胧诗以来的诗歌在表达个人超越时代的主体愿望方面作出不俗的努力,女性主义诗歌揭示的精神层次相当具有挑战性。但诗歌由此所带来的问题也同样值得关注。相比较而言，叙事文学还是以外向性和客观性为主导，个性性、主观性、自我经验，依然不是其关注的主要方面。即使90年代以后被称为个人化写作的时代，自我经验的建构依然模糊不清。对于叙事类文学来说，建立自我的视点，开掘自我的反思性维度，还是一个有待探求的领域。

总而言之，我们在讨论一种文学对一个时期的精神再现时，只有还原到具体的作品中去才有意义。当代中国文学以其相当独特的方式来重建当代文化价值，一方面，文学对整体性的宏大历史叙事表示了怀疑和解构；另一方面，它在以它的方式表达了个体性的经验，这些经验不管是以观念性价值还是以美学的表现形式，都显示出非中心化和非整体性的特征。但我们同时又要看到，这些以追求个人创新性表达为动机的小叙事，例如，陈忠实试图恢复的传统文化，贾平凹对美文的信奉，莫言对历史暴力的反思，王安忆对日常性的文化记忆的重写，刘震云对乡村心灵的重新理解，张炜的主观性的自我审视，阎连科对灵魂的叩问……。当代文学经验确实是因人而异，它们各自在自己的方位上去介入历史，回应现实。但这些以个体为本位的小叙事，却有着共同的承担和不懈的责任，也因此，它们最终都指向"精神中国"。正是在这一意义上，那些去除宏大历史叙事的文学经验，终究汇聚在一起，形成当今时代的另一种大叙事。

确实，当代中国无疑存在诸多问题，这不只是经济高速发展带来的问题，也是历史累积的深层次矛盾在新的现实条件下的体现。人文文化和文学显然要面对这些问题和矛盾，但不等于它们有能力全面表现和解决这些矛盾，因为文学对现实具有直接影响力的时代已经一去不复返了。在我们讨论文学无力建构"精神中国"时，这可能并不是文学单方面的问题，这是整个文化和时代的困境。是这样的时代使文学变得无能为力，是这样的时代使任何事物都变得无足轻重。然而我们依然看不清是什么力量在这个时代起决定作用，就像《哈姆雷特》中那个丹麦王子所说："这是一个颠倒混乱的时代，唉，倒霉的我却要负起重整乾坤的责任！"[①] 今天有诸多的对

[①] 莎士比亚：《哈姆雷特》，第一幕第五场，参见朱生豪译《莎士比亚全集》第9卷，第33页，人民文学出版社，1978年。德里达在《马克思的幽灵》中第一章开篇就引了这一段哈姆莱特的台词，并且反复吟咏，作为他对柏林墙倒塌后的后冷战时期一种反讽式表达。参见德里达《马克思的幽灵》（中文版），何一译，第7页，中国人民大学出版社，1999年。

文学批评的声音，进而要文学承担文化的后果恐怕也是强人所难。在这里并非为文学辩护，也无须为文学辩护。本文想提示的是，在文学遭遇这样的时代，有一部分文学（虽然可能是极少的一部分），以它们的方式，依然在构建着一种精神，构建着"精神中国"。虽然它未必是也不可能是万里长城，只是一道涓涓细流，在当代繁盛杂乱的文化现实之下，坚韧流传下去。

改定于 2011 年 10 月 9 日

（原载《文艺研究》，2012 年第 2 期）

乡村文明的变异与 50 后的境遇

——当下中国文学状况的一个方面

孟繁华

考察当下的文学创作，作家关注的对象或焦点，正在从乡村逐渐向都市转移。这个结构性的变化不仅仅是文学创作空间的挪移，也并非是作家对乡村人口向城市转移追踪性的"报道"。而是中国的现代性——乡村文明的溃败和新文明的迅速崛起——带来的必然结果。这一变化，使百年来作为主流文学的乡村书写遭遇了不曾经历的挑战。或者说，百年来中国文学的主要成就表现在乡土文学方面。即便到了 21 世纪，乡土文学在文学整体结构中仍然处于主流地位。2011 年第八届茅盾文学奖的获奖作品基本是乡土小说，足以说明这一点。但是，深入观察文学的发展趋向，我们发现有一个巨大的文学潜流隆隆作响，已经浮出地表，那就是与都市相关的文学。当然，这一文学现象大规模涌现的时间还很短暂，它表现出的新的审美特征和属性还有待深入观察。但是，这一现象的出现重要无比：它是对笼罩百年文坛的乡村题材一次有声有色的突围，也是对当下中国社会生活发生巨变的有力表现和回响。值得注意的是，这一文学现象的作者基本来自"60 后"、"70 后"的中、青年作家。而"50 后"作家（这里主要指那些长期以乡村生活为创作对象的作家）基本还固守过去乡村文明的经验。因此，对这一现象，我们可以判断的是：乡村文明的溃败与"50 后"作家的终结同时发生了。

一、乡村文明的溃败

乡土文学,是百年来中国的主流文学。这个主流文学的形成,首先与中国的社会形态有关。前现代中国的形态是"乡土中国",所谓"乡土中国,并不是具体的中国社会的素描,而是包含在具体的中国基层传统社会里的一种特具的体系,支配着社会生活的各个方面"[①]。中国社会独特的形态决定了中国文学的基本面貌,文学的虚构性和想象力也必须在这样的范畴和基本形态中展开。因此,20 世纪 20、30 年代也形成了中国文学的基本形态,即乡土文学,并在这方面取得了重要成就。40 年代以后,特别是毛泽东的《在延安文艺座谈会上的讲话》发表之后,这一文学形态开始向农村题材转变。乡土文学与农村题材不是一回事。乡土文学与乡土中国是同构对应关系,是对中国社会形态的反映和表达,如果说乡土文学也具有意识形态性质,那么,它背后隐含的是知识分子的启蒙立场和诉求;农村题材是一种政治意识形态,它要反映和表达的,是中国社会开始构建的基本矛盾——地主与农民的矛盾,它的基本依据是阶级斗争学说。这一学说有一个重要的承诺:推翻地主阶级,走社会主义道路,是中国和中国农民的出路。依据这一学说,现代文学开始发生转变并一直延续到 1978 年。在这个过程中,文学家创作了大批红色经典,比如丁玲的《太阳照在桑干河上》,周立波的《暴风骤雨》,柳青的《创业史》,陈登科的《风雷》,浩然的《艳阳天》、《金光大道》等。这一文学现象密切配合中国共产党实现民族全员动员、建立现代民族国家、走社会主义道路的要求。事实是,建立民族国家和走社会主义道路的目标都实现了,但是,中国农民在这条道路上并没有找到他们希望找到的东西。80 年代,周克芹的《许茂和他的女儿们》率先对这条道路提出质疑:在这条道路上,许茂和他的女儿们无论精神还是物质,依然一贫如洗,出路并没有出现在他们面前。因此,这条道路显然不能再坚持。这也是农村改革开放的现实依据和基础。农村的改革开放,为中国农民再次作出承诺:坚持改革开放是中国农民的唯一出路。随着华西村、韩村河等明星村镇的不断涌现,中国农村的改革道路似乎一览无余前程似锦。但是,事情远没有这样简单。随着改革开放的进一步发展,中国现代性的不确定性显现得更为复杂和充分。

或者说,乡村中国的发展并没有完全掌控在想象或设计的路线图上,在发展的

[①] 费孝通:《旧著〈乡土中国〉重刊序言》,收入《乡土中国》,生活·读书·新知三联书店,1985 年。

同时我们也看到，发展起来的村庄逐渐实现了与城市的同质化，落后的村庄变成了"空心化"。这两极化的村庄其文明的载体已不复存在；而对所有村庄进行共同教育的则是大众传媒——电视。电视是这个时代影响最为广泛的教育家，电视的声音和传播的消息、价值观早已深入千家万户。乡村之外的滚滚红尘和杂陈五色早已被接受和向往。在这样的文化和媒体环境中，乡村文明不战自败，哪里还有什么乡村文明的立足之地。二十年前，王朔在《动物凶猛》中写道："我羡慕那些来自乡村的人，在他们的记忆里总有一个回味无穷的故乡，尽管这故乡其实可能是个贫困凋敝毫无诗意的僻壤，但只要他们乐意，便可以尽情地遐想自己丢失殆尽的某些东西仍可靠地寄存在那个一无所知的故乡，从而自我原宥和自我慰藉。"① 但是，二十年后的今天，乡村再也不是令人羡慕的所在："延续了几千年的乡土生机在现代中国日趋黯然。青年男女少了，散步的猪牛羊鸡少了，新树苗少了，学校里的欢笑声少了——很多乡村，已经没有多少新生的鲜活的事物，大可以用'荒凉衰败'来形容。与此同时，乡村的伦理秩序也在发生异化。传统的信任关系正被不公和不法所瓦解，勤俭持家的观念被短视的消费文化所刺激，人与人的关系正在变得紧张而缺乏温情。故乡的沦陷，加剧了中国人自我身份认同的焦虑，也加剧了中国基层社会的秩序混乱。"② 这种状况不仅在纪实性的散文如耿立的《谁的故乡不沉沦》③、厉彦林的《故乡啊故乡》④中有悲痛无奈的讲述，而且在虚构性的小说中同样有形象生动的表达。

孙惠芬的长篇小说《上塘书》⑤，以外来者视角描绘了上塘的社会生活及变化。孙惠芬的叙述非常有趣，从章节上看，几乎完全是宏大叙事：从地理、政治、交通、通讯到教育、贸易、文化、婚姻和历史。这一宏大叙事确实别具匠心：一方面，乡村中国哪怕细微的变化，无不联系着中国社会发展的历史进程，乡村的历史并不是沿着传统的时间发展的；一方面，在具体的叙述中，宏大叙事完全被上塘的日常生活置换。上塘人向往以城市为代表的现代社会和生活，因此，"往外走"就成了上塘的一种"意识形态"，供出大学生的要往外走，供不出大学生的也要往外走，"出去变得越来越容易"，"不出去越来越不可能"。在上塘生活了一辈子的申家爷爷，为了跟孙子进城，提前一年就开始和上塘人告别，但是，进城之后，他不能随地吐痰，

---

① 王朔：《动物凶猛》，载《收获》，1991 年 6 期。
② 见《中国新闻周刊》总第 540 期特稿《深度中国·重建故乡》，2012 年 3 月 29 日。
③ 费孝通：《旧著〈乡土中国〉重刊序言》，收入《乡土中国》，生活·读书·新知三联书店，1985 年。
④ 厉彦林：《故乡啊故乡》，载《北京文学》，2012 年 1 期。
⑤ 孙惠芬：《上塘书》，人民文学出版社，2004 年。

不愿意看孙媳妇的脸色,只好又回到上塘。那个想让爷爷奶奶见识一下城里生活的孙子,也因与妻子的分歧,梦里回到上塘,却找不到自己的家。这些情节也许只是故事的需要、叙述的需要,但揭示了乡村和现代两种文化的尖锐对立,乡村文化的不肯妥协,使乡村文化固守于过去而难以进入现代。勉强进入现代的乡村子孙却找不到家园了。《上塘书》更像是一个隐喻或象征,它预示了乡村文明危机或崩溃的现实。后来我们在刘亮程的《凿空》等作品中,也会发现这一现象的普遍存在以及作家对这一危机的普遍感知。

《凿空》与其说是一部小说,毋宁说是刘亮程对沙湾、黄沙梁——阿不旦村庄在变动时代深切感受的讲述。与我们只见过浮光掠影的黄沙梁——阿不旦村不同的是,刘亮程是走进这个边地深处的作家。见过边地外部的人,或是对奇异景观充满好奇,或是对落后面貌拒之千里,都不能也不想理解或解释被表面遮蔽的丰富过去。但是,就是这貌不惊人的边地,以其地方性的知识和经验,表达了另一种生活和存在。阿不旦在刘亮程的讲述中是如此的漫长、悠远。它的物理时间与世界没有区别,但它的文化时间一经作家叙述竟是如此缓慢:以不变应万变的边远乡村的文化时间确实是缓慢的,但作家的叙述使这一缓慢更加悠长。一头驴,一个铁匠铺,一只狗的叫声,一把坎土曼,这些再平凡不过的事物,在刘亮程那里津津乐道,乐此不疲。虽然西部大开发声势浩大,阿不旦的周边机器轰鸣,但作家的目光依然从容不迫地关注那些古旧事物。这道深情的目光里隐含了刘亮程的某种拒绝或迷恋:现代生活就要改变阿不旦的时间和节奏了。它将像其他进入现代生活的发达地区一样:人人都将被按下快进键,"把耽误的时间抢回来"变成了全民族的心声。到了当下,环境更加复杂,现代、后现代的语境交织,工业化、电子化、网络化的社会成型,资源紧缺引发争夺,分配不平衡带来倾轧,速度带来烦躁,便利加重烦躁,时代的心态就是再也不愿意等。什么时候我们丧失了慢的能力?中国人的时间观,自近代以降历经三次提速,已经停不下来了。我们需要的是时刻看着钟表,计划自己的人生:一步到位、名利双收、嫁入豪门、一夜暴富、三十五岁退休……没有时间感的中国人变成了最着急最不耐烦的地球人,"一万年太久,只争朝夕"①。这是对现代人浮躁心态和烦躁情绪的绝妙描述。但阿不旦不是这样。阿不旦是随意和散漫的:"铁匠铺是村里最热火的地方,人有事没事喜欢聚到铁匠铺。驴和狗也喜欢往铁匠铺前凑,鸡也凑。都爱凑人的热闹。人在哪扎堆,它们在哪结群,离不开人。狗和狗缠在一起,

---

① 见《急之国——中国人为什么丧失了慢的能力》,载《新周刊》,2010 年 7 月 15 日。

咬着玩，不时看看主人，主人也不时看看狗，人聊人的，狗玩狗的，驴叫驴的，鸡低头在人腿驴腿间觅食。"① 这是阿不旦的生活图景，刘亮程不时呈现的大多是这样的图景。它是如此平凡，但它就要被远处开发的轰鸣声吞噬了。因此，巨大的感伤是《凿空》中的坎儿井，它流淌在这些平凡事物的深处。

　　阿不旦的变迁已无可避免。于是，一个两难的命题再次出现了。《凿空》不能简单地理解为怀旧，事实上自现代中国开始，对乡村中国的想象就一直没有终止。无论是鲁迅、沈从文还是所有的乡土文学作家，一直存在一个悖论：他们怀念乡村，是在城市怀念乡村，是城市的现代照亮了乡村传统的价值，是城市的喧嚣照亮了乡村缓慢的价值。一方面他们享受着城市的现代生活，一方面他们又要建构一个乡村乌托邦。就像现在的刘亮程一样，他生活在乌鲁木齐，但怀念的却是黄沙梁——阿不旦。在他们那里，乡村是一个只能想象却不能再经验的所在。其背后隐含的却是一个没有言说的逻辑——现代性没有归途，尽管它不那么好。如果是这样，《凿空》就是又一曲送别乡土中国的挽歌，这也是《凿空》对缓慢如此迷恋的最后理由。但是，刘亮程的感伤毕竟不能留住阿不旦诗意的黄昏，而远去的也包括作家自己。

　　青年作家梁鸿的《梁庄》②的发表，在文学界引起了巨大反响。在这部非虚构作品中，梁鸿尖锐地讲述了她的故乡多年来的变化，这个变化不只是十几年前奔流而下的河水、宽阔的河道不见了，那在河上空盘旋的水鸟更是不见踪迹。重要的是，她讲述了为难的村支书、无望的民办教师、服毒自尽的春梅、住在墓地的一家人等。梁庄给我们的印象，一言以蔽之就是破败。破败的生活，破败的教育，破败的心情。梁庄的人心已如一盘散沙难以集聚，乡土不再温暖诗意。更严重的是，梁庄的破产不仅是乡村生活的破产，而是乡村传统中道德、价值、信仰的破产。这个破产几乎彻底根除了乡土中国赖以存在的可能，也就是中国传统文化载体的彻底瓦解。现代性的两面性，在《梁庄》中被揭示得非常透彻，作品尖锐地表达了中国走向现代的代价。现在，我们依然在这条道路上迅猛前行，对现代性代价的反省还仅仅停留在书生们的议论中。应该说，梁鸿书写的一切在今天已经不是个别现象。三十年的改革开放取得了巨大成就，但改革开放的成果没有被全民共享，发展的不平衡性已经成为突出问题。找到诸如梁庄这样的例子不是一件困难的事情。另外，我们发现，在虚构的小说中，讲述变革的乡村中国虽然不及《梁庄》尖锐，但观念的分化已是

---

① 刘亮程：《凿空》第二章《铁匠铺》，作家出版社，2010年。
② 梁鸿：《梁庄》，载《人民文学》，2010年9期。

不争的事实。这些不同的讲述是乡村中国不同现实的反映，同时也是中国作家对乡村中国未来发展不同观念的表达。

乡村文明的危机或崩溃，并不意味着乡土文学的终结。对这一危机或崩溃的反映，同样可以成就伟大的作品，就像封建社会大厦将倾却成就了《红楼梦》一样。但是，这样的期待当下的文学创作还没有为我们兑现。乡村文明的危机一方面来自新文明的挤压，一方面也为涌向都市的新文明的膨胀和发展提供了多种可能和无限空间。乡村文明讲求秩序、平静和诗意，是中国本土文化构建的文明；都市文化凸显欲望、喧嚣和时尚，是现代多种文明杂交的集散地或大卖场。新乡土文学的建构与"50后"一代关系密切，但乡村文明的崩溃和内在的全部复杂性，却很少在这代作家得到揭示。这一现象表明，在处理当下中国面临的最具现代性问题的时候，"50后"作家无论愿望还是能力都是欠缺的。上述提到的作家恰好都是"60后"、"70后"作家。

二、"50后"与承认的政治

"50后"一代从70、80年代之交开始登上中国文坛，至今已经三十余年。三十多年来，这个文学群体几乎引领了中国文学所有的主潮，奠定了文坛不可取代的地位。公允地说，这一代作家对中国文学作出了不可磨灭的贡献，甚至将当代中国文学推向了我们引以为荣的时代。历数三十多年来的文学成就，这个群体占有巨大的份额。这是我们讨论问题的前提。但是，就在这个群体站在巅峰的时候，问题出现了。80年代，"50后"同"30后"一起，与主流意识形态度过了一个暂短的蜜月期，被放逐的共同经历，使其心理构成有一种文化同一性，控诉"文革"和倾诉苦难使这两个代际的作家一起完成了新时期最初的文学变革。值得注意的是，"知青"作家一出现就表现出与复出作家——即在50年代被打成"右派"的一代人——的差别。复出作家参与了对50年代浪漫理想精神的构建，他们对这一时代曾经有过的忠诚和信念有深刻的怀念和留恋。因此，复出之后，那些具有"自叙传"性质的作品，总是将个人经历与国家命运联系起来，他们所遭受的苦难就是国家民族的苦难，他们个人们的不幸就是国家民族的不幸。于是，他们的苦难就被涂上了一种悲壮或崇高的诗意色彩，他们的复出就意味着重新获得社会主体地位和话语权力，他们是以社会主体的身份去言说和构建曾经经历的过去的。"知青"一代无论心态还是创作实践，都与复出的一代大不相同。他们虽然深受父兄一代理想主义的影响，并有强烈的情感诉求，但阅历决定了他们不是时代和社会的主角，特别是被灌输的理想在"文革"中幻灭，接受再教育的生活孤寂无援，模糊的社会身份决定了他们彷徨的心境和寻找的焦虑。因此，"知青"文学没有统一的方位或价值目标，其精神漂泊虽然激情四溢，却归宿难寻。

需要指出的是，"知青"文学中所体现出的理想精神，与 50 年代那种简单、肤浅和盲目乐观的理想精神已大不相同。过早地进入社会也使他们在思想上早熟，因此他们部分作品所表现出的迷茫和不安如同北方早春的旷野，苍凉料峭，春色若隐若现。也许正是这种不确定性成就了独具一格的文学特征，使那一时代的青春文学呈现出精神自传的情感取向。我们发现，最能表达这一时代文学特征的作品命名，大都选择了象征方式，如《本次列车终点》、《南方的岸》、《黑骏马》、《北极光》、《在同一地平线上》、《今夜有暴风雪》，等等。这种象征不是西方的象征主义文学，这些作品没有感伤颓废的气息和意象。这种象征的共同选择，恰恰是这代青春对未来、理想、目标等难以确定和模糊不清的表征，都试图在这些能够停靠和依托的象征性意象中结束漂泊，结束精神游子的游荡，它反映出的是激情岁月的又一种理想。

但是，"知青"作家与复出作家在内在精神上毕竟存在着文化同一性。这种同一性决定了这个时代文学变革的有限性。就其生活和文学资源而言，那时的"50 后"还不足以与"30 后"抗衡。王蒙、张贤亮、刘绍棠、从维熙、邓有梅、李国文、陆文夫、高晓声、张弦、莫应丰、张一弓等领衔上演了那个时代文学的重头戏。"50 后"在那个时代还隐约地有些许压抑感，因此也有强烈的文学变革要求。现代派文学就发生于那个时代。当然，把现代派文学的发生归于"30 后"的压抑是荒谬的。应该说，这个如期而至的文学现象的发生，首先是对政治支配文学观念的反拨，是在形式层面向多年不变的文学观念的挑战。这个挑战是"50 后"作家完成的。虽然王蒙有"集束手榴弹"①的爆破，张贤亮有《习惯死亡》的发表，但是，普遍的看法是残雪、刘索拉、徐星等"50 后"作家完成了现代派文学在中国的实践。从那一时代起，"30 后"作家式微，"50 后"作家开始成为文坛的主体。此后的"寻根文学"、"新写实小说"以及"新历史主义文学"等，都是由"50 后"主演的。特别是 2000 年第五届茅盾文学奖得主张平（《抉择》）、阿来（《尘埃落定》）、王安忆（《长恨歌》）、

---

① 80 年代初期，王蒙先后发表的《夜的眼》、《海的梦》、《春之声》、《风筝飘带》、《布礼》和《蝴蝶》，当时被称为"集束手榴弹"。

王旭峰（《南方有佳木》），全部是"50后"，成为"50后"文学登顶的标志性事件。此后，熊召政（《张居正》）、徐贵祥（《历史的天空》）、贾平凹（《秦腔》）、周大新（《湖光山色》）、张炜（《你在高原》）、刘醒龙（《天行者》）、莫言（《蛙》）、刘震云（《一句顶一万句》）等先后获得"茅奖"。"50后"作家无疑已经成为当下文学的主流。这个主流，当然是在文学价值观的意义上指认，而不是拥有读者的数量。站在这个立场上看，获奖与读者数量不构成直接关系。如果说，90年代以前的获奖作品，比如古华《芙蓉镇》、周克芹《许茂和他的女儿们》、路遥《平凡的世界》等都拥有大量读者的话，那么，近几届获奖作品的受众范围显然缩小了许多——纸媒的"青春文学"或网络文学有大量读者，但这些作品的价值尚没有得到主流文学价值观的认同，尽管可以参评，但还没有获得进入主流社会的通行证，因此难以获奖。

　　第八届"茅奖"获奖名单公布之后，国务院新闻办公室8月26日上午十时在新闻发布厅举行媒体见面会，请获奖作家张炜、刘醒龙、莫言、刘震云介绍创作经历和获奖作品情况，并答记者问。这是获奖作家第一次享有这样规格的见面会，可见国家和社会对这次"茅奖"的重视程度。除了在国外的毕飞宇，其他获奖者都参加了见面会。四位作家在回答记者提问的同时，也表达了他们的文学价值观。他们的文学观既不同于80年代的"作家谈创作"，也不同于"70后"、"80后"对文学的理解。

　　莫言的小说《蛙》的讲述方式由五封信和一部九幕话剧构成。"我姑姑"万心从一个接生成果辉煌的乡村医生，到一个"被戳着脊梁骨骂"的计划生育工作者，其身份变化喻示了计划生育在中国实践的具体过程。当资本成为社会宰制力量之后，小说表达了生育、繁衍以及欲望等丑恶的人性和奇观。莫言说："几十年来，我们一直关注社会，关注他人，批判现实，我们一直在拿着放大镜寻找别人身上的罪恶，但很少把审视的目光投向自己，所以我提出了一个观念，要把自己当成罪人来写，他们有罪，我也有罪。当某种社会灾难或浩劫出现的时候，不能把所有责任都推到别人身上，必须检讨一下自己是不是作了什么值得批评的事情。《蛙》就是一部把自己当罪人写的实践，从这些方面来讲，我认为《蛙》在我十一部长篇小说里面是非常重要的。"[①]

　　刘醒龙的《天行者》延续了他著名的中篇小说《凤凰琴》的题材。刘醒龙对乡

---

① 以上引文均见《第八届茅盾文学奖获奖作家媒体见面会实录》。见 http://www.chinawriter.com.cn 2011年08月26日 15:05中国作家网。

村教师、准确地说是乡村代课教师有深厚的情感。他说:"我在山里长大,从一岁到山里去,等我回到城里来已经三十六岁了,我的教育都是由看上去不起眼的乡村知识分子,或者是最底层的知识分子来完成的。……所以《天行者》这部小说,就是为这群人树碑立传的,可以说我全部的身心都献给了他们。在 20 世纪 60 年代到 90 年代,中国乡村的思想启蒙、文化启蒙几乎都是由这些民办教师完成的,我经常在想,如果在中国的乡村,没有出现过这样庞大的四百多万民办教师的群体,那中国的乡村会不会更荒芜? 当改革的春风吹起来的时候,我们要付出的代价会更大,因为他们是有知识、有文化的,和在一个欠缺文化、欠缺知识的基础上发展代价是完全不一样的。"①

刘震云的《一句顶一万句》的不同就在于,他告知我们除了突发事件如战争、灾害等不可抗拒因素外,普通人的生活就是平淡无奇的。作家就是要在平淡无奇的生活中发现小说的元素。刘震云说:"我觉得文学不管是作者还是读者,在很多常识的问题上,确实需要进行纠正,对于幻想、想象力的认识,我们有时候会发生非常大的偏差,好像写现实生活的就很现实,写穿越的和幻想的题材就很幻想、就很浪漫、很有想象力,其实不是这样的。有很多写幻想的、写穿越的,特别现实。什么现实? 就是思想和认识,对于生活的态度,特别现实。也可能他写的是现实的生活,但是他的想象力在现实的角落和现实的细节里。"②

这些作家的表述有什么错误吗? 当然没有。不仅没有错误,而且他们的无论是"把自己当作罪人来写",还是歌颂民办教师,无论是寻找"说话"的政治、肯定文学的想象力,还是像贾平凹在《古炉》中否定"文革",在当下的语境中,还有比这些更正确的话题和结论吗! 实事求是地说,这些作品都有一定的思想和艺术价值,我也曾在不同的场合表达过我的肯定。但是,文学创作不止是要表达"政治正确",重要的是他们在多大程度上关注了当下的精神事务,他们的作品在怎样的程度上与当下建立了联系。遗憾的是,他们几乎无一例外地走向了历史。当然,"一切历史都是当代史"。但是,借用历史来表达当代,它的有效性和针对性毕竟隔了一层。另一方面,讲述历史的背后,是否都隐含了他们没有表达的"安全"考虑? 表达当下、尤其是处理当下所有人都面临的精神困境,才是真正的挑战,因为它是"难"的。

---

① 以上引文均见《第八届茅盾文学奖获奖作家媒体见面会实录》。见 http://www.chinawriter.com.cn 2011 年 08 月 26 日 15:05 中国作家网。

② 同上。

在这个意义上，我认同"美是难的"。

"50后"是有特殊经历的一代人，他们大多有上山下乡或从军经历，或有乡村出身的背景。他们从登上文坛到今天，特别是"30后"退出历史前台后，便独步天下。他们的经历和成就已经转换为资本，这个功成名就的一代正傲慢地享用这一特权。他们不再是文学变革的推动力量，而是竭力地维护当下的文学秩序和观念，对这个时代的精神困境和难题，不仅没有表达的能力，甚至丧失了愿望。而他们已经形成的文学观念和隐形霸权统治了整个文坛。这也正是我们需要讨论这一文学群体的真正原因。

三、新文明的崛起与文学的新变

在乡村文明崩溃的同时，一个新的文明正在崛起。这个新的文明我们暂时还很难命名。这是与都市文明密切相关又不尽相同的一种文明，是多种文化杂糅交汇的一种文明。我们知道，当下中国正在经历着不断加速的城市化进程，这个进程最大的特征就是农民进城。这是又一次巨大的迁徙运动。历史上我们经历过几次重大的民族大迁徙，比如客家人从中原向东南地区的迁徙、锡伯族从东北向新疆的迁徙、山东人向东北地区的迁徙等。这些迁徙几乎都是向边远、蛮荒的地区流动。这些迁徙和流动起到了文化交融、边地开发或守卫疆土的作用，并在当地构建了新的文明。但是，当下的城市化进程与上述民族大迁徙都非常不同。如果说上述民族大迁徙都保留了自己的文化主体性，那么，大批涌入城市的农民或其他移民，则难以保持自己的文化主体性，他们是城市的"他者"，必须想尽办法尽快适应城市并生存下来。流动性和不确定性是这些新移民最大的特征，他们的焦虑、矛盾以及不安全感是最鲜明的心理特征。这些人改变了城市原有的生活状态，带来了新的问题。正是这多种因素的综合，正在形成以都市文化为核心的新文明。

当然，以都市文化为核心的新文明还没有建构起来，与这个新文明相关的文学也在建构之中。这里有两个方面的原因：一是建国初期存在"反城市的现代性"。反对资产阶级的香风毒雾，主要是指城市的资产阶级生活方式，因此，从50年代初期批判萧也牧的《我们夫妇之间》，到话剧《霓虹灯下的哨兵》、《千万不要忘记》等的被推崇，反映的都是这一意识形态，也就是对城市生活的警觉和防范。在这样的政治文化背景下，都市文学的生长几乎是不可能的。第二，都市文学从某种意义上说是"贵族文学",没有贵族,就没有文学史上的都市文学。"新感觉派"、张爱玲的小说以及曹禺的《日出》、白先勇的《永远的尹雪艳》等,都是通过贵族或资产阶级生活来反映都市生活的。虽然老舍开创了表现北京平民生活的小说,并在今天仍有回响,比如刘恒的《贫嘴张大民的幸福生活》,但对当今的都市生活来说已经不具有典型性。因此,建构起当下中国的都市文化经验,都市文学才能够真正的繁荣发达。但是,今天我们面临的这个新文明的全部复杂性还远没有被我们认识,过去的经验也只能作为参照。尽管如此,我们还是看到了很多中青年作家对这个新文明的顽强表达——这是艰难探寻和建构中国新的文学经验的一部分。

有趣的是,这一新的文学经验恰恰是"60后"、更多地是"70后"作家为我们提供的。关于"70后"作家,宗仁发、施战军、李敬泽曾发表过对话《被遮蔽的"70年代人"》[①]。十几年前他们就发现了这一"被遮蔽"的现象。但由于当时认识的局限,他们只是部分地发现了70年代被遮蔽的原因,比如70年代完全在商业炒作的视野之外,"白领"意识形态对大众蛊惑诱导等。他们还没有发现"50后"这代人形成的隐性意识形态对"70后"的遮蔽。"'70年代人'中的一些女作家对现代都市中带有病态特征的生活的书写,不能不说具有真实的依托。问题不在于她们写的真实程度如何,而在于她们所持的态度。应该说1998年前后她们的作品是有精神指向的,并不是简单地认同和沉迷,或者说是有某种批判立场的。""70后"的这些特征恰恰是"50后"作家在当前所不具备的。但是,由于后者在文坛的统治地位和主流形象,已经成为一只"看不见的手",压抑和遮蔽了后来者。

表面看,官场、商场、情场、市民生活、知识分子、农民工等,都是与都市文学相关的题材。但是,中国都市的深层生活很可能没有在这些题材中得到表达,而是隐藏在都市人的内心深处。魏微的《化妆》[②]刻画了都市人灵魂深处的"恶":十年前,那个贫寒但"脑子里有光"的女大学生嘉丽,在中级法院实习期间爱上了张科长。张科长稳重成熟,但相貌平平,两手空空,而且还是一个八岁孩子的父亲。但这都不妨碍嘉丽对他的爱,这个荒谬无望的不伦之恋表达了嘉丽的简单或涉世未深;然后是嘉丽的独处十年:她改变了身份,改变了经济状况。一个光彩照人但并不快乐的嘉丽终于摆脱了张科长的阴影。但"已经过去的一页"突然被接续,张科长还是找到了嘉丽。于是小说在这里才真正开始:嘉丽并没有以"成功人士"的面

---

① 宗仁发、施战军、李敬泽:《被遮蔽的"70年代人"》,载《南方文坛》,2000年第9期。
② 魏微:《化妆》,载《花城》,2003年5期。

目去见张科长,而是在旧货店买了一身破旧的装束,将自己"化妆"成十年前的那个嘉丽。她在路上,世道人心开始昭示:路人侧目,暧昧过的熟人不能辨认,恶作剧地逃票,进入宾馆的尴尬,一切都是十年前的感觉,摆脱贫困的十年路程瞬间折返到起点。我们曾耻于谈论的贫困,这个剥夺人的尊严、心情、自信的万恶之源,又回到了嘉丽身上和感觉里,这个过程的叙述耐心而持久,因为对嘉丽而言,它是切肤之痛;这些还不重要,重要的是当年的张科长,这个当年你不能说没有真心爱过嘉丽的男人的出现,暴露的是这样一副丑陋的魂灵。嘉丽希望的同情、亲热哪怕是怜悯都没有,他如此以貌取人地判断嘉丽十年来是卖淫度过的。这个本来还有些许浪漫的故事,这时被彻底粉碎。

魏微赤裸裸地撕下男性虚假的外衣,戳穿了这个时代的世道人心。现代文化研究表明,每个人的自我界定以及生活方式,不是由个人的愿望独立完成的,而是通过和其他人"对话"实现的。在"对话"过程中,那些给予我们健康语言和影响的人,被称为"意义的他者",他们的爱和关切影响并深刻地造就了我们。我们是在别人或者社会的镜像中完成自塑的,那么,这个镜像是真实或合理的吗?张科长这个"他者"带给嘉丽的不是健康的语言和影响,恰恰是它的反面。嘉丽因为是一个"脑子里有光"的女性,是一个获得了独立思考能力和经济自立的女性,是她"脑子里的光"照射出男人的虚伪。如果说嘉丽是因为见张科长才去喜剧式地"化妆"的话,那么,张科长却是一生都在悲剧式地"化妆",因为他的"妆"永无尽期。小说看似写尽了贫困与女性的屈辱,但魏微在这里并不是叙述一个女性文学的话题,这是一个普遍性的问题,是一个关乎世道人心的大问题。在这个问题里,魏微讲述的是关于心的疼痛历史和经验,她发现的是嘉丽的疼痛——那是所有人在贫困时期的疼痛和经验。当然,小说不能回答所有的问题,就像嘉丽后来不贫困了,但还是没有快乐。那我们到底需要什么呢?新文明就是带着这样的问题一起来到我们面前的。

深圳青年女作家吴君有一个中篇小说《亲爱的深圳》[①],讲述了一个新兴移民城市的人与事。拔地而起的新都市曾给无数人带来那样多的激动或憧憬,它甚至成为蒸蒸日上、日新月异的象征。但是,就在那些表象背后,吴君发现了生活的差异性、等级和权力关系。作为一个新城市的"他者",底层生活醒目地跃然纸上。它对城市打工生活的表达达到了新的深度:一对到深圳打工的青年夫妻既不能公开自己的夫妻关系,也不能有正当的夫妻生活。如果他们承认了这种关系,就意味着必须失

---

① 吴君:《亲爱的深圳》,载《中国作家》,2007 年 7 期。

去眼下的工作。都市规则或资本家的规则是资本高于一切,人性的正当需要并不在规则之中。在过去的底层写作中,我们更多看到的是物质生存的困难,是关于"活下去"的要求。在《亲爱的深圳》中,作家深入到一个更为具体和细微的方面,是对人的基本生理要求被剥夺过程的书写。它不那么惨烈,却更非人性。当然,吴君也从另一个方面揭示了农民文化和心理的复杂性和劣根性。她接续了《阿Q正传》、《陈奂生上城》的传统,并赋予了当代特征。吴君不是对"苦难"兴致盎然,不是在对苦难的观赏中或简单的同情中表达她的立场,而是在现代性的过程中,在农民一步跨越现代突如其来的转型中,发现这一转变的悖论或不可能性。李水库和程小桂夫妇付出的巨大代价,是一个意味深长的隐喻。但在这个隐喻中,吴君却发现了中国农民偶然遭遇或走向现代的艰难。民族的劣根性和农民文化及心理的顽固和强大,将使这一过程格外漫长。尽管在城市里心灵已伤痕累累,但可以肯定的是,他们很难再回到贫困的家乡——这就是"现代"的魔力:它不适于所有的人,但任何人一旦遭遇它,就不再有归期。这同中国遭遇现代性一样,尽管是与魔共舞,却不得不难解难分。这也是新文明带给底层民众的新的精神困境。

广州女作家徯晗的中篇小说《誓言》①,读后给人一种窒息的感觉。这种窒息感不是来自关于夫妻、婚变、情人、通奸等当下生活或文学中屡见不鲜又兴致盎然的讲述。这些场景或关系,从法国浪漫派一直到今天,都是小说乐此不疲的内容和话题,这些话题和内容还要讲述下去,我也相信不同时代的作家一定会有新奇的感觉和想象给我们震惊。但《誓言》的窒息感是来自母子关系,这里的母爱是一种由爱及恨的"变形记",它匪夷所思但又是切实被"发现"的故事。事情缘起于郑文涛与许尤佳的婚变,婚变后的许尤佳在心理上逐渐发生了变化,这个变化与她后来的情感经历有关,男人可憎的面目不断诱发和强化了她的仇怨感。许尤佳为了报复前夫郑文涛,和儿子的关系也发生了变异,为了阻止郑文涛兑现誓言,阻止郑文涛再婚,也为了将儿子留在身边,竟然在儿子考大学的关键时刻在他的饮食中作了手脚:第一年是让儿子临考前夜不能寐,昏昏然地考砸了;第二年复考时给儿子的豆浆里放了大量安定。这是小说最易引起争议的细节:一个母亲真的会这样吗?这可能吗?小说不是现实的复制或摹写,小说有自己的逻辑。小说就是要写出不可思议和出人意料的人物、场景、心理和命运。无论多么离奇,只要符合小说人物的性格逻辑,这就是小说。

---

① 徯晗:《誓言》,载《北京文学》,2011年8期。

这些作品中的很多观念都"不正确":一个男人打量女人的心理如此阴暗、"企业制度"明目张胆地阻止夫妻过正常生活、一个母亲竟对自己的儿子痛下"毒手"。但是,这就是新文明崛起后的"心理现实"。在这些作品中,被揭示的心理或精神现象集中在"恶"的方面,这是因为这些作家就生活在这无所不包无奇不有的"新文明"中,而"恶"——就是都市生活最深处正在发生的兵荒马乱,是这个时代生活的本质方面之一。无论我们是否愿意接受,它都是这个时代生活真实或本质的反映,我们都会明确无误地感受到,这样的文学才与我们的当下生活建立了联系。只有关怀、关注当下生活的作家,才能写出与当下生活相关的作品。

50后刚刚登上文坛时,除了他们新奇的艺术形式、敏锐的艺术感觉,也正是他们的批判性和时代感为他们赢得了声誉。那时的他们如东方蓬勃欲出的朝阳,他们青春的面孔就是中国文坛未来的希望。他们在80年代发起或推动的文学潮流或现象,无论曾经受到过怎样的诟病和批判,他们白桦林般的青春气息至今仍然给我们巨大的感动和感染。那时的他们引领着社会新的风潮,也表现着那个时期的社会心理。莫言的《透明的红萝卜》虽然表现了对色彩的敏锐感觉,使小说在形式上如彩练当空五彩缤纷。但是,当我们走进黑孩生活的现实世界时,一股强大的黑暗扑面而来。命运多舛的黑孩一直生活在成人世界的丑陋中,他只能用想象的方式拒绝现实。有趣的是,黑孩越是不幸,他幻想的景象就越加美丽动人。莫言没有用世俗的眼光考虑黑孩的外部世界"如此黑暗"是否政治正确,他就要用极端化的方式书写他心爱的人物,同时也以极端化的方式批判了现实的"恶"。只有这样,1985年后的莫言才会异峰突起而成为当代文学的英雄;贾平凹的创作几乎贯穿新时期文学三十年。他1978年发表《满月儿》引起文坛注意,但真正为他带来较高文学声誉的,是1983年起他先后发表的描写陕南农村生活变化的"商周系列"小说。其中代表性的作品是:《鸡窝洼人家》、《小月前本》、《腊月·正月》、《远山野情》以及长篇小说《商州》、《浮躁》等。这些作品的时代精神使贾平凹本来再传统不过的题材走向了文学的最前沿。那时的乡村改革还处在不确定性之中,没有人知道它的结局,但是,政治正确与否不能决定文学的价值。遗憾的是,这两位"50后"的代表性作家离开了青年时代选择的文学道路和立场。他们的创作道路,在某种意义上就是一部"衰败史",他们此后的创作再没有达到那个时代的高度。我们知道,在当代文学史上,"十七年时期"的作家时常遭到诟病,周立波、柳青、王汶石、陈登科以及浩然等,他们被指责为政治服务,追随着当时的思想路线,而这条路线后来证明是错误的。但是,他们当时所处理的问题,不仅是"中国向何处去"的问题,同时也是那个时代人们的精神状况问题。因此，即便现在看来他们"政治不正确"，但仍然为我们留下了众多的"社会主义时期"的文学人物，仍然是我们谈论中国当代文学难以绕行的。

现在的 50 后已经功成名就，青春对他们来说已经过于遥远。当年他们对文学的热情和诚恳，今天都已成为过去。如今，他们不仅仍然固守在"过去的乡土中国"，对新文明崛起后的现实和精神问题有意搁置，而且刻意处理的"历史"也早已有了"定论"，他们的表达不越雷池一步，我们既看到了这代人的谨小慎微，也看到了这代人的力不从心。也正因为如此，我们才更深切地理解，为什么作家张承志、史铁生深受读者和文学界的爱戴，原因之一就是因为他们一直关注中国的现实和精神状况；为什么 2011 年格非的《春尽江南》[①]获得了批评界广泛的好评？就因为格非敢于迎难而上，表达了对当下中国精神跌落的深切忧患，这样的作家作品理应得到掌声和喝彩。一个时期以来，曹征路的《那儿》、《霓虹》，迟子建的《起舞》，魏微的《化妆》、《姊妹》、《家道》，晓航的《一张桌子的社会几何原理》、《灵魂深处的大象》，鲁敏的《饥饿的怀抱》、《细细红线》、《羽毛》、《惹尘埃》，吴君的《亲爱的深圳》、《复方穿心莲》、《菊花香》，南飞燕的《红酒》、《黑嘴》，葛水平的《纸鸽子》、《一时之间如梦》，黄咏梅的《契爷》、《档案》，李铁的《点灯》、《工厂的大门》，李浩的《在路上》、《那天晚上的电影》，余一鸣的《不二》，胡学文的《隐匿者》，邵丽的《刘万福案件》，关仁山的《根》，杨小凡的《欢乐》等，构成了新的文学经验汹涌的潮流。如果是这样的话，我们可以肯定，当下文学正在发生的结构性变化，这不仅仅是空间或区域的变化，不仅仅是场景和人物的变化，它更是一种价值观念、生活方式和情感方式的大变化。而对这一变化的表达或处理是由 60 后、70 后作家实现的。"50 后"作家还会用他们的创作证明自己存在的价值，但是，当他们的创作不再与当下现实和精神状况建立关系时，终结他们构建的隐形意识形态就是完全有理由和必要的。

（原载《文艺研究》，2012 年第 6 期）

[①] 格非：《春尽江南》，上海文艺出版社，2011 年。

论小说伦理与"去作者化"问题

李建军

一、引论：小说伦理的基本理念

现代小说研究，总体上讲，有四个不同的路向：一个是以文本为中心的客观主义研究，一个是以作者为中心的修辞学和伦理学研究，一个是以结构、技巧和"对话"为中心的叙事模式研究，一个是以读者的阅读反应为内容的阐释学研究。客观主义研究致力于研究作品的形式和肌理等内部规律；小说修辞学则试图从作者的角度切入，说明小说创作本质上是一种针对读者的充满目的性的说服行为；叙事学、结构学、符号学、原型批评和"对话理论"的任务，是通过对技巧和文本的研究，来揭示小说的叙事模式和话语的内在结构；阐释学、阅读反应理论和解构主义则将关注的焦点，集中在对读者解读作品的自主性和创造性的考察上。这些研究构成了一种积极的互补关系，使得现代小说研究趋于完整和自觉。但从整体上看，现代小说理论对"小说伦理"问题关注得不够，除了韦恩·布斯、利维斯、特里林等学者之外，把伦理问题当作小说学的核心问题来研究的学者并不多。

小说的伦理问题和小说艺术的本质密切相关。不存在无目的的技巧，也不存在无内容的形式。在小说的技巧和形式里，总是包含着小说家的主观态度和主观目的，包含着道德性的意味和伦理性的内容。小说艺术的问题，很大程度上，就是小说伦理的问题。小说叙事与作者的伦理态度密切相关。小说家的伦理态度和伦理思想，决定了他会写出一部什么样的作品，会塑造出什么样的人物形象，会对读者产生怎样的影响。成熟的小说家在写小说的时候，从不讳言自己对政治、信仰、苦难、拯救、罪恶、惩罚以及爱和希望等伦理问题的焦虑和关注。如何表现作者自己的道德意识和伦理观念，如何建构作者与人物的伦理关系，如何对读者产生积极的影响，如何获得积极的道德效果和伦理效果，乃是成熟的小说家最为关心的问题。阅读那些优秀的作品，读者固然会为其中的美感所吸引，但更会被它们所表现出来的道德诗意和伦理精神持久地感动。斯坦纳在评价托尔斯泰和陀思妥耶夫斯基的时候说：他们的作品"是文学领域中涉及信念问题的重要典范，它们给读者的心灵带来巨大影响，涉及的价值观以非常明显的方式，与我们所在时代的政治形成密切关系，我们根本无法在纯粹的文学层面上对其作出回应。……存在主义的形而上学家以及某些死亡集中营幸存者公开表白，他们头脑中的陀思妥耶夫斯基形象和作品片段帮助他们清晰地思考，熬过那些艰难日子。信念是灵魂的最高行为，所以需要与之相称的对象。一个人是否可以说，自己'笃信福楼拜'呢"[1]？从小说伦理方面来看，两位俄罗斯作家的作品的确达到了极高的境界，而他们的经验则为小说伦理学的建构，提供了很多有价值的参考。

展现包含着道德内容的冲突性情境，表现充满道德意味和伦理性质的主题，乃是小说这一文学样式的重要特点。美国批评家特里林就特别强调文学的道德价值和伦理意义。他把"道德职责"当成作家最重要的"知性"，甚至提出了"道德现实主义"的主张。在《风俗、道德与小说》一文中，他把小说视为"道德想象力最有效的媒介"。在他看来，小说最伟大的地方就在于，在道德影响力和伦理感召力方面，它具有别的文学样式无法取代的作用和地位："无论在美学方面，还是在道德方面，小说从来就不是一种完美的形式，它的缺点和失败也比比皆是。但是它的伟大之处和实际效用在于其孜孜不倦的努力，将读者本人引入道德生活中去，邀请他审视自己的动机，并暗示现实并不是传统教育引导他所理解的一切。小说教会我们认识人类多样化的程度，以及这种多样化的价值，这是其他体裁所不能取得的效果。"他把道德效果当作评价一部小说价值的至关重要的尺度，他高度评价简·奥斯汀的小说，认为"《傲慢与偏见》最大的魅力和最具魅力的伟大之处便在于它能让我们将道德视为一种风格"。总之，"在她之前，没有哪位作家能像她那样展示道德生活，也没有哪部作品会如此复杂、艰难和透彻。"特里林高度评价巴别尔的小说，因为，他发现，巴别尔像简·奥斯汀一样关注道德问题和伦理问题——在巴别尔那里，美学效果是为了更高的道德效果和伦理目的而存在的，是为了"非凡的责任感"而存在的："我们很快就可以发现，巴别尔特别关注形式，关注美学的表层意义，而这种关注态度

---

[1] 乔治·斯坦纳：《托尔斯泰或陀思妥耶夫斯基》，严忠志译，第286页，浙江大学出版社，2011年。

完全是为他的道德关怀所服务的。"比较起来，伊迪丝·沃顿之所以让人失望和不满，是因为她缺乏这样的道德自觉和伦理精神，是因为她的小说《伊登·弗洛姆》不仅"根本没有表现任何道德问题"，而且，还表现出严重的"道德的惰性"，而"文学喜欢能量，讨厌惰性。它独特地将道德表现为积极的行动"。①

美国学者韦恩·布斯像特里林一样质疑现代小说的狭隘的唯美主义倾向，也像他一样强调小说的"伦理性"。在《小说修辞学》中，他把小说当作一种"说服性"的修辞学现象，并根据这一理念反驳了在现代小说理论中流行一时的贬低"作者"地位和作用的观点，细致而精彩地分析了小说艺术的"不纯性"，揭示了作者介入叙事的必然性和承担伦理责任的必要性。在后来的《我们所交的朋友：小说伦理学》中，他以更加鲜明的态度强调小说的伦理性和作者的伦理责任。他发现，反伦理是许多现代美学一贯的倾向："直到今天，仍有许多批评家反对将'艺术'与'生活'联结起来，反对将'美学'与'实用'联结起来。"所以，一开始，他对杰姆逊的"伦理学乃是我们时代占据主导地位的批评样式"的判断深表怀疑，认为他"大错特错"，但经过进一步的研究，他发现杰姆逊的结论非常正确："我现在不仅思考对'形式主义'的各种新的伦理和政治的挑战：针对由男性主导的文学经典，女权主义批评提出了令人窘迫的问题——这些经典对男性和女性的'意识'到底发生过什么样的作用；针对美国经典作品，黑人批评则提出了保罗·摩西式的种族问题；在欧洲的文学传统里，新马克思主义者发现了阶级偏见；对现代文学中的'虚无主义'和'无神论'，宗教批评发起了攻击。而且，我还在研究这样一种批评样式——在这种样式里，即便是那些一心一意保持对纯粹形式的兴趣的批评，在内心深处也有一个伦理性的构想……"总之，"无论如何，我们不能再自欺欺人地视伦理批评为过时的玩意儿。到处都在搞伦理批评，常常是讳莫如深地搞，心怀罪咎地搞，不成样子地搞，部分原因，是因为伦理批评确实是所有批评中最难搞的，而另外一部分原因，则是因为严肃地讨论伦理批评为何重要、为何目的、如何搞好的时候，实在太少了。"布斯把交流和沟通当作文学的本质，把文学当作引导人类心灵生活的良师和益友，所以，他不仅强调作家和作品对读者产生的影响，同时，也提出了"读者伦理"（ethics of readers）的概念，认为读者对"故事"同样负有责任。他关注包含在小说中的那些"极为严格的道德标准"，例如"诚实"、"正派"、"宽容"，但

---

① 莱昂内尔·特里林：《知性乃道德职责》，严志军、张沫译，第119、304、309、317、335、339页，译林出版社，2011年。

"'道德判断'只不过是其中很小的一部分",所以,他更关心与"性格"、"人格"和"自我"相关的一系列效果。这样,他便对"伦理批评"作了这样的阐释:"伦理批评试图描述故事讲述者与故事阅读者或倾听者之间的情志的遇合。伦理批评不必一开始就抱着评价的意图,但是,它们的描述总是要对作品所叙写的价值进行评价。"他说自己的伦理批评的"主要目的",就是"找到讨论叙述经验的伦理品质的方式。当我们阅读和倾听的时候,我们在与什么样的伙伴交往?我们曾经拥有过什么样的朋友?"[①] 虽然布斯的"小说伦理学"尚未形成充分、完备的理论形态,也不像他的小说修辞学理论那样影响深远,但却是富有理论勇气和现实感的,为"小说伦理学"的建构提供了稳定的基础和深刻的启示。

那么,到底应该如何理解和界定小说伦理呢?虽然小说伦理是小说写作和小说文本中存在的客观事实,但关于它的"词典定义"(lexicographical definition)却是不存在的。不过,我们可以尝试着对它进行设定性(stipulative)的界定。所谓小说伦理,是指小说家在处理自己与人物、人物与人物、作品与读者之间的关系时,在塑造自我形象时,在建构自己与生活、权力的关系时,所选择的文化立场和价值标准,所表现出的道德观念和伦理态度,所运用的修辞策略和叙事方法;它既关乎理念,也关乎实践,既是指一套观念体系,也指一种实践方式。就其性质而言,它天然地具有政治性和意识形态性,总是包含着与人的生存境遇特别密切的生活内容——一部伟大的小说,必然是那种能以最具诗意和最为深刻的方式,揭示重要的政治性内容并表达深刻的真理性思想的小说;从主体关系来看,它涉及至少五个方面的因素:作者、人物、读者、生活和权力,其中,作者从一开始就居于核心位置,发挥着选择、组织、判断和评价的主导作用。一部小说的成败、优劣,最终决定于作者能否以最佳的方式处理小说所涉及的伦理问题和伦理关系。就主体与主体间的关系而言,作者与自我、作者与人物、作者(经由作品而建构的)与读者的关系,构成了小说的内部伦理;就作者与外部客体世界的关系而言,作者与生活、权力的关系,构成了小说的外部伦理。按照作者伦理意识的自觉程度,又可将小说伦理分为积极伦理和消极伦理;前者具有高尚的道德诗意,具有对人物公正和同情的态度,具有通过反思和批判来介入生活和建构生活的热情,具有净化和升华的力量,后者则缺乏道德诗意和伦理情调,缺乏对人物的理解,缺乏批判的精神和介入的勇气,缺

[①] Wayne C. Booth, *The Company We Keep: An Ethics of Fiction*, Berkeley(Los Angeles and London: University of California Press, 1988), pp.5, 19, 9, 8, 10.

净化和升华的力量；在中国古典小说中，前者的典型文本是《红楼梦》，后者的典型文本是《金瓶梅》①。

在小说领域，不存在纯形式的小说技巧。表面上看，技巧和手段似乎纯然是一个工具性的问题，技巧的选择和运用完全是美学领域的实践问题。事实上，隐含在技巧背后的，并不只是单纯的美学意图，还有作者包含着政治、宗教、性别等立场的伦理态度和写作意向——按照布斯的说法，技巧的问题，说到底，无非是一个"技巧的伦理观"的问题②。譬如，给人物取一个什么样的名字，在描写人物的时候怎样来形容和比喻，选择从谁的视点和角度展开叙事，选择由谁来做叙事者，都包含着小说家的伦理态度，显示着他对人物关系的理解，最终显示出作者在小说伦理上所获得的效果、达到的境界。斯坦纳精彩地分析了托尔斯泰的小说技巧里所包含的道德意味和伦理品质："给予小角色专有名称，对他们在小说中露面之前的生活有所介绍，这种技巧看似非常简单，但是取得的效果不可小觑。托尔斯泰的艺术富于人文主义特征，他没有把人变为动物，变为寓言、讽刺、喜剧或自然主义小说为了实现自身目的而提及的呆滞对象。托尔斯泰尊重人的完整性，不愿让他沦为纯粹的工具，甚至在虚构中也是如此。普鲁斯特采用的方式提供了一个具有启迪性的对比：在普鲁斯特的世界中，小人物常常无名无姓，他们在字面和隐喻两个层面上都被用作工具。"③ 有时，技巧的选择甚至会受到具有主宰性的"文化无意识"的影响，例如，汤普逊在研究俄罗斯小说的"帝国意识"和"殖民主义伦理"的时候，就发现俄国作家很少站在被殖民者的立场、很少通过"本地人"的视角来叙事，结果便造成完全不同的历史意识和伦理效果。④ 显然，很大程度上，力量强大的国家意志和含而不露的民族情感潜在地影响了他们对小说叙事角度的选择。

总之，伦理性是小说重要的精神品质和价值构成。一个成熟的小说家，不仅不会否定伦理性，而且还会自觉地建构小说伦理的内部和外部关系，自觉地处理复杂的、有价值的伦理主题，从而赋予自己的作品以伟大的伦理精神和深邃的伦理意义。相反，如果小说家将作品当作一个封闭的世界，将客观性和幻象当作最高价值，如

---

① 李建军：《消极伦理与色情叙事：从小说伦理看〈金瓶梅〉及其评论》，载《文艺研究》，2008年第7期。
② 韦恩·布斯：《修辞的复兴：韦恩·布斯精粹》，约斯特编，穆雷等译，第215页，译林出版社，2009年。
③ 乔治·斯坦纳：《托尔斯泰或陀思妥耶夫斯基》，严忠志译，第89页，浙江大学出版社，2011年。
④ 埃娃·汤普逊：《帝国意识：俄国文学与殖民主义》，杨德友译，第88、164页，北京大学出版社，2009年。

果人物的"声音"被不适当地抬高,以至于作者被淹没在"众声喧哗"里,如果将"可写性"置于"可读性"之上,并赋予读者的阅读以无限制的自由,那么,小说的伦理关系就将陷入紧张的状态,小说最终就会因"去作者化"而成为一个缺乏亲切感、可读性和伦理价值的文本世界。

二、作品:客观性和幻象压倒主体性和伦理

将小说作品的"客观性"和美学品质当作高于一切的价值,并用它排斥伦理性的内容,进而否定作者介入的意义,最终形成"去作者化"的倾向,这是现代小说理论和写作中最为严重的问题。小说伦理学承认小说艺术在塑造人物、描写细节时,要有事实感和分寸感,要追求与细节相关的准确性和真实性,要有曹雪芹在《红楼梦》"开卷第一回"中所说的"追踪蹑迹,不敢稍加穿凿"的认真态度,但它反对把"客观性"当作一种绝对的价值,尤其反对把它当作排斥作者介入叙事的理由。一部小说,无论它显得多么"客观",其内里总是有一个"主观性"的内核,总是包含着作者自己的道德精神和伦理意识。一个优秀的小说家从不排除自己的"主观性"和"伦理性",而是通过高超的技巧,使它们与"客观性"和"真实性"融为一体,从而建构起一种平衡而和谐的"伦理—美学"("aesthet/hics")[①]关系。

然而,过分强调"客观性"的价值,鼓励艺术家孤芳自赏的精英意识,却是20世纪美学理论和小说理论中的一种普遍倾向。加塞特就以极端的姿态,表达了现代艺术的艺术主张:它否定艺术的人性内容,认为"透明的艺术"和"纯粹的幻象"排斥一切"人性化的东西":"关注作品中的人性情感与严格意义上的审美快感是无法相容的。"[②] 在他之后,苏珊·朗格的美学理论,以更为系统的理论表述,强调了"形式"和"客观主义"的价值,并以此理念为基础,狭隘地阐释了小说艺术的特质。她把作品自身的形式感和美学效果当作最高的价值,把作品视为一个自足的世界,排斥包括作者意图在内的主观性因素:"每一件真正的艺术作品都有脱离尘寰的倾向。

[①] 近年来,美学的一个重大转变,就是把被割裂的"美学"和"伦理学"重构为一个整体,为了强调二者不可分离的整一性,沃尔夫冈·韦尔施甚至把"美学"和"伦理学"缩略为"aesthet/hics"(沃尔夫冈·韦尔施:《重构美学》,陆扬、张岩冰译,第6页,上海译文出版社,2002年)。
[②] 奥尔特加·加塞特:《艺术的去人性化》,莫妮亚译,第8页,译林出版社,2010年。

他所创造的最直接的效果,是一种离开现实的'他性'(otherness),这是包罗作品因素如事物、动作、陈述、旋律等的幻象所造成的效果。"① 这样,她就排斥一切与作者有关的东西,把它看做破坏"幻象"的消极因素,因而,解读一部作品,就完全可以撇开作者不管:"诗批评的任务就不应该是通过个别的或所有现成资料去了解诗人的哲学观点、伦理观点、生活历史、或精神变态,也不应从他的言谈中去了解他自己的亲身体验;而是就他所创造出来的幻象、就他创造的情感和思想的幻象或外部表现去评价。"② 苏珊·朗格的错误,就在于她误解了小说的性质,没有看到诗歌与小说的区别,也没有看到造型艺术与叙事艺术的不同,所以,就削足适履地用诗歌和造型艺术的标准来要求和评价小说。她低估了伦理性对于小说艺术的意义,忽视了小说作者在建构伦理关系和对话情景的作用。小说的世界,是人的世界,是由作者和人物——一旦进入阅读领域,就还有读者——共同构成的世界;而主体之间的关系,本质上是一种复杂的伦理关系,体现着丰富的人性内容和政治、文化、信仰、性别等多方面的信息;这一切,都不是"幻象"这一概念所能包含的。

从与小说创作和小说理论的因缘关系看,苏珊·朗格的小说美学,绝非突然出现的孤立现象,而是渊源有自的——它是对福楼拜和亨利·詹姆斯的小说理念的美学概括。福楼拜说:"我一向禁止自己在作品里写自己,然而我却在其中写了很多。"他对那些"必须具有伦理道德意义"的要求大不以为然。他把写作当作纯粹个人的事情,"迫使自己只为自己而写作,为我个人的消遣,有如人们吸烟、骑马"。他更关注作品而不是生活,所以,他说:"人民与人民之间的争端、此县和彼区的冲突、人和人的争吵都引不起我注意,这些事只有造出一副红底色的宏伟画卷时才会提起我的兴趣。"他讨厌缪塞,因为他太爱表现激情,而"诗的基础更客观";他不喜欢《红与黑》,不明白巴尔扎克怎么会对司汤达"有如此的热情"。他对小说的理解,跟苏珊·朗格如出一辙:"艺术的首要品质,它的目的,是幻觉。"③ 在他看来,斯陀夫人和司汤达的小说都缺乏这样的"品质"。

福楼拜的唯美主义的小说理念和小说经验,对 20 世纪的小说艺术产生了极大的影响。亨利·詹姆斯称福楼拜为"小说家们的小说家",而反对皮赞特的小说观,尤其反对小说应该有一个"自觉的道德方面的目的"的观点。作者要努力在"制造生

---

① 苏珊·朗格:《情感与形式》,刘大基等译,第 55 页,中国社会科学出版社,1986 年。
② 苏珊·朗格:《艺术问题》,滕守尧、朱疆源译,第 156 页,中国社会科学出版社,1983 年。
③ 福楼拜:《福楼拜小说全集》(下卷),刘益庚、刘方译,第 441、446、449、451、485、491、520 页,人民文学出版社,2002 年。

活幻觉"方面获得成功,因为,"这个成功之取得,对这个精致微妙过程的研究,就我的情趣来说,构成了小说家的艺术的开始和终结。"①他忽视了这样一个最基本的事实,那就是,同其他文学样式和艺术样式比起来,小说是一种更体现"复杂性"、也更依赖于"复杂性"的文学现象,正像布斯所说的那样:"在一切艺术中,小说最抵制纯化活动。它显然是由杂念构建而成的"②。而作者的介入,尤其是具有道德意识和伦理目的介入,更是小说写作的"杂念"的必不可少的一部分。事实上,就具体的描写效果来看,福楼拜也并没有完全排除作者的"杂念"。他的精确细致的景物描写,看起来似乎很客观,其实不然。例如,在《包法利夫人》中,他这样描写爱玛和她活动的环境:"天气好的日子,她下楼到花园里走走。露水给白菜镶上一道银边,一根发亮的丝,长长的,从一棵白菜挂到另一棵白菜上。这里没有鸟叫,一切都好像睡着了似的。樱桃树上盖着稻草,葡萄藤盘在房檐下,像一条生病的大蛇。在墙上可以看见许多多脚的土鳖在爬。在篱笆前的针枞树下,那位戴三角帽读祈祷经的神甫,右脚已经不见了,寒霜使石膏一片片剥落,脸上留下一块块白色的印记。"③作者的描写精确细致,但态度却僵硬冷漠;他所选择的喻象,固然新鲜,但也令人不快和厌恶;在这些不乏美感的修辞表象后面,隐含着这样一种悲观主义和厌世主义的理念:在这个龌龊、庸俗的世界里,一切注定是低级可笑的,注定不会有好的收场。相比而论,福楼拜的比喻虽然确乎很精致,但缺乏温暖的诗意和情怀,显然不如托尔斯泰在《哥萨克》、《复活》、《战争与和平》等作品中的景物描写那样美好,那样充满热情和活力,那样给人带来深刻而持久的感动。

过度强调"客观性"必然导致对技巧的过度崇拜,也就是说,很容易使人对技巧产生错觉,把它当作一种高于人的主体性的力量,或者把它当作外在于作者和人物的对象来看待。卢伯克的小说理论就存在把"技巧"进行分离化、外在化研究的问题。像福楼拜一样,卢伯克也特别看重小说的"逼真性";像亨利·詹姆斯一样,他试图确立一种具有普遍适用性的描写方法。他反对作者直接介入叙事,赞成由文本内的人物担任视点人物和叙事者,因为,"如果讲故事者本人就在故事里,作者便被戏剧化了;他的陈述便赢得了分量,因为那些陈述由于画面场景中有叙述者在场

---

① 亨利·詹姆斯:《小说的艺术:亨利·詹姆斯文论选》,朱雯等译,第163、15页,上海译文出版社,2001年。
② 韦恩·布斯:《修辞的复兴:韦恩·布斯精粹》,约斯特编,穆雷等译,第136页,译林出版社,2009年。
③ 福楼拜:《包法利夫人》,张道真译,第72—73页,人民文学出版社,1989年。

而得到支持。这就赢得了有利条件；作者已经卸掉了责任，而且这个责任现在落到了读者能看得见它，并且能估量它的地方；作者的说话声中随时都能觉察出来的那种任意专断的性质，这时在他的代言人的说话声中就被掩饰起来了。"① 卢伯克没有意识到，隐含在技巧背后的，首先是一个伦理性的问题：美学意义上的"真实性"和"鲜明性"效果，只是小说家运用技巧追求的部分效果和"益处"，而追求与人物和读者的整个精神世界密切相关的伦理效果，则是他选择和使用技巧所追求的包含着更大"益处"的目的。

在现代的小说理论家中，卢卡奇无疑是最早洞察到小说形式中的伦理特性的人。在《小说理论》中，他发现了"小说形式的不和谐"：与其他艺术形式相比，小说的形式"更像是一个内容问题"，"它就更需要用伦理学和美学之更有力、更深入的合作来解决"。他反复强调"伦理观念"对于小说写作的意义："在小说创作过程中，伦理学和美学的关系便迥异于它在其他文学类型中的情况。……伦理观念在小说创作的每一个细节中都是清晰可见的，因此，它最具体的内容即在于它是作品本身的一个有效的结构成分。"卢卡奇明白小说艺术的奥秘，所以，他把"有机总体"当作小说家应该追求的目标："最终的统一原则必须是创造性的主观性伦理，一种在内容上变得明晰的伦理。但是，这种伦理必须超越它自己，以便叙事者规范化的客观性能够实现。……它需要一个还是由作品的内容所决定的、全新的、自我修正的伦理机制（ethischen selbstkorrektur）。"② 卢卡奇的"创造性的主观性伦理"，显然是与小说作者联系在一起的，也就是说，小说家不仅要认识到小说的"伦理学"特质，而且还要有自觉的伦理意识和成熟的伦理观念，一旦进入具体的写作过程，则要追求一种和谐、平衡的效果：一方面要表现"明晰的伦理"，一方面又要实现"规范化的客观性"，也就是要在"伦理学"和"美学"之间建构起一种积极的关系与和谐的状态，换言之，无论出于多么迫切的美学目的，都不能取消"伦理"的向度，都不能让审美压倒伦理，不能让"客观性"压倒主体性，不能降低作者在小说中的主导性的地位。

萨义德说："不管一部作品只是如何具有美学价值，使人赏心悦目，它总是带出利益、权力、激情与欢愉的成分。媒体、政治经济和大众机构——总而言之，世俗的力量和国家的影响——都是我们所说的文学的一部分。"③ 这就是说，无论小说家，

---

① 卢伯克等：《小说美学经典三种》，方土人译，第180页，上海文艺出版社，1990年。
② 卢卡奇：《卢卡奇早期文选》，张亮、吴勇立译，第46、47、57页，南京大学出版社，2004年。
③ 爱德华·萨义德：《文化与帝国主义》，李琨译，第452页，生活·读书·新知三联书店，2003年。

还是小说理论家,若想完整地理解小说艺术,理解小说所表现的世界,就不能把技巧只当作技巧来看,就必须在关注"美学价值"的同时,充分注意那些同样重要的非美学的部分,尤其要注意作者在非美学部分所表现出来的态度和意图。

三、人物:众声喧哗与作者的沉寂

人物是小说的灵魂,一部小说不朽的重要条件之一,就是创造出令人难忘的人物形象。小说人物与作者的关系,是小说伦理关系中具有核心意义的伦理关系,而如何处理这一关系,也是小说伦理学需要解决的重要问题。

在研究作者与人物的关系方面,有三种影响很大的模式:一种是像布斯那样肯定小说的修辞性质,肯定作者在小说伦理关系建构中的主导作用,认为作者有责任通过对修辞技巧的巧妙使用,来控制对人物话语和行动的描写,来控制读者的认同意识和道德反应;一种是占统治地位的方法,即施坦纳、别尔嘉耶夫、赖因哈德·劳特、舍斯托夫、梅列日科夫斯基等学者和批评家在托尔斯泰和陀思妥耶夫斯基研究上所选择的模式——他们把作者与人物看做血脉相连、精神相通的共同体,把人物当作作者思想的承载者和折射体,通过对文本、技巧和人物的分析,根据"生活中伦理与事件的因素"[①],来研究作者的美学观、人性观和伦理观;一种是巴赫金的以人物为中心的"对话理论"研究。如果说前两种模式着眼于作者与人物的同一性,因而是关联性的研究模式,那么,后一种模式则着眼于作者与人物的差异性,因而属于分离性的研究模式。分离性模式往往都有程度不同的"去作者化"倾向,巴赫金的小说理论也存在这样的问题。巴赫金反对以作者为中心的"文艺学的修辞学",因为,"它感兴趣的主要是作者语言",而他自己的以人物为中心的研究,则是"语言的修辞学","主要感兴趣的是人物和讲述人的语言"[②]。他认为小说中的人物,都应该成为"思想家",而他们的话语,则应该成为"思想的载体"[③],这样,就须将人物从作者的话语中解放出来,将小说的伦理关系做一个彻底的改变:从果戈理、托尔斯泰、司汤达和巴尔扎克式的"作者中心",转换到陀思妥耶夫斯基式的"人

---

① 巴赫金:《巴赫金全集》(第1卷),晓河等译,第107页,河北教育出版社,1998年。
② 巴赫金:《巴赫金全集》(第4卷),白春仁、晓河等译,第279页,河北教育出版社,1998年。
③ 巴赫金:《巴赫金全集》(第3卷),白春仁、晓河译,第119页,河北教育出版社,1998年。

物中心"。

巴赫金的以人物为中心的小说伦理关系的确立,经历了一个从辨证化到片面化的过程。在早期的《审美活动中的作者与主人公》中,巴赫金就开始研究如何建构作者与人物关系的问题。他发现作者和人物在作品中显示"情感意志"的方式是不同的:人物的反应,是"现实主义的反应",而作者的反应,则是"形式主义的反应"。虽然他们的反应都处于"外位",但是,人物的"反应"是依赖于作者的。在下面这段表述里,他进一步说明了作者在处理与人物的伦理关系时的作用:"……须要强调作者及其对主人公的总体反应所具有的创造能动性,因为作者不是内心体验的载体,他的反应态度不是消极的情感,也不是接受性的感知。作者是唯一的积极的组织力量,这种力量不存在于心理学所指的意识之中,而存在于有稳定价值的文化产品之中。"巴赫金正确地指出了作者的"创造意识"对于人物的"意识"的渗透和笼罩[①]。虽然,巴赫金这一时期的作者与人物关系研究,具有抽象的形式主义的性质,但是,他对作者在小说中所占据的地位,对作者"组织"自己与人物关系所发挥的作用,还是给予了充分的强调。

后来,在《长篇小说的话语》中,他发现了欧洲小说修辞的两条路线:一条是"托勒密式的"、"一贯的纯粹独白体的风格",一种是"伽利略式的"语言,它摒弃了"只有唯一和统一的语言这种绝对的看法"。作者的语言必须转换为"众多语言的一部分",也必须放弃它的简单而直接的主宰性;他的意向不仅不再是"基调"和"主旋律",而且还必须变为"合奏":"一切重要的作者意向,全变为合奏;全在不同角度上,通过时代杂语的不同语言折射出来。只有次要的、纯粹说明性的、旁白的成分,才出现在直接的作者语言中。小说语言成了多种语言艺术地组织起来的一个体系。"作者不直接表达自己的意向,而是借助人物的"特别的双声语"将它"折射出来"[②]。这些观点与他在《审美活动中的作者与主人公》一书中的主张是基本一致的:审美文化就是边界文化,"作者的任务就是在小说中据守着自己的外在于人物的坚定而可靠的立场,长期地驾驭自己的力量而行动","创造和加工人的内外边界"[③]。应该说,关于作者与人物的伦理关系,关于作者的作用和任务,巴赫金在这里所表达的观点,是很有新意和建设性的:作者既是组织者,又是"合奏"者;他既不役

---

① 巴赫金:《巴赫金全集》(第1卷),晓河等译,第84、104、108页,河北教育出版社,1998年。
② 巴赫金:《巴赫金全集》(第3卷),白春仁、晓河译,第155、201、80—81页,河北教育出版社,1998年。
③ 巴赫金:《巴赫金全集》(第1卷),晓河等译,第300页,河北教育出版社,1998年。

使人物，也不被人物所役使——他与人物因此形成一种积极的边界关系。巴赫金的理论改变了我们对作者与人物关系的看法，也有助于我们警惕和克服那种作者任意越界"侵犯"人物权利的叙事习惯。

但是，到了写作《陀思妥耶夫斯基诗学问题》的时候，巴赫金却将陀思妥耶夫斯基的经验教条化和绝对化，表现出明显的"去作者化"倾向。在这部影响甚巨的著作中，巴赫金更加系统、深入地论述了陀思妥耶夫斯基长篇小说的基本特点——"由具有充分价值的不同声音组成真正的复调"。在他看来，"主人公自我意识的种种内容要真正地客观化"，要"剪断"主人公与他的作者的"脐带"，否则，我们看到的"就不是一部作品"。巴赫金没有看到这样一个事实，那就是，小说家与人物至少有两种"脐带"：一种是外在的话语形式的脐带，一种是内在的气质性和伦理性的脐带；前者是艺术和审美层面的，后者是精神和伦理层面上的；前者像面孔一样是属于人物自己的，但是，就后者来看，作者一定会在描写人物的话语的时候，通过多种方式，将自己的包含着情感态度、价值立场和伦理精神的脐带，紧紧地联系在人物身上。

巴赫金常常通过与托尔斯泰比较的方式，具体地说，通过贬低、否定托尔斯泰的方式，来肯定、赞美陀思妥耶夫斯基。他批评托尔斯泰因为没有"剪断"自己与人物的"脐带"，所以，才在《三个生命之死》中用独白的、"具有鲜明外部直观性"的方式展开叙事，一切都被写进了"独白型牢固的整体之中"。[①] 诚然，托尔斯泰在处理自己与人物的伦理关系的时候，的确喜欢采用一种作者主导下的"独白型"的修辞策略，但它绝不是那种僵硬而粗糙的"独白"，而是具有艺术上的典范性和伦理上的亲和性的一种模式，因为，托尔斯泰知道如何保护人物的话语权，如何让人物说自己想说的话，做自己想做的事。托尔斯泰利用高超的小说技巧，创造了多少有着鲜明性格、逼真形象的人物啊！他笔下的那些主要的人物，几乎个个都是充满生气的活人。给人的感觉是，只要他们自己愿意，安娜·卡列尼娜、娜塔莎、列文、安德烈、彼埃尔们，简直随时可以从书页里走出来，与读者面对面地交谈，就像茨威格在评价托尔斯泰的小说艺术成就时所说的那样："我们在听他讲述的时候不觉得是在听一个艺术家讲话，而觉得是听事情本身讲话。人和动物从他的作品里走出来，就像是从各自的住处走出来一样。我们感觉不到有个激情满怀的作家跟在他们身后，唆使他们，给他们加热，就像陀思妥耶夫斯基总是用热情的鞭子抽打自己的人物，

---

① 巴赫金：《巴赫金全集》（第5卷），白春仁、顾亚铃译，第4、67、95页，河北教育出版社，1998年。

以致那些人物都焦躁地呼喊着跑进激情的角斗场。"①

虽然，我们没有必要反过来，以托尔斯泰为尺度来否定陀思妥耶夫斯基，但我们要认识到这样一个事实，那就是，比较起来，陀思妥耶夫斯基的写作方式，无疑更敏感、更主观、更依赖"脐带"，是一种别样形式的"独白型"叙事。他笔下的那些灵魂高尚的人物，几乎全都既痛苦又仁慈，全都有着孩子一样的心性。他们也都很相似，显得很极端，很病态，很虚弱，给人一种异乎寻常的印象，就像创造他们的作者那样。舍斯托夫在陀思妥耶夫斯基的小说里发现了这一点，所以他说："陀思妥耶夫斯基讲的永远只能是自己。"②陀思妥耶夫斯基自己也曾说过："小说家的艺术性，就是通过小说人物和形象鲜明地表现自己思想的能力，要让读者完全像作者写作品时那样理解这个主题。"③他曾根据这样的理念，分析过托尔斯泰的《安娜·卡列尼娜》，认为在列文这个"虚构的人物身上"，"部分地描述了作者本人对我们俄国当代现实生活的观点，这对每一个读过这部卓越作品的人来说，都是明白无误的。因此在评论这个事实上并不存在的列文时，我们评论的将是当代俄国最卓越的人物之一对当前俄国现实生活的观点"。事实上，陀思妥耶夫斯基也借助"人物和形象"来"表现自己的思想"，所以，正像托多洛夫指出的那样："巴赫金把作者与人物平等这种观点强加给陀思妥耶夫斯基，这不仅与陀思妥耶夫斯基本人的意愿相悖，而且，说句实话，这种平等在原则上就无法成立"。④托多洛夫的批评是合乎实际的：陀思妥耶夫斯基在自己的小说中不仅并不沉默，而且还负责任地发出自己的声音，自始至终都按照自己的创作构想控制着人物的声音。韦勒克就尖锐地批评了巴赫金理论的"没有论证的臆断"，认为他的"谬误之处"在于"否认陀思妥耶夫斯基表露了作者的声音和个人的观点"，并"不讲分寸地夸大了陀思妥耶夫斯基趋于戏剧的倾向"，最终使陀思妥耶夫斯基成为一个"毫无锋芒"的"相对主义者"。⑤

由于过多地依赖了自己的"臆断"，所以，在具体的比较分析过程中，巴赫金就

---

① 茨威格：《茨威格文集》（第4卷），申文林译，第613页，陕西人民出版社，1998年。
② 列夫·舍斯托夫：《在约伯的天平上》，董友等译，第63页，生活·读书·新知三联书店，1989年。
③ 陀思妥耶夫斯基：《费·陀思妥耶夫斯基全集》（第17卷），白春仁译，第120页，河北教育出版社，2010年。
④ 陀思妥耶夫斯基：《费·陀思妥耶夫斯基全集》（第20卷），张羽、张有福译，第791、85页，河北教育出版社，2010年。
⑤ 雷纳·韦勒克：《近代文学批评史》（第7卷），杨自伍译，第599、595、598页，上海译文出版社，2006年。

用自己从陀思妥耶夫斯基作品中概括出来的绝对原则,尖锐地否定了像果戈理、巴尔扎克和托尔斯泰等作家的叙事风格和写作技巧。更为严重的是,巴赫金试图用作者与人物间的"形式主义"关系模式,来取代他们之间的正常、自然的伦理关系模式。他的具有抑制作者的"去作者化"理论,很容易给人这样一种错觉:一种绝对化的修辞观念比多样化的实践式样更重要;只有按照这种方式和技巧来写作,写出来的作品才是可接受的,否则,即便是托尔斯泰这样的大师所写的作品,也是可以随意否定甚至被拒绝接受的。

其实,陀思妥耶夫斯基也不会接受巴赫金式的"去作者化"观点。在他看来,作者就是作者,就是一个通过小说来说话的人,所以,完全没有必要畏畏缩缩地扮演一个口欲言而嗫嚅的"谦谦君子":"我们认为,光是忠实地再现人物全部的原有特征还是不够的;必须以自己艺术家的观察透彻地阐明人物。真正的艺术家绝不能与他笔下的人物处于平等地位,满足于人物的实在的真实这一点:这样造成的印象不会有真实感。"① 陀思妥耶夫斯基是这么说的,也是这么做的。在他自己的小说里,他积极地显示自己的存在,表达自己的思想,从来就是一个主宰者——在"杂语"的众声喧哗的声浪中,他的声音高亢有力,是笼罩着、压过了其他所有声音的主导性的"思想基调"。

四、读者:僭越的阅读对作者的贬抑

小说是写作的艺术,也是阅读的艺术。小说写作是期待读者应答的呼唤,而小说阅读则是对作者呼唤的应答。阅读是对写作的致敬和回应,而不是对它的藐视和弃绝。如此说来,小说作者与小说读者的伦理关系,就是一种以小说作品为平台的对话关系和交流关系。他们对话和交流的前提是,一旦进入文本的领域,读者就要把作者当作故事的可信赖的讲述者,当作赋予了他的作品以生命、意义和价值的人,甚至要把他的写作构想和意图,当作读解作品的重要线索和"支援意识"。高明的读者,固然可以从作品中创造性地读解出丰富的寓意,但他也有必要尊重作者的意见,尊重他在作品中表现出来的伦理态度、价值立场和道德标准。读者应该这样理解作

---

① 陀思妥耶夫斯基:《费·陀思妥耶夫斯基全集》(第19卷),张羽译,第115页,河北教育出版社,2010年。

者与作品的关系，那就是，只要作品存在，那么作者就以"心象"（即思想和人格）的方式活着，无论这个作者是已经去世两千多年的司马迁，还是活到了21世纪的马尔克斯。即便面对的是一个佚名的小说作者，读者也可以通过对作品的分析，解读他的精神密码，研究他的道德风度和人格状况，从而最终在文化的意义上，重构和还原他的精神形象。

然而，20世纪的精神分析学、接受美学、解构主义和读者反应理论，似乎都在鼓励一种任性的阅读方法。以蔑视的态度对待作者的意图，以颠覆性的方式阐释作品的意义，已经成了一些批评家的时髦和习惯。非伦理化理念下的"去作者化"倾向，使贬低作者作用、解构作者形象，成了一种无节制的游戏。结果，正像布斯在一篇文章中所感叹的那样："在这一令人感到震惊的提高读者、贬抑作者的运动中，不少批评家走极端，包括像Stanley Fishi那样的才华横溢的学者。"① 而最极端、影响最大的例子，恐怕非米歇尔·福柯和罗兰·巴特的怀疑主义和解构主义理论莫属了。

福柯接受尼采对人的主体性地位的傲慢而消极的态度，并根据尼采的"上帝跟人都得死"的断言，宣布"作者已经消失"。福柯倾向于把作品跟作者分离开来。他认为，"必须剥夺主体（及类似主体）的创造作用，把它作为讲述的复杂而可变的功能体来分析。"② 总之，作者只是一个飘忽不定的"移动点"，并不具备可靠的真实性，所以，追问一部作品是谁写的，已经没有什么意义。福柯的取消作者的主体地位的美学思想，与法国当时的文学思潮有着密切的共生关系。就在福柯发表《什么是作者？》的前一年，即1968年，罗兰·巴特就已经发布了《作者之死》的文章，宣布了"作者"在小说中的无用和"死亡"。

在20世纪的小说理论家中，罗兰·巴特的理论是最有解构激情的，也是最具颠覆性和破坏性的。巴特的理论对包括中国的"先锋文学"在内的世界范围的文学观念和小说写作，都产生了极大的影响——它鼓励了写作上的实验勇气，培养了作家探索新的叙事方法的兴趣，但是，它也助长了那种任性的将伦理性的"人性化叙事"降低为僵硬的"物化叙事"的消极倾向。

巴特的写作理论的问题和特点，典型地表现在他的"写作"理念和"作者"理论上。他对传统的写作方法极度不满，便构想了一种性质特别、形态特殊的写作：

---

① 詹姆斯·费伦等主编：《当代叙事理论指南》，申丹、马海良等译，第65页，北京大学出版社，2007年。
② 赵毅衡编选：《符号学文学论文集》，第514、523页，百花文艺出版社，2004年。

"这是一种毫不动心的写作,或者说是一种纯洁的写作。"① 它具有沉默的、透明的、中性的性质,显示出的是一种"不在"的风格和"惰性"的状态。他对瞬间的感受、"心理震动"和"展望性的幻想"非常迷醉,认为"应该探索一门关于虚空的诗学"。文体之间的淆乱和纠缠,是巴特写作理论的一个致命问题。像苏珊·朗格一样,他研究的是小说,谈论的却是诗,并用诗的"魔床"来切割小说。他把诗的"单纯性"当作一种"真正的美学原则",当作包括小说在内的所有写作应该追求的境界,"必须遵从清晰的事实:一切内容都是按直接意义来读解的;因此'单纯性'要求着、将要求着人们尽可能在直意上进行写作"②。

显然,巴特的"零度的写作"理论表现出明显的主观预设性,具有不切实际的独断论色彩,必然导致对作者的主体性的否定和取消。于是,在《作者之死》一文中,他便合乎逻辑地重新界定了写作,并断然地宣布了作者的无用和死亡:"情况大概总是这样:一件事一经叙述……作者就会步入他自己的死亡,写作也就开始了。"他认同马拉美的观点:"是言语活动在说话,而不是作者;写作,是通过一种先决的非人格性"。他不仅把读者置于作者之上,而且将他们之间的关系阐释为一种互相排斥的对立关系,而不是互相依赖的对话关系:"我们已经知道,为使写作有其未来,就必须把写作的神话翻倒过来:读者的诞生应以作者的死亡为代价来换取。"③ 在这里,写作不再是作者与读者之间的交流,而是读者独自的狂欢;在这里,"言语活动"脱离了"作者"和"自我","出色地表现"着自己,就像锄头不是因为劳动者的使用而成为工具,而是自己摆脱了被动的客体性而成为具有主体性资格的劳动者一样;在这里,读者不再"受骗",不再被"扼杀",并因为作者的"死亡"而得以"诞生"。

巴特鼓励读者成为阅读领域的叛逆者。在他看来,读者不能满足于做文本的阅读者,也不能满足于按照传统的方式来阅读,而是要僭越作者的地位,要取代作者成为他的作品的新作者。他称"一切能引人阅读之文为古典之文",而现代之文则是"引人写作之文",为此,他创造了"可读的(lelisible)文本"和"可写的(lescriptible)文本"两个概念:前者"力求确立作者所意谓者,毫不顾及读者所理解者",后者则"令读者作生产者,而非消费者"④。最后的结果,就是彻底的孤独和

---

① 罗兰·巴尔特:《写作的零度》,李幼蒸译,第48页,中国人民大学出版社,2008年。
② 罗兰·巴尔特:《小说的准备》,李幼蒸译,第80、438页,中国人民大学出版社,2010年。
③ 罗兰·巴特:《罗兰·巴特随笔选》,怀宇译,第294-295、296、301页,百花文艺出版社,2005年。
④ 罗兰·巴特:《S/Z》,屠有祥译,第51-57页,上海人民出版社,2000年。

断裂:"正在创作的人被置于一边,已完成创作的人被打发了。被打发者并不知道自己已被打发。……作品既不是完成的,也不是未完成的:作品存在着。作品要表达的东西,只是这一点:即它存在着——仅此而已。"①作者被驱逐了,主体与主体之间的伦理关系断裂了,只剩未完成的作品,以残缺的形式,孤独而无声地显示着自己的存在。巴特取消写作与阅读的界线,固然是一种新鲜的先锋理念,但是,他的"去作者化"理论,不仅像卡勒批评的那样,"很可能建立一种扭曲的对立,将严重阻碍我们对于小说的研究"②,而且,必然要造成这样的后果:一是助长了读者在阅读领域的自以为是的傲慢和任性,一是在削弱作者权威的同时减弱了他们的责任心——反正读者自己还要接着"写作"的,作者无妨写得随意、恣纵一些。

总之,从叙事伦理的角度看,无论是福柯的"作者"理论,还是巴特的写作理念,都缺乏充分的现实感与合理性,都无助于在作者与读者之间建构起积极的伦理关系——既无助于作者的写作实践,也无助于读者的阅读。尤其是巴特的小说理论,更是典型地表征着当代小说和当代写作的危机,正像李幼蒸所批评的那样,"巴尔特的'小说哲学'(有关现实主义小说的消亡和新小说的未来等)暗示着文学世界本身的消亡。他在各种先锋派作品表面之间游荡却难以实际投入;他的文学理论批评实践,也间接地反映着文学世界本身的萎缩状态"③。事实上,罗兰·巴特的《作者之死》所表达的小说观和写作理念,几乎从一开始,就受到尖锐的质疑。早在20世纪60年代初期,法国学院派的领袖人物雷蒙·皮卡尔就在一篇题为《新式批评还是新式欺诈?》的文章中,对巴特的写作风格研究进行了彻底的否定。他认为巴特的写作理论是一种"荒谬的学说":"罗兰·巴特完全陷入了一种无法证实的、偶然的、过度的、无法控制的、荒谬的、纯学究的研究情形之中,而且不能自拔,在罗兰·巴特的笔下,'到处'、'总是'、'从来'等字眼随处可见,然而他从不作任何具体的解释。……这部书最令人气愤的地方就是作者智力上的安全感:他决定,决断,而且敢于肯定。神秘本身对他来说就等于没有神秘,他深入一切,解释一切,知道一切:唯有细微的差别从他那里逃脱。在这部作品里,人们看不到科学思想的基本准则,甚至是非常浅显的思想,几乎每一页都有急剧发展的系统化的迷失,以偏代全,以点带面,把假设当论断,非矛盾的原则受到讥讽,本末倒置。所有这些混同情形都

---

① 莫里斯·布朗肖:《文学空间》,顾嘉琛译,第2页,商务印书馆,2003年。
② 乔纳森·卡勒:《解构主义诗学》,盛宁译,第286页,中国社会科学出版社,1991年。
③ 罗兰·巴尔特:《小说的准备》,李幼蒸译,第621页,中国人民大学出版社,2010年。

是用一种语言来掩盖的，而这种语言所夸耀的准确性则犹如海市蜃楼一般。"①针对包括巴特在内的解构主义批评家否定作者的倾向，英国哲学家乔治·弗兰克尔这样批评道："值得注意的是，解构主义者们似乎从不提及坚持某些观点、表现出某种个性、发展其自己思想的作家，而是通过一味地提及文本而将作者去个性化。作者之死是一个便利的办法用以对付可能遇到的有意义的交流；也不用区分什么是实质性的，什么是不那么重要的；所有的目的都是为了暗中破坏一个文本中可能包含的思想。解构主义者破坏意义的另一个杀手锏则是经常重复这一条：所有的文本都存在自相矛盾，因而文本自行解构。"乔治·弗兰克尔进一步尖锐地批评道："通过否定作者、否定上帝的子民或理性之人，新哲学家们向知性的超我宣战了；他们宣布我们文化世袭的父亲们没有对我们说过一点有用的或独创的东西，这样他们便成为知性之父的谋杀者。然而很有趣的是，这使得儿子们从理性束缚中解放出来，容许他们胡说八道，鼓励语无伦次和莫名其妙的语言成为一种美德。他们发明出陌生和毫无意义的词汇。"②德国学者M.弗莱泽也拒绝接受巴特的"反作者"倾向，认为"应当借助于'责任性'这一术语，来恢复作为核心的作者之地位，艺术的涵义是围绕着这一核心而结晶的。根据B. H.托波罗夫的见解，没有作者形象（不论这一形象被多么深深地隐藏），文本就会成为'彻头彻尾机械的'，或是被降格为'偶然性的游戏'，而那种游戏在本质上同艺术是格格不入的。"③林赛·沃特斯则这样批评罗兰·巴特的自动的、物化的"零度写作"："对作者的本质特征的探求已经迷失了方向，把作者与主体区分开来的任何有意义的努力也都迷失了方向。"④英国的马克思主义文学批评家伊格尔顿则从社会和历史的角度，批评了巴特"阅读行为"的本质：作为一个"法国享乐主义者"，巴特呈献给我们的，"是私人的、脱离社会的、基本上是混乱的经验"⑤。

读者的傲慢和僭越必将造成"根本性的孤独"，也必将导致读者与作者之间正常的伦理关系的断裂，最终只能造成彻底性的放弃，即作者对自己的主体性的放弃，以及人们对交流的信心和期待的放弃。作家不再是那个通过完美的讲述给我们带来惊喜、感动和启迪的人，而是一个低能的人，一个不值得信任的人。

---

① 刘成富：《20世纪法国"反文学"研究》，第198—199页，江苏文艺出版社，2002年。
② 乔治·弗兰克尔：《道德的基础》，王雪梅译，第72、73页，国际文化出版公司，2007年。
③ 瓦·叶·哈利泽夫：《文学学导论》，周启超、王加兴等译，第86页，北京大学出版社，2006年。
④ 林赛·沃特斯：《美学权威主义批判》，昂智慧译，第13页，北京大学出版社，2000年。
⑤ 特里·伊格尔顿：《文学原理引论》，刘峰等译，第100页，文化艺术出版社，1987年。

我们应该与20世纪的以夸张的方式否定作者的"主体"地位的"后结构主义"告别了。我们要放弃那种把一切都当作不确定的"结构"的态度，把那些不该丢弃的东西再捡回来，例如，对作者的最起码的尊敬和信任，例如阅读作品时的谦虚、真诚、朴实的伦理态度。

五、余论：作者的重归与伦理现实主义的建构

"去作者化"的"态度—认知"结构，不仅必然导致小说作者的沉默和缺席，而且，必然具有否定小说的道德教诲和伦理影响的价值取向。作者介入的叙事方式，渐渐不再受欢迎了，正像英国小说家和批评家洛奇所说："现代小说趋于压低或取消作者的声音，其手段是要么通过人物的意识展示情节发展，要么把叙述任务直接交给人物。现代小说偶尔也使用作者叙述的语气，但通常带有某种嘲弄性的自我意识"[①]。而更为严重的后果，则是道德热情的冷漠和伦理精神的丧失：不再强调道德意识，拒绝承担伦理责任，被理所当然地当作更为纯粹的现代小说观念。

然而，一个无法否认的事实是，伦理性总是内在地深刻地影响着小说家观察生活的方式，影响着他叙事和塑造人物形象的方式。托尔斯泰发现了这个秘密，所以，在谈到莫泊桑的小说的时候，他把"作者对事物的正确的道德态度"，置于构成"艺术才华"的"必备条件"的首位。在他看来，由于长篇小说的任务是"整个人类或许多人的生活"，所以，"写长篇小说的人就应该对生活中的善恶有一个明确而固定的看法"；这种态度和看法，甚至起着对作品内部的各种因素进行整合的结构性的作用："那种使一部作品凝结成一个整体、从而产生反映生活的幻象的凝聚物，并不是人物与环境的统一，而是作者对事物的独特的道德态度的统一"，同时，对读者来讲，作者的道德性的存在，也具有非常重要的意义："无论艺术家描写的是什么人，是圣人也好，强盗也好，皇帝也好，仆人也好，我们寻找的，我们看见的只是艺术家本人的灵魂"[②]。美国学者詹姆斯·费伦则从叙事伦理的角度，指出了道德和伦理在小说的全部伦理关系中的重要性："故事的伦理维度涉及作者的读者赖以进行判断的那些

[①] 戴维·洛奇：《小说的艺术》，王峻岩等译，第10页，作家出版社，1998年。
[②] 列夫·托尔斯泰：《列夫·托尔斯泰文集》（第14卷），陈燊等译，第67、82、83页，人民文学出版社，1992年。

价值，涉及叙事赖以运用那些价值的方式，最后，涉及对人物的经验加以主题化所隐含的价值和信仰。"① 这些论述，都深刻地揭示了道德态度和伦理维度对于小说叙事的重要意义。这就呼唤作者要以一种真正成熟的伦理意识来写作，以积极的姿态重归小说世界。

小说家既是小说文本领域内承担完全责任的主体，也是小说形象体系中不可或缺的构成部分。对自我形象的塑造，是小说家需要完成的一个重要任务。没有一个成功的作者形象，就意味着一部小说在形象构成上是残缺的，就意味着它很难成为一部真正伟大的小说。当然，小说的虚构特点决定了作者不可能以一种直接的方式来呈现自我，而只能通过对人物形象的塑造来塑造自己的形象。他的形象就包含在他所塑造的形形色色的人物形象之中，正像君特·格拉斯深刻地指出的那样："我认为，一个作家是他写的一本本书中的人物的总和，包括书中出现的纳粹党卫队员……"② 不仅如此，反映在小说文本中的作者形象，还是一个比在日记和自传里都要真实的作者形象。舍斯托夫说："如果说陀思妥耶夫斯基写自己的自传，那个自传与斯特拉霍夫传记没有一点区别：无非把正面生活夸耀一番。斯特拉霍夫本人承认，《地下室手记》通过斯维德里盖伊洛夫向我们展现一个活生生的真正的陀思妥耶夫斯基。……果戈理也不是在《作者自白》，而是在《死魂灵》中讲自己。"③ 乌纳穆诺则在谈论自己小说的一篇文章中说："是的，一切小说，一切虚构作品，一切诗，当它们活着的时候，是自传性的。作者创造的一切虚构的生灵，一切诗化的人物，都是作者本身的一部分。"④ 的确，无论小说作者试图采取什么样的"客观性"策略将自己隐蔽起来，我们依然能从他所选择的包括叙述语调、叙事角度、修辞方式在内的多种因素里，看到作者自己的情感态度，看到他的趣味倾向和价值立场。他有时通过直接的议论和抒情来表达自己的思想和情感，有时用间接的方式，例如反讽、象征、隐喻、对比、重复、文体风格的变化等技巧，来曲折地表达自己的主观态度。读者可以从《复活》一开始对春景的描写里，感受到托尔斯泰对小说中人物和故事的充满博大爱意的态度；可以从《罪与罚》和《卡拉马佐夫兄弟》的激烈而纠缠的话语里，感受到陀思妥耶夫斯基对苦难的敏感，感受到他对罪恶的严格而又宽恕的态度；可以从《祝福》的反讽语调里，感受到鲁迅对"无痛感"的"国民性"的不满和对

---

① 詹姆斯·费伦：《作为修辞的叙事》，陈永国译，第72页，北京大学出版社，2002年。
② 君特·格拉斯：《谈文学》，载《世界文学》，1987年第6期。
③ 列夫·舍斯托夫：《在约伯的天平上》，董友等译，第111页，生活·读书·新知三联书店，1989年。
④ 米·乌纳穆诺：《图拉姨妈》，朱景冬译，第138页，黑龙江人民出版社，1993年。

弱者的同情；可以从《草原》和《苦恼》的描写里，感受到契诃夫的细腻而又略带感伤意味的情怀；可以从《静静的顿河》的低沉舒缓的叙述语调和大量浓墨重彩的描写里，感受到肖洛霍夫的超越了现代局限的悲剧感和人道主义精神；可以从《百年孤独》的揶揄的叙事语调里，感受到一种庄严、热情、有力量的正义感。在这些作品里，作者的内心情感、道德态度和伦理精神，像火焰一样，照亮了小说描写的生活场景，照亮了整个辽阔的小说世界。没有这团火焰，读者看到的，将是一个寂寥而寒冷的世界。

显然，小说伦理的精神和要义，就是承认小说的道德教诲性和伦理建构作用，就是要求小说家以合乎伦理原则的方式来处理各种主体关系，就是主张并要求小说家以积极的伦理态度面对现实。从人物塑造的向度看，小说伦理强调作者在塑造人物形象的时候，要有尊重事实的求真精神和"公听并观"①的公正态度，要有让人物发出自己声音的"对话"意识；从与现实和权力的关系看，小说伦理要求作者以积极的姿态介入生活，从政治、历史等多方面发现并揭示生活的真相，提出重大而迫切的问题，帮助读者认识自己所处的时代，帮助读者了解与现实密切相关的历史真相；从与读者关系的角度看，小说伦理要求作者要有自觉的责任意识，要通过积极的小说修辞手段，为读者的人格发展和精神升华提供切实的帮助，从而最终使自己和自己的作品，成为读者信赖和喜爱的良师益友。这就是说，无论从哪个角度看，小说伦理都关联着两个重要的方面：道德与人生，或者说，伦理与现实。它是伦理主义的，也是现实主义的，因而，必然是伦理现实主义的。

伦理关怀成为小说写作的动力，而伦理性内容则构成了小说最重要的内在价值。伦理现实主义的最终使命，就是要让小说成为推进生活的力量，能对读者的伦理道德产生积极的影响作用。托多洛夫说："如果我们去思考文学尤其是名著中的社会伦理价值，我们就会发现：索福克勒斯、莎士比亚、歌德和托尔斯泰的作品从根本上讲是教诲性的。"②托马斯·曼则不仅发现了现实主义与伦理道德的这种水乳交融的同一性关系，而且，还径直用"健康"来指代"伦理"："……不朽的健康，不朽的现实主义。因为在我们的意识中，健康和现实主义当然是永远不能分离的，在我们看来，它们永远是一个整体，它们体现着一个姿态优美、心灵纯洁、天性高尚的世

---

① 司马迁：《史记·鲁仲连邹阳列传》，中华书局，2002年。
② 托多洛夫：《批评的批评》，第127页，生活·读书·新知三联书店，2002年。

界"①。一个优秀的小说家应自觉地承担这样的伦理使命，即通过完美的叙事和描写，用最美好的情感和思想来影响读者的道德意识。作为现代最伟大的小说家，托尔斯泰就始终将伦理目标放在第一位，始终努力让自己的小说有益于读者的道德感受和伦理经验。莫德深刻地阐释了托尔斯泰在小说伦理上所取得的成就："对他来说，生活是重要的，而艺术是生活婢女。他想要分清什么是善，什么是恶；想要助长前者，抵制后者。他的作品企图从生活的紊乱中理出头绪，而且因为这是人所能希求的最重要的事情，所以他的作品在现代文学中最受欢迎，而且占最重要的地位。他并不装作超然，把他的艺术与生活截然分开，或隐瞒希望善良战胜残酷的愿望。生活使他感兴趣、因此生活的反映也使他感兴趣，而艺术的问题，就是生活的问题：如爱情、感情、死亡和做一个正直的人的愿望。"②正因为有这样的伦理自觉，作为伦理现实主义的伟大典范，托尔斯泰的写作就没有沦为空洞的形式主义或琐屑的自然主义，没有沉溺在对感官的低俗的描写中，而是充满了道德的诗意和光芒。

在伦理现实主义小说的经验建构方面，拉美的现实主义文学也为我们提供了重要的资源和启示。20世纪的拉丁美洲文学中的"魔幻现实主义"小说，以极为坦率和勇敢的态度，表现了伦理主义的精神和现实主义的热情。在他们的叙事中，很少看见自我中心主义的风流名士做派，很少看见对外在形式的唯美主义迷恋，而是充满介入生活的激情，充满改变生活现状的政治理想和改变读者的意识结构的文化理想。正像卡彭铁尔所说的那样："我们的诗人一直或几乎一直是坚定不移地介入社会的，尤其是自20世纪。……我们这个时代，诗人的政治觉悟有增无减，因为他们知道人民熟悉他们的诗歌、支持他们，理解他们、在倾听他们的呼声。"③对优秀的拉美小说家来讲，文学就是生活本身，就是政治，就是道德，就是改变世界的巨大力量。正像加西亚·马尔克斯所发现的那样，几乎所有成熟的拉美作家，都具有伦理性的理想和目的，都把小说当作推进社会生活进步的力量："在优秀文学作品里我发现总有一种摧毁已被确立的、被强加的东西和促进建立新的生活方式和新的社会制度的趋势。总之，是改善人们生活的趋势。"④对拉美作家来讲，政治居于小说伦理结构中的重要位置，所以，他们从不逃避自己的政治责任，从不把文学与政治割裂开来。马尔克斯就曾这样强调政治与文学的血肉关系："关于现实，我认为作家的立场就是

---

① 陈燊编选：《欧美作家论列夫·托尔斯泰》，第389页，中国社会科学出版社，1983年。
② 同上书，第196页。
③ 阿莱霍·卡彭铁尔：《小说是一种需要》，陈众议译，第4页，云南人民出版社，1995年。
④ 林一安编：《加西亚·马尔克斯研究》，陈众议译，第154页，云南人民出版社，1993年。

一种政治立场。……改变那个社会的任务如此紧迫,以致谁也不能逃避政治工作。而且我的政治志趣同文学志趣都从同样的源泉中汲取营养:即对人、对我周围的世界、对社会和生活本身的关心。"①他认为作家应该承担起对读者的政治责任,应该在政治上作出自己的贡献:"作家的伟大政治贡献在于不回避他的信念,也不回避现实,而是通过他的作品帮助读者更好地懂得什么是他自己国家、他所在的大陆、他所处的社会的政治现实和社会现实;我认为这是件重要的、积极的政治工作;我认为这是作家的政治作用。"②他在与门多萨对话的时候,再次谈到了这个话题:"我经过长时间的思考,终于懂得了,我的职责不仅仅是反映我国的政治和社会现实,而且要反映本大陆乃至全世界的现实,绝不忽略或轻视任何一个方面。"③拉美文学作为20世纪最重要的文学成就的一部分,再一次证明了这样一个事实:于19世纪达到高峰的关注世道人心的现实主义文学传统,不仅没有过时和失效,而且还依然有着强大的生命活力和引领力量。

　　1928年,在谈到20世纪的文学时,托马斯·曼说:"比之上一世纪,我们在道德方面退了一步,对这一见解我们不能不表示赞同。"波兰著名作家布鲁斯则对照着托尔斯泰的经验,来批评20世纪的小说:"我们生活在文学上肆意妄为的时代。……现代派的风格与托尔斯泰的风格之间有着同样深的鸿沟。'现代派'拿来一根头发,把它分成十六份,每份极细的头发丝都给缠上名之曰隐喻、换喻、讽喻、夸张等等修辞的破布头——结果它成了像船上缆索那样粗笨的东西,然而它却经不住苍蝇的重量,因为它里面空空如也……"④两位现代作家的话语,表达了对自己时代文学的不满和焦虑,也揭示了两个最基本的问题:现代文学在美学和伦理两方面都存在缺陷。

　　那么,对21世纪的小说写作来讲,摆脱困境的出路在哪里?从主体方面来看,就在小说家自己身上。我们应该纠正在20世纪流行一时的形式主义和唯美主义的"去作者化"的小说理念,并用它来克服那种流于形式的、反交流的叙事方式,从而回归伦理现实主义的叙事传统。一个成熟的小说家从不把伦理看成小说的敌人,而是把它当作小说的肉中之血与骨中之髓。他尊重甚至爱自己笔下的每一个人物。他

---

① 加西亚·马尔克斯:《两百年的孤独——加西亚·马尔克斯谈创作》,朱景冬等译,第132页,云南人民出版社,1997年。
② 林一安编:《加西亚·马尔克斯研究》,陈众议译,第178页,云南人民出版社,1995年。
③ 加西亚·马尔克斯、门多萨:《番石榴飘香》,林一安译,第82页,生活·读书·新知三联书店,1987年。
④ 陈燊编选:《欧美作家论列夫·托尔斯泰》,第388、504页,中国社会科学出版社,1983年。

希望读者能喜欢自己以及自己作品中的人物,希望读者能接受自己的生活理念和道德主张,希望自己的小说能帮助读者变得更加优秀。他理解并坚信这样一个关于小说的真理:没有伦理的现实主义是无力的,没有现实主义的伦理是空洞的,因此,只有在伦理现实主义的稳固基石上,我们才能建构起小说艺术的雄伟而不朽的层楼杰观。

(原载《中国社会科学》,2012 年第 8 期)

永不陨落的文学星辰

——萧红文学创作综论

季红真

萧红生前一共出版了十本书，短短十年写下近百万字，文体遍及诗歌、小说、散文、戏剧和评论。纪念她的文字则有上千万，根据她的作品改编的文艺作品源源不断，传记至今新作迭出。《生死场》在世纪之交搬上首都的话剧舞台，轰动海内外。网上关于她的信息有几十万条，而且有褒无贬。萧红是一个伟大的作家，至今仍然是民族精神的象征，像一颗明亮的星辰在民族危难的暗夜倏然升起，至今闪烁在人类艺术的天穹。她承袭了宿命的苦难，在错动的历史中艰难跋涉，民族国家的基本立场与左翼的意识形态，使她从民间的历史视角叙述现代性劫掠中的溃败、变革与抗争，一开始就进入了人类最前卫的文化思潮和艺术思潮，以"对着人类的愚昧"为自己的文学使命，文化人类学是其基本的学科基础，天命的原始思想是她阐释民间精神的泛文本背景。

一

萧红生长在中国历史急剧动荡的时代，现代性劫掠的外族入侵导致了传统文化的迅速崩溃，民族危亡一开始就是她成长的意义空间中最严峻的问题。而维新的乡绅之家的特殊文化环境，又使她得以进入应对溃败的新文化潮流。由于神秘婚约的束缚，她与家庭的关系由紧张到彻底决裂，更前卫的新派知识者的思想启蒙，使她天然地易于接受激进的左翼思潮。她中学的历史教师姜寿山毕业于北京大学，而她出入的哈尔滨左翼文化沙龙牵牛坊中多有革命志士。她的创作一开始就以"意识到的历史内容"引人注目，而且是从民间的视角、以民间的记忆与民间的方式叙述。溃败是萧红历史意识的基本主题——家族的溃败、乡土的溃败与文明的溃败。她以各种溃败的生命故事为焦点，连缀起大跨度时间中的历史图景，表现了现代性劫掠中整个民族所经历的巨大苦难，特别是在外族入侵的危难情境中，历史时间倏然断裂所带给乡土社会的急剧震荡。《生死场》以一组人物的命运故事，表现了在外来文明的猛烈冲击下，乡土人生从失败的变革到奋起抗争的完整过程，为断裂的历史留下了最初的遗照。萧红因此而成为民族历史的书写者，她的创作和其他作家的创作一起，成为全民抗战的先声，带有民族集体记忆的特殊意义。

关注民间思想，是萧红自觉的艺术追求。萧红文学中充满了大量的仪式，根据俄国民间文学研究家弗拉基米尔·雅科夫列维奇·普乐普的观点，神话与故事都是仪式的准确换位。在《生死场》的《罪恶的五月节》中，她叙述了两桩杀子的故事，俄国巡回画展派的主要代表作家伊利亚·叶菲莫维奇·列宾《伊凡杀子》是其潜在的文本（她中学时期为了画家梦，大量搜集中外美术的资料，完全有可能看过这幅世界名画）。但是，她把杀子的时间锁定在中国四大鬼节之一的五月节（端午节，也有些地区称之为女儿节，是为纪念寻父投江的曹娥）。这两个被杀的孩子因此而带有了祭品的性质，这显然是野蛮人祭风俗在她作品中的准确换位。不仅如此，在她所有的文本中，五月节都是划分生死的时间符码，这与她的生日禁忌重合，也同样带有自我指涉的替代性质。这个时期文化人类学正在兴起，连她所敬仰的鲁迅也在写取材于神话的《故事新编》。她在上海的1936年，鲁迅完成了这部著作，它作为泛文本的背景对萧红也是一种启示，自然会影响到她的创作。这样萧红一开始就进入了人类最前卫的文化思潮，也进入了人类最前卫的艺术思潮。她以民间的历史视角，连缀起破碎的历史图景，浮雕一样凸显着掩埋在重大历史事件中的民族心理的原型，渗透着她对人与历史、文明关系的普遍性思考。

萧红的文学思想成熟得很早。1938年，她在《七月》杂志召开的座谈会上明确地表示："作家不是属于阶级的，作家是属于人类的，过去和现在，作家都要永远对着人类的愚昧。"① 这使她超越了左翼文学以阶级斗争为核心的创作法典，也超越了狭隘的种族立场，以开阔的视野审视法西斯战争带给全人类的灾难，以及形成这灾难

---

① 萧红：《现实文艺活动与〈七月〉》，载《七月》，1938年15期。

的人性根源。这和她早年在五方杂处的国际化大都市哈尔滨的经历有关。她世界观的构型、艺术观的核心与所有的叙事动机基本都形成于那个时期。逃离法西斯统治之后,在上海又广泛接触了东西方的左翼文化人;1936年旅居日本时期,亲历了日本军国主义的猖獗,目睹了现代性的灾难性后果。这使她一开始就站在了人类的前沿,在被历史塑造的同时,作为著名作家的萧红也影响着历史的发展,心灵在与历史的互动中完成了精彩的文学飞翔。

身为女性,萧红一出生就受到传统文化的诅咒,被认为是不祥的孩子,在升学、婚恋等一系列问题上阻力重重,而且在开始写作的时候,仅仅二十三岁就已经经历了一个女人可能经历的所有苦难。这使她对女性的生存有着特殊的敏感,女儿性与母性的精神从始至终涵盖了她所有题材的写作,取材最多的就是女人以及鳏寡孤独们的命运故事。展示女性的特殊经验,是萧红民间的历史视角中最令人触目的景观,第一篇小说《王阿嫂的死》叙述的就是失去丈夫的孕妇与孤儿的悲惨命运。而女性的文化处境也是她洞察历史的基点,《生死场》中未婚先孕的金枝被男性同胞所强暴,种族立场和性别立场发生了抵牾。而女性生物学的局限又使她以赤裸裸的笔触表现生殖的种种苦难,她先后写了六起生殖的事件,在融合着痛苦与欢欣的自我凝视中,把拉伯雷食与性的身体狂欢推进到人类延续生命的基本情境,也把托尔斯泰和巴金们对于生殖无奈的厌烦与恐惧转变为繁衍生命的泛人类学主题,这是两性共同的伦理命题,因此萧红成为有史以来最伟大的歌咏生殖的悲情诗人。她对朋友说"女性的天空是低矮的"[①],正是在这无可规避的物种延续的基本伦理层面,女性得到了淋漓尽致的形象诠释。这使她的女权思想超越了一时一地的具体问题,深入到生命的原始悲哀,具有永恒的人性价值。

对于各种文化制度的质疑,则使萧红文学的泛文本背景具有了开阔的文化史空间。她的创作一开始就建立在人与自然的关系上,展现了各种不同的文化信仰,萨满教的大背景中融合了儒、释、道各教与各种民间的淫祀,表现了无有不信的混融信仰方式。而近代思想则是通过对其祖父、伯父与父亲,以及殖民城市中洋商家庭的基督教信仰,全景式地展现出来。以对"天命"的不同理解来表现民族原始思维的巨大凝聚力,她以生命为核心的伦理诗学就建筑在这深广的文化基石上。萧红是在近代思想的启蒙中重新发现民间的善良精神,借助朴素的天命观完成自我的确立。《呼兰河传》中,唯一一个健康的人性故事就是非婚结合的夫妻冯歪嘴子和王大姑娘

---

① 聂绀弩:《在西安》,收入王观泉编,《怀念萧红》,第30页,黑龙江人民出版社,1981年。

的生命故事，尽管贫贱、尽管受歧视，却满怀希望坚韧不拔地生活。这样深厚的泛文本背景，使萧红文学带有文化史、思想史和心灵史的重要意义。

萧红处于多种话语体系当中，却能够保持一个完整的自我，许多次濒临崩溃的时候，都能让自己重新站立起来。她在和外部世界抗争的同时，也坚持不懈地和自我角力。萧红对"人生何如"的价值追问接近莎士比亚与托尔斯泰的思维深度，而悲凉的诗性情感基调则是整个民族在外来暴力的威胁下在溃败中共同体验的历史情绪。她以病弱的身躯承担着个人、女性、种族乃至人类的所有苦难。"向着温暖与爱的方向，怀着永久的憧憬与追求"，是萧红对人类情感价值的顽强坚守。《呼兰河传》在一片萧条冷寂的氛围中，借助乌鸦的叫声与孩子的歌谣，呼应着逐渐转暗的火烧云，寄托了人类微茫的希望。萧红不是一个虚无主义者，她在艰难跋涉中，终于借助一个贫穷磨倦的生命故事，建构了再生的女性——母性的自我。接近生命终点的时候，她写作的《后花园》赞美了超越于所有文化制度之上的基本的两性之爱，认同了普通人承受命运打击的泰然与坚韧，也表达了对地母一样的女性安详精神的激赏，以及对人类专注于工作的永恒伦理价值的认同。

农耕文明的乡土文化背景、女性的生殖处境与母性的安详，使萧红文学以生命为核心，沟通了宇宙自然的博大系统。她一开始就把人置于所有物种之中，表现人在宇宙自然中的渺小与无助，使不同物种的生命形态互相映衬。《生死场》中"人和动物一起忙着生，忙着死"，是对物种延续的幽默联想；《小黑狗》中对于动物的母性感同身受的痛苦抒发，是对所有生命的悲悯。从中可以看到萨满教原始自然观的泛神信仰，也可以看到佛教生死轮回中众生平等的观念，这都寄托着萧红对于大自然的敬畏与依恋，这是人类最永恒的情感，在环境日益恶化的当今世界，尤其显示着她可贵的思想光彩。由此，萧红以生命的价值为轴心建立起自己博大的伦理诗学，隐含着生态人类学的基本理念，体现着最基本也是最永恒的人文价值。

二

萧红一生都以艺术的方式和历史对话、和世界对话。她是一个孜孜不倦的探索者，勤苦耕耘在艺术的园地，而且从来不迷信权威，始终走着自己的路。她认为艺术上没有高峰，不承认所谓的小说学，连终身敬仰的鲁迅也要超越，"有各式各样的作者，有各式各样的小说"①。而且，她的幸运在于生长在一个全球文明交融的时代，生活在城乡结合部的边陲小城，传统文化、民间文化与外来文化同时作用于她的思维感觉，足以建立一个自我完足的艺术世界。

萧红的追求并不能为她同时代的朋友所理解，深刻的寂寞成为她临终的主要遗憾。她当年就受到朋友们善意的批评，因为左翼阵营以现实主义为圭臬，写实的人物是艺术创作的核心，社会学范围中的"典型环境中的典型性格"是至高的美学理想。为此，她和萧军经常争吵，日本左翼作家鹿地亘曾经概括他们的差别，"一个是客观的正确，古典的优美，一个是感觉主义的新鲜"②，应该说是切中肯綮。萧红明显受到西方20世纪初前卫的美术思潮的影响，而且是在可塑性最强、接受能力也最强的少女时代。她中学的美术教师高仰山是刘海粟的学生，迎合世界潮流是后者公开的艺术主张。她的泛文本背景中有新建筑、新美术，也有中外文学大师的新探索。以身体的装饰性构图的表现主义美术、以意识的流动表现心理的意识流文学、以举隅法为主要修辞特征的意象派诗歌、以众声喧哗的杂语叙述的现代戏剧手法、电影的蒙太奇技术等等，都对她的艺术产生了启发性的影响。当然，感觉主义的哲学也影响着她的表现内容，对于非理性生命本能的重视，以身体推动叙事的策略，都是她的艺术世界中尤其醒目的部分，鲁迅所谓"越轨的笔致"应该指的就是这些。这从《生死场》中的金枝盲目受孕，成业对她的需要只是成熟男人的性本能，王婆的身体像土地一样贯通所有群体的空间，都可以看出来。

对萧红早期创作产生重大影响的，应该说是先锋美术。她早期的短篇小说如《出嫁》等，构图和色彩都带有印象派绘画的特征；《生死场》中《刑罚的日子》里三个无因果关联的生产场面，对于女性身体的展现与联想也是集中的体现。当年，鲁迅对她"明丽与新鲜"，以及"叙事写景胜于人物的刻画"等等评价，就准确地概括了她的美学特征。对萧红影响最深的应该说是德国左翼版画家凯伦·珂勒惠支，后者经常被以表现主义命名，《母亲》（亦称《献祭》、《献祭的母亲》）与组画《农民起义》，从内容到形式都影响了《生死场》前半部的写作。《农民起义》第五幅取材于真实历史人物"黑色安娜"的农妇，显然是王婆的原型。后者前后失去了三个孩子，也是一个献祭的母亲。而《生死场》前半部情节与场景的设置，也耦合于《农民起义》由起事到失败的过程，只是具体详尽地表现了因果的逻辑，把静态的画面连缀

---

① 聂绀弩：《回忆我与萧红的一次对话》，收入《高山仰止》，第102页，人民文学出版社，1984年。
② 萧军：《萧军全集》第18卷，第15页，华夏出版社，2008年。

成了动态的完整过程。

萧红少小和祖父学古诗打下了音韵的良好基础，也开启了对宇宙人生的感悟。她在中小学接受的语文教育基本以古文为主，刚刚能够阅读，就遍览家中的唐诗宋词，包括《红楼梦》在内的古典小说；中学期间学习书法篆刻，一度迷恋郑板桥的书法；这些都影响了她的创作，她晚期小说对人生无奈的慨叹，明显渗透着古代的时空观念。生前最后发表的短篇小说《小城三月》，明显地受到宝黛爱情悲剧的启发，但是表现文化震动中处于两种文化夹缝中的乡土女性无奈的情感悲剧，翻出了新意。传统文化为她的世界观提供了基本的观物方式与时间形式，用以容纳溃败历史中多种文化犬牙交错中的空间形式与混乱的心灵感受。《呼兰河传》第一章从冬天的早晨开始，结束于秋天的傍晚，呈现为时空同体的无限流转，心灵感应着宇宙自然生命与人生的万古循环，因此比音韵更集中地体现着古代诗歌的精神。民间文化则是她在"五四"新文化运动平民文学的思潮中获得的启蒙。从《生死场》开始，萧红在对民间思想的关注中，就包括对民间艺术的激赏，叙事中有多首民谣；《呼兰河传》第二章中，系统地介绍了各种民俗，有价值的批判，也有艺术形式与精神的心仪。民间艺术使她的乡土经验与现代艺术彼此交集，和传统诗文的精神一起，构成她的诗性生长的深厚土壤。

此外，萧红一生学过四种外语。除了中学主修英语之外，在哈尔滨期间和萧军一起学了俄文，在上海学世界语，到日本又学了日文。各种语言构成多维的参照，使她对汉语细微奥妙的感悟更加敏锐细腻。她的文字渗透着感觉，或许是受感觉主义美学潮流的启发。她的叙事节奏感很强，而且根据人物与情节的需要而富于变化，儿童主人公的叙述语言单纯而简短，老年妇女则频率快而语气强烈，《生死场》中倒反天戈的王婆说话斩钉截铁，《梧桐》中流亡四川的东北老太太则节奏紊乱，表现出絮叨的言语特征。其他如意境的营造、意象的剪辑、复沓的节奏与低回婉转的韵律感，都可以看到语言形式的精美，而且是不露痕迹的舒卷自如。萧红创造性地继承了汉语的诗文传统，对现代汉语的艺术写作作出了杰出的贡献，并且以语言的神奇魅力增加着整个族群的情感凝聚力，成为新文学的传统，与日月一起流转，至今影响着中国汉语写作的发展。

三

萧红自小生长在维新的乡绅之家，而广大的乡土社会又通过血缘的关系构成深重的阴暗底色，女性家长的精神强迫与男性家长的维新启蒙、新式学校的文化教育彼此冲突，使她的世界处于分裂的状态。她在新与旧的夹击之中，深刻地感受到现代中国人精神心理的大分裂，自我完足的世界被打破，所有人都面临着认同的危机。这种强烈的精神危机感直接物化在她作品的人物处境中，形成了一个夹缝式的基本情境。她作品中不少成年的主人公都处于这样的尴尬境地，带来文化身份认同的紊乱。有二伯和王四的身份都处于主仆之间，金枝处于种族立场与性别立场的两难境地，置身中西文化之间的小知识分子马伯乐既是马又是伯乐，翠姨在乡土社会与现代文化的空间中都处于边缘的位置，徒有进入新生活的愿望而找不到登堂入室之门。这些人物的尴尬处境都是现代中国伦理史的经典话题，一如鲁迅在《野草》中所表达的"中间物"的思想，是整个民族共时性的集体性格类型。萧红认同他们的处境，一开始就把自己从鲁迅那一代要"改造国民性"的精英知识分子中区别出来。她对朋友表达了自我分裂的感觉，"我要飞，但同时觉得……我会掉下来"①。她用心灵承受了整个民族精神分裂的痛苦，并且把它形式化，在抒发自己困惑的同时，也诠释了无数人的迷茫。

萧红身处国破家亡的动荡时代，她短暂的一生几乎都是在流亡中度过，无论是抗婚出走求学，还是躲避情感困扰，乃至逃离战争的威胁，最终还是死于战火倾城的香港，精神的抗争也以渴望回家作为失败的象征。因此对于失去家园的流亡者，她有着情感的深刻共鸣。这使她笔下的人物多是流亡者，分布于各个阶层、各个种族、各种党派、各种年龄段和性别。身为最早沦陷的东北地区的作家，萧红对于流亡异乡的东北同胞有着不言而喻的情感，发表的两篇纪念"九·一八"事变的文章，都是以书信的方式致东北流亡者。近代中国革命与战争频繁交替，导致了几代人的动荡人生，流亡是民族历史命运的艺术折射。现代性带来的种族的频繁迁徙与全球性交往，使流亡也成为一部分人类的共同命运。而且，在任何时代也都会有因为各种原因自愿或者被迫的流亡者，因此这个主题也超越了所有的时代。萧红文学最基本的行动元叙事模式就是流亡，而且在具体的情节设计中，经常是与死亡两相对立。

---

① 聂绀弩：《在西安》，收入王观泉编，《怀念萧红》，第31页，黑龙江人民出版社，1981年。

《生死场》的下半部基本就是各种逃离死地的故事叙事,《马伯乐》则是以逃离开始以回归与失败轮番交替的游记式结构,其他如《索菲亚的愁苦》中客居哈尔滨的高加索移民、《亚丽》中流亡的朝鲜族革命者等都是以流亡开始、以流亡结束。流亡的生涯是溃败人生挣扎循环的基本曲线,涵盖了所有流亡者的人生轨迹,这样的行动元叙事模式使萧红文学带有了泛人类学的普遍形式特征。

萧红身处动荡的时代,流亡的生涯、居无定所的命运都使她的心灵感应着时代的混乱光影,并且以艺术的方式营造可触可感的时空体形式。现代性对时空的重新规划带给主体对时间形式的新感觉,心理化是整个现代主义文学共同的美学特征。从鲁迅开始,几乎所有中国的现代知识者都有时间的焦虑。萧红文学充满了对于时间的诗性感悟,也由此带来深刻的紧张,而空间则是鬼魅一样身形飘忽,这两者透露了她内在的焦虑。时间和空间的关系也呈现出超稳定与混乱状态的交替和回归。一如巴赫金在《小说的时间形式和时空体形式——历史诗学概述》中所定义:"文学中已经艺术地把握了的时间关系和空间关系相互间的重要联系,我们将称之为时空体。"[①] 萧红在探讨人与具体时空各种关系的特殊形式时,建构了各种时空体形式,而且其中充满了诡谲的矛盾,是她感应历史内容的独特心灵形式的物质外化。她运用了多种时间形式,营造出动荡时代犬牙交错的文化景观。沉滞的乡土社会是时空同体无限流转的超稳定自然时序,只有历史时间倏然断裂之后的混乱激流,把破碎的空间卷入自己凶险的漩涡。楔入传统文化的大都市的时空是短暂的稳定与长久的飘移,带给主体的混乱呈现为心理时间形式的跳荡与紊乱。混乱的时空体形式彻底改变了乡土社会生和死的形式,生命周期的循环也失去了原有的秩序。这就是经历着革命与战争轮番交替的现代中国人共同体验着的心灵混乱,萧红以诗性的方式呈现出来,她的文学便带有中国现代心理史的独特形式特征。

四

在萧红文学的历史视角中,身体是基本的视点,它牵引着叙事的发展,人生的所有苦难都呈现为血肉之躯孤绝的生存困境,集结为"生的坚强与死的挣扎"。生老病死的自然循环,意识形态层面多种文化制度的束缚,政治迫害的囚禁和战争的杀

[①] 巴赫金:《小说理论》,白春仁、晓河译,第274页,河北教育出版社,1998年。

戮，形成了萧红文学独特的政治文化的身体视点，在和宇宙自然生命大系统的互喻中，连缀出个体在特定的历史文化情境中的生命故事，身体也因此具有了隐喻的修辞功能，最终凝缩成重重禁忌中的生命困厄，将个体心灵隐秘的情结也置换在文本的语言结构中，揭示了人在宇宙自然与文化之间的两难处境与无法挣脱的宿命困境。

萧红最早发表的两篇作品《弃儿》与《王阿嫂的死》，都是以孕妇肚子的突兀而醒目，并且由此出发推动着叙事的发展。《生死场》中女性生产时丑陋痛苦的身体，使生殖由此成为一个母题反复变奏，概括了女性生殖的所有可能，这显然融合了她自身生命的体验，凝视中也有着欲望的投影。疾病也是她特别敏感的身体问题，这和她曾经患有多种疾病的经历有关，痛经、头疼、便秘、痔疮、气管疾病和家族遗传的心脏病都常年折磨着她，还有过抑郁症的病史，甚至传言她被家族囚禁期间患了精神病[①]。此外，她少小时还经历了瘟疫的威胁，最小的弟弟感染，在外国医生野蛮的医疗暴行之后丧失[②]。在她的文本中，疾病成为最接近死亡的叙事，《生死场》中月英惨不忍睹的病相、《商市街》中自述的各种病痛、《小六》中像大蜘蛛一样营养不良的病弱孩子等等，都传达出她的内在焦虑。最体现苏珊·桑塔格所谓"疾病的隐喻"的伤残，成为萧红以身体为焦点的叙述方式中重要的修辞手法。《生死场》最先出场的二里半一家都有残疾，一个跛足，一个罗圈腿，一个麻面，而且全部叙事都结束于二里半颠着跛足，伴随着羊的叫声，走上抗日敢死之路的远去背影，跛足隐喻着民族精神的不健全。她在叙述日军入侵之后的死亡威胁使乡村丧失了基本的时间形式时，比喻整个村庄都患了传染病昏昏沉沉，既呼应了战前瘟疫的灾难景象，又隐喻着民众精神的紊乱。而随处可见的爬虫一样的伤残乞丐，则是战争残酷后果最直接的感性显现，伤残的身体成为残酷历史的隐喻性细节。而精神性的疾病则是历史罪恶在心灵中的极端反映，《旷野中的呼喊》、《汾河的圆月》中的老人，都是因为儿子投身抗日牺牲而陷入精神的迷乱，这是整个民族创伤性的精神异常。

各种文化制度对身体的禁忌，更是萧红文本中反复讲述的故事。《呼兰河传》中小团圆媳妇仅仅因为发育早、走路快、吃得多和不害羞，而无意识地触犯了千百年来文化禁忌的天条，而被虐待致死，而且是当众赤身裸体地用开水烫。而《叶子》中的出嫁场面中，新娘用被子把自己包起来，是因为害怕老婆婆哭红了眼而怕人笑话，这和赤身裸体两相对应，正是女性身体恐惧与自卫的极端形式。对于"自我的

---

① 李洁吾：《萧红在北京的时候》，收入孙延林编，《萧红研究》（第1辑），哈尔滨出版社，1998年。
② 萧红：《萧红全集·商市街》，第331—334页，凤凰出版社，2010年。

病"则是文化震动时期的心灵戏剧,用苏珊·桑塔格的说法,就是"自我背叛了肉体"。萧红文学中有两起叙事,主人公都是因为接受了自由恋爱的新文化思想,又受着旧的婚姻制度的阻滞而抑郁身亡,《叶子》中的莺哥终夜咳嗽,应该是肺结核的症状,《小城三月》中的翠姨也是肺结核,而且这两个人都和她有亲属关系。对于民族国家的话语,萧红借助不同种族的文化制度对女性身体的规训,也表达了深刻的质疑,金枝被同胞强暴,日侨女主人与水兵"军民合作"[①]。"五四"时期的人道主义话语也被她柔性地嘲讽了,新式知识者以嫖娼来研究社会科学,批判"人血红唇"的新文学编辑一旦得到她的爱情,"人血红唇的妖魔"就"美若天仙"[②]。至于革命话语的身体强迫,更使她惊怵万分。《渺茫中》和《亚丽》中都有对不出场的能干女性的憎恶,她们对异性同志的性挑逗与性虐待都使她厌恶与恐惧。总之,所有的话语体系在她的笔下都呈现为男权意志建立的意义,作为意义承载者的女性身体始终都处于被压抑与奴役中,一如米歇尔·福柯所谓话语是社会性权力的体现,只代表权力,而不代表真理。女性其实一直都处于失语的状态,萧红以身体推动叙事就把沉默的女性从各种话语的挤压中解放出来,以感性的生命体验,跳出了所有意识形态的话语陷阱。

萧红以身体为基本视点,对外部的自我与内在的自我,分别以外部视点和内在视点的交替叙述,犀利地解构了所有既成的话语体系,由此形成自己基本的叙事角度,这就是心理的角度。她的叙述方式不以故事的完整见长,而是以表现心理的深度卓然不群,惨烈的历史事件对生命的戕害,严密的文化制度对自我的压抑,痛苦的生存记忆、情感的波动与不安分的思想,都内化为心理活动,延续着新文学开拓者们的中国经验,在纯粹的意识流中流淌。她的自述性文本,基本是内心活动的诗性展示,而虚构性的文本则经常借助对象的心理活动转述出自己的感受,而她的经历又联系着大历史的运动,在自我表现的同时也表达了一个时代人们的共同感受。正如荣格所说,一个诗人无论他多么傲慢,实际上都代表着无数的声音在说话。萧红文学是民族心理史的一块鲜活切片,对民间思想的凝视使她有能力揭示民族集体的意识与无意识,来表现一般民众对重大历史事件如庚子之乱、十月革命、中东路事件与日军入侵等的心理反应与记忆方式。此外,对男性的无意识心理、女性的文化心理、知识者的心理、异族移民的心理、恋爱着的男女们的心理、儿童的心理、

---

① 萧红:《萧红全集·马伯乐》,凤凰出版社,2010年。
② 萧红:《萧红全集·商市街》,第138—141页,凤凰出版社,2010年。

老人的心理等等，也以各种手法准确生动地表现出来。社会的众生相在她的笔下，呈现为众多心灵的悸动与呓语，容纳了比事件更鲜活的生命内容。她几乎是以各种心灵的感应作为叙述历史的基本素材，完成了自己对"意识到的历史内容"的独特表述。

一般认为萧红是靠着天才的直觉写作，实际上这只是艺术还原的结果。她"对着人类的愚昧"的写作态度与对溃败历史的高度自觉，都再度还原为高度感觉化的文字，感觉是萧红文学的基本艺术手法。她以这样的方式将逻辑思维与生命体验整合为浑融一体的艺术世界，借助各种意象丰满地呈现出思想的肌肤。首先对于各种身体的感觉，比如饥饿、寒冷、孤独、幽闭、恐惧、疼痛等等，都以通感与联想可触可感地传达出来，这在《商市街》中表现得最充分。其次，则是以主观化的感觉赋予对象以独特的比喻，而且是以儿童的联想方式选择意象，形成自己独特的修辞系统，鹰隼等猛禽用来形容中老年人，植物与小动物用来形容女人和孩子，无机物用来形容衰老者；牛马一类大牲畜是指涉男人的意象，而鱼则是女性专有的喻体，延续着"鱼水交欢"等传统语用中的谀辞，反其意而用之。还有一些指涉则带有任意联想的特点，《弃儿》中以"脏包袱"和"垃圾箱"形容怀孕的芹病弱无力的身体；而《无题》中形容脱落着毛的驴子像是穿着破烂的衣服等等，都以极其个人化的感觉带来陌生化的效果，而情感的趋向也由此彰显。历史、文明、人生与人性，都在她独特的感觉中获得血肉丰满的有机生命。

五

死亡一开始就是萧红写作的重要母题，和生殖一起反复变奏，驱动着她艺术思维的内在情绪。第一篇小说《王阿嫂的死》仅仅六千余字，叙述了三起死亡，即王阿嫂丈夫之死、王阿嫂之死与初生婴儿之死。这和她创作伊始，已经经历了不少至亲之死有关，祖母的死、母亲的死、弟弟的死、祖父的死、初恋情人的死，还有未婚夫的生死不明。生和死的问题一开始就是她包裹在阶级意识、民族意识、文明意识和性别意识中的核心母题。萧红早期写作时尚处于贫病中的求生挣扎，感奋于民族民间抗争的伟大力量，而借助写作来完成坚强的自我巩固。《生死场》是一部在死亡之地挣扎求生的书，虽然中间隔着十年，但叙事以生长的季节夏天开始到夏天结束，这就是她向朋友所自陈的，"我的人物比我高，我不配悲悯他们，倒是他们更应该悲悯我才对咧"①。《呼兰河传》则是死亡之书,所有的人物几乎都是以死亡结束。其他写于晚期的小说,也都结束于死亡,只有《后花园》中的冯二成子坦然接受了亲人的相继离世,沉静地继续着他的工作。这些故事大多发生在辛亥革命之后、抗战之前,而萧红讲述故事的时代则是在全球性反法西斯战争即将开始的前夜,自己的生命也已接近尾声。她远离故土,隔着断裂的历史时间,眺望沦陷了的家园,叙述乡土故人的生命故事,也回顾着自己成长的踪迹,借助悼亡故人抒发自己行将离世的悲哀。

死亡在萧红的文学中,并不都是悲剧。在萧红文学关于死亡的叙事中,悲剧往往在死者身后。孤寡老人、幼小的孩子都是死亡最悲惨的承载者,老无所养与少无所依是萧红伦理诗学中最伤情的触目景象。《生死场》中北村老婆婆因为儿子牺牲,生活无着,只好和孙女菱花一起吊死。《呼兰河传》中还有因此延伸出的民间对灵魂的信仰、对死后情景的想象,孤贫的有二伯最无法忍受的是死了连个打幡送葬、上坟烧纸的人也没有;死于难产的王大姑娘大庙不收、小庙不留,但是却有一个弱小的儿子为她打幡送葬,这个健康的人性故事也仍然保留了传统伦理的信仰内容。在她的笔下,还有一类死亡带有解脱自我的性质,《叶子》中的莺哥困于情感与婚约的苦难,理智不足以克制情感,爱情近似于谵妄,自我的病只有以死亡的形式获得解脱。而且,这样的解脱有时对无奈的主人公来说也是幸福的极致。《小城三月》中的翠姨以自我折磨的方式不治而亡,成功地逃离了旧式婚姻制度的强迫,她满怀幸福的原因是"我所求的都得到了",因此死而无憾。在这些作品中,萧红赋予死亡以自由精神的升华。

溃败、流亡、死亡、病痛与孤苦贫困,是萧红文学中最触目的内容。由此,悲凉成为基本的情绪基调。即使是激愤,即使是嘲讽,最终也淹没在无法挣脱的无边悲凉中。萧红关于自己的叙事都延续着传统闺阁诗人的情感特征——感叹身世孤零不幸的断肠愁绪,因此她的悲凉也是中国女性历时性的集体情绪。对于没有爱、没有家和没有乡土的忧愁,也是亘古的忧愁。而面对国破家亡的历史劫难,她以诗的节奏反复吟唱的悲凉,则是现代性劫难中整个民族的共时性的历史情绪。《呼兰河传》中的第三四两章,中心词是荒凉,每一节都是以"我家是荒凉的",或者"我家的院子是荒凉的"开始,展现破落中的家园景象,也展现出家族以外溃败的人生场景,展现房客们完全没有希望的生存状况与阴暗的心理状况,以及各种愚昧残酷的

---

① 聂绀弩:《回忆我与萧红的一次对话》,收入《高山仰止》,第104页,人民文学出版社,1984年。

精神现象。这显然都带有举隅的修辞性质，以家族的溃败概括乡土的溃败，以一组人物的精神现象概括老旧中国的灵魂，也是她互文性的叙事策略。这个层面的情绪早自鲁迅开始，具有变革意愿的现代知识者的集体悲凉，是"五四"感伤主义思潮的余绪。

萧红文学中充满了各种仪式，其中以丧礼居多，契合着悲凉的基本情绪。有些是显性的，有些是隐性的。显性的作为死亡叙事的终点，不时出现在从第一篇小说《王阿嫂的死》到最后由骆宾基记录整理的《红玻璃的故事》中，坟墓是一个反复出现的意象。而《生死场》中容纳的民族民间壮阔顽强抗争精神的盟誓，则是在极端的危难历史情境中爆发出来的特殊仪式。隐性的则借助物品与气氛替代出来，如《放风筝》中以风筝代替幡，《北中国》以凄清的阴冷天气烘托丁忧与骊歌的气氛。还有一些反常的仪式，如《生死场》中《传染病》一节，整个村庄一片死寂，人死了不哭。而且反常的仪式在文化震动的时代、在接受新思想的文化种属中则是革新的标志，一如《呼兰河传》中的童年叙事拒绝成长的反成人礼性质，以及所有婚恋中的无仪式叙事，都是她自觉对抗传统文化制度的表述。这些都使萧红文学的基本文体呈现为哀祭文，只是主题变了，祭悼山川灵物变成祭悼寻常乡土，祭悼伟大人物变成祭悼寻常百姓；语言形式变了，"呜呼哀哉"一类的程式化语词转化为诗性的白话，但是，哀祭的功能没有变。萧红从小学到中学接受的语文教育基本是古文，她的伯父辅导她读的古文中有唐代张华《吊古战场文》[①]，她自然熟悉这个文体，当年应对别人反对她散文的形式，她说"我散文的形式其实是很旧的"[②]，其中也包含着自觉运用这个文体的创作甘苦。正是充分发挥了哀祭的功能，和溃败与死亡的主题相适应，萧红以她的天才与勤奋，创造性地完成了汉语写作的现代转型。

萧红生前发表过近百篇文章，绝大多数是哀祭文，而且几乎涵盖了哀祭文的所有种类。她对亲友的哀悼、对自己的祭奠大致都属于祭文；"借古史古事以咏怀"的吊文，在萧红文学中大多用作对亲历的重大历史事件的凭吊，诸如《又是春天》中中东路事件遗留下的废弃军舰、《放火者》中日军对重庆大轰炸之后的废墟，以及后来自己死里逃生的经历等等。吊文抚今追昔的叙述手法也大量存在于她对自己与他人的叙事中，《弃儿》中的芹孤独地躺在病房中追忆亲人离世，《生死场》中王婆要"捉住昨日那些痛苦的日子"，赵三坐在昔日那些英勇的朋友坟前，感叹自己衰老了，

---

① 萧红：《萧红全集·商市街》，第61页，凤凰出版社，2010年。
② 萧红：《抗战以来文艺动态和展望》，载《七月》，1938年1期。

只能悲愤不能敢死了,都是庄严的凭吊。《叶子》与《小城三月》,是典型的哀辞,主人公都是"身遭不幸与童稚夭亡",所有被家长有意无意杀害的孩子,也都属于这个文体范畴。情感强烈的《拜墓诗》是典型的"哭",而纪念金剑啸殉国一周年的诗《一粒土泥》则是典型的"告"。她关于鲁迅的所有叙事,无论哑剧《民族魂鲁迅》,还是散文《纪念鲁迅先生》,都是有褒无贬的诔文,后者融合了行状文。萧红借助哀祭的基本文体,凭吊历史、超度亡灵,把现代主义的两个基本主题——衰败和死亡,以传统的文体演绎得淋漓尽致,也因此而确立了自己溃败历史中女祭司的写作身份。

六

萧红文学的伦理诗学是建立在宇宙、自然和生命的大系统中,具有超越历史理性的情感逻辑。人在这个大系统中与其他生物,与自然及宇宙,彼此依存又彼此对抗。她以民众的精神为焦点,寻找混融的实用性信仰中潜在的民族健康的远古精神,以民族民间艺术思维的基本范式,在溃败的农耕文明、强势的机械文明与浮华的商业文明之间,建立起象征的心灵模式,并且渗透进语词的缝隙,在互文的关系中,以比喻、隐喻、转喻等种种修辞手法呈现出一个博大有机的生命图式。而童年的乡土生存经验则使她的想象力呈现出儿童近于原始思维的特征,如泰勒所说"用自己所熟悉的对人类行为的解释来类比事物"①。萧红的童年经验世界中的宇宙自然生命系统,最熟悉的是"那些表现出秩序与规律的"乡土生活的世界,这个世界为她的艺术想象提供着丰富的细节。民族民间的原始思维、儿童的想象力与"表现出秩序与规律的"乡土生活的世界,这三者彼此重合,使萧红文学的象征体系以新鲜的自然生命为镜像,反衬着所有文化制度的残缺,并且把童话的文体结构置换在故事叙述的深层结构中,表现了人类普遍的心理原型。由此置换出无助的孤女、老巫婆式女人(如继母)和女皇式的女校校长等等,一如弗拉基米尔·雅科夫列维奇·普罗普分析民间童话中恶毒的老巫婆,丧失了女性的生命功能却法力无边地掌控着森林里所有的生命,是衰老与死亡的象征。她晚期的作品中,出现了各种好母亲的形象,其中有着她对家长的理解,也有着母性心灵的共通逻辑。女儿性则使她恐惧厌恶那些严厉的成年人,幼小生命的成长本能必然使她厌恶压抑生命的异己力量,同时也

---

① Robert A. Sega1:《神话理论》,刘象愚译,第 197 页,外语教学与研究出版社,2008 年。

寻求庇护，祖父和鲁迅在她的笔下是民间故事中白发仙人形象的置换变形。她象征的心灵模式直接外化在文体形式中，近似于灵魂的城堡，以艺术的方式抵御着外部世界的残酷侵扰。

在萧红的象征修辞的喻体中，有一些是明显的定位指涉，是沿用传统文化的语用习惯，比如以牛马比喻劳动者与实干的精神、以鱼比喻女人等等。萧红经常在传统语用中引申出自己的独特语义，赋予自然物以新的象征意义。《生死场》是以一只羊开始叙事，引出它的主人二里半，结束于羊伴随着二里半远去身影的茫然叫声，具有整体象征的丰富语义。羊既是农人情感的载体，又是乡村和平生活的象征，它的失而复得、盟誓时被主人献祭而又用一只鸡替换下来，直至主人临行前欲杀掉它而终于下不去手，将之托付给邻人照看，都表现了农人对和平生活的留恋。一直到《民族魂鲁迅》中第一场的结尾，在无数猫头鹰眼睛的背景中，最终遗留在舞台上的也是一只茫然的羊。因此，羊本身又是善良无助的民众之象征。萧红有一些修辞的喻体则是任意性的自我指涉，没有传统文化语用的泛文本依据，是萧红赋予之独特的语义，比如以野兽比喻被本能驱使的男人、以垮塌中的房屋比喻衰老孤苦的老人、以机器比喻话语的绞杀等等。在萧红文学的表义系统中，一般来说，新鲜的植物与幼小的动物都是用来形容孩子的，无机物则是用来形容枯萎衰老的生命。定位指涉的传统语义和自我指涉的联想语义，由此交集整合，使萧红文学的象征表义系统深植于博大的汉语体系当中。而生与死的两相对立，进一步派生出繁华与荒凉的两相对立，使她向死而生的伦理诗学具有了广泛的文化心理的关联域，与自然生态重合为基本的生命价值。她的文学就是以各种象喻修辞方式，完成鲁道夫·布尔特曼所谓"对自我的理解"。

在萧红象征的心灵模式中，儿童的想象力决定了她总是以孩童式的纯真质疑着历史、文明与人生、人性，却始终不懈地寻求着世界人生的终极价值。由此，追问成为萧红文学意义生成的基本句式。一开始，她的作品就多以设问句式表达主人公孤绝处境中的情感危机，而且常常以惊叹号强化质疑的语气。《王阿嫂的死》中孤女小环站在王阿嫂的新坟前连续追问自己的未来、《商市街》中在饥饿的逼迫下追问"桌子能吃吗"、《呼兰河传》中"人生何如"与"人生为什么这样凄凉"的追问等等，都是典型的例子。萧红以各种方式设问与回应，以追问的基本句式完成意义的演绎。这样的表义结构可以上溯至屈原开创的"天问"传统，寄托了一代代思想者的怀疑精神。而萧红追问的语义是以生命为核心，质疑历史、文明与人生、人性，这就使她的追问具有伦理诗学的独特情感矢量。

萧红调动各种不同的叙述方式，完成这终极的追问。对话是她经常使用的叙述结构，《牛车上》的叙述主要是以五云嫂和车把式的对话完成，在场的"我"几乎是一个倾听的记录者；在《黄河》的叙述中，真正的叙事人"我"几乎不出场，只有艄公和阎胡子彼此交谈。这一类对话都是语义确定的，对话双方处于同样的语义心理场域。而《小城三月》中的对话则是错位的，有着留白的悬念，尽管"伤逝"的主题以其他的方式表达，但是疑问始终保留在情节的漏洞中，所有人都不明白翠姨是为什么死的，真正的知情人叙事者"我"又只能保持无奈的沉默。《北中国》的家变故事是以两个工人的对话开始，悬念几乎贯穿始终，牵引着主人公的反常行为直至死亡，情节的开放性更加明显。还有一些对话是自问自答，这在她自述性的散文中尤其普遍，对上一代人价值观念的质疑，经常结束于自己的结论，比如《镀金的学说》中的自问，以"伯父相信的是镀金的学说"结束。还有一些自问自答，是以反复追问的形式，但是以标点符号的反常使用将疑问句转变为陈述句，代替明确的答案。比如《呼兰河传》中，回应"人生何如？"是进一步的追问"人生为什么这样凄凉。"以句号代替了问号的语义转变，意味着人生就是这样凄凉。对话的结构体现着20世纪全球文明交汇、人类思维方式变革的历史趋势，也体现着文化震动时代民族精神内部的分裂与差异，开放的结构则使语义的生成具有了多种可能性，体现着新的认知模式，也衔接起传统艺术含蓄留白的形式特征。这就是萧红的敏锐之处，把心灵的基本问题直接外化为具体可感的语言形式。

萧红笔下还有一些对话是以形象的逻辑演绎完成的，表现两种不同精神的碰撞，因此而带有了复调的性质。《后花园》中的冯二成子质疑传统的人生价值代表了男人富于超越性的理想精神，而地母一样的寡妇老王则代表着最质朴的生存真理，冯二成子是在老王的启发下走出了精神的迷惘。哈姆雷特和安德烈·包尔康斯基式的连续追问，也由于和老王一样切实而平凡的生活，而承受了所有人生的宿命苦难，在沉静的工作中升华出人类永恒的伦理精神，复调的对话终结在和谐的平凡生活中。早年激愤的追问发展到晚期最终弥合的复调结构，萧红基本已经消解了自己的困惑，完成了新的精神建构。

萧红文学大量运用了戏剧观众的叙述视角，以倾听的叙事伦理让所有人都获得自己的话语空间，杂语的众声喧哗构成她表义的重要形式，而追问的基本句式则以良知的沉默或声音的细弱，将无奈的精神处境呈现出来。《呼兰河传》中大量运用了这样的叙述策略，几个遭受舆论压迫的主人公都在杂语的喧哗中处于无奈的失语状况，或者如小团圆媳妇的痛苦哭喊，或者如有二伯的无奈大骂，王大姑娘自始至终没有说话。而言说者的自私、势利、无耻、刻薄、无聊便跃然纸上,同时他们话语的意识形态知识谱系的脉络也清晰地呈现出来。在这样庞杂的话语体系中,主体的追问显得多余,力量对比的悬殊使思想的挣扎苍白无力,只有死亡的自然淘汰,使话语的洪水流失在时间的荒野中。萧红基本的哀祭文体中,便有着对这流失了的话语洪水的杂语者的集体超度。她以追问的基本句式容纳了一个跋涉者不懈的精神追求,以对话的方式沟通了不同心灵的情感源泉,以复调的结构弥合了善良精神之间的差距,以杂语的众声喧哗保留了新旧杂陈时代各种话语方式的丰富文化资料,控诉了意识形态的邪恶力量与人性的黑暗。她的文学因此成为照彻历史荒原的星辰,在话语洪水流失的尽头,照亮新的伦理精神的源泉。

萧红文学的悲凉情绪一开始就建立在没有家的苦难中,这和她 1931 年之后与娘家决裂、1932 年未婚夫失踪、和萧军同居之后居无定所的流浪生涯有直接的关联。以自己第一个学名张秀环命名的小环承载着"天然的流浪者"的语义,是第一篇小说《王阿嫂的死》中曲折的自我指涉,《弃儿》中对于芹和蓓力的比喻是"两个折了巢窠的雏鸽"。同时,萧红文学也涵盖了所有没有家的流亡者的苦难,特别是在外来暴力的野蛮杀戮中所有失去家园的中国人共同的历史苦难,也延续了中国从古至今知识者的家国情怀。"诀别家"是接受了"五四"新文化精神启蒙的不少知识女性人生奋斗的起点,因为"不愿受和我站在两极端的父亲的豢养",她拒绝了堂弟"回家"的劝告,和家庭的决裂,她是主动的一方。易卜生的"娜拉"是一个泛文本的原型,这使她的离家出走汇入了世界性的女权思潮,而区别于那些因为家园破碎而被迫流亡的民众。没有家的悲哀,和流亡的基本行动元叙事模式一样,也是萧红文学超越阶级、种族与时代的普遍性人类主题,表达了所有失去家园的人们共同的情感,特别是没有家园的现代人基本的文化处境。而"诀别家"则是所有叛逆者的共同选择,当家已经不足以安身立命,诀别家就是挣扎求生的共同行动元模式,衔接着流亡的起点。对于女性来说,也是嫦娥奔月原型的置换变形,比娜拉的原型具有更深广的心理关联域。

但是,"诀别家"之后,萧红经历了更多的磨难,她回应祖父"长大就好了"的安慰,"'长大'是'长大'了,而没有好"[1]。接近生命终点的时候,在全民抗战的历史语境中新文化运动不同思想派别的分歧得到缓解,她和父亲的心理对抗也转变成血浓于水的惦念与理解,家族叙事从早期借助阶级论的意识形态包装,转变为民

---

[1] 萧红:《萧红全集·商市街》,第 260 页,凤凰出版社,2010 年。

族国家和"五四"文化革新话语为支撑,由单纯发泄对家长的不满转变为隐含忏悔之意。写于皖南事变之后的《北中国》里的耿大先生,以她的父亲张廷举为原形,他因为惦念离家抗日的儿子(此时,萧红的胞弟张秀珂正在新四军中生死不明)而精神错乱被烟火熏死,当起源于萧红的一个噩梦。《小城三月》以自己家为环境的叙事,更是突出了家庭维新开放的文化特征,连继母都通情达理、善解人意。《呼兰河传》中的小团圆媳妇死后变作大白兔的传说中,她哭喊着"我要回家"。这显然是萧红潜意识的浮现,和所有不顾家人反对离家出走的现代女作家一样,经历了无数情感的创痛之后,才能理解家人对自己的爱。临终的时候,她对朋友的嘱托是把自己送回父亲家,"这回我要向他投降了,因为我的身体垮了"①。这其中有与自我角力的疲惫,独立自主艺术创造的人生理想以身体的病痛终结,像冯二成子式的向平实生活的精神回归;还有爱情的一再受挫,转向对亲情的依恋,重回生命的原点成为疗治自我的唯一可能。而这样重返的心灵曲线也涵盖了许多探索者的人生轨迹,像结束了特洛伊战争的奥德修渴望回家过平民生活,也像艾略特所谓"终点是我们出发的地方"。

"回家"实在是人类永恒的梦想,不仅是地理的家园,还有精神的家园。但是,小团圆媳妇无家可回,娘家把她卖给了婆家,婆家已经败落得不知去向。萧红也无家可回,关山阻隔,战火纷飞,家园已经被割裂为异国。"回家"更多是她的想象,象征的意义也由此而生,对于所有没有家园的人来说,"回家"只是一种伦理的诗情。对于丧失了安身立命之本的现代人来说,"回家"就是向神的祈祷,如贝克特的"等待戈多"。基督徒们面对残酷的现代性生存,询问的是"上帝在哪里";而无神论者们,询问的是"何处是家园"。萧红以哀祭的文体,为自己,也为所有寻找灵魂栖息地的现代人招魂,在传统和现代之间建立起象征的心灵桥梁。"回家"是最朴素,也是最永恒的祭文。

(原载《山东师范大学学报》[人文社会科学版],2012年第4期)

---

① 骆宾基:《萧红小传》,黑龙江人民出版社,1980年。

法外权势的失落与村落秩序的重建

——以赵树理40年代小说为例

颜同林

出身于晋东南底层贫苦农民兼手工业者家庭，40年代在山西不同村落与农家辗转生活；既具有丰富的农副业生产经验，又对当地农民生活、习性、情趣、民俗抱有深刻了解之同情，这是农民作家赵树理固有的本色。对来自偏远村落的赵树理而言，在庞大而繁杂的现代作家群体中更类似于一个"土里土气"的"地道的老农"[①]。他的身份首先是一个平凡而又普通的基层农村工作者，长期在素以文化积淀深厚著称的上党地区作农村抗日组织与宣传等实际工作。由于偶尔的机缘，他在从事群众文化工作时走上了化俗为雅的文学创作之路，像太行山区常见的山药蛋一样长出了自己的芽。按他自己的说法则是"转业"，是"配合当前政治宣传任务"[②]的份内工作，这个"山药蛋派"的开创者像熟悉当地民众日常所食的山药蛋一样，对笔下那些旧人物"每个人的环境、思想和那思想所支配的生活方式、前途打算"，可谓"无所不晓"[③]。在被迫谈到写作的经验时，他这样躲闪着说："我的材料大部分是拾来的，而且往往是和材料走得碰了头，想不拾也躲不开"[④]。当然，赵树理是有目的性和选择

---

① 陈艾：《关于赵树理》，收入黄修己编，《赵树理研究资料》，第14页，北岳文艺出版社，1985年（下同）。

② 赵树理：《〈三里湾〉写作前后》，收入董大中主编，《赵树理全集》第4卷，第383页，大众文艺出版社，2006年。以下凡引自该全集，只注明卷数与页数。

③ 赵树理：《决心到群众中去》，载《人民日报》，1952年5月22日。

④ 赵树理：《也算经验》，收入《赵树理全集》第3卷，第349页。

性地"拾来"材料,敏感于独特的村落题材,弃文坛文学而奔"文摊"[①]文学,披荆斩棘地踏出了一条贴有个性化标签的坦途。

素以地大物博相称许的中国,农村、农民与农业问题重复延续着,满足了赵树理心灵深处的创作诉求。作为一个千百年来始终保持着农耕文明社会形态的国家,中国直到20世纪上半叶的民国时期,农村人口仍占整个国家人口百分之九十左右的比例。亿万农民被束缚在不同地域的土地上,在千万个以自然村落为主的小天地里栖息、生存,铺展开各自一角的生活。从社会组织机制来说,统治模式则主要是封建统治制度下的人治,是等级森严、尊卑有序的专制统治;基于正义、平等、公平的法制观念与民权思想极其淡薄,法治的缺失最为典型。在现代文学史习见的书写中,以农村阶级斗争主题来概括赵树理40年代的小说,是既定的答案。如从乡村法治的视角来看,赵树理小说中农民与地主斗争的复杂阶级关系,不但建立在畸形而复杂的经济基础之上,而且也建立在法治的缺失以及失而复得之上,贯通着"冤有头债有主"般的复仇范式,"法律根植于复仇在一些法律原则和程序上留下了印记,也表现在类似于校正正义和罪罚相适应这些贯穿法律始终的原则上。即使在今天,复仇的感情仍然在法律的运作中扮演着重要角色"[②]。整体而言,赵树理40年代的小说,以山西地区自然村落为描写对象的故事序列中,权势大于法律的现象十分突出,真实而深刻地记录了不同村落底层百姓卑贱屈辱的生活。另一方面,出于服务当时政治的需要,其小说结尾往往又扭转了这一局势,在复仇与伸冤为旨归的叙事模式中,法外权势的衰败与失落成为必然,村落秩序的重建也在大团圆结局中悄然启动。

一

整个40年代,赵树理创作的小说数量并不太多,仅仅三十余篇而已。虽然在为赵树理暴得大名的短篇小说《小二黑结婚》之前,还有《变了》、《探女》、《再生录》、《吸烟执照》、《照像》、《匪在那里?》、《红绸裤》等十多个小作品,但从小说文体、叙事艺术等角度看均属幼稚的练笔之作,大多数篇幅十分短小,人物较为模糊,艺术性明显不足,与他30年代屈指可数的几个小说习作相差无几。以山

[①] 李普:《赵树理印象记》,收入黄修己编,《赵树理研究资料》,第19页。
[②] 波斯纳:《法律与文学》,李国庆译,第63页,中国政法大学出版社,2002年。

西武乡县一桩迫害农村青年恋爱刑事案件为素材的《小二黑结婚》之后，并非专门从事小说创作的赵树理，逐渐从业余写手向专业作家过渡、"转业"。代表作家艺术成就的小说清单中，便包括中短篇小说《李有才板话》、《来来往往》、《孟祥英翻身》、《地板》、《催粮差》、《福贵》、《刘二和与王继圣》、《小经理》、《邪不压正》、《传家宝》、《田寡妇看瓜》等，中长篇则只有《李家庄的变迁》。小说作品数量不多，似乎与赵树理创作的初衷略有关联，其小说归属于"问题小说"，也源于作家几处自述的演绎。40年代末，赵树理针对作品主题曾说："我在作群众工作的过程中，遇到了非解决不可而又不是轻易能解决了的问题，往往就变成所要写的主题。"①十年磨剑之后，跨入新时代的赵树理更加理直气壮了："我的作品，我自己常常叫它是'问题小说'。为什么叫这个名字，就是因为我写的小说，都是我下乡工作时在工作中所碰到的问题，感到那个问题不解决会妨碍我们工作的进展，应该把它提出来。"②像50年代为配合《婚姻法》的颁布而写《登记》一样，赵树理创作小说讲究创作目的与政治时效，侧重"问题意识"：如为了热心的青年同事，不了解农村中的实际情况，易为表面的工作成绩所迷惑，便写了《李有才板话》；农村习惯上误以为出租土地也不纯是剥削，便写了《地板》；想写出当时当地土改全部过程中的各种经验教训，使土改中的干部和群众读了知所趋避，便写了《邪不压正》；为了配合上党战役写了《李家庄的变迁》；针对某些基层干部瞧不起一些过去在地主压迫下被逼做过下等事的农民，便写了《福贵》……作家的着眼点是"具体的实际的小问题"，"绝少对重大斗争、重大场面的描绘，并且也绝不直接关系到对重大理论问题的探讨"③。"问题小说"于是成了赵树理小说的标志，也成了研究赵树理小说的一个切入口，有研究者还归纳过他的三大问题："改造家庭的问题、改造旧习惯势力的问题、解决革命胜利时的'翻得高'问题"④。表面来看，赵树理对"问题小说"旗帜鲜明地提出来了，但对小说中包含的农村问题之归纳却较为简约，而在他的上述小说中，既有广义的延伸，也有狭义的阐释，与赵树理的自述出入甚大，文本中与此不甚相关的其他大小问题却恰恰被遮蔽了。"赵树理小说的缓释性特点，必然使作品与政治的联系显得松散而多向。因此，尽管我们承认赵树理小说的政治性内涵，却无法将作品中

---

① 赵树理：《也算经验》，收入《赵树理全集》第3卷，第350页。
② 赵树理：《当前创作中的几个问题》，收入《赵树理全集》第5卷，第303页。
③ 朱晓进：《"山药蛋派"与三晋文化》，第260页，湖南教育出版社，1995年。
④ 黄修己：《赵树理评传》，第284页，江苏人民出版社，1981年。

这一类大量的细节条分缕析地归入某一个明确的政治或政策的范畴。"① 突破作家自述来返观赵树理40年代小说,我们便能"松散而多向"地打量赵树理小说独特而复杂的文本世界。

首先,赵树理这十余篇小说力作,几乎都是写农村自然村落的,即数十户人家、由某一姓为主,辅以少数杂姓或外来逃荒户组成的自然村落。晋东南以山区为主,村落都不算大,村落里以家族势力统治居多,譬如一般是二三百人,杂夹数户从河南等地逃荒过来的杂姓,称外来户为"草灰"的现象比较普遍。通往村外的空间,对绝大多数村民来说,都比较陌生;自然村落之间很少联系,因此显得偏僻而闭塞。在具体写法上,赵树理每一个小说差不多都只集中写一个自然村落,村落本身又是自足的。马克思在论述法国以小农为主的波拿巴王朝时,认为"小农人数众多,他们的生活条件相同,但是彼此间并没有发生多式多样的关系。他们的生产方式不是使他们互相交往,而是使他们互相隔离","一批这样的单位就形成一个村子,一批这样的村子就形成一个省。这样,法国国民的广大群众,便是由一些同名数相加形成的,好像一袋马铃薯是由袋中的一个个马铃薯所集成那样"②。20世纪40年代的中国农村,像马克思所说的19世纪的法国农村一样,不但农民的个体、家庭像一个个马铃薯一样,就是由这些家庭组成的自然村落也像一个个马铃薯一样,是孤立而隔离的。自晚清和民国初年以来,作为"新政"的一部分,民国政府在广大乡村设置村制行政机构,设立村长或村正一职予以管理,加强对村落的控制和统治。山西是较早推行村制的省份,1917年9月,曾经留学日本学军事的阎锡山,仿效日本做法,在山西一百零五个县的版图里推行阎锡山式的"村制",作为垂直专制统治的末端。具体做法是,设置编村,每一编村管三百户,不足三百户的联合设置编村(后来编村规模也有变动)。阎锡山确定村制是乡村政治的起点,"积户成闾,积闾成村,积村成区,区统于县,上下贯注,如身使臂,臂使指,一县之治,以此为基础"③。每一编村设村长或村副各一,二十五家为一闾,有闾长一人,五家为邻,设邻长一人,村副、闾邻长在村里代行警察、司法职权。阎锡山实行的"村本政治",主要目的一是利于政令畅通,二是利于征税,将自然村落改造成适合于征税的单位,便于要粮、

---

① 董之林:《关于"十七年"文学研究的历史反思——以赵树理小说为例》,载《中国社会科学》,2006年第4期。
② 马克思:《路易·波拿巴的雾月十八日》,收入《马克思恩格斯全集》第8卷,第217页,人民出版社,1961年。
③ 山西省政协文史资料研究委员会:《阎锡山统治山西史实》,第80—87页,山西人民出版社,1981年。

要款与要差。但从赵树理小说来看，虽有"编村"这一行政村的建制，但自然村落仍保持其独立性与完整性，除《李有才板话》涉及到阎家山与柿子洼编村的现象外，其他各篇都是以自然村落来作典型环境。延伸开来梳理一番，《小二黑结婚》里讲的是刘家峧，其中有前庄与后庄之别，村里的活动中心是三仙姑家。《地板》写的是王家庄，《催粮差》写的是南乡与红沙岭，《孟祥英翻身》写的是西峧口；《刘二和与王继圣》中是黄沙沟村，《邪不压正》里是下河村，《田寡妇看瓜》里则是南坡庄。《福贵》、《小经理》、《传家宝》中虽然没有具体的村名，但同样是写一个自然村落里的故事。《李家庄的变迁》顾名思义是以题目中"李家庄"为背景，因作品篇幅与叙述时间较长，李家庄之外的空间相对开阔许多，诸如远到张铁锁去过的县城乃至省府太原，近至二妞，王安福等人因战乱而避难的岭后、一家庄等周边村庄。这虽然只是一个个自然村落的人事变迁与历史沧桑，却都像《李家庄的变迁》一样，"历史的波澜都激荡到一个小小的村庄"，"虽然是一个村庄的变迁为小说的背景，然而实际上却是一幅中国农村的缩影"[①]。周扬在40年代也敏锐地指出，《小二黑结婚》、《李有才板话》、《李家庄的变迁》是"三幅农村中发生的伟大变革的庄严美妙的图画"[②]。一村一幅画，有同也有异。

其次，在以上大小不一的自然村落"图画"里，维系并决定人与人关系的是除物质实利之外的血缘、姻亲与家族，起支配作用的是除财富、人丁等硬杠杠之外的封建文化软实力。普通村民面对要粮要差的巧取豪夺，以及处理邻里日常纠纷的原则是懦弱、忍耐与退让，农民与农民之间的关系，更多地是涣散的个体"马铃薯"总和，其中又以外来杂户所受的欺凌最重，逃荒户及其穷二代如张铁锁、李有才、孙甲午、王聚财、刘二和便是。赵树理这批小说或者以阶级对立的你死我活为主线，或者以剥削与反剥削、压迫与反压迫为题旨，或者以诉讼、官司为片断材料，村里诸多民事、刑事问题依然是根据传下来的规矩来应对，像李家庄这个村落里，几十年之中在老村长李如珍手下不论社会怎样变，只是"旧规添卜新规"而已，而李如珍承其父亲村长一职，父子俩统治李家庄几乎长达半个世纪。在阎家山，阎恒元退而不休，先后让侄子与干儿掌权，他在背后仍然发号施令。金旺父子之于刘家峧，王光祖之于黄沙沟村，也大体如此……我们在赵树理小说中不难发现主题的设置，贫富的分化，权力的转移，人物的命运，都随着情节的推动而不断面临权势的盛衰、

---

① 荃麟，葛琴：《〈李家庄的变迁〉》，收入黄修己编，《赵树理研究资料》，第204－205页。
② 周扬：《论赵树理的创作》，收入《周扬文集》第1卷，第487页，人民文学出版社，1984年。

法律的有无等社会问题。村落里大小事务虽然不能用法律来权衡，但处处涉及法治难题。换言之，在每一个自然村落，在每一个问题的背后，其实都有法律问题存在。聚族而居、农耕为本的自然村落布局与农民自足性生存，没有建立起一套适用而公正的法律体系，法治的不足严重制约着乡村的秩序生成与运转。从法律分支而言，赵树理小说反映的民法事项则远远超过了刑法问题，"在传统中国社会，法律制度的概念基本上局限于刑事法律和行政法律；被现代学者通常视为民法的户婚田土律其实主要是作为行政法进入各种法典的，更多涉及官府对这类问题的管理和处置"[①]。比如与妇女问题相关的婚姻法律，与土地分配相关的土地法，都是解放区建立之后，随着边区政府的执政在广大村落陆续推进的。不过，这些看似是围绕民事的琐闻，也可能蜕变为刑事案件。比如妇女婚姻题材，大多数看似是婆媳关系处理不好，丈夫虐待妻子，妇女权益得不到保障等问题，但现实中并非如此：在赵树理写传记小说《孟祥英翻身》前后，1943年8月，据《新华日报》（太行版）报道，左权县在两个月内连续发生了六起残害妇女案件；1945年10月，在孟祥英的家乡涉县，虐杀妇女的案件一年中多达十六起[②]。至于土地法，"边区政府"的"管理与处置"就带有法律源于行政的特征了。赵树理在创作此类主题的小说时，还在《新大众》报上发表了不少短论，譬如《我们执行土地法，不许地主富农管》、《休想钻法令空子》、《土地法的来路》、《不要误解行政命令》、《从寡妇改嫁说到扭正村风》等等，都是为了鼓吹行政执法而着笔。至于农家邻里纠纷，乡间偷盗之类的民事问题，虽然次要一些，但也十分醒目。

民国法律在村落的存在形态如何，村民的法律观念怎样，赵树理借助小说艺术形式形象地演绎了一番，在这些小说中大体可归纳出两类范式。第一，宪法、刑法、民法等国家基本法律的缺失十分显著，作品中呈现的往往是村落之中无"法"的无序状态。不可否认，清末民初启动了立宪、法治的现代化进程，法政专业人才的培养与日俱增，与此前漫长的封建朝代相比，民国时期社会的法治意识有所好转。但相对于城镇而言，在广袤的农村里却很少能够摊到那些熟悉法律的人才来服务一方，又很少有机会能把法律的条例、原则、精神在不同村落进行宣传与贯彻。在分散的村落里，识文断字的主要是占统治地位的地富及其子弟，这一群体无不承继父辈权势，横行乡里。在赵树理小说中他们一般读到中学阶段而且几乎以反面人物出

---

① 苏力：《法律与文学：以中国传统戏剧为材料》，第84页，生活·读书·新知三联书店，2006年。
② 转引自戴光中：《赵树理传》，第185—186页，北京十月文艺出版社，1987年。

现，如简易师范毕业的阎家祥，中学毕业的春喜、王继圣等便是。绝大多数农民生活处于赤贫状态，无缘于识字念书，自然是最为弱势的群体。因此普通民众一方面是继续处于麻木与愚昧之中，另一方面则是遵从现实的教训，尽量少惹事，缩起头来过日子。"惹不起"、"得罪不得"、"怕事"便是赵树理笔下农民面对邻里纠纷与村长闾长、地主军阀、散兵游勇的恶行时最普遍的心态；一旦有不幸落在自己头上，小到被捆绑、被讹诈、被故意伤害，大到被强奸、被虐杀等人命关天的大事，也只能听天由命。从司法制度层面考虑，山西省有山西省高等法院，在太原、大同、临汾三地有地方法院各一个，每一个县设有司法科，并附设一个看守所。虽然名义上机构健全、司法独立，但实际运作中是官官相卫、贪赃枉法居多。司法机关不能秉公执法，司法警察又是崔九孩一类人物，一有官司又需要搭进金钱与时间，法律近权贵而远穷汉便为不争的事实。像小喜一样的李家庄浪子依附权贵，到处揽官司、"挑词讼"便是吃这碗松活饭的例子。——这点类似于当今法学界归纳出来的自然乡村普遍而常见的厌诉、厌讼现象，其背后是底层农民的权利因为法律缺失不能予以有力保护，法律是虚而空的。至于赵树理小说中剖析的"息讼会"现象，即将村落的司法问题在村落内部解决，无形中留下了诸多法律空隙。

第二，源自不同政体的法律依附于不同政权，政权是其合法性基础；边区政府以政令代替法律成为当时服务民众的常态。共产党政权颁布的法令慢慢在广大新旧解放区宣传与贯彻执行，偏远村落村民慢慢被唤醒，他们幼稚而笨拙地与法律打交道，用法律来维权，"犯不犯法"成为铁屋中最先醒来者的呐喊。40年代，当时共产党领导的武装以陕甘宁一带开辟的边区政府为中心，不断扩大解放区的疆域，包括赵树理笔下的太行山区。当时在晋东南一带的军事力量，既有共产党领导的八路军总部等机关，又有八路军一二九师，以及决死三纵队等武装力量。这样的正义之师在直面日寇的侵袭与驻防之外，还要应对南京政府的中央军，阎锡山的地方武装。虽然他们或者鞭长莫及，或者退守晋西自顾不暇，但仍然构成犬牙交错的拉锯态势。这一切让普世意义上的法律得不到政权的保障，战乱下的法律更是首尾不能相顾。法随时势与时俱进，不能依附于原有主子的地主阶层，在村落里发现自己原有的合法性统治逐渐衰弱下来，这自然在赵树理小说创作中有形象而集中的反映。与此主题密切相关的是边区政府的行政法规陆续出台，产生法律效力：1942年1月，中共中央公布《关于抗日根据地土地政策的决定》，执行减租减息的新政，并辅以改制而成的三三制村政权相配合。同月，《晋冀鲁豫边区婚姻暂行条例》共七章二十五条颁行，此法系根据平等自愿一夫一妻制原则制定，就婚姻形式、条件、年龄、过程等作出明确规定。1943年1月,晋冀鲁豫边区政府配套颁布《妨害婚姻治罪法》。1945年冬,太行区开展反奸清算斗争,大部分地主土地被合法没收,收归农民再分配。1946年5月,中共中央发布《关于土地问题的指示》,改变抗战时期土地政策,规定没收地主土地分配给农民,从根本上消灭封建剥削,实现耕者有其田的政策。1947年,中共中央召开全国土地会议,制定《中国土地法大纲》,附带制定出《破坏土地改革治罪条例》进行规约,土改工作在广大村落势如破竹。这一切,既源自于抗日战争与后来的国共内战的胜利,又是推动武装斗争不断走向新的胜利的法宝。不论在老解放区还是新解放区,农村工作的主旋律就是通过这些基本政策、法规来推动划时代的变革,充分调动广大村民的热情与智慧。因此,宣传、解释、执行这些关于土地、婚姻的法律既是当时赵树理在地方工作的内容之一,也是他在工作总结中所遇到的诸多不得不硬碰的所谓"问题"。比如,《邪不压正》便"一方面是党在农村中的中农政策的反映,另一方面是党在农村中的婚姻政策的反映"。①《李家庄的变迁》则写出了这种反复拉锯状态,法律的摇摆性相当典型。边区政府颁布实施的新法令,在面对强势的封建地主与家族统治时,在不同村落里如同水火。赵树理小说村落叙事虽然是正义必将战胜邪恶,类似于"压抑豪强"的公案模式,但违法与护法之间的曲折,追求正义所付出的血的代价却触目惊心。

以"问题小说"著称的赵树理,切切实实面对了那个时代的村落,反反复复面临着当时的法律瓶颈。虚化法律的条文而彰显法的平等、正义之精神,是赵树理的选择结果。在弱肉强食的生存法则中揭露乡村地主的残暴与丑陋面孔,张扬法律的公正本义与惩罚机制,反对压迫与歌颂抗争,便成为赵树理小说的共同特征。作家有时候执著于摆证据、重情理来铺陈开燎原之势,有时候也对司法、审判的场面进行特写,绘声绘色地穿插在地主与农民的斗争故事中。比如,从对簿龙王庙公堂的民事官司开始,赵树理慢慢揭开了李家庄丑恶的一角,正如苏联学者所言,在小说开头"地主李如珍,他的食客和一群富农和高利贷者都坐在法官的位子审判着被告农民张铁锁"②,结尾则以公审李如珍这一背反方式而落幕。在《福贵》最后,远走他乡的福贵临行前把村务会当成民事法庭,洗刷了自己的污点。在下河村的村支部会上,腐化的农会主席小昌遭到党纪的惩处,作恶善变的流氓小旦则被震慑有成为被告之虞……

---

① 竹可羽:《评〈邪不压正〉和〈传家宝〉》,收入黄修已编,《赵树理研究资料》,第215页。
② 西维特洛夫、乌克伦节夫:《关于中国农村的小说》,金陵译,《赵树理研究文集》(下卷),第228页,中国文联出版公司,1996年。

二

　　村落中法律的缺失，差不多是赵树理提出"问题"的内核，也是造成村落各种悲剧的源头。值得追问的是，在村落之间人伦与社会的既有秩序系于何处？扼杀老百姓心中天理的又究竟是什么呢？事实上，统治阶层为统治之需所制订的律典不少，但是诉诸于人间正义的法律却并不多见，特别在执行法律的过程中，它又往往被扭曲或架空。这一切可归结为"势"，即赵树理小说中屡次跃入读者眼球的"势力"、"势头"。什么是势？有地、有粮就是势，有势、有钱就是法。与其说问题的根源在阶级矛盾，不如说是在势的左右下脱离了法的轨道。

　　"谁给他住长工还讨得了他的便宜？反正账是由人家算啦！……说什么理？势力就是理！"《邪不压正》中借刘锡元家长工小昌之嘴，戳破了这层窗户纸。"事情实在多！三爷也是不想管，可是大家找得不行！凡是县政府管不了的事，差不多都找到三爷那里去了。"《李家庄的变迁》中借乡村地痞小喜夸耀三爷势力之口，揭开了地方权势者势压政府的内幕。以金钱、家族、土地、粮食为后盾，有"势"者当然会抢占村落里的行政权力，把持村长等位置，然后将势力嫁接在法律上。在赵树理40年代的这批小说中，几乎都涉及到地主抓权、占位的现象，村级政权反正把握在自己或自己人手里，为树立权势与行政执法正名。村公所便是司法所，村落的大小事务，经过村公所的审理与裁定，并不停留在口头或案卷上，而是具有法律的强制性力量。为了一棵小桑树而两次输掉官司的张铁锁，承担巨额赔偿与诉讼费用，"不讨保"还出不了庙，将失去人身自由。保释的当然是自己的亲友，但必须具保执行村公所的裁决。

　　以势为基础的类似裁断在赵树理小说中比比皆是。在阎家山，年轻小伙取个官名被视为非法行径而遭划掉，评议村事的老汉被扫地出"村"，永远不许回来，否则以汉奸论处。更有甚者，外来户兼本地富户亲戚马凤鸣，砍了阎五坟地里伸进自己地里的荆条，本是合情合法之举，结果除永远不准砍伐之外，还杀了一口猪给阎五祭祖，又出了二百斤面叫所有的阎家人大吃一顿，罚了五百块钱。又比如在《李家庄的变迁》里，张铁锁一家被李如珍、春喜叔侄肆无忌惮地讹诈后，被告与亲友商量想倾尽身家去县里打官司，李如珍一方说不可叫铁锁们开这个端，说被一个林县草灰告过一状。第二天便设计叫"当人贩、卖寡妇、贩金丹、挑词讼"的侄子小喜装神弄鬼，以谋害村长的莫须有罪名拘捕铁锁夫妇等人，连村民受了冤枉去县上告状的路都被堵得严严实实。至于巧取豪夺、见势催粮的崔九孩（《催粮差》），陷人于高利贷苦海、差点活埋福贵的族长王老万（《福贵》），随意毒打放牛娃、想捆人就捆人的王光祖（《王二和与王继圣》），哪一个不像阎恒元一样"一手遮住天"呢？哪一个不是以法自居呢？这种自居于法的非法行为，是法外权势的恶性膨胀，是权势大于法的具体表现。

　　以上村落法庭是否具有合法、正义的特点，权势大于法是否有益于村落秩序呢？答案是否定的，而造成这一现象的原因却相当复杂：首先，权势的基础是金钱，权势压人导致恶势力盘踞在村民头上无"法"无天。阎锡山统治山西时，就明文规定当村长、村副分别需有不动产一千银元和五百银元。村落里地主阶层依附县上或当地反动势力，用金钱、利害来编织一张关系势力网，犹如现实生活中以沁水端氏镇贾家为中心的地主统治网一样，密不透风。比如在阎家山，阎恒元在村里摆不平的事，便钱可通神，把钱使到旧衙门里去；在南乡，二先生凭借哥哥在县财政局任局长，可以儿戏拘票，包揽诉讼。在李家庄，春喜小喜抱住三爷、六太爷等人的粗腿，更是无人不怕；后来春喜小喜等频繁更换主子，或是中央军，或是晋绥军，或是日军，有奶就是娘，谁得势就投靠谁，直到小说最后仍然逍遥法外。其次，地主剥削阶层的利己性、食利性与精于权术融为一体，软硬兼施，处处维护并巩固自己的地位。掌握司法审判权的地主豪绅，擅长封建统治的权术，熟悉那种世代相传的统治经验，实行的是人治，人治的背后是礼治。"所谓人治和法治之别，不在人和法这两个字上，而是在维持秩序时所用的力量，和所根据的规范的性质。"① 在中国乡土社会，就是封建传统、礼教化为"势"潜在地起作用，让底层百姓驯化。阎恒元在阎家山对老槐树底下村民以"小"字辈和"老"字辈进行编码；李如珍喝斥刚强的铁锁等外来户"来了两三辈了还是不服教化"，捏弄手码断案，均是如此。另一方面，地主乡绅在经济上精于算计，通过高利贷、租佃关系来束缚困境中的村民。村民一旦想起来维权，地主们来一个釜底抽薪，让经不起磕碰的人家活不下去。在黄沙沟村，放牛娃刘二和替村长王光祖放牛，吃的饭还没挨的打多，二和的爹老刘说："说什么理？咱没有找人家说理人家就找咱算账啦！有理没理且不论，这账怎么敢跟人家算呀？"比此更苛刻的还有《福贵》，福贵因为与童养媳圆房，母亲去世，万不得已借了族长王老万三十块钱，却抵给了他三间房、四亩地，还给他住过五年长工，最后仍没有抽出身来。第三，在村里最高权势者周围，往往聚集了一群帮闲者，比如在

---

① 费孝通：《乡土中国　生育制度》，第49页，北京大学出版社，1998年。

阎家山，奔走于阎家门下讨些剩菜残渣的张得贵，"跟着恒元舌头转"而乐此不疲；在李家庄，间长小毛在李如珍家里讨些烟土喝，得些烙饼等小利，助纣为虐，村里人几乎没有谁没有挨过他的毒打。

乡土社会本来就十分缺乏法律，底层民众像大黑、二妞心中仅有杀人偿命的框框一样，不知法为何物。底层百姓都是按本分生存，小农耕作的自足性也在一定程度上满足了这一要求。因此，普通村民基本上不能通过法律手段来维护自身权益。"一个文盲，在理解高深的事物方面固然有很大的限制，但文盲不一定是'理盲'、'事盲'，因而也不一定是'艺'盲。"① 乡村法制的滞后，让不能以法律为武器的百姓，却成为事实上的法律睁眼瞎，是"法盲"，虽然内心明白一些事理，但慑于权势不敢公然对抗，哪怕权势者失势时也不敢向前，怕自己被秋后算账。在刘家峧，村民对金旺兄弟"虽是恨得入骨，可是谁也不敢说半句话，都恐怕搬不倒他们，自己吃亏"；在阎家山，"老槐树底这些人，进了村公所，谁也不敢走到桌边"；在下河村，王聚财、安发他们的教训是"咱越怕得罪人，人家就越不怕得罪咱"。村落里的统治者确实知己知彼，懂得怎样让自己的指令变为直接而有效的法令。譬如，李如珍主事处理春喜与铁锁二家纠纷时，弃铁锁拿出的茅厕契约这一最佳物证于不顾，一开始就偏向，参加调解的陪审团明知真相，可谁也不敢作人证，名为陪审实际是李如珍独揽司法权。于是乎，风随势走，久而久之便形成习惯，依次传递，形成惯性束缚村民的思维，变不合理为合理，变不合法为合法。"一般农民，对地主阶级的压迫、剥削尽管有极其浓厚的反抗思想，可是对久已形成的文化、制度、风俗、习惯，又多是习以为常的，有的甚而是拥护的。"② 被捆人也就被捆了，被讹诈了就被讹诈了，有村户倾家荡产就倾家荡产了，甚至于村民被逼上吊、被无形虐杀，都风平浪静，无损于权势者一毛。穷苦百姓幻想以法维权，改变此一格局，便只剩下靠自己一途了。但穷人队伍中偶尔冒出一个人物，随时有可能被拉入权势者行列，蔚蓝天空的缺口马上就会闭合。这样，没有外来巨大力量的冲击，在自然村落同此凉热，这一格局不会破局，也绝对不会变天。

---

① 赵树理：《供应群众更多、更好的文艺作品》，收入《赵树理全集》第4卷，第483—484页。
② 赵树理：《随〈下乡集〉寄给农村读者》，收入《赵树理全集》第6卷，第164页。

三

权势大于法,成为当时大小村落的恶性肿瘤,吞噬着一个个灰暗的生命。但可喜的是,在赵树理每篇小说的后半部分,都终结了权势大于法的惯性运行,法外权势的衰落与去"势"成为一种理想蓝图。金旺兴旺兄弟在刘家峧"好像铁桶江山"最后烟消云散了;在阎家山当阎喜富的村长被撤差时,李有才喻之为"这饭碗是铁箍箍住了"的局面也破局了;在李家庄,恶人尽除,保卫胜利果实风起云涌……既有格局的纷纷解体,说明法外权势开始土崩瓦解,走向衰亡。

在贯彻执行土地法的农村工作中,赵树理主张"谁也不能有法外的特别权利"①。只有剥离"法外"的特别权利,千百年来的旧有机制才会失灵,地主与村长合二为一的权势才可能真正终结。形象地说,也就是正面回答了张铁锁之问——张铁锁外出到太原作工碰到共产党员小常,是这样焦急地带出自己的疑惑:"我有这么些事不明白:李如珍怎么能永远不倒?三爷那样胡行怎么除不办罪还能作官?小喜春喜那些人怎么永远吃得开?别人卖料子要杀头,五爷公馆怎么没关系?土匪头子来了怎么也没人捉还要当上等客人看待?师长怎么能去拉土匪?……"回答并解决张铁锁这些看不透世界的问题,需要借助新的政治力量——边区政府——便合法性地为民作主、替民伸冤,无情打击着法外的权势,为重建公平、正义与和谐的村落新秩序而努力。

共产党领导的边区政府有力介入,打破了千百年来势大于法的局面。边区各级政府,以及驻村蹲点的外派干部,以人民政府的纯洁性和工作人员的党性,通过新的法律与人民法庭为底层百姓撑腰打气,维护了村民的利益和权利。在《抗日根据地的打官司》散文中,赵树理以王老汉的经历介绍了新旧政府的司法情形,不论是写状、出差、过堂、下判决、诉费分担等都判若云泥。在小说中,自然更加生动而丰富,比如《李有才板话》中,阎恒元逐渐玩不转了,尽管绞尽脑汁,但险象环生。关键的原因在于新政府不比旧衙门,有钱也使不进去,只能干着急。结果是"老恒元,泄了气,/退租退款又退地。/刘广聚,大舞弊,/犯了罪,没人替"。与阎家山相比,李家庄本来是一潭死水,但张铁锁被逼得走投无路时碰到了小常,遇到了主张抗日的牺盟会同志,有了新的信心与力量。尽管小常后来被活埋,但千万个

---

① 赵树理:《谁也不能有特权》,收入《赵树理全集》第3卷,第245页。

小常已成长起来了。在小二黑家乡，区政府先扣押犯法的金旺兄弟，再派人到村调查其犯罪事实，最终判案除赔偿经济损失外均处十五年徒刑。小二黑和于小芹也喜结连理，他们"成了太行山农民反对封建思想，追求自由幸福婚姻的化身了"①。在下河村，当小旦、小昌胁迫逼婚软英之际，上级派来了工作团，调查村干部贪腐案件，村政所在地刘家前院成了村民真正说理的地方。

边区政府是行政机关，其颁布的政策便是法律，新政合法性地压过了旧势，如婚姻条例，如土地法令，如减租清债指示，如反奸反霸政策，都逐渐进入寻常百姓家，新的法治精神与气象开始在偏远闭塞的广大村落出现，村落里年轻的庄户人开始有了法的意识，尝试用法律为武器进行生死抗争。旁观的村民们有幸能听到成长的年轻农民、身边的小人物对"犯法与否"的直接表述。自己犯法与否，执政者犯法与否？成为一个十分尖锐对立的问题。小二黑与他的父辈相比，已不再是跪地磕头，竟能反问兴旺"无故捆人犯法不犯"的话来。当区上派来的助理员到刘家峧调查案情时，村民一共呈供出了五六十款违法事例。老杨同志领导群众斗争阎恒元时，鼓动民众"现在的政府可不像从前的衙门，不论他是多么厉害的人，犯了法都敢治他的罪！"阎家山村民一旦吃了这颗定心丸，也就不怕事了，声讨阎恒元的群众大会开了两天，阎恒元的违法证据堆积如山，足够做成铁案。乡村丫头软英"谁不怕得罪我，我就不怕得罪他"，当她明白男子要到十七岁才能定婚，将计就计化解小昌家的逼婚。此外如小顺、聚宝、冷元、孟祥英、福贵、刘二和、金桂诸位，一旦掌握了法律，有法可依，也就无畏于各种旧势力了。

暴力叙事出现，最终让人民之法与旧有之势的冲突达到顶点，让村民所受冤屈的宣泄达到最高潮。剥夺势大于法的丑恶现象，不是挪动一张桌子那般容易，如以血腥情节而论，典型的是在下河村、刘家峧与李家庄，死的人越来越多。譬如李如珍折腾几年之后，李家庄剩下的村民都不到一半了，光是有证可查死于其手的村民便达四十二人。当李家庄的村民再次翻身作主时，全村最大的一件事就是如何让李如珍伏法，缉拿李如珍以及他的帮凶小毛后，县长把司法审判挪到现场办公："龙王庙的拜亭上设起了公堂，县长坐了正位，村里公举了十个代表陪审。公举了白狗和王安福老汉代表全村作控告人，村里的全体民众站在庙院里旁听"。当公审县长判定李如珍已够死罪时，村里人一拥而上，不一会儿已活活把他打死。随后，有这样几句话：

---

① 苗培时：《〈小二黑结婚〉在太行山》，载《北京日报》，1957年5月23日。

庙里又像才开审时候那个样子了。县长道："你们再不要亲自动手了！本来这两个人都够判死罪了，你们许他们悔过，才能叫他们悔；实在要要求枪毙，我也只好执行，大家千万不要亲自动手。现在的法律，再大的罪也只是个枪决；那样活活打死，就太，太不文明了。"王安福道："县长！他们当日在庙里杀人时候，比这残忍得多——有剜眼的，有刺手的，有剥皮的……我都差一点叫人家这样杀了！"县长道："那是他们，我们不学他们那样子！"

代表黑恶势力的村霸终结于自己之手，附带民事赔偿又让村民经济上翻了身，李家庄重见青日。李家庄的天是明朗的天，李家庄的人扬眉吐气，换来了崭新的村落面貌，后来屡经战乱、自然灾害，再也没有垮掉过。

四

伴随着法外权势的衰败与失落，新的村落秩序重建也悄然开始了自己的使命。建立一个什么样的村落新秩序，能否顺利建立起来，赵树理以一个农民作家的朴实与深刻，给出了自己的答案。

只有组织起来，才能建立一个新的村落世界。为了打倒一贯反动的地主，要组织起来；为了防止坏人钻空子，也要组织起来。组织是有力量的，阎家山一开始是在李有才的窑洞里自发组织起来，后来又是在老杨的帮助下自觉地组织农会，彻底改写了阎家山的历史。在太原，小常教给张铁锁的方法也是组织起来，这是年轻者的世界，也是抗争者的世界。组织起来力量才能大，最为直接而重要的当然是公正、合法的村政权之建立。但是，村政权要握在正直、吃苦人身上，这似乎要有两个必要条件，一要有头脑，二要有素质，按今天的话来说，便是德才兼备。"只有多数的正派人都被发动起来、组织起来，都有了民主权利，有了组织力量，那才能有效。"[①] 村落的新秩序才能有勃勃生机，新的村风村貌才会真正实现。

赵树理的小说结尾以大团圆式告终，贡献之一是新的合法的村政权出来了，导致法外权势的衰落，以及村落秩序的重建。但如何重建，重建得怎么样，赵树理的

---

① 赵树理：《发动贫雇要靠民主》，收入《赵树理全集》第3卷，第253页。

独特之处是仍在观望与犹豫，潜在写出了村落秩序重建的艰难与曲折。第一，基层政权不纯的问题，当时就被阶级斗争的主题给遮蔽了。周扬晚年承认了这一点："赵树理在作品中描绘了农村基层党组织的严重不纯，描绘了有些基层干部是混入党内的坏分子，是化装的地主恶霸。这是赵树理同志深入生活的发现，表现了一个作家的卓见和勇敢。而我的文章却没有着重指出这点，是一个不足之处。"① 从"小字辈"走出来的小元，本来是槐树底下出身，没有花费几天工夫，一身制服一支水笔就被团弄住，"借着一点小势头就来压迫旧日的患难朋友"；反抗刘锡元的长工小旦，当农会主席后也不亚于刘锡元。小元有头脑、能干，但无德；而长工小昌，刚刚当上农会主席，就私欲膨胀，其妻儿得势后在跟邻居安发一家争吵时也曾显出蛛丝马迹。可见，农民一旦掌权，能执行法律，很容易沾染封建特权思想而腐化变质，换上自己当官作老爷。还好，让人放心的是，这批小说中政府派出的工作干部都没有大的问题，基本上定格于传统的清官形象，虽然个别干部有工作不深入之嫌。不过，我们不能把赵树理的乐观当成自己的乐观，新的村政权干部、各级地方政府工作人员假如也像赵树理笔下埋葬的反动人物一样，村落秩序的重建之路就会变得更加不可捉摸，具有未确定性。联系五六十年代赵树理执著于新的"问题"，像赵树理这样本色的农民作家，也许还刚刚感受到法律的温情，把一只脚伸进官场文学的大门。第二，传统的礼治糟粕，不可能一下子就剔除干净，社会仍长期处于过渡阶段之中。赵树理小说在中间部分一般会写到这一点，如黄沙沟翻身的老刘们也"只展了展腿"，如刘家峧、阎家山、李家庄的看客群体，依然暮气沉沉，如瞧不起穷人的老驴、老秦们，仍然数量不少。

赵树理40年代末说到宣传工作时有一个估计："我们的宣传工作，从上下级的关系看来，好像一系列用沙土做成的水渠，越到下边水越细，中央的意图与村支部的了解对得上头的地方太细了……封建思想之海的农村，近十余年来只是冲淡了一点，尚须花很大的气力才能使它根本变转了颜色。"② 是的，从宣传工作扩展开去，乡村法外权势的衰退与失落，并不能一劳永逸地予以解决，赵树理小说式的打黑除恶、重建法治之路，以及村落秩序的重建，仍然十分美好而艰难，光明而曲折。

（原载《文学评论》，2012年第6期）

---

① 周扬：《赵树理文集序》，第2页，工人出版社，1980年。
② 赵树理：《致周扬》，收入《赵树理全集》第3卷，第327—328页。

不忍远去成绝响

——张长弓、张一弓父子的"开封书写"

陈平原

曾为七朝古都的开封，进入 20 世纪，因政治、经济以及交通等因素，已不再是在全国举足轻重的区域性中心城市了①。而我关心的是，在古城残破且孤寂、不被世人看好的年代，有哪些文人学者，在精神上不即不离，用自己的专业学养，默默地呵护着它。

本文以原河南大学中文系教授张长弓出版于 1948 年的学术著作《鼓子曲言》，及其儿子张一弓刊行于 2002 年的长篇小说《远去的驿站》为中心，借助二者的互文关系，讨论这场跨越半个世纪的精神对话，探究古城、大学与战火，如何成就了张氏父子以声音为中心的"开封书写"。

一、战火中弦歌不辍

对于学者张长弓来说，八年抗战，是其著述的"关键时刻"。就以《鼓子曲言》为例，1948 年正中书局版的《题记》称："民国三十四年六月脱稿于宝鸡石羊

---

① 刘春迎称："明代的开封，不仅是河南省的省城，也是明朝初年的陪都，还是周王的封地。……然而，明朝末年一场特大洪水，不仅将开封城全城覆没，也使开封在千百年来所积蕴的王气在转瞬之间化为乌有，标志着开封皇城时代的彻底终结。"见《揭秘开封城下城》，第 200 页，北京科学出版社，2009 年。另，清代及民国年间，开封作为河南省的省会，在全国政治格局中仍有其重要性。1954 年 10 月，河南省会由开封迁往郑州，此后，开封的地位一落千丈。

庙，又二年二月改定于开封。"①《张长弓曲论集》收录的《鼓子曲言》修订本，则是："一九四五年六月脱稿于宝鸡，一九四七年二月改于开封，一九五〇年三月再改于开封。"②《鼓子曲言》第一章"历史与源流"曾以《南阳俗曲之历史与源流》为题单独发表，文后注："一九四五年二月在荆关。"③这里的"荆关"，即《鼓子曲言·题记》中提及的位于豫、鄂、陕三省交界、濒临丹江的荆紫关；而后者提及的"嵩潭"，乃豫西深山区的嵩县潭头（现归栾川县管辖）。此"嵩潭"，在《鼓子曲存·序》中也有涉及："回想一九四一年春，敌人侵犯郾漯，本人远在北京。妻孟华三置箱箧不顾，携儿女稿包逃难下乡。一九四四年夏，敌人陷我嵩潭，衣物损失罄尽，带眷负稿出山。今日整理旧稿付印，真是感怀不绝。"④

嵩县潭头、淅川荆紫关、宝鸡石羊庙、河南省会开封，这四个地名，不仅关系《鼓子曲言》一书的写作状态，更牵涉一所著名大学的命运——八年抗战，河南大学多次迁徙，先迁豫南鸡公山，1939年5月转豫西的嵩县潭头。1944年5月日军奔袭，师生逃避不及，多有牺牲（被杀十六名，失踪二十五名）。河南大学师生攀援于崇山峻岭之间，转移到淅川县荆紫关落脚，继续办学；第二年又因日寇逼近，师生及家眷"经商南，越秦岭，过蓝田，步行八百里，于4月中旬抵达西安"。不久又奉部令迁往宝鸡附近的石羊庙继续办学，一直坚持到抗战胜利，才返回原址开封古城。⑤

张一弓长篇小说《远去的驿站》中关于H大学抗战中四处迁徙、辗转办学的经历，基本属于写实；至于"父亲"在炮火连天中坚持治学，寻访古曲《劈破玉》的经历，可与张长弓的著作相印证。只是在小说中，河大遇袭以及从潭头转移到荆紫关这一段，以张长弓为原型的"父亲"更像是孤胆英雄⑥。就像张一弓在《远去的驿站·后记》中说的，这部小说以父亲、大舅、姨父三个家族的故事为主体，而第一人称"我"的位置，"好像只是'冰糖葫芦'和'羊肉串'中的那根棍儿"，其作用是"把三个家族内外的各种人物串连起来"⑦。作为贯穿线索与观察角度的"我"，主

---

① 参见张长弓编著：《鼓子曲言》，第145、143页，南京正中书局，1948年。
② 参见《张长弓曲论集》，第134页，黄河文艺出版社，1986年。
③ 参见张长弓：《南阳俗曲之历史与源流》，载《文艺先锋》7卷6期，1945年12月。
④ 张长弓：《〈鼓子曲存〉序》，收入《张长弓曲论集》，第210页。
⑤ 参见河南大学校史编写组：《河南大学校史》，第83—85、174—179页，河南大学出版社，2002年。
⑥ 张一弓：《远去的驿站》，第316—317页，长江文艺出版社，2002年。
⑦ 同上书，第363—364页。

要关注的是作为 H 大学教授的"父亲"如何冒着炮火寻访古曲《劈破玉》。卷首篇"胡同里的开封"以及第四卷"琴弦上的父亲",固然是以父亲的故事为中心;第一卷的卷外篇"浪漫的薛姨"、第二卷第九节"绝唱",以及第二卷的卷外篇"倒推船",也都是寻访鼓子曲的故事。擅长经营中篇而非长篇的张一弓,其《远去的驿站》对抗战中大学生活的精彩描写,本可与鹿桥的《未央歌》、宗璞的《南渡记》、《东藏记》、《西征记》比肩,可惜作家贪多求快,将"原要分为三部长篇来写"的故事,用"经济实惠"的结构,硬塞进一部仅二十多万字的小说里①,明显分散了笔墨。但有一点,将小说中关于河南大学的迁徙以及张长弓教授的撰述,与相关史料相印证,发现大都属实——除了爱情这条主线外。

我曾提及:"抗日战争中,于颠簸流离中弦歌不辍的,不仅是西南联大。可后人谈论'大学精神',或者抗战中的学术文化建设,都会以西南联大为例证。……战火纷飞中,中国大学顽强地生存、抗争、发展,其中蕴涵着某种让后人肃然起敬的精神。"②应该表彰的众多随战事转移而四处迁徙、弦歌不辍的中国大学,当然包括当时的国立大学,其水准毋庸置疑。③

所谓河大于离乱艰辛中"弦歌不辍",既包括校方如何殚精竭虑,严格教学管理;也包括学生热心求学,教授勤奋著述④。此外,还有兼及写实与象征的大山深处之舞台演出。《远去的驿站》第四卷"琴弦上的父亲"的第一节"劈破玉",讲述"父亲"如何暂时搁置《劈破玉》的寻找,担任 H 大学剧社艺术顾问:

> 一九四三年,H 大学女生为庆祝"三八"节演出《红楼梦》,就是父亲提供的曲稿,把乡间村头和市井茶肆里演唱的鼓子曲,搬上了关帝庙对

---

① 参见张一弓:《远去的驿站·后记》,《远去的驿站》,第 363 页。
② 参见陈平原:《永远的"弦吹弦诵"——关于西南联大的历史、追忆及阐释》,(台湾)《政大中文学报》第 16 期,2011 年 12 月。
③ "经多方努力,1942 年 3 月 10 日国民政府行政院通过了将省立河南大学改为国立河南大学的决议";"1944 年,经国民政府教育部综合评估,河南大学以教学、科研及学生学籍管理的优异成绩,被评为全国国立大学第六名"(见河南大学校史编写组《河南大学校史》,第 173 页)。
④ 参见河南大学校史编写组:《河南大学校史》,第 200—209 页;书中提及教授之"著书立说":"张长弓先生 1942 年春到校任文学院副教授。教学之余,他着意搜集河南地方戏的有关资料、素材,长期进行研究"(第 207 页)。另,读《任访秋先生生平著述系年》(任亮直编),感叹任先生从 1940 年起任教河南大学文学院,潭头、荆紫关、石羊庙,同样一路著述不辍,着实让人感动。参见沈卫威编《任访秋先生纪念集》,第 240—248 页,河南大学出版社,2004 年。

面原本为关云长唱戏的戏台。

"那是H大学师生流亡山区以来的第一次艺术享受。我望见父亲眼含泪水,呆坐在广场中央的小板凳上。"此后,"父亲"的艺术宗旨发生了变化,"开始推出了一个个属于'先锋派'的'大腕儿'明星"。所谓"先锋派",就是在古装戏中穿插时事,甚至夹杂英语。"村民们都望着戏台发愣,知识阶层却轰然大笑,热烈鼓掌。父亲也欢畅大笑。我只会在树上跟着傻笑,奋勇鼓掌。"①

关于河大抗战中的戏剧演出,张一弓1997年发表散文《小镇戏台上》,已经有所追忆②。五年后出版长篇小说,更是不会放过此等精彩细节。有趣的是,那些生活在台湾的河大老学生,多年后回想起大山深处的求学生涯,也都对学校组织的戏剧及曲艺演出赞不绝口:"每逢纪念节日,京戏、话剧、梆子、越调、坠子、相声全部上演,总要热闹好几天。"③对此,周恒的《河南大学概述》有比较全面的叙述:"山村别无娱乐,学校利用课余之暇,提倡劳动服务,同学亦争以习劳为乐。自总办公处与图书馆出入小径,讲演台及各教室通各村道路,皆由同学课余修筑而成,且助民修堤、筑桥、栽种树木、插植花草,以美化环境。劳动之余,复组织剧团,资以调剂。因之京剧、话剧、梆子、坠子、越调、南阳调等,色色俱全,偶尔亦邀请外角来潭助演。每逢双十国庆、国父诞辰、校庆、领袖生日、过年、过节,往往数剧杂陈,连演数日,为山村居民等,带来无限欢乐。"④

这些为河大师生及山村居民"带来无限快乐"的演出,到底多大程度归功于文学教授张长弓的顾问与指导,这很难说。因为,抗战中,娱乐设施极为缺乏,各大学师生在颠沛流离中,都曾举行类似演出,也都大获赞许。当然,河大之选择由鼓子曲变化而来的高台曲,且添加了布景,这确实与地方文化特色以及张教授的学术趣味有关。在《鼓子曲言》第十八章"鼓子曲与高台曲"中,作者特地岔开去,讲

---

① 参见张一弓:《远去的驿站》,第310—313页。
② "我对地方戏最早的记忆,是在我八九岁的时候。那是抗日战争末期,在河南大学任教的父亲随校流亡到嵩县潭头(现属栾川县),我们一家也都到了潭头。……只有一个残破的戏台面对着一座古庙,据说逢年过节都要给神仙唱戏的。古庙变成河南大学校本部以后,河大的学生剧社就在这个戏台上不断推出自己的'大腕'明星,上演一些带有'先锋派'特征的豫剧、曲剧。"见张一弓《飘逝的岁月》,第287页,长江文艺出版社,2001年。
③ 李守孔:《往事忆犹新——民国三十二年至三十六年河南大学生活琐记》,收入《学府纪闻·国立河南大学》,第256页,台北南京出版有限公司,1981年。
④ 周恒:《河南大学概述》,收入《学府纪闻·国立河南大学》,第13页。

述1943年为河大女生编排《红楼梦》时如何引进布景这一新尝试:

> 由于布景烘托曲情,自下午七时演至深夜二时,全校师生以及潭头寨内观众,空巷前往,无不交口称道,誉为在文学上别辟蹊径,价值甚高。①

据说,此后凡学校纪念演出,必有高台曲;凡演高台曲,必增加布景。而且,这种风气很快流播民间。

值得注意的是,张长弓抗战中指导河大学生演出,不仅仅是个人爱好,更与其鼓子曲的研究息息相关。《鼓子曲言》中有这么一段:

> (民国)三十二年暑假,本人横断五百里伏牛山脉,经宿合峪、车村,皆深山小镇。不意夜阑人静,坠子与歌声同奏,殊令余惊讶曲子流行之广,传布之速,以及势力之大。②

战火纷飞之际,作者为何"横断五百里伏牛山脉"?那是为了寻访失落在民间的鼓子曲,尤其是《劈破玉》——这正是长篇小说《远去的驿站》中着力描写、也最为精彩的部分③。正是这一年,张长弓在南阳的报纸上公布自己收藏的曲目,征求所无曲子,"由于远近同好协助,前后收到百首以上"④,这对作者日后刊行《鼓子曲存》第一集和《鼓子曲谱》大有助益⑤。

接下来要叩问的是,烽火连天中,河大文学教授张长弓怎样奋力撰写平生最得意的著作《鼓子曲言》,以及此书战后出版时,作者又作了哪些重要修订;而这一撰述与修订背后,如何蕴含着"开封"、"声音"、"文学史"等关键因素?

---

① 张长弓:《鼓子曲言》,第138页。
② 同上书,第139页。
③ "父亲着魔了。每当学校放假,他都要挎着一把装在伞套里的雨伞,手执一根长着天然花纹的手杖——H大学的教授们几乎都从卖柴人的柴捆里找到了来自伏牛山中的花纹各异的手杖,农民说那是可以防范山鬼、驱除狼虫的'降魔杖'。父亲用手杖荷着一个黑色的皮包,冒着山野上的风雪或是顶着晴空的骄阳,翻山越岭、餐风宿露,去伏牛山南边、桐柏山北边的大地皱折里苦苦寻找,那里是'劈破玉'深藏不露的地方。"见张一弓《远去的驿站》,第308—309页。
④ 参见张长弓:《鼓子曲言》,第143页。
⑤ 张长弓编《鼓子曲存》第一集和《鼓子曲谱》,1947年在开封以"听香室"名义自费印行,分赠友好。设想中的《鼓子曲存》第二集、第三集最终未能刊行,但拟收曲目见第一集附录。

二、为何只能是"开封"

《鼓子曲言》1945年6月脱稿于宝鸡,1947年2月改定于开封,我关心的是,从"脱稿"到"改定"的这一年半中,恰好是抗战胜利,作者随河大返回开封古城,这一经历是否影响其论述姿态?此书原稿没有保留下来,但幸运的是,在全书出版前,作者曾于1945年刊行的《文艺先锋》7卷6期上①,发表《南阳俗曲之历史与源流》(附"牌子与调子")。此文正是《鼓子曲言》第一、二章②。略作比较,马上发现一个问题:作者改定时,将立足点从"南阳"转移到"开封"。原本是:"南阳曲一名鼓子曲,近年为别于高台曲,又名曰南阳大调曲,亦称曲子戏。"改定本则曰:"鼓子曲一名南阳曲,近年为别于高台曲,又名曰南阳大调曲,亦称曲子戏。"③二者都承认"南阳曲"与"鼓子曲"渊源极深,问题在于以谁为主,是为南阳曲溯源呢,还是描述鼓子曲的辐射型影响?若是前者,着重点在作者的家乡南阳;若是后者,则更多牵涉作者当下居住的古城开封。

《鼓子曲言·题记》有曰:"余世居新野,与南阳比邻,在儿童时代,已习闻鼓子俗曲之歌调。农忙后,每在柳荫月下,或雪夜围炉,瞎谋娃,一个盲乐师,抱着三弦,到处弹唱,听众乐而忘倦。本人沉醉于此种场合下,不知凡几。"日后作者到开封念书、谋生,"如谋娃之弹唱,先后数见不鲜,方知此种俗曲,已不翼而飞,遍及各地"④。阅读郑振铎编刊的《白雪遗音选》,明白这些俗曲大有来头;而着手研究的机缘则是:

> 民国二十六年冬,回到南阳,则卖茶肆,教育馆,每日三弦琵琶,弹唱不辍,乐声飞扬,游人心醉。俗曲既一名"南阳曲",在南阳听俗曲,自无足怪。搜集曲子之机会已来。⑤

---

① 《文艺先锋》,月刊,1942年10月在重庆发刊,署文艺先锋社印行。1946年移至南京出版,自9卷2期起,署中央文化运动委员会编辑印行;1948年9月出至第13卷3期终刊。
② 这期《文艺先锋》的《编后记》称:"《南阳俗曲之历史与源流》的作者张长弓先生为国立河南大学教授,张教授研究通俗文学有素。此篇即为其对南阳俗曲研究之一部。将来尚有《南阳俗曲四讲》陆续在本刊发表。"很可惜,预告的《南阳俗曲四讲》未见刊出,无法做进一步的比较。
③ 张长弓:《鼓子曲言》,第1页。
④ 同上书,第141页。
⑤ 同上书,第142页。

既然少年记忆以及工作契机都是南阳，为何非要选择"鼓子曲"为书题？理由很简单，就因为传说此盛行于南阳的"俗曲"，发源自古城开封。

在《南阳俗曲之历史与源流》中，张长弓称："开封自古七代建都，人文荟萃，杂耍游艺，往来自四方，明代俗曲唱于汴梁大为文人赏识，业已见诸载籍。讫于清初或明季传来南阳，颇有可能。以禹县而论，明清以后为河南药材出口最大商埠，由水道东南行可通至长江下游扬州一带。则禹县自东南各省输出俗曲，辗转传到南阳，亦有可能。以上两说，孰是孰非，不易证明，然亦无须证明。"①作者乃燕京大学研究生毕业，撰写过文学史著作，当明白"无徵不信"的道理。所谓今天流传中原大地的南阳大调，就是文献中提及的明代开封之"俗曲"，这样的考证是不太能服人的。其实，一直到今天，起源于开封的鼓子曲是如何传播到南阳的，学界仍没有定论，就因相关史料太少，不足以支撑任何一说。

《鼓子曲言》之所以言之凿凿，称"鼓子曲最初自何地而来，不见记载；据口耳相传，鼓子曲初见于开封"②，是跟下面这一更大的假设紧密相关的：

> 俗曲最早唱奏于开封，自属于北曲。未几，江淮间相继兴起，当为受北曲影响之南方俗曲，所以乐器仍沿用北曲特用之乐器三弦。嗣后北曲渗入南曲，亦南亦北之俗曲产生，自可断言。③

要想论证世人所谈的南曲、北曲，均源于明代开封的俗曲，虽说也有很多困难，但多少还是有一点影子的。可要说南曲、北曲全都起源于南阳，那是谁也不相信的。关键在于，"开封自古七代建都，人文荟萃，杂耍游艺，往来自四方"——这句话，在《鼓子曲言》中被保存下来，只是将"往来自"改为"往往来自"④。或许，在作者看来，只有像开封这样具有深厚历史积淀的古城，才可能催生出鼓子曲这样的艺术奇葩。

上述"俗曲最早唱奏于开封"这一段，1950年3月改订本中被整段删去。大概是作者也感到心虚，毕竟证据不足，怕引起其他地方研究者的"抗议"。不过，刚刚凯旋归来的河大教授张长弓，在开封古城撰《〈鼓子曲存〉序》时，强调"河南鼓

---

① 张长弓：《南阳俗曲之历史与源流》。
② 张长弓：《鼓子曲言》，第2页。
③ 同上书，第9页。
④ 同上书，第2页。

子曲，便是集五百年来南北俗曲的大成"①；或在改定《鼓子曲言》时，一定要说河南"即不能说是四百五十年来中国俗曲之大成；亦可以说是南北曲衰歇后惟一的曲子戏"②，其维护乡土荣誉的心情完全可以理解。

考辨某种艺术形式的起源，当然是个十分严肃的学术问题；但落实到具体学者，为何从事这一研究，背后往往是有情怀的。你可以说其中包含着争夺正统与正宗、知识与权力的意味，但也只有真正热爱，才可能在炮火连天中不畏艰难，苦苦撑持。这里的乡土情怀，值得体贴与同情。

长期任教河南大学、抗战期间出任文学院长的史学教授张邃青，战前就开设了"中州文化史"这门中国文学、史学系学生必修的课程。此课程"系张邃青教授历数十年之时间，搜集各县县志，配合考古发掘资料，整理成为有系统之文化发展报告，足以代表中原文化之特征，亦为中国文化之主流"③。而 1946 年 12 月至 1948 年 5 月出任河南大学校长的姚从吾，据弟子李守孔追忆，即便校务繁忙，依旧讲授"历史方法论"课程，"也带领文史系历史组同学在开封城内外调查过古迹"④。姚从吾乃河南襄城人，早年治学兴趣在地理学，北大研究所国学门卒业，考取赴德深造的机会，1922 年 11 月返里向家人辞行时曾上书师长张相文，称自己来到开封："欲从事访查挑筋教史迹，并寻觅大梁回教碑及各项史迹，辑之成篇，上陈师览，兼就正于陈圆庵先生。余暇当遍访大梁古迹，汇成游记，刊著杂志。"半个月后再次致信师长，辨正陈垣《开封一赐乐业教考》第七章关于开封市街清真寺一段的描写，大概就是这次实地探访的成果⑤。河南籍的学者、尤其是在河大教书的文史教授，理所当然的，有责任探访、发掘、宣扬开封这座"千年古城"。

表彰乡土，为何一定要选"开封"（而不可能是"南阳"）？当然有"口耳相传"鼓子曲起于汴梁的缘故，但也不排除这一考证背后蕴含着某种文化心理——只有"七朝古都"开封才能让此俗曲名扬（乃至影响）天下。南阳乃国务院批准的第二批历史文化名城，也是历史悠久、人杰地灵，但从来不是古都；即便经济实力早已超越开封，文化知名度还是远远不及。那么多学者殚精竭虑，就是说不清南阳大调是如

---

① 参见《〈鼓子曲存〉序》，收入《张长弓曲论集》，第 207 页。
② 参见张长弓：《鼓子曲言》，第 9—10 页。
③ 参见周恒：《记河大的学术研究》，收入《学府纪闻·国立河南大学》，第 46 页。
④ 参见李守孔：《往事忆犹新》，收入《学府纪闻·国立河南大学》，第 264 页。
⑤ 姚从吾致张相文信，原刊《地学杂志》第 14 年 1、2 期合刊（1923），转引自王德毅编著《姚从吾先生年谱》，第 11、12 页，台北新文丰出版公司，2000 年。

何从开封传播而来的；但所有人都承认，这鼓子曲一定源于"汴梁小曲"。因为，汴梁聚集了当时中国最有才华的文人学士以及落魄的乡村读书人，还有部分手工业者、小商小贩等，他们吸取了宋元诸种曲艺形式在民间的遗留，与明清俗曲结合后就形成了鼓子曲[1]。我不是曲艺方面的专家，无从判断此类推论是否准确；但我注意到张凌怡等著《河南曲艺史》对鼓子曲形成时间及传播途径的论述，与张著《鼓子曲言》有不小的差异。只是在鼓子曲形成于开封这一点上，各家没有分歧。

没有分歧不是因为论据十足，板上钉钉，而是实在"无典籍可稽"。在这种情况下，认定其起源于开封有个明显的好处："从其体制、曲牌来源和连套方式等特征中，可看到河南古代多种乐曲体伎艺的身影"[2]。照张凌怡等著《河南曲艺史》的说法：

> 自唐代"遍布河洛"的曲子词，至宋金汴梁的鼓子词、小唱、缠令、缠达、诸宫调和元明的散曲、"汴省时曲"（即汴梁小曲）等，呈现出河南古代乐曲体说唱艺术的丰富多彩。它们其中的多数都具有全国性，有着光辉灿烂的历史，对我国的宋词、元曲以及古代的戏曲等都有着深远的影响。因而，它们在我国的文学史、戏曲史和曲艺史中都占据着重要地位。清代，全国各地（包括河南）的小曲（即清曲）、琴曲和曲牌连套体的说唱技艺，也大都是在它们的影响下而先后形成的。[3]

要想描述某种曲艺的"全国性"影响，起源于古都开封是十分有利的因素。《鼓子曲言》中有十章专门谈论音乐曲体的问题，经常溯源至宋元说唱或戏曲。而这，很容易让人联想到孟元老《东京梦华录》里的"京瓦伎艺"[4]。到了明代，"天下藩封数汴中"，南北艺人纷纷涌入开封，娱乐业依旧十分兴盛。这方面，有诗人李梦阳《汴中元夕》为证："中山孺子倚新妆，郑女燕姬独擅场。齐唱宪王新乐府，金梁桥外月如

---

[1] 参见姜书华《南阳大调曲起源试探》（载《东方艺术》，2005年12期）、李海萌《大调曲子传入南阳时间考辨》（载《南阳师范学院学报》，2006年7期）、冯彬彬《河南大调曲子的源流与艺术特征》（载《美与时代》，2006年7期）、王铮《试论邓州大调曲子的传承现状》（载《大众文艺》，2011年5期）等。

[2] 张凌怡等著：《河南曲艺史》，第173页，河南人民出版社，2007年。另，关于鼓子曲的历史及传承，参见此书第173—180页。

[3] 同上书，第172页。

[4] 参见孟元老撰、伊永文笺注：《东京梦华录》，第461—478页，中华书局，2009年；周宝珠：《宋代东京研究》，424—461页，河南大学出版社，1992年。

霜。"而记"汴梁鼎盛之时也"的《如梦录》①，其"街市纪第六"提及大相国寺中各种建筑及娱乐活动："每日有说书、算卦、相面、百艺逞能，亦有卖吃食等项，僧人专下过往官员，及大商、茶店、清客等众人往还，摆酒接妓，歌舞追欢。"②明末李自成攻城，官军掘河，洪水入城，"居人溺死者十有八九，救援不及一二，叫苦连天，呼救满河，如鱼之游于沸鼎之中，可怜数十万无辜生灵，尽葬鱼腹之内"③。此等惨状，也没有完全断绝开封之"乐府新词"，只是多了几分"寂寞"与"悲凉"④。

　　清人在相国寺废墟上数次建置与重修，依旧保留其交易与游乐的功能："关于曲艺杂耍方面，二殿前后有鼓书、坠子、土梆子、说书、相声、双簧，又有所谓'十二能'，所说概属淫词秽语。"⑤而1927年冯玉祥主政，逐寺僧，毁佛像，先改造成中山市场，后又移入河南省立民众教育馆。据张履谦编著"相国寺特种调查之二"的《民众娱乐调查》（1936），中山市场内供应民众娱乐的，有梆子戏、京剧、说书、道情、相声、大鼓书、西洋镜等⑥。从明代小说《说岳全传》的"大相国寺闲听说书"，到张长弓《河南坠子书》的"以开封来说，相国寺内，及南关闹市，合计有七八百个茶棚是以唱坠子书来招揽听众的"⑦，不必专门学者，一般人也都会认定开封人特别擅长或欣赏"说说唱唱"。正因此，在缺乏文献，无法证明鼓子曲不是起源于开封的情况下，张长弓当然有理由选择这一"口耳相传"的故事。

三、倾听古都的"声音"

　　既然认准鼓子曲起源于开封，作者又居住于此古城，照理说，应该多有对于古城风貌的描述。可无论是《鼓子曲言》、《河南坠子书》，还是张长弓的其他文学史著，都看不出作者对这座城市有何偏爱——即便是与论题相关的相国寺，也都一笔

---

① 参见《如梦录》著者原序以及孔宪易《〈如梦录〉前言》，中州古籍出版社，1984年。
② 参见孔宪易校注：《如梦录》，第51页。
③ 同上书，第14页。
④ 清初周在延《登大梁城楼》："乐府新词声寂寞，西亭残卷事悲凉。《梦华录》续肠堪断，依旧金梁月似霜。"
⑤ 参见熊伯履编著：《相国寺考》，第130—138、154页，中州古籍出版社，1985年。
⑥ 同上书，第157—163页。
⑦ 参见《张长弓曲论》，第140页。

带过①。唯一像样的笔墨，是介绍"茶棚下的坠子书"：

> 在许多座位前，有一张方桌，桌上放着直径八寸大小的皮鼓，还有一块小小的醒木。桌后坐着一个或两个盲乐师，手中拉着坠子，足下踏着脚打板，"点生意"后，桌前出现三个或两个女艺人，她们左手握着一副檀木剪板，右手执着一支筷子。一声响来，众乐齐奏。两把坠子拉着同一的快板，艺人手中的剪板哒哒地叫，桌上的皮鼓咚咚地响，与弦子的乐调配合着，奏出统一的和谐的旋律。这一个闹台，会闹得群众耳热心痒，不觉要挤进茶棚来坐下。②

如此热闹的演艺场面，河南哪个城镇都有，不一定非开封不可。真是"有其父必有其子"，张一弓《远去的驿站》卷首篇"胡同里的开封"，讲述的故事发生在开封，可古城的身影同样淡到几乎看不见。抗战胜利了，"父亲"随 H 大学回到开封古城，小说第四卷中，略为涉及城市空间的，一是"父亲"与宛儿姨在龙亭公园柳荫下聊天，再就是"我"和"父亲"外出时遇学生游行："我们被游行队伍挤在路边的人墙里左冲右突，好不容易在东司门与游行队伍分离，来到了书店街北口，却看到中山路那边的新街口上，齐刷刷站着一排持枪军警"；"父亲又领着我穿过书店街，准备绕道行宫角，再到女师。谁知到了相国寺后街，又正好碰上游行队伍。"③只是列举地名，没有任何描述，如此看来，作为学者或作为作家的张氏父子，对这座古城的街头巷尾、亭台楼阁乃至名胜古迹，实在缺乏兴趣。

有古都情结，但对眼下的景物不太关心，这其实是与开封城的特殊命运有关。近年的考古发掘，证实了开封的民间谚语："开封城，城摞城，地下埋有几座城。"今天我们所见到的古城墙，既不是宋，也不是明，连清初都谈不上，而是道光二十二年（1842）清政府再次对开封城墙进行加高修葺的结果④。在开封城，文人怀古，很难找到可供凭吊的遗迹。同样是古都，在这个问题上，开封与长安的差异实在太大了。因此，生活在很少"古物"的开封，从"声音"的角度或许更容易"思

---

① 《河南坠子书》提及1927年以后的那两年，河南坠子生意最好："以开封相国寺来说，坠子书茶棚排列了六七个之多。"参见张长弓《河南坠子书》，第5页，生活·读书·新知三联书店，1951年。
② 《河南坠子书》第二章，见《河南坠子书》，第7页。
③ 参见张一弓：《远去的驿站》，第347、353—354页。
④ 参见刘春迎：《揭秘开封城下城》，第5—6页。

接千古"。而这正是张氏父子的特异之处——对产生于开封并仍在此古城荡漾不已的鼓子曲情有独钟。

张长弓之关注市井的"声音",既受郑振铎等人的影响,又有自己的拓展。在学术视野及理论方法上,曾求学燕大的张长弓,无疑受周作人、顾颉刚、郑振铎等人提倡俗文学研究的影响。而李家瑞的《北平俗曲略》(1933)、陈汝衡的《说书小史》(1936)以及郑振铎的《中国俗文学史》(1938),都是张必须努力超越的重要成果。据李家瑞转述:"刘半农师说过,研究俗曲,可从四方面进行:一,文学方面,二,风俗方面,三,语言方面,四,音乐方面。"而刘半农为《北平俗曲略》写序,提及自己虽看了此书的文辞及材料,却没能审读乐谱;并提醒读者,因传抄翻刻,乐谱中可能有好多错误,"演奏起来未必能和歌词配合得上"。刘半农于是感叹:"在这上面,将来还大有继续研究的余地";"在这一个范围之内的探求校订的工作,最好交给天华去做,可惜天华死了。"①

对照刘半农的提示,很容易明白张长弓《鼓子曲言》的好处。1945年刊《南阳俗曲之历史与源流》有一"后记":

> 余从事整理南阳俗曲,拜师求友,走访函询,索谱采曲,瞬经十载。拟成《南阳曲谱》、《南阳曲选》、《南阳曲言》三稿。曲谱已请音乐家李柏芝先生主稿,并约曲界耆宿党震藩、王省吾……诸先生分别开谱,清末号称曲子圣人之汤印侯老曲友,亦欣然赞助,现已积谱百余种,内有稀世珍品为社会不传之秘稿。曲选由于远近同好,惠示佳章,现已积得曲子约五十万言。曲言已脱稿者除上两章外,又有……南阳曲与高台曲等十六章。南阳俗曲,此系初论,疏略挂漏,自所难免,尚盼时贤,不吝教益,予以諟正。②

作者对自家搜集的曲谱格外沾沾自喜,所谓"内有稀世珍品为社会不传之秘稿",大概指的是日后收录在《鼓子曲言》中的《劈破玉》吧?

1948年正中书局刊行的《鼓子曲言》,附有署"王省吾传、李柏芝校"的《劈破玉》曲谱。除了注明此曲子系《林冲夜奔》,作者还郑重其事地添上一句:"本曲

---

① 参见刘半农《〈北平俗曲略〉序》及李家瑞《北平俗曲略·序目》,均见李家瑞《北平俗曲略》,上海文艺出版社,1990年。
② 张长弓:《南阳俗曲之历史与源流》。

谱久为曲坛不传之秘稿，经七年努力，方始到手；嗣后学习此谱者，请声明系王君所传。"①很可惜，这个曲谱，在1986年黄河文艺出版社刊行的《张长弓曲论集》中被删去了。据张一弓等为此论集所撰序言，删去附录的曲谱，是作者本人1950年3月修订此书时决定的。此改定本保留了1948年刊本的大框架，没有伤筋动骨，只是根据新中国成立后的政治形势，作了些自卫性质的修订（如增加一点政治思想分析，将"俗文学"改为"民间文学"等）。让我百思不得其解的是，张长弓为何删去原本特别得意的《劈破玉》曲谱？

原刊本的"题记"中特别强调，在访求曲谱《劈破玉》的过程中，起关键作用的是曲子行家唐河李柏芝。而在修订本中，"1944年盛暑，战事频繁，我冒着危险去唐河走访李柏芝"后面，加了个括号，添上一句："见面时知道他吸鸦片，过着破落地主的剥削生活。解放后又听说他有反革命行为，已被人民政府法办。"说到张松亭、华清臣曾在洛阳为河南保安处长罗东峰的夫人教曲，括号中改为"国民党反动政府的河南省保安处长"；提及"曲子圣人"汤印侯时，只保留抗战中"老河口卖茶，以弹唱为生"，删去原有的"昔年以能曲曾任张伯英将军之二十路军指挥部书记官"②。正是这些因应时事所做的调整，隐约透露出作者的焦虑，可以帮助我们理解作者为何违心地删去《劈破玉》。

1948年刊本《鼓子曲言》的"题记"中，作者讲述访求《劈破玉》曲谱的艰难时，十分动情，且明确主张将音乐置于文辞之上：

> 有曲子无曲谱则不能唱奏，有曲谱无曲子则可以创造，是曲谱比曲子
> 之价值为大，其创制亦比曲子为难。③

如此看重曲谱，尤其是最为难得的《劈破玉》，绝无主动删去之理，只能理解为政治风气变化，作者感受到巨大的精神压力。

在1950年改定本《鼓子曲言》中，作者增加了十二条治曲经验，其中："（5）采集曲谱最难，必须经多次弹唱，反复校音，写下来才能正确"；"（9）鼓子曲的曲调，甲地乙地的名目相同，唱法拍子却大有出入"；"（12）鼓子曲谱尚缺少通乐理的同志，

---

① 张长弓：《鼓子曲言》，第168页。
② 参见张长弓：《鼓子曲言》，第144—145页，以及《张长弓曲论集》，第132—133页。
③ 张长弓：《鼓子曲言》，第143—144页。

加以研究，加以提高。"① 这三条经验，都指向曲艺的"音乐性"。而《河南坠子书》的第十章"总结"部分，也专门提及"研究说唱文艺，必须通晓音乐，方能了解得透澈"②。作者曾在开封师范音乐科当过插班生，即便不擅长弹奏，对音乐的功能及意义也颇有了解。

关于"采集曲谱最难"，在《鼓子曲言》的"题记"中有所说明："开曲谱是苦工。非如弹唱之轻快，必须一人弹奏，一人笔记；然后反复合弦，校对音度，方成定稿。既然难开如此，非邀约同好共同努力不可。"③ 正是这开谱的艰难以及合作的需要，成就了《远去的驿站》中凄婉欲绝的爱情故事。

知父莫如子，张一弓构思《远去的驿站》时，始终抓住寻访《劈破玉》作为主线。关键是音乐，而后才是文辞，这就决定了"父亲"的主要工作不是翻查史料，而是翻山越岭访求曲友。无典籍可供实证，因而需要驰想天外；田野调查充满惊险，因而更适合于展开小说创作。至于宛儿姨在战火中为柳二胡琴记谱那一段描写，实在精彩，值得大段引录：

> 宛儿姨说，她刚刚回到南阳找到柳二胡琴，南阳外围战就打响了。她跟她的父亲和柳二胡琴一起逃到内乡县乡下，一边躲避战火，一边听琴记谱。柳二胡琴已年过八旬，不识乐谱，全凭记忆，每次授曲记谱前都要说："叫我吸一口，只吸一口！"他只要吸了大烟，不管炮声震耳，房屋动摇，仍能调筝抚弦，情痴心醉，如入桃源仙境，一次能坚持半晌，就这样记下了《劈破玉》的古筝曲谱。柳二胡琴对此事十分认真，还要把《劈破玉》合成演奏中其他乐器的曲谱一一摹拟口授出来，但他体弱声细，更需要吸大烟提劲。那边又打起了拉锯战，整日炮火连天，找不到大烟吸了。柳二胡琴哭泣说："我一辈子也没有摸过大烟灯，眼下是要用大烟把我剩下的寿命提到这两个月里烧干用尽，才能把《劈破玉》留给知音啊！"宛儿姨的老父要宛儿携《劈破玉》古筝曲谱逃离战火，留下自己照料柳二胡琴，相机记录其他乐器的余稿。但他只会用"工尺谱"记录，日后还要由宛儿姨再译为简谱和五线谱。④

---

① 参见《张长弓曲论集》，第134页。
② 参见《河南坠子书》，第86页。
③ 张长弓：《鼓子曲言》，第144页。
④ 张一弓：《远去的驿站》，第340—341页。

比起小说中另外一段更为夸张的记谱——国共两军争夺开封的炮火中,"父亲"和"我"躲在长条书桌下面,用手电筒照着宛儿姨手抄的《劈破玉》弹奏曲,哼唱曲谱并记录节拍①,我以为柳二胡琴的故事更真实,也更动人。《鼓子曲言》的"题记"中,谈到好几位帮助搜集曲谱以及开谱的曲友,其中并没有"柳二胡琴"的名字。小说家很可能是捏合了"题记"中提及的"年已七十,体弱声细,一手好筝,能唱出不能开下,会曲谱虽多惜不能记下"的郝吾斋、传《劈破玉》曲谱的名师王二胡琴的长孙王省吾,以及协助寻访到此曲谱的关键人物李柏芝②而创造出来的。1944年冬,张长弓经李柏芝获得王省吾转来的曲谱,稿末有言:"此谱系数十年来不传之秘稿,今开赠先生,幸勿等闲视之。"张教授在《鼓子曲言·题记》中记下这段话,然后添上八个字:"余得此谱,如获至宝。"③小说中柳二胡琴开谱的故事,正好与张长弓的自述相呼应,凸显学者的执著以及曲友的深情。

四、鼓子曲、高台曲与坠子书

河南有丰富多彩的曲艺形式,不说唐宋的盛极一时,清代以来存在的曲种就有五十多个④。作为俗文学研究专家,张长弓深知:"民间文艺是息息相通的。道情书、铁板书、大鼓书、鼓子曲等,与坠子书都有血缘关系,可以相互帮助了解。"⑤可张教授真正着力研究的,只是鼓子曲、高台曲以及坠子书。在初刊1950年8月《河南文艺》一卷四期的《河南的三大曲艺——鼓子曲、高台曲、坠子书》中,有这么一段提纲挈领的话:

> 河南曲艺中,历史最久的是鼓子曲,驰名南北的是坠子书,高台曲历史很短,名声不大,是自民间新发展出来的艺术形式,通俗生动,最受工农大众的欢迎。在河南来说,这是民间较大的三种曲艺。⑥

---

① 参见张一弓:《远去的驿站》,第356—357页。
② 参见张长弓:《鼓子曲言》,第141—145页。另,1950年改定本《鼓子曲言》称李柏芝吸食鸦片。
③ 张长弓:《鼓子曲言》,第144页。
④ 参见张凌怡等著:《河南曲艺史》,第11页。
⑤ 参阅《河南坠子书》第十章"总结",见《河南坠子书》,第85页。
⑥ 《河南的三大曲艺——鼓子曲、高台曲、坠子书》,见《张长弓曲论集》,第198页。

高台曲是"从鼓子曲、高跷故事、地方戏相结合而发展出来的新形式",20 世纪 20 年代在南阳一带出现,很快便蔓延开去,到张长弓撰写《鼓子曲言》时,已经是"现在中原地带,不问男女老幼,都醉心于高台曲"了[①]。因高台曲的曲调及唱词很多本于鼓子曲,故张长弓没有专门论述,只是在《鼓子曲言》中设一章"鼓子曲与高台曲",讨论二者的渊源及差别。至于坠子书,以主要乐器是坠子而得名。"这种民间曲艺形成,从本世纪初叶产生到现在,才不过几十年的历史。它最初是由'莺歌柳书'和'道情书'结合而发展出来的。"在与鼓子曲的竞争中,相对通俗、勇于创新、容易适应新时代需要的坠子书,很快占据了上风[②]。我关注的是,张长弓研究河南曲艺的两本专著,出版于 1948 年的《鼓子曲言》与刊行于 1951 年的《河南坠子书》,为何存在着不小的差异。

借助"五四"新文化的东风,北大歌谣研究会 1922 年创办了《歌谣周刊》,此迅速崛起的俗文学研究,其基本立场是平民趣味、民间崇拜以及乡土情怀。搜集并研究歌谣等俗文学,除了《〈歌谣周刊〉发刊词》所标榜的"学术的"以及"文艺的"这两个角度[③],还应该有第三条路,那就是"音乐的"。具体到不同学者,因研究对象差异以及自身条件限制,完全可以各显神通。张长弓关注广泛流传于中原大地的鼓子曲等,自在情理之中;而他著述的最大特色,在于兼及文学分析与音乐描述。《河南坠子书》除掉头尾的溯源与总结,讨论音乐的有"唱出时候的情形"和"坠子音乐",其余的都属于文学教授的本色当行:"句式"、"韵脚"、"语汇"、"唱词上的几种特色"、"结构"、"内容的批判"。而《鼓子曲言》则大不一样,"读音"、"取材范围与体别"、"题材来源考"、"体制与内容"放在后面,占主导地位的是"牌子与杂调"、"牌子杂调组织法"、"牌子杂调唱奏时之变化"、"过门"、"乐器"、"鼓子曲与八角鼓牌子杂调比较观"等。如此强调田野调查、注重"声音",兼及"音乐"的文学研究,在中文系教授中并不多见。

对于鼓子曲、高台曲以及坠子书的评价,新中国成立前后,张长弓有很大的变化。1948 年版《鼓子曲言》中,比较过鼓子曲与高台曲在乐器、篇章、曲调、唱法、宾白的区别后,作者下了这么一个结论:

> 总之,鼓子曲如平剧,高台曲如梆子;鼓子曲如青衣,高台曲如花旦;

---

① 参见《张长弓曲论集》,第 198、125 页。
② 参阅《河南坠子书》第一章"坠子的产生及其发展过程",见《河南坠子书》,第 1—6 页。
③ 参见《〈歌谣周刊〉发刊词》,载《歌谣周刊》第一期,1922 年 12 月 17 日。

> 鼓子曲如闺秀，高台曲如歌妓。身份不同，情韵自别。一雅一俗，雅乐能赏者少，俗乐所好者众。今日之中原，高台曲为社会上下层时尚之娱乐。①

这段相当精彩、很能见出作者趣味的话，在 1950 年改定本中作了修订：除了将"平剧"改为"京剧"，"社会上下层"改为"社会上人民大众"，最关键的，是删去"政治不正确"的"鼓子曲如闺秀，高台曲如歌妓"②。在"人民大众"当家作主的新时代，主流意识形态对"高雅"的艺术趣味保持警惕，强调"与民同乐"，不欣赏美学意义上的"鹤立鸡群"。

面对如此时代思潮，张长弓一改旧作的姿态，开始抑鼓子曲，扬高台曲和坠子书。1950 年 2 月，张长弓在《长江文艺》2 卷 1 期上发表《鼓子曲的价值和应有的改进》，除了强调"批判旧内容"，再就是指出鼓子曲的缺点："它是让演唱者安静地坐着，既不化装，也不表演，一直清唱到底。这种方式，显然仅仅适合场面简单的乡村或小市镇。如果鼓子曲要搬到大城市，要扩大观众范围，便存在很大缺陷。"为了舞台效果，作者希望"闺秀"向"歌妓"看齐，将"有简单的化装，有适当的布景，有动作，有表演"的高台曲，作为今后努力的"新的方向"③。半年后，作者又在《河南文艺》上发表《河南的三大曲艺——鼓子曲、高台曲、坠子书》，重提这个设想："把这两种曲艺比较来说，鼓子曲由于曲谱的限制，斯斯文文地坐着清唱，不加表演，所以不能很生动地唱出。坠子书曲调简单，双口站着唱的时候，可以加入适当的表演。"④

进入新时代，必须尽快适应新的意识形态，张长弓因而努力调整自家的美学立场。具体说来，就是在曲艺研究中强调"舞台性"。鼓子曲之所以广泛流传，很大程度缘于民众的自娱自乐，作者对这一点很清楚：

> 鼓子曲主要的乐器是一把三弦。农村的艺人往往抱着三弦弹着走着，树荫下，草坪上，大门外，麦场中，遇着生意，就自弹自唱。男女老少很快地围成一个圈子。其时间多是在黄昏以后。⑤

---

① 张长弓：《鼓子曲言》，第 139 页。
② 参见《张长弓曲论集》，第 127 页。
③ 张长弓：《鼓子曲的价值和应有的改进》，收入《张长弓曲论集》，第 216 页。
④ 张长弓：《河南的三大曲艺——鼓子曲、高台曲、坠子书》，收入《张长弓曲论集》，第 205－206 页。
⑤ 《河南的三大曲艺——鼓子曲、高台曲、坠子书》，收入《张长弓曲论集》，第 200 页。

这是多么美好的场景，为什么一定要用"舞台"来限制或改造呢①？强调"表演性"，目的自然是希望"充分利用这种群众喜闻乐见的艺术形式，可以更好地发挥文艺的宣传教育作用"。作者甚至以身作则，用民间唱词（鼓儿词、道情书、坠子书）形式撰写了《金家滩》和《张佩先》②。在我看来，这种努力并不可取。许多本以自娱为主的民间器乐及曲艺，一旦变成了舞台表演，演员摇头晃脑，听众正襟危坐，整个氛围及韵味大为改变。

抗战中张长弓之所以历尽艰辛，四出寻访鼓子曲，除了个人爱好，更重要的是文化传承的责任感。"曲子与曲谱，同为五百年来无名作者不断创造与修改的结晶"，是中华文化瑰宝，不能任其在战火中陨落。《鼓子曲言》的"题记"中提及为何拼命追寻《劈破玉》，就因为担心其一如嵇康的《广陵散》，永远消失于人间③。作者以个人之力，搜集并刊印《鼓子曲存》，也是担心这些珍贵的俗曲湮没无闻：

> 河南鼓子曲之所以可贵，不仅是它保存有明清以来的名贵牌子，而且它还吸收了四方杂调。不论是秦陇樵夫牧儿的西调，不论是江南歌女的小曲，一一唱奏在鼓子曲中。假如"文人"病俗曲为太俗，实在是不知俗曲。譬如《劈破玉》、《码头》两个牌子，重沓复奏至四五百板，简直是古代伟大的交响乐。《倒推船》用三句二十一字，须哼到一百零八板。其难能比诸文人雅曲，有过之而无不及。④

不同于历代文人之看不起俗曲，张长弓在撰于1947年6月的《〈鼓子曲存〉序》中，称自家"整理原稿所抱的态度"是"斟酌轻重"、"改正错误"，对于内容则"不敢妄加更动"⑤。这种尊重古人（即便是民间流传的文本）的态度，属于历史学者，而不是新时代的文人作家。换句话说，同是学者张长弓，解放前的工作重点在"存古"，解放后则努力"开今"。正是这一学术趣味的转移，导致了《鼓子曲言》和《河南坠子书》在论述风格上的巨大差异。

---

① 我在粤东山村插队八年，目睹每当皓月当空，村民自发集合，三五成群，唱奏潮州弦诗。那小巷里四处飘荡的悠扬乐声，纯属村民的自我娱乐。此情此景，使我深信，"舞台性"并非民间曲艺流传的主要动力。
② 参见《〈张佩先〉序》，收入《张长弓曲论集》，第221—223页。
③ 参见张长弓：《鼓子曲言》，第143—144页。
④ 《〈鼓子曲存〉序》，收入《张长弓曲论集》，第208页。
⑤ 同上书，第209页。

抗战中抢救《劈破玉》，既是发思古之幽情，也有保存民族文化的苦心孤诣[①]，实在令人钦佩；新中国建立以后，作者努力追赶时代脚步，为工农大众服务。但就学术质量而言，《鼓子曲言》明显高于《河南坠子书》。除了前者撰述过程十分艰辛，论证相对严密，更因其中蕴含某种情怀——作为人文学者的道德操守以及对于民族文化遗产的敬重。三种曲艺形式中，作者最重鼓子曲；鼓子曲中尤其挂念"最难的牌子"《劈破玉》[②]——不是好不好听，也无关其能不能广泛传播，关键在于乐曲的"难度"以及"濒危"。因此，作者论述态度很虔诚，不像《河南坠子书》侧重思想内容，需要不时"分析出唱词中的革命性、进步性，而批判它的落后性和反人民性"[③]。

借用"古代伟大的交响乐"来描述《劈破玉》，以及强调"其难能比诸文人雅曲，有过之而无不及"，隐约透露出作者根深蒂固的文人趣味。作为文学史家，张长弓其实并不满足于"乡野之音"，骨子里依旧是在追求某种"俗中之雅"。而作为小说家，张一弓对父亲的这一趣味心领神会，《远去的驿站》中没有河南坠子的位子，只有鼓子曲——尤其是"鼓子曲中的'娘娘'"《劈破玉》。借助"父亲"与宛儿姨的对话，"我"终于明白了这"已有四百五十年以上的历史"的古曲如何珍贵，以及父亲为何"从燕大归来后，就把寻找《劈破玉》作为他教学之余的第一要务了"[④]。学者张长弓的考证是否精确，暂且不论；小说家张一弓却凭借此话题，驰骋想象，扶摇直上，展开了一系列惊心动魄的故事："在潭头，在此后我们被迫逃亡的每一个驿站上，我都听见父亲向隐士和学士、向盲琴师和女艺人、向天上的流云和地下的流萤、向窗外的月光和窗内的油灯发出同样的低语：劈破玉，劈破玉……好像是在呼叫一个神秘的女巫或是在破译一个美丽的谜语、追寻一个神奇的梦境或是叹惜一块破碎的璞玉。"[⑤]

[①] 张一弓《远去的驿站》卷外篇"浪漫的薛姨"："父亲正走火入魔地出入于茶坊酒肆，结识艺人和曲友，只喝清茶而从不饮酒，寻访比较俗的《小黑妞》和《偷石榴》、比较雅的《古城会》和《黛玉悲秋》。薛姨斜睨着我父亲来去匆匆的身影，洋腔洋调地说：'密司特张，山河破碎，国难当头，你还有如此高涨的雅兴？'父亲说：'密司薛，你是教英文的，你该懂得，我正在寻找南阳民间的小莎士比亚，搜集他们的"十四行诗"，这是对民间文化的拯救。'"（第94—95页）

[②] 张长弓《鼓子曲言》第二章"牌子与杂调"称："曲界常言：'《劈破玉》为君，《马头》为臣，其余则为庶民百姓。'言其余皆不足贵，惟《劈破玉》、《马头》最难哼，亦最高雅。"（第11页）

[③] 参阅《河南坠子书》第九章"内容的批判"，见《河南坠子书》，第75页。

[④] 参见张一弓：《远去的驿站》，第315—316页。

[⑤] 同上书，第308页。

五、文学史家的视野

　　王省吾传、李柏芝校《劈破玉》曲谱，收录在1948年正中书局版《鼓子曲言》中。流传四五百年的俗曲，没有步《广陵散》后尘，自然是好消息。至于曲谱是怎么传下来的，请看小说家言："柳二胡琴强撑着老弱残躯，口授了最后一段旋律，就在连天炮火中溘然长逝。宛姑娘的父亲也在病床上苦苦等待女儿的归来，把他记录的'工尺谱'交给女儿，也撒手人寰，乘鹤归天了。"① 回到了开封古城的宛儿姨，强忍悲痛，抓紧译完曲谱，又忙着张罗《劈破玉》的合成演奏。至于"父亲"则自费刊行了《鼓子曲存》，且正抓紧修订《鼓子曲言》。小说接下来的叙述，大大出人意料：在1948年夏国共两军争夺开封城的战火中，父亲倒下去了——先是被无知的解放军小战士抓走，回家路上又成了国军飞机的攻击目标。"父亲仅仅被一场将他排除在外的战争蹭了一下，就像一只被割破喉管的绵羊，生命在瞬间消失。"②

　　张一弓小说《远去的驿站》中的"父亲"，是以自己的父亲、河南大学教授张长弓为原型的；其中"父亲"的学术经历与著述，与张长弓若合符节。既然如此，为何要将1954年12月方才病逝的"父亲"，提前六年结束生命？"父亲终年四十三岁，治学仅得二十年光阴，还有八年以上的光阴被笼罩在战火硝烟里。包括他离世后由南京正中书局出版的《鼓子曲言》在内，一生著述仅得二百余万字。"③ 为渲染"父亲"治学的艰难，非要让他在战火中结束生命不可？你可以说，这是小说，这么写方能"催人泪下"。可我怀疑还有更深沉的因素，决定了"父亲"必须倒在1948年。

　　《远去的驿站》中描写父亲去世这一节，题为"火蝴蝶"。"火蝴蝶"未见"古典"，似乎是来自香港电影的"新典"：相传美丽的火蝴蝶是一种会扑火的昆虫，它们不甘平凡，向往在火中绚丽灿烂的一刻，因此不惜以身扑火。小说家以此为题，意在强调"父亲"这一辈子，是为学术而献身——寻访《劈破玉》以及撰写《鼓子曲言》，只是其中最为华丽的一章。在小说的不同章节，作家不断提醒我们，"父亲"写过什么什么书。让父亲张长弓编撰的各种著作，变着法子在《远去的驿站》中露面——卷首篇"胡同里的开封"有小说集《名号的安慰》和《中国文学史新编》、《先民浩气诗选注》，第二卷"桑树上的月亮"结尾提及《文学新论》，第四卷第四

---

① 参见张一弓：《远去的驿站》，第347页。
② 同上书，第357—361页。
③ 同上书，第361页。

节"劈不破的玉"中则是《鼓子曲存》①，至于"父亲"撰写《鼓子曲言》，因是故事主线，自然多处涉及。为了防止"穿帮"，张长弓50年代撰写的《河南坠子书》及《唐宋传奇作者暨其时代》，没有在《远去的驿站》中出现。

张长弓最早出版的学术著作，其实不是1935年上海开明书店版《中国文学史新编》，而是《远去的驿站》中遗漏的《中国僧伽之诗生活》。前者虽有导师郭绍虞的序言，也曾多次印刷，但属于中学讲义，乃综合各家之说，没有多少创新之处②。作者本人也承认："这部稿子，是为的安阳高中、开封师范等校应用而编撰的。执笔时候，对于编制方法，曾经考虑过，所以在课室内讲授，学者去自修，或较于其他文学史本为适用些。"为了便于读者参阅，此书用"附录"形式开列书目，先列三十六种中国文学史，次列十四种中国文学分史，再列十二种中国文学断代史，最后十种含有中国文学史性质的书，殿后的正是作者本人的《中国僧伽之诗生活》③。

1933年北平著者书店刊行的《中国僧伽之诗生活》，当属作者自费印刷，因其中穿插不少自家尚未完成的著作广告。作者1933年6月6日撰于汴垣的《弁言》称，全书"拔取中国历代僧伽中之能诗者约一百六十人，考察其诗作并阐明僧诗的特质"，"每人至多取诗三四首，有一人止取一首者"。我最感兴趣的是第八节"晚清诸诗僧"、第九节"一个殿后的诗僧曼殊"④，还有就是作者如何见缝插针，在书中给自己大做广告：扉页上"本书著者其他著译两种"——《古诗论述》、《中古诗人著述考》；第一章结束，添上"本书著者其他著译之三"《魏晋南北朝诗话集》；第四章结束时，穿插著译之四《谢灵运》；第五章结束，又有著译之五《中国文学论著》，据说是"译述日本诸文士关于中国文学的论著约二十余篇"；全书结束，还剩半页纸，于是有了著译之六《中国文学史论》。这最后一种，作者自称"在编著中"，而撰述的缘起是对国人已出二十余种文学史"不能说不满意"，"不过作者想，文学史这种东西，不是点鬼簿，不是指南一览一类的东西，是要探索一些前代之人生的。这部稿子，

---

① 参见张一弓：《远去的驿站》，第8—10、188、344页。
② 郭绍虞《〈中国文学史新编〉序》称："最近张常工先生寄示他所编著的《中国文学史》。他说，这是他历年在各高中讲授时的讲稿，或者可供高中用的教本。这虽是张君的谦辞，然而这样坦白地说明他自己著作的分量，不说过分夸大的话，那也是值得称许的。"郭称此书编制匀称，论断平允，"不求有功，先求无过，则此书之长亦正在适合高中的教本，不必以作者之谦辞，误贬此书之价值也"。郭序载张长弓著《中国文学史新编》，上海开明书店，1935年。
③ 参见张长弓《中国文学史新编·自序》以及《中国文学史新编》，第250—255页。
④ 参见《中国僧伽之诗生活·弁言》以及《中国僧伽之诗生活》，第213—224页，北平著者书店，1933年。

就是从这里着笔。"① 作者时年只有二十八岁，竟如此勇猛著书，让人惊叹不已。只是这里预告的六书，除了《中国文学史论》两年后以《中国文学史新编》面世，其余全都落空。

1936 年，南京正中书局刊行张长弓编著的《先民浩气诗选注》，此书日后多次印刷，起码有 1947 年南京版，1959 年台北版。在该书《自序》中，作者称："六七年来，滥竽师范高中大学国文讲席的经验，使我怀疑国文教学的无用，不免减却国文讲授的兴趣与勇气。……我以为国文教学最重要的一点，是灌输青年以向上的思想与焕发的精神。像那走进古董铺内玩赏古董的知识，与习得一些运笔的技术，在目前青年似不是亟亟需要的呢。"此次选诗，"以思想意识为前题，作品艺术为次要"，因此"自《毛诗》至最近作古之诗人，凡有国家民族意识的，有服务君主精神的，有博大胸怀的，有向上志愿的，总之有人生积极态度的篇什，都合于我选取的标准"。书中入选各诗，只有极为简要的注释；书后所附"作者介绍"，也都十分平常。一句话，这是一部以道德教诲为主旨的诗歌读本。集中选入的最后一位诗人是梁启超，所选三诗中，《读陆放翁集》最能显示编者的情怀："诗界千年靡靡风，兵魂销尽国魂空。集中什九从军乐，亘古男儿一放翁"；"辜负胸中十万兵，百无聊赖以诗鸣。谁怜爱国千行泪，说到胡尘意不平。"②

1942—1943 年撰成于群山之中潭头镇的《文学新论》，抗战胜利后由上海世界书局刊行。全书十三章，原题《文学导言》，从"文学的定义"说到"文学与人生"，多引古代文论，也间述译介进来的西洋论著。作者称坊间的"文学概论"，一类是纯中国的，一类是纯西洋的，而自己"这本《导言》，却是不中不西"。我关心的是此书的写作过程："最后要说明的，本稿起讲于三十一年二月。时太平洋战事爆发，燕京大学猝被敌人封闭，余乔装南来，间关渡河，旋即承乏河南大学。当时因片纸只字未能携带，到校后重新编著各种讲义，《导言》即是其中之一。讲着、写着，迄于三十二年六月，全稿讲授两遍，大致已就。"③

上述四书，有一定的学术水准，但原创性不强。张长弓的著作，在学术史上能站得住的，只有《鼓子曲言》。撰成于抗战烽火中的《鼓子曲言》，之所以值得后学认真对待，除了上面提及的文化情怀，还有其独特的研究思路——将社会调查与音

---

① 参见张长弓《中国僧伽之诗生活》扉页及第 19、127、177、224 页。
② 参见张长弓《先民浩气诗选注·自序》以及《先民浩气诗选注》，第 165 页，南京正中书局，1936 年。
③ 参见张长弓：《文学新论·序》，见《文学新论》，上海世界书局，1946 年。

乐视野带入文学史研究。而这一点，参照其单独刊行的论文，可以看得更清楚。

在撰于"河南大学听香室"的《中古游牧民族的音乐与诗歌》中，张长弓强调游牧民族的马上音乐，主张关注诗歌、音乐与乐器关系，并将其追溯到游牧民族的生活方式①；而在《论"吴歌""西曲"产生时的社会基础》中，作者认定"文学音乐的情调多本于社会生活"，因而倾向于从地理及经济角度谈文学，且格外关注商业发达对于吴歌的影响。接下来的这段插话，很能显示作者治学的特点："我在岭南时，曾搜集很多某某寮的小曲。其内容多是唱的别情离绪，因为闽、广人经商于南洋群岛的多，旷夫怨女遍于社会，所以产生出这种情调的小曲很多。当我见到某某寮时，想到'西曲'；现在讲到'西曲'，又想到闽、广的某某寮。可知'西曲'情调的形成，本于繁华的商业社会，是无疑的。"②

作为文学史家，张长弓并不满足于引经证史，而是侧重社会调查，强调古今对话、雅俗互证。这一治学特点，在1946年的《释"乱"》中，有很好的体现。针对郭沫若《屈原研究》中将《离骚》之"乱"认定为"辞"字之误，李嘉言撰文反驳，以为"乱曰"之"乱"，有"曲终"的意义③。张长弓进一步辨析，称：（1）乱字本身就是杂乱，代表合乐的内容，乃第一意义；（2）因为合乐是四部曲的末一部，所以又含有曲终意义。因之《楚辞》、汉赋在篇末有"乱曰"。故曲终系引申之第二意义；（3）由曲终又引申为"终始"之终，此系第三意义。接下来的这段引申发挥，最值得关注：

> 此种"乱曰"体制，含有"乱"的意义，在今日俗文学中还可以见到。大河南北流行之南阳曲中，保存不少实例。南阳曲之每一出戏，系由多少不定的牌子组成，每个牌子有谱有词。很多牌子的"曲终"是众声俱作。……南阳曲所用乐器，简单的是一把三弦，复杂的还配上琵琶、秦筝、八角鼓之类。一人主唱，唱至最后一句，所有乐器加紧拍节，在场人士不论男女老幼，齐声合唱，此颇近于"乱"之意义，若然，"礼失求诸野"，于此得之。④

---

① 参见张长弓：《中古游牧民族的音乐与诗歌》，载《国文月刊》第68期，1948年6月。
② 参见张长弓：《论"吴歌""西曲"产生时的社会基础》，载《国文月刊》第75期，1949年1月。
③ 参阅李嘉言：《关于〈楚辞〉之"乱"——与郭沫若先生书》，收入《李嘉言古典文学论文集》，第111—113页，上海古籍出版社，1987年。
④ 张长弓：《释"乱"》，载《国文月刊》第47期，1946年9月。

此文虽短,却显示作者学术视野之开阔。这是一个希望贯通古今,调和雅俗,兼及文辞与音乐的文学史家。作者的这一学术抱负,可惜没能充分实现;而此种著述风采,仅在《鼓子曲言》中有所展露。

这就回到我的困惑:《远去的驿站》让"父亲"在解放军攻打开封的战火中丧生,是为了表彰他治学勤勉,乃至为学问而殉职,还是另有隐情——比如像我一样认定张长弓学术上的高峰是《鼓子曲言》,解放后接受思想改造,紧跟形势,其著述乏善可陈?起码穿上军装的堂舅劝慰母亲的那番话,我不觉得是作家的主旨:"他们的父亲在黎明前离去,你要站起来迎接黎明。"① 这里不想强作解人,多费心思去猜测作家的"原意",我只谈阅读印象:这是一位以《鼓子曲言》为学术生命、与开封城的毁灭与新生有着密切联系的文学史家。

六、草色遥看近却无

在张一弓等撰《〈张长弓曲论集〉序言》中,有对于《鼓子曲言》和《河南坠子书》写作经过的描述:

> 长弓先生研究河南坠子书的意愿,亦萌生于二十年代中期在开封当教员的时候。那时去南关、相国寺茶棚听坠子,是他的最重要的业余娱乐。对坠子书进行搜集、整理和理论探讨,基本是在1947—1950年间做的。整理研究的方法与鼓子曲相同。但"采风"基本是在开封各处茶棚,不像鼓子曲"采风"之跑遍豫西南各县,结交的坠子朋友也不像鼓子曲友那样多而且广。②

照此说来,张长弓之研究《河南坠子》,主要得益于古城开封;而撰写《鼓子曲言》,其经验及灵感主要来自于乡野。我却反过来,认定《鼓子曲言》更能代表张长弓潜在的"开封书写"。

撰写《鼓子曲言》的大部分时间,张长弓随河南大学四处迁徙;只是在完成初稿后,才回到开封古城。可在我看来,"距离"不构成作者体味的障碍或思考的断裂,

---

① 参见张一弓:《远去的驿站》,第361页。
② 张一弓等撰:《〈张长弓曲论集〉序言》,见《张长弓曲论集》。

即便在偏僻的嵩县潭头或遥远的宝鸡石羊庙，训练有素的文学史家，很容易凭借"声音"，超越千山万水，与曾经的"七朝古都"对话。这里的"开封"，不一定落实为具体的相国寺或龙亭公园，而是带有某种象征意味。这一文化符号，是作者寻访鼓子曲所深入的南阳、沁阳、唐河或某个豫西小镇所无法获得的。

在我看来，鼓子曲与开封城的关系，正如韩愈《早春》诗所描述的："天街小雨润如酥，草色遥看近却无。"借助张长弓的《鼓子曲言》与张一弓的《远去的驿站》，我们看到了两代文人隔着半个世纪风云所做的对话，看到了学术著作与长篇小说之间曲折回环的互文，看到了文辞与声音的隔阂以及并非遥不可及的转化，而理解这一切，均离不开那个模糊而又坚定的古城背景。不忍远去成绝响的，不仅仅是《劈破玉》那样的古曲，也包括开封的古都风韵——即便因为黄河泛滥，城摞城的开封绝少可以直接触摸的唐宋遗存，但凭借众多悠扬的乐曲，召唤古老的灵魂，无论学者还是作家，均能迸发出巨大的激情与想象力。

（原载《文学评论》，2012年第2期）

文论危机与文学文本的有效解读

孙绍振

20世纪80年代以来,西方文论尤其是其研究方法被全面、系统和细致地介绍到中国,从而改变了中国文学的研究格局与思维模式,这是中国当代文学及其研究得以快速、健康发展的关键。然而,在世纪之交,特别是进入21世纪,西方文论之于中国文学研究的局限性、低效或无效逐渐暴露出来,且有愈演愈烈之势,这在文学文本解读上表现得尤为突出。究其因,一方面与中国学者唯西方文论是从有关,另一方面也与西方文论自身的局限有关。显然,欲更好地研究中国文学必须考虑中国语境、中国特色、中国立场、中国方法,建构文学文本解读的科学理念是提高解读有效性的途径。关于这一点,以往学术界较少给予关注,更缺乏深入的研究和探讨。

一

对文学文本解读的低效或无效,正威胁着文学理论的合法性,这是世界性的现象。早在20世纪中期,勒内·韦勒克和奥斯汀·沃伦就曾宣告:"多数学者在遇到要对文学作品做实际分析和评价时,便会陷入一种令人吃惊的一筹莫展的境地。"[①]此后五十年,西方文论走马灯似的更新,但情况并未改观,以至有学者指出:西方文论流派纷纭,本为攻打文本而来,旗号纷飞,各擅其胜。结构主义、解构主义、现

[①] 勒内·韦勒克、奥斯汀·沃伦:《文学理论》,刘象愚等译,第155—156页,江苏教育出版社,2005年。

象学、读者反应派,更有"新马"、新批评、新历史主义、女性主义等,"在城堡前混战起来,各露其招,互相残杀,人仰马翻","待尘埃落定后,众英雄(雌)不禁大惊,文本城堡竟然屹立无恙,理论破而城堡在"。① 在此,李欧梵只指出了严峻的问题,但未分析其原因。

探究其深层原因,对于提高文学文本解读的有效性十分必要。应清醒地看到,西方文论在获得高度成就的同时也深藏着一些隐患。首先,是观念的超验倾向与文学的经验性发生矛盾;其次,因其逻辑上偏重演绎、忽视经验归纳,这种观念的消极性未能像自然科学理论那样保持"必要的张力"而加剧;最后,由于对这些局限缺乏自觉认识,导致20世纪后期出现西方文论否定文学存在的危机。

这一切的历史根源是西方文论长期美学化、哲学化的倾向。西方美学作为哲学的一个分支,其源头就有柏拉图超验的最高"理念",后来的亚里士多德虽倾向于经验之美,但西方文化源远流长的宗教超验(超越世俗、经验、自然)传统使得美学超验性跨越启蒙主义美学而贯穿至20世纪。从早期的奥古斯丁到中世纪的托马斯·阿奎那,他们都将柏拉图超验的理念打上了神学的烙印,认为最高的美就是上帝,一切经验之美的最大价值就是作为超验之美——上帝的象征。从内容上看,中世纪的神学美学不完全是消极的,也有一定的积极意义,它至少是脱离了自然哲学的束缚,以神学方式完善和展现自己。神学不过是被扭曲和夸大的人学,或是以异化形式呈现的人学,体现在美学上,就是把超越了自然的上帝,或将人类总体当做思维总体,由此主体出发去探求美的起源和归宿。这种美学的许多范畴,如本体意识、创造意识、静观意识、回归意识等大都为近现代美学所继承。② 也许正因如此,虽然在文艺复兴强调经验之美的启蒙主义思潮中,神学美学被冷落,但在康德的学说中,经验性质的情感审美与宗教式的超验之善仍在更高层次结合。德国古典哲学浓郁的超验的神学话语和以审美或艺术代替宗教的倾向,也曾遭到费尔巴哈和施莱

---

① 李欧梵:《世纪末的反思》,第275页,浙江人民出版社,2000年。其实,李欧梵此言似有偏激之处,西方学者也有致力于经典文本分析者。如德里达论《尤利西斯》、《在法的门前》,罗兰·巴特论《追忆似水年华》、《萨拉辛》,德·曼论《忏悔录》,米勒评《德伯家的苔丝》,布鲁姆评博尔赫斯等,但他们微观的细读往往旨在演绎出宏观的文化理论,德里达用两万多字的篇幅论卡夫卡仅八百字左右的《在法的门前》,解读象征寓言的同时从文类、文学与法律等宏观方面进行后结构主义的延异书写,其主旨在超验的文化学,并不在审美价值的唯一性。
② 参见阎国忠:《超验之美与人的救赎》,载《学术月刊》,2008年第5期。又见阎国忠:《美是上帝的名字:中世纪神学美学》,第79—83页,上海社会科学院出版社,2003年。

尔马赫感性实践理念的批判，此外，它还受到克尔凯郭尔的论说以及车尔尼雪夫斯基的"美是生活"的反拨，但康德式的超验的哲学美学思辨仍是西方文论的主流形态。虽然超验美学在灵魂的救赎上至今仍有其不可忽视的价值，但超验的思辨形而上的普遍追求，却给文学理论带来致命的后果。卡西尔曾对此反讽道："思辨的观点是一种非常迷惑人的解决问题的方法，因为好像通过这种方法，我们不但有了艺术的形而上的合法根据，而且似乎还有神化的艺术，艺术成了'绝对'或者神的最高显现之一。"①

西方文论这种美学、形而上、超验的追求，实际上使得文学文本解读与哲学的矛盾有所激化。第一，哲学以高度概括为要务，追求涵盖面的最大化，在殊相中求共相，而文学文本却以个案的特殊性、唯一性为生命，解读文学文本旨在于普遍的共同中求不同。文学理论的概括和抽象以牺牲特殊性为必要代价，其普遍性原理中并不包含文学文本的特殊性。由于演绎法的局限（特殊的结论已包含在周延的大前提中），不可能演绎出文学文本的特殊性、唯一性。第二，这种矛盾在当代变得更加尖锐，是由于当代西方前卫文论执著于意识形态，追求文学、文化和历史等的共同性，而不是把文学的审美（包括审丑、审智）特性作为探索的目标。即使是较为强调文学"内部"特殊性的韦勒克、沃伦和苏珊·朗格，他们的《文学理论》和《情感与形式》，也是囿于西方学术传统而热衷于往哲学方面发展。苏珊·朗格指出：她的著作"不建立趣味的标准"，也"无助于任何人建立艺术观念"，"不去教会他如何运用艺术中介去实现它"。所有这些准则和规律，在她看来，"均非哲学家份内之事"。"哲学家的职责在于澄清和形成概念……给出明确、完整的含义"。②而文学文本的有效解读恰与此相反，要向形而下方面还原。第三，长期以来，西方文论家似未意识到文学理论的哲学化与文学形象的矛盾，因为哲学在思维结构和范畴上与文学有异。不管是何种流派，传统哲学都不外乎是二元对立统一的两极线性思维模式（主观与客观、自由与必然、形式与内容、道与器等），前卫哲学如解构主义则是一种反向的二元思维；文学文本则是主观、客观和形式的三维结构。哲学思维中的主客观只能统一于理性的真或实用的善，而非审美。而文学文本的主观、客观统一于形式的三维结构，其功能大于三者之和，则能保证其统一于审美。二维的两极思

---

① 卡西尔：《语言与艺术》，张法译，收入刘小枫选编，《德语美学文选》（上卷），第400页，华东师范大学出版社，2006年。
② 苏珊·朗格：《情感与形式》，刘大基等译，第1—2页，中国社会科学出版社，1986年。

维与三维的艺术思维格格不入，文学理论与审美阅读经验为敌，遂为顽症。

20世纪80年代以来规模空前的当代西方前卫文论，堂而皇之地否认文学的存在。以致号称"文学理论"的理论公然宣言，它并不准备解释文学本身。乔纳森·卡勒宣称，文学理论的功能就是"向文学……的范畴提出质疑"。[①]伊格尔顿直截了当地宣告，文学这个范畴只是特定历史时代和人群的建构，并不存在文学经典本身。[②]号称文学理论，却否认文学本身的存在，还被当成文学解读的权威经典，从而造成文学解读和教学空前的大混乱，无效和低效遂成为顽症。问题出在哪里？很大程度上是文学理论的学术规范使然。西方文论一味从概念（定义）出发，从概念到概念进行演绎，越是向抽象的高度、广度升华，越是形而上和超验，就越被认为有学术价值，然而，却与文学文本的距离越来越远。文学理论由此陷入自我循环、自我消费的封闭式怪圈。文学理论越发达，文学文本解读越无效，滔滔者天下皆是，由此造成一种印象：文学理论在解读文本方面的无效，甚至与审美阅读经验为敌是理所当然的。文学文本解读的目标恰恰相反，越是注重审美的感染力，越是揭示出特殊、唯一，越是往形而下的感性方面还原，就越具有阐释的有效性。

归根到底，文学理论不但脱离了文学创作，而且脱离了文学文本解读。苏联的季莫菲耶夫和美国的韦勒克、沃伦都主张将文学研究分为三部分：一是文学理论，二是文学批评，三是文学史。这是有一定道理的，但这三部分的基础首先应是文学创作。

理论只能来自实践，文学理论的基础只能建立在文学创作实践上。创作实践不但是文学理论的来源，而且应是检验文学理论的标准。创作实践尤其是经典文本的创作实践是一个过程，艺术的深邃奥秘并不存在于经典显性的表层，而是在反复提炼的过程中。过程决定结果、高于结果。从隐秘的提炼过程中去探寻艺术奥秘，是进入解读之门的有效途径。如《三国演义》中的"草船借箭"，其原生素材在《三国志》里是"孙权的船中箭"，到《三国志平话》里是"周瑜的船中箭"，二者都是孤立表现孙权和周瑜的机智。到了《三国演义》中则变成"孔明借箭"，并增加了三个要素：盟友周瑜多妒；孔明算准三天以后有大雾；孔明算准曹操多疑，不敢出战，必以箭射压住阵脚。这就构成了诸葛亮的多智是被周瑜的多妒逼出来的，而诸葛亮本来有点冒险主义的多智，因曹操多疑而取得了伟大胜利，三者心理的循环错位，

[①] 乔纳森·卡勒：《文学理论入门》，李平译，第16页，译林出版社，2008年。
[②] 参见伊格尔顿：《二十世纪西方文学理论》，伍晓明译，第11页，北京大学出版社，2007年。

把本来是理性的斗智变成了情感争胜的斗气,于是多妒者更妒,多智者更智,多疑者更疑,最后多妒者认识到自己智不如人,发出"既生瑜,何生亮"的悲鸣。情感三角的较量被置于军事三角上,实用价值由此升华为审美经典。这样的伟大经典历经一代代作者的不断汰洗、提炼,耗费时间不下千年。这一切奥秘全在于文学文本潜在的特殊性,无论用何种文艺理论的普遍性对之直接演绎,只能是缘木求鱼。

此外,文学作品的价值和功能最终只有在读者阅读过程中实现。文学文本解读以个案为前提,它关注个体而非类型。由于文学作品的感性特征往往给读者一望而知的感觉,但这仅是其表层结构,深层密码却是一望无知甚至是再望仍无知的。因此,文学需要解读,深刻的解读就是深层解密。让潜在的密码由隐性变为显性,并化为有序的话语,这是提高文学文本解读有效性的艰巨任务。

理论的基础及其检验的准则来自实践,理想的文学理论应是在创作和阅读实践的基础上作逻辑和历史统一的提升。然而,西方文论家大都是学院派,相对缺乏创作才能和体验(这和我国古典诗话词话作者几乎都是文学创作者恰成对照)。本来,这种缺失当以文学文本个案的大量、系统解读来弥补,但学院派却将更多精力耗于五花八门的文学理论(如"知识谱系")的梳理。[①] 这些文论家的本钱,恰如苏珊·朗格所说,只有哲学化的"明晰"和"完整"的概念。他们擅长的方法也就是逻辑的演绎和形而上的推理。这种以超验为特点的文学理论可批量生产出所谓的"文学理论家"(学者、教授、博士),但这些理论家往往与文学审美较为隔膜。这就造成一种偏颇:文学理论往往是脱离文学创作经验、无力解读文学文本的。

在创作和阅读两个方面脱离了实践经验,就不能不在创作和解读的迫切需求面前闭目塞听,只能是从形而上的概念到概念的空中盘旋,文学理论因而成为某种所谓的"神圣"的封闭体系。在不得不解读文学文本时,便以文学理论代替文学文本解读学,以哲学化的普遍性直接代替文学文本的特殊性。这就导致两种倾向:一是只看到客观现实、意识形态和文学作品间的直线联系,抹杀文学的审美价值和作家的特殊个性;二是以文学批评中的作家论,以作家个性与作品的线性因果代替文学文本个案分析,无视任一作品只能是作家精神和艺术追求的一个侧面和层次,甚至

---

① 知识谱系的学术方法以理查德·罗蒂为代表,参见理查德·罗蒂:《哲学、文学和政治》,黄宗英等译,上海译文出版社,2009年。这种知识谱系方法常常表现为对"关键词"在不同历史语境中的内涵的梳理,在西方有雷蒙·威廉斯的《关键词》,在中国有《二十世纪中国文学批评99个词》(南帆主编,浙江文艺出版社,2003年)、《当代文学关键词》(洪子诚、孟繁华主编,广西师范大学出版社,2002年)。

是一次电光火石般的心灵的升华,一次对形式、艺术语言的探险。即使信奉布封"风格就是人"的著名命题,以文学批评中的作家论代替文学文本分析,也不可避免会带来误导。用鲁迅的国民性批判思想去解读《社戏》中对乡民善良、诗意的赞美,就文不对题;用"哀其不幸,怒其不争"解读《阿长与〈山海经〉》也不完全贴切,因为文中另有"欣其善良"的抒情。

在某种意义上,即使是黑格尔所说的"这一个",也是一种普遍性追求的表现,而文学文本个案只是作家的这一次、一刻、一刹那(如我国的绝句和日本的俳句)体验与表达。在文学作品中,作家的自我并不是封闭、静态的,而是以变奏的形式随时间、地点、文体、流派、风格等处于动态中。作品的自我,并不等于生活中的自我,而是深化了艺术化了的自我。余光中将此叫做"艺术人格"。他在《井然有序》的序言中说,"我不认为'文如其人'的'人'仅指作者的体态谈吐予人的外在印象。若仅指此,则不少作者其实'文非其人'。所谓'人',更应是作者内心深处的自我,此一'另己'甚或'真己'往往和外在的'貌己'大异其趣,甚或相反。其实以作家而言,其人的真己倒是他内心渴望扮演的角色,这种渴望在现实生活中每受压抑,但是在想象中,亦即作品中却得以体现,成为一位作家的'艺术人格'。"①正是因为这样,朱自清《荷塘月色》中的"我",并非"平常的我",那是"超出了平常的我",是超越了伦理、责任压力,享受校园中散心的"独处的妙处"的"我",那是短暂的"自由"的自我。当回到家中,看到熟睡的妻儿,"我"又恢复了"平常的我"。有时,文学作品中的"我"还是复合的,既是回忆中当年的自我,又是写作时的自我。鲁迅《阿长与〈山海经〉》中的"我",并不完全是童年鲁迅,同时还有以宽容心态看待长妈妈讲太平军荒诞故事的中年鲁迅。小说故作蠢言,说长妈妈有"伟大的神力",对她有"空前的敬意",这种幽默的谐趣是中年的,却又以童年的感知来表现。有时,作家自由地进行自我虚拟,在刘亮程《一个人的村庄》中,不但环境是虚拟的,人物和自我也是虚拟的。更不可忽略的是,同一作家在不同文体中也有不同表现。在追求形而上的诗歌中,李白藐视权贵,在表现形而下的散文中,李白则"遍干诸侯","历抵卿相"。②因此,文学文本解读不仅应超越普遍的文学理论,而且应超越文学批评中的作家论。

追求普遍性而牺牲特殊性,这是文学理论抽象化的必要代价。从某种意义上说,

---

① 余光中:《为人作序——写在〈井然有序〉之前》,载《书屋》,1997年第4期。
② 《李太白全集》第3册,第1251页,中华书局,1957年。

文学理论越普遍，涵盖面越广，就越有价值。然而，文学理论越普遍，其外延越大，内涵则相应缩小。而文学文本越特殊，其外延递减，内涵则相应递增。不可回避的悖论是，文学文本个案以独一无二、不可重复为生命，但文学理论是对无数唯一性的概括。在此意义上，二者互不相容。文学理论的独特性只能是抽象的独特性，并非具体的唯一性。文学文本个案的唯一性，与理论概括的独特性构成永恒的矛盾。

当然，这并不仅是文学理论，也是文学文本解读理念的悖论，甚至是一切理论都可能存在的矛盾。但是，一切理论并不要求还原到唯一的对象上去。对于万有引力，并不要求回到传说中牛顿所看到的苹果上去；对氧气的助燃性质，也不用还原到拉瓦锡的实验中去。就是马克思在经济学中对商品的基本范畴的还原，也不用追溯到某件具体的货物中去。所以，马克思在《资本论》中，主要采取英国的数据，所得出的结论也同样符合德国，因为理论价值不在特殊性，而在普遍的共性。文学文本解读则相反，个案文本的价值在于其特殊性、唯一性。由此可知，文学文本解读学与文学理论虽不无息息相通，但又是遥遥相对的。

追求个案的特殊性正是文学文本解读的难点，也是它生命的起点；但是，对于文学理论来说，局限于文学文本的特殊性却可能是它生命的终点。理论的价值在于作"文本分析"的向导，但是，它对所导对象的内在丰富性却有所忽略。水果的理念包罗万象，其内涵并不包含香蕉的特殊性，而香蕉的特殊性却隐含着水果的普遍性。文本个案的特殊内涵永远大于理论的普遍性。因而，以普遍理论（水果）为大前提，不可能演绎出任何文本个案（香蕉）的唯一性。因此，文学理论不可能直接解决文学文本的唯一性问题，理论的"唯一性"、"独特性"只能是一种预期（预设）。说得更明确些，它只是一种没有特殊内涵的框架。文学文本的特殊性、唯一性只有通过具体分析才能将概括过程中牺牲的内容还原出来。这是一个包括艺术感知、情感逻辑、文学形式、文学流派、文学风格等的系统工程。

二

文学文本解读力欠缺的文学理论之所以如此盛行，不能不说与人们对西方文论的局限缺乏清醒的反思和认识有关。固然，西方学术有不可低估的优长，也是在此意义上，"五四"时期我国学术界才放弃了诗话词话和小说评点的模式，采用西方以定义严密、逻辑统一和论证自洽为特征的范式。应该说，这是文学研究的一种进步。

定义的功能是：第一，保持基本观念的统一性，防止其在内涵演绎过程中转移，确保范畴在统一内涵中对话的有效性；第二，稳定的定义是长期研究积淀的结果，学术成果因之得以继承和发展。中国古典文学理论就是因其基本观念（如道、气）缺乏严密的定义，长期在歧义中徘徊。但西方文论又过于执著定义，所以难免西方经院哲学超验繁琐造成的许多荒谬（如中世纪的神学辩论竟然在探讨，一个针尖上能站几个天使）。一味地对概念作抽象辨析，既容易把本来简明的事物和观念说得玄而又玄，又容易脱离实践而陷入空谈。一些被奉为大师的西方人物，其权威性中到底隐含了多少皇帝的新衣，是值得审视的。以米克·巴尔为例，她曾为其核心范畴"本文"下了这样一个定义："本文（text）指的是由语言符号组成的一个有限的、有结构的整体……叙述本文（narrative text）是叙述代言人用一种特定的媒介，诸如语言、形象、声音、建筑艺术，或其混合的媒介叙述（'讲'）故事的本文。"[①] 在此，定义的对象是文学艺术，但其内涵中并无文学艺术的影子。以这样的定义作大前提，根本就不可能演绎出任何文学艺术的特殊内涵。然而，许多理论大家对定义的局限和功能缺乏审思，在概念的迷宫中空转者更是代不乏人。

在定义的文字游戏中，最极端者是解构主义者，他们的所谓文学理论权威著作堂而皇之地宣布文学的不存在，把文学理论引向灾难性危机。其根源在于，他们把追随定义的演变视为一切，而不是从定义（内涵）和事实（外延）的矛盾提出问题。

其实，严格意义上说，一切事物和观念都具有不可定义的丰富性：第一，由于语言作为声音象征符号系统的局限，事物和思维的属性既不可穷尽，又不能直接对应，它只能是唤醒主体经验的"召唤结构"。第二，一般定义都是抽象的内涵定义，将无限的感性转化为有限、抽象的规定，即使耗费千年才智，也难达到普遍认同的程度。第三，一切事物和观念都在发展中，不管多么严密的定义都要在历史发展中不断被充实、突破和颠覆，以便更趋严密。一切定义都是历史过程的阶梯，而非终结。在学术史上，并不存在超越时间的绝对的定义。即使是西方前卫文论用来替代"文学"的"文化"，其定义也多至百种。由此观之，定义不应是研究的起点，而是研究的过程和结果。若一切都要从精确的定义出发，世上能研究的东西就相当有限。如萨义德的"东方学"这个论题本身就无法定义，从外延上说，东方不是一个统一的实体；从内涵上说，它也不能共享统一的理念。

自然，离开严密的定义，文学研究也难顺利、有效地展开。在此关键问题上，

[①] 米克·巴尔：《叙述学：叙事理论导论》，谭君强译，第3页，中国社会科学出版社，2003年。

马克思主义文论的经典作家具有相当深刻的认识,普列汉诺夫在《论艺术》中说过,研究不能没有"严格地下了定义的术语",但是,一个"稍微令人满意的定义,只有在它的研究的结果中才能出现",所以,研究就面临着为"还不能够下定义的东西下个定义"的难题。对此,他提出"暂且使用一种临时的定义,随着问题由于研究而得到阐明,再把它加以补充和改正"。①

严密的定义实际上是内涵定义。不完善的内涵定义与外延(事实)的广泛存在发生矛盾。轻率地否认对象的存在就放弃了文学理论生命的底线。西方文论家也强调问题史的梳理,但他们的问题史只是观念、定义的变幻史,亦即为定义和概念(知识)的历史。这就必然造成把概念当成一切,在概念中兜圈子的学术。成功的研究都只能是先预设一个临时定义,然后在与外延的矛盾和历史发展中继续深化、不断丰富它,最后得出的也只能是一个开放的定义,或曰"召唤结构"而已。观念和定义的变幻是一种显性结果,它的狭隘性与对象的丰富性及历史发展变幻的矛盾,正是观念谱系发展的动力。谱系不仅是观念和定义的变幻系统,更是观念与对象的矛盾不断被丰富、颠覆和更新的历史。

片面执著于观念演变梳理的失误还在于,对"理论总是落伍于创作和阅读实践"这一事实的忽视。与无限丰富的创作和阅读实践相比,文学理论谱系所提示的内容极其有限。同样是小说,中国的评点和西方文论都总结出了"性格"范畴,但我们却没有西方文论的"典型环境"范畴。这并不意味着中国小说创作没有"环境"因素,《水浒传》的"逼上梁山"为其一,只是尚未将之提升到观念范畴。同为诗歌,中国强调"意境"、"乐而不淫,哀而不伤,怨而不怒",西方文论却强调"愤怒出诗人"、"强烈感情的自然流泻"。其实,许多中国古典诗歌也注重强烈感情的表现,如屈原"发愤以抒情",并有相关实践,如"长太息以掩涕兮,哀民生之多艰";西方的文学中也有非常节制情感的诗歌,如歌德、海涅、华兹华斯的一些诗作。因而,仅梳理理念只能达致概念的完整性和系统性,实际上与复杂对象及其历史性相比则不成谱系。

中国现代散文史正是历史实践突破观念定义的历史。最初,周作人在《美文》中为散文定性时只称"叙事与抒情"、"真实简明",② 这实际上是指审美抒情。此定义很有权威性,但与实际不符,鲁迅、林语堂、梁实秋、钱钟书的幽默或审丑散文

---

① 普列汉诺夫:《论艺术》,曹葆华译,第3页,生活·读书·新知三联书店,1973年。
② 周作人:《美文》,载《晨报》副刊,1921年6月8日。

就不在其列。定义的狭隘性导致了现代散文的解读长期在抒情和叙事间徘徊。在20世纪30年代,叙事被孤立强调,散文成为政治性的"文学的轻骑队"。到了40年代的解放区,主流意识形态提倡"人人要学会写新闻"[①]。50年代最好的散文就成了魏巍的朝鲜通讯《谁是最可爱的人》。文学散文成为实用性的通讯报告,由此造成散文文体的第一次危机。后来,杨朔强调把每篇散文都当做诗来写[②],把散文从实用价值中解脱出来,却又认为散文的唯一出路在于诗化。此论风靡一时,无疑又把散文纳入诗的囚笼,由此造成散文文体的第二次危机。以后,散文的主流观念为"形散而神不散"之类[③],如果一味作谱系式研究,则此谱系将十分贫乏;但如果将之与创作和阅读实践的矛盾作为出发点,对二者的矛盾进行直接概括,就不难发现,创作和阅读实践不断在突破狭隘的抒情叙事(审美)理论。严格地说,幽默散文属于亚审丑范畴,如王小波、贾平凹、舒婷的谐趣散文,审美的狭隘定义被突破,有着审丑的倾向。余秋雨的功绩为,在抒情审美的小品中带有智趣,把诗的激情和历史文化人格的批判融为一体,使散文恢复了传统的大品境界,但他只是通向审智的断桥。南帆的散文,既不审美抒情,也不审丑幽默,而是以冷峻的智慧横空出世,开拓了审智散文的广阔天地。从审美抒情的反面衍生出幽默审丑,继而又从二者的反面衍生出既不抒情又不幽默的审智。

可见,推动知识观念发展的动力是创作实践,而非知识观念本身。文学理论的生命来自创作和阅读实践,文学理论谱系不过是把这种运动升华为理性话语的阶梯,此阶梯永无终点。脱离了创作和阅读实践,文学理论谱系必定是残缺和封闭的。问题的关键在于,文学理论对事实(实践过程)的普遍概括,其内涵不能穷尽实践的全部属性。与实践过程相比,文学理论是贫乏、不完全的,因而理论并不能自我证明,实践才是检验真理的准则。对此,马克思早在《关于费尔巴哈的提纲》中说过:"人的思维是否具有客观的真理性,这并不是一个理论的问题,而是一个实践的问题。人应该在实践中证明自己思维的真理性,即自己思维的现实性和力量,亦即自己思

[①] 胡乔木:《人人要学会写新闻》,载《解放日报》,1946年9月1日。
[②] 原文是"我在写每篇文章时,总是拿着当诗一样写"。(杨朔:《〈东风第一枝〉小跋》,收入《杨朔散文选》,第220页,人民出版社,1978年)
[③] 语出肖云儒《形散神不散》,载《人民日报》1961年5月12日,但这是秦牧在《海阔天空的散文领域》和《思想和感情的火花》中提出的"一个中心"说和"一线串珠"的翻版。(参见秦牧:《秦牧论散文创作》,张振金编,暨南大学出版社,1990年)

维的此岸性。关于离开实践的思维是否现实的争论，是一个纯粹经院哲学的问题。"①

在此意义上，一味梳理观念谱系的方法即便再系统也带有根本缺陷，这表现在：从概念到概念，从思想到思想，脱离了实践的推动和纠正机制，带着西方经院哲学传统的"胎记"。当然，观念史梳理的方法也许并非一无是处，它所着眼的并不是文学，而是观念变异背后社会历史潜在的陈规。但无论是在性质还是功能上，它与文学解读最多也只能是双水分流。

西方阅读学最前卫的"读者中心论"，是经不起阅读实践的历史检验的。作家在完成作品后会死亡，读者也不免代代逝去，然而文学文本却是永恒的。文本中心应顺理成章。"读者中心论"带着相当的自发性，其症结在于将读者心理预设为绝对开放的机制。

其实，读者心理并不是完全开放的，也不像美国行为主义所设想的那样，外部有了信息刺激，内心就会有反应。相反，按皮亚杰的发生认识论，外来信息刺激，只有与内在准备状态——也就是他所说的"图式"（scheme）相一致，被"同化"（assimilation）后才会有反应。②读者心理具有一定的封闭性，这是人性的某种局限。中国古典文献早有"智者见智，仁者见仁"之说。黄宗羲在《明儒学案》中说："仁者见仁，知者见知，释者所以为释，老者所以为老。"③张献翼在《读易纪闻》中说："惟其所禀之各异，是以所见之各偏。仁者见仁而不见知……知者见知而不见仁。"④李光地在《榕村四书说》中说："智者见智，仁者见仁，所秉之偏也。"⑤仁者的预期是仁，就不能看到智；智者的预期是智，就不能看到仁；智者仁者，则不能见到勇。预期是心理的预结构，也是感官的选择性，感知只对预期开放。马克思说："对于没有音乐感的耳朵说来，最美的音乐也毫无意义。"⑥由于读者主体的心理图式本身有强点和弱点，有敏感点和盲点，因而其反应是不完全的。罗曼·英加登也承认："读者的想象类型的片面性会造成外观层次的某些歪曲；对审美相关性质迟钝的感受力会

---

① 《马克思恩格斯全集》第3卷，第3—4页，人民出版社，1960年。
② 皮亚杰：《发生认识论原理》，王宪钿等译，第60页，商务印书馆，1981年。他完整的意思是："一个刺激要引起某一特定反应，主体及其机体就必须有反应刺激的能力。"每一个人的大脑中都有某种认识客体的格局（schema），当外界刺激能够纳入人的已有"格局"中时，用皮亚杰的术语来说，就是刺激能被固有的"格局""同化"时，它才能作出反应，否则，就不能作出反应。
③ 黄宗羲：《明儒学案》，收入《四库全书》第457册，第141页，上海古籍出版社，1987年。
④ 张献翼：《读易纪闻》，收入《四库全书》第32册，第548页。
⑤ 李光地：《榕村四书说》，收入《四库全书》第210册，第14页。
⑥ 《马克思恩格斯全集》第42卷，第126页，人民出版社，1979年。

剥夺了这些性质的具体化。"①文学作品各层次和形式的奥秘极为复杂丰富，读者要同时进行毫无遗漏的注意、理解和体验，几乎是不可能的。"一千个读者就有一千个哈姆雷特"，这种"读者中心论"的名言，不断遭到有识者的强烈质疑，赖瑞云曾提出"多元有界"与之抗衡。②读者以具有封闭性的主体图式解读经典文本，常产生一种与文本内涵相悖的情况。提到《红楼梦》，鲁迅说过：从中"经学家看见《易》，道学家看见淫，才子看见缠绵，革命家看见排满，流言家看见宫闱秘事……"③显然，这种看法是针对主观歪曲的混乱和荒诞而言的，可谓语带讥讽。阅读心理存在主体同化（在此是歪曲）规律。读者一望而知的往往不是文本深层的奥秘，而是主体已知的先见。如囿于英雄的"雄"为男性的偏见，许多学者解读《木兰辞》时，几乎众口一词地把花木兰看成和男英雄一样的英勇善战，鲜有明确指出其文本的独特性在于：勉强可称为正面书写战争之诗的只有"将军百战死，壮士十年归"，全诗的主旨为，作为女性的木兰，她主动担起男性职责，立功不受赏，并以恢复女儿身为荣。

三

建构文学文本解读理念的关键在于，必须认识到文学文本解读无效或者低效，是由于读者的心理预期状态的平面化，以表层的一望而知为满足。其实文学文本是一种立体结构，它至少由三个层次组成。一是表层的意象群落，包括五官可感的过程、景观、行为和感性的语言等，它是显性的。在表层的意象中渗透着情感价值，这就构成了审美意象。正如克罗齐所说："艺术把一种情趣寄托在一个意象里，情趣离开意象，或是意象离开情趣，都不能独立。"④需要说明的是，意象中的情趣并不限于情感，更完整地说应是情志，趣味中包含智趣。意象派代表人物庞德给意象下的定义是："在一刹那的时间里表现出一个理智和情绪复合物的东西。"⑤表层的意象是

---

① 罗曼·英加登：《对文学的艺术作品的认识》，陈燕谷等译，第93页，中国文联出版公司，1988年。
② 赖瑞云：《混沌阅读》，第286页，福建教育出版社，2010年。
③ 鲁迅：《〈绛洞花主〉小引》，收入《鲁迅全集》第8卷，第179页，人民文学出版社，2005年。
④ 参见《朱光潜美学文集》第2卷，第54—55页，上海文艺出版社，1982年。
⑤ 参见彼德·琼斯：《意象派诗选》，裘小龙译，第5页，漓江出版社，1986年。庞德并不绝对地反对情感，只是坚持情感不能直接抒情，情感和智性浑然一体。故他在《严肃的艺术家》中对于诗与散文的区别这样说，"在诗里，是理智受到了某种东西的感动。在散文里，是理智找到了它要观察的对象"（参见杨匡汉、刘福春编：《现代西方诗论》，第54—55页，花城出版社，1988年）。

一望而知的，但其潜在的情志往往被忽略。如柳宗元的《江雪》："千山鸟飞绝，万径人踪灭。孤舟蓑笠翁，独钓寒江雪。"如果把"钓雪"解读为"钓鱼"，就是被显性的感知遮蔽，把意象当成细节，消解了隐性的审美情志。其实，表层意象不仅是对客体的描绘，而且也是主体的表现，是主体的情志为之定性，甚至使之发生变异的，如清代诗评家吴乔所说，如米之酿为酒，"形质尽变"。① 此诗表层的形而下的钓鱼，为深层的形而上的精神境界所改变。前两句是对生命绝灭和外界严寒的超越，后两句是对内心欲望的消解。诗人营造的氛围是，不但对寒冷没有感觉和压力，而且并不在意是否能钓到鱼。这是一种内心凝定到超脱自然、社会功利，自我与大自然浑然一体的境界。

　　意象不是孤立的而是群落式的有机组合，其间有隐约相连的情志脉络，这是文学文本的第二个层次，可称之为意脉（或为情志脉）。其特点为：第一，意脉以情志深化表层的意象；第二，在形态和性质上对表层的整体意象加以同化；第三，意脉所遵循的不是实用理性逻辑，而是超越实用理性的情感逻辑。这在中国古典诗话叫做"无理而妙"②，其具体表现为情感的朦胧性，不遵循形式逻辑的同一律、排中律，情感的主观独特性更使它超越充足理由律：情感强烈时，往往是无缘故的。情感逻辑有时还以片面性与辩证法的全面性相对立：不管是爱是恨，都是非理性和片面的。遵循逻辑规律是人同此心、心同此理，实用理性准则是唯一的；而超越逻辑规律则是人心不同、各如其面，情感的可能性是无限的。第四，在具体作品中，不管是小型的绝句，还是大型的长篇小说，意脉都以"变"和"动"为特点。故汉语有"动情"、"动心"、"感动"、"激动"、"触动"之说（在英语中感动"move"也是从空间的移动中转化而来）。在长篇小说中，事变前后大起大落的精神曲折和变异，乃是意脉的精彩所在。在绝句中，最动人处往往就是意脉的瞬间转换。③ 意脉是潜在的，可意会而难言传。要把这种意味传达出来，需要在具体分析中具有原创性的话语。缺乏话语原创性的自觉和能力，往往会不由自主被文学文本外占优势的实用价值窒息。

　　在中层的意脉中，最重要的是真、善、美价值的分化。与世俗生活中真善美的统一不同，文学文本是真、善、美的"错位"。它们既不完全统一，也非完全分裂，

---

① 吴乔：《答万季野诗问》，收入丁福保编，《清诗话》（上册），第27页，上海古籍出版社，1978年。
② 贺贻孙在《诗筏》中提出"妙在荒唐无理"，贺裳和吴乔提出"无理而妙"、"入痴而妙"。沈雄在《柳塘词话》中说："词家所谓无理而入妙，非深情者不办。"
③ 参见孙绍振：《绝句：瞬间转换的情绪结构》，载《文艺理论研究》，2010年第6期。

而是部分重合又有距离。在尚未完全脱离的前提下,三者的错位幅度越大,审美价值就越高。三者完全重合或脱离,审美价值就趋近于无。①

保证审美价值最大限度升值的是文学的规范形式②,这是文学文本结构的第三层次。形式对于文学文本解读学极其关键,但学术界大都囿于黑格尔的"内容决定形式"说,把形式的审美功能排除在学术视野外。历代美学家出于哲学思维的惯性,总在主观和客观里兜圈子。睿智者如朱光潜、李泽厚、高尔泰等,都未能超越二元对立的思维模式,未能意识到主观情感特征和客观对象特征的猝然遇合只是胚胎,没有形式就不能化胎成形,更不能达到审美的艺术层次。③未经形式规范的情感,哪怕是真情实感,也可能是"死胎"。作家的观察、想象、感受及语言表达,都要受到特殊形式感的制约和分化,主观和客观并非直接发生关系,而是同时与形式发生关系。只有当形式、情感和对象统一为有机结构后才具备形象的功能。只有充分揭示主观、客观受到形式的规范制约,文学理论才能从哲学美学中独立出来,通向独立的文学文本解读学。

克罗齐曾提出,一切直觉都是抒情的,"只要经过形式的打扮和征服就能产生具体形象",他又说,"形式是常驻不变的,也就是心灵的活动"。④此说的缺陷在于,一是自相矛盾,形式是"常驻不变的",而心灵却瞬息万变;二是形式并非常驻不变,而是随着历史从草创走向成熟。因而,他所指的形式,与黑格尔所说的均是自发的原生形式。只是黑格尔说的是生活的原生形式,克罗齐说的是心灵的原生形式,与此相似的还有中国《诗大序》所谓的"在心为志,发言为诗"。三者均混淆了原生形式与文学的规范形式之间的差异。

原生形式与文学的规范形式有根本的不同。第一,原生形式是天然的,随生随灭,无限多样,与内容不可分离;文学的规范形式是人造的、有限的(就文学而言不超过十种)、不断重复的,与内容是可分离的。第二,原生形式并不能保证审美

---

① 参见孙绍振:《美的结构》,第48页,人民文学出版社,1987年;《文学性讲演录》,第55—65页,广西师范大学出版社,2006年。
② "规范形式"的范畴,最先是笔者在《文学创作论》第337页第6章第2节"文学形式的审美规范作用"(春风文艺出版社,1987年)中提出的,后在论文《审美价值的错位结构》(载《文艺理论研究》,1988年第3期)中有所发挥。本文在前二文的基础上对审美规范形式作了更系统深入的阐释,如,其有限性,其与内容的可分离性,其有可重复性地积累审美历史经验的功能,以及主体特征和客体特征并非直接发生关系而是分别与规范形式发生关系等观点,则是本文第一次提出的。
③ 参见蔡福军:《马克思主义美学家孙绍振》,载《东吴学术》,2011年第3期。
④ 克罗齐:《美学原理·美学纲要》,朱光潜译,第11—12页,人民文学出版社,1983年。

价值超越实用理性的自发优势，规范形式则通过对漫长历史过程中审美经验的积淀，化为某种历史水准的相对稳定的形态（如小说从片断情节的志怪到情节完整、环环紧扣的传奇，到以情节表现性格的话本，到性格为环境所逼出常规的变化，到生活的横断面，再到非情节的场景组合），从而对形象的主客体特征进行规范。规范形式是人类文学活动进步的阶梯，没有规范形式，文学活动只能进行原始的重复，有了规范形式，文学活动才能从历史的水平线上起飞。第三，规范形式不但不是由内容决定，而是可征服内容、消灭内容，强迫内容就范，并且衍生出新的内容。如同席勒所谓的"通过形式消灭素材"①。没有规范形式的视角，哲学化的文学理论就往往处在文学文本静态的表层，而形式从草创到成熟的曲折历程，风格、流派对形式的冲击，流派对规范形式的丰富、发展和突破，乃至颠覆和淘汰（如大赋、变文、六言绝句、弹词、宝卷）等动态结构则一概成为空白。值得注意的是，形式的稳定性与内容的丰富发展是一对永恒的矛盾。内容是最活跃的因素，它不断冲击着规范形式，规范与冲击共生，相对稳定的规范形式在积淀历史经验时也不能不开放，不能不随着历史的发展而突破和更新。

无可讳言，任何一种理念或理论的建构，都是共同性的概括，不能不以个案文本特殊性的牺牲为代价，而文学文本解读的任务却是把独一无二的特殊性还原出来。这是文学文本解读不可回避的矛盾。至于如何对个案文本作具体分析，鲁迅在《不应该那么写》中提出了一个很有价值的思路："凡是已有定评的大作家，他的作品，全部就说明着'应该怎样写'……在学习者一方面，是必须知道了'不应该那么写'，这才会明白原来'应该这么写'的……'应该这么写，必须从大作家们的完成了的作品去领会。那么，不应该那么写这一面，恐怕最好是从那同一作品的未定稿本去学习了。'"②有了正反两面，就有了差异或者矛盾，具体分析就有了切入口。传统的文学理论大都并不正面提供这样的差异和矛盾，没有可比性，因而分析难以着手。正因如此，涉及这正反两方面的文献就显得分外珍贵。贾岛《题李凝幽居》中，"推"字好还是"敲"字好的佳话，王安石《泊船瓜洲》"春风又绿江南岸"在"绿"、"到"、"过"、"入"之间的选择，孟浩然《过故人庄》最后一联"待到重阳日，还来就菊花"，一度"就"字脱落，后人有"对"字还是"赏"字的猜测。西方也不乏其例，莎士比亚根据意大利故事创作了诗剧《罗密欧与朱丽叶》，果戈理听到一则故

---

① 席勒的原话是："艺术大师的独特的艺术秘密就是在于，他要通过形式来消灭素材。"参见席勒：《美育书简》，徐恒醇译，第114—115页，中国文联出版公司，1984年。
② 鲁迅：《且介亭杂文二集》，收入《鲁迅全集》第6卷，第321页，人民文学出版社，2005年。

事：小公务员省吃俭用购置了猎枪划船去打猎，在芬兰湾丢失猎枪，以后一提及此就脸色发白。果戈理将猎枪改为上班必须穿的大衣丢失，导致悲剧性死亡，又加上荒诞的喜剧结尾，写成经典小说《外套》。这些素材的意义在于，为具体分析提供了现成的可比性。此外，鲁迅说着重在"写"，这也就是创作的实践性，旨在把读者带入创作过程。

注重文学文本的创作过程，文学文本将不是静态、不可更改的成品，而是一个生成、发展的过程。读者不是被动地接受成品，而是洞察其萌芽、生成、扬弃、排除、凝聚、衍生、建构的动态进程。世界文学史上有着许多经典的作品有待开发。列夫·托尔斯泰写《复活》前后十年，草稿、修改稿为具体分析达到唯一性提供条件。在《复活》中，聂赫留朵夫公爵到监牢去探看被他糟蹋沦为妓女、又横遭冤案的玛丝洛娃，身为陪审员的他忏悔之余要求和她结婚。最初手稿上写的是："玛丝洛娃认出了他，说：'您滚出去。'"并严词拒绝和她结婚的要求。①在《复活》的第五份手稿中，改成玛丝洛娃一下没有认出他来，可是高兴有衣着体面的人来看她。对聂赫留朵夫的求婚和忏悔，她答道："您说的全是蠢话……您找不到比我更好的女人吗？您最好别露出声色，给我一点钱。这儿既没有茶喝，也没有香烟，而我是不能没有烟吸的……这儿的看守长是个骗子，别白花钱，——她哈哈大笑。"两者相比，显然后者把人物从外部感觉到内心近期经验和远期深层记忆的层次立体化了。但是，这样的直接归纳是粗浅的，因为它没有涉及小说审美规范的深度。归纳法在此显示了它的优越性，同时也和演绎法一样不可避免地具有局限性，那就是归纳要求周延，而将文学文本感性的内涵归纳为抽象的话语符号，是不可能绝对周延的。这是人类思维和话语的局限，但是并非人类的思维和语言的宿命。自然科学理论在这方面提出把归纳法和演绎法结合起来，保持"必要的张力"。②正因如此，从个案直接归纳出来的观念，要在理论的演绎中加以检验和证明。直接归纳唯一性不能不从普遍性的理论演绎中得到学术的支持。就上述列夫·托尔斯泰的修改过程而言，对规范形式作理论的考察不可或缺。

人的心灵极其丰富，没有一种文学形式能给以全面表现。因而，在数千年的审美积累中，文学分化为多种结构形态，以表现心灵的各个层次和方面。诗歌的意象乃在普遍性的概括，不管是林和靖笔下的梅花，还是辛弃疾笔下的荠菜花，不论是

---

① 符·日丹诺夫：《〈复活〉的创作过程》，雷成德译，第22页，内蒙古人民出版社，1982年。
② 参见托马斯·S. 库恩：《必要的张力——科学的传统和变革论文选》，纪树立等译，福建人民出版社，1981年。

华兹华斯笔下的水仙，还是普希金笔下的大海，不论是艾青笔下的乞丐，还是舒婷笔下的橡树，都是没有时间、地点、条件的具体限定的普遍存在。在诗里，得到充分表现的往往是心灵的概括性，甚至是形而上方面，在爱情、友情、亲情中，人物都是心心相印的，具有某种永恒性，故从亚里士多德到华兹华斯，都以为诗与哲学最为接近。而在叙事文学和戏剧文学中，个体心灵在不同的时间、地点、条件下表现差异性则是绝对的，而且处于动态之中。情节的功能在于，第一，把人物打出常规，显示其纵向潜在的深层心态，列夫·托尔斯泰在《复活》中说"他常常变得不像他自己了，同时却又始终是他自己"①。第二，不管是爱情还是友情、亲情，心心相错才有个性，才有戏可看。俄国形式主义者维·什克洛夫斯基说："美满的互相倾慕的爱情的描写，并不形成故事……故事需要的是不顺利的爱情。例如 A 爱 B，B 不爱 A；而当 B 爱上 A 时，A 已不爱 B 了……可见，形成故事不仅需要有作用，而且需要有反作用，有某种不相一致。"②故在白居易的《长恨歌》中，李隆基与杨玉环的爱情不但超越空间（在天愿作比翼鸟，在地愿为连理枝），而且超越时间和生死（天长地久有时尽，此恨绵绵无绝期），而在洪升的戏剧《长生殿》中，两人的爱情则要发生情感错位，故杨玉环两次吃醋，李隆基两次后悔迎回最为精彩。《复活》的修改稿也表现了两个人特殊的错位。初稿的局限在于，玛丝洛娃对聂赫留朵夫从心灵的表层到深层只有仇恨、斩钉截铁的对立。定稿的优越在于，玛丝洛娃以妓女的眼光看待来人，在感知上已有错位。公爵真诚地求婚，她却认为这是蠢话；公爵想用钱来帮助她，并拯救自己的灵魂，她却用来买香烟。这也正显示了玛丝洛娃虽已认出聂赫留朵夫，但深层记忆并未完全被唤醒，纯情少女的记忆被表层的妓女职业心态封冻，从而让其深厚的痛苦显露无遗。

在此，规律的普遍性（深化心灵层次和心理错位）是用来阐明文学文本的唯一性的，并未以牺牲其独一无二性为代价，而是对文学文本的唯一性作出更加深邃的阐释。

然而，要把潜藏在水乳交融、天衣无缝的文学形象之下的矛盾揭示出来，还需借鉴现象学的"还原"方法，把文学形象"悬搁"起来。当然，与现象学不同的是，这不是为了"去蔽"，而是把未经艺术化的原生形象想象出来，分析其与审美形象的差异或矛盾。

---

① 列夫·托尔斯泰：《复活》，汝龙译，第 263 页，人民文学出版社，1984 年。
② 维·什克洛夫斯基：《故事和小说的构成》，收入乔·艾略特等：《小说的艺术》，张玲等译，第 86 页，社会科学文献出版社，1999 年。

就规范形式本身而言,它也不是某种纯粹形式,而是与内容息息相关的。因而在具体分析时,既要注重形式,也要关注内容;既要注重逻辑,也不能偏废历史。

就形式方面而言,在具体分析时可借助流派的还原和比较。规范形式是相当稳定的,难免与最活泼的内容发生冲突。因而,发生种种变异是正常的,当某种变异成为自觉或不自觉的潮流和共同追求时,就形成了流派。不同流派在美学原则上有不可忽略的差异甚至反拨。浪漫派美化环境和情感,象征派以丑为美,把徐志摩的《再别康桥》的潇洒审美和闻一多的《死水》的以丑为美混为一谈,无异于瞎子摸象。但流派仍是众多作品的共性,要达到作品的唯一性,还要从风格的还原和比较中入手,注重同一流派中不同的个人风格,尤其注重同一作家笔下不同作品不可重复的风格。如徐志摩《再别康桥》中的潇洒温情不同于《这是一个怯懦的世界》的激情。最可贵的风格并不是个人的,而是篇章的,越是独一无二、出格的,越是要成为阐释的重点。有时连统计数字都可能成为必要的手段,如在写战争的《木兰辞》中,通篇真正涉及木兰参战的只有"将军百战死,壮士十年归"。在被视作叙事诗的《孔雀东南飞》中,对话却占了压倒性优势。《醉翁亭记》中,用了二十一个"也"字等。这类出格的表现,很难不对普遍的形式有所冲击、突破和背离。这种背离是一种冒险,同时又可能推动规范形式的发展。

就内容方面而言,可通过母题的梳理进入具体分析。在某种意义上,任何后世杰作的主题都是对历史传统的继承和发展:李白的《将进酒》使传统的生命苦短的悲情母题变成了豪迈的"享忧";武松打虎使得"近神"的英雄变成了"近人";《简·爱》把英国小说传统中美人与高贵男性的爱情变成了相貌平平的女子和一个失明的男人终成眷属。其中,对母题的突破和发展是文学文本唯一性的索引。

对文学文本特殊性、唯一性的探查不是一步到位的,而是在层层具体分析中步步逼近。第一层次具体分析后得出的结论有如普列汉诺夫所说的暂时定义,后续每一层次的分析,都使其特殊内涵递增,也就是定义的严密度递增。层次越多,内涵就越多,直至最大限度地逼近文学文本。只有凭借这样系统的层次推进,才可能逼近文学文本的特殊性、唯一性,从而提高解读的有效性。

不论是反映论还是表现论,不论是话语论还是文化论,不论是俄国形式主义的陌生化还是美国新批评的悖论、反讽,都囿于单因单果的二元对立的线性哲学式思维模式,文学文本解读上的无效、低效似有难以挽回之势。西方对之无可奈何的时间已长达百年,如今我们应抓住机遇发出自己的声音,以寻求新的解决方案和道路。

(原载《中国社会科学》,2012年第5期)

且说文艺批评的异化

於可训

记得上个世纪 80 年代，有一场关于异化问题的讨论，持续的时间虽然不长，但对立的或不同的观点之间，争论却很激烈，影响也颇深广。这场讨论的起因，其实并不复杂，说白了就是对"文革"及其前的一段历史失误，反思的结论有所不同，一方认为主流是好的，本质是对的，大方向没问题，只是出现了偏颇和失误，一方则认为，这期间也出现了马克思所说的异化现象，有政治的异化，经济的异化，思想的异化，文化的异化，甚至也有整体的社会制度的异化。结果自然可想而知，后者受到了前者的批评和批判，几乎酿成了一场政治事件。

撇开当时一些复杂的政治因素不谈，其实异化并没有某些人想的那么可怕。从学者给它的定义来看，无非是说，人自己的创造物，成了异己的力量。这就好比有人养了个逆子，专跟自己作对，自己生的儿子，成了异己的力量一样。马克思在谈到"异化劳动"时也说："他给予对象的生命作为敌对的和异己的东西同他相对立"，大抵也是这么个意思。这当然只是一个比方，异化的概念自然也没有这么简单，在它的产地欧洲，历史上，也经历了许多变化，最后才锁定到异己化的意思上来。中国学者所用的，大抵都是这一层意思。其实，除这层意思之外，它还有出让、疏离、分裂之类的意思，无非也是说某人某物把自己的所属出让给他人他物，致使与自己疏离、分裂，最后成了自己的对立面，成了异己的力量。

由此，我便想到了当今的文艺批评。如果用这个异化的概念来衡量，我想，说当今文艺批评存在着许多异化现象，甚至出现了某种程度的深层意识的异化，应该是可以成立的。当然，这个过程是逐渐发生的，经历了由克服政治性的异化，到出现市场化的异化的复杂变化。

众所周知，中国当代文艺，长期以来，是为政治服务的。换一句话说，也就是受制于政治的。人民的政治本来是人民的创造物，结果却成了限制和压抑人民文艺创造的异己力量，包括以政治为第一标准的文艺批评的处境，也是如此，这当然是一种异化。这种异化因为源于一种政治的原因，可以称之为一种政治性的异化。

"文革"结束后，放弃了文艺为政治服务的口号，标志着这种政治性的异化已经或逐渐被新的文艺实践所克服，也包括这期间文艺批评所发生的变化。上个世纪80年代，文艺批评在政治上拨乱反正的过程中，大胆突破禁区，解放思想，在更新观念的同时，又从西方引进各家各派的批评模式和方法，文艺批评得到了长足发展，经历过一个相对繁荣的时期。说这个时期的文艺批评，是当代文艺批评的黄金时代，可能过于理想化了一些。但该时期的文艺批评，环境相对宽松，观念相对开放，探索新模式、新方法的热情高，批评的主体性大为加强，各文艺门类的批评发展也相对平衡，却是事实，因而给人们留下了美好的印象。

进入90年代以后，情况发生了很大变化。首先是文艺为适应市场经济潮流，出现了市场化、商品化倾向。这种倾向，既动摇了文艺作为一种精神文化产品的根本，也动摇了文艺批评作为文艺产品的再生产或再创造活动的根本，文艺批评一时难以适应这种潮流，被迫处于"缺席"状态。其次，是市场经济造就的消费文化环境，和由这种环境所催生的大众文化潮流，造成了文艺创造的思想、艺术价值的迷失，也迷失了文艺批评的价值尺度和判断标准，在文艺批评的观念和方法没有得到相应的调整之前，文艺批评不能不处于"失语"状态。再次，是社会的多元化和文化的多元化，造就了多元的文艺创作格局，也造就了多元的文艺批评话语，文艺批评在自由的言说中，缺少一个时代所应有的精神同一性，或一个艺术门类所特有的艺术同质性，因而难以形成一种对话关系，往往流于自言自语、自说自话，失去了启悟文艺创作和引导读者观众的有效性，处于一种话语"自闭"状态。最后，是文艺批评活动的无序和文艺批评方式的泛化，破坏了文艺批评的环境，败坏了文艺批评的伦理，文艺批评或廉价吹捧，或恶意棒杀，或沦为广告，或炒作新闻，总之是陷入了论者所批评的"三俗"状态。凡此种种，批评既因为"缺席"、"失语"或话语的"自闭"，而与自己的对象隔离、疏远、分裂，又因为商品化和大众文化的影响，而将自己的职责、功能出让给商业广告和大众传媒，经由这样的过程，文艺批评最终成了失去其特质的非批评、打着批评旗号的伪批评，甚至是与批评活动对立的"反"批评。在我看来，这都是文艺批评日渐走向异化的表现。

进入新世纪以来，这种状况不但没有多大改变，而且，在某些方面，还变本加厉，批评因为这种异化而失去了它应有的性质和功能，蜕化为一种无效的劳动，以至于近年来人们不能不关注文艺批评的有效性问题，呼吁文艺批评回归本位，提倡有效的文艺批评。

以上所说的种种异化现象的发生，虽然有市场化、商品化等外部环境的影响，但批评自身的异化，即批评的自我意识的异化，却是一种根本性的异化，也是上述异化现象发生的主要原因之所在。这种自我意识的异化，也可以大致归纳为如下几个方面：

第一个方面，是文艺批评主体意识的异化。文艺批评是批评家的一项独立自主的精神创造活动，如同文艺创作一样，具有极强的主体性。论者常说，创作与批评，如鸟之双翼，车之两轮，就是这个意思。这种主体性，一方面表现为，批评家在批评实践中，通过积极能动的作用，对批评对象作出独立自主的阐释和评价，另一方面，在这个过程中，同时也显示批评家所特有的气质和个性。近一个时期，文艺批评主体意识的异化，主要表现为批评家在文艺批评活动中，有意无意地改变了自己的主体身份，将自己由作家、艺术家的"知音"、"诤友"和"超然的评判者"，变成了作家、艺术家的"侍从"或"仆人"。德国浪漫主义文学运动的前驱批评家赫尔德曾说：批评家应当是作者的"友人和超然的评判者"，"他应当努力去认识作者，将其作为主人一般地做一番彻底的研究，但不要让他成为你的主人"。文艺批评在丧失其主体身份的同时，也失去了以主体身份阐释和评价文艺作品的独立自主性，批评家往往为各种个人的和社会的力量所左右，或迎合作者，或附和公众，或迁就媒体，或追逐时尚，从观念到方法，从思维到表达，都受制于这些非主体性的因素，而不是个人独立自主的选择，因而也看不到批评家的独特个性和个人风格。甚者则视文艺批评为宣传和推介文艺作品的手段，把文艺批评变成文艺作品的宣传和推销工具，失去了文艺批评所应有的独立品格。

第二个方面，是文艺批评再创造意识的异化。文艺批评主体意识的异化，同时也导致了文艺批评再创造意识的异化。相对于文艺创作而言，文艺批评是一种独立的再创造活动。文艺创作是以社会生活为对象的创造活动，文艺批评则是以文艺创作的最后结果，即文艺作品为对象的创造活动。因此，相对于文艺创作而言，文艺批评是对文艺作品的再创造。这种再创造活动，一方面通过将"艺术的言语，译成哲学的言语；从形象的言语，译成论理学的言语"，将艺术的"直接认识"，转换成批评的"哲学认识"（别林斯基语），使文艺创造活动的结果即文艺作品，由"可能性的产品"，变成"现实性的产品"（马克思语），使文艺创造活动的价值得以最终实现。另一方面，在这个过程中，也因文艺批评的这种再创造，而使文艺作品出现意义的增殖和价值的增殖。所谓"有一千个读者就有一千个哈姆雷特","一代人有一代人的莎士比亚","仁者见仁,智者见智",就是这种增殖的表现形式。这种增殖的结果,不但使文艺作品具体个别的艺术形象,能与不同时代不同个体的经验相沟通,而且也因为揭示了这些具体个别的形象,与某些"一般精神法则"之间的联系,而具有普遍性的意义和价值。根据美国学者韦勒克的说法,文艺作品的意义和价值就是由文艺批评的这种再创造活动"累积"起来的。近一个时期,文艺批评的这种再创造意识,也出现了不同程度的异化。按照作家、艺术家提供的创作意图去阐释作品的本义和艺术特征,或根据读者对文艺作品的感受和反应,去评论文艺作品的价值,成了近期文艺批评的一个基本的判断模式,文艺批评成了作家、艺术家创作意图被动的传声筒,和读者趣味、社会时尚的机械的反应器,陷入了英美新批评所说的"意图的谬误"和"感受的谬误"。与此同时,又因为批评家普遍忽视自身的思想修养和艺术修养,个体经验和思想资源相对匮乏,不能对文艺作品的内涵作创造性的阐发,对文艺作品的题旨,作普遍意义上的升华,包括对文艺作品的形式意味,有深入高远的体悟,如此等等。结果既无法真正实现文艺作品的创造价值,更无法求得文艺作品的意义增殖和价值增殖,失去了文艺批评所应有的社会效用和艺术效用。更有甚者,是借阐释文艺作品之名,印证某些流行的文化理念(包括哲学的、宗教的、道德的、政治的等等)和艺术理念,将文艺批评的成果,由一种新的精神创造物,一种独立于文艺创作之外的精神文化产品,变成某些流行的文化理念和艺术理念的实证材料,失去了文艺批评所应有的创造性品格和再创造功能。

第三个方面,是文艺批评审美意识的异化。文艺批评作为对文艺创作及其结果的一种评价活动,自然离不开理论阐释和价值判断,根据别林斯基的说法,"判断应该听命于理性,而不是听命于个别的人",批评家"必须代表全人类的理性,而不是代表自己个人去进行判断",因而文艺批评活动无疑具有鲜明的理性特征。但同样是别林斯基,同时又把文艺批评称之为"运动着的美学"。按照苏联学者鲍列夫的解释:"这句话的含义是:只有在批评过程中调动审美范畴、对艺术篇章的研究依靠着'经过扬弃的'人类艺术经验——美学,批评分析活动才可能卓有成效。"可见文艺批评又离不开审美经验和审美感受。二者的统一,也就是人们常说的人类认识活动从感性认识到理性认识的升华。就常识而言,离开了感性认识,所谓理性认识,就成了无源之水,无本之木,同样,在文艺批评活动中,离开了对文艺作品的感性经验,或曰审美经验和审美感受,文艺批评的理性判断,也只能是沙上城堡,空中楼阁。近一个时期,文艺批评审美意识的异化,就主要表现在无视文艺批评的这种审美特质上面。一些批评家在文艺批评活动中，往往无心细读作品，更无意倾注全部身心，调动所有"过去经验"，对文艺作品进行深入细致的感悟和体验，以便积累足够的感性经验或审美感受，在这个基础上，对文艺作品作出合乎"美学观点"的审美判断，相反，却热衷于从某种先验的理论出发，用黑格尔的方式，从文艺作品的艺术描写中，去寻找这种先验理论的"感性显现"，而不顾及文艺作品的感性形式本身。结果，所得的自然依旧是这些先验的理论所预设的结论，而不是审美感悟或感性经验的升华和结晶。同样忽视文艺批评中的感性经验或审美感受，另有一些批评家则有意无意地把文艺作品视作自然科学研究对象，热衷于将文艺作品的题材和主题、思想和艺术、内容和形式，分解为各种不同的构成要素，然后对这些分类切割的碎片，进行理论上的说明，指出它的性能和特点，而不顾及文艺作品的有机整体性，和它给人们带来的整体的有机的艺术感觉或审美感受。

　　克服文艺批评的异化，抵抗异化的文艺批评，有多种多样的方式和途径。改善文艺批评的环境，消除可能引起文艺批评异化的种种外部因素，自然是一个很重要的先决条件，但与此同时，文艺批评意识的自我回归，和对批评对象的重新占有，对文艺批评克服自身的异化来说，却更具现实性的可能性。就批评意识的自我回归而言，我以为，需要加强文艺批评的基础理论建设。上个世纪80年代，文艺批评的基础理论建设，曾有过一个兴盛的局面，出现了数量繁多、各有建树的理论论著，对文艺批评观念、方法的更新，和文艺批评意识的自觉，起了积极的推动作用，带来了文艺批评的繁荣。历史上，文艺批评的繁荣，也大多与批评理论的建设有关。被论者称作"文学的自觉"，包括文艺批评的自觉的魏晋南北朝时期，文艺理论包括文艺批评理论建设，就有相当的成就。西方20世纪文艺批评的繁荣，也与这期间文艺批评理论流派纷呈，各种方法、模式先后迭起有关，说明文艺批评的繁荣，确实离不开基础理论建设。就对文艺批评对象的重新占有而言，我以为，重要的是在文艺批评活动中，确立以文艺作品为本位的批评观念。中国传统的文艺批评，原本就十分重视对文艺作品的品味、细读，在这方面积累了丰富的经验，留下了宝贵的理论遗产。20世纪西方各种形式主义文学批评，固然有这样那样的偏颇，但从批评对象出发，重视对作品的分析解读，却是对作品本位的一种坚守。凡此种种，这些理论和方法，都足供今人学习、借鉴，同时也是救治当今某些偏离、游离乃至脱离批评对象的文艺批评的一剂良方。

2012年7月28日改定于河北兴隆雾灵山
（原载《文艺争鸣》，2012年第9期）

小说叙事的伦理问题

谢有顺

一

论到现代小说，必然关涉到叙事的伦理问题。

叙事不仅是一种讲故事的方法，也是一个人的在世方式；叙事不仅是一种美学，也是一种伦理学。为什么叙事会是一种伦理？因为叙事所关注的，是人类道德中的特殊状况或意外事故，是个人命运的沉浮，以及在这种沉浮中人的哭泣、叹息、呻吟、叫喊。它守护的不过是残缺的人生，甚至是人性的深渊景象。它提供一个人在世和如何在世的存在坐标。

"叙事伦理"不是"叙事"和"伦理"的简单组合，也不是探讨叙事指涉的伦理问题，而是指作为一种伦理的叙事，它在话语中的伦理形态是如何解析生命、抱慰生存的。一种叙事诞生，它在讲述和虚构时，必然产生一种伦理后果，而这种伦理后果把人物和读者的命运紧紧地结合在一起，它唤醒每个人内心的生命感觉，进而确证存在也是一种伦理处境。

讲述个人经验是现代小说发生的标志之一。那些异想天开的人，那些病人，那些幽闭在书房或卧室里的人，那些把自己囚禁在内心里的人，才是现代小说真正的主角。从讲述集体经验到讲述个人经验，从面对公众讲故事（说书、戏曲）到面对自我讲故事（面对稿纸、电脑写作），从讲述社会历史故事到讲述自己内心的体验，这种叙事变化，也是一种伦理处境的变化。因此，叙事是在复述生活，也在创造生活的可能性，而"生活的可能性"正是叙事伦理的终极旨归。

因此，叙事之于小说写作的重要意义，已经成为一种文学常识。中国作家在接受现代叙事艺术的训练方面，虽说起步比较迟，但在20世纪80年代中期之后的数年时间，文体意识和叙事自觉就悄然进入了一批先锋作家的写作视野。语言实验的极端化、形式主义策略的过度应用，以及由此导致的对固有阅读方式的颠覆和反动，这些今天看来多少有点不可思议的任性和冒险，在80年代中后期却获得了前所未有的关注。文学创新的渴望和语言游戏的快乐，共同支配了那个时期作家和读者的艺术趣味，形式探索成了当时最强劲的写作冲动——无疑，这大大拓宽了文学写作的边界。

事实上，叙事学理论的译介，和当时中国先锋文学的出现有着密切的对应关系。据林岗的研究，1986年至1992年我国开始大量译介西方叙事理论，而中国当代先锋文学的兴盛大约也是在1985年至1992年。先锋文学的首要问题是叙述形式的问题，与之相应的是叙事理论使"学术关注从相关的、社会的、历史的方面转向独立的、结构的本文的方面"。① 今天，尽管有不少人对当年那些过于极端的形式探索多有微词，但谁也不能否认它的革命意义，正如先锋文学的重要阐释者陈晓明所说："人们可以对'先锋派'的形式探索提出各种批评，但是，同时无法否认他们使小说的艺术形式变得灵活多样。小说的诗意化、情绪化、散文化、哲理化、寓言化，等等，传统小说的文体规范的完整性被损坏之后，当代小说似乎无所不能而无所不包……无止境地拓宽小说表现方法的边界，结果是使小说更彻底地回到自身，小说无须对现实说话，无须把握'真实的'历史，小说就对小说说话。"② 形式主义探索对于当代文学的变革而言，是一次重要而内在的挺进。没有文体自觉，文学就谈不上回到自身。

令人困惑的是，不过是十几年时间，叙事探索的热情就在中国作家的内心冷却了——作家们似乎轻易就卸下了叙事的重担，在一片商业主义的气息中，故事和趣味又一次成了消费小说的有力理由。这个变化也许可以追溯到20世纪90年代中期或者更早的时候，但更为喧嚣的文学消费主义潮流，则在近十年才大规模地兴起。市场、知名度和读者需求，成了影响作家如何写作的决定性力量。在这个背景下，谁若再沉迷于文体、叙事、形式、语言这样的概念，不仅将被市场抛弃，而且还将被同行看成是无病呻吟抑或游戏文学。与此同时，政治意识形态也在不断地改变自身的形象，部分地与商业意识形态合流，文学的环境变得越来越暧昧和复杂。在这一语境下，大多数文学批评家也不再有任何叙事研究的兴趣，历史主义的研究方法或者文化批评、社会批评的模式再次卷土重来，批评已经不再是文本的内在阐释，

---

① 林岗：《建立小说的形式批评框架——西方叙事理论述评》，载《文学评论》，1997年第3期。
② 陈晓明：《表意的焦虑：历史祛魅与当代文学变革》，第111—112页，中央编译出版社，2002年。

不再是审美的话语踪迹，也不再是和作品进行生命的对话，更多的时候，它不过是另一种消费文学的方式而已。在文学产业化的生产过程中，批评的独立品格和审美精神日渐模糊，叙事的意义遭到搁置。

尽管民众讲故事和听故事的冲动依然热烈，但叙事作为一种写作技艺，正面临着窘迫的境遇。尤其是虚构叙事，在一个信息传播日益密集、文化工业迅猛发展的时代，终究难逃没落的命运。相比于叙事通过虚构与想象所创造的真实，现代人似乎更愿意相信新闻的真实，甚至更愿意相信广告里所讲述的商业故事。那种带着个人叹息、与个体命运相关的文学叙事，正在成为一种不合时宜的文化古董。尽管20世纪三四十年代，巴赫金把小说这种新兴的文体，看做近现代社会资本主义文明在文化上所创造的唯一的文学文体。所以在巴赫金的时代，"还可以觉得小说是一种尚未定型的、与现代社会和运动着的'现在'密切相关的叙事形式，充满着生机和活力，具有无限的前景和可能性。然而，这种看法显然是过于乐观了。经典的小说形式正在作古，成为一种'古典文化'。"① 而与巴赫金同时代的本雅明，却在1936年发表的《讲故事的人》一文中宣告叙事艺术在走向衰竭和死亡，"讲故事这门艺术已是日薄西山"，"讲故事缓缓地隐退，变成某种古代遗风"。②

我想，小说叙事的前景远不像巴赫金说的那样乐观，但也未必会像本雅明说的那么悲观。叙事本身是一门古老的艺术。从穴居人讲故事开始，广义的叙事就出现了。讲述自己过去的生活、见闻，这是叙事；讲述想象中的还未到来或永远不会到来的生活，这也是叙事。叙事早已广泛参与到人类的生活中，并借助记忆塑造历史，也借助历史使一种生活流传。长夜漫漫，是叙事伴随着人类走过来的，那些关于自己命运和他人命运的讲述，在时间中渐渐地成了人类生活不可缺少的段落，成了个体在世的一个参照。

叙事是人类生活中的重要内容，"没有叙事，就没有历史"（克罗奇语）；没有叙事，也就没有现在和未来。一切的记忆和想象，几乎都是通过叙事来完成的。从这个意义来讲，人确实如保罗·利科在其巨著《时间与叙事》中所说的，是一种"叙事动物"。而人既然是"叙事动物"，就会有多种多样的叙事冲动，单一的叙事模式很快会使人厌倦。这时候，人们就难免会致力于寻求新的"叙事学"，开拓新的叙事方式。

---

① 耿占春：《叙事美学·绪论》，第2页，郑州大学出版社，2002年。
② 本雅明：《讲故事的人》，收入《本雅明文选》，张耀平译，第296页，中国社会科学出版社，1999年。

二

很多人都把叙事当作讲故事。的确，小说家就是一个广义上的"讲故事的人"，他像一个古老的说书人，围炉夜话，武松杀嫂或七擒孟获，《一千零一夜》，一个一个故事从他的口中流出，陪伴人们度过那漫漫长夜。然而，进入现代社会之后，写作不再是说书、夜话、"且听下回分解"，也可能是作家个人的沉吟、叹息，甚至是悲伤的私语。作家写他者的故事，也写自己的故事，但他叙述这些故事时，或者痴情，或者恐惧，或者有一种受难之后的安详，这些感受、情绪、内心冲突，总是会贯穿在他的叙述之中，而读者在读这些故事时，也不时地会受感于作者的生命感悟，有时还会沉迷于作者所创造的心灵世界不能自拔，这时，讲故事就成了叙事——它深深依赖于作家的个人经验、个体感受，同时回应着读者自身的经验与感受。

在讲述故事和倾听故事的过程中，讲授者和听者的心灵、情绪常常会随之而改变，一种对伦理的感受，也随阅读的产生而产生，随阅读的变化而变化。作家未必都讲伦理故事，但读者听故事、作家讲故事的本身，却常常是一件有关伦理的事情，因为故事本身激发了读者和作者内心的伦理反应。

让我们来看这段话：

> 我现在就讲给你听。真妙极了。像我这样的弱女子竟然向你，这样一个聪明人，解释在现在的生活中，在俄国人的生活中，发生了什么，为什么家庭，包括你的和我的家庭在内，会毁灭？……①

这是帕斯捷尔纳克的《日瓦戈医生》一书中，拉拉和日瓦戈重逢之后说的一段话。它像一个典型的说故事者的开场白："我现在就讲给你听……"革命带来了什么，平静的日常生活是如何毁灭的——拉拉似乎有很多的经历、遭遇要诉说，但在小说中，拉拉没有接着讲故事，也没有赞颂或谴责革命，她接着说的是她内心的感受，那种无法压制的想倾诉出来的感受：

> ……我同你就像最初的两个人，亚当和夏娃，在世界创建的时候没有任何可遮掩的，我们现在在它的末日同样一丝不挂，无家可归。我和你是

---

① 帕斯捷尔纳克：《日瓦戈医生》，蓝英年、张秉衡译，第467页，漓江出版社，1997年。

几千年来在他们和我们之间，在世界上所创造的不可胜数的伟大业绩中的最后的怀念，为了悼念这些已经消逝的奇迹，我们呼吸，相爱，哭泣，互相依靠，互相贴紧。①

日瓦戈和拉拉抱头痛哭。我想，正是拉拉叙事中的那种伦理感觉，那种在生命的深渊里彼此取暖的心痛，让两个重逢的人百感交集。它不需再讲故事，那些百死一生的人生经历似乎也可以忽略，重要的是，那种"互相依靠，互相贴紧"的感觉，一下就捕获了两颗孤独的心。叙事成了一种对生活的伦理关切，而我们的阅读、经历这个语言事件的同时，其实也是在经历一个伦理事件。在拉拉的讲述中，故事其实已经停止了，但叙事背后的伦理感觉在继续。一个人的际遇就这样和另一个人的心联系在了一起，叙事伦理也成了一种生存伦理。

让我们再看一段话：

师傅说凌迟美丽妓女那天，北京城万人空巷，菜市口刑场那儿，被踩死、挤死的看客就有二十多个……②

这是莫言《檀香刑》里的话。"师傅说……"的语式，表明作者是在讲故事，而且是复述，也可以说是复叙事。这个叙事开始是客观的，讲述凌迟时的景况，但作者的笔很快就转向了对凌迟这场大戏的道德反应："在演出的过程中，罪犯过分的喊叫自然不好，但一声不吭也不好。最好是适度地、节奏分明的哀号，既能刺激看客的虚伪的同情心，又能满足看客邪恶的审美心。"③——这样的转向，可以说就是叙事伦理的转向。从事实的转述，到伦理的觉悟，叙事经历了一场精神事变，"师傅说"也成了"作者说"：

面对着被刀脔割着的美人身体，前来观刑的无论是正人君子还是节妇淑女，都被邪恶的趣味激动着。④

"都被邪恶的趣味激动着"，这就是叙事所赋予小说人物的伦理感觉。康德说

---

① 帕斯捷尔纳克：《日瓦戈医生》，蓝英年、张秉衡译，第467页，漓江出版社，1997年。
② 莫言：《檀香刑》，第240页，作家出版社，2001年。
③ 同上。
④ 同上。

"美是道德的象征",但他也许没有想到,邪恶有时也会洋溢着一种美,正如希特勒可以是一个艺术爱好者,而川端康成写玩弄少女的小说里也有一种凄美一样。在这些作品中,叙事改变了我们对一件事情的看法,那些残酷的写实,比如凌迟、檀香刑,得以在小说中和"猫腔"一起完成诗学转换,就在于莫言的讲述激起了我们的伦理反应,我们由此感觉,在我们的世界里,生命依然是一个破败的存在,而这种挫伤感,会唤醒我们对一种可能生活的想象,对一种人性光辉的向往。生活不应该是这样的!生活可能是怎样的?——我们会在叙事中不断地和作者一起叹息。于是,他人的故事成了"我"的故事——如钱穆谈读诗的经验时所说的:"我感到苦痛,可是有比我更苦痛的;我遇到困难,可是有比我更困难的。我哭,诗中已先代我哭了;我笑,诗中已先代我笑了。"[1]

叙事能够把我们已经经历、即将经历与可能经历的生活变成一个伦理事件。在这个事件中,生命的感觉得以舒展,生存的疑难得以追问,个人的命运得以被审视。我们分享这种叙事,看起来是在为叙事中的"这一个"个人而感动,其实是通过语言分享了一种伦理力量。那一刻,阅读者的命运被叙事所决定,也被一种伦理所关怀。所以,真正的叙事,必然出示它对生命、生存的态度;而生命问题、生存问题,其实也是伦理问题。

三

叙事伦理的根本,关涉一个作家的世界观。作家有怎样的世界观,他的作品就会有怎样的叙事追求和精神视野——这点,至少在以下两方面可以得到证实。

首先,叙事伦理也是一种生存伦理,它关注个人深渊般的命运,倾听灵魂破碎的声音,它以个人的生活际遇,关怀人类的基本处境。这叙事伦理的指向,完全建基于作家对生命、人性的感悟,它拒绝以现实、人伦的尺度来制定精神规则,也不愿停留在俗常的道德、是非之中,它用灵魂说话,用生命发言。因此,以生命、灵魂为主体的叙事伦理,重在呈现人类生活的丰富可能性,重在书写人性世界里的复杂感受;它反对单一的道德结论,也不愿在善恶面前作简单的判断——它是在以生命的宽广和仁慈来打量一切人与事。

---

[1] 钱穆:《谈诗》,收入《中国文学论丛》,第124页,生活·读书·新知三联书店,2002年。

其次、中国文学中也有"通而为一"的精神境界，不过多数时候被过重的现世关怀遮蔽了而已。我不否认，中国文学自古以来，多关心社会、现实、民族、人伦，也就是王国维所说的多为《桃花扇》这一路的传统，较少面对宇宙的、人生的终极追问，也较少有自我省悟的忏悔精神，所以，《红楼梦》的出现，就深化了中国文学的另一个精神传统，即关注更高远的人世、更永恒的感情的传统。《红楼梦》中，没有犯错的人，但每个人都犯了错；没有悲剧的制造者，但每个人都参与制造了悲剧；没有哪一个人需要被饶恕，但每一个人其实都需要被饶恕。这就是《红楼梦》的精神哲学。

这条独特的精神线索，其实在20世纪来的很多作家身上，都有传承和继续，只是，它们可能不完整，更多地是一些隐藏在作品中的碎片而已。如果能把这些碎片聚拢起来，我们当可发现中国小说的另一个传统：很多作品，它们不仅关怀现实、面对社会，更是直接以作家的良知面对一个心灵世界，进而实现超越现实、人伦、民族之上的精神关怀。因为文学不仅要写人世，它还要写人世里有天道，有高远的心灵，有渴望实现的希望和梦想。正如马克思强调"现实的人"作为自己的哲学基础，同时也曾经自问，为什么希腊的美在今天看来还是美的？他的回答是，因为这种美表述着一个世界的天真的童年——"世界的天真的童年"，其实就是超越现世伦理，走向赤子情怀的。而伟大的文学，往往也都想找回失去的童年。

好的作家，一定是一个有赤子情怀的灵魂叙事者。鲁迅笔下的自己，具有"伟大的审问者"和"伟大的犯人"这样的双重身份，所以，鲁迅批判"吃人"文化，同时承认自己也是这"吃人"文化的"帮手"，是共谋。正因为有这种自审的叙事伦理，他才写出了"灵魂的深"。沈从文的作品，饶恕那些扭曲的灵魂，他的笔下，有着无所不包的同情心，即便是风尘女子，有时也有可爱的一面，他从不严厉地批评，而坚持以善良的心解读世界。沈从文所看到的世界是美的，温润的，纯朴的，仁慈的，他的叙事伦理里，有一种人性的暖色。张爱玲的文字，有"很深的情理，然而是家常的"，她写了许多跌倒在尘埃里的人物，但她也写了弱者的爱与挣扎——因为强者的悲哀里是没有喜悦的，但张爱玲的文字里，苍凉中自有一种倔强和喜气。她的叙事伦理，常常张扬一种"无差别的善意"，并将生之悲哀和生之喜悦结合为一。余华的一些作品，尤其是《活着》，试图向人们展示高尚。这里的高尚不是那种单纯的美好，而是对一切事物理解之后的超然，用他自己的话说，是对善与恶一视同仁，用同情的目光看待世界。东西的一些小说也通过一种"善意"和"幽默"，写出了生命自身的厚度和韧性：他写了悲伤，但不绝望；写了善恶，但没有把它们简单化；写了欢乐，但欢乐中常常有辛酸的泪。贾平凹的作品也值得研究。他在《秦腔》的"后记"中说："我的写作充满了矛盾和痛苦，我不知道该赞颂现实还是诅咒现实，是为棣花街的父老乡亲庆幸还是为他们悲哀。……"① 他说自己"不知道"，就意味着他承认世道人心是复杂的，一个作家不能用自己单一的想法，来代替人物本身的丰富感受。铁凝的叙事伦理，则主要是从善的角度切入当代生活。这个善，指向的不是道德审判，而是指向了一种更为广阔的责任。正如她自己所说，文学始终承载理解世界和人类的责任，它要有对人类精神的深层关怀。

许多的小说，在世俗视角中都隐含着超越视角，在善恶伦理里贯彻着一种慈悲，在苦难叙事中透着人性的亮色，这在中国小说史上，是一条非常珍贵的精神谱系。我希望通过对这一精神谱系的强调，让更多的研究者、写作者，意识到这一叙事伦理的重要意义，从而提升和扩大自己的灵魂视野。

四

观察一个时代的小说，不仅要看作家如何处置语言和形式，也要看他如何处置欲望、经验、身体、灵魂等事物，而后者正是叙事伦理有别于叙事美学的地方。

叙事伦理关注个体生命的展开，关注一种叙事如何与读者共享一个生命世界，并由此激起一种伦理感觉，甚至激起一种渴望修改自己生命痕迹的冲动。个体的叹息，生活的碎片，道德的激情，可有可无的梦想，这些在坚硬的现实世界里或许是多余、无用的材料和感受，却构成了文学写作的基本经纬。只是，在20世纪以来的中国，个体一直在争取自由和梦想的实现，但在前行的过程中，蔑视个体、压抑生命的力量也非常强大，除了审美逻辑，政治逻辑、革命逻辑甚至军事逻辑，在一些时段都想取得文学的支配权、领导权——遵命的写作、被时代的总体话语同化的写作，也从未断绝。许多的时候，文学叙事只能淹没在社会大叙事中，个体的声音也不断地被修改或被删除。

但社会喧嚣、思想纷争终归要退去，文学最终要面对的，不过是那颗孤独的心，那片迷茫的生命世界。文学描写的对象，与其说是风起云涌的社会生活，还不如说是那片内心的荒野——至少，现代小说的着力点是在于此。西方小说自卡夫

---

① 贾平凹：《秦腔·后记》，收入《秦腔》，第563页，作家出版社，2005年。

始，中国小说自鲁迅始，都共同致力于现代人生存处境的勘探和追问——人生的疑难，无地彷徨的苦闷，在深渊中的呼告，来自彼岸世界的应答，这些看似是哲学问题，其实也是具有现代品格的文学普遍暗藏的主题。小说首先是直面生存、挖掘内心秘密的，理解了它作为一种伦理的存在，和小说有关的语言、结构、视角、叙事人称等美学问题，才有讨论的必要。

因此，强调文学叙事中的个体伦理、生命伦理，其实是要在文学的现实、人伦、民族精神的维度之外，重构起一个关怀存在、追问人生意义的灵魂维度。这是20世纪来中国小说演进中一道不太被人重视的叙事潜流——那种用灵魂说话，用生命发言，用良知面对世界，并超越世俗道德判断的写作，业已成为最值得重视的文学段落。这种写作，不愿服从社会大叙事，也不轻易听命于人民伦理，它省察个人生命世界里的残缺和断裂，陈述自己的罪和悔，追问人生的终极意义，超越一切人伦的俗见，它的最高境界是进入艺术和精神的大自在。

它要回应的是中国传统中超越善恶、直面灵魂的叙事精神，并从西方文学资源的借鉴中，进一步深化这一精神的意义。但是，考察中国20世纪以来的历史，我们会发现，个体伦理常常被逼到一个狭窄的角落，强大的人民伦理和集体伦理总是在规训民众的身体、感情、记忆和日常生活，以求通过文学发出时代性的、响亮的声音。即便今日的文学处于相对自由的境地，可随之而来的消费和商业的力量，又何尝不是一种新的集体伦理？正如这些年来，文学界总是强调个人写作，可当个人写作普遍重复着同一个主题，并为经验、欲望和身体话语所控制的时候，个人写作也就变成了新的公共写作——写作是被专断的思想所奴役，还是被消费主义的力量所奴役，本质上是一样的。集体伦理总是要求每一个人在现实、政治或消费潮流中作出清晰的决断，而好的文学往往追求模糊叙事，它不判断是非，不决断善恶，不给生活下结论，也不做良心的裁判，而是尽可能地去理解每一个人，理解他生命中的一切感受和变故。政治和消费都试图给予生活一种意义，而文学的目的是发现生活的意义。

去理解，去发现，而不是去决断，这是文学叙事最基本的伦理之一。好的文学研究，也是重视作家如何理解人、理解生命，以及如何面对这些生命内部潜藏的善、恶与绝望的风暴——当这些生命的景象得到了公正的、富有同情心的书写，真实的个体就出现了：张扬文学叙事中的个体伦理，就是要让个体的生命发出声音，并被倾听；个体的痛苦得到尊重，并被抱慰。

20世纪80年代以来，中国小说关于个体生命的叙事，主要是参照西方现代主义的文学经验和哲学思想，那种悲伤、孤独和痛苦，也多是受存在主义哲学的影响而来。经过一段时间的模仿、借鉴之后，如何才能讲述真正的中国经验，让中国人的生活洋溢出本土的味道，并找到能接续传统资源的中国话语，这一度成了当代作家普遍的焦虑。或许是为这种焦虑所驱使，不少作家近年都有一种回退到中国传统中寻找新的叙事资源的冲动，他们书写中国的世道人心、人情之美，并吸收中国的文章之道、民间语言、古白话小说语言的神髓，以求创造出既传统又现代的文体意识和语言风格。这种后退式的叙事转向，同样可以看做现代性的事件，因为在一个盲目追新、膜拜西方的时代，先锋有时也可以是后退，创新也可表现为一种创旧。

与此同时，经验、身体和欲望，借助消费主义的力量，正在成为当代小说叙事的新主角。但经验已经贫乏，身体正被一些作家误读为肉体乌托邦，欲望只是作家躲在闺房里的窃窃私语，写作的光辉日趋黯淡，这也是一个不争的事实。这时，强调身体和灵魂的遇合，召唤一种灵魂叙事，告别那种匍匐在地上、只听见欲望声音的写作，从而在写作中挺立起一种雄浑、庄严的价值，使小说找回精神脊梁，重获一种肯定性的、希望的力量，就越来越成为当代小说精神流转的新趋势。

辨明这一趋势之后，我越发感觉，一个尊重灵魂的写作时代正在来临，文学作为语言的乌托邦这一事实也将获得重新确认——文学终归不是故事、经验或欲望的囚徒，它的意义并不在于和新闻争宠，也不在于成为消费主义大合唱的一部分，而是在于它以自己独有的路径，孤绝地理解生命，塑造灵魂，呈现心灵世界，为个体的存在作证，并通过一种语言探索不断地建构起新的叙事地图和叙事伦理。

（原载《小说评论》，2012年5期）

小说文体流变考

何 弘

发端于 20 世纪初的中国新文学,其各种文体,包括小说、新诗、散文、报告文学等,基本都是学习西方文学重新建构起来的,相对于中国传统的小说、诗歌、散文等,除了名称的一致外,差不多是全新的文体,无论是语言形式、内部结构,还是思想基础,都是如此。尽管不少中国的小说研究者总是从庄子的"饰小说以干县令"[1],从班固的"小说家者流,盖出于稗官,街谈巷语、道听途说之造也"[2],从桓谭的"小说家合残丛小语,近取譬喻,以作短书,治身理家,有可观之辞"[3],当然还会从其他古籍中拈出古人关于"小说"的种种论述,以证明"小说"是中华民族老祖宗几千年前就玩过的玩意儿,但中国新文学中的现代小说,确实更多地是借鉴西方的文学观念而形成的新文体。

对于小说这种文体的发展变化,一直存在着一些似是而非的观点。比如说,大家普遍认为,小说一直是分为长篇、中篇、短篇的,小小说则是更为短小的短篇小说。但实际情形究竟如何呢?目前的研究普遍认为,长篇小说和短篇小说有着不同的起源。在西方的文学传统中,长篇小说起源于英雄史诗,短篇小说则起源于故事。在 17 世纪之前的欧洲,"小说"是指介于小故事和长篇散文之间的一种短故事的文学形式,与现在所谓"短篇小说"接近。长篇小说像拉伯雷的《巨人传》、塞万提斯的《堂吉诃德》、笛福的《鲁滨逊漂流记》,所写的都是非凡人物的成长史,以此表现作者的世界观。而在中国的文学传统中,长篇小说起源于宋元讲史话本(包括说

---

[1] 庄周:《庄子·外物》。
[2] 班固:《汉书·艺文志·诸子略》。
[3] 李善注《文选》卷三十一引桓谭《新论》语,转引自鲁迅《中国小说史略》。

经话本），也称"平话"，如《三国演义》、《水浒传》、《西游记》都是由平话发展而来的；短篇小说则起源于宋元小说话本，当然对笔记、志怪、传奇也有继承，小说话本即小说家的话本，基本都是短篇故事，如《张生彩鸾灯传》、《风月瑞仙亭》、《柳耆卿诗酒玩江楼记》、《宋四公大闹禁魂张》、《错斩崔宁》等。宋元讲史话本即"平话"的代表作如《新编五代史平话》、《大宋宣和遗事》、《三国志平话》、《武王伐纣平话》等，所存较多。而"说经"原意是演说佛书，今存只有《大唐三藏取经诗话》，体制和唐代的变文有某些相同之处，与佛经故事有一定关系，是《西游记》的雏型。所谓"诗话"，王国维称："其称诗话，非唐、宋士大所谓诗话，以其中有诗有话，故得此名。"① 说经话本直接由唐代"俗讲"演变而来，包括说参请、说诨经等，都是讲宗教故事。说参请类有《菩萨蛮》、《花灯轿莲女成佛记》两部话本，讲的是参禅悟道故事；还有一本讲苏东坡与佛印问答故事的《问答录》，也可能是说参请性质的话本。② 可见说经话本严格讲是包括了大如讲史话本、小如小说话本两类的，但以讲参禅悟道故事为主的说参请基本可归入小说话本中。因而，无论在东方还是西方，长篇小说和短篇小说虽然同为叙事文学样式，但从一开始起就具有不同的文体特征。相对而言，长篇小说具有更长的时间跨度、更复杂的人物关系，更为重要的是，长篇小说表现出了一种时间上的"完整性"，意在传递在某个特定的时代一个人、一个家族甚至整个社会的命运变迁，阐述某种内在的因果关系，从而表现自己的世界观。从某种意义上说，长篇小说内在结构的最高典范就是《圣经》，从创世到末日审判，在一个统一的神定计划中囊括了全部时间。而短篇小说原本起源于讲故事，它重在讲述一个或一组有趣味或有意味的故事，它追求故事的完整性而在时间跨度上则表现为一种相对的片段性。所以，从起源上看，小说原本就分为长篇和短篇两个大类。尽管后来长篇小说和短篇小说在叙事手段、表现方式等很多方面互相借鉴，具有很大程度上的相似性，以至于今天我们通常以字数的多少来对其进行划分，但从本质上讲，它们的结构方式有着很大的不同。简而言之，长篇小说强调的是时间上的完整性和自足性，以通过人的成长、命运的变迁来证明某种因果关系；而短篇小说强调的是故事的完整性，以通过故事的讲述来传递某种趣味和意味。

---

① 见《大唐三藏取经诗话·王国维跋》。《大唐三藏取经诗话》国内早已佚失，日本有两种藏本：一题《大唐三藏取经诗话》，一题《新雕大唐三藏法师取经记》，两本文字相同，互有残缺。1916年，罗振玉将两种本子影印出版，附有王国维写的跋。现在该书有1954年排印本和1955年影印本两种版本流行。
② 参见程毅中：《宋元话本》，中华书局，1964年。

问题在于，当我们这样厘清了长篇小说和短篇小说之间的关系后，中篇小说和小小说似乎就有些出身不清、来源不明了。这样的疑问在小小说这里似乎较为普遍，而对于中篇小说，大家似乎把这种疑问无限地搁置了起来，好像这个问题从来就不存在。但事实恰恰是，尽管我们可以从很早以前的作品中指认出一些明显属于中篇小说的作品，其中很多还是中篇小说的经典作品，但中篇小说作为一种相对独立的文体，应该说还是晚近的事。特别是对于中国新文学来说，中篇小说作为一种独立的文体受到重视，出现繁荣的局面，应该是在新时期以后。小小说的情况与中篇小说多少有些类似，也是在新时期以后成为独立文体并广受重视的。

那么，小说究竟是如何从长篇小说与短篇小说二分天下走向长篇小说、中篇小说、短篇小说、小小说四分天下的呢？应该说，长篇小说在长期的发展过程中，一直保持着自身文体的独立性。尽管近年来出现了一些从时间跨度、信息容量、人物关系到结构方式等都更近于中篇小说的所谓小长篇，但总体来说，严格意义上的长篇小说依然保持着其传统的文体特征，并不断有所发展。而原本的短篇小说，情况就有些复杂。从短篇小说的起源可以看出，传统短篇小说是从讲故事发展而来的，对故事的重视一直是短篇小说关注的重点。短篇小说在发展过程中，向追求故事的完整性方向发展，努力把故事讲得更为完整，使故事的展开过程更加细腻，于是篇幅加长，成为中篇小说；而在另一个向度上，短篇小说的写作向不求故事的完整而重在表现事件、人物某个有意味、有趣味的片段、瞬间、侧面发展，篇幅精简，成为小小说。尽管现在大家通常都以字数来作为长篇、中篇、短篇和小小说的划分标准，而中篇小说、小小说也确实与传统的短篇小说有着内在的渊源，但这并不意味着中篇小说就是写长了的短篇小说，小小说就是写得更短的短篇小说。应该说，字数的划分只是一种便于分类的简便手段或权宜之计，从本质上说，中篇小说、小小说在走向独立以后，它就具有了自身的文体特征，作品的结构方式也有了自己的特点。否则，我们依然把它们通称为短篇小说岂不是更为方便。这就是说，并非把一个短篇以精简的语言讲出来字数压到一千五百字左右它就成了小小说，正如我们从来不会把一部长篇小说的故事梗概作为小小说来读一样。小说其他几种文体的情形也同样如此。正是在这个意义上，铁凝等作家都曾有过"长篇写命运，中篇写故事，短篇写感觉"之说[①]。这说明，同样作为叙事文学样式，由于侧重点的不同，中篇小

[①] 这个说法一般认为是铁凝所说，但似乎有很多作家、评论家都表述过类似的观点，所以它也被记在了如王蒙、冯敏等很多人的名下。

说、小小说逐渐脱离传统的短篇小说，向不同的方向发展，逐渐形成为独立的文体。

比较而言，小小说的情况还有其复杂的一面。小小说作为文体，应该说是在新时期以后才确立了自己独立地位的。当然，追根溯源，我们可以从中国古老的笔记、志怪、寓言等多种文体，也可以从西方如欧·亨利、莫泊桑、契诃夫等小说家的作品中，找到它的雏形，甚至是堪称为范本的小小说作品。同时，我们也可以从欧美、苏联的理论评论类作品中找到对"小小说"的命名。比如，关于小小说，欧美曾有"the short short story"之称，苏联有"мапенбкий рассказ"之称。即使在中国，早在上世纪 50 年代，"小小说"的命名也已出现[①]。但是作为独立的文体被大家认可从而获得自己应有的地位，并有作家自觉从事该文体的创作，有研究人员专门从事该文体的相关研究，无疑是在新时期之后。

在一般的意义上，我们倾向于认为小小说是从传统的短篇小说中分化而来的，经过发展，小小说和短篇小说、中篇小说、长篇小说一起构成了小说家族。但在小小说界，还存在着不同的看法，比如杨晓敏就把小小说与长小说并列，也就是说，他认为小说可划分为长小说和小小说两类，所谓长小说是涵盖了长篇、中篇和短篇在内的所有除小小说之外的小说文体。在《小小说是平民艺术》一文中，杨晓敏提出："它（指小小说）的兴起，是对'长小说'而言的文体创新。"这明显是把小小说与"长小说"并列来谈的[②]。这种所谓提高小小说"文体地位"的努力在小小说界还在进一步发展，比如王晓峰，就把小小说与小说并列，认为小小说是独立于小说的一种文体，应该和小说、诗歌、散文、报告文学等并列[③]。其实，长篇小说、中篇小说、短篇小说并不会因为都在小说的"屋檐下"，就存在"文体焦虑和自卑"，小小说也当如此；即使我们把小小说提高到和小说并列的位置，走出小说的"屋檐"，小说"屋檐下"的长篇、中篇、短篇也不会因此低小小说一头，产生"文体焦虑和自卑"。我们承认小小说是一种独立的文体，具有自身的文体特征、结构特点，这就够了。对一种文体来说，能做到这一步，这种文体就会走出自己独立的发展轨迹，就会在文学史上留下自己的位置。

我们说小小说文体发展有其复杂的一面，还不是就存在于小小说界这些相对混

[①] 雪弟：《小小说：规范与权威的命名》，收入《中国当代小小说大系》第 5 卷，第 233 页，河南文艺出版社，2009 年。该文曾谈到，阿·托尔斯泰有篇谈论小小说的文章当时就被译为《什么是小小说》。

[②] 杨晓敏：《小小说是平民艺术》，河南文艺出版社，2006 年。

[③] 参见王晓峰：《当下小小说》，第二章"小小说文体"第一节"有关小小说文体的一种假说"，文化艺术出版社，2008 年。

乱的观念而言的。其实在小小说界，大家一般也是认可小小说是从短篇小说发展而来的。杨晓敏是小小说界一个影响巨大的人物，他的《小小说是平民艺术》近二十年来几乎被小小说界奉为"圣经"。在这篇文章中，杨晓敏也明确提到："小小说文体正从短篇小说文体中逐渐剥离出来。"① 这表明杨晓敏也把小小说看做是从传统短篇小说中发展、分化进而独立出来的一种文体。小小说文体发展脉络的复杂性在于，相对于中篇小说基本就是直接从传统短篇小说发展而来而言，小小说尽管从现代文体意义上说是从传统短篇小说发展而来的，但它在中国的发展还有着更多的来源，延续了更多的传统。前面我们已经谈到，中国新文学中的现代小说，基本是从西方借鉴过来的一种文体。对于目前中国绝大多数的长篇小说、中篇小说、短篇小说来讲，情况基本如此。但在小小说这里，除了继承西方的文学传统，比如以欧·亨利的方式结构小说，我们更多地继承了在其他文体中几乎被忽视的中国文学传统，使笔记、志怪、寓言等传统在小小说的躯壳中焕发出新生。在目前经典的小小说作品中，大量的作品是在描写生活中有意味的细节，其表达方式显然来自于西方的叙事传统，但更有很多经典的小小说作品显然承继的是中国的文学传统。比如《世说新语》、《太平广记》、《聊斋志异》及大量的志人志怪小说，是中国传统的极为有意味的叙事文学样式，这种表现方式在冯骥才等人那里得到了很好的继承，出现了大量优秀的小小说作品，并成为小小说的一个重要类型；而中国大量的笔记小说显然对孙方友等人产生了重要影响，于是有《陈州笔记》这一类的作品大量出现；寓言的传统在很多作家那里都得到了继承，像凌鼎年、秦德龙等人的作品就具有明显的寓言意味。这样的内容基本是被历代文人固化并成为文学传统被我们继承了的，而对其形成产生重要影响的民间故事、传说等其实至今仍活跃在民间，如广泛流传的段子等，对小小说的写作也发挥着重要影响，成为小小说写作的重要资源库。当我们从这样的角度来看小小说的时候，就会发现它确实与今天的长篇、中篇、短篇小说都有着很大的差异。从这个意义上讲，杨晓敏把小小说和包括长篇、中篇、短篇在内的"长小说"并列，也并非毫无道理。

以上我们基本是就小小说文体自身演变的角度来谈论问题的。其实对于中国小小说的发展，还有一个重要的因素不能忽视，那就是来自于人为因素的自觉推动。最近二十多年来，媒体传播方式和人们生活方式的变化为小小说的发展提供了适宜的土壤，小小说在自发状态下开始发展，一批专门登载小小说作品的刊物开始出现，

---

① 杨晓敏：《小小说是平民艺术》，河南文艺出版社，2006年。

其中最有影响的就是《百花园》和《小小说选刊》。这两个刊物的主编杨晓敏更是小小说的积极倡导、推动、实践、传播和理论探索者。他撰写的《小小说是平民艺术》，对小小说的文体规范、社会与艺术定位、发展方向等进行了全面阐述，对中国小小说的发展产生了极为重大而深远的影响。在这篇文章里，杨晓敏对小小说作了文体界定："小小说作为一种文体创新，自有其相对规范的字数限定（一千五百字左右）、审美态势（质量精度）和结构特征（小说要素）等艺术规律上的界定。"① 应该说，小小说由此开始逐渐被作为一种独立的不依附于短篇小说而存在的小说样式为大家所接受。在长期的实践中，杨晓敏等人通过刊物、选本不断推出小小说的代表作家、作品，通过理论研究、评论、评奖为小小说发展提供示范和导向，最终使小小说的文体规范得以确立并获得了广泛的社会认同。在社会和文化的意义上，杨晓敏明确提出了"小小说是平民艺术"的观点，这对于小小说文体的走向产生了深刻的影响。应该说，小小说其实在自身的发展中是存在着向精致化、精英化方向发展的可能的，但这样的方向可能使它无法作为一种独立的文学样式为大众所接受，从而出现今天的繁荣局面。小小说平民艺术观的提出，使之在叙事方式、审美趣味上都体现出民间化的特征，我们前面所说的小小说对中国文学传统的广泛继承也因此有了更大的动因。所以，考察今天小小说文体规范的形成，绝对不能忽视这个因素。

刘勰在《文心雕龙》中提出了文体论的四个要素："原始以表末，释名以章义，选文以定篇，敷理以举统。"② 也就是说，对于一种文体，要搞清其源流变化，对其名称要作出解释以使人明了该种文体的主要功能，要选出经典的文章来使人对这种文体的规范有具体的把握，同时还要敷陈该文体文章的写作理论以对该文体有宏观的把握。如果能做到这些，从文体论的角度讲，对这种文体的论述就是全面的，反过来说，这种文体自然就是一种成熟而独立的文体。这些年来，我们对小小说的源流，对小小说的名称和内涵，对小小说的写作理论，都有了充分的认识和论述；同时，不断出版的选本也逐步确立了小小说的经典文本。2009年5月，《中国当代小小说大系》出版。该书共五卷，收录了自1978至2008年三十年间经典的小小说作品和理论评论文章，其中作品四卷，理论评论一卷。应该说，作为一个权威的选本，这套书使小小说从文体规范的意义上，再次得到确认。

就小小说发展的过程来看，它在文体上的自觉性是显而易见的。小小说这些

---

① 杨晓敏：《小小说是平民艺术》，河南文艺出版社，2006年。
② 刘勰：《文心雕龙·序志》。

年的发展，人为因素的推动是一个重要因素，它对小小说文体的定型及独立地位的确立发挥了非常重要的作用。与之相比，就中篇小说的发展过程来看，它在文体的发展上更多地表现为自发性。尽管在新时期，中篇小说一度成为最具影响力的小说文体，但关于中篇小说的文体研究则相对很少。从社会发展的层面看，近几十年是社会变化相对迅猛、印刷技术突飞猛进的时期，传统短篇小说就其容量来讲，在讲述一个故事的时候，其情节的完整性、细节的丰富性、过程的细腻性都与时代的要求存在差距，于是短篇小说的写作在走向上就有了更为追求故事完整性的要求，它在这一方向发展的结果就是促进了中篇小说的繁荣和文体的独立。因而，尽管从文本形态上说，中篇小说的确是早已有之，但它出现繁荣并走向文体的独立仍然是近三十年的事。近年来，小长篇开始兴起，虽然它被称为长篇，但与其说它是长篇小说向精简的方向发展，不如说是中篇小说向故事更为完整丰富的方向进一步发展，要来得更加贴切。

对于小说文体的发展，我们还应该注意的是网络小说的兴起，由于网络阅读一次性消费的特点、按字数收费的商业模式，使网络小说的写作不断向更大的篇幅发展。现在一般认为，网络小说一百万字以下算短篇小说，一百万到三百万字之间算中篇小说，而网络长篇小说要在三百万字以上。与此同时，网络小说在结构上也与传统小说有着很大的区别。对此，需要专门进行研究。

总而言之，长篇小说作为一种发源于史诗、平话等以讲史为主的文体，一直保持着相对独立的文体特征，追求的是时间的完整性；中篇小说、小小说是在传统短篇小说的基础上发展分化而来的，小小说同时从志怪、笔记、寓言等中国传统文学样式及民间文化中汲取营养，渐次发展成为独立的文体。中篇小说和小小说都从传统短篇小说以讲故事为主的基础出发，前者向进一步追求故事的完整性、过程的细腻性和细节的丰富性发展，使篇幅加长；后者则不断向表现事件或人物某个有意味或有趣味的片段、侧面的方向发展，使篇幅更趋精短。中篇小说、小小说在逐渐脱离传统短篇小说之后，形成了自己的文体特征和内在规定性，开始独立发展，使小说家族形成长篇、中篇、短篇、小小说并列的局面。而网络写作的兴起，则使小说的文体特征出现了新的变化，需要进一步深入研究。

(原载《南方文坛》，2012 年第 1 期)

当代中国新科幻中的人文议题

刘志荣

近两年来，中国的新科幻小说越来越超出科幻迷的小圈子，而进入到严肃的文学阅读与研究者的视野。[①] 其中的原因，与中国科幻本身质量的大幅度提高有关系，而从传统文学和人文学的视野看，则会注意到，中国新科幻本身大幅度地涉及一些永恒的也非常前沿的人文学议题，同时在艺术上也有许多的探索和实验。自从玛丽·雪莱以来，科学与人文的关系，在科幻小说中几乎成了一个历久弥新的话题，而科学的人文后果，在科幻小说的第一代大师，譬如 H. G. 威尔斯那里，也已经出现了范围广泛和让人难忘的表现，在 20 世纪中期以后的文学和电影里（譬如小说领域冯尼古特的《五号屠宰场》、电影领域库布里克的《2001 太空奥德赛》与塔可夫斯基的《索拉里斯》、《潜行者》等），科幻越来越讨论一些尖端而深入的人类境遇的问题，本身也越来越成为严肃艺术和实验文学的一部分。在这种情况下，中国的新科幻出现了哪些新因素？涉及哪些人文学议题？对其思考与表现又达到了何种深度？有无明显的缺陷与可再进一步的余地？凡此种种，都是摆在评论者面前不容回避的问题。本文将择取在中国富于盛名的三位科幻作家王晋康、刘慈欣、韩松的几

[①] 标志性的事件可能是 2010 年 7 月 12、13 日复旦大学中文系与哈佛大学东亚系联合在上海举办的"新世纪文学十年——现状与未来"国际研讨会，该次会议为"新科幻"设立了讨论专场；以及 2011 年 8 月 22 日在上海召开的第二届"今日批评家"论坛，则以韩松的《地铁》作为主要的讨论文本。"新科幻"的命名，主要是指 20 世纪 80 年代以来中国科幻中"打破传统的科幻文类成规、具有先锋文学精神的写作"，此类写作与 50—70 年代中国科幻写作中的乐观主义想象有明显的区别，见宋明炜《弹星者与面壁者——刘慈欣的科幻世界》第一节对"新科幻"特征的分析，载《上海文化》，2011 年第 3 期。

部作品，尝试对此进行分析。①

一、民族寓言的叙述

我们的讨论可以从一个貌似不那么富有新意的地方开始，那就是：科幻与现实的关系——这个论题似乎不太富有吸引力，却可以给我们的讨论一个冷静和具有重量的压舱物，对于讨论经常会想入非非、飞到太空乃至异度空间的科幻小说来说，这种冷静和具有重量感的现实态度可能尤其必要。

一个新来的观察者阅读中国新科幻小说，可能会有些吃惊地立刻注意到中国新科幻与历史和现实的紧密关系，以至于很多新科幻小说，几乎可以说是"现实主义的"或富于"现实主义"素质的，尽管其中当然不缺乏科幻小说必不可少的假定性的设置和情境。"现实主义"在这里，首先指的是对于实际发生的历史和现实的关注、批判和反省，中国新科幻被引入严肃文学界时，最初就是这样被推介的。② 这当然出于策略的考虑，却也不乏文本的支撑，事实上，中国新科幻中确实有不少具有历史和现实反思与批判色彩的作品。例如，王晋康的《蚁生》，想象在"文革"的背景下，一个痛恨人类的自私和堕落的"知青"，用从蚂蚁身上提取出的一种激素，喷洒到人身上以产生一个蚂蚁式的"共产主义社会"，可以说为"反乌托邦"的写作提供

---

① 需要说明的是，对于科幻小说，笔者的兴趣基本局限在 H.G.威尔斯一路的集科幻与人文于一体的类型，尤其关心科幻文学独有的想象和视野中表现的人类的可能境遇以及科学的人文后果。尽管科幻涉及到科学与文学两种充满张力的元素，从文学读者和人文学者的眼光看，如果把小说、戏剧、电影等看做制造幻象的艺术，则科幻在其中并不能算例外，其中采用的已知的和假定的科学元素，则可以视为叙事虚构艺术历史上一种新的实现"叙述可信性"（或曰"现实化"）的手段——事实上，从形式主义文论的角度看，经常争论的"科幻"与"奇幻"的区别，可能仅仅在于此种"现实化"手段的不同，尽管若进一步考虑的话，则会发现此种区别背后，实际上包含了不同的世界观。从这种角度看，科幻小说中几乎注定要出现叙事艺术传统中的种种主题、模式和神话结构，也几乎注定要涉及种种永恒的人文议题，只不过将之表达得更为富于时代性和更为尖锐而已。当然，与传统文学和人文学者一样，最有创造性的科幻作家也可能提出一些全新的思想和议题，尤其是在科学与人文交界的领域，不过与真正富于原创性的作家与学者一样，这类科幻作家，同样是凤毛麟角——然而真正的挑战其实也就在这里。科幻，当然也可以从科学读者的眼光来读，也就是观察其中是否有合理的或富于启发性的科学假设或思想，但纯粹科学读者的眼光，则显然超出了笔者的能力范围。

② 在2011年7月于上海召开的"新世纪文学十年——现状与未来"国际研讨会上，中国的科幻作家韩松以及同时身兼科幻作家和研究者身份的飞氘，在介绍新科幻写作情况时，就是从这一角度切入的。

了一个中国式的范本，其与实际发生过的中国历史的互文性作用，更使得这部作品可以很容易被当作历史寓言来读解。与《蚁生》的历史反思相比，韩松的《我的祖国不做梦》，则直接可以看做是对当下中国现实的特定方面的寓言——在这部令人惊悚的小说中，经常感到疲乏和精力不振的主人公，有一天突然发现一种怪异的现实，在新技术（药品和微波发射）的控制下，整个国家都在夜晚放弃了睡眠，为了某个目的在梦游状态下不倦地工作。① 全国人民都被操纵着放弃了"梦想"的权利，而只有在"梦游"状态"工作"的权利，小说中的某位要人对维护"做梦的权利"的主人公说："可是，世界上很快就不会有你说的那种地方了。……全世界都要推广梦游，但却有更宏大的目标，不单单是考虑某一国的经济增长了。"

熟悉当代西方文论的读者可以立刻从此类写作联想到弗里德里克·詹明信关于"民族寓言"的论述。② 詹明信曾经认为，第三世界国家的文学都可以作为"民族寓言"来解读，"第三世界的文本，甚至那些看起来好像是关于个人和利比多驱力的文本，总是以民族寓言的形式来投射一种政治"③，这种解读用在解读中国新科幻中那些具有历史和现实寓言色彩的作品特别合适。在这类文学中，个人的权利、欲望和生存状态，与整个国家主导性的思想和观念息息相关，以致其间似乎不存在发达资本主义文化在政治与诗学、欲望与权力，总而言之是公众领域与私人领域之间的区分。然而，某种进一步的追问、界定和辨析仍是非常必要的：这一类文本讲述了什么样的"民族"？是何种性质的"寓言"？我想指出一个现象：在中国新科幻和其他幻想文本中，"药"都是一个频繁出现的富有意味的象喻，譬如说《蚁生》中的"蚁素"，《我的祖国不做梦》中的"去困灵"和改变人脑状态的社区微波技术——后者也可以看做一种"药"，读者还可以联想到现居北京的香港作家陈冠中的带有一定科幻色彩的政治幻想小说《盛世》中的药品——被相关机构添加在自来水中"第

---

① 为了增加此种情境的不可忍受和令人反感的程度，韩松为此增添了一个富于中国特色的虽不乏低级趣味却是富有成效的情节，主人公从梦游中醒来，发现某些另类的个人被处在梦游状态的人群消灭，而自己的妻子则在梦游状态被送到达官贵人的房间取乐。具有讽刺色彩的是，韩松在小说中写到：梦游解决了对一贯自由散漫的中国人的"管理"难题，因此成了强国战略的有效部分，而此种技术是中国特有的，并令外国政府对此感到一定压力。
② 这一思路受现任教于美国威斯理安大学的吴盛青教授在"新世纪文学十年——现状与未来"国际研讨会上与笔者的谈话的启发，笔者在下文对之有所辨析与修正。
③ 弗里德里克·詹明信：《处于跨国资本主义时代中的第三世界文学》，收入《晚期资本主义的文化逻辑——詹明信批评理论文选》，张旭东编，陈清侨等译，第523页，生活·读书·新知三联书店、牛津大学出版社，1999年。

N代的MDMA","温和、不会上瘾、无副作用,服用后心情特好,觉得世界充满爱,想跟人拥抱,向别人倾诉心里话",从而完全忘记历史上的悲剧事件和现实的阴暗一面,而沉浸在"盛世"的幻觉之中。自卢梭以后,科技发展可能导致悲剧性的人文后果,就成了哲学和社会科学反复不断讨论的主题,而自玛丽·雪莱的《弗兰肯斯坦》及威尔斯的《莫洛医生的岛屿》以后,对生命的控制可能产生的噩梦般的后果便成了科学幻想中不断出现的主题,而从扎米亚京、赫胥黎、奥威尔以来,技术的发展可能导致极端专制的政治社会的出现,则逐步形成了在20世纪人类文化历史上具有重要地位的科幻写作中的"反乌托邦"类型,中国的此类科幻写作可以说为之提供了一些中国式的范本——在此类文化脉络的梳理中,顺便也可以通过溯源的方法指出,用"药品"控制社会此一想象,早已见于赫胥黎的《美丽新世界》中的药物"唆麻",以及一系列的试管培植、制约限定(Conditioning)、催眠暗示、巴甫洛夫条件反射训练法等。新科幻中"药"的想象也可以回到现代中国文学的语境中进行讨论,此一语境中有一系列发达的关于"药"、"病"和"医疗"的隐喻①,并且,此类隐喻通常都指向精神性的缺陷以及对之的"治疗","病"、"药"和"医疗"的隐喻明显指涉向某种特定现代性的思想和现实改造方案。然而,"药"既可有"治疗"的作用,又可有"麻醉"、"上瘾"的作用和误用、滥用,前者如詹明信分析过的鲁迅小说《狂人日记》和《药》中暗含的隐喻,后者则如老舍小说《猫城记》中的"迷叶",然而,相比20世纪上半期中国文学中更多偏向于前一类隐喻,当代中国新科幻中的"药"的隐喻含义明显接近于后者,在具体喻指上则显然会使人联想到晚清到当代中国历史和现实中一系列宏大的现代改造方案,事实上正是对中国现代化前期此类建构理性主义思想和话语的反思——如果说这仍是一种"民族寓言"的话,它们所反思的正是前一个阶段的现代化论述制造的"民族寓言"——可以说是一种关于"民族寓言"的"民族寓言"。

对现代化前期的建构理性主义的反思,正是20世纪80年代以来中国文化界逐步产生(在当时不无超前性)的反思意识,在反乌托邦想象过去极不发达的中国,新科幻中的此类写作不但有着增添体式的作用,更在与中国历史和现实的互文性中有着某种思想解放的作用。然而,如果说现代化前期流行的是各种乌托邦的想象,现代化后期则必然流行各种反乌托邦的想象,当代中国新科幻中的这种写作虽然在

---

① 可参黄子平《病的隐喻与文学生产》(收入《"灰阑"中的叙述》,上海文艺出版社,2001年)一文及其他中国学者对之的论述。

具体语境中不乏针对性和尖锐性，放在已有很长历史的世界"反乌托邦"想象的背景下，所取得的成绩只能说是中平。不过，中国新科幻中，真正具有实验性质和狂暴想象力的写作，走得远远比此更远，涉及的思想议题也要远为深入。

二、想象一种宇宙政治学

民族寓言的书写本身已可以说具有政治性，不过，中国新科幻中的许多政治性想象，不一定像前者那样具有现实历史所指，而更多思想实验的性质——我们应该庆幸，这种实验是在虚拟空间进行的，因为许多危机被表现得非比寻常，许多的对治方案和选择也远远超出了现今人类的道德底线。①

我们可以先接触一个不太极端的例子——刘慈欣写于1989年的第一部长篇小说《中国2185》，初步感受这种实验和想象的性质。在一个信息技术极端发达并且使得全球人类生活的方方面面都被串联到一个巨型信息互联网的未来社会中，过去时代"奇理斯玛"式的政治领导人在赛博空间复活，会出现什么样的政治后果？刘慈欣在《中国2185》中，设想了一种在不太遥远的将来貌似并非不可能实现的三维信息扫描技术，在存储空间无限扩大的背景下，一个莽撞的年轻人即可潜入"伟大领袖"的纪念堂，将之扫描存储为一个电脑软件，并使之在赛博空间中以思想实体的形式复活。这样复活的思想实体如何面对已然发生巨大变化并与传统道德观格格不入的新时代？这本身就是一个让人悚然并产生无数极端想象空间的主题，刘的处理却有别出心裁之处，他把复活的毛看成一个具有宏阔的历史视野和成熟的政治眼光的思想存在，泰然面对时代的变化②，却让同时复活的另一个较为平庸的政治家因对现实变化的不满而在信息空间中发动了一场判乱：他以惊人的复制速度在信息空间自我复制，并以之创造了一个"华夏共和国"，从保守道德观的角度向现实世界宣战。由于人类的政治、经济、军事乃至日常社会生活的方方面面都被连接到信息空间之中，对信息空间的控制和支配所发生的暴乱，几乎使得现实世界的危机达到不可收拾的地步。更由于此种病毒式的扩散危及全球网络，其他竞争性的国家向中国发出战争

---

① 这与科幻独有的大尺度和思想实验的视角有关，此种视角必然超出现今人类的道德认知，可参看刘慈欣2011年在香港书展名作家讲座系列中的演讲：《用科幻的眼睛看现实》。
② 应该说，这不仅仅是一种回避，从刘慈欣的作品中欣赏的危机状态中的政治德性来说，他可能会对毛抱有某种由衷的敬意。

威胁，使得整个国家处于毁灭的边缘，性情温和的未来中国的女性执行官对此几乎无法处理，最后不得不以拉断电网的极端方式使得叛乱湮没到虚拟空间之中。已被视为历史存在的思想在当下现实中复活，会导致什么样的政治后果？这在当下乃至未来一段时间的中国，仍是一个令人不安的现实性的问题，在这个意义上，这部小说也可以纳入"民族寓言"的框架下进行讨论——然而，这部小说有远远超出于此的地方，譬如信息技术的发展以及人类对之的依赖和愈加紧密的联系，可能导致在将来的现实生活中造成某种失控的危险乃至严重的政治后果，这不仅是中国的，也是一个具有世界性意义的问题，这也使得刘慈欣的这部写于二十二年前的小说即使在当下仍具有某种前瞻性的意义。

刘慈欣在中国被称为"技术主义者"，并且是现下世界范围内非常少见的那种"技术乐观主义者"（尽管在理工治国的中国并不少见）。他经常会从此种角度在传媒上发表一些在当今世界上会令人觉得非常"政治不正确"的意见——譬如他从技术的角度指出环保不可能解决人类发展所导致的资源短缺问题，更有前途的解决方式是继续发展航天技术以向太空索取资源①——技术确实可以解决一些问题，譬如说帮助我们把人类行为领域的一些基本限制弄清楚，在此不必对之过分苛责，然而，从技术出发，最后总归会碰到一些非技术所可解决的问题——尤其是涉及人文领域的意义和价值问题，后者并非可以全然忽略。刘慈欣的技术主义的优点和缺点在他那些带有思想实验性质的政治想象小说中都表现得非常明显：优点是技术主义的思维和风格使得框架简化、脉络清楚、焦点集中，缺点则是无论如何对人类意识和精神的复杂性认识不足、表现不够。这些优点和缺点，都集中表现在最近几年把他推到声誉巅峰和争论漩涡中的"地球往事三部曲"《三体》中。

长达八十余万字的三卷本小说《三体》，有着非常宏伟的抱负——刘慈欣不但要想象在来自外星的威胁下人类社会几百年的变迁历程，而且要把人类的视角从太阳系引至整个宇宙，从而想象一种"宇宙政治学"（小说中称为"宇宙社会学"）。关于"宇宙政治"的想象，西方过去主要体现在基督教思想家和文学家的论述和想象中（如奥古斯丁的《上帝之城》和但丁的《神曲》），现代科学发展起来以后，已是一个日益淡化乃至近乎消失的主题；东方则主要体现在佛教经典对"他方世界"的描述和由此发展出的通俗文学的想象中（如《西游记》等），现代以来也几乎消失，基本上，一提到"政治学"和"社会学"，人们的反应都限制在现实世界已知的地球人类

---

① 参刘慈欣 2011 年在香港书展名作家讲座系列中的演讲：《用科幻的眼睛看现实》。

之中，这从想象力和思维的开阔性上看，无论如何是一种退守。人类与其他星球智能生命接触可能构成的政治关系以及宇宙性的政治原则到底会是何等情况，如今只能在科幻领域得以想象和推测，而刘慈欣抓住了这一主题，无论如何，这在视野和胸襟上都是值得称道的。就小说技术处理的角度来说，《三体》也有很多值得称道之处：刘慈欣一直具有这样一种才能，即非常熟练地运用讲故事的艺术，一步一步把读者从很普通的人类生活领域，带入浩瀚无垠的星系和太空乃至对整个宇宙的命运的思考和关注之中——只是这一次更为精彩，其汪洋恣肆的表现近乎炫技，仅从科幻小说的角度看，无疑这是一部上佳之作。问题在科幻之外，作为小说骨架的社会科学的设定架构（"宇宙政治学"或"宇宙社会学"），太过简单，并且在展开中也充满悖论和矛盾，这使得这部小说虽不无特色和洞见，却更加清楚地显示了技术主义的矛盾和限度。

先说特色和洞见。《三体》之中，引入了某种非常具有东方特色的政治谋略，近乎是把《三国演义》式的政治思维，引入宇宙空间的政治博弈之中，这也赋予了科幻小说这一从西方引进的文类某种中国特色。而罗辑引入宇宙中的其他可能存在的力量的打击威胁，以形成恐怖平衡，吓阻三体人对地球的入侵，此一谋略背后的思维方式，实际上也运用了中国古代五行学说中的"五行相克"之次——事实上，"面壁"、"破壁"的设置，近乎"保密""解密"的思维方式，尤其涉及东方政治思维不透明的特征。而《三体》中的政治洞见，则尤其体现在小说中人类面对危机时的错误的政治选择上。刘慈欣对人类随着文明的发展可能带来的政治性弱化一直有一种担心，在《三体Ⅲ》里，他让这种弱化直接表现为一个女性形象（又是"政治不正确"），并让她作出两次错误的政治选择：第一次，她被选为接替罗辑掌握恐怖平衡的"执剑人"角色而由于内心的慈悲不能履行职责，结果此种软弱的和平主义立刻引来了战争，使得地球人类几乎陷入任人宰割的命运；第二次，她遵守太阳系联邦的法律，避免冒险，而断然中止了引力驱动的光速飞船方案，但以后的情节证明这是人类逃生和进行安全声名的唯一可行方案，这一错误选择的结果，使得整个太阳系在"黑暗森林"打击中被彻底毁灭。刘慈欣在《三体》中的描述，几乎完美地符合德国政治法学家卡尔·施米特颇富争论性同时又不断被提起的两个洞见："政治就是划分敌友"（《政治的概念》）和"主权就是决定非常状态"（《政治的神学》）[①]——尽管没有任何证据证明刘慈欣了解施米特的思想和学术界对之的争论，很可能他的此

[①] 主要是经由刘小枫等学者的努力，施米特的思想在20世纪末被引入中国，这在中国同样引起了范围广泛的争论，同时也被不论是左派和右派的学者暗暗吸收。

种思想只是得自于前一个时代的广泛流传的论述,譬如毛在前一时期广为人知的论述——"谁是我们的敌人,谁是我们的朋友,这个问题是革命的首要问题。"(《中国社会各阶级的分析》)这对于已经日益沉浸在和平与发展中而经常会忽视政治判断失误会导致严重的现实后果的今天的人们来说,无论如何是一种提醒。

然而,这些谋略和判断,基本都局限在技术层面(军事技术和政治技术),其中的种种方案和推演,是"政治术",而非"政治学"。技术层面涉及的问题是何种行为方式最为有效和最为有利,却不能解决行为的价值和目的,后者已然涉及意义领域,意义领域的问题并不能用技术性思维来处理。对此的混淆导致《三体》中想象的宇宙范围内的文明之间的行为的唯一目的是生存,而最有价值的行为则是能获得最优生存机会的行为。这种想象主要体现在其中的"黑暗森林法则"里,它作为书中的"宇宙社会学"的基本的公理性假设,构成了全书的基础,尤其是 II、III 两卷情节展开时的动力。"黑暗森林法则"包括两条公理:"1. 生存是文明的第一需要;2. 文明不断增长和扩张,但宇宙中的物质总量保持不变。"(《三体II》首章)两个重要概念是"猜疑链"和"技术爆炸":"猜疑链"的核心是星际文明之间,由于距离太远和互相提防不可能交流,从而导致陷入猜疑的循环;"技术爆炸"概念的核心,则是因对他方文明未来技术实力发展的可能性充满警惕,从而导致互相之间在生存竞争中充满敌意。在这两条公理和两个概念描述的宇宙图景中,所有的文明都处于类似"囚徒困境"的生死博弈中,因此不可能建立任何互信的关系,任何暴露身份的文明,都会立刻遭到来自其他方面的攻击。"黑暗森林法则"构成了小说第二卷中的"黑暗博弈"和第三卷中的"黑暗打击"的基础,如果它们不成立,整部小说的逻辑会立刻动摇,而两个公理和两个概念中的任何一个动摇,则整个"黑暗森林法则"都不能成立。事实上,中国已经有社会学领域的年轻学者撰文指出,从构建"公理"出发来建立体系,几乎是社会学"史前阶段"的思维方式,而"黑暗森林法则"中的两条公理和两个概念,从社会学上看,都不能成立[①]。反驳者可以说,"黑暗森林

---

① 参看此位网名"风间隼"的学者撰写的评论:《社会学大战外星人——论〈三体〉中的"宇宙社会学"》,http://book.douban.com/review/2019571/。文中提出的基本驳论是这样的:牵涉到类似人这样的智能生命,就有意义的问题,生存并不必然是文明的第一需要;文明自身有运行的成本,经常自身就是自身的敌人,也因此并不必然处于不断的增长和扩张之中;"猜疑链"用来描述人类社会过于高估了猜疑,用在宇宙社会中则过高估计了文明与文明之间的了解,两个互相完全不了解对方实力的文明相遇,不首先发动攻击才是最佳的选择;"技术爆炸"只是由人类近五百年的经验而得出的推论,很难说是在宇宙文明中都是普适的,并且,技术的扩张对人类自身的生存是福是祸也很难说清楚。

法则"涉及的实际上是政治学,更是推广到广阔宇宙空间中,不能仅仅用地球上的思维来类比,然而,这个学者的基本判断仍是站得住脚的:只要"是与人类一样有精神觉悟,有自由意志的生物","'宇宙社会学'就一定会涉及意义问题,绝对不可能用数学来解决的",所谓"'宇宙社会学有清晰的数学结构',其实只是理工科背景人士对于社会的一种幻想(不客气地说是无知),跟宇宙不宇宙倒没什么关系。"①

"黑暗森林法则"还有许多技术上的缺陷和矛盾②,不过我们暂时忽略这些细节,仅从逻辑上指出:技术性思维建构的"黑暗森林法则",到最后也必然要接触到意义和价值问题,从而使得单纯技术思维的逻辑不能自洽。事实上,在《三体III》之中,出现了一些意味深长的含混:从太阳系出走的人类,在有了宇宙性的视野之后,他们的思维第一次从宇宙性的角度看问题,从而发现,在这一整体尺度上,每个人的命运都和整个大宇宙的命运息息相关,因而必须对整个宇宙的命运进行关注,在此,他们的思维已然超出了"黑暗森林法则"范围,或者说,从"黑暗森林法则"出发,也必然推出超出这一体系的结论——后者事实上已经是一种越过仅仅关注自身生存的超越性思维。小说中的宇宙环保主义者"归零者"以及号召大家从偏安的人造小宇宙向大宇宙返还物质以促使整个宇宙开始新一轮循环的"宇宙回归运动",其行为准则已然不是"黑暗森林法则",正是这一法则在整体空间中不能自洽的证明,而一旦有了关注整体的超越性思维,其可能的政治行为方式就必然会包括联合,"黑暗森林法则"就必须从另一角度进行修正——人类道德领域的自我牺牲和奉献精神等,从整体的尺度看(即使仅仅是在实用主义的意义上),也便获得了其不能抹杀的价值。

事实上,刘慈欣的叙述在此不无含混犹疑:他让程心的慈悲和守法成了毁灭太阳系的错误的政治选择,却同时也让她成为除了早已逃离的太空舰艇外唯一幸存的两个地球人类之一,并让她逐步目睹整个宇宙的图景,也让她最终加入到"宇宙回归运动"之中——这可能也暗示了,在局部的政治危局中会成为问题的道德价值,

---

① 参"风间隼",同上文。
② 譬如说,似乎没有理由类推,高维空间的生命和我们有完全一样的生命需要、理解和行为法则,这必然也导致对第一公理的怀疑,而刘慈欣对此并无适当的解释和保留;此外,"宇宙中的物质总量保持不变",也并非一个具有坚实科学基础的假设;此外,也有读者指出:"交流的不可能"是导致类乎"囚徒困境"的黑暗博弈的原因,而《三体》中三体世界的"智子"和来自遥远星系的"歌者",就已打破了这一假设,使得小说内在的逻辑也不能自洽;(疯狂钻石:《〈三体3〉:高潮遍体,BUG永生》,http://www.douban.com/group/topic/16747899/。)事实上,没有交流就没有故事(战争也是一种交流的极端方式),只要有交流,猜疑链就必然被打破,黑暗森林法则就不能成立……

从全局看却具有毫无疑义的意义，也注定了"黑暗森林法则"不可能是全宇宙尺度的行为准则。鉴于"黑暗森林法则"必然导致整体的毁灭，看不出与我们同等或仅仅在智力上比我们高明的其他宇宙智能生命何以不能推出这一简单的结论。而事实上，从小说最后透露的信息可以看出，这仅仅是宇宙堕落状态时的行为准则（从十一维的高维时空堕落到四维），犹如一个"失乐园"中的故事片段，而回归运动企图重启宇宙以重回十一维的"宇宙田园时代"，则犹如一种"复乐园"的努力——这也说明了"黑暗森林法则"可能像小说第I卷的"三体游戏"一样，仅仅是小说世界中最表面的信息，背后其实还可以、也可能暗藏了巨量信息等待发掘。而从极端技术主义的思维角度出发，最终也会推导出"宇宙命运"和"个体对于宇宙的责任"这样的超越性的问题，这再一次说明，对于像人这样的具有自由意志的智能生命来说，意义问题与生存问题至少同样重要——如果不是更重要。

中国学者江晓原和刘兵指出，《三体》中的"黑暗森林法则"可以看做对"费米悖论"的一个可能猜想，以及对科学界"人类是否应该主动寻找外星人"的争论的一个回应。① 刘慈欣也解释说这仅仅是小说的"设定"，而并非宇宙政治的真相② ——事实上这一真相为何，谁也不能说清楚，鉴于我们现在完全没有任何外星生命存在的可靠证据，这基本上仍是一个假设性的问题——但他同时又认为这对人类的天真会是一个提醒："我……相信外星文明是存在的，但从对人类文明负责任的角度看，我们对与外星文明的接触应该持谨慎态度。也许文明的道德准则真的是随着其科技的先进程度而上升，也许宇宙间真的有统一的尊重生命的价值观，但在这些最后被证明前，我们还是先做最坏的打算。"③ 这是相对稳妥、持平和公允的见解。

不过，仅从文学角度来看，对于牵涉到意义和价值的人类行为和人文、社会科学领域的文化积累了解不够，还是给刘慈欣的写作带来了思维、想象力和深度、厚度上严重的遗憾。科学与人文的失衡，不仅在刘慈欣这里是如此，在科幻创作领域，其实是普遍的问题。这也导致了同样处理"宇宙社会学"问题，并且同样涉及"宇宙社会学"可能是比"宇宙物理学"更为基本的学科这一设想，刘慈欣的《三体》

---

① 江晓原、刘兵：《人类不要做黑暗森林中的傻孩子——〈三体II·黑暗森林〉》，载《文汇读书周报》，2008年8月1日。
② 参《东方早报·上海书评》记者黄晓峰的采访：《刘慈欣谈科幻世界与人类命运》，本文参考的是该报网络版，网络链接见：http://www.dfdaily.com/html/1170/2011/6/5/613565.shtml。
③ 参《华商报》记者吴成贵的采访：《只有科幻能对人性"严刑逼供"——江晓原、刘慈欣问答》，载《华商报》，2011年4月29日。

远比最初提出这一设想的波兰科幻作家莱姆的《宇宙创始新论》要为简单①，也比古代宗教典籍和文学作品的想象要简单得多……对于人类精神财富尤其是人文营养的汲取，中国新科幻其实远远还可加强。

从另外一个角度看，《三体》也完全可以做心理分析式的解读，混沌、未知、黑暗、不确定的"三体世界"，乃至宇宙性的"黑暗森林图景"，既是外部宇宙的不确定和混沌的喻象，同样是人类内心潜意识的阴暗、狂暴、不确定的一面的喻象，如同小说的情节发展所指出的，这二者同样是毁灭的力量。事实上，这也暗示了走出"黑暗森林"体系，除了小说中大力渲染的生存斗争的道路外，至少同样潜藏了一条向内行进的精神觉醒的道路。从最根本的层面看，《三体》中的"黑暗森林"图景，涉及到生命对于死亡和虚无的恐惧，而生存与死亡，存在与虚无，是最根本的哲学和宗教问题——雅斯贝斯曾经指出，在此方面的突破，是人类"轴心时代"哲学突破的核心内容②，而唯有立足于此，我们的文明才能一面保持对未知的敬畏，一面心胸坦荡地追求有意义的生活，单纯向外开掘的技术性的思想不足以语此，毋宁说，技术性、实用性的思维，已经日益显示出其幽暗的一面，并且自身造成了人类生存日益深重的困境……

三、阴影、洞穴、废墟和迷宫

"黑暗森林图景"本身可以看做一个迷宫，《三体》可以看做在这个迷宫中的一种摸索和寻路，而在营造迷宫方面，韩松的《地铁》走得更远，这部在形式上刻意营求的作品带有先锋文学的文本实验性质，其文学世界也从科幻文学常见的线性结构，逐步接近现代主义以降文学中常见的迷宫结构。

《地铁》由五部于不同时间写成的中篇小说写成，却共同组成了一个有机的文本整体。第一部《末班》，写一个小公务员每天上下班乘坐地铁，偶然发现末班地铁上乘坐着的都是毫无知觉的乘客，突兀而至的小怪人则将之装入玻璃瓶中拖至隧道深

---

① 可参江晓原：《宇宙：隐身玩家的游戏桌还是黑暗森林的修罗场？——从莱姆〈完美的真空〉到刘慈欣的〈三体〉》，载《新发现》杂志，2011年第2期。
② 参雅斯贝斯《历史的起源与目标》第一章第一节"轴心期的特征"的论述，魏楚雄、俞新天译，华夏出版社，1989年。

处的幽冥之中，他在试图逃避又情不自禁探索真相的矛盾中逐步接近似真似幻的未知区域，最后自己也被装入玻璃瓶放在单位的窗台上；第二部《惊变》则描写在一列停不下来的地铁上，时间的流逝也迅速加快，车中的乘客则逐渐退化——从文明退化到更为惊悚的物种退化，爬出列车的攀岩者企图找到使列车停止的方法，却在终点悚然地发现地铁正行驶在宇宙之中，在"一个充满星星的弯曲隧道中前进哩"，他回到车厢，结果被已然退化为"长着人头的蚂蚁般的小家伙"吞噬；第三部《符号》中，一群来自地面的探险者，企图来到地下探索不断失事却又保持着神秘面貌的地铁新系统，他们在其中逐步迷失，看到很多怪异的风景，等他们再走到地面，他们熟悉的世界却已变得面目全非，且似乎被外星来的异类生命占领，他们再次重返地下，目睹了许多由失事地铁中的乘客变形的异种生物，自身也逐渐变形，小说的最后，在毁灭性的背景下，整个宇宙似乎变成了一个轨道系统……第四部《天堂》中，在地下世界中生活的各个部族（地铁失事后的乘客在黑暗中进化出的各个已与人类相去甚远的部落，包括机车和老鼠进化出的智能生命）在地下的土壤和洞穴中盲目穿梭，其中尚存有模糊记忆的"人类"历尽万难重回地面上的"天堂"，然而他们回到地面时，不但被仍生活在地面的"天堂人"看做异类，而且整个地面世界，似乎已被老鼠进化来的"鼠语者"所占领；第五部《废墟》中，在与异类斗争中失败的人类迁居小行星，他们派出一对少男少女借观光之名赴地球上人类的遗迹公园查探人类失败的真相和遗失的知识，然而他们不但失败于异族的堵截之中，也迷失于层层叠叠的信息系统的迷宫，在最后，鼠族告知幸存的真相探索者，实际上连异族也早已灭绝，遗留下来的只有层层叠叠的迷宫，甚至连老鼠也不存在，一切的一切，只是虚空……

韩松的《地铁》，阴森鬼魅，实际上科学的因素已经非常之淡，而更多带有奇想的色彩，小说的大部分（尤其三、四、五部）充斥着阴暗的形象以及丰富的象征、隐喻和各种失却上下文的能指符号，情节破碎离奇，结构层层叠叠，实际上并不适合重述。小说的人文色彩也非常淡薄，尤其在小说的进展中，书中的"人物"亦越来越远离正常人类的范畴，除了退化与演变出的各种异种生命外，乃至书中的重要"人物"甚至主人公也并非通常意义上的自然人——如《符号》中的卡卡乃是C公司把其大脑记忆复制再移入流水线上生产的人工义体的再造人，如《废墟》中的"雾水"和"露珠"，跳车丧生，实际上去完成任务的是"全息分子拷贝机"复制的替代形体，比起《蚁生》《我的祖国不做梦》乃至《中国2185》中的人文关怀和人性色彩来说，《地铁》描述的，几乎是一个"非人"的世界。

关于《地铁》的议论也林林总总，鬼魅色彩啦，后现代风格啦，日本因素啦——仅从科幻和人文关系的角度观察，我们可以说，《地铁》可以看做技术时代的暗影和人类处境的寓言，尽管对之作了极端化的处理。譬如说第一部《末班》中的"小怪人"，自然可以从"'鬼'的现代性"①之类的角度论述，却也可以看做技术时代的幽暗面的一个象喻和鬼魅式的显形。地铁在当代中国无疑是现代化的一个标志性的符号，这被发展主义赋予光环的符号，一向展示的是其光鲜亮丽的一面，却会在不经意间显示出其幽暗和脱离人类掌控的一面来。这种暗影在后面几部中，逐渐演化为退化、失序、废墟和洞穴组成的迷宫：在第二部《惊变》中，失控的地铁犹如一个现代性进程的象喻，一向与发展主义联系在一起直线式行进的进化论，不知不觉地在彻底失控中演变为彻彻底底的退化，被裹挟其中的人类，不但没有获得梦寐以求的进步，反而连自身也从文化和形态上退化、变形，脱离控制的地铁象征着的一往无前的现代性进程，也从直线形态分岔、变形乃至弯曲——向上飞跃到星空，逐渐显现出有演化为把人类困缚于其中的迷宫的趋势……到了《符号》、《天堂》、《废墟》之中，那些探险和迷失的人类，果然落入了迷宫之中，而且一旦进入，就再也摆脱不开，找不到返回或脱困的出路，直到自身也发生畸变，迷失于退化之后的异形与失落的符号构成的"迷魂阵"之中，或者结成各种部族徒劳寻索，却永远失去了"天堂"与"拯救"，最终在地狱般的处境中面对毁灭与虚无……

除了可以读出明显的"迷宫"结构和象喻外，《地铁》中也可以读出典型的柏拉图哲学中的"洞穴隐喻"——只是这是一个降格和贬抑制式的"洞穴隐喻"的变体。例如，《符号》中的探险者进入地下世界探索真相，犹如下降到"洞穴"，他们在"洞穴"之中迷失再走向地面，发现已非熟悉的世界，犹如进入另一个"洞穴"之中；《天堂》之中地下世界的幸存者，凭借残存的记忆徒劳探索、寻觅地上的"天堂"，非常类似于洞穴隐喻之中"走出洞穴"的上升过程，他们徒劳的寻索发现拯救的无望，也犹如从一层洞穴上升到另一层洞穴之中——而无论是"洞穴"还是"迷宫"，在《地铁》中都不是单层的结构，洞穴之外还有洞穴，迷宫之外还有迷宫，直到整个宇宙变成层层叠叠的洞穴和迷宫，沦为彻底的废墟和虚无……韩松对现代性的悲观，可谓深入骨髓。迷宫式的结构，是现代和后现代文学中非常普遍的结构，80年代的先锋文学，将这种结构引入中国文学之中，韩松的科幻写作则与之气味投合，声息相通。

---

① 飞氘在第二届"今日批评家"论坛上的发言。

韩松的迷宫没有出口。现代对技术思索最深的哲学家海德格尔，指出技术的背后是一种新的思想范型，这种思想范型把世界化为图像进行把握、规划、改造与征服，最终却必然走向对人自身进行规划、改造与征服，世界图像的时代乃是世界暗夜的时代，围困于技术之中的人没有出路。[①] 韩松对现代的悲观，清清楚楚地描绘出了一幅技术废墟之中没有出路甚至人自身也会异化的阴暗图景。这样的图景在对现代性充满乐观的时代是无法表现出来的，只有在经历了建构式的现代理性主义的磨难、技术的幽暗面也日渐凸显之后，文学中才有可能描绘出来。不过追溯到远古，世界文化中到处可见迷宫的图像，在西方文化中，它尤其是一个原型性的意象。有迷宫，就有走出迷宫的途径，有弥涅斯的迷宫，便有阿里阿涅斯的线团……即使是在现代主义的迷宫中，无论是艾略特笔下的"荒原"，还是乔伊斯的"都伯林"，也都未放弃走出迷宫、寻求拯救的希望……致力于营造没有出口的迷宫，也许是因为心灵仍然窒碍于现代性的"洞穴"之中吧。在古典时代的哲学中，"洞穴隐喻"可以解释为走出意见的洞穴，看到"至真"的范型，企图彻底反思现代性的现代哲人施特劳斯重提"古今之争"，并且把此看做走出洞穴的必由之路[②]——这条道路是否畅通，只有走过才能知道，因为还有施特劳斯提醒我们注意的"第二层洞穴"的危险，而尚未尝试此路之人，纵或看到了深重的暗影，也必然被束缚在现代性构成的第一层洞穴之中。

四、叩问生命

在当代中国新科幻的著名作品中，我最喜欢的，不是刘慈欣阴暗浓郁、雄浑宏伟的《三体》，也不是韩松妖艳诡异的《地铁》，而是王晋康质朴无华却切中要害的《生命之歌》。王晋康的科幻小说关注的中心是生命，风格一向简单朴素，却可能是中国新科幻作家最有人文情怀的一位，事实上，他在《蚁生》中对自由意志的尊重，就说明他没有被20世纪中国流行的科学主义冲昏头脑，而持守着某种人性的尊严。

《生命之歌》这篇篇幅不长的短篇小说，形式有着古典作品的素朴，关心的却是

---

① 参海德格尔：《世界图像的时代》，收入《林中路》，孙周兴译，上海译文出版社，2008年。
② 与施米特一样，列奥·施特劳斯的思想在中国也由刘小枫、甘阳等学者引入，一面引起了年轻一代对古典学术的强烈兴趣，施派学术的不循常径同样也引起了范围广泛的争议。

至关重要的生命本质问题。现代分子生物学研究早就发现 DNA 结构可以转化为音乐，并且发现一些重要的生命功能可以在 DNA 结构中定位，然而，确定生命与非生命的本质区别的生命本身的生存欲望，却仍是现代科学的一个难题（是否真有可能解决，也在未知之列，在我看来几乎不可能解决）：《生命之歌》中的科学家孔昭仁对此提出了一个猜想——我不知道科学界是否提出过类似的猜想，如果有，那也一定是一个天才的猜想——他摆脱现代分子生物学研究 DNA 功能时单一密码精确对应的观念，认为这一功能可能存在于 DNA 结构的次级序列中，并经历千辛万苦，从成千成万种生物的 DNA 结构中总结出了这一序列，将之转化为音乐——这一设想如果实现的话，那可能是宇宙间最了不起的咒语、世界上最伟大的音乐：

> 乐曲时而高亢明亮，时而萦回低诉，时而沉郁苍凉，它显现了黑暗的微光，混沌中的有序。它倾诉着对生的渴望，对死亡的恐惧；对成功的执著追求，对失败的坦然承受。乐曲神秘的内在魔力使人迷醉，使人震撼，它使每个人的心灵甚至每个细胞都激起了强烈的谐振。

然而，这一"上帝的秘密"为人类所掌握却并不一定是幸事——因为这有可能让非生命，比如说机器人，转化为生命，从而对人类的生存造成威胁——这部小说更了不起的地方也就在这里，他让这个老人家二十年如一日保守这一秘密，承受世人的笑骂——如果说前者仅是一种科学的智慧，后者则是意识到自己的责任的更为成熟的政治的智慧。直到后来的莽撞者在他残留的笔记的字里行间的启发下，重新揭示了这一秘密，并重新在机器人身上实验，却启动了这位老人埋藏在机器人身上的自毁装置因而不幸丧生。被修复的机器人获得了人类对生的渴望，对死的恐惧，以及对繁衍的向往，还有欺骗和诡计，在"他"的弹奏下，生命之歌再一次响起，"他"并企图借助电脑将之转化为软件，以通过互联网的传递迅速繁衍一个具有自我意识的机器人种族。关键的时刻老人再次出现，毁掉了电脑，解开了谜底，却因秘密一再被解开而在灰心沮丧中放弃了守护的责任，直到他的女儿从事件中觉醒，重新接过了守护这一秘密的重任……

启蒙运动以来的现代智慧，是一种"解密"的智慧，"保密"的古老教诲日渐被遗忘，直到如今愈发变得形迹可疑——这一古老智慧的被遗忘，已然和仍在为人类带来愈来愈多的困境和难题——把现代科学的智慧和古老的政治智慧结合在一部小说中，王晋康几乎是凭借着惊人的直觉触及列奥·施特劳斯重提的自然哲学与政治哲学的关系问题，在很大程度上，他可能得益于仍然浸淫在中国文化和日常生活中的古老智慧的熏陶，也使得我们的科幻小说，终于在一些关键的问题上能够切中肯綮，说出要害。

单纯从科学猜想上说，生存欲望对应于 DNA 的次级结构，可能是一个了不起的猜想，但从哲学上来说，这还远远是一个比较低的层次——仅仅是到了关键的门槛，而尚未登堂入室。譬如从佛家唯识学的角度看，对生存欲望的考察，仅仅触及第七识末那识的自我执著心，此上与此外，尚远有境界。由末那识而起的执著心，既是众生自我意识的来源，却也是主客二分和众生烦恼痛苦的根本，泛泛而言，即就是刘慈欣的《三体》中构建的"黑暗森林体系"，其基础也便是建立在这一根本执持之上。事实上，如果意识到生命的神秘，远远超出我们现有的了解，我们也会不由得发出类乎于《三体》中逃逸到太空的人类第一次接触到多维空间时的惊叹：

> 方寸之间，
> 深不见底。

外部空间如是，人类的心灵和精神空间尤其如是——即就是古往今来人类伟大的精神创造，也只不过是从这个空间中生发出的一粒微尘，"寄蜉蝣于宇宙，渺沧海之一粟"，实在没有什么值得过分的骄傲与得意。从科幻出发，穿越民族寓言、政治论述、技术废墟，重新沉思生命的永恒和神秘，我们回到了人类精神刚刚觉醒，哲学、宗教、科学和艺术浑而未分的原点，仰观宇宙之大，俯察心灵之微，恢弘广大，深不可测……恢复了那种最初的惊奇。

（原载《南方文坛》，2012 年第 1 期）

"进步"与"终结：
向死而生的艺术及其在今天的命运

高建平

艺术理论研究者们长期被一个话题所困扰，这就是"进步"。在艺术中，存在着"进步"吗？当我们说艺术进步之时，指的什么意义上的"进步"？近年来，艺术界有一种放弃艺术"进步"观的倾向，认为在艺术中，只有"变化"，没有"进步"。常有一些艺术家和艺术史家们发表这样的意见，并将之作为一个发现。但是，如果他们进一步深思的话，就会发现，"进步"这个词是不能这么轻易放弃的。如果说，历史不只是事实的记录，而是规律的寻找的话，那么，如果没有了"进步"，艺术还有没有历史？

与此相关，随着阿瑟·丹托和汉斯·贝尔廷等人著作的发表，一个新的话题兴起了，这就是艺术和艺术史的"终结"。这是一个曾引起强烈反感的话题：艺术会终结吗？终结以后就没有艺术了吗？

实际上，"终结"、"进步"和"历史"三个概念是联系在一起的。只有承认"进步"才能谈得上"终结"，同样，"终结"观又证明了"进步"的存在，而有出生，有成长，有繁盛，有衰亡，才有历史。

一、从"艺术的进步"谈起

艺术可以有种种"进步"。最常见的进步，也许是技术的进步。当我们有机会观赏北京和台北的故宫博物院中的艺术珍品时，特别是青铜、玉器和陶瓷珍宝时，自然会心生感叹：真是一些能工巧匠的作品。在这些工匠身上，凝结了经过许多代人才发展起来的技能技巧。艺术与技术本来就是一回事，无论是中文的"艺"和"术"，还是英语的 art，从词根上讲都与"技能"有密切的关系。① 如果这样的话，它当然就有一个"进步"的过程。从没有技能到有技能，需要学习，需要发明和创造。一位工匠是如此，从学徒到满师到成为名师，成为大师，是一个进步的过程。一个行业也是如此，徒弟向师傅学习，有所继承，有所改进，有所发明，有所创造。在某种工艺、某一行业之中，技能不断积累，工艺越来越精巧，这就是"进步"。这时，就有了历史。所谓历史，要体现出这种进步。今天与昨天一样，明天与今天也一样，就无所谓历史。人在幻想永生，实际上，没有死，就无所谓生，永生的人不生活在时间之中，也就不生在历史之中。

目睹过去的艺术，我们看到了由出生到发展，到极盛，再到衰亡的历史。青铜器曾是一种重要的器物，许多工匠在青铜器的设计和铸造上，展现了自己的才华，于是，可以写出一部青铜器的风格演进、进化、发展，再到衰亡的历史。在这一历史中，技术与艺术是紧密结合在一起的。同样的例子，还可以在各种工艺制品，如漆器、玉器、陶瓷、金银首饰的制作中见出。每种作品中，都各有着自己的"进步"，有着自身的兴衰史。在这方面，一个更重要，也更引人注目的例子是建筑，工艺能力，对材料的运用和掌握，催生着一些建筑观念。这些观念与材料所提供的可能性结合在一起。石材的使用，砖和黏合材料的发明，拱券的技巧，直到钢筋混凝土的发明和大规模使用，金属和玻璃的采用，所有这些，与建筑风格的继承和发明结合在一起，改变着城市和乡村的面貌。这些都是难以否认的"进步"。

在视觉艺术中，一个受到人们普遍重视的"进步"，是"对视觉的征服"。从画得不像到画得像，这的确是一个巨大的进步。画虎不成反类犬，当然不是好画。要做到画虎成虎，画犬类犬，对于个人来说，需要长期的训练，在绘画史上，这也需要经历一个历史过程才能实现。无论在欧洲，还是在埃及、印度、中国，这都是一个极古老的观念。这种观念可被表述为泛模仿意识。这种意识后来在不同的地方，发展出各种不同的模仿倾向。有时，这种模仿发展成模拟，例如舞蹈和戏剧中，模仿生活中人的动作行为，动物的活动，自然物的运动等，或者在音乐中，模拟风雨

---

① 关于"艺术"一词的词源，我在别处已经讲过："艺"的原意是种树，引申为才能；"术"是"邑中道路"，后有"方术"意，这里不再作重复论述。英文的 art，来自古法语的 art，最早来源于拉丁文的 ars，意思是技能（skill）。直至今天这个意思仍然保留着。我们通过观察和经验而形成的一些技能、技巧和能力，也可以称为 art，如经商艺术、领导艺术、军事艺术、讲课艺术，等等。

雷电声、潺潺小溪和惊涛骇浪声，鸡鸣犬吠声。在欧洲，影响最大的就是柏拉图所描述的幻觉式外观的制作，由此形成欧洲美学的大传统。在美术史界，受到普遍重视的还有阿尔贝蒂在《论绘画》中通过对透视法的论述而发展出的有关视觉构造的理论，和瓦萨里在《意大利杰出建筑师、画家和雕刻家传》中对文艺复兴时期重要画家的论述中所显示的对作出逼真再现能力的赞赏。

在"对视觉的征服"的进步观指导之下，艺术家们逐渐征服了人物的表情，衣服的纹饰，各种比例对称的关系，人物的动作与动态的平衡。透视技能的发明和各种透视法理论的丰富和使用技巧的拓展；从绘画的色彩使用，与所再现对象的色彩匹配关系到色彩在画面中的相互配合，对整体色调的营构，到用色彩对特殊感受的捕捉，等等——一代又一代的艺术家在这些方面不断地努力。他们创造性地使用现成材料，发明新的材料，利用材料制造新的效果。在艺术发展的每一个阶段，都出现最优秀的大师，他们将当时的对该艺术的认识，所掌握的方法，可利用的材料等，所具有的可能性都发挥到了极致。这些大师们的成就令后世景仰，是因为他们创造性地将自己所属时代的理论、技能、技巧和材料所提供的可能发挥了出来。

"征服视觉"所导致的技能的进步，对于照相术的出现是一个诱导。从绘画到照相，使瞬间再现成为可能。这就迈出了关键的一步。正是由于有了这一步，才从照相发展出后来的电影和电视，完成了时间艺术与空间艺术的结合。这一困扰了莱辛和无数美学家的问题，由于新技术的发明而得到改变。莱辛认为，《拉奥孔群雕》以及其他的雕塑和绘画，只能选择"可以让想象自由活动的那一顷刻"[①]，来暗示时间性。同样，图像只能暗示故事。连环画有待于想象的补充，有时还需要辅以文字的说明。而电影和电视使真正字面意义上的图像叙事成为可能。这时，进步在一个新的轨道上进行着。从无声电影到有声电影，从黑白电影和电视到彩色电影和电视，电影从普通银幕到宽银幕，电视从小尺寸到大尺寸，出现越来越逼真的幻觉效果。如果说，艺术的目的在于制造幻觉的话，那么，所有技术的进步，都是幻觉制造能力的发展。致力于这种进步的人，会制造越来越多的可能性。这方面的努力的空间还很多，从立体声音和立体图像，再发展到味觉、触觉和动觉，到更大屏幕直至环幕、球幕，再到电脑和互联网所带来的互动性和浸入性，今天的"艺术－技术"水平离穷尽这个方向的各种可能还很远，然而，这是一个大趋势。

有一种现象可以很好地说明这种技术进步所带来的影响，这就是电影和电视的

---

① 莱辛：《拉奥孔》，朱光潜译，第18页，人民文学出版社，1981年。

重拍现象。一些过去的，曾有很大影响的电视，被人们一再翻拍。中国古代的四大文学名著《红楼梦》、《三国演义》、《水浒》和《西游记》，上世纪八九十年代都拍过很好的电视连续剧。现在重拍，艺术水平很难说有很大的提高，但显然在技术上，从色彩、化妆、布景、武打设计，等各方面，都有了很大的变化。《平原游击队》、《沙家浜》等，也都有了新版本。看报道，热播没几年的《亮剑》，又要有翻拍本上映了。据说，《新亮剑》"展示了多场惊险战斗场面，疾速飞驰的子弹、血肉横飞的爆破、血脉贲张的肉搏，加上骑兵、坦克、战斗机等激烈的战争场面"[①]。这是一个大潮，似乎不可阻挡。

从绘画开始的这一巨大的过程，对人类的文化生活的影响是极其深远的。在当今世界中，这种艺术与技术的结合体已经成为一个巨大的存在。从逼真再现的追求到生活在仿真的世界之中，人们已经从对奇特技艺的赞赏发展到在技术世界面前无处可逃。这就迫使原本多样的艺术创造形式在这一存在面前进行划线：走与技术发展亲和之路，还是走反技术之路？这当然不只是非此即彼，界限分明的划线。相反，艺术的多样性正是在这种处于技术与反技术之间的多种程度、趋向、姿态中展现出来。

在艺术进步的同时，从古到今都有种种反技术主义的倾向在流行着。在"视觉征服"进程中，艺术家们又常常以"反征服"的面貌出现。埃及的程式化艺术风格维持了几千年，原因就在于所造的像是神像，必须按照规定的程式来制作。神不是人，因此在视觉形式上要与人保持距离。希腊人克服了埃及艺术的程式，追求逼真的再现，但希腊人所要再现的，仍是理想的人，要遵循美的规律。这种美的规律，具体表现为数学、几何学和类型化，与直接的视觉感受相敌对。中世纪的圣像具有反视觉的特点，并非由于技术上达不到逼真的程度，而是反偶像崇拜和反异教式造形观念的压力，以及经济生活中反奢糜以及很长一段时间内民生凋敝所造成的不可能。到了文艺复兴时期，艺术才在恢复古典趣味的旗帜下再一次动员力量以征服视觉，但从这时起，又开始了视觉与设计，或再现与构造之争。艺术家超越视觉相似性之外的个人特征，常常受到重视和赞赏。照相在很长的时间里不被当作艺术，而当它终于被当作艺术之时，得到强调的是超越一般的视觉再现之外的某种奇特效果：最美的艺术照片与一般新闻或生活照片的区别在于它不像照片。电影在发明后很长时间里被看成是下层娱乐而不是艺术。它需要经历一个过程后才逐渐被艺术化。技

---

① 引自北京《信报》2011年12月9日第17版。

术在向前发展，艺术仿佛总是跟不上。有声电影问世后还有人坚持拍无声电影，彩色电影问世后还有人认为黑白电影更有表现力，都是这个原因。人们以艺术的名义，强调视觉艺术中的各种各样的反视觉因素和倾向。今天我们许多人，也还不习惯接受立体电影和电视，在《阿凡达》风靡世界之时，还有人以艺术的名义，拒绝给予它一些呼声很高的奖项。

在传统社会中的人的手工技艺转变成现代社会的机器工艺时，艺术就开始在此基础上形成一些不同的指向。在艺术的名义下，人们可以适应经济社会和科学技术带来的种种变化，利用这种种变化所带来的新条件进行创作；在艺术的名义下，人们也可以比这种经济社会和科学技术的发展慢半拍，在思想观念上保守怀旧，在新科技成果的采用上态度中庸；人们还可以以艺术的名义反对一切现代机器工艺，批判机器的非人性。这些都只是选择而已，无所谓是非对错，人们对"艺术"概念的理解已经变得灵活多样，自由而宽容。

在20世纪艺术大过程中，人们发明了许许多多的理论，论证技术的进步不等于艺术的进步。克莱夫·贝尔关于"有意味的形式"的思想，康定斯基对艺术抽象的分析，潘诺夫斯基关于视觉符号的论述，苏珊·朗格关于情感符号的理论，都不再把艺术的进步描述成一个"视觉征服"的过程。根据这些理论，不同时代有着各种不同的艺术把握世界的方式，很难说其间存在进步。

那么，从这时开始，艺术就终结了吗？丹托在一开始并没有说得很清楚。在《艺术的终结》一文中，他似乎说，这时，艺术已经在走向终结。但在《艺术终结之后》一书中，他思考，怎样处理从19世纪末到1984年这一段时间中艺术的状态问题。他提出，在这中间还横着一个人，这就是克莱门特·格林伯格。他认为，格林伯格代表着一个时期，即现代主义时期，或者说，是"宣言"的时代。艺术家们提出了一个又一个关于艺术的宣言，力图说明他们的艺术主张，表明他们是按照这些艺术主张来创作的。不同的艺术主张之间，只是相互不同而已，很难看出前进、深化、发展和进步的关系。

在此之前，艺术是力图失去自身。艺术家们努力"征服视觉"，即再现对象。当时，最好的画，是让人"几欲走进"，意识不到是画。最好的雕塑，是将作品当成实物。这样的艺术，追求一种透明性，将艺术看成是再现世界的手段而已。最好的艺术手段是看不见手段，就像最好的眼镜是让人感觉不到眼镜的存在一样。到了现代主义时代，当艺术家们要发表"宣言"之时，观看者的注意力被引向到艺术表现手段自身之上。这可以与哲学史上的主体性转向相比拟。丹托断言，在康德以前，哲学家们所关心的话题,是"世界是如何可能的"?于是,他们探讨世界的本质。康德完成了一个转向,开始关注"人的认识是如何可能的"?主体在认识过程中提供范畴,以实现对对象的认识。这样一来,范畴的提供与认识的获得具有了因果关系。当然,这只是哲学式的总体描述而已。前面已说过,古典艺术中也有反视觉倾向,并且这些倾向还极其重要。现代艺术的"宣言",也不都是反视觉宣言,只是绘画意识变得强烈而已。

就像哲学界要走出康德一样,丹托提出了在艺术领域走出格林伯格的问题。对于丹托来说,格林伯格代表了一个过渡时期,在这一时期,艺术不再追求对视觉的征服,但仍然保持着与美的联姻。

当德国哲学走出康德后,就迎来了黑格尔的时代。实际上,丹托的许多思想也正是从黑格尔那里汲取营养的。怎样既避免滑向"视觉征服"的抽象理论,避免仅仅从技术角度看待进步,又克服否定进步的观点,从而在社会历史发展的进程之中描述艺术的进步?这是丹托进行理论思考的出发点。从这个意义上讲,黑格尔关于艺术进步的观点给了他重要的启发。黑格尔认为,绝对精神的发展,经历了艺术、宗教和哲学三个阶段。艺术的本质在于理念的感性显现。理念在没有获得适合于它的感性显现时,就出现了象征型艺术;理念在与它的感性显现相互契合时,就出现了古典型艺术;理念溢出它的感性显现之外时,就出现了浪漫型艺术。这是一个宏大的有关艺术之中理念与感性显现之间关系的进步观。最终,理念的进一步发展,就导致艺术让位于宗教和哲学。并且,在哲学那里,绝对精神回归其自身。黑格尔以自己的哲学宣布艺术时代的远去。

当然,黑格尔的这种对艺术命运的宣判本身,并不具有实际意义。在黑格尔的身后,我们所迎来的是一个艺术的空前繁荣的时代。过去的一百多年,无数的艺术杰作被创造出来,这些杰作中的每一件似乎都以自身的存在,宣布黑格尔"终结说"的破产。一方面,艺术迎来大发展时期,另一方面,又宣布这是"艺术终结"的结果,这无论如何也是说不通的。但是,黑格尔的学说,仍在不断地被人们提起,原因就在于,黑格尔以其巨大的历史感和他对事物发展辩证规律的猜想,说明艺术随着历史的发展而发展,其中有进步的规律可寻,对于这一点,还有人认可,并且有进行理论拓展的余地。因此,进步可以有另一种理解的方式。

丹托当然不是完全照抄黑格尔的学说,他只是指出"视觉征服"者们在胜利后的迷茫状态。在征服不断持续,并且已经超越了雕塑与绘画领域,由其他领域来接棒之时,绘画或传统美术领域之内的艺术与技术之争,以及与此相关的艺术是否进步的问题，终于被突出地提了出来。

二、论"终结"对"分析"的超越

　　阿瑟·丹托与约翰·杜威有两点相同：都在哥伦比亚大学工作过，都受到黑格尔的影响。但这两个相同点，比起他们之间的差异来说，是微不足道的。从某种意义上讲，无论是在哥伦比亚大学，还是在整个美国，丹托都是一位处在杜威的实用主义美学消退和新实用主义美学兴起之间的重要代表人物。

　　丹托是从分析美学阵营开始他的哲学思考的。杜威的实用主义美学在美国的退潮，有多种原因。理查德·舒斯特曼在2002年与我的一次谈话中说，主要有三个原因：一是杜威的左翼倾向不合麦卡锡时代美国的政治潮流；二是他在表述上的非学院气造成哲学家们的不满；第三点，就是杜威没有能回答当时已经形成重要影响的先锋派艺术所提出的问题。① 在一个先锋派艺术风起云涌的年代，不回答当代艺术所提出问题的哲学，当然不能被艺术家接受。

　　从19世纪后期开始的西方现代艺术，向传统的艺术观念提出了挑战。这时，一个古老的问题被人们从新的角度提起。这个问题就是："艺术是什么？"在现代主义出现以前，人们也在思考"艺术是什么"的问题，但在那时，哲学家只是通过对这个问题的思考来看艺术在哲学体系中的定位，而艺术家们则是通过对这个问题的回答来申明他们自己的艺术主张。现代主义艺术的兴起，促成了艺术对观念的依赖。20世纪初年所出现的各种艺术运动，与技能逐渐脱钩，而依赖于观念的发明。丹托写道：

　　　　请想一想本世纪令人头晕目眩的一连串艺术运动：野兽派、诸种立体主义、未来主义、旋涡主义、同步主义、抽象主义、超现实主义、达达主义、表现主义、抽象表现主义、波普艺术、欧普艺术、极简主义、后极简主义、概念主义、照相现实主义、抽象现实主义、新表现主义——这只是列举了人们所熟悉的几种而已。②

---

① 参见高建平：《实用与桥梁：访理查德·舒斯特曼》，载《哲学动态》，2003年第9期。
② Arthur C. Danto, *The Philosophical Disenfranchisement of Art* (New York: Columbia University Press, 1986), p.108.

这一系列的艺术运动，都是在以征服视觉为目的的进步中断以后，走向充分自由的表现。艺术发展到了这一步，就向艺术概念本身提出了问题。这些运动的参与者，当然是以艺术的名义来做各种各样的事。但是，他们所做的，还是艺术吗？这给美学家们出了难题。

理论是灰色的，生命之树常青。这句老话，在20世纪初年仍然适用。当时，众多的美学流派都对这些艺术运动持保留的态度，保持一段距离。

具有激进立场的杜威的实用主义美学，关心艺术与生活的关系，但只是强调从生活到艺术的连续性。这种美学反对从"公认的艺术品"出发来考察艺术，而主张回到生活，将艺术看成是生活的一部分。所谓的"公认的艺术品"，主要指古典的艺术名作。杜威主张"绕道而行"，研究生活中使人感兴趣的经验是如何形成的，原始社会的艺术在生活中起什么作用，未来的艺术应在日常生活和文明的重建中起什么作用。对于正在兴起的先锋派艺术，他小心翼翼地避开而不予评论。

同样避开先锋派艺术的，还有像贡布里希那样的艺术史家。他研究通过"匹配"以纠正"制作"，从而实现视觉再现的希腊艺术革命是如何可能，中世纪的艺术是如何滑向只制作无"匹配"，以及文艺复兴如何重回"制作"与"匹配"之路的历程。当他发现新出现的艺术现象超出了他自己的理论框架时，就采取虚化的态度。

20世纪前期在西欧北美兴起的新康德主义热潮，取另一种思路。新康德主义重视艺术作品的形式分析，强化艺术品形式与欣赏者情感的对应的关系。通过"有意味的形式"，形式与感受的"同形同构"，或者主体通过情感符号来把握对象等概念，研究不同艺术的共同特征。这些新康德主义者能够接受部分现代主义的作品，并对它们进行形式分析；但是，如果这些作品不是由于其形式而成为艺术品，新康德主义就失去了解释力。

正是在这种情况下，分析美学在英国、北欧、北美、澳大利亚的美学界获得了普遍的欢迎。分析美学的思想基础是维特根斯坦的哲学。对于分析美学，门罗·比厄斯利曾经给过一个经典的定义。他认为，针对艺术作品，人们可以有三个提问的层次：第一个层次，是针对具体的作品，问具体的问题，如："《俄狄浦斯王》一剧的逆转在哪里？"第二个层次，是问一些文学艺术的一般性的问题，如："什么是悲剧的基本的或一般的特征？"第三个层次，是对批评本身，所使用的术语，进行研究与争论的方法，等等，进行发问。这第三个层次，就是美学应关注的对象。① 由于

---

① 门罗·比厄斯利:《西方美学简史》，高建平译，第 I 页，北京大学出版社，2007年。

这个原因，分析美学一般被人们理解成主张美学只具有间接性，是一种批评的批评，不针对艺术和审美的现实发言。

当然，这种说法并不错。特别是到了20世纪末期，美学家们试图超越分析美学之时，以此来批判分析美学，是很有说服力的。但是，分析美学曾经具有非常强烈的现实针对性，并且恰恰是由于这种针对性，使它在美学和艺术界产生了巨大的影响。分析美学直面艺术家们所普遍关心的一个问题：为什么从米开朗琪罗的《大卫》，到马蒂斯的《生之愉悦》，到杜尚的《泉》，都同样是艺术品？如果像杜尚的《泉》这样的物品是艺术品，那么，我们又怎样给艺术下定义？

面对这样的问题，像莫里茨·韦兹这样的分析美学家提出，艺术并没有共同的本质，因而无法给艺术下定义。一艺术品与它艺术品之间无法找到共性，而只能是家族类似。但更多的分析美学家，则是从对艺术的定义开始的。丹托提出了艺术是由"艺术界"决定的观点。围绕着"艺术界"，乔治·迪基提出了他著名的"艺术制度论"，认定一物是艺术的理由，是由围绕着艺术而形成的各种机制，如艺术的管理、展示、批评、教学和历史写作的机构等所决定。与此不同，丹托提出，艺术界是艺术史发展到一定的阶段所产生的观念形态，它决定了某物是艺术，或不是艺术。

丹托与迪基在理论上的纷争，在分析美学的历史上具有重要的意义。通过这种争论，美学完成了与艺术的再次结合，先锋艺术的问题进入到了美学讨论的中心。为什么"现成物"或"拾得物"能够成为艺术品？它们在什么意义上是艺术品？当它们成为艺术品之后，艺术的定义是否要改写，又该如何改写？这些都成为美学的焦点问题。围绕着这些问题，人们展开了众多的讨论。

从杜尚的《泉》开始，新康德主义关于形式的分析都失效了，任何从光泽或造型的角度来论证该物品是艺术品的表述，都注定是可笑的。但是，《泉》是艺术品吗？为什么？丹托与迪基，以及其他一些分析美学家的作用，在这里显示了出来。

一物成为珍贵的艺术品的理由，在历史上经历了一系列重要的变化：

> 该物是远古的奇迹，它的存在，曾是人类力量的象征，例如英国的巨石阵，埃及的金字塔，中国的长城。
>
> 该物是用最珍贵的材料制成的，例如迈锡尼人的黄金面具，中国人的三星他拉玉龙。
>
> 该物是能工巧匠的作品，如青铜和陶瓷制品。
>
> 该物体现了巨大的人力耗费和工艺水平的高超，如印度的泰姬陵，中

国的明清帝王宫殿。

该物体现了对数学、几何学的把握和运用，及由此而形成的制作能力，如一些古代的建筑和乐器。

该物体现了人对美的理想，如米诺岛的维纳斯，拉斐尔笔下的圣母。

该物体现了人对视觉的征服，如文艺复兴以来的欧洲绘画。

该物具有来自物的特性并由文学艺术传统所赋予的精神性，如中国文人画家笔下的梅兰竹菊。

该物中的观念性得到突出，通过与观念的结合而形成意义，如现代主义早期艺术运动中产生的一些作品，如立体主义和未来主义，作品意义通过阐释展现出来。

该作品的观念性被表述出来，如中国画家通过"三绝"理想，让题画诗与画本身构成相互阐释的关系。

该作品只是由一些图形甚至单词组成，使观念得到直接的呈现。

通过这样的排比，我们可以看出一个艺术的历程，在其中，艺术成为艺术的物质性原因逐渐减弱，而思想、精神和观念性的原因，在不断增强。

从这个意义上再来看丹托与迪基之争，就可以看出，迪基作为一位坚定的客观主义者，努力要从可见的物质性来寻找一物成为艺术的原因，而与他不同的是，丹托从观念的一面来寻找一物成为艺术的理由。

这种观念性，不应该简单地说成一位艺术家，或者一位艺术馆的馆长将某物当成艺术品，它就成了艺术品。只有揭示这些艺术实践背后的历史原因，分析美学才能得到救赎。黑格尔的美学，正是由于论争中出现这一契机而得以重新进入当代艺术哲学的。黑格尔把世界、精神和艺术看成是一个包罗万象的大过程中的一个片断，他又把艺术看成与宗教和哲学处在一个共同的空间中，有相生相克关系的事物，这就找到了解释的支点。

分析美学是一种基于现状描述的思想，其中没有宏大的历史视野，而只有精细的概念辨析。用一句最通俗的话说，分析美学偏爱语义分析，在忙于纠正人们用词错误时，忘记了正在谈论的对象所具有的现实意义，以及真实的艺术发展过程。通过终结观念的引入，艺术发展、进步，又遭遇困境的历史得到了还原。黑格尔以其巨大的历史感，用精神还原到其自身的过程，说明艺术在历史上所发生的深刻变化。从这个意义上讲，"艺术终结"的学说，正是这种将艺术放在历史的维度中考察的结果。在历史的长河中,艺术作为一种人类精神的产物和印证,有一个进入、发展,性质不断产生变化,占据着精神领域的最重要位置,又逐渐丧失这一位置,变成寻常物,其精神性慢慢远去的过程。分析美学家们不可能看到这个过程,而正是黑格尔和马克思,帮助丹托获得了巨大的历史感,从而也帮助他走出了分析美学。

三、"终结"论反观下的对艺术本质的理解

"终结"的话题,是从黑格尔开始的。黑格尔所做的,是将艺术放在全部精神史的体系之中。在黑格尔的叙述中,充满着对古典艺术的赞美,以及对艺术黄金时代一去而不复返的忧伤。对于丹托来说,情况则不是如此。新艺术的层出不穷,给他带来阐释的焦虑,也由此出现对艺术本质的质询。

丹托自己的对"终结"命题的理解,也有着一个深化的过程。他在1984年提出这个命题时,主要论述了"再现性视觉表象",以及技术的进步的可能性被耗尽后,黑格尔的哲学是怎样提供进步可能性。此后,用他自己的话说,他花了十年的思考,将这一终结观大大地扩展了,将之理解成"全部宏大叙事"的终结。[①]

丹托从四个方面来论证"艺术终结":艺术的哲学化、艺术历史意义的终结、艺术发展与进步可能性的耗尽,以及叙事的终结。应该说,在不同的时期,丹托对这四个方面的强调是不一样的。艺术本来是供人们欣赏的,从欣赏中,可以透露出意义。当艺术品要依赖于解说或阐释才能被人们所接受之时,艺术品的这种独特地位就开始丧失了。这种倾向发展到极致,就是丹托所举的《布里洛盒子》。一件日用品的包装盒,被照样制作了一遍,没有美,不提供欣赏和享受,甚至与原物也看不出有什么实质上的区分,却被当作艺术品。其原因正在于社会和思想文化,以及艺术发展的状况,使得人们对它作出艺术的阐释成为可能。于是,它就成了艺术品。

"艺术终结"的观点,是从进步的观念提出来的。当我们说,一代人有一代人的艺术之时,似乎在暗示,后代胜过前代。后一代人的艺术是比前一代人强了,弱了,还是只有变化,如果是强了,那就是艺术的进步,如果弱了,就是退步,如果说,只有变化,那就是不进不退。艺术向着一个方向发展,是进步。艺术有了多种可能

---

① Arthur C. Danto, "Acknowledgments," in *After the End of Art: Contemporary Art and the Pale of History* (Princeton: Princeton Press, 1997), p.XV.

性：怎么样都行，不体现技能，与美无关，只是在一定的"精神—社会—物质"一体性的层面起着对话功效，这时，艺术就"终结"了。

什么是"终结"，人们似乎一直处在误读之中。丹托作过多次申明，说"终结"（end）不是"死亡"（death）。

在终结说遇到质疑时，他打过这样一个比方，说明什么是"终结"：童话都是用这样的话结束：从此王子与公主过着幸福的生活。经历了种种磨难，故事到达了一个幸福的结局。这时，一个叙事结束了，以后的叙事并非不存在，而是与此无关。

其实，类似的比喻会很多：

康德为了升职，焦虑地发表各种研究成果。等他当上了教授，于是十一年不发表著作，潜心思考，终于一下子写出了《纯粹理性批判》。他为了职位晋升而作的努力的终结，只是他的真正学术生命的开始而已。

一个人工作了一辈子，在职位上一步步向上晋升。后来退休了，职位也就不再重要，最重要的东西变成了家庭、健康和后代。

丹托说了一个犹太笑话：当狗死了，孩子们离开了家，于是生活开始了。这个故事，在当今中国的城市家庭中则更典型：一对夫妇自从有了孩子，就进入到让孩子进更好的幼儿园、小学、中学、大学的竞争之中。为不让孩子输在"起跑线"上，这个家庭吃苦耐劳，齐心协力，为着一个目标而奋斗。终于，孩子有了自己的事业和家庭而离开了，于是，复归二人世界。一个人生的使命结束了，开始了新的人生使命。

如果想通一些，将终结说成死亡，也没有什么不可以的。《哈姆雷特》剧终时，哈姆雷特死了，丹麦王子来了，新生活又会开始，这也是"终结"。一个人死了，无论是带着希望死还是带着失望死，生活终将前行。

在丹托的《艺术的终结》一文发表五年之后，亦即他的收有《艺术的终结》一文的著作，即《哲学对艺术的剥夺》一书出版三年之后，弗兰西斯·福山发表了他轰动一时的《历史的终结？》一文。比较丹托与福山的"终结"观，会给我们一些有益的启示。正如我们前面所说，丹托的"终结"观来自于黑格尔，福山也是如此。但是，福山认为，马克思对这种"终结"观进行了改造，并发展出了以《共产党宣言》为代表的历史终结于共产主义的观点。这是福山所反对的。福山从一位名叫亚历山大·科耶夫（Alexandre Kojève）的俄裔法国学者对黑格尔的阐释得到启发。科耶夫的结论是，黑格尔认为历史终结于1806年，那一年，拿破仑在耶拿之战中打败了普鲁士军队，标志着法国革命的自由、平等理想的胜利。福山还反对经济对政治文化的决定观点，认为要用黑格尔的理念克服来自左翼的对唯物史观的强调和来自右翼的《华尔街杂志》派的决定论唯物主义。

与福山相比，丹托所接受的黑格尔终结观，更多的受到了马克思，而不是科耶夫的影响。

丹托喜欢用马克思的话，说明历史的终结。马克思设想道："在共产主义社会里，任何人都没有特殊的活动范围，而是都可以在任何部门内发展，社会调节着整个生产，因而使我有可能随自己的兴趣今天干这事，明天干那事，上午打猎，下午捕鱼，傍晚从事畜牧，晚饭后从事批判，这样就不会使我老是一个猎人、渔夫、牧人或批判者。"① 历史是从原始社会开始的，它会在共产主义社会结束。共产主义社会之后，生活还会继续，而且是幸福的生活，但那就是一个后历史的时代。分工造成的物质对人的统治，由此形成的人的奋斗历程，在这里终结了。

与此相对应的是，丹托认为，艺术终结的标志是："正如马克思也许会说的那样，你可能早晨是一位抽象主义者，下午是一位照相现实主义者，晚上成了极简的极简主义者。或者你可剪纸人，或者做任何你喜欢透顶的事。多元主义的时代来临了。你无论做什么都已无关紧要，多元主义的意思就是如此。当一个方向与另一个方向一样行得通时，方向的概念就不再适用。"②

但是，这时还有艺术吗？艺术的本质是什么？丹托提出一个定义：辨别艺术与非艺术的根本特征，一个极简的定义，在于在历史的一个独特的阶段，由于借助理论而进行阐释，一物能获得意义而另一物不能。

这么说当然太抽象了。如果我们回到当代艺术的命运问题，就可以看得更清楚一点。艺术发展到 20 世纪后期，实际上是在双重压力下走向"终结"的，一种是丹托所谓的被哲学所剥夺，而另一种则是被美所剥夺。前一种情况存在于哲学家的焦虑中，而后一种情况下则存在于资本家的快乐和资本家所制造的快乐之中。前一种情况造成艺术与美脱离，后一种情况造成美压倒艺术。这后一种情况，就是日常生活审美化所带来的从工艺设计到通俗文化，再加上娱乐业所带来的处处皆美的世界。艺术在这种双重压力下终结，而马克思可被用来代表不同于两者的另一条艺术之路。

---

① 马克思、恩格斯：《马克思恩格斯选集》第 1 卷，第 85 页，人民出版社，1995 年。
② Arthur C. Danto, *The Philosophical Disenfranchisement of Art* (New York: Columbia University Press, 1986), p.108.

四、"艺术终结"批判：夸大其辞却又意味深长

"艺术终结"的说法，正如前面所说，在美学界引起了轩然大波。丹托后来一再申明，艺术终结不等于死亡。然而，他关于艺术终结的第一篇论文，恰恰是在一本题为《艺术的死亡》(贝瑞尔·朗主编，纽约：纽黑文出版社，1984年)的书中，作为主题论文而发表的。

康德当上了教授，与哈姆雷特死了，其间的差别当然是巨大的，但作为某个阶段的终结，另一个阶段的开始，两者都是一致的。其实，最重要的不在于死与不死，更不在于指责人们不懂区别，把终结当成了死，而在于理解作者为什么这么说。也许，这只是一个学术策略而已。在一个学术上众说纷纭，新思想、新观念层出不穷的时代，只有说一些特别的话，才能引起人们的关注。从这个意义上讲，他自己也应该对这种误解负责，或者，他所需要的正是这种模糊性。

他的这种做法，使我想到一个故事：某贵妇人举行盛大的生日宴会，一客人献诗，第一句道："这个女人不是人"。举座大惊失色，这句话太冒犯了。于是，所有的客人都静了下来，听他接下来如何收场。他接下来的一句是："九天神女下凡尘。"于是主客皆转怒为喜。这位献诗的客人，一定是这次宴会上的明星。天长日久，那场宴会上的所有最有才华的客人的献诗献辞都会被人们忘记，但这两句诗，会被在场的客人们永远记住。

的确，丹托的这种叙事策略成功了。在过去的近三十年中，人们一直围绕着艺术是否终结了，是否会终结，终结后又会怎样，这一类的问题进行着长久而热烈的争论。大批的文章和书籍被生产出来，人们按照丹托或多或少曾设想过的轨道思考着，制造着与此相关的美学知识。通过大喝一句奇特的口号，使人们警醒，再说其中的道理，这已经成了一种习惯的做法。当然，正如前面所说，"艺术终结"的表述确实有着真实的内容。

所有艺术的这种种"死法"，都表明一个意思：艺术是存在于历史之内的。它有着一种内在的"进步"，没有这种进步，就谈不上什么"终结"。

对于我们来说，最容易理解的"终结"，也许是中华古诗词。这是一个很好的范例。"诗"和"词"的艺术，曾经在唐宋时代创造出了最辉煌的作品，显示出最活跃的创造力。到了明清时期，达到了它的成熟期，在技巧上，全面超越了唐宋，但无论诗人怎样努力，却很难创作出唐宋时代那种充满朝气的作品了。"五四"白话文运

动和新诗兴起后，古体诗词就"终结"了。尽管在此以后，古体诗词还被大量生产出来，并且偶尔还会出现一些精品佳作，甚至在一些特定时期，由于一些特定的原因，在一些特定的范围内，出现短暂的繁荣。但是，作为一种艺术方式，它们已经衰老了，属于退休后的天才发出的"夕阳红"而已。我们能继续从这伟大的艺术形式中汲取无尽的营养，我们会继续教导我们的后代从小背诵中华古诗词，但纵观一个长远的历史过程，我们只能或者无限忧伤和惋惜或者满怀对未来的无限期待，目睹它们渐渐离我们远去。毛泽东写道，旧诗索缚思想，不宜在青年中提倡①。他是对的，尽管他自己也作旧诗而且作得很好，尽管古诗词的写作群体仍然非常巨大，尽管中国新诗的成就常被人质疑。

与古诗词相同，绘画也是如此，无论是欧洲的写实绘画，还是中国的文人绘画，在现代社会面前，都面临着重重危机。我们可以继续去博物馆、美术馆欣赏这些古画，我们可以在现代艺术中不断使用这些艺术的元素，我们甚至还可以继续将临摹这些艺术当作学习手段，但作为艺术形式，它们已经古老了。继续以这些方式制作绘画，只能像今人写古体诗一样，仿佛不是创造什么新的东西，而是借用现成的形式放入什么东西一样，免不了给人以一种游戏感。世界是一个过程，没有时空隧道可以让我们回到过去。我们只能生活在当下，这是丹托给我们的最重要的启示。

在《艺术终结以后》一书中，丹托通过对格林伯格的批判，提出了一个主题：表现论的破产。艺术有没有可能有这样一种进步，即表现的进步？不同时期的作品表现了不同时期的感受，尽管从作品本身看无所谓进步，但生活进步了，于是相应地被认为有进步。对此，丹托取否定的态度。这不是艺术的进步，而是表明艺术无进步。一个人二十岁时作画，五十岁时作画，八十岁时还作画。不同年龄有不同的作画风格，表现了不同的心境。这是不是进步？年龄长了，画的功力也会长，这当然可称为进步。但如果把"功力"一条抽去，光就"心境"的不同，对比年龄来说进步，是不是可以？不同年代的艺术家写各自不同年代的感受。社会发展进步了，能不能说艺术也在进步？丹托说，这不叫进步！进步是这样一种情况，它是像内在生命力被展开一样存在于艺术之中，使它完成一个生命过程。一朵花从花蕾，到初放，到盛开以至衰败，是一个过程；一个人从童年到青年、壮年到老年，也是一个过程：那里面有进步。孩子学习向上，是进步，老年人活到老学到老，也是进步。艺术的进步正是从这个意义上讲的。艺术的终结，也只有在这个意义上才能成立。

---

① 见毛泽东：《关于诗的一封信》，收入张炯编，《中国新文艺大系·理论史料卷》，第12页，中国文联出版公司，1994年。

但是，所有这些进步的终结，都是在复数的意义上讲的。一种艺术形式或门类兴起了，又最终消失了。人类目睹这种种艺术的兴和衰。这就是历史，沧海桑田，历史在循环往复，这本来已经是人们的常识。但是，丹托想要说的，是一个大写的、单数的"艺术"（Art）的兴起和衰败，这就成了人们所要面对的一个大问题。

"艺术终结"的观念是以大写字母开头的"艺术"（Art）的存在为前提的。理论家们首先假定它的存在，又宣布它的死亡。这里面既有虚构，也有真实。

当我们说青铜器艺术的终结，中华古诗词的终结，或再现性的、以制造错觉为目的的艺术终结之时，我们说的是小写字母开头的，具体艺术样式或门类的终结。这种终结是到处可见的。艺术本来就处在这样一种活态的环境中，一种艺术衰老了，另一种艺术生长起来。艺术史本来就是这样一部生生不息的历史。

但从整体说艺术终结了，那就是另外一回事了。这种终结观的前提，是有一种整体的艺术观。从阿尔贝蒂和瓦萨里等文艺复兴时期的人文主义者们所代表的早期现代，到从维柯、夏夫茨伯里、鲍姆加登、巴图和康德，艺术逐渐被单数化，成为一个整体。复数的 the fine arts 形成，从而标志着现代艺术体系的诞生之后，通过艺术概念的寻求，大写字母 A 开头的 Art 被建构起来，从而有了统一而单一的艺术，形成了关于单数的艺术界和艺术风格、流派和单一的艺术理论的追求。这时，某一种艺术风格，例如巴洛克，被认为理所当然地在其他的艺术门类中都有体现；某一种艺术运动，例如浪漫主义，可以席卷所有的艺术门类。从这个意义上讲，我们可以合理地去问一位音乐理论家：我知道达达主义在绘画上闹出的动静很大，你们音乐界怎么样？

回到前面的话题上来，大写字母 A 开头的 Art，以及由此而带来的统一而单一的艺术界、艺术定义和艺术理论，既是实在也是虚构。作为现代性的一个标志，它代表着种种"进步"的汇聚，在种种观念的作用下，它们被凝结在一起。这时，一种不是针对具体艺术门类而言，而是对整个艺术而言的"终结"，才有可能被想象。

去除了一元，就迎来了多元。终结了单一的艺术概念，就使艺术的多样化成为可能。新生活、新观念、新技术，都给艺术带来了新的机遇。生活中的每一点滴变化，都会在艺术中带来新的东西。这些是进步吗？如果不是，那么，艺术又是以什么形式存在着？

当代种种复杂的艺术现象，以及对单一艺术概念的超越，使得定义艺术变得愈加困难，艺术的性质也更为多样。前面说到过丹托的定义，即艺术是在一定的历史阶段，借助理论阐释能获得意义之物，其实也会带来很多的困难。

它意味着一切具有表意性之物都是艺术。我们走在街头，看到的每一面旗帜，不管是国旗，还是各种组织、公司和机构的旗帜，都具有表意性。当然，这里面还有一个对谁有意义的问题。有的旗帜的意义是公众性的，有的旗帜的意义则局限于一定的范围。同样的情况还适用于我们在街头看到的所有的广告、路标，以至于所有的房屋，家具、陈设和设施，以及所有的自然山水草木，它们都可能具有表意性。这样一来，我们所讲的，已不再是什么物是艺术品，而是什么物在什么历史情境和什么样的理论阐释条件下，可能成为或事实上成为了艺术品。

然而，问题并没有到此为止。实际上，如果我们说这一切都是艺术品的话，那么，我们就等于是取消了艺术这个概念本身，或者将这个概念转化为只是一种看事物的角度而已。这是一种实质上的取消主义的态度，并不符合丹托理论的精神。对于丹托来说，艺术是有定义可寻的，至少这种对定义的找寻过程是有意义的。

五、再论"艺术进步"与艺术意义的重新获得

马克思在《〈政治经济学批判〉导言》中写道："进步这个概念决不能在通常的抽象意义上去理解。"[①] 自从该文发表一个多世纪以来，这句并不完整，但充满潜台词的话，引发了无数的解读。不在"通常"的意义上理解，那要在什么意义上理解呢？马克思的话，至少给我们两个信息：他相信，"进步"是存在的；我们需要理解"进步"，但不能"抽象"地去理解。什么是"抽象"呢？这可能是将社会历史状况和条件抽出去，就艺术而谈论艺术，例如，从"视觉征服"，或工艺水平、知识和技能等某一个单一的方面看待进步。这也可能是从社会的一般发展来谈，例如，空洞地谈论一代人有一代人之文学和艺术，而看不到文学艺术史上某一个时代人才辈出，群星灿烂，而另一个时代平淡平奇，乏善可陈的内在原因。

联系他这篇文章的全文，我们发现，马克思把这个问题放在了一个更大的，充满生物学比喻的框架之中。马克思将社会的物质基础的发展比喻成"骨骼"，那么，政治、法律、教育等似乎就是它的血肉，而文学艺术就是它的相貌才华了。骨骼长大后，人的整体都在长大。这个比喻很有趣，联系到下文中马克思将希腊人比喻成

---

① 马克思：《〈政治经济学批判〉导言》，收入《马克思恩格斯选集》第2卷，第27页，人民出版社，1995年。马克思的这部手稿写作于1857年8月底至9月中，首次发表于1902—1903年《新时代》第1卷第23—25期。

儿童，说明马克思对这样一个比喻很看重，他强调，整个社会的进步就像个人的成长一样，身体的各部分发展，以至这个人的相貌、能力、才华、经验，都呈现出协调发展的趋势。

上面所说的这一层意思，是理解的基础。在这个基础上，马克思提出，这种发展的内部充满着不平衡。他举的例子是，在教育和法律等关系之中，就存在着发展的不平衡。发达的经济基础上，可能会有着落后的教育和法律观念，反之亦然，在生产力水平低下的状态下，也可能在教育、法律观念上实现对自己所属时代的超越。

由此更进一步，我们理解"物质生产的发展同艺术发展的不平衡关系"才有可能。希腊艺术尽管繁盛，对我们有着永久的魅力，但它是在希腊神话的土壤上生长起来的。在一个生产力和科学知识和科学技术得到发展，从而排斥神话态度的社会状态下，就不可能产生希腊艺术。人类社会发展的各个不同阶段上，应有着分属于各个不同阶段的艺术。能否将属于自己阶段的艺术创造出来，这与一个人能否将属于自己阶段的美丽和才华展现出来，从道理上讲是有一致之处的。

从儿童到成人，骨骼长大了，全身都在长，变成熟，走着自己的人生历程。但是，这种发展又不可能完全同步。如果说到相貌才华，则更是如此。拿演员来打比方，有甜美可爱的童星，有靓丽的青春偶像，有才华横溢的中年实力派演员，有宝刀不老的艺坛常青树，每一个年龄段都可能有着自己的精彩。一位演员的一生，最理想的情况是在各个年龄段都展现出精彩来。不早熟，不装嫩，努力获得属于自己年龄阶段的美丽。当然，这很难做到。不同的人，可能会有不同年龄段的精彩：可能有人见人爱的童星，长大后却平淡无奇；有流星般在艺坛昙花一现的青春演员，过了这个年龄就宣布退出艺坛；也不排斥有人青年时默默无闻却大器晚成，成就一番夕阳红。在这个世界上，有着不同的文明。它们各自有自己的文明诞生、成长、成熟和衰亡时期。马克思说，希腊人是"正常"的儿童，不"早熟"，不"粗野"。这句话在反西方中心主义者那里，引起了一些反感，认为这在暗示西方的优越。其实，对此不必如此引申。今天的希腊人，与当年的希腊人可能是同一个民族，但他们在文明上已经不再是第一小提琴弹奏手。马克思的思路，对于我们来说，是有启发的。不同文明可以在不同"年龄段"上出彩，种种的机缘和内外原因，使得它的创造力在一个特定的时期得到最充分展现。

不管丹托对马克思的理解是否达到这个程度，甚至不管丹托有没有认真研读过《〈政治经济学批判〉导言》，至少，马克思、恩格斯的《德意志意识形态》中所展现的历史观和对未来的设想，使其产生了深刻的印象。丹托写道："艺术会有未来，只是我们的艺术没有未来。我们的艺术是已经衰老的生命形式。"① 他是在这样一个处境中谈论艺术的：艺术既是单数的，也是复数的；艺术既是大写的，也是小写的。现代艺术观念，对他来说，已是既定的现实，但他却时刻意识到它的局限性并试图超越它。他说"我们的艺术"时，说的已不是复数的、小写的艺术，而已经是单数而大写的艺术。这是一种与走向全球的、与现代性联系一起的艺术。今天，这种艺术衰老了，没有未来。但艺术本身还是有光明的未来的。这个艺术，就是复数的、小写的艺术。

前面所提到的关于"艺术终结"的四点理由，我们都可以反过来看：

艺术哲学化了，但非哲学并抗拒哲学的艺术会生长出来。当代的艺术，特别是精英圈以外，不以先锋自居，面向市场的艺术，已越来越感性化。当我们谈论艺术的哲学化时，必须考虑这一背景。艺术哲学化，是以更为巨大的艺术的感性化为对立面而存在的。对那些面向市场的艺术，如果简单地宣布它们不是艺术，那只是理论的逃避而已。

哲学说，艺术的历史意义终结了，实际的情况却是，理论总是灰色的，而生命之树常青。只是在精神和意识的范围之内考察艺术、宗教和哲学显示理念的方式，会带来一种褊狭的、无视生活和现实的理论狂想。社会生活的发展，使人类的文化和审美需求也得到了空前发展。与此相应，美学和艺术也受得空前的挑战。压力同时也是动力，当社会和文化向艺术和美学提出要求时，艺术和美学所面临的不是终结，而是发展的空前机遇。

艺术发展与进步的可能性被耗尽，只是指一种艺术形式而言。实际上，人类发展与进步的可能性，并没有被耗尽，也只有在这种意义上讲，人类有未来，艺术也有未来。正如前面所说，面对着技术的发展，可能有紧跟技术、与技术保持距离，以及反技术的艺术，三者都有充分的发展空间。

最后，某些宏大叙事遇到了危机，但叙事却没有终结。或者说，在宏大叙事终结之时，叙事本身却正在经历着前所未有的大繁荣、大爆发。如果了解一下，在当今，每年会生产出多少长篇小说、中篇小说和短篇小说，有多少网络小说、博客故事在网络上出现，有多少民间故事、百姓故事、历史故事被记述、整理，进入大众阅读的范围，就可以知道，叙事在今天正以几何级数增长着。

回到前面所陈述的丹托的定义，艺术要有从属于自己特定历史和理论氛围的表

---

① Arthur C. Danto, *The Philosophical Disenfranchisement of Art*, p.97.

意性，这个意义应该是针对现实社会的发言，是以自己的活动对社会的参与。

让我们回到一个古老的故事。古希腊哲学家毕达哥拉斯说，参加奥运会的人有三种，第一种是运动员，第二种是观众，第三种人是来做生意的。谁是奥运会中最高贵的人呢？他给了一个奇怪的回答：观众。这个回答其实并不奇怪，它代表着欧洲传统哲学的一个大倾向，即对世界和人生的旁观者态度。毕达哥拉斯也许是欧洲第一位美学家，他在探寻美的数学规律。由这个观点看，旁观者的态度也是全部传统美学的一个根本倾向。通过旁观者的态度，对世界作不切身的观察，这才有了诗与哲学之争，这才在历史上多次宣布哲学的胜利，也正是在这个意义，尼采抨击美学是女人的哲学。

与这种传统观点相反，正像世界被金融家所控制一样，部分文化产业的从业者会说，在这三种人中，最高贵的是去做买卖的。奥运会和一切的体育事业和文化事业一样，在他们看来最重要的是提供商机。买卖人有"身价"，于是高贵；买卖人有"实力"，于是一言九鼎。人类一切活动的意义都被归结为能否赚到钱。天下熙熙，皆为利来，天下攘攘，皆为利往。文化产业的赢利特性，被强调到极致。

无论旁观者还是买卖人，都会带来艺术的"终结"。运动会的主角，还应该是运动员，是那些在运动场争夺荣誉，赢得桂冠的运动员。具体到艺术中，则应该向艺术家回归，把旁观者和商人抢占去的地位争回来。由此再次回到马克思的理想，我的理解是，并非一个人要像丹托所说的那样要兼任多种风格的艺术家，而是一个人能在做各种工作的同时，也能涉猎艺术，有着对艺术的喜好，生活得更有情趣。让人人成为艺术家，让成为艺术家的人们相互欣赏，让艺术的生产者占据主体地位，让他们在生活中创造意义，这是艺术的未来，是艺术走出"终结"之道。

写到这里，浮想联翩，我想起在欧洲游历的一个片断。一天，我坐火车经过美丽的托斯卡纳平原。远远看到一个村庄，蓝天绿地之间的一簇低低的平房中，像画龙点睛一样，矗立着一座小教堂。看到这片风景，我在想，那是一个小世界，村里的人过着恬静的生活，有着他们的喜怒哀乐。如果教堂的钟声响了的话，村里的人们会打开家门，到小教堂去看看究竟发生了什么事。"艺术终结"的钟声，是什么样的钟声？是警钟声吗？是丧钟声吗？不管怎么说，是有什么事发生了。如今，"艺术终结"的钟声已经响遍全球。但愿它像是呼唤人们去晨祷的钟声一样，祈祷向死而生的艺术死而复生，有一个光明的未来。

（原载《学术月刊》，2012年第3期）

文学风尚与时代文体

——《人民文学》(1949—1966)头条的统计分析

黄发有

  头条是期刊的门面,"十七年"时期雄踞"国刊"地位的《人民文学》的头条,更是重中之重。《人民日报》的副总编辑米博华认为《人民日报》的头条具有特殊的意义,即"政治导向性"、"工作指导性"和"舆论引导性"[①]。作为机关刊物,"十七年"时期《人民文学》的头条同样把鲜明的导向性作为其首要目标,编者站在把握文学的整体走势的高度上来确定选题,组织稿件,纵观全局、突出中心、引导舆论是头条作品的基本功能。在"十七年"时期,文学期刊作为"计划期刊",被划分成国家级、大区级、省市级、地市级等级别,不同刊物有相应的行政级别和管辖范围,《人民文学》成为其他文学期刊争相模仿的样板。《人民文学》作为处于领导地位的文学刊物,其头条作品就成了文学的时代标杆,具有鲜明的时政色彩,及时地向文艺界传达当时的中心任务,以范本的形式提醒广大作家应该"写什么",应当"怎么写"。《人民文学》的头条作品紧扣时代与文学的热点话题,具有统领全局的意义,是对文艺政策的热切呼应与深度诠释,以显要的位置向文学界发布一种权威的声音,传播价值的最大化是其基本的功能定位。

---

① 米博华:《关于头条》,载《新闻战线》,2006年第7期。

一、文学导向

《人民文学》于1949年10月25日出版创刊号，1949年12月1日出版第一卷第二期，1966年5月12日出版第5期后停刊。其间出版了6本双月合刊（1952年3—4月、1953年7—8月、1957年5—6月、1961年1—2月和7—8月、1963年7—8月），在"十七年"时期一共出版了193本杂志。在这些杂志中，有15本刊物采用了双头条的形式，即目录头条和内文头条分离，一篇作品占据了目录的头条位置，另一篇作品排在内文的最前列。在15本杂志的双头条中，有7本刊物把篇幅较长的长篇小说选载（周立波的《山乡巨变》连载、刘白羽的《风雪赞歌》节选）、多幕话剧（老舍的儿童剧《宝船》、曹禺等的《胆剑篇》、蓝澄的《丰收之后》、刘厚明的《山村姐妹》）或电影文学剧本（张骏祥的《白求恩大夫》）列在目录的头条位置，在内文中排在最后，而把另一篇篇幅较短、质量上乘的作品排在内文的最前列，避免头重脚轻，也便于读者阅读。唯一例外的是1958年第1期周立波的《山乡巨变》连载，排在内文的二条。另外7本刊物的双头条，基本上是名家与新人兼顾或两种文体并重的结果。

"十七年"《人民文学》的头条大多为独立的单篇作品，但内容相仿、主题一致的组合头条是《人民文学》经常采用的编辑策略。根据我个人的统计，在193本杂志中共有35本刊物采用了组合头条的形式，这是一个不应当被忽略的比例。组合头条以集束性稿件追踪热点，突出重点，多作者多角度多方法的组合方式形成一种多声部的合唱效果，有利于对焦点问题的复杂内涵进行深入开掘。毋庸讳言，组合头条具有组织、督导、管理作家及其创作的功能。组合头条集中体现了刊物对于国内外重大事件和全国性文艺运动的基本立场，也是作家以群体方式拥护政策的表达方式。对于"专栏"和"特辑专号"的编辑意图，"编者的话"中有明确的说明："目的在于表明我们想提倡什么。"① 该刊先后推出了"反对美国侵略台湾朝鲜"（1950年第8期）、"志愿军诗辑"（1952年第5期）、"庆祝苏联共产党（布）第十九次代表大会召开"（1952年12期）、"白居易、涅克拉索夫、裴多菲纪念"（1953年第2期）、"斯大林同志永垂不朽"（1953年第4期）、"拥护中华人民共和国宪法草案"（1954年第7期）、"庆祝第二次全苏作家代表大会召开"（1955年第1期）、"提高警惕，揭露胡风"（1955

---

① 《编者的话》，载《人民文学》，1958年第12期。

年第6期)、"坚决肃清胡风集团和一切暗藏的反革命分子"(1955年第7期)、"纪念《在延安文艺座谈会上的讲话》发表十五周年"(1957年5—6期合刊)、"伟大的十月革命四十周年纪念"(1957年第11期)、"群众创作特辑"(1958年第8期)、"春光明媚(工人诗选八首)"(1960年第2期)、"《红旗歌谣》颂"小辑(1960年第3期)、"高举反帝的旗帜"诗辑(1960年第6期)、"新民歌十六首"(1960年第11期)等专辑、小辑或特辑。每年的第十期几乎都会发表庆祝建国的系列稿件,代表性的为"庆祝国徽图案实施"(1950年第10期)、"庆祝建国五周年"(1954年第10期)、"庆祝建国十周年"(1959年第10期)、"歌唱祖国"诗辑(1960年第10期)等,集中发表颂歌体的抒情散文、抒情诗歌和弘扬爱国主义的言论,歌唱祖国感念党恩歌颂毛泽东是其核心主题。"三结合"的创作方法出台以后,尤其是在1964年以后,为了集中展示群众性文艺运动的成果,《人民文学》的头条中经常集中刊发工农兵的业余创作。从1964年第1期到1966年第5期,在29期刊物中,有三期"新花集"和三期"故事会"小辑,有三期"大写社会主义新英雄"征文作品,各有一期推出了"金黄万里报丰收"、"工矿春讯"、"沸腾的工厂矿山"等小辑,其间还发表了"战斗的春天"、"英雄的越南人民必胜"、"在反帝斗争最前线"、"向王杰同志学习"、"钢铁战士麦贤得"等组合头条,组合头条成了刊物的常规武器,这也反映出当时文学创作的个人空间的萎缩。关于组合头条,有些细节也是耐人寻思的,譬如1955年6月8日出版的第6期杂志,其组合头条"提高警惕 揭露胡风"刊登了刘白羽等人撰写的14篇文章,其中8篇在文末注明了写作时间,最早的是"5月14日",最晚的是"5月16日夜"。写作时间的高度集中折射出"揭露胡风"作为一项政治任务,是经过高效组织的步调一致的集体行动。

"十七年"《人民文学》有15篇头条(其中1篇为目录头条)转载自其他报刊,这种现象常常被研究者忽略。此外,1963年2期袁水拍的组诗《访越记事诗》(五首)中,《蓝天怎能划一条线》也曾在《人民日报》发表。15篇转载作品中,有5篇为转载文学新人尤其是工农兵作者的新作,3篇是毛泽东的诗词和文章,2篇《人民日报》社论,还有胡乔木的《词十六首》、姚文元的《评"三家村"》、周立波的《扑灭法西斯细菌》、杜鹏程的《飞跃》和沈汉民的《思想大解放,生产翻一番》。转载的头条承载了鲜明的上行下达意识,通过转载领袖文章和《人民日报》社论,在政治上保持高度一致,同时也向文学界传达最新的政策动向;另一方面,通过转载地方报刊的新作,整体性把握全国文学走势,凸现《人民文学》在文学期刊中的领导地位,加强对地方性期刊的引导与辐射作用。《人民文学》的选载实践,进一步强化了其引领潮流汇聚共识的核心地位。编者这样定位选载形式的功能:"我们认为《人民文学》有责任在版面上反映全国各地区、各兄弟民族、各个战线上的建设和斗争的面貌,也有责任把全国文学创作中最优秀的作品集中地介绍给全国人民。"①就原发报刊而言,这些头条中有 6 篇转载自《人民日报》,3 篇新人新作转载自《解放军文艺》(1963、1964、1965 年各 1 篇),这间接地反映出"十七年"文学传播的基本格局:领袖作品和《人民日报》社论是文学期刊守护政治立场的指南针;而《解放军文艺》在主流意识形态的空间里,1963 年以后其地位日渐提升,相伴的则是《人民文学》的边缘化,反复的转载行为本身就折射出此消彼长的复杂过程。值得注意的是,《人民文学》对具有导向性的社论和领导人讲话的转载都是原封不动,对文学作品的转载则往往进行艺术加工,或者要求作者进行修订,在刊行时还常常配发名家的点评文字。譬如,1958 年第 6 期选载了茹志鹃的《百合花》、王愿坚的《七根火柴》、勤耕的《进山》等短篇小说,并在显著位置(二条)刊发了茅盾的《谈最近的短篇小说》,在高度肯定这些作品的基础上,对短篇小说创作的现状和存在的问题进行总结和反思;1963 年第 7—8 期在目录头条的位置转载了 5 篇新人新作,配发了侯金镜的《读新人新作八篇》;1965 年第 11 期的头条作品是刘白羽的《写在两篇短篇小说前面》,对刊物转载的青年农民刘柏生的《第一次当队长》、《锄头的故事》进行点评。在某种意义上,《人民文学》具备了原创期刊和文学选刊的双重功能,早在一卷六期(1950 年 4 月出版)就转载了两位工人作者的《我的老婆》和《于师傅这二年》,李准的《不能走那条路》、赵树理的《"锻炼锻炼"》、《灵泉洞》和王愿坚的《普通劳动者》等作品也都进入了其选家视野。这些作品在首次发表时往往没有引起关注,而转载行为迅速提升作品的影响力,产生巨大反响。创刊于 1980 年 10 月的《小说选刊》,正是《人民文学》选载功能分化的产物。

"十七年"的《人民文学》有 9 篇头条作品是译作,这是透视当时中外文学关系的一个重要窗口。二卷五期在首栏集中刊发了 6 篇东欧社会主义国家作者的译作,三卷四期的头条是聂鲁达的《对生命的责任》。尤其值得注意的是,五卷一期在首栏发表了苏联作者的 5 篇讨论"电影文学剧本的创作问题"的小辑;1952 年 12 期的头条是《苏联共产党(布)中央委员会的报告〉中关于文学艺术的指示》,"编者按"特别强调"对我们今天中国的文艺创作,都有着直接的指导的意义";1955 年 1 期、1955 年 2 期的头条分别是《苏联共产党中央委员会致第二次全苏作家代表大会的贺

---

① 《编者的话(之二)》,载《人民文学》,1959 年第 1 期。

电》和西蒙诺夫的《苏联散文发展的几个问题》。在中苏关系的蜜月期,中国文坛对于苏联的文学政策和文学动向采取了及时而迅速的反应,并照搬过来指导本土的创作实践。编者对于译稿曾提出这些要求:"(一)世界各国,首先是苏联和人民民主国家的革命作家的代表作品或特别优秀的作品;(二)有正确观点的重要的文艺理论批评,首先是苏联和人民民主国家的带指导性的文艺论文,重要的作品评介,重要的创作问题讨论;(三)用新观点来论列世界著名作家或著名作品的研究文章。"[①] 耐人寻思的是,此后一直到1964年,《人民文学》的头条没有再发表过国外作品,直到1965年在第2、3、5期连续以组合头条的形式,发表了表现东南亚人民反对美帝国主义的作品,3篇头条分别是:印尼班德哈罗的诗歌《走人民道路》、日本窪田精的报告文学《我从河内来》和越南制兰园的政论《伟大的一九六五年》。与译作形成同步互动的是国际题材的创作,"十七年"《人民文学》的头条中有19篇牵涉国际问题的原创作品,其中在1950年至1954年间密集发表了7篇反映抗美援朝的头条作品,即郭沫若的《鬼脸骇不了人》、周立波的《扑灭法西斯细菌》、梁艾克的《朝鲜前线诗抄》、《志愿军诗辑》、柯仲平的《献给志愿军》、巴金的《黄文元同志》、路翎的《洼地上的"战役"》,文体兼容言论、诗歌和小说,总体风格上类似于战时新闻,追求短平快,愤激的情感富有爆发力,而《洼地上的"战役"》堪称异数;与苏联相关的头条3篇,即艾青抒写访苏感受的《幸福的国土》(1952年第11期)、毛泽东的《最伟大的友谊》(1953年第4期)和巴金的《伟大的革命 伟大的文学》(1957年第11期);与越南相关的3篇(组),即何其芳的《诗十首》(1961年第10期)、袁水拍的《访越记事诗》(1963年第2期)和丁一三的散文《在英雄的越南》(1965年第6期);其余6篇(组)为石方禹向第二届世界拥护和平大会献礼的《和平的最强音》(第三卷第一期)、茅盾向亚洲及太平洋区域的和平会议献礼的《文艺工作者发挥力量保卫和平》(1952年第10期)、艾青表现南美洲底层生活和反美情绪的《南美洲的旅行》(1954年第11期)、曹禺的《伟大的文献——阅读"毛泽东同志论帝国主义和一切反动派都是纸老虎"》(1958年第12期)、袁鹰通过五个国家五位儿童的视角表达反帝愿望的《五封信》(1960年第6期)、表现刚果人民反抗美帝侵略的剧本《赤道战鼓》(1965年第3期)。反对帝国主义,捍卫社会主义,呼吁世界和平,是这些原创性头条传达的共同逻辑。透过这些头条,我们可以窥察到"十七年"文学对于社会主义阵营、第三世界国家的文学的强烈认同,并随国际气候的变化迅速调整立场,而中外文学界的沟

[①] 《编后》,载《人民文学》第3卷第1期,1950年11月。

通往往表现为政治上的呼应或声援，意识形态优先的立场抑制了艺术的深层交流，对西方文学的排斥与对抗也不断强化相互之间的隔膜和敌意。

二、作者策略

通过笔者制作的"《人民文学》头条作品重要作者统计表"（见表一），作者构成的变迁轨迹一目了然。为了避免繁琐，便于对比和分析，笔者把"十七年"分成6个统计时段，基本上是3年一个时段。将1949年至1952年作为一个独立时段，缘于1949年只出版了两期刊物，而且从创刊到1953年6月一直由茅盾执掌编政。第二任主编邵荃麟1953年7月上任，1955年11月离任，其间喜忧参半：从1952年5月开始的第一次文艺政策调整，重点纠正粗暴的文艺批评和文学创作的概念化、公式化倾向，可惜好景不长，从批判俞平伯、胡适的《红楼梦》研究运动到"胡风反革命集团案"事件，文学形势急转直下。从1955年12月到1957年11月，主编严文井和副主编秦兆阳倾心浇出满园芬芳，在文学史上谱写了"百花时代"无法忽略的一页，但秦兆阳也为此付出了沉重的代价。从1958年到1960年，《人民文学》被"新民歌运动"与"文学创作大跃进"的氛围所笼罩，刊物响应号召，重视以工农兵为主体的群众创作。1960年冬"八字方针"出台，次年的"新侨会议"和1962年的"广州会议"、"大连会议"不断给文艺界松绑，相对宽松的文化环境带来了文学的复苏。本文将1960年冬至1962年夏称为"复苏时期"，是"十七年"文学的又一个小高潮。1964年第1期，编者检讨了前面几年"背离了党的文艺方向"的错误，宣称："一定要把刊物建设成为一个坚强的兴无灭资的社会主义文艺阵地。"① 此后的刊物逐渐丧失独立性，审美判断完全让位于政治立场，在时代浪潮的裹挟下随波逐流。

就头条作品的作者构成而言，总体上是以名家为主，以新人为辅。《人民文学》从创刊到1952年，编者把刊物定位为发表艺术精湛、技巧娴熟的优秀作品的高端平台，代表中国文学发展的最高水准，同时，文学普及和人才培养也是其重要功能。像文乃山的《一个换了脑筋的兵》、陈肇新的《春节》、汶泽的《对国家负责》、丁克辛的《老工人郭福山》和郭新日的《小红星》等，都是生活在工厂、农村、部队的新人创作的头条作品，反映的也都是工农兵的生活与命运。意味深长的是，尽管

---

① 《除旧布新——编者的话》，载《人民文学》，1964年第1期。

表一：《人民文学》头条作品重要作者统计表

年度 作者	1949—1952	1953—1955	1956—1957	1958—1960	1961—1963	1964—1966	合 计
茅 盾	5	1	2	3			11
秦兆阳（策、秦策、何直）	4	1	4				9
艾 青	3	3					6
刘白羽		1		1	2+1n	1	5+1n
郭沫若	1	1		2+1n			4+1n
毛泽东		1	1		1	1	4
周立波	1			1+1m	1		3+1m
老 舍		2		1	1m		3+1m
巴 金		2	1				3
夏衍（任晦）		2		1			3
杜鹏程		1		2			3
赵树理				1	2		3
艾 芜		1		1+1n			2+1n
何其芳	1+1n	1					2+1n
曹 禺		1		1	1m		2+1m
阮章竞		1		1n	1n		1+2n
胡乔木	1					1	2
周 扬		2					2
骆宾基		2					2
张 沛			2				2
刘澍德			1	1			2
李 准					2		2
敖德斯尔					1	1	2
袁 鹰			1	1m			1+1m
合 计	16+1n	23	8	17+2n+1m	11+3m+3n	4	79+4m+6n
不署名文章	6	2	1	2	1	2	14
头条总数	35+2n+2m	35	23	32+4n+4m	26+7n+7m	27+2n+2m	178+15n+15m

说明：本表统计发表两篇以上头条作品的署名作者。组合头条只统计首篇作品的数据。"n"为内文头条，"m"为目录头条。

发现和推举新人是一项重要任务，编者还因为"未能通过刊物，教育和培养出一批青年作家"①而进行深刻检讨，但编者并不掩饰对于名家新作的偏爱："应该说明，写作经验比较丰富的成名作家们寄来的稿子实在太少太少了。"②编者还对业余作者的不足提出了严厉批评："应该指出，这些作者还必须努力提高自己。在大量的来稿当中，有许多作品常常不是写得单纯而意义丰富，却是冗长而内容单薄"、"有的甚至字迹也很潦草，好像信手写来，并未经过细心的反复的推敲，随便删掉它许多段都可以"③。

1953年7月，《人民文学》改组领导机构，中国作协新任党组书记邵荃麟兼任主编，作家严文井任副主编兼编辑部主任，胡风被吸收参加了编委会。时任中央宣传部副部长的胡乔木专门发话，要求《人民文学》广泛团结作家，包括发表胡风、路翎等人的作品，而路翎到朝鲜前线去体验生活也是由他指示安排的。《人民文学》为此制定了新的编辑方针，强调广泛团结作家，提倡题材的广阔性和风格的多样性④。从"表一"中可以清晰地看出，1953年至1955年的35本杂志中，有23篇头条作品由入选"表一"的16位作者撰写，占65.71%。如果再算上丁玲、柯仲平、路翎、舒群、郑振铎和游国恩，可谓群英荟萃，头条成为名家的专座，名家路线成为这一阶段的办刊基调。编者毫不隐瞒其作者策略："我们认为，像《人民文学》这样全国性的文学刊物，它应该积极扶持初学的青年的作者，但首先应该依靠专业的作家，没有人数众多的专业作家经常撰稿来，没有中国的创作由沉寂衰退转变到活跃和繁荣，要办好这样的一个刊物，要使这个刊物成为真正能够代表中国的刊物，是不可能的。"⑤

"百花时代"的《人民文学》充满活力，刘宾雁的《在桥梁工地上》、林斤澜的《台湾姑娘》、李国文的《改选》、谷峪的《萝北半月》、王安友的《整社基点村的一天》和黄远的中篇小说《总有一天》，都成为头条作品，显示出编者扶持新锐的胆识和眼光，而秦兆阳以其编辑智慧与敬业精神，在刊物风格上留下了个人的烙印。《总有一天》是秦兆阳从自然来稿中发掘的。为了商谈《台湾姑娘》的修改事宜，秦兆阳还专门约请林斤澜见面。1956年发表的50篇短篇小说中，大约一半是新人新作。

---

① 编辑部：《文艺整风学习和我们的编辑工作》，载《人民文学》，1952年第2期。
② 《编后》，载《人民文学》第2卷第3期，1950年7月。
③ 《编后》，载《人民文学》第2卷第5期，1950年9月。
④ 涂光群：《五十年文坛亲历记》，第87页，辽宁教育出版社，2005年。
⑤ 《编后记》，载《人民文学》，1953年第2期。

这一阶段该刊不仅发表了不少敢于突破成规的新作,而且以其明确的艺术追求激发文学新人的创造潜能。像肖平的《三月雪》、张弦的《甲方代表》、李威仑的《爱情》、杨大群的《小矿工》、宗璞的《红豆》、丰村的《美丽》等,要么在当时产生广泛影响,要么成为文学史上的闪光点。沈从文的《跑龙套》也是发表在1957年7月的"革新特大号"上,淡出文坛的老作家的重新亮相,极好地诠释了"百花齐放"的真谛。在秦兆阳1956年起草的《〈人民文学〉改进计划要点》(即"18条")中,有这样的阐述:"提倡严正地正视现实,勇敢地干预生活,以及对艺术的创造性的追求"、"决不一般地配合当前的政治任务,对全国性或世界性的重大事件和社会变动,要表示热情的关切,但也不做勉强的、一般化的、枯燥无味的反映"、"刊物不避免与任何不同的主张和意见发生有意义的争论,但不做平庸琐碎的讨论"①。遗憾的是这些计划半途而废,从"革新特大号"之后,刊物又变得沉闷而枯燥,"反右"及其扩大化更是给刊物笼罩上一片阴云。

1958年,以新民歌运动为中心的文艺大跃进和"两结合"创作方法的推广,给《人民文学》带来了明显的变化。1958年8月该刊推出"群众创作特辑",1960年第2期的头条是《春光明媚(工人诗选八首)》,同期还发表了工人创作的小说和工厂史。编者认为:"大跃进以来工人文艺创作不仅在数量上有了极大发展,在质量上也迅速地提高了。一支工人作家队伍正在形成。"②工农兵题材作品的数量确实在迅速增加,其总体质量不但没有"迅速提高",反而显露出日益粗糙的倾向。从1958年到1960年,头条的作者虽然仍有不少名家,但其作品多为欢呼文艺大跃进、庆祝新年和国庆、介绍学习领袖著作体会的时文,譬如茅盾的《如何保证跃进——从订指标到生产成品?》、郭沫若的《新年,欢迎你!》和《十年建国增徽识》、曹禺的《伟大的文献》、邓拓的《公社千秋》、刘白羽的《秦兆阳的破产》、田间的《〈红旗歌谣〉之歌》等,都是密切配合形势的应景文章。

从1961年到1963年,在作者构成上,既厚待名家,又不薄新人。短篇小说的头条作者可谓老中青结合,赵树理、周立波、艾芜、沙汀等人创造力依然旺盛、马识途、西戎、李准、茹志鹃、峻青、刘澍德、管桦等人逐渐成长为中坚,还有像艾明之、敖德斯尔等相对陌生的面孔。陈翔鹤、冯至为短篇历史小说提供了具有审美穿透力与清醒的反省意识的范本。像陆文夫、宗璞等因《小巷深处》、《红豆》等作

---

① 张光年:《好一个"改进计划"》,载《人民文学》,1958年第3期。
② 《编者的话》,载《人民文学》,1960年第2期。

品而遭受批评的作者,也再次浮出水面。而头条作者刘白羽、杨朔、袁鹰等人和散文栏目的头条作者如秦牧、吴伯箫、方纪、何为等人一起,是散文创作的主力。茅盾、冰心、巴金、叶圣陶、李健吾、叶君健、蹇先艾等老作家的散文创作犹如老树新枝,结出了像《雨中登泰山》、《樱花赞》等果实。尤其值得一提的是,沈从文、丰子恺、范烟桥、曹靖华等格格不入的作家,都两度在这一时期的《人民文学》露脸。为谨慎起见,编者当然不会将他们的作品放在杂志的头条。编者对不同作者不同风格的包容与并举,推动了这一阶段文学的短暂复苏。

自1964年以后,受到文学时潮的影响,《人民文学》头条作品的作者多为工农兵作者,"表一"非常清晰地反映出作者构成的重大转变——以成名作家为主体的具有知识分子色彩的创作在巨大的压力之下,迅速淡出文坛。这一阶段除了转载毛泽东的《诗词十首》、胡乔木的《词十六首》、姚文元的《评"三家村"》之外,还发表了冰心的《咱们的五个孩子》、刘白羽的《写在两篇短篇小说前面》、李英儒的《敢叫敌血染刀红》、金敬迈的《欧阳海之歌》和越南、印尼、日本等国作者反帝题材的作品,其他大多为工农兵作者表现劳动生活和阶级情感的作品,艺术形式简单而粗糙,狂热的口号化倾向越来越明显。1964年和1965年,该刊三次推出旨在推介新人的组合性头条"新花集",编者对此有专门的阐释:"新人的作品,尽管在艺术上还可能有粗糙之处,却往往要更敏锐地反映了时代的革命精神,更直接地表现了劳动人民新的思想感情;而这正是革命文艺的基本要素。"[①]

在"十七年"《人民文学》头条作品的作者构成中,高层领导人的反复登场也是值得重点关注的。毛泽东、周恩来、胡乔木、彭真、陆定一、周扬、茅盾、郭沫若等人的出场,显示出《人民文学》在文学期刊中独一无二的政治地位。这些领导人的头条文章大多为会议讲话以及与文艺有关的指示。除了为《人民文学》的创刊题词之外,毛泽东有4篇(组)作品发表在《人民文学》的头条,其中的《最伟大的友谊》、《"中国农村的社会主义高潮"序言》、《诗词十首》分别转载自《人民日报》、《学习》杂志和人民文学出版社与文物出版社出版的《毛主席诗词》,唯有《毛主席词六首》由《人民文学》首发。这组作品从组稿到发表经历了漫长的过程,1958年张天翼和陈白尘听说邓拓藏有毛泽东的多首没有公开发表的诗词,就请求邓拓出示。邓拓认为《人民文学》要发表这些诗词的话,必须请示作者并由其亲自审定。于是,《人民文学》让编辑张兆和工整抄录了一份,连同主编的一封请示信一起

[①] 《编者的话》,载《人民文学》,1964年第5期。

送呈主席。到了 1962 年，迟迟得不到回音的《人民文学》再次请示，两位负责人在当年"五一"节前夕意外收到主席同意发表的亲笔来信和六首词的校订稿。《人民文学》在 1962 年 5 月号上隆重推出《词六首》时，还配发了郭沫若的《喜读毛主席的〈词六首〉》。由此可见，领袖的作品由什么报刊首发在当时是一个非常严肃的政治问题，这牵涉到对相应报刊的性质、等级、待遇的评判与认定。一般而言，高层领导的言论、指示以及其他文字，通常首先由《人民日报》、《红旗》杂志（其前身为《学习》杂志）发表，其他报刊转载。《人民文学》向毛泽东组稿，很可能从《诗刊》的编辑实践中感受到了压力，也得到了启发。《诗刊》在 1957 年 1 月 25 日出版的创刊号上就发表了毛泽东的《旧体诗词十八首》，1957 年 1 月 29 日、1 月 30 日的《人民日报》转载了其中的十二首，产生了轰动性效应。主编臧克家主动向毛泽东和其他领导人约稿，《诗刊》在随后一年多的时间里又陆续发表了董必武、陈毅、林伯渠、茅盾、郭沫若等人的诗词，饱受高层的激赏，盛极一时。在"十七年"的文学期刊中，也只有《人民文学》和《诗刊》能够享有如此的特殊待遇，这也有力地折射出政治与文学的复杂关联。

耐人寻思的是，"十七年"《人民文学》的头条作者中，根据作品数量排列，前三位的茅盾、秦兆阳、艾青都是杂志的负责人。茅盾的创作成就及其政治地位，使其担任主编时期的头条作品代表了行政意志和刊物立场，个人色彩较为淡薄。其中有不少是响应号召的时文，最为典型的是《如何保证跃进》（1958 年第 4 期）一文；还有一些是以前辈作家身份指导创作的文论，譬如《从"找主题"说起》（1956 年第 8 期）、《短篇小说的丰收和创作上的几个问题》（1959 年第 2 期）等。艾青在担任副主编期间的头条文章如《反对武训奴才思想》、《表现新中国，表现爱国主义》等并无出格之处，但还是在文艺整风运动中遭到严厉批评，并被迫离职，从副主编改任编辑委员。而秦兆阳因其在"百花"时期大胆创新的编辑实践以及《现实主义——广阔的道路》、《关于"写真实"》等头条文章，陷入命运的深渊。此后，《人民文学》的负责人张天翼、葛洛、陈白尘、韦君宜等再也没有登上头条位置，这也是编辑在种种压力之下隐退的策略，通过模糊自己的价值立场来化解政治压力，当然这也明显削弱了编辑工作的主体性与独立性。这种主体性的淡化，最为典型的做法是以前经常出现的"编后"、"编后记"或"编者的话"也很少再出现，像 1964 年第 1 期的《除旧布新——编者的话》有鲜明的自我批判意味，而同年第 4、5 期分别为开设"故事会"和"新花集"栏目配发的"编者的话"，都弥漫着紧跟形势的政策腔。

三、文体特征

考察"十七年"《人民文学》的头条作品,其体裁分类以及由此反映出来的文体趋向,是一个无法回避的核心问题。作为"十七年"时期短篇小说最为重要的阵地,其头条在数量上占据绝对优势的却是引导舆论的言论,这是机关刊物政治导向功能的典型表现。意味深长的是,鉴于形势的日益严峻,执掌编政的张天翼、陈白尘以未雨绸缪的预见,从1961年开始取消了评论版面[1]。1961—1963年间,头条中没有言论,1964—1966年间也只有3篇。(见表二)

作为头条作品的言论并不单纯地体现作者个人的立场,都具有一种代言的意味。头条言论主要有这几种类型:高层领导和文艺界领导的会议讲话或指导创作的文章,代表刊物立场的社论、政论或专论,庆祝节日和纪念重要历史事件的文章,重要作家表明态度与决心的文字。最为典型的是1958年,除了第一期的目录头条是周立波的《山乡巨变》,其他各期的头条均为时政言论,和文艺没有直接关系。耐人寻思的是,"百花时代"的《人民文学》锐意革新,以短小活泼的"短论"、"创作谈"和具有较为厚重的理论含量的"论文"代替社论、政论。1956年第1期,《人民文学》改竖排为横排,并新设"短论"栏目,编者认为:"大力提倡这一类短论,对于加速生活中旧事物的死亡和新生事物的生长,对于开展自由讨论以推动文学事业的发展,是很有作用的。"[2]这种贴近文学现场的短文自由洒脱,文风泼辣,颇有鲁迅杂文的风骨,摆脱了社论、政论的教化腔,既畅谈文艺创作的弊端,又直言时政的误区。但是,总体而言,《人民文学》的头条言论多有政治性优先的特征,在《武训传》批判、"胡风集团"案、"反右"、"丁玲、陈企霞、冯雪峰集团"案、"三家村"冤案等文学批判运动中,刊物的头条言论迅速作出了旗帜鲜明的反应,这是机关刊物无法摆脱的历史宿命。

在"十七年"《人民文学》的诸种文体中,小说是其王牌,而短篇小说更是其灵魂所在。由于篇幅限制,《人民文学》对长篇小说的遴选极为慎重:"本刊登载长作品有若干困难;如果选载长篇的若干部分,读者又不很愿意,因而编辑面对着堆在案头的许多长篇,就不能不感到苦恼"、"我们愿意替读者向作家们呼吁:多写些短篇"[3]。

---

[1] 涂光群:《五十年文坛亲历记》,第331页,辽宁教育出版社,2005年。
[2] 《编者的话》,载《人民文学》,1956年第1期。
[3] 《编后记》,载《人民文学》,1957年5—6期合刊。

表二：《人民文学》头条作品体裁分类统计表

体裁		年度 1949—1952	1953—1955	1956—1957	1958—1960	1961—1963	1964—1966	合 计	
言论	社论、政论、时评	7	5	7	10		1	30	72+2n+1m
	会议讲话	3	1		4			8	
	文学理论与批评	8+1n	7	7	6+1n+1m		1	29+2n+1m	
	译作	3	1				1	5	
小说	长篇选载	1	1	1	1+1m	1m	1	5+2m	52+6n+6m
	中篇小说	1n		1	1			2+1n	
	短篇小说	4+1m	10	3	4+1n	17+3n+3m	7+1n	45+5n+4m	
诗歌	新诗	3+1m	6		5+1n+2m	2+2n	3	19+3n+3m	25+3n+3m
	古典诗词					1	2	3	
	新民歌					1		1	
	译作	1				1		2	
散文	抒情散文				3+2n		5+2n	8+3n	
	杂文		2		1n		2+1n	2+1n	8+3n
	回忆录				1			1	
报告文学	特写		2		1			3	8
	速写						2	2	
	报告文学					2		2	
	译作					1		1	
剧本	话剧		2		2m	2+2m		4+4m	6+5m
	电影剧本	1			1m		1+1m		
	广播剧					1		1	
其他	故事					2+1n		2+1n	7+1n
	政令	2						2	
	宣言	1						1	
	献词	1						1	
	贺电		1					1	
合 计		35+2n+2m	35	23	32+4n+4m	26+7n+7m	27+2n+2m	178+15n+15m	

说明：本表原则上遵照《人民文学》的体裁划分。《人民文学》从1962年第7期到1963年第5期不注明发表作品的体裁，笔者自行区分。

在头条作品中，长篇小说共有 7 部，除了用 6 期的篇幅较为完整地连载《山乡巨变》，其余为《出城记》（秦兆阳、刘秉彦）、《保卫延安》、《林海雪原》、《山乡巨变》续篇、《创业史》第二部、刘白羽的《风雪赞歌》的节选。头条的中篇仅有郭新日的《小红星》、黄远的《总有一天》和陆俊超的《九级风暴》，艺术质量相对平庸。头条的短篇则高达 54 篇，悬殊的数量对比反映出《人民文学》小说板块的基本格局。发人深省的是，其短篇小说也是不断招致非议和批判的重灾区。轻者如丁克辛的《老工人郭福山》、萧也牧的《我们夫妇之间》、秦兆阳的《改造》、白刃的《血战天门顶》、方纪的《让生活变得更美好吧》等，被认为犯了"歪曲生活"的"思想错误"[1]，重者如《洼地上的"战役"》被认为是"作反革命的宣传"[2]，《改选》更是被批判为含有"猛烈地攻击党、攻击新社会"的"严重毒素"[3]，而最具有悲剧性的莫过于《陶渊明写"挽歌"》和《广陵散》，陈翔鹤因其"反动本质"[4]而付出了生命的代价。

"百花时代"和"复苏时期"，是"十七年"《人民文学》的两段黄金岁月，其间最为活跃而且留下最为丰厚的精神遗产的文体都是短篇小说。"百花时代"被编者定位为"特写"的《被围困的农庄主席》、《爬在旗杆上的人》、《风雪之夜》，后来被普遍认定为短篇小说。头条《改选》中的老郝埋头干事，但功劳总是别人的，罪过总是由他承担，最终连工会委员的候选人资格都被剥夺，却在选举中获得最高票，并且死在了选举的现场。颇具反讽意味的是，善于巴结钻营和推诿责任的现任主席扶摇直上。在强烈的对比性结构中，作品爆发出强烈的悲剧性与震撼力。在"复苏时期"前后，一些作家在见证了大饥荒岁月中民众的艰难之后，对于浮夸风气心生抵触，委婉地倡导实干精神，在创作手法上也回归到脚踏实地的现实主义的道路上。欧阳山《乡下奇人》（1960 年第 12 期）中的赵奇反对小队长王水养提出订包产计划六百斤的指标，认为"包产就要能过秤，只许多，不许少"，主张订四百五十斤。刘澍德《甸海春秋》（1961 年第 9 期）中的田老乐重视生产质量，反对虚假的高指标。西戎的《赖大嫂》以喜剧化的笔墨表现一个善于打小算盘的乡村妇女的转变，以寓庄于谐的形式表达了对集体难以保证农户利益的深刻怀疑。在周立波的《张闰生夫妇》（1963 年第 6 期）中，张闰生夫妇你追我赶的竞赛是情节主线，但七嘴八舌的人物对话衍生出言外之意，花白胡子对于亩产达到五百斤的质疑，引发了副队长斩鸡打赌的喜剧

---

[1] 编辑部：《文艺整风学习和我们的编辑工作》，载《人民文学》，1952 年第 2 期。
[2] 巴金：《谈〈洼地上的"战役"〉的反动性》，载《人民文学》，1955 年第 8 期。
[3] 《编者的话》，载《人民文学》，1957 年第 10 期。
[4] 文戈：《揭穿陈翔鹤两篇历史小说的反动本质》，载《人民文学》，1966 年第 5 期。

场面，在嬉闹中流露出作者对民生凋敝的隐忍的同情。尤其值得重视的是赵树理写真人真事的《实干家潘永福》（1961年第4期），作家站在草民的立场上，肯定苦干实干、不务虚名的品质，表现出对粉饰、报捷的主流写法的不信任。陈翔鹤、冯至、黄秋耘的短篇历史小说通过借古鉴今的手法，曲折地传达出一种植根现实的忧患意识。冯至的《白发生黑丝》（1962年第4期）表现晚年杜甫与下层渔民之间相濡以沫的深厚情谊，但充满悲剧性的是，杜甫当年冬天"百病俱发"，而参与起事的苏涣失败后被杀，知识分子的忧患意识以及用失败见证历史的无力感，使作品获得了一种疏离时代的距离意识与反思精神。陈翔鹤的《陶渊明写〈挽歌〉》和《广陵散》同样关注崇奉气节的传统文人的临终情怀。我想，借古讽今的意味和追寻知识分子独立意识的内心痛苦，是这些作品能够在历史的反复淘洗中沉淀下来的独特魅力。

纵观"十七年"《人民文学》的头条散文，非常集中地分布在"百花时代"和"复苏时期"。"百花时代"具有鲜明的干预现实倾向的杂文和特写，敢于批评"人民内部"的缺点，暴露现实生活中的"阴暗面"，何直的《论"缺少时间"》（1956年第6期）、些如的《话说"违宪"》（1957年第4期）尽管篇幅短小，但都闪耀着匕首一样直奔要害的锋芒；以《在桥梁工地上》为代表的特写更是切中时弊。"复苏时期"前后的抒情散文如袁鹰的《戈壁水长流》（1962年第1期内文头条）、杨朔的《野茫茫》（1962年第6期内文头条）、刘白羽的《珍珠》（1962年第3期）和《平明小札》（1962年第12期）、魏巍的《路标》（1963年第4期）等都有颂歌体的特征，以诗化笔触歌颂现实生活，其抒情模式具有追求一致的时代合唱的色彩，文学规范抑制了个人感受的表达。"特写"是"十七年"《人民文学》富有特色的文体。这一文体的繁荣与苏联的影响密切相关。从上世纪50年代中期到60年代中期，特写文体在苏联文坛风靡一时，以奥维奇金为代表的一批特写作家的作品批评负面的社会现象，受到热切关注。奥维奇金在1954年随苏联新闻代表团访问中国后，其作品和理论主张在中国文坛产生热烈反响。《人民文学》1955年第1期开设"散文·特写"栏目；1956年第3期推出"在社会主义革命的高潮中（特写、散文特辑）"；1956年12期的头条栏目是"散文·特写"。《爬在旗杆上的人》发表在1956年第5期"散文·特写"栏目的头条位置，曾经作为"特写"发表的《在桥梁工地上》和《本报内部消息》记录的并非全是真人真事，它经过了作者的艺术加工。对于《在桥梁工地上》，编者认为："在现实生活里，先进与落后、新与旧的斗争永远是复杂而又尖锐的，因此我们就十分需要'侦察兵'式的特写。我们应该像侦察兵一样，勇敢地去探索现实生活里边的问题,把它们揭示出来,给落后的事物以致命的打击,以帮助新的事物的胜利。"①1963年3月,《人民日报》编辑部和中国作家协会联合召开了报告文学座谈会,与会者认为:"像特写、速写、通讯、笔记、日记、书信、回忆录、游记等等,都可以包括在'报告文学'的领域之内。"② 从此,特写、速写等文体都被包括在报告文学之内,不再作为一种独立的文体概念。

"十七年"《人民文学》头条中的诗歌作品,在文体上具有鲜明的倾向性。首先是紧密配合时政的宣传意识。各类纪念日的献礼诗作最为典型地表现出紧跟时潮的文体特征。梁艾克的《朝鲜前线诗抄》、1952年5期的"志愿军诗辑"、柯仲平的《献给志愿军》、石方禹向第二届世界拥护和平大会献礼的《和平的最强音》、闻捷"为农业合作化运动而作"的《撒在十字路口的传单》、田间的《〈红旗歌谣〉之歌》、严阵的《我们的班长》、陈清波、赵焕亭的《焦裕禄之歌》都是与时代保持同步的"时事诗"。其次是颂歌和战歌风格的结合。时代颂歌是这些头条的审美基调,在文体上经历了一个从"新华颂"到"建设之歌"和"生活的赞歌"的嬗变过程,发展到60年代则逐渐演变成"政策之歌"的合唱。另一方面,强烈的阶级意识和高涨的反帝激情,赋予诗作以热血沸腾、慷慨上阵的战歌特征,诗作的情感如燃烧的岩浆一样,表现与敌人不共戴天的刻骨仇恨与战天斗地的满腔豪情。志愿军题材和反帝题材的诗作,其战歌特征最为明显。再次是工农兵想象和民歌化风格。在"反右"运动以前,作为知识分子的诗人与工农兵的想象保持了艺术的距离,审美形态并不单一,这典型地表现在艾青的《黑鳗》(1955年第4期)和阮章竞的《金色的海螺》(1955年第11期)之中,对传说的化用在肯定民间活力的同时,隐约的阶级论模式并不排斥对人性复杂性的审美挖掘。然而,在"新民歌运动"以后,知识分子仰视工农兵和工农兵抒写豪情壮志的民歌体风行一时。严阵的《我们的班长》和河南青年工人陈清波、赵焕亭的《焦裕禄之歌》一样,都流于符号化和程式化的政治抒情。至于《春光明媚(工人诗选八首)》(1960年第2期)、《新民歌十六首》(1963年第11期)、《沸腾的工厂矿山(工人诗选十二首)》(1965年第10期)等新民歌,其想象呈现出片面夸张的漫画化风格,由于缺乏必要的自由度与多样性,变成了简单重复的时代口号。

"十七年"《人民文学》的头条作品中有11篇剧本,其中5篇为目录头条。夏衍的《考验》在"题记"中特意从中共七届四中全会的会议公报中摘抄了一段反对

---

① 《编者的话》,载《人民文学》,1956年第4期。
② 本刊记者:《充分发挥报告文学的战斗作用》,载《文艺报》,1963年第4期。

官僚主义的内容，作品成了政策的注释，作者在"后记"中认为："只是想藉此来表示我的一个执拗的信念：文艺应该为政治服务，应该配合当前人民政治生活中的重大事件。"① 其他剧本也程度不同地包含这种倾向，孙谦的《丰收》宣传兴修小型水利开展农业增产运动的政策；曹禺的《明朗的天》配合知识分子思想改造运动；曹禺、梅阡、于是之的《胆剑篇》紧跟60年代反对国际修正主义的形势；老舍的儿童剧《宝船》取材于民间童话，但作者强化了阶级观点，财主的贪婪、歹毒被突出，财主的儿子张三的名字也被改成了张不三；集体创作《赤道战鼓》表现刚果人民反抗美帝侵略的斗争，更是显得生硬而粗糙。其他作品如电影剧本《白求恩大夫》、话剧《丰收之后》、儿童广播剧《延安的灯火》、话剧《山村姐妹》、独幕剧《取经》也普遍存在主题先行、图解政治的缺陷。

综观"十七年"时期《人民文学》头条作品，在文体风格上具有突出的时代文体的特征。恰如刘勰在《文心雕龙》中所言："时运交移，质文代变。"② 时代环境的变迁在文学作品中留下了深刻的烙印。"十七年"的社会政治生态对作家和编辑都提出了明确的政治要求，对创作和编辑工作形成严格的规范和制约，而外部的环境因素又内化为作家和编辑的生存体验和内心指令，使文学创作呈现出标准化、透明化的时代风貌。时任《文艺报》主编的丁玲认为："刊物既然是最集中表现我们文艺工作部门领导思想的机关，是文艺战线的司令台，那么从这里所发出的一切言论，就代表了整个运动的原则性的标准。"③ 在政治优先的语境中，《人民文学》的头条作品必须紧跟形势，做好配合政治任务的宣传工作，聚焦重大题材，"思想性"成为至关重要的选稿标准，突出"现实性、战斗性、群众性"，给地方期刊树立"样板"。正因如此，"三反五反"、"胡风集团案"、"抗美援朝"、农业合作化、"反右"、"大跃进"、越南反帝浪潮等重大政治事件成为头条的核心题材。"赶任务"的写作使文本有鲜明的公式化、概念化的痕迹，教条主义的政治性以抹杀真实性的"写政策"，割裂了文学和生活的联系，阻断了艺术化的"写真实"的道路。其实，"百花时代"的特写、杂文和"复苏时期"的《实干家潘永福》、《赖大嫂》等作品并没有脱离政治，作家只是不愿意完全无视真实性，不愿意机械地配合具体的任务。正如秦兆阳所说："须知，宣传品固然需要，也有它独特的重大价值，但它究竟不能代替艺术作

---

① 夏衍：《考验》，第112页，人民文学出版社，1955年。
② 刘勰：《文心雕龙·时序》，范文澜：《文心雕龙注》下册，第671页，人民文学出版社，1958年。
③ 丁玲：《为提高我们刊物的思想性、战斗性而斗争》，载《文艺报》5卷4期，1951年12月。

品。"①

"十七年"《人民文学》头条作品的时代文体特征,存在着一个逐渐建构的过程,并与意识形态的发展具有同步性。恰如伊格尔顿所言:"文学形式的重大发展产生于意识形态发生重大变化的时候。它们体现感知社会现实的新方式以及艺术家与读者之间的新关系。"②围绕着头条作品的每一次批评乃至批判,都在强化其政治色彩。另一方面,在大跃进民歌运动之后,文体的群众性、通俗性、普及性被不断强化,提倡工农兵写,写工农兵。从1964年到1966年之间举办的"大写社会主义新英雄"征文主张"大家动手大写英雄人物",业余作者成为写作的主力,写作具有了群众运动的特性。不妨看看"文革"爆发之际《人民文学》的自我检讨:"有一些毒草,像陈翔鹤的《陶渊明写〈挽歌〉》、《广陵散》等,又是以显著地位刊登出来,使得这些牛鬼蛇神从我们的刊物上向党向社会主义进行了猖狂进攻。"③《陶渊明写〈挽歌〉》发在1961年第11期目录二条的位置,《广陵散》发在1962年第10期的中间位置,但陈翔鹤的"反动本质"还是因为作品的"显著地位"而被无限放大。这些被批判的作品之所以"不合时宜",正在于作者对于个人性和自主性的向往。发表在1954年3月头条的《洼地上的"战役"》站在人性立场尊重与生俱来的情感与权利的艺术观照,与当时占据主流地位的二元对抗的战争思维和摈弃一切"私心杂念"的英雄观念可谓格格不入。正是因为这些与周围环境不协调的文学声音的存在,文学形式的发展才避免了与意识形态变化之间的简单对应,作家不愿放弃的独立探索赋予文学形式以有限的自主性,"它部分地按照自己内在的要求发展,并不完全屈从意识形态的每一次风向"④。恰恰是这些作品的存在,为挣扎于夹缝之中的《人民文学》支撑起一份痛苦而悲凉的文学信念。

(原载《文学评论》,2012年第6期)

---

① 何直:《现实主义——广阔的道路》,载《人民文学》,1956年第9期。
② 特里·伊格尔顿:《马克思主义与文学批评》,文宝译,第28—29页,人民文学出版社,1980年。
③ 《彻底搞掉反党反社会主义的黑线 把社会主义文化大革命进行到底》,载《人民文学》,1966年第5期。
④ 特里·伊格尔顿:《马克思主义与文学批评》,文宝译,第30页,人民文学出版社,1980年。

"复述"的艺术

——论当代先锋作家的文学批评

叶立文

上世纪90年代以来,随着当代文学在社会生活中的地位日趋边缘化,文学批评也遭遇了前所未有的合法性危机。尽管批评界和学界为解决这一问题,在革新文学批评的话语模式与理论资源等方面作了各种努力,但却收效不大,而90年代中后期看似热闹的批评景观,实际上也只不过是一种表象的繁荣:无论是文化研究的兴起、媒体批评的发达,抑或学院派批评对于学术规范性的自我追求,都不过是当代批评话语与文学诗性本源不断疏离的诸般明证[①]。在此背景下,当代先锋作家的文学批评,因其对文学经典的诗意表达和复述改写,以及对小说与批评两种异质文体的创造性转换,从而在时下重构文学批评话语谱系的实践过程中,具有了某种可资借鉴的实践和理论价值。

一

若以时间而论,先锋作家的文学批评活动可追溯至85新潮初始之日。彼时为彰显自身的革新意识,马原、余华、残雪等先锋作家均以创作谈的形式表达了自己的文学理念。这种针对自我创作发言的批评行为,起初与传统意义上的作家批评并无二致,两者都以私人化的审美经验和思想旨趣为批评依据。但在具体的话语实践层面,先锋作家的文学批评却显示出了明显的形式主义倾向。其中,马原的《方法》、

[①] 参见贺桂梅:《批评的增长与危机》,第24—35页,山西教育出版社,1999年。

余华的《虚伪的作品》等文皆名动一时①。进入90年代以后,先锋文学作为一种创作潮流已然式微,但这一低谷却是先锋作家在动摇了现实主义的文学规范之后,开始提炼自我创作经验并藉此重构文学秩序的一个历史起点。为达此目标,许多先锋作家都不约而同地从小说创作转向了文学批评。迄今为止,结集成书且影响较大者,计有余华的《我能否相信自己》,马原的《阅读大师》,格非的《塞壬的歌声》,残雪的《灵魂的城堡——理解卡夫卡》、《解读博尔赫斯》、《艺术复仇》、《永生的操练——解读"神曲"》、《把生活变成艺术》等等②。

就文体而言,先锋作家的这些批评文字,尽管常常以随笔性的"文学笔记"命名,而且其主体内容也大多是对中外经典作品的解读,"但在文学批评的表象背后,却暗含着80年代以来先锋作家自身的文学经验。这些潜在的文学经验,一旦被转换为批评的武器,便拓宽和延伸了批评对象的意义空间;相反,经过阐释的经典作品,又在为先锋作家提供崭新文学经验的同时,改变着先锋写作的原有面貌。因此,90年代中后期以来的'文学笔记',就不仅仅是先锋写作从小说向文学批评的文体转换,更是先锋作家对80年代先锋小说创作的某种延伸与转化"③。这种游弋于小说与批评两种文体之间的批评方式,就文体特征来说,可以简要地概括为一种"复述"的艺术。

所谓复述,指的是先锋作家在解读文学经典时,并不像学院派批评那样以某种理论方法为批评依据,也不像媒体批评一般热衷于简单随性的价值判断。他们的批评方式,首先是一种对经典作品故事情节的"复述",即"用写作者的感觉去追随别人的写作"④。把别人写下的故事缝缝补补再讲一遍,而且还在瞻前顾后的复述进程中左右逢源,通过不断融入自己的写作感觉与阅读经验,达到与批评对象展开精神对话的研究目标,如此多元复调的批评奇观自会令读者耳目一新。

---

① 马原:《方法》,载《中篇小说选刊》,1987年第1期;余华:《虚伪的作品》,载《上海文论》,1989年第5期。
② 余华:《我能否相信自己》,人民日报出版社,1998年。马原:《阅读大师》,上海文艺出版社,2002年。格非:《塞壬的歌声》,上海文艺出版社,2001年。残雪:《灵魂的城堡——理解卡夫卡》,上海文艺出版社,1999年;《解读博尔赫斯》,人民文学出版社,2000年;《艺术复仇》,广西师范大学出版社,2003年;《永生的操练——解读"神曲"》,北京十月文艺出版社,2004年;《把生活变成艺术》,时代文艺出版社,2007年。此外,王安忆的《心灵世界》(复旦大学出版社,1997年)亦属影响较大的批评专著,但考虑到作家的文学身份及创作观念并不隶属于典型意义上的"先锋文学",故而此书未被列入本文的讨论范畴。
③ 叶立文:《延伸与转化——论先锋作家的"文学笔记"》,载《文学评论》,2006年第1期。
④ 汪晖:《我能否相信自己·序》,参见余华《我能否相信自己》,第3页,人民日报出版社,1998年。

作为一种基本的批评方法，"复述"普遍存在于各个先锋作家的批评文本之中。这种复述，实际上是批评者对于文学经典的阅读理解：在追随莎士比亚、但丁和卡夫卡等文学大师的写作过程中，先锋作家通过对经典作品的情节复述，以自己的叙事方式重组了故事进程。譬如重新设定原作的时间叙事，将经典作品中以心理时间结构故事情节的方式予以叙事还原，通过梳理隐含于原作中的叙事逻辑，呈现人物隐秘曲折的内心之旅；又或以"心理填空"的复述方式，补写原作中省略空缺的心理内容，同时辅以旁白般的插入式叙事，向读者揭开经典作品自身所秉有的艺术本源……。在此过程中，批评者的叙述声音直接融入了批评对象的叙述进程，所谓复调式的叙述景观便由此渐次形成。在这两种声音的交相辉映下，批评者与批评对象其实已在某种程度上实现了一种跨越时空的精神对话。不过值得注意的是，先锋作家的复述式批评并不以完整还原作品的故事情节为重点——毕竟他们的批评本意远非是普及名著，而读者亦无望借其速读经典。实际上，这种复述式批评在很多时候都是以提取原作中的若干叙事情境为契机，适时插入批评者自身的思想感悟与经验体会。就此而言，先锋作家对于文学经典的复述追随其实也是一个重写过程。在这种以写作者自身文学经验为蓝本的重写过程中，文学批评常见的过度阐释与思想误读自会比比皆是。但对于先锋作家来说，复述与重写仅仅是体现批评者和文学大师之间对话意识的一种手段，知识学层面的求真目标也远非批评者的创作初衷。他们的真正目的，其实是想通过对经典作品的复述与重写，在与文学大师们的精神对话中，审视和检讨中国当代文学的方向性问题，并试图以此揭示现代小说的艺术本源。那么，如何复述？怎样重写？现代小说的艺术本源究竟如何？凡此种种，皆在不同的先锋作家笔下得到了深入阐发。

二

由于先锋作家的批评理念主要植根于个人化的思想旨趣和审美经验，故而在具体的批评实践中，不同的批评者即便是在分析同一位文学大师的经典作品时，其关注重点也不尽相同。大致来说，先锋作家的文学批评可分为以下三类：其一是以马原和余华为代表，关注经典作品中叙述（形式）问题的文学批评；其二是以残雪为代表，侧重发掘人物精神世界的文学批评；其三是以格非为代表，试图融合学院派与作家式批评的文学批评。这三类文学批评尽管在话语实践中形态各异，但万变不离其宗,都能反映出先锋作家对于现代小说之艺术本源的独特理解。

首先来看看马原和余华的文学批评。在他们的批评实践中,叙述方法一直是一个核心话题。尽管这两位作家对于经典作品的解读,也有析其思想要义、赏其美学韵味的批评取向,但他们更关心的,却是那些作为批评对象的文学大师,例如海明威、福克纳、陀思妥耶夫斯基等等,究竟是用什么叙述方法对一个故事、某段情境,甚至一种情绪进行了结构、营造和铺排的?作为批评者的马原和余华,实际上最想弄清楚的问题是,那些文学大师为何要如此这般地去进行叙述?这种叙述给读者造成的阅读感受又如何?从这个意义上说,马原和余华所讨论的叙述问题,本身就暗含了叙述方法和叙述功能这两个层次。他们复述经典的目的,是要在还原作品故事情节、辨析某段叙事情境的基础上,提炼出原作者的叙述方法,并讨论这一方法的功能性效果。就此而言,由叙述方法的提炼到叙述功能的说明,便构成了马原和余华在批评实践中最为基本的叙述逻辑。

不过与学院派批评擅用的叙事学方法不同,这两位先锋作家在批评实践中对叙述问题的关注,主要是一种对原作故事情节的追踪复述。在这当中,虽然也有对叙述视角、叙述结构以及叙述人称等叙事学意义上的理论问题的探讨,但其批评方式却更加侧重于批评者个人写作经验与原作叙事进程的交叉和融汇。在他们看来,似乎唯有用写作者的感觉,即自身的创作经验去贴近批评对象,那些经典作品的叙述问题才能够得以澄清。为阐明这一问题,此处试以马原和余华对海明威作品的研究为例,来简要分析一下他们的复述式批评究竟有何特色。

在《阅读大师》一书中,马原专文探讨了海明威的小说创作,其中有关《永别了,武器》(旧译《战地春梦》)的分析,颇能反映出马原独具特色的批评方式。与学院派批评家习惯于从概念和理论方法入手不同,马原首先就作品的中译名展开了讨论。在他看来,海明威的这部小说其实分别讲述了"战地"与"春梦",亦即战争与爱情两个主题。按此理解,马原在复述作品情节时,也将原作浑然一体的情节叙述按主题相应地分割成了两个部分:海明威笔下战争与爱情水乳交融的叙述进程被置换成为了两个相对独立的叙事单元。而这种在时间叙事上的重大改变,显然是一种融汇了批评者个人理解的再创作过程——马原以自己的叙述方式,在复述原作情节的叙事进程中,重写了亨利和凯瑟琳的爱情故事。有趣的是,在复述与重写别人的故事时,马原总是按捺不住自己作为小说家的创作本能。他的复述方式,就是一个不断中止复述进程、随时插入自身文学经验的创作过程。熟悉马原小说的读者必定明了,这种插入式的叙述方式,正是"我就是那个写小说的汉人马原"之类叙述方法的故技重施。而这一具有鲜明"马原体"风格的复述式批评，与其说是对海明威作品的情节再现，更毋宁说是一次"马原体"文学经验的借尸还魂——在某种程度上，海明威已成了马原宣扬自己文学观念的傀儡和道具。当然，这么说并非意味着马原对海明威这样的大师有任何不敬，只能说是批评者与批评对象之间在文学观念上的趣味相投，才造就了这般前者对后者不断进行复述与重写的批评奇观。

在马原复述式批评的叙述逻辑中，对原作叙述方法的提炼首当其冲。故而在解读《永别了，武器》时，马原就有意选择了一些最能体现作者方法论意识的叙事情境加以评论。譬如在复述海明威这部作品中的战争场面时，他便用"平视视角"一词概括了海明威的叙述方法，并就这一叙述视角的叙述功能展开了讨论。在马原看来，"文学史上有一些描写战争的皇皇巨著"，以及"我们国内作家创作的战争题材的小说、电影"，大部分都是典型的"上帝视角"[1]。这种上帝视角，亦即全知视角其实很难切入人物的内心，反倒是那种限制性的"平视视角"，才能真正描写出战争的质感。这种由提炼叙述方法到说明叙述功能的复述式批评，无疑为理解海明威作品的形式创新提供了诸多帮助。但除此以外，马原的批评实践还具有一种"心理填空"的意味。如果将马原的这种复述式批评分为两个部分，即对原作情节的叙事再现和批评者的插入式议论，那么就不难发现，后者在整个批评文本中其实同样具有一种叙事功能，而这种功能就是用心理学意义上的旁白，补充和还原了海明威小说的水下冰山。在海明威著名的冰山理论中，作家只负责描写水面上的冰山，至于深藏于水下的巨大的冰山主体，则需要读者的艺术想象去加以完成。马原在复述情节过程中所发的诸般议论，其实就是用心理学的方式对海明威作品进行了想象性的艺术补充。不过由于受到了自身文学经验的影响，马原总是热衷于让叙述者在叙事进程中不断现身，因此，"我想"、"我认为"或"我觉得"等语词的嵌入，常常会打断复述进程中对原作故事情节的推进。而这种批评者的叙述声音游离于复述叙述之外的做法，除了能够彰显马原自身的文学经验以外，还暗暗凸显了一个与心理描写有关的叙述悖论问题。在《阅读大师》一书中，马原屡次表达了对于心理描写的质疑[2]，但这种质疑的结果却并未改变心理描写的叙述力量。由于这一问题在余华的批评实践中更具代表性，为阐明这一问题，就有必要对余华的文学批评展开进一步的讨论。

---

[1] 马原：《阅读大师》，第37页，上海文艺出版社，2002年。
[2] 参见马原：《阅读大师》，第18页，上海文艺出版社，2002年。

三

作为一位形式意识极强的先锋作家,余华与马原的不同之处,主要是在批评实践中为"叙述"问题赋予了某种重要的思想价值。所谓"有意味的形式"一语,大体可概括余华所理解的"叙述"含义。在他看来,叙述不只是一个单纯的技巧问题,在更高的意义上,叙述其实扮演了一个表达作家关怀意识的重要角色。我们知道,在余华的小说中,作家往往处于一种匿名和消隐的状态,他对作品中所发生的诸多暴力事件从不发表任何价值评判,这种零度化的叙事立场,常常因为作家的冷漠姿态而为读者所瞩目乃至诟病。但余华在解读经典作品时对有关叙述问题的看法,却颇能在形式研究中折射出某种自辩意味。

在《内心之死》一文中,余华分析了海明威、福克纳、陀思妥耶夫斯基等众多文学大师的经典作品。不过较之马原改变原作时间叙事、全盘再现故事进程的做法,余华的复述式批评并不拘泥于对经典作品中故事情节的全面追随,他似乎更喜欢截取其中的某一叙事场景加以评论。在此过程中,余华和马原一样,都习惯将自身的创作经验带入到批评实践。如果说马原让批评者的议论与复述原作这两种叙述声音有所游离,是因其小说创作中一贯的插入式叙述使然,那么余华就是基于叙述者的隐匿这一创作经验,在复述别人的故事时,不由自主地将上述两种叙述声音合二为一。这种让批评者叙述声音隐匿的做法,显然更接近于对原作故事的重写。因为对于读者而言,在余华的批评文本中,到底哪些是对原作的复述,哪些又是批评者的自我理解,业已变得混淆不清。这种复述式批评,无疑是余华与批评对象之间一次文学经验的交叉与融汇。和马原一样,余华在分析海明威的经典作品时,仍然特别看重原作者所使用的叙述方法及其叙述功能。在他看来,海明威的作品因其对心理描写的摒弃,从而具有了小说艺术的某种"现代"特质。

曾几何时,心理描写一度被视为现代小说的突出标志。但在余华的理解中,心理描写其实并不真实,因为这一艺术手法的使用,完全建构于叙述者对描写对象的主观想象之上。《内心之死》一文所讨论的核心问题便是"心理描写的不可靠"这一"叙述史上最大的难题"[①]。在余华的小说创作中,心理描写曾经占据过极为重要的地位,但他的心理描写方式,实际上却与先锋作家早年所反对的全知叙事并无二致,因为两者都能让叙述者自由穿行于任何一位人物的内心世界,所以从本质上来

---

① 余华:《我能否相信自己》,第40页,人民日报出版社,1998年。

说，现实主义的全知叙事与早年先锋文学的限制性叙事都是一种"叙述的暴政"。但问题就在于，如果抛弃了心理描写，那么人物的内心世界又当如何表现？余华说过，"我个人的写作曾经被它困扰了很久"①。所幸的是，海明威、福克纳、罗伯-格里耶以及陀斯妥耶夫斯基等人用他们的写作方式向余华展示了叙述的另一种可能，即通过对人物言谈与行动的描写去表现人物的内心。在分析海明威《白象似的群山》时，余华提炼出了作者一个最为基本的叙述手法，即对"声音"的叙述。按照他的理解，这部名作其实就是一部关于"声音"的作品。海明威以他极其简练的"电报式"风格，通过对男女主人公之间交谈的"声音"的描写，展示了"一个复杂的和百感交集的心理过程"②，同时也引发了读者对于人物身份、事件缘由以及故事结局的无穷想象。在余华的批评逻辑中，对"声音"的叙述是一种替代了心理描写的叙述方法，而由此造成的阅读反应，则无疑属于叙述功能的范畴。从提炼叙述方法到说明叙述功能，余华实际上以海明威为镜，折射出了他对于自身文学经验的深刻反思。但与此同时，余华对叙述问题的理解仍然含有某种自辩意味。在他看来，海明威、福克纳和陀思妥耶夫斯基等人在摒弃了心理描写之后，已然将叙述提升到了人道关怀的思想高度。譬如在论及福克纳的短篇小说《沃许》时，余华复述了白人奴隶沃许的复仇故事，并从中提炼出了叙述节奏的变化和言行描写等诸多叙述方法。在这当中，如何表现沃许在杀了奴隶主赛德潘之后的内心状况最为关键。此时常见的心理描写已失去了效应，因为"当人物面临突如其来的幸福和意想不到的困境时，对人物的任何心理分析都会局限人物的内心，因为内心在真实的时候是无法表达的"③。而福克纳的做法，就是终止沃许的内心活动，让他在杀完人之后"坐在了窗口，开始其漫长的等待，同时也开始了劳累之后的休息"④。这种疲倦而平静的等待，其实是福克纳借助叙述节奏的变化，通过让沃许陷入虚无的方式，赐予了他内心的安宁与祥和。在这个意义上说，尽管作为叙述者的福克纳处于一种匿名和消隐的状态，但他通过特有的叙述形式，同样实现了对于人物的叙事关怀。余华也因此说"福克纳让叙述给予沃许的不是压迫，而是酬谢"⑤。叙述负担起了解救人物内心的精神重任，它也由此在形式本体之外，获得了一种重要的思想价值。倘若以此对照余华的小说创作，

---

① 余华：《我能否相信自己》，第40页，人民日报出版社，1998年。
② 同上书，第25页。
③ 同上书，第40页。
④ 同上书，第31页。
⑤ 同上。

则不难发现在《活着》和《许三观卖血记》等作品中,作家尽管游离于故事进程之外,但叙述本身却同样表达了余华念兹在兹的关怀意识。

不过余华对心理描写的否定,却在批评文本中意外造成了一个无法忽略的叙述悖论:即批评者一方面将自身的价值判断隐含于对原作的情节复述中,不断分析和揭示着心理描写的虚伪与徒劳;但另一方面,余华却和马原一样,不得不以"心理填空"的叙述方式,来补充和完善原作的故事情节、段落含义,乃至人物的精神之旅。前者是一种批评实践中的价值认同,而后者则是批评者个人阅读理解的展开——因为余华总想向读者解释,在摒弃了心理描写之后,文学大师们的言行描写究竟反映了哪些心理内容。这一做法无疑仍是在心理学意义上对原作省略内容所进行的一种艺术补充,它同样属于心理描写的范畴。较之马原"我想"、"我认为"般的插入式填空,尽管余华在复述情节和表达看法这两种叙述声音的融合方面做得已足够完善,但以己度人式的心理填空,却意味着心理描写会再度浮现于批评文本之中。因此可以说,不论马原还是余华,一旦以心理想象的方式去反对心理描写,那么也就注定无法逃离心理描写为现代艺术所设定的形式牢笼。

四

与马原和余华对心理描写的看法不同,另一位先锋作家残雪,在批评实践中则完全以心理代入的方式对经典作品进行了复述与重写。较之上文所谓的心理填空,这种心理代入显然更接近于创作行为。如果说前者还仅仅是批评者依据个人经验对原作省略的心理内容进行一种补写,那么后者就完全是批评者自身精神活动的投射。只不过这种精神投射并非空诸依傍式的独往独来,而是批评者戴着经典作品的镣铐所展开的一种精神之舞。在残雪看来,古往今来的文学经典其实并无主义与流派之分,因为它们总是致力于讲述"关于那个世界、关于灵魂或关于艺术王国的故事"[①]。而这种对人类灵魂世界的精神探寻,便构成了残雪意义上的"刀锋艺术",即伟大的作家作品,总是在讲述一些人物生命故事的同时,描绘了"灵魂内部绽开的风景",这一风景即是人类内心精神层次之间的碰撞与融合,是一种"黑暗灵魂的舞蹈"[②],作家的使命,就是去揭示这种精神的层次,并以不懈的心魂之思在精神矛盾中去追求

[①] 残雪:《艺术复仇》,第270页,广西师范大学出版社,2003年。
[②] 同上书,第268页。

自我认识。有鉴于此，当残雪用诗性语言展开其批评实践时，我们就能注意到在这位作家笔下，创作与批评其实已经融为一体。因为对她来说，经典作品并不仅仅是一个客观的研究对象，它们业已构成了批评者与文学大师之间灵魂相遇的一条精神通道，借助文学批评，残雪不仅写下了自己对于经典作品的独特理解，而且还以心理代入的方式，表达着人类在精神层面的一系列普世性价值诉求。因此可以说，残雪的文学批评从本质上仍然属于一种创作行为，她对经典作品中人物精神层次及其矛盾性问题的探寻，不过是一种纯然属己的"误读"艺术，而这种戴着经典作品的镣铐所展开的精神之舞，无疑体现了残雪独具特色的思想方式。

在复述与重写经典的过程中，残雪为了彰显文学大师对于人类精神矛盾的深刻揭示，往往会剥离经典作品中最为醒目的社会学因素，转而着力强调世俗生活的工具论价值。在她看来，但丁、卡夫卡和鲁迅等文学大师，尽管也会描写外在的社会生活，但这种描写仅仅是为了彰显世俗生活对人物精神腾飞的压迫与锤炼。这就意味着残雪尽管对经典作品所反映的社会现实有所关注，但她却仅仅将其视为促成人物精神觉醒的某种手段，至于反映现实和再现历史等经典作品所具有的社会学功能，则在残雪的复述与重写中付之阙如。由此形成的一个结果，便是残雪对经典作品中叙事情境的选择性复述。

譬如在解读鲁迅的小说《铸剑》时，残雪就有意忽略了该作的精神发生学背景，转而重点复述了主人公眉间尺因复仇事业而感受到的存在两难。对于鲁迅而言，《铸剑》其实是一部喟叹启蒙失败的感时之作。因有感于国人的蒙昧愚顽和启蒙者自身的精神弱点，鲁迅才会在《铸剑》等作品中借助油滑嬉戏的笔调，不无嘲弄地展开了某种思想自剖。隐含其间的怀疑精神和关怀意识，处处传达了启蒙者无地彷徨的思想困境。从这个意义上说，《铸剑》理应是鲁迅情绪郁结之产物，其中潜藏了大量可供玩味的社会与时代因素。但在残雪的复述与重写中，作品的历史背景已被全然抽空，转而将叙述转向了对人物存在困境的深入探讨，并由此将《铸剑》解读成了一部人物如何追求自我认识的心灵寓言。

在《铸剑》中，鲁迅通过讲述主人公眉间尺的伦理处境，深刻描绘了自我灵魂的撕裂景象。作为一个肩负着复仇重任的孝子，眉间尺却因复仇的艰难而陷入了一种伦理困境：出于孝心，他必须以暗杀楚王的方式为父报仇，但事实却是他根本不可能接近楚王。就在眉间尺进退两难之际，黑色人适时而出，他以先知的姿态告诉眉间尺，要想实现复仇的愿望，就必须以头换头。这个看似荒诞的复仇故事，在残雪的复述与重写下，变成了鲁迅对人物精神矛盾的寓言化书写。在残雪看来，《铸剑》中的王、眉间尺和黑色人其实是一个人,他们只不过是人类不同精神层次的代表:王是所有世俗人物的代表,他的贪婪与欲望遮蔽了人的自我认识;眉间尺则是理性的化身,他从自身的伦理困境中感受到了生存的两难;而那个从"汶汶乡"走来的黑色人,则是洞察了人类生存困境的先知。他告诉眉间尺,由于人不可能永远处于善或恶的境地中,因此认识自我也不可能在世俗生活中完成。只有通过以头换头的交易,在灵魂的分裂中,人才有可能真正成人。这三个人其实就是一个人不同精神层次的代表:他们头颅互混的结局,暗示的正是这种三位一体的精神结构。因此,当王和眉间尺、黑色人的头互相咬啮时,人类灵魂的搏斗景象也随之展开[①]。在残雪的复述中,眉间尺以头换头的壮举,其实就是人类在追求自我认识过程中所开展的一项伟大事业,即勇于抛弃世俗生活的羁绊,在直面自我精神矛盾的基础上,借助灵魂不同层次之间的斗争,去实现人的自我认识。而对眉间尺来说,世俗生活的羁绊即表现为他对善恶问题的形而下思考,世俗意义上的道德观,影响、阻碍乃至遮蔽了眉间尺对于自我认识的持续叩询——毕竟惟有抛弃世俗的善恶观念,他才有可能借助复仇事业去实现自我认识。就此而言,残雪实际上用一种超越启蒙和革命话语的伦理叙事,在回避作品社会学因素的基础上,复述和重写了小说人物的精神历史。若进一步分析,当可发现残雪的这一做法实际上与其文学经验密切相关。对她来说,现代小说就是一种特殊的"精神操练":"它的触角伸向灵魂的内部,它所描绘的是最普遍的人性"[②]。只有将笔触始终集中于人类的精神机制,揭示其矛盾性结构和精神层次之间的搏斗景观,现代小说才能回归其艺术本源。由此也不难理解,为何残雪只瞩目于鲁迅对精神矛盾的书写方式,却不去思考造成其精神困境的社会原因。在这个意义上,残雪对《铸剑》的复述与重写,尽管存在着明显的思想误读,但这种以写作者自身文学经验为依据的批评方式,却充分体现了残雪叩询人类精神之旅的文学理想——她的文学批评也因此成了一种艺术化的书写方式。

五

与前两类文学批评相比,格非在融合学院派批评和作家批评方面作出了有益尝试。作为一位兼具作家与学者双重身份的批评家,格非在批评实践中既有在知识学

[①] 参见残雪:《艺术复仇》,第233页,广西师范大学出版社,2003年。
[②] 残雪:《永生的操练——解读〈神曲〉》,第1页,北京十月文艺出版社,2004年。

求真层面所展开的客观性研究，也有以自身文学经验为依据的主观性价值诉求。前者对批评对象所进行的概念分析与理论归纳，是一种典型的学院派批评方法；而后者对原作故事情节的追踪复述，以及由此展开的对小说之艺术本源的探讨，则无疑属于先锋作家的批评话语谱系。如果非要对这一批评方式作出简要概括，那么"艺术为体，理论为用"一语也许可以用来说明格非的文学批评。

所谓"艺术为体"，指的是格非在批评理念方面具有一种典型的纯文学意识。这种纯文学意识强调小说对人类精神世界的探索，重视小说对生命个体在世性创伤的陪伴与呵护。而作家的使命，就是试图通过艺术化的小说叙事，对我们常见的异化境地洞烛幽微，并且在体察个体在世性创伤的基础上，发出与此现代性社会诸般精神病症相对应的价值呢喃。尽管这种经由小说叙事，而非哲学或科学所营构起来的价值呢喃，远非一种体系化的对实然世界的应然性吁求，但正因其对我们具体生活状况的"勘察"与"理解"，才能使现代社会的每一个人，在小说叙事的价值呢喃中发现"生活在别处"的可能——惟有小说家所描画的生存世界，才有望令我们脱离世俗生活的无情压迫，进而在一种艺术审美的想象世界中，去安顿、整合自我生命的破碎灵魂。此即为先锋作家所认为的现代小说之艺术本源。有鉴于此，格非的文学批评便在探询批评对象的这一创作倾向方面用力甚勤。譬如在解读托尔斯泰、马尔克斯、卡夫卡和鲁迅等人的经典作品时，格非就有意淡化了相关的历史语境与社会生活，转而极力彰显文学经典在超越现实层面所秉有的艺术本源。这种非历史化的文学本体论，显然深刻影响了格非在批评实践中的理论操作。

所谓"理论为用"，指的是格非在批评实践中具有明显的方法论意识。他的批评方法，虽然也有先锋作家典型的复述式研究，但操控"复述"这一批评者叙述声音走向的因素，却是叙事学和心理学等在学院派批评中常见的理论知识。譬如在自己的博士论文《废名的意义》中，格非就"试图将废名的小说纳入叙事学的系统进行一个初步的梳理与研究"[①]。这种以叙事学理论为批评方法的学术研究，明显遵循了博士论文这一特殊文体在学术规范上的普遍要求。因此，较之先锋作家零散化和碎片式的复述式批评，《废名的意义》一文在论述逻辑上便更侧重于对体系完备、层次分明和论证周密的追求。该文所讨论的一个核心问题，即是在叙事学理论视野中，分析作者和小说叙事之间所存有的复杂关系。在格非看来，"废名的小说创作经历了三个不同的时期，作者对叙事的介入也出现了三种不同的状况，大体上呈现出由弱到

---

① 格非：《塞壬的歌声》，第237页，上海文艺出版社，2001年。

强,由隐蔽到彰显,由客观到专断这样一个过程"①。而格非在研究中的论述逻辑实际上也按此展开。但值得注意的是,正所谓"艺术为体,理论为用",格非这般谨守学术规范的研究方式,不过是用"论文"的"旧瓶"装下了"艺术"本源这一壶"新酒"。这种用学术论文去包容作家批评的特殊形式,不仅如前所述涵盖与分离了复述原作和插入式评论这两种叙述声音,而且还具有不断游走于论文与随笔这两种形式之间的文体特征。由此造成的阅读效果,自会折射出格非在融汇不同批评话语时所体现出来的独特匠心。

具体而言,这种匠心主要表现在格非对其博士论文的结构安排上。开篇的"引言"部分,是论者对废名个人经历、创作历史及文学语境的介绍。这一部分其实无关宏旨,因为在论文的主体部分,格非始终都遵循着叙事学的结构主义理论,即绝不逸出废名的小说文本去探讨叙述视角、叙述声音和叙述人称等问题。就此而言,"引言"部分实际上游离于全文之外。但在学术规范中,所谓的"引言"部分却理应是研究者切入论题的导语和铺垫,故而这种游离状况实具自我颠覆与拆解之意。事实上,格非在"引言"部分讨论了废名的诸多个人经历和社会风尚之后,也以"无意于从文化价值观上研究废名的小说"为由,否定了"引言"的整体内容②。这种在论文中不断进行自我拆解和颠覆的叙述方式,无疑与格非在小说创作中所擅用的"叙事迷宫"密切相关。但不论是出于《褐色鸟群》式文学经验的写作惯性,还是出于对学术论文文体规范的遵守,格非的这一做法都为正文中的复述式批评打开了足够的言论空间——因为自我拆解和颠覆的存在,他才能回避学术研究中绵密有序的逻辑论证,转而以一个写作者的感觉去追随废名的叙事艺术。而这种源自艺术感觉的批评文字,也因此具有了灵动唯美的叙述风格。这种风格仍然体现于论文的结构安排上,与学术论文以问题意识结构全文的做法不同,格非选择了废名小说中的常见意象为题展开论述,故而全文的一至四章被分别命名为"桥"、"水"、"树"、"梦"。在各章中,格非的论述焦点主要集中于废名小说的叙事创新层面,诸如时间叙事、人称叙事以及叙述句式等问题皆被囊括其中。其中有关"省略与空白"的讨论,颇能反映出格非在融汇学院派批评和作家批评方面所体现出来的独特思考。

在格非看来,作为废名小说中一种常见的叙述方式,"省略"可以分为"无意省略"与"有意省略"这两种形式。前者是作家的一种创作习惯,即对故事素材的主观取舍,其目的无非是为了叙事的紧凑与凝练;至于后者,则因为作家在形式技巧

---

① 格非:《塞壬的歌声》,第248页,上海文艺出版社,2001年。
② 同上书,第237页。

上的耐心考量，从而具有了一种叙事学意义上的修辞内涵①。譬如废名在小说创作中，就习惯于频繁使用"有意省略"的叙述方式。而格非对此问题的论述，显然意在提炼研究对象的叙述方法，但比这一点更为重要的，却是格非在中国文学的叙事传统中，提炼出了省略叙事的历史渊源。这种做法无疑补充完善了马原和余华对于心理描写的看法，即省略叙事的形成，并不仅仅是现代小说反对心理描写的结果，它还与中国文学传统的写意叙事一脉相承。而格非对此问题的研究，自然是一种知识学层面的理论辨析。但较之这种具有知识考古学意味的叙事史研究，格非对废名小说省略内容的复述却更加令人关注。就写作目标而言，与其说格非对废名作品省略叙事的研究是为了勾稽材料、证其渊源，毋宁说是为自己嗣后的复述式批评寻找逻辑起点。前者作为一种客观性的学术研究，实际上以"理论为用"的形式，为格非展开其复述式批评设定了言说的开端。于是，我们便在格非的批评实践中看到了两种批评话语的多元共生：在看似客观的叙事学研究背后，总是跟随着批评者对于废名小说之省略内容的心理填空，而在此过程中，格非也不断将自身的文学经验融汇其中，表达着对于人物生存状况的叙事关怀。就此而言，格非对学院派批评和作家批评的融合，尽管在文体上造成了某种分裂与冲突，但"艺术为体，理论为用"的批评方式，却在为作家批评奠定学理基础的同时，也为当今人文关怀意识日益稀缺的学院派批评注入了一股耐人寻味的心魂之思。

综上所述，当代先锋作家的文学批评，因其对文学经典的诗意表达和复述改写，以及对小说与批评两种异质文体的创造性转换，从而在时下重构文学批评话语谱系的实践过程中，具有了某种可资借鉴的理论价值。我以为，这种价值并不仅仅在于对艺术感觉的重唤和对批评文体的拓宽，而是在于对小说之艺术本源的再度确认。正是有了这样一种纯粹的文学信念，先锋作家才会借助文学大师为他们所建构的灵魂通道，以复述批评的方式，从经典作品中"询问什么是个人的奇遇，探究心灵的内在事件，揭示隐秘而又说不清楚的情感，解除社会的历史禁锢，触摸鲜为人知的日常生活角落的拟题，捕捉无法捕捉的过去时刻或现在时刻，缠绵于生活中的非理性情状，等等等等"②。在这个意义上，文学批评与小说艺术一道，成了现代人的心灵伴侣。

(原载《文学评论》，2012 年第 4 期)

---

① 参见格非：《塞壬的歌声》，第 298—300 页，上海文艺出版社，2001 年。
② 刘小枫：《沉重的肉身》，第 144 页，上海人民出版社，1999 年。

非虚构女性写作：
一种新的女性叙事范式的生成

张 莉

  我觉得自己要从人群中把这些女工淘出来，把她们变成一个个具体的人，她们是一个个女儿、母亲、妻子……她们的柴米油盐、喜乐哀伤、悲欢离合……她们是独立的个体，她们有着一个个具体名字，来自哪里，做过些什么，从人群中找出她们或自己。

——郑小琼《女工记》①

  或许，我所做的只是一个文学者的纪实，只是替"故乡"，替"我故乡的亲人"立一个小传。……对于中国来说，梁庄不为人所知，因为它是中国无数个相似的村庄之一，并无特殊之处。但是，从梁庄出发，你却可以清晰地看到中国的形象。

——梁鸿《中国在梁庄》②

  在今天，一个自认的好人总不能什么也不做，总不能继续束手待亡。哪怕多数人在侧目观望，认为我做的这些全无意义，渺小微弱，甚至是飞蛾扑火。如果它完全是徒劳，也要让这徒劳发生。

——王小妮《上课记》③

---

① 郑小琼：《女工记》，载《人民文学》，2012年第1期。
② 梁鸿：《中国在梁庄》，第4页，江苏人民出版社，2010年。
③ 王小妮：《上课记》，第3—8页，中国华侨出版社，2011年。

当女性写作遇到非虚构

对于女性文学叙事特点,有许多看法已趋于共识:看重自身经历,强调身体感受和内心经验;叙述破碎、含混,不清晰;注重细部而欠缺宏观视野和社会意识。中国的女性写作如何寻找突破的空间,如何在"个人"与"社会"、在"我"与"世界"之间寻找到恰切的位置?这是自现代文学发生至今的九十多年的时间里,女性写作一直要面对的问题。

2006年,林白借助《妇女闲聊录》修正了某种已被固定成型的女性写作经验,作为90年代女性文学的旗帜性人物,她以"低于大地"的姿态忠实记录乡村女人木珍言说的有关王榨村凋敝而触目惊心的一切。这是林白个人、也是当代女性文学从闺房到旷野的重要转变。"假如说《妇女闲聊录》开辟了女性书写的新空间的话,那么不是它提供了某种新的结论,而在于它探寻了一种思路:个人言说、知识分子观念乃至宏大叙事,这些原本被言之凿凿地看做是女性文学书写特色或者是与女性文学背道而驰的东西,现在有了被重新定位的可能。"[①]

2010年第2期,《人民文学》杂志开设新栏目"非虚构"。何为"非虚构"?编者认为它区别于我们通常所说的"报告文学"或"纪实文学",它涵盖范围广阔,不仅仅是传记,"诺曼·梅勒、杜鲁门·卡波特所写的那种非虚构小说,还有深入翔实、具有鲜明个人观点和情感的社会调查,大概都是非虚构"。在杂志看来,"今天的文学不能局限于那个传统的文类秩序,文学性正在向四面八方蔓延,而文学本身也应容纳多姿多彩的书写活动,这其中潜藏着巨大的、新的可能性"[②]。杂志的呼吁很快得到写作者们的积极响应。从2010年2期设立"非虚构栏目"至2012年5期,《人民文学》先后发表了近二十篇非虚构文本,由女性作家创作的非虚构作品《梁庄》(梁鸿)、《上课记》(王小妮)、《羊道·春牧场》和《羊道·夏牧场》(李娟)、《盖楼记》和《拆楼记》(乔叶)、《女工记》(郑小琼)一经发表便引起了巨大的社会反响。虽非有意,却是实情,《人民文学》非虚构作品产生了一批别具性别意识的非虚构女性写作文本。

这些文本关注中国社会的热点问题:乡村问题、大学校园、工厂女工、被拆迁族群,女作家们为当代中国勾勒了细微、具体、震动人心的真实图景,她们弥补了

[①] 董丽敏:《性别、语境与书写的政治》,第223页,人民文学出版社,2012年。
[②] 《人民文学》2010年第2期卷首语。

《妇女闲聊录》留下的空白,这是关于新的女性文学叙事范式的实践,这些实践包括:如何将个人经验与社会热点问题进行紧密结合,勾勒震撼人心引人深思的"中国之景";如何通过"有意味的细节"将个人经验转化为集体经验使之具有"公共意象";如何通过强调每一个个体及家庭对社会建设的重要性,进而重构壁垒森严的"私人领域"与"公共领域";如何将文本的性别叙事特点与女性知识分子立场与情怀结合。

当然,随之而来的问题是,为什么女性写作遇到非虚构文本时能产生如此诸多引起读者共鸣的作品,非虚构与女性写作的结合是否偶然,在非虚构文体与女性写作之间隐藏着何种关联?

非虚构文体的开放性为女性写作如何摆脱"自传式"、"个人化"的写作习惯提供了发展方向。当强调关注社会现实的非虚构文体与强调个人化叙事的女性写作相遇,个人经验与集体经验出现"交叠",非虚构文体本身具有的对"真实性"、"亲身经验"的强调与女性写作中对"个体经验"及细节的重视使非虚构和女性写作的结合产生某种奇妙的化学反应,这最终成就了《人民文学》栏目里一个个独具意味的"中国之景"。非虚构女性写作文本的大量涌现使"非虚构"写作具有了中国特色,也意味着中国当代文学及女性文学都藉此重新返回了当代社会的公共言说空间。

从"我的世界"到"我眼中的世界"

在今天的中国,我们为什么对非虚构情有独钟?读者不是对报告文学或纪实文学这种文体不满,而是对它长期以来的写作姿态和方式不满,在今天的中国,它没有能满足我们对现实的渴望,现实太光怪陆离,而我们渴望自己的困惑获得疏解。作为读者,我们希望知道那些地下的隐秘和暗藏,我们希望看见我们不能用肉眼看见的那部分,我们不希望看到被打包和被代表的声音,我们希望看到作为个体的那些痛苦和伤心——这些痛苦和疼痛不是被利用的,不是被剪接和处理的,这些痛苦伤心和困惑也是不能用天平和数字来衡量的。我们渴望我们的文字不要苍白、失真、作假、"被整容"。我们希望我们看到的一切纪实类作品都是"非虚构"的。更重要的是,我们渴望看到作家作为一个人去倾听、去书写和去理解我们身在的现实。

非虚构栏目的设置回应了这样的"渴望"。所谓非虚构,面对的是虚构,强调的是与虚构的不同,强调的是它与虚构的不搭界,与失真的、苍白的没有生命力的文学写作类型不搭界。正是对"非"字的强调,这一文体焕发了另外的语义指向,也刷新了我们关于艺术创作与现实世界之间关系的想象。"这个词包含着一种争夺的姿态，争夺什么呢？争夺真实。它是把有些在这个时代困扰着我们的问题放到了台面上：文学如何坚持它对'真实'的承诺？小说在这个时代是不是在这个问题上面临极大的困难？小说失去的那部分权威性在相当大的程度上是由于小说家而未必是由于小说这个体裁。我们常常明显感觉到作者缺乏探求、辨析、确证和表达真实的足够的志向、诚意和能力。希望通过'非虚构'推动大家重新思考和建立自我与生活、与现实、与时代的恰当关系。"[①]

非虚构栏目里的这些文本，都是以"我"为视点的有关现实热点问题的书写，都在试图思考"我"与"现实"、"我"与"时代"的关系。《梁庄》是发轫之作，作为一名大学教师，梁鸿讲述了她所见到的二十年来故乡发生的变化。这部非虚构作品引发了社会对农村问题的广泛关注，获得了包括文津图书奖在内的多部奖项。《盖楼记》和《拆楼记》是非虚构小说，乔叶讲述了"我"和姐姐一家亲历的拆迁，她尽其可能地还原了我们这个时代纷繁复杂的"拆迁"语境。《女工记》中，郑小琼以诗歌及手记的形式对每个作为个体的女工生活进行了还原；《上课记》则是诗人王小妮自2005年以来任大学教师的教课手记，她温和而耐心地倾听青年人的困惑与痛苦并诚实记录下来。

使用"我"来讲述个人亲见是这些非虚构作品的共同特点，这似乎也是近百年来自传式女性写作的惯用模式。自传式写作是非虚构写作的一部分，但自传与非虚构的写作目的和表达方式有明显差异。以"我"为叙述者的非虚构更强调的是"我"眼中的世界，而非"我"的世界。在自传式女性写作中，"我"是主角，世界的一切都是以"我"为主，因而《一个人的战争》、《私人生活》中与"我"有关的一切是：我的内心、我的身体、我的情欲、我的爱情、我的性、我的男人、我的忧郁、我缺席的父亲、我乖僻的母亲、我的女友们……在自传式女性写作的视野里，是厚厚的密不透风的窗帘，是暧昧的卧室，暗自生长的龟背竹……一切都是围绕"我"展开的。而在非虚构写作中，"我"不是主角，"我眼中的一切"才是我的主要叙述对象，它指的是：我的乡亲们的生活，我同事们的悲欢，我的学生们的苦闷，我姐姐一家的困难……

写作者面对世界的态度也是不同的：自传式写作是内视的，是倾听自我声音的；而非虚构写作则是向外的，是倾听他者之声的，非虚构写作中的"我"都是开放的，

[①] 李敬泽：《非虚构：文学的求真与行动》，载《文学报》，2010年12月13日。

她愿意和世界交流。以"我"的视角书写"我"眼中的世界,虽然带有"我"的认识、理解、情感,但最终的写作目的是渴望"我"眼中的世界被更多的人所知晓,即渴望"个人经验"转化为"公共经验"。在非虚构写作的视野里,"我"是大地、是活生生的现实的一部分。

"我的故乡"、"我的村庄"是《梁庄》写作的起点,终点则是"我眼中的乡村世界""我眼中的乡土中国"——梁庄的一切是"我"的,但更是"我们"的,无论是出发点还是落脚点,梁鸿都在试图绘制"中国之景"。这种创作意图使文本中具体的个人际遇具有了清晰的指向性。《今天的救救孩子》讲述了一个少年强奸了八十二岁老太的故事。最初,这故事基于个人经验的讲述:"起初听到这一事件时,我本能地对王家孩子有一种同情的心态,那么年轻,正值青春,这样的事情又是在怎样压抑和冲动的情况下所做的呀。但又的确是他,以残忍的手段杀害了一个古稀老人。"① 紧随这段话的是叙述人在村庄里的走动:"我在村庄里转悠,那一座座崭新的房子、巨大的废墟、肮脏的坑塘,还有水里的鸭子、飘浮的垃圾,组合成了一幅怪异的景象,让人有种说不出的感受。"② 叙述人的行走过程,是带领读者共同观察的过程,是逐渐使读者将"我的村庄"认同为"我们的村庄"的过程,陌生而荒芜的风景与震动人心的命案同构了一幅古怪的普泛意义上的"乡村"景象。

与"走动"几乎同步,个人的叙述视角也随之抽离出来,变成一种整体认知:"道德感在乡村深深地埋藏着,他们对王家少年的态度显示了乡村对原始古朴道德的尊重,因为这与他们善良的本性不相符合,与乡村基本的运行方式也不符合。……没有人提到父母的缺失、爱的缺失、寂寞的生活对王家少年的潜在影响,这些原因在乡村是极其幼稚且站不住脚的。而乡村,又有多少处于这种状态中的少年啊!谁能保证他们的心灵健康呢?"③ 叙述人忧心忡忡的讲述中,"王家少年"的故事溢出了"梁庄"的边界,王家少年不再仅是王家少年,梁庄也不再只是我的梁庄。当然,叙事人还使用了"今天的救救孩子"作为此一章节的标题,个人记忆与中国现实的缩影的重叠,个人感慨与"五四"时期鲁迅的《狂人日记》的衔接都使这个有意味的场景不仅仅进入当下的"公共领域",还承担了进入现代中国历史叙述的"公共话语"功能。

---

① 梁鸿:《中国在梁庄》,第52页,江苏人民出版社,2010年。
② 同上。
③ 同上书,第4页。

有意味的细节:个人记忆与集体记忆的同构

立足于公共记忆的唤回,《梁庄》中书写了许多个人记忆,那是站在那些受伤害的、边缘的立场的讲述,这也是女性写作中的常用视角。选取"有意味的细节"是重要的,在梁庄,"我"看到六七十岁的老人又当爹,又当老师、校长,内心极为复杂。叙述人说:"我反复启发父子分离、家庭割裂、情感伤害所带给孩子的那种痛苦和悲剧感(这一启发甚至有点卑鄙),芝婶总是重复一句话,那有啥门儿,大家都是这样子。"① 这是启蒙与被启蒙姿态都很明显的段落,让人想到鲁迅《故乡》中面对"闰土"时的神情,但,芝婶毕竟不是闰土,她并不喜欢将自己的命运上升到某种高度,她不想抱怨。这是叙述人试图将个人境遇勾勒为"集体境遇"中遇到的困难。不过,虽然个人叙事向公共叙事的滑行过程出现障碍,但是叙述人"村庄女儿"的身份弥合了这样的裂缝。她是这个村庄三十多年来的"在场者",是芝婶的晚辈、邻里,她有足够的理由理解并心疼她:"但是,当看到芝婶注视孙子的眼神时,那疼惜、怜爱的眼神,你又会有一种明显的感觉,芝婶绝不是没有意识,她只是把这种疼痛、这种伤感深深埋藏起来。她没有抱住孙子整天哭,也没有对哭泣的儿子过分表示安慰,因为在乡村生活中,她们必须用坚强来对抗软弱。"② 不是外来的闯入者,而是村庄的晚辈、亲人,这样的视角和身份使"我"注定不会被村庄人拒斥,个人经验与"在场感"为梁庄故事的可信性打下了坚实的基础。

相较于《梁庄》中的知识分子气质,《拆楼记》中的叙述人是拒绝启发和启蒙的。作品中有位叫小换的妇女,她拆楼拆得很早,她宁愿听话地赶快拆迁也不贪恋眼前抵得过无数年低保费之和的赔偿金,因为她绝不愿放弃任何与"公家饭"亲近的机会。这样的算账方式令人震惊。另一个细节是,公务员们在饭桌上说起某个钉子户家女主人提出的最后要求是:"我拆下的旧窗,你们得给我买走!"这让如临大敌的拆迁者深觉叫笑。《拆楼记》中的个人体验和个人感受是重要的,是否站在被拆迁者立场是理解这段文字的关键,而恰好叙述人的姐姐一家正在面临拆迁,"我"意识到,这两位妇女并不是不会算账,而是因为以往的生活经验告诉她们,只有吃亏保平安才是底层农村生存下去的法则。那么,她们只能算、不得不算在外人看起来极"可笑"的账目。《拆楼记》里的两个细节讲的是个人经验里被拆迁户们的"怯懦"

---

① 梁鸿:《中国在梁庄》,第61页,江苏人民出版社,2010年。
② 同上。

和"愚蠢",但却"于无声处"凸现了此时代的集体经验。

有意味的细节,并非是报告文学或纪实文学为塑造典型人物、展开事件所着意寻找的那种细节,在这些非虚构文本中,"有意味的细节"指的是最触动人内心深处的场景,这些细节常常是心痛与难过互相缠绕,"性别立场"和"阶层认同"相互指认,成为此时代被高度隐喻化的集体经验。这是一首关于"讨薪者"的诗:"她们跪在厂门口举着一块硬纸牌/上面笨拙地写着'给我血汗钱'。"① "讨薪"是当代中国人并不陌生的画面与场景,它们常常出现在报纸、网络和电视上,已经成为当代人的"公共记忆"。《女工记》中的场景,不仅有讨薪者们的"跪讨",还有观看者,数天前,这些观看者是这些讨薪者们的老乡、工友、朋友,甚至是上下工位的同事,可是,在此刻:"她们面无表情地看着四个跪着的女工/她们目睹四个工友被保安拖走她们目睹/一个女工的鞋子掉了她们目睹另一个女工/挣扎时裤子破了她们沉默地看着/跪着的四个女工被拖到远方她们眼神里/没有悲伤没有喜悦……/她们面无表情地走进厂房"②,工友们的"面无表情"触动了郑小琼的内心,"她们深深的不幸让我悲伤或者沮丧"③。

另一细节出现在曾经工友的办公室,郑小琼亲见了她对下属的变脸:"唉,没有办法,我也不想这样,但是她们笨死了。这些打工仔……"④ "然后她数落她嘴中的打工仔的偷懒等恶行。当她说着这些,在那一刻,我觉得我们有着清晰而巨大的差别,我只是她嘴中所说的那些打工仔的一个,而她只是曾经的打工仔,此时,我们站在两个不同的立场之上。"⑤ 一如梁鸿的村庄女儿和大学老师的双重身份有助于她将"个人记忆"转化为"集体记忆",女工和诗人的双重身份帮助了郑小琼。"我"与工友姐妹无疑是私人关系,但更有工头与打工仔关系的隐喻。郑小琼的讲述既不是对现实场景的空洞图解,也不是道德训诫式的崇高叙事,而是立足于个人的内心情感的自然流露,它感染读者重新认识个体与社会之间的关系。当然,这两个细节也表明,郑小琼身上有天然的性别立场,这种性别立场使她的写作更为深刻而敏锐,一种对性别关系的复杂认识正在郑小琼的文本中形成。《女工记》中,每个个体都是具体的,但合在一起又变得面容模糊——"中国女工图像"越来越清晰地显现在文本深处。

---

① 郑小琼:《女工记》,载《人民文学》,2012年第1期。
② 同上。
③ 同上。
④ 同上。
⑤ 同上。

重构"私人领域"与"公众空间"

与生俱来的性别/边缘立场帮助这些写作者使她们获得了独一无二的"显微镜",借助于那些"有意味的细节",她们的个人的体验、个人的思考闪现出"集体性"/"公共性"特征,进而形成了"公共经验的共同体"。但是,进一步的问题是,仅仅通过边缘立场、个人体验方式就能将"个人经验"转变为公共经验吗?深层次使大众读者认同女性写作者的立场的原因是什么?

这些作家都有共同的内在视点,她们将个体放置于"家庭"、"社会关系"的框架中去理解和认识,她们将每一位工人、农民、被拆迁者、大学学生还原为社会关系中的人、每个家庭的重要成员,她们将人作为"社会人"去理解和认识。"家庭"是这些女作家将个人经验转化为集体经验的中间地带。

在大众媒体中,工厂女工的其他社会关系通常被忽略和简化了。郑小琼《女工记》对女工的理解不是孤立的,她将她们还原到现实的社会关系网络中,这个网络的最基本单位是家庭。女工不仅仅是女工本人,还是作为女友、作为女儿、作为妻子、作为母亲的女性。可是,她们却无法过属于"社会人"的基本生活,无休无止的劳作使她们不得不成为流水线中的"零件"而不是成为有血有肉的"人"。"天天上班,加班,睡觉,丈夫在另外的一个工厂,有丈夫跟没有丈夫一个样。……上班是流水线,下班是集体宿舍。没有家,没有丈夫,儿女在电话线的那一端,家隔在几千里的地方。"① 还原为"家庭"成员是重要的,它唤起了读者最基本的人道主义情感:那站在流水车间里的每一位工人,都是家庭里的重要成员:父亲、母亲、丈夫、妻子、儿子、女儿,这是最基本的、超越政治、阶级的具有普世价值的情感,也是最能直击读者内心的情感。

一如《梁庄》中对少妇春梅的凝视。春梅正值青春,丈夫在煤矿打工,长年不归,她思念、猜疑、无处解脱,最终精神恍惚,留下了"我不想死,我想活"的遗言撒手而去。春梅的情欲之伤,是她和丈夫的共同苦闷:"人们在探讨农民工的问题时,更多地谈及他们的待遇问题,却很少涉足他们的'性'问题。仿佛让他们多挣到钱就解决了一切问题,仿佛如果待遇好些,他们的性问题就可以自觉忽略不计。可是,难道成千上万的中国农民,就没有权利过一种既能挣到钱、又能夫妻团聚的

---

① 郑小琼:《女工记》,载《人民文学》,2012 年第 1 期。

生活吗？"①夫妻团圆、性问题，这是个人的伤痛，也是家庭的伤痛。当村庄为无数家庭之痛所困，岂不是国家之忧伤？从家庭出发对农村问题的理解角度也是最能引发读者共鸣的。

这些非虚构文本的魅力在于由普世情感引发共鸣，而非对真相的私密性窥探。当然，对于文学作品的接受过程，读者从不是消极同化者，他们常常有能力也有热情对文本进行积极处理。这些文本之所以引起轰动，还在于作家的内在立场与社会内在的热情相一致。在当代中国，很多人已经隐约意识到城市化进程在不断地摧毁和挤压农村的发展空间，摧毁着一个个农村家庭的幸福和祥和，《梁庄》像一面镜子一样验证了这样的判断和理解。这就是《梁庄》何以比《妇女闲聊录》的影响力更为广泛的原因，前者更符合大众读者对农村的情感上的认知、理解，更能唤起读者内心最为朴素的情感。

是否习惯于从"家庭"立场考虑问题似乎是男女性别差异使然，男性惯于关注"国家大事"，喜欢从"宏观角度"讨论问题，他们也往往会将家庭与国家问题分为"家事"与"国事"、"私人领域"与"公共领域"。女性则不同，她们通常没有这样的分类，无论何种问题，她们都喜欢从家庭、个人角度理解，也往往从最细微处感觉世界，这是女性面对世界的独特之处。因而，女性眼中，私人领域与公共领域也并非截然分明。一如在这些非虚构文本中，几乎每一位女性书写者理解"社会问题"时，都本能地采用了"家庭"视点。《拆楼记》"我"和公务员们的饭局场景最值得玩味，以前，作为个体，她会听着饭桌上的"段子"哈哈一笑，可是，当她作为被拆迁者家属身份、站在姐姐一家立场上时，饭桌上所有对拆迁户智商的调侃在她眼里都变成了权力的高高在上。《上课记》中，当王小妮嘱咐她的学生放暑假回家的火车上要记得让钱"贴着肉"时，这不是老师的职业道德使然，而是她站在父母的立场去叮嘱他们，《上课记》打动读者之处在于作家既将学生们视为作为社会个体的青年，也将每一位学生视为一个个家庭的不可匮缺的成员。

这些非虚构文本通过将女性/个体还原为社会个体的方式使农村、工厂、拆迁等社会问题重新回到我们的视野中，也使写作者的个人经验有效地转化为集体感受。这也表明了这些女性写作者对于个人的理解和认识：个人的生存并不是个人化生存，家庭是我们对个人身份认同的重要基础。通过立足并强调个人之痛与家庭之伤，这

---

① 梁鸿：《中国在梁庄》，第102页，江苏人民出版社，2010年。

些文本最终成就了对国家之忧的勾勒，也对壁垒分明的"私人领域"与"公众空间"秩序进行了重构。

作为女性的叙事人

王小妮、梁鸿、乔叶、郑小琼、李娟等并不是传统意义上的女性写作者，她们中也没有人承认过自己是女性写作者，但，这些文本所构造的独特的真实的社会"风景"都是通过一位女性的眼睛来完成。"看"是意味深长的行为，它经过观看主体的过滤、吸收、删减，用什么样的方式，用什么样的视角，站在何种立场上观看，对文本呈现的风景起着决定作用。这些文本中的性别立场是强烈的，对性别身份的直接体认使她们书写的风景具有了独特性。尤其令人印象深刻的是，当这些写作者们试图书写一位女性眼中的"世界"和"现实"时，她们所要谋求的，不是对"个人记忆"的重写，而是希望经由"个人记忆"来重构"公共记忆"，她们所强调的，也不是这些声音、场景的"边缘"与"偏僻"，相反，她们试图在文本中生产出独具视点的公共议题，她们渴望个人的关注点能与"社会关注点"衔接。

这并不是指点江山的激扬文字，而是对社会责任恰如其分的承担。郑小琼说："我并非想为这些小人物立传，我只是想告诉大家，世界原本是由这些小人物组成，正是这些小人物支撑起整个世界，她们的故事需要关注。"① 作为女性作家，她们对于个人社会责任也有深刻的反省："在记录和写作的过程中，也是审视反省自己的过程，从一节课的准备到一个学期的终止，不断地自我调整修正，从一个传统施教者的角色渐变成一个讲述倾听讨论观察者的角色，这变化丝毫没有被动性，我想只有这样才可能更接近一个今天意义下的好老师。"②

她们都具有社会责任感和忧患意识，《梁庄》出版后改名为《中国在梁庄》，无论是书名还是作家本意，都是试图使"梁庄"与"中国"之间形成同构关系，作家试图将梁庄视为"乡土中国"的"微缩景观"，尽管以往的女性写作在试图进入公共领域时也都使用家国同构的方式，但在《中国在梁庄》中，令人感到新鲜和陌生的是，那位具有忧患意识的叙事人是位女性，虽然在文中她的父亲和兄长都出现了，但他们显然是在辅助她完成一项有意义的调查工作。作为家园和归宿，梁庄/中国不仅仅属

---

① 郑小琼:《女工记》，载《人民文学》，2012年第1期。
② 王小妮:《上课记》，第3—8页，中国华侨出版社，2011年。

于父兄,也属于女儿、母亲和姐妹。梁鸿的大学教师身份使她不是羞怯的、"低于大地的"倾听者和记录者,她的交流带有思考性、引导性和主导性——女性叙事人在这里具有强烈主体意识,她忠实于个人经验并立志将个人经验转化为公共情感,她渴望更多的群体能与她一同观看这个"梁庄"并与她产生共鸣和互动。这是对作为国家及社会主体的女性写作者身份的重建。《梁庄》、《女工记》、《拆楼记》引起的社会反应充分表明了这些女性特征的文本早已成为"公共领域"的"热点文本",这是女性写作的一次僭越,是女性叙事有意与公共议题之间寻找结合点的书写实验。

这些非虚构女性写作者虽未公开宣布自己的女性意识和女性立场,但从她们的行文中可以看出,这些作家面对自己的女性身份是坦然的,她们认识到女性进入世界和感受世界的方式是独特的,这些非虚构作品强调的个人经验、强调家庭立场即是她们信任连绵的、情感的、直接的体验和感受的体现,她们认识到这些特点往往能帮助女性作家超越民族国家、政治身份、阶级立场等壁垒森严的框架,接触到事物更为核心的部分。世界在这些女作家眼里不是被作为观察对象而存在的,而是作为体验对象。她们珍视她们面对世界时的敏感和疼痛感,并毫不遮掩地表现了出来。非虚构女性写作文本的写作经验表明,敏感、细腻、强调内心感受和直接经验、强调情感和细节并不是女性写作的缺点,如果运用得恰到好处则恰恰是其优长。

非虚构女性写作文本将具有性别意味的写作视角与具有性别特征的文本叙事进行了内在的贯通和转化,它们在个人经验与集体经验之间的紧张地带发挥了独特的作用。这些文本中独属于女性叙事美学的部分需要被重新认知。事实上,新一代女性文学研究者们逐渐意识到,对于女性文学来说,性别分析一方面可以作为一种质疑不公正的性别文化/格局的力量;另一方面,"女性文学有没有在文学特有的叙事层面形成自己的特点,性别分析是否可以在美学的层面上展开等等,在很大程度上,也成为'性别'是否能够成为文学分析有效范畴的重要内容之一"[1]。正如上文所分析的,非虚构女性写作整合了女性写作中独特的写作特点:细节、散文化、经验式呈现,在这些文本中,那些动人的细节、情感的饱满度是我们阅读其他慷慨激昂的非虚构叙事所不能给予的。

这些文本中的女性身份是重要的吗?如果将写作者们的女性身份隐去,还会受到如此的关注吗?这些问题或许没有标准答案,但这样的提问方式将使我们重新理解作为女性的叙事人在这些非虚构文本中所起到的重要作用。

---

[1] 董丽敏:《性别、语境与书写的政治》,第207页,人民文学出版社,2012年。

结　语

　　将 2010 年以来出现的非虚构文学创作热潮放置于中国当代文学发展史脉络约略可以看到某种轨迹：1980 年代以来的中国文学叙事是与文学启蒙有关的，作家们喜欢将自己的个体经验上升为国家经验讲述；1990 年代则是与公共经验的断裂时期，写作者们以强调个人的、身体的、物质的、日常的、破碎的经验来抵抗 80 年代对文学公共记忆的图解。如何将个体经验与集体经验进行有效的转化，如何将文学重新唤回到社会公共空间？这是近几年中国文学面临的内在困境，恐怕也是 2010 年 10 月《人民文学》发布"行动者"非虚构写作计划的目的。此计划要求作者对"真实"的忠诚，要求作品具有较高的文学品质；特别注重作者的"行动""在场"；要求作家"以'吾土吾民'的情怀，以各种非虚构的体裁和方式，深度表现社会生活的各个领域和层面，表现中国人在此时代丰富多样的经验"。《春牧场》、《冬牧场》、《拆楼记》、《女工记》等即是此写作计划资助的作品。这些非虚构文本的出现不仅仅意味着新的女性文学叙事范式／美学的生成，也意味着当代文学在寻找重新回到公共空间的可能。

　　当然，尽管目前《人民文学》"非虚构"栏目取得了广泛的社会影响，但内在的问题与疑难也应该意识到。首先，非虚构作家该如何理解"现实"与"真实"，如何处理现实中的"真实"与文学表达中的"变形"？其次，本论文提到的这些非虚构作品几乎都是忠于个人经验式的"呈现"，这是今天非虚构写作的优势，也可能是桎梏。写作者是否应该只满足于个人经验或把目下的现实呈现出来？非虚构写作如何避免对"现实"的流水账式、表象式的记录？对非虚构写作"呈现"的理解与追求是否会影响中国当代非虚构写作的进一步发展，非虚构文本是否应该提供认识世界的方法、深刻反思和反省社会与自身的方法？对现实的忠诚"呈现"是当下非虚构写作的新起点，但不应该是终点。非虚构写作不应该只是现实的镜子，还应该是现实的放大镜与显微镜。如何更为深刻地为读者提供理解与认识世界的方法，如何帮助读者深入了解与认知我们的社会与自身是目前非虚构女性写作面对的新高度，也是整个非虚构文体写作面临的挑战。

（原载《南方文坛》，2012 年第 5 期）

格非小词典或桃源变形记

——"江南三部曲"① 阅读札记

敬文东

一、父亲（陆侃）

"江南三部曲"语言细腻、温婉、清脆，步履优雅，像轻盈的回旋舞，有绸缎的质地、蜜蜂的嘤鸣之声，更有"江南"一词在国人心中积淀已久的那种挥之不去的气味、余韵和风姿。②格非的一位清代江苏同乡，有一联传统意义上的好诗，很可能并非碰巧地道出了个中实情："自嫌诗少幽燕气，故作冰天跃马行。"③"江南三部曲"的第一部小说——《人面桃花》——开篇的第一句话，就充分展示了与"幽燕气"较为不同的语言气质和言说风骨："父亲从楼上下来了……"

这位经年累月躲在阁楼上极少露面的人物，像"江南三部曲"开篇那个光滑、脆生生，却又十分突兀、刺眼、光棍般的句子一样神秘莫测，让人顿起抓耳挠腮之感——它表面上的既风平浪静又没头没脑，实在令人诧异。而从阁楼上"一步步走到院中"的那个人，正是"江南三部曲"第一部小说《人面桃花》的女主人公陆秀米的亲爹——尽管秀米的母亲确确实实偷过汉子，甚至让汉子公然住在家里，而且那人还是个型号

---

① "江南三部曲"包括三部长篇小说：《人面桃花》（春风文艺出版社，2004年）、《山河入梦》（天津人民出版社，2011年）、《春尽江南》（上海文艺出版社，2011年）。下文凡引三书，随文只附注页码，不再一一注释。

② 笔者曾将这种语言方式称为"江南语调"，见敬文东《从侧面攻击大历史》，载《读书》，2006年第11期。

③ 黄景仁：《将之京师杂别》。

和口径都算不得太大的清末革命党人（大号为张季元），但毕竟没有弄出让古典道德难堪、皱眉的私生子；是第二部小说（《山河入梦》）的主人公谭功达的亲姥爷；是第三部小说（《春尽江南》）的主人公谭端午的曾外祖父。据格非和《人面桃花》联袂介绍：这位颇具几分神秘色彩的人物，是个彻头彻尾的疯子，却没有机会被后来才出现的"有关部门"送上中世纪欧洲人发明的"愚人船"。此人在清朝末年，在革命以及被革命掌握的对象正在暗中发愿、暗中祈求自己快速成长的某一天，出人意料地从阁楼上走了下来，途经几个暗吐舌头的动作/行为之后，① 径直离开了他一手创建的陆家大院，从此，就像司马迁笔下的老子那样，"莫知其所终"。② "江南三部曲"在其后云遮雾罩的叙事中，为叙事本身考量和算计，除了追忆此人离家出走前的种种古怪举止外，实在是别无他法——或许连作者自己都不知道，

那个先天正常（他考取过清廷进士）、后天变疯的人，最后究竟流落到了何处。格非很可能会像面对"戈多到底是谁"的提问时贝克特（Samuel Beckett）回答的那样：我要知道他是谁（或他流落到何处），早就在剧本（或小说）中告诉你们了。那个标准的疯子，陆秀米的父亲，其大号被"江南三部曲"的作者命名为陆侃。此人被清廷罢官回到老家普济村后，整天对着友人丁树则（后来反目成仇）送他的、传说是韩昌黎绘制（后经考证纯属伪造）的"桃源图"发呆，对着古画神魂颠倒，有时还神经质地在古画上指指戳戳，以至于后来竟然"异想天开地要请工匠在村中修造一座风雨长廊……长廊将散居在各处的每户人家都连接起来，甚至一直可以通过田间……这样一来，村子里所有人既不会被太阳晒，也不会挨雨淋了"（《人面桃花》，第121页）。就这样，前清进士、前扬州府学学官、谭功达的姥爷、谭端午的曾外祖父，秉承"天下大同"的儒家教义，在自家阁楼上，把古老的桃源梦做得饱满、充沛和酣畅淋漓，最后，仰仗桃源梦的鼎力相助，成功地把自己给弄疯了。他时而赤身裸体出现在家人面前（一反他道学家的常态），时而挥刀乱砍院中的珍贵树木（那都是他花费不菲买来的），时而喃喃自语，自称"乌龟"……直到把洋相出尽。作为"江南三部曲"中第一个露面，又貌似莫名其妙快速消失掉的人物，陆侃的超常行径，按照格非一贯繁复的叙事笔法，正好出色地充任了他写作"江南三部曲"的逻辑起点：古老的桃源梦除了让人发疯、抑郁、失踪、杀人以及活不见人死不见尸之外，

---

① 事情的下属是行为，行为的下属是动作，因此，动作是事情的最小单位，动作/行为的集合就是事情，事情的集合就是历史，因此，历史的最小单位是动作，见敬文东：《随"贝格尔号"出游——论动作（action）和话语（discourse）的关系》，第83—90页，河南大学出版社，2009年。

② 司马迁：《史记·老子韩非列传》。

实在无路可逃——远甚于陆侃之遭际的更多悲惨、奇异的结局,"江南三部曲"紧接着会一五一十地娓娓道来。陆侃"莫知其所终"之旅行的最初起点的唯一目击证人,恰好是被不期而至的初潮折磨得手脚无措、死去活来的陆秀米。她以为那个暗无天日的孔道突然流血,差不多就是死亡的前兆,否则,便无法解释其来由——"要死要死,我大概是要死了!"(《人面桃花》,第1页)这跟后来的革命家陆秀米的形象很不合拍,却又十分有趣、好玩。秀米在陆家大院捏着带有经血残片的衬裤,既羞涩、窘迫又有些吃惊地问父亲准备去哪里?后者既说"不知道",又十分笃定地说,他要去的那地方"很远……"(《人面桃花》,第3页)这无疑是桃源梦后遗症的认领者最诚实、最本能的回答:他根本不知道桃花源(或称乌托邦)的具体方位、经纬度和等高线,①却知道它肯定不在自己居住了多年的普济村,否则,他也不会发疯——很显然,一个在此时此地就能和自己的梦想迎面相撞、互相拥抱的人,不大可能像兰波(Arthur Rimbaud)那样,寄希望于"生活在别处"。很可惜,在"江南三部曲"中,有不少人将"很远"搞成"很近",把"别处"直接弄成了"此处"或冒充为"此处"。

考诸"江南三部曲"的基本语境,没有理由怀疑,它最核心的主题,正是古老的、有着超强传染性的桃源梦——桃源梦的传染性,当然来自世世代代的人对幸福、美好的渴望,"从《圣经·旧约》开始,到柏拉图《理想国》、圣奥古斯丁《上帝城》、康帕内拉《太阳城》、培根《大西洋岛》,从大同世界到王道乐土到桃花源到太虚幻境到太平天国,古今中外乌托邦方案不胜枚举";②而戒掉桃源梦,眼睁睁看着它崩溃和坍塌(这正是"江南三部曲"第三部《春尽江南》的主题),是否当真是某些"妙人儿"成天价鼓噪、吹嘘的"现代性"?③在"江南三部曲"中,包括爱情、仇杀、阴谋、眼泪、偷情、革命、死亡、追捕、愁容、逃亡、奸污……在内的一切情节,一切最基本的小说要素,大都紧密团结在桃源梦的周围,并围绕桃源梦,组建它们的生活与行动轨迹——桃源梦是"江南三部曲"的心脏或肾上腺激素:心脏是上述一切情节的核心地带和公开的集散地;肾上腺激素则想尽千方百计,用尽吃奶的力气,设法激活一切最基本的小说要素,鼓励它们必须以心脏为最无可争议的中央。看起来,在一个根本不可能有桃源梦、在一个刻意追杀桃花源的"现代性"时代,格非很愿意不合时宜地追忆古老的桃源梦、缅怀臆想中的桃花源,打量它的

---

① 尽管有很多学者讨论过乌托邦与桃花源的异同,基本结论为它们是两种不同的东西,但本文将无视这种区别,将它们当作完全相同的东西。
② 王康:《俄罗斯启示》,第53页,北京当代汉语研究所,2009年。
③ 见 Fukuyama, *The End of History and the Last Man*, Free, 1992.

前世，拷问它的今生，乐此不疲，毫无倦意。这在格非看来，理由倒是出奇的简单："我们这个时代的一些人已生活得相对比较猥琐了，不太会想乌托邦的问题或者是白日梦。"①有作者诸如此类的夫子自道壮胆、鼓劲、充当啦啦队，陆侃发疯、离家出走，以至于"莫知其所终"的情节安排，就有理由被认为大有深意存焉，何况格非本来就是个极其狡猾的叙事人；它暗示出来的逻辑起点绝不仅仅是起点，也是小说意欲得出的最终结论。路德维希·维特根斯坦（L. Wittgenstein）说过："每一种疑问只揭示基础中存在的一个缝隙……只有首先怀疑可怀疑的一切，然后再消除所有这些疑问，一个理解才算可靠。"②格非故意把叙事的逻辑起点和最终结论叠合在一起，把"江南三部曲"通过叙事导出的结论，预置放在小说的开篇，除了试图让"理解"变得可靠并充满悬念外，附带的效果，就宛若"一件事先张扬的谋杀案"的字面意思所显示的那样：接下来，容我慢慢道出这个最终结论的来龙去脉、它的前世和今生——但这会不会让"江南三部曲"具有令人眩晕的倒叙特性呢？仿照格非炮制小说的一贯语气，此处似乎也可以说：

这倒是个问题。

二、念头（魔念）

遵照格非的叙事学安排，初潮之后约莫六七个年头，陆秀米不得不听从作者的命令，在有花轿、唢呐和仆从相伴的成亲路上，突遭土匪绑架，连夜摸黑经水路，被运往一个名叫花家舍的小村子；而早于秀米七年多被掳到这里来的，是一个叫韩六的中年尼姑。经由土匪们隔三差五、粗鲁野蛮的轮番耕种，前尼姑韩六"还生过一个孩子，没出月就死了"（《人面桃花》，第88页）。花家舍，这个表面上平静、美丽、整齐划一、看似富足安闲的村庄，这个在"江南三部曲"的叙事逻辑中，已经臻至桃花源之完美境界，却又奇迹般堕落为土匪窝的弹丸之地，它的"总设计师"，是一个名叫王观澄的道士兼土匪总揽把（即土匪头领中的老大）。此人在清朝同治六年进士及第，像陆秀米的父亲一样，也曾做过级别不算太低的地方官员，厌倦俗世、俗务之后，一路辗转寻访，终于找到安静、祥和、偏僻的花家舍隐居清修，已做好了不问世事的准备，下定了独与天地之大美相往来的决心。

---

① 格非：《山河入梦》封底，天津人民出版社，2011年。
② 维特根斯坦：《哲学研究》，汤潮、范光棣译，第57页，生活·读书·新知三联书店，1992年。

有一个疑问,让初来乍到的陆秀米百思不得其解:"王观澄辞官隐居,本欲挣脱尘网,清修寂灭,怎么会忽然当起土匪呢?"前出家人韩六轻描淡写地给出了答案:王观澄是"被自己的念头缠住了"(《人面桃花》,第129页)。其实,早在做姑娘期间,陆家大院内忠心耿耿的仆人宝琛就告诉过秀米:"有些事,在心里想想,倒也无妨,你若果真要去做它,那就呆了"——比如说,在普济村修建风雨长廊,就是只能想不能做的事情,否则,发疯几乎就是必然的结局(《人面桃花》,第121页)。秀米的老师丁树则,与陆侃反目成仇的前好友,一个浑身布满酸腐气息的乡村知识分子,也曾在秀米面前,痛骂过陆侃心中的魔念:"桃源胜景,天上或有,人间所无。世上只有令尊这等的蠢材,才会这样去胡思乱想,白白让自己发了疯。"(《人面桃花》,第121页)丁树则、宝琛只观察到魔念(或念头)是坏结局的原始胚胎,因为在普济村明摆着只有一个发疯的陆侃能够为他们的观察作证;而在岛上足足呆了七年之久的韩六,却有足够的能力,看透王观澄的魔念以及魔念生产出来的坏结局,因为她就是这个坏结局的目击者。韩六说:王观澄"想在人世间建立天上的仙境",刚来花家舍时,他还"心心念念要以天地为屋,星辰为衣,风雨雪霜为食……到了后来,他的心思就变了。他要花家舍人人衣食丰足,谦让有礼,夜不闭户,路不拾遗,成为天台桃源"(《人面桃花》,第129页)。既然是天台桃源,既然立志要把花家舍给"大同世界化",就必须修房造屋、开凿水道、辟池种树,还要煞费苦心地构筑规模浩大、惠及百家的风雨长廊,而花家舍恰好山旷田少,财力不足,无奈之下,只好干起土匪的营生,彻底违背了当初的美好念头,把好端端一个世外桃源,弄成了血腥之地:王观澄最后死于非命,土匪窝(或称前世外桃源)也因为各位当家人之间的权力争夺毁于一旦——尽管他们彼此之间的算计和争斗,最终被旨在推翻满清、建立另一种性质的桃花源的革命党人所利用(这些人都是秀米母亲的情人张季元的同伙)。看起来,魔念内部确实暗含着无法被清除的悖论:一个美好的念头,会导致美好局面的大驾光临——花家舍确实作为桃花源短暂地存在过;但就是这个美好念头,又似乎必然会转过头来,催促美好局面的烟消云散、大卸八块——花家舍的血雨腥风、五当家居然"与两头山羊一道被人剁成了肉酱",连收尸都不可能(《人面桃花》,第124页),就是最初的美好念头给出的优质馈赠。[①]就令人称羡的桃花源而言,美好念头最终生产出来的,似乎只能是它的反讽性产品——山寨版桃花源:一个集善恶于一

[①] 见卡尔·曼海姆(Karl Mannheim):《意识形态与乌托邦》,艾彦译,第228—318页,华夏出版社,2001年。

体、集桃花源和土匪窝于一身的搞笑怪物。① 徐志摩对这种现象有过十分敏锐的观察：那仅仅是因为"他们相信天堂是有的，可以实现的"，但他们不知道，"在现实世界与那天堂的中间隔着一座海，一座血污海，人类泅得过这血海，才能登彼岸"。② 很显然，悖论从来就不可能是辩证法，却又比辩证法更具有喜剧效应，因为后者顶多只意味着"变卦"，完全可以被清除干净——这或许就是理查德·罗蒂所谓的"革除其哲学习惯"（kick the philosophy habit）。③

有格非的教导与鼓励，韩六总算参透了魔念、桃源梦和毁灭之间休戚与共的亲缘关系：哪怕是对最美好境界的设想，也会因魔念的自我繁殖和对自我繁殖的无力控制，迫使人们不断向废墟和死亡的方向一路狂奔，最终导致山寨板桃花源的横空出世。还是得到过格非公开支持和首肯的韩六说得精辟：一开始，仅仅拥有隐士身份的王观澄"只是动了一个念头，可这个念头一动，自己就要出来做事，不由他来做主了。佛家说，世上万物皆由心生，皆由心造，殊不知到头来仍是如梦如幻，是个泡影"（《人面桃花》，第130页）。秉承格非的叙事学旨意，先失身于土匪、再失信于佛祖的韩六肯定再清楚不过：每一个念头，都有它自己摆脱不掉的宿命，都有它的疯狂、灵感和想象力，但最终都会发生霉变、脓肿、流血、艳若桃花却面目全非；即使是最高尚的念头，也会因自身的腐烂、变质，彻底沦为魔念——"念头"从字面上看过去，仅仅是"魔念"的胚胎和初始阶段，但它注定要发育、成长，直到青面獠牙、浑身毒刺。韩六经格非点头、批准，才泄漏出的魔念"一条龙"式的坏结局的生产流程，或许正合德国诗人摩根斯坦（Morgenstern）的绝妙隽语："栅栏上有间隔，可以让你看到从'因此'（hence）到'从此'（thence）。"④ 吉尔伯特·赖尔（Gilbert Ryle）曾经说过："人们彼此之间能够看见、听见和猛击对方的身体，但他

---

① 严格地讲，"江南三部曲"时期的格非是一个反讽主义者，"江南三部曲"就是反讽性的作品。理查德·罗蒂（Richard Rorty）对反讽主义者有过很精辟的议论："反讽主义者（ironist）必须符合下列三个条件：（一）由于她深受其他语汇——她所邂逅的人或书籍所用的终极语汇——所感动，因此她对自己目前使用的终极语汇，抱持着彻底的、持续不断的质疑。（二）她知道以她现有语汇所构作出来的论证，既无法支持，亦无法消解这些质疑。（三）当她对她的处境做哲学思考时，她不认为她的语汇比其他语汇更接近实有，也不认为她的语汇接触到了在她之外的任何力量……相对的，反讽主义者是一位唯名论者（nominalist），也是一位历史主义者（historicist）。"（理查德·罗蒂：《偶然、反讽与团结》，徐文瑞译，第105—107页，商务印书馆，2003年。）

② 《徐志摩全编》第二卷·散文（第二集），第109页，天津人民出版社，2005年。

③ 斯多塞（Scott Stossel）：《与理查德·罗蒂的一席谈》，李小科译，"人文与社会"网站（http://wen.org.cn/modules/article/view.article.php/1716/c1），2012年5月10日访问。

④ 转引自罗伯特·卡普兰（Robert Kaplan）：《零的历史》，冯振杰等译，第197页，中信出版社，2005年。

们彼此之间却无法看见和听见对方的内心活动,也不能对它们发生作用。"①但归根到底,一向"算"无遗策的赖尔最终还是令人遗憾地失"算"了。与桃源梦十分相似,魔念也是一种可以传染和自我繁殖、像"铀238"那样自我裂变的"事物"。桃源梦和人性深处对幸福的渴望,既相吻合又有冲突:桃源梦满足了人性对幸福的想象,但十分吊诡的是,人性又从不愿意接受一个死水一潭的社会,而桃花源——它无疑是桃源梦的现实化——恰恰是静止的、不支持任何速度的理想性空间(对此问题后文将有详细阐发)。因此,尽管我们无法"看见"和"听见"别人的"内心活动",但仍然能对它们"发生作用"——这中间的要害仅仅在于:世外桃源从来就不是老子想象的那样,意味着权力的消退、消停和消解。②

雅克·拉康(Jacques Lacan)有一个紧咬牙关的判断:"没有大他者"("il n'y a pas degrand Autre/there is no big Other")。对此,齐泽克(Slavoj Zizek)给出的阐释很可能是正确的:"从根本上说,大他者乃是现象的秩序",这个东西不仅不为人们所需要,甚至压根儿就不该存在、也绝不会存在。③搭帮了魔念(或念头)的操控与唆使,无论是总揽批王观澄,还是他手底下几个曾经以兄弟相称的土匪头领,都不大可能接受这个格外藐视权力的观点——为了充任花家舍的"大他者"(big Other),抢夺桃花源的总舵主,他们不惜尔虞我诈、机关算尽,不惜视一切兄弟为寇仇,直到最后集体毁灭,把刚刚建成不久的桃花源,变作了死亡的稠密地带,却又正好同魔念及其内部暗含的悖论构成了绝妙的对称——很显然,权力才是男人真正的春药。再说了,即使真如拉康所愿,没有"大他者"、没有"现象的秩序"存在,还有到处遛弯、四处转悠的魔鬼呢。所谓魔鬼,按照罗贝尔·穆尚布莱(Robert Muchembled)的理解,就是"分裂者"的同义词或同位语——挑拨离间向来是它从事的主要工作;而且,像功率奇高的魔念一样,魔鬼还很不安分地"躲在人类灵魂深处,不断威胁着先驱者想要建设的新世界"。④在这里,魔鬼和魔念几乎奇迹般地是同一个东西,

---

① 赖尔:《心的概念》,徐大建译,第7页,商务印书馆,2005年。
② 《老子》第八十章:"小国寡民。使有什伯之器而不用,使民重死而不远徙。虽有舟舆,无所乘之;虽有甲兵,无所陈之。使民复结绳而用之。甘其食、美其服、安其居、乐其俗。邻国相望,鸡犬之声相闻,民至老死,不相往来。"但这样的局面,仅仅是对象征世界的追忆和缅怀,从不曾在属人的世界上存在过。(见敬文东:《牲人盈天下:中国文化的精神分析》,第138—148页,广西师范大学出版社,2011年。)
③ 见斯拉沃热·齐泽克:《弗洛伊德-拉康》,何伊译,收入张一兵主编,《社会批判理论纪事》第3辑,第9、14页,江苏人民出版社,2009年。
④ 罗贝尔·穆尚布莱:《魔鬼的历史》,张庭芳译,第2页,广西师范大学出版社,2005年。

是一枚硬币的两面，类似于手掌和手背的关系——魔念内部暗含的悖论，正完美无缺地充当了"分裂者"的角色。有鉴于此，王观澄和其他土匪头领们，肯定愿意像所有基督徒都想成为"上帝的运动员"那样，成为桃源梦的运动员；上帝的运动员"能够走严格的神圣之路、过最苛求的修道生活"，[①] 受制于魔念及其内部悖论的桃源梦运动员，不仅能够走自以为最为严格的神圣之路，还能在幻想中，过上平静的、夜不闭户、路不拾遗、拒绝流变和没有速度的生活。

"江南三部曲"在本质上是半倒叙型的作品，在其骨子里，是对魔念的叙述，是为近百年来中国的桃源梦运动员制作的精神传记，是对桃源梦的超强传染性展开的深度反思，也是为桃源梦唱出的一曲深沉、柔美的挽歌——总而言之一句话，它就是关于桃源的变形记、世纪性的变形记，柔美、感伤、凄楚、颓废，但仍然霸气十足，以至于能够寸劲杀人。它有勇气预先给出答案，将魔念和魔念所有可能的后果中的大部分，一股脑儿放在"江南三部曲"的开篇，接下来，才开始从容追忆这个结局的前世和今生。三部叙事时间前后相继的小说，分别享用、分有了魔念的特殊后果。秉承格非的叙事学旨意，参照古往今来的历史事实，魔念在其入口处，早就不怀好意地设置了太多的分叉，以便诱使不同角色的人，走上自己命中注定的道路，诱使他们无限接近距离自己仅有一箭之地的命运：陆秀米在花家舍被土匪夺去处女之身后，受命运的差遣，走向了辛亥年前后的革命，以推翻满清为目的，号称要在尘世建立一个大同世界，明显抄袭了王观澄打理花家舍的思路和做法——有格非撑腰因而不得不睿智的韩六，对此早有先见之明（见《人面桃花》，第133页）——却很不幸地至少在普济村一度化为了虚幻的现实；陆秀米的儿子谭功达在社会主义建设时期，把搞疯他外祖父的桃源梦，居然援引到他主持工作的梅城县，最后功败垂成，免职下狱；谭端午则是桃源梦在嚣张、跋扈的商品经济时代的暗中认领者，恍恍惚惚的坚守者，最后成功地将自己弄成了一个绝对意义上的失败者，遭到了不少同代人的鄙弃。[②] 也许美籍华裔学者徐贲关于捷克前总统哈维尔（Vaclav Havel）的言论，可以预先充当魔念及其内部悖论的解毒剂，却又不会影响"江南三部曲"因揭示这一切，所取得的大快人心的美学成就和叙事学丰碑："在哈维尔的原创政治思考中，保持思想的活力是第一性的。他并不想用自己的政治理想去设计一个人间的乌托邦，设计'一片上帝满意的、人人相互友爱、个个勤奋工作、有礼貌有道德、富足、甜美、光明的国土。'这种'乌托邦理性'展现的是人的'傲慢'。它反倒会给人间带

[①] 罗贝尔·穆尚布莱：《魔鬼的历史》，张庭芳译，第293、105页，广西师范大学出版社，2005年。
[②] 关于谭端午的失败者身份及其对于桃源梦的意义，本文其后将会详细论述。

来祸害和灾难。因为它太自以为是,它会执意去'消灭一切与它不相符合、一切超越或扰乱它既定方案的东西'。"① 把这段充当解毒剂的话预先放在这里显然意味着:对"江南三部曲"的论述,也具有某种程度上的、有意为之的倒叙特性,这一点,很快就会被、也许已经被各位高明的看官觉察到了。

三、桃源图,桃花源

桃花源能够存在、能够得以显露真身的前提是:人对现实生活怀有不满情绪,大有从自己存身的"所是"(即 is,它本来的样子)空间,奔向"应是"(即 ought,应该的样子)空间的强烈愿望——别忘了,有且只有愿望,才是一切种类的意识形态当中,口径最大、体态最惹人注目,也最为火爆、嚣张的意识形态,具有最强大、最密集的生产动作/行为的能力;② 桃花源内就住满了数不清的事情,但它们都拜愿望所赐。特里·伊格尔顿(Terry Eagleton)也曾帮腔说,想象力本身就是意识形态,因为想象力对应的是空间发出了最热情的吁请、最浓烈的缅怀;③ 夸特罗其(Angelo Quattrocchi)等人引述过法国"五月风暴"期间的一张大字报,很可以为想象力的意识形态特性贡献并非微不足道的犬马之劳:"我们正在发明一个原创性的全新世界,想象力正在夺权。"④ 除此之外,桃花源想要显露真身,还需要一张可以按图施工,可以差遣、指挥与调剂砖石泥瓦各就各位的桃源图,以便同桃源梦相对仗。桃源图直接誊自桃源梦,桃源梦则直接抄自作为最大意识形态的愿望——桃源图在本质上,就是本雅明(Walter Benjamin)所说的愿望意象:"集体力求不仅克服而且完善社会生产的不成熟和生产的社会组织的缺失。"⑤ 从"所是"空间奔向"应是"空间的冲动和愿望,直接催生、支持、诱导了桃源梦的超强传染性——虽然卡夫卡早就告诫过,在你与时代的对峙中,要对时代本身抱以同情,因为和人相比,或许时代更为不幸,也更加无辜。但单身汉卡夫卡的犹太式絮叨,丝毫不会妨碍几乎所有时代的

---

① 徐贲:《哈维尔的良知》,"爱思想"网站(http://www.21ccom.net/articles/sxpl/sx/article_20111122150705_2.html#),2012 年 5 月 11 日访问。
② 见敬文东:《随"贝格尔号"出游——论动作(action)和话语(discourse)的关系》,第 265 页。
③ 见伊格尔顿:《二十世纪西方文论》,伍晓明译,第 23—24 页,陕西师范大学出版社,1986 年。
④ 夸特罗其等:《法国 1968:终结的开始》,赵刚译,第 132 页,生活·读书·新知三联书店,2001 年。
⑤ 本雅明:《巴黎,19 世纪的首都》,刘北城译,第 5 页,上海人民出版社,2006 年。

人都不满意他们存身的那个历史境遇，都对自己认领的所是空间，怀有复杂、浓烈和深刻的敌意，①恰如米什莱（Jules Michelet）的断言："每一个时代都梦想着下一个时代"；②而所谓桃源图，作为一种硕大无朋的愿望意象，就是将完美的社会理想——或称"应是"空间——呈现在纸张之上的线条或彩色草案。它是关于"应是"空间的素描、工笔或静物画，也是挺立在纸面上的二维雕塑——它以寄居在人脑中的完美幻象为模特儿，却刚好与念头（或魔念）相平行，与愿望相对仗，附带着，还很凑巧地同桃源梦亲了个酸不拉唧的嘴，接了个彼此心照不宣的吻。

尽管那个依照人性和愿望塑造出来的草案落成、竣工之初，就已经标明了特定的行进方向、所需要的行走方式、所允许的行事速度，但仅仅停滞于胎儿状态，仅仅将毛茸茸的头部，对准了欲张欲合、一张一翕的子宫口，不过是随时准备启程、开拔而已；但真想要桃源图行动起来，让它发育、成长，继而来到人间、覆盖世界，让应是空间彻底替换所是空间，甚至获得应是空间自身的升级版，需要权力的特殊帮衬，需要进行全民总动员，必要的时候（肯定有必要的时候），还需要必不可少的强制性和残酷性——徐志摩的"血海"之喻，或许正是这个意思。很显然，相对于桃花源能否横空出世，拉康犯下了原创性的错误，齐泽克则至少带有阐释性的残疾——"大他者"绝对不可或缺，因为只有他，才能为繁杂的"现象"（比如群众）提供一定的"秩序"，以便起到保证从"因此"（hence）进到"从此"（thence）的作用。自晚清以来的百余年间，几代中国有志之士——他们是真正意义上的桃源梦运动员，曾弄出过样态不一的山寨版桃花源——莫不为他们心目中方案迥异的桃源图殚精竭虑、呕心沥血，但必须要建立桃花源、必须要实现天下大同的初衷，却又非常一致，③纷纷许诺"应是"空间就在前边不远处，剩下的，仅仅是"同志仍需努力"。但魔念及其内部的悖论，却没有，也注定不会让列位桃源梦运动员称心如愿：光绪年间起而革命的陆秀米为此惨败之后长期自动禁语以至于郁郁而终，她的私生子谭功达在共和国初期为此丢了官职，继而进了牢狱，死在牢狱。这仅仅因为桃源图具有"可远观而不可亵玩焉"的顽皮特性，仅仅因为支持、生产桃源图的魔念内含的悖论，具有不可克服的坚硬性、不可变更的遗传密码、无法修改其行进方向的基因片段——魔念及其悖论，只倾向于支持山寨版桃花源的不断诞生。看起来，一

---

① 见敬文东：《逻辑研究——论王小波的〈黄金时代〉》，载《扬子江评论》，2007年第6期。
② 米什莱：《未来！未来！》，见本雅明《巴黎，19世纪的首都》，第5页。
③ "天下"和"大同"是中国思想中极为重要的概念，赵汀阳对此有过极为精辟的论述，见赵汀阳《没有世界观的世界》，第50页以下，中国人民大学出版社，2003年。

门心思诱导和鼓励桃源图被绘制出来的桃源梦——它是桃花源的发源地——根本就不缺乏幽默感：它不仅能让人发疯（比如陆侃），也有它格外仁慈、宽厚的那一面：要么让它的践行者在失败后的自我折磨中缓慢死去（比如陆秀米），要么因为践行失败丧失人身自由（比如谭功达）。当然，最高级别的失败，肯定是已经建成桃源源、实现大同，却又最终在桃花源的山寨性质的鼓励下死于非命（比如王观澄）。至于那个热爱诗歌与音乐，庸庸碌碌生活在商品经济时代、消费主义时代（即"现代性"时代）的谭端午，陆秀米的亲外孙，是否有能力避免魔念内部的悖论对他的毁灭性打击，这是桃源梦或愿望意象提出的另一个根本问题，急需要"江南三部曲"至少给出尝试性的解答……

生命有遗传，在神秘主义的声援下，桃源图似乎也有它自己的遗传密码和双螺旋结构。在姥爷和外孙之间，在陆侃和谭功达之间，维系他们的，不仅是血缘，还有经由共同的桃源梦而来的疯狂命运——桃源梦的超强遗传性，本来就永不止歇地植根于人性深处，暗藏于人的愿望之中，何况还得到了来自血缘的暗中支持。血缘从基因的维度，给了传染性以双倍的能量、双倍的胆略——这种神秘莫测、只能理解为得之于天的"法力"，绝非微不足道的"人力"所能根除：从桃源梦的方向看过去，外孙几乎就是姥爷的转世灵童。格非很可能对桃源梦的传染特性参悟甚详：外祖父陆侃未竟的理想，经过二传手陆秀米手中的接力棒，似乎注定要让外孙来完成——这条得之于桃源梦和桃源图的隐秘线索，刚好不折不扣地成为了"江南三部曲"的前两部小说相互之间拥有必然亲缘关系的写作逻辑。

陆秀米郁郁而终后，六十年一个甲子的时间嫁风娶尘，远遁而去，鲜有痕迹。秀米虽然只活在"瞎子旁若无人地拉着胡琴"的那些"慢悠悠"的唱词里（《山河入梦》，第9页），却早已提前看到了儿子的身影和命运轨迹（《人面桃花》，第276页）：前新四军战士谭功达在多年的摸爬滚打之后，已经当上了中共梅城县县长（后兼任县委书记）。谭功达深受"大跃进"思想的浸染，①对"跑步进入共产主义"、数年内"赶英超美"一类乐观至极的理想主义信条十分热衷和迷信，更兼外祖父的神秘遗传，

---

① "大跃进"的目的，据说是"跑步进入共产主义"，是全民桃源梦大发作的时代。对它的疯狂和想象力，前中共领导人有过生动的回忆。薄一波说："1958年10月中旬的一天，跑马乡党委书记在大会上宣布，11月7日是社会主义结束之日，11月8日是共产主义开始之日。会一完大家就上街去拿商店的东西，商店的东西拿完后，就去拿别人家的；你的鸡，我可以抓来吃；这个队种的菜，别个队可以随便来挖。小孩子也不分你的我的了。只保留一条，老婆还是自己的……不过这一条，还得请示上级。"（薄一波：《若干重大决策与事件的回顾》下册，第754—755页，中央党校出版社，1993年。）

因而也有他自己的桃源梦。他依照自己的愿望意象和一个社会主义者特有的激情，绘制出了特色鲜明的桃源图。作为新一轮的、红颜色的桃源梦运动员，谭功达对"应是"空间的想象，很奇怪但也很自然地混合了毛泽东思想和外祖父不切实际的浪漫梦想。尽管他的桃源图并非出自传说中的韩昌黎——而是出自一位刚毕业的美术专业的大学生之手——但依然跟外祖父痴迷的那幅图案，有异曲同工之处。他把桃源梦做得远比外祖父的更为酣畅和丰沛：陆侃仅仅想将普济村的各家各户用风雨长廊连接在一起，谭功达则想把梅城县的各个村庄用风雨长廊连接起来，让全县人民"既不用担心日晒，也挨不了雨淋"(《山河入梦》，第219页)。他滚烫着心情、兴奋着心跳，热情地将那份图案称为"桃源行春图"，而每到晚上，"地图上的山川、河流一起进入他的梦中，他甚至能听见潺潺的流水声，听到花朵在夜间绽放的声响"(《山河入梦》，第219页)。即便后来被关在监狱里，他也未曾忘记自己的红色桃源梦运动员身份，没有忘记"给中央和地方各级政府写信，并附上了一幅只有他自己能够看得懂的'梅城规划草图'"(《山河入梦》，第388页)。

远甚于发疯的外祖父的是：谭功达并没有将桃源图搁置一边不予理会，而是强行将对准子宫口的毛茸茸的头部硬往外拽，像那个被自己的念头缠住了的王观澄一样，真枪实弹、土法上马、热情洋溢地建造他的桃花源。他不顾大饥荒正在肆虐进行的严峻现实，没有进行任何科学论证，受桃源梦、桃源图的差遣、激励和教唆，脑袋一拍，就仓促上马修建普济水库，据说是为了给全县供电，让梅城人民前所未有地生活在有电灯的光明境地，结果大坝决堤，死人无数；他忧心如焚地"想了一个晚上"，立即决定开凿一条人工运河，将梅城境内的各个乡村连接在一起，以便"干旱时能引长江水灌溉良田，到了夏天洪水肆虐的季节，也可以排涝泄洪"(《山河入梦》，第86页)，结果劳民伤财，无果而终……和外祖父型号小巧的桃源梦比起来，谭功达的桃源梦显然更疯狂、更具灵感、更有气魄，规模更加宏大，也更富想象力——他拓宽了陆侃所向往的"应是"空间的体量和振幅。绘制"桃源行春图"的那位大学生曾当面嘲笑谭县长不懂艺术(《山河入梦》，第219页)，他哪里知道，谭功达听从"应是"空间的热切召唤，正扎扎实实地把政治直接弄成了艺术——而艺术，以追求完美为最高目的的艺术，很可能才是桃源梦和桃花源最真实、最准确的定义。如果谭功达没有因为大坝坍塌导致水淹七军被撤职，发疯就是可以想见的结局——实际上，相对于苍白、严峻、饿殍横陈的现实，他早就疯了。①他平生最好的朋友、一起出生入死多年的战友兼兄弟高麻子，就当面很不客气向他道出了个中实情："你猜猜看，当我听说你被撤职后，第一个反应是什么？你永远猜不到！我是长长地松了一口气。我有点暗自庆幸。坦率地说，我觉得你早就该下台了。你看看，好好的一个梅城县，被你折腾成什么样子了？！我也知道钱大钧、白庭禹都不是什么好东西，蝇营狗苟，利欲熏心，但总还是现实主义者吧？由他们来掌管梅城县，至少不像你那么离谱……"（《山河入梦》，第289－290页）"坏人"大便干燥一样的现实主义，也胜过"好人"唯美主义的"艺术"追求——或许，这既是魇念内部暗含的悖论给出的结论，也是古往今来所有桃源梦运动员必将失败和被取代的原因。比王观澄既幸运又很不幸的是：谭功达的美好念头还没有来得及制造出山寨版桃花源就被提前抹去。但这到底是小说写作逻辑导致的结果，还是谭功达自身命运给出的结局？

这也是个问题。

阿兰·图仑（Alan Touraine）有一个极为精辟的观点："只有当一个社会完全抛弃乐园隐喻时，乌托邦才开始了它自己的历史。乌托邦是世俗化的产物之一。"②因为通常情况下现实生活太让人失望、太令人难以忍受，才导致了无神的、世俗的社会极度仰慕桃花源，才造就了桃源梦的传染性。但在此关键时刻，仍需要牢记宝琛的告诫，就像需要记住徐贲旨在"解毒"的劝导："有些事，在心里想想，倒也无妨，你若果真要去做它，那就呆了。"希姆博尔斯卡（Wisawa Szymborska）以女性的温柔，很可能告诫得更为温柔敦顺、更具儒家士人称颂的君子之风："有许多美好的诱惑／但它却是一个无人的岛／岛上只有过去留下的足迹／这足迹一直延伸到了海边／一去不复返地沉入了海底／这就是人生的真谛。"（希姆博尔斯卡：《乌托邦》）桃源图如

---

① 笔者在一部小书中对福柯（Michel Foucault）的议论，也许可以借以理解谭功达的"未疯之疯"："福柯认为，文艺复兴时期所谙熟的无理性的理性（unreasonable Reason）与理性的无理性（reasonable Unreason）的经验，似乎经由笛卡尔的纯粹理性主义被排斥掉了，但实际上它仍然存在于人类的理性之中，并没有因为笛卡尔的'革命行动'退出人类的精神舞台。福柯为此告诫我们，只要紧紧盯着理性，就肯定会从理性之中找到疯狂。这正是目的无意识命定的结局之一。在此，福柯无疑暗示了：理性导致了非理性；'历史的必然性'必要要与'疯癫的必然性'连在一起才更完备。福柯称前者为历史的'水平线'，呼后者为历史的'恒常垂直线'（constant vertical）。只有将这两条线交织在一起，只有从这个坐标系上，我们才能认识人类的历史。"敬文东：《随"贝格尔号"出游——论动作（action）和话语（discourse）的关系》，第150页。

② Alan Touraine, *In Utopia: The Search for the Ideal Society in the Western World* (The New York Public Library, 2000), p.29.

果仅仅停留在纸张之上,倒不失为一件精致、美轮美奂的艺术品,可以供人欣赏和把玩,供人尽情想象遥远的、惹人遐思的"应是"空间;如果付诸实践,就注定是一场社会实验,因为完美才是一切社会实验追求的终极目标——它要把画在纸上的草案誊写在现实之中,把脑海里完美无缺的模特儿请到人间,强行他人瞻仰或享用。实验当然有成功的可能,但是很遗憾,实验之所以是实验,就在于它的不可预测性,失败同样是可能的,或许更为可能,因为念头(或魔念)中暗含的悖论,更倾向于支持实验从失败走向更大、更彻底的失败——它很愿意站在失败那一边,它或许生来就是失败的同伙。谭功达和王观澄的命运,正好昭示了桃源梦和桃源图的荒谬性与艺术性。或许,就是在这个地方,"江南三部曲"令人侧目的倒叙特征开始显现:它以丰富的细节、低婉的语调、云遮雾罩的叙事,"前进"着"后退"到那个最终结论,那个让人发疯的目的地和出发地。

四、花家舍(之一)

在"江南三部曲"组装出来的所有空间形象①当中,长江边一个叫花家舍的小村庄显得尤为重要:②它不仅能将原本没有多少情节联系的三部小说,从"空间逻辑"的角度紧紧连接在一起,还额外被格非赋予了叙事枢纽的使命,以至于它有足够的能力,让三部小说互相对视、打量、猜测,互相考察自己的前世、今生和来生。但小说通过语言和叙事生产出来的任何一个空间形象,都既要受特定目的的支配,也注定会显示、表彰这个特定的目的。空间,无论现实中的还是纸面上的,都具有浓烈的意识形态特性,都有它命中注定的超强所指。③亨利·列斐伏尔(Henri Lefevre)十分机警地指出:"有一种空间的意识形态存在着。为什么?因为空间,看起来好似均质的,看起来其纯粹形式好似完全客观的,然而,一旦我们探知它,它其实是一个社会产物……让我再重复一次:有一种空间政治学存在,因为空间是

---

① "空间形象"一词模仿了索绪尔(Ferdinand de Saussure)为语词发明的"音响形象"一词,目的是为了本文其后谈论"江南三部曲"的空间生产提供方便。关于此术语的一般定义,见敬文东:《从铁屋子到天安门》,载《上海文学》,2004年第8期。
② 另一个次级重要的是普济村的陆家大院,但本文对此不做论述。
③ 见敬文东:《太过坚强的空间和过于脆弱的意志》,载《阅读》,2004年第2期。

政治的。"① 花家舍，梅城县治附近一个偏远、僻静的小村子，是"江南三部曲"制造出来的核心空间形象，其他那些更偏远或更辉煌、更阴暗或更宏阔的空间形象，只有紧密团结在它的周围，才可能设置自己的方位、演绎自己的命运、铺陈自己的人生。在"江南三部曲"的叙事构架中（至少是在前两部小说中），花家舍是桃源图、桃源梦的现实化版本，是已经成功了的应是空间，是桃源梦运动员的集散地，是美好念头落地生根、枝繁叶茂的地方，也是某些人把桃源梦做得最为酣畅、丰沛的所在地（第三部小说暂时不论）——诚如列斐伏尔所说，花家舍"是政治的"。遵照小说主题的旨意和冲动，作为"江南三部曲"核心主人公的祖孙三代都跟花家舍有一腿，似乎冥冥之中自有天意和定数，根本就是不可避免的事情。

按照格非考究、雅致和针脚细密的叙事安排，花家舍大致可分为两个相对独立的组成部分：村庄和跟村庄仅有"一箭之地"的湖心小岛——"这个岛最多也只有十六七亩……原先，岛与村庄之间有木桥相连，后来不知什么原因被拆除了。"（《人面桃花》，第88页）初来乍到的秀米和七年前已经来到花家舍的韩六，就被包裹样寄放在湖心小岛；因为缺乏船只，尽管没有土匪看管，两个女人依然逃不出去——她们怎么不去练习游泳而为逃亡做准备呢？格非对此没有给出任何交代。小岛距离村庄的"一箭之地"，暗示的，很可能正是"江南三部曲"的主人公们距离自己命运的那个长度，依《山河入梦》中红色桃源梦运动员谭功达的话说，刚好是"不多不少"（《山河入梦》，第374页）。而"隔着波光粼粼的湖面"，被抓到湖心小岛的陆秀米，甚至可以看到"一箭之地"外的"整个花家舍……这个村子实际上是修建在平缓的山坡上，她吃惊地发现村子里每一个住户的房子都是一样的，一律的粉墙黛瓦，一样的木门花窗。家家户户的门前都有一个篱笆围成的庭院，甚至连庭院的大小和格局都是一样的"（《人面桃花》，第89页）。依照桃花源的"总设计师"、前清进士、土匪总揽把王观澄的看法，花家舍是"真正的世外桃源，我在这里苦心孤诣，已近二十年，桑竹美池，涉步成趣；黄发垂髫，怡然自乐；春阳召我以烟景，秋霜遗我以菊蟹。舟摇轻飚，风飘吹衣，天地圆融，四时无碍。夜不闭户，路不拾遗，洵然有尧舜之风。就连家家户户所晒到的阳光都一样多。每当春和景明，细雨如酥，桃李争艳之时，连蜜蜂都会迷了路……"（《人面桃花》，第100页）就这样，誊自愿望的桃源图终于从纸张之上，再次升级，被誊写到现实之中，人间天堂在得到人们的千呼万唤后，

---

① 亨利·列斐伏尔：《空间政治学的反思》，收入包亚明主编，《现代性与空间生产》，第62、67页，上海教育出版社，2003年。

终于显露真身——花家舍岂止是盛放桃源梦和愿望意象的地方，它就是桃花源本身。由于魔念及其内部悖论的恒常恒新，美丽、宁静、祥和的花家舍，终于如愿以偿地堕落到了以打家劫舍为生，成了一个典型的土匪窝，"变作了臭气熏天的妓院，不仅抢女人，连尼姑也敢抢"（《人面桃花》，第124页）。就像本雅明说妓女是集卖主与商品于一体的尤物，[①] 花家舍终于完成了集桃花源和土匪窝于一体的看似不可能完成的任务——不出魔念及其内部暗含的悖论之所料，山寨版桃花源说来就来了。

寄居在某个特定空间形象之中的人，都无一例外地被分配了角色、赋予了身位、派定了特有的自我意识，因此，他们都将分别认领同空间形象相匹配、具有特定修正比和具体面目的动作/行为，现实中如此，小说中也不例外——不同的空间形象派送给人的礼物，就是不同的自我意识和不同的身份定位。桃花源在花家舍甫一落地、成型，和桃花源心愿完全相同、能够熨帖桃花源之心愿的动作/行为，果然以整齐的步伐出场了："抢来的衣物金银按户头均分，湖里打上来的鱼，也堆在河滩任村人自取。此地本来民风极淳朴，再加上王观澄悉心教化，时间一长，百姓果然变得谦恭有礼。见面作揖，告退打恭，父慈子孝，夫唱妇随，倒也其乐融融。抢来的东西，人人都争着拿最坏的，要把那好的让与邻居，河滩上的鱼，都拣最小的拿，剩下那大的，反倒无人去动，最后在河边腐烂发臭……"（《人面桃花》，第129－130页）盛放在桃花源里的动作/行为，就像花家舍的房子一样整齐划一，都得到了桃花源的精确界定，但这丝毫不值得惊讶和奇怪——因为它显露真身的目的，本来就是为了和"每一个住户的房子都是一样的"这个令人惊异的现实相对称。在花家舍，每个人能够作出的，只能是桃花源规定好的标准动作，以至于让他们能够从动作/行为的可视角度，把桃源梦运动员的身份展示得淋漓尽致——不仅抢来的东西十分丰富，即使是"在河边腐烂"的鱼散发出来的，也是桃花源认可和赞同的那种"臭"，令那些仅仅拥有桃源梦却没机会进入桃花源的人，感到芳香扑鼻、余音绕梁三日不绝。

在魔念的鼓励下，花家舍从成为桃花源的初衷，必然会演化为土匪大寨的结局。正是出于这个令人莫名惊诧的原因，被花家舍绑架、劫持、赏赐的各色人等，其动作/行为既有梦游的一面，也有坏事做绝的一面——诚如韩六的感叹："王观澄一心想在花家舍造一座人人称羡的世外桃源，可最后只落得一个授人利斧、惨遭横祸的结局，还连带着花家舍一起遭殃"，"假使他当初一个人在岛上静修……花家舍还是花家舍；日出而作，日落而息，虽不像后来那样热闹，但也不会有今天这样的祸患"

[①] 见本雅明：《巴黎，19世纪的首都》，第22页。

(《人面桃花》,第130页)。韩六的话仿佛是在暗示:桃花源中的梦游正好来自酣畅淋漓的桃源梦,来自那个最美、最美的念头——花家舍的每个人都不知道自己在做什么,尽管他们以为自己确实在做些什么;来自意象的桃源图落地成型的那一天,梦游的胚胎就已经铸就——只不过王观澄和他的土匪兄弟们很幸运,硬是把胚胎给强行拽出了子宫。在已经成为桃花源的花家舍,每个人都动作恍惚、轻盈、虔诚、谦恭、行为得体,像魏碑也像行草,更像走在云朵之上,但这正好是梦游的实质——因为梦游者根本不知道自己在梦游。古人的吟诵正可以作证:"寒更漏永睡绸缪,魂梦将心处处游。或见欢娱花树下,或逢寂寞远江头。或归乡井心中喜,或梦他乡客思忧。恰被晓钟惊觉后,梦中行处一时休……"① 但吊诡的是,为了维持梦游需要的能量,必须要以另外的动作/行为作前提:打家劫舍、绑票勒索,直到最后把坏事做绝。寄放在花家舍的这种荒谬性,注定要落实到动作/行为上,并以动作/行为得到体现:当以维护桃花源为前提的打家劫舍、绑票勒索开始启动自身时,桃花源顷刻间就土崩瓦解了——尽管以残酷的恶,来维持表面上的善,是所有乌托邦世界的常规动作。让人震惊的是:无论桃花源内的动作/行为,还是土匪窝内的动作/行为,都是整齐划一的;前者的整齐划一由桃花源首肯的美、善来界定,后者则由土匪窝认可的价值体系来张目,但两者都不允许动作/行为上的个人主义、自由主义出现,更不允许动作/行为的多元化。梦醒之后,土匪窝的动作/行为全面替换了桃花源的动作/行为,"应是"空间倒退着,回到曾被广泛鄙弃的所是空间;前桃源梦运动员顺手拿起屠刀,变作劫匪,开始干起了争权夺利、仇杀、强奸、绑票的勾当——他们陷入了另一种形式的疯狂,一点不输于陆侃的发疯出走。导致这种整齐划一的原因,很可能早就被汤姆·斯托帕(Tomas Straussler)笔下的赫尔岑(Aleksandr Herzen)一语道破,"没有什么是确定的,一切都有可能,就是这一点,给了我们人类自由和尊严"②;而与此相反,山寨版桃花源(集桃花源与土匪窝于一体)却只承认唯一一种确定性,寄居其间的各色人等,就这样,以他们前后矛盾,但又十分整齐的动作/行为,为写作的内在逻辑和最后结论作出了说明和论证,也对愿望意象、魔念和暗含其间的悖论予以深深的鞠躬和致敬。

---

① 王重民等编:《敦煌变文集·妙法莲花经讲经文》。
② 汤姆·斯托帕:《乌托邦彼岸》,转引自王康《俄罗斯启示》,第52页。

五、花家舍（之二）

从叙事学的角度看，《人面桃花》对梦境有着神奇、夸张、敲骨吸髓般的利用。[1] 王观澄在被杀之后不久，就既诡异，又出人意料地进入到陆秀米的梦中——就像几天前，花家舍的五当家粗暴地进入到秀米的处女身，那个曾经初次流血的孔道——王总揽把很忧伤地告诉"莫知其所终"者的亲生女儿："花家舍迟早要变成一片废墟瓦砾，不过还会有人重建花家舍，履我覆辙，六十年后将再现当年盛景。光阴流转，幻影再生。一波未平，一波又起。可怜可叹，奈何，奈何。"（《人面桃花》，第100页）看起来，王观澄就像列斐伏尔笔下的那个"社会展望学家"（prospectiviste），[2] 非常清楚桃源梦的传染性究竟意味着什么，深知魔念总是薪火相传，像永远不被磨损的接力棒一样，被不断地往下传递：它们都将被六十年后社会主义建设时期的郭从年稳稳地接在手中。和王观澄一样，林彪的"四野"战士、军人出身的郭从年，费尽周折，也成功地将小小的花家舍变作了真资格的桃源，只是名字被改为更具时代特色的"花家舍人民公社"。从"江南三部曲"的叙事语调中不难推测，崇拜斯大林的郭从年，很可能认可斯大林格外认可的信条。斯大林曾在读列宁的一部著作的空白页上，用红笔写了一则日记："1）软弱；2）懒惰；3）愚蠢。这是仅有的可称之为恶的东西。其他一切，只要没有这三样，就无疑是美德。注意！如果人1）强壮（精神上的），2）积极，3）聪敏（或能干），那他就是善的，而不管有没有别的'恶'！1）加上3）就成了2）。"[3] 郭从年的某个花家舍部下，就曾悄悄向人说起过此人随身携带着的斯大林式的脾性：虽然他几乎从不参加公社的会议，但"谁也不能保证，下一次会议他就不会来。这个人有点孩子似的淘气，喜欢恶作剧，有时候甚至有点喜怒无常。没人知道他的脑子里会突然出现什么怪念头。有一回，半夜两点钟，他通过秘书召集公社的全体干部召开紧急会议。可当与会者顶着刺骨的寒风全部到齐之后，他又让另一个秘书出来传话，说会议临时取消"（《山河入梦》，第351页）。谭功达在梅城被就地免职之后不久，就以"地级巡视员"的身份来到这里，据说是要"对农村的实际情况做些调查研究，以便以后重新出来工作"（《山河入梦》，第293

---

[1] 关于这个问题见张清华：《春梦，革命，以及永恒的失败与虚无》，载《当代作家评论》，2012年第2期。

[2] 亨利·列斐伏尔：《空间与政治》，李春译，第3页，上海人民出版社，2008年。

[3] 见斯拉沃热·齐泽克：《弗洛伊德－拉康》，第8—9页。

页)。但他即将跟那个喜欢权力实验的人,那个红色桃花源的创制者,花家舍的"大他者",打一些言不及义,但又很致命的交道。听从命运的指令与唆使,和六十年前的母亲一样,谭功达也被安排借宿在湖心小岛,只是当年囚禁母亲和韩六的屋子,早已变作了公社的招待所,"一条新修的栈桥将小岛与村落连接在一起"(《山河入梦》,第301页),而"隔着水光潋滟的湖面,谭功达可以看到整个花家舍……这个村庄实际上是修建在一处平缓的山坡上……村子里每一个住户的房子都是一样的:一律的粉墙黛瓦,一式的木门花窗,家家户户的门前都有一个竹篱围成的庭院,篱笆上爬满了藤蔓植物……连庭院的大小和格局都一模一样。一条砖木结构的风雨长廊沿着山坡往上延伸,通往山顶的一座高大的烟囱……"(《山河入梦》,第302—303页)王观澄的预言果然很守信用地兑现了,时隔整整一个甲子,某些人渴望和念想中的"应是"空间再次莅临花家舍,愿望意象从纸张上来到了人间。但这与其说是王观澄的预言准确,远不如说是桃源梦的传染性再次施展神力、魔念及暗含其间的悖论再次不负众望地大获全胜。

与六十年前的花家舍十分相似:寄放在"花家舍人民公社"中的动作/行为同样是整齐划一的,同样具有浓烈的梦游特性。这本来就是各种样态的桃花源的共同性征——也是它们的第一性征——根本不值一提;但六十年前的花家舍主要是靠王观澄的教化与当地淳朴的民风,才迅速获得了动作/行为上的整齐划一和梦游特性。和王总揽把比起来,郭从年的任务将显得更加繁重、琐碎和旷日持久,因为他对桃花源的精度、纯度和唯美度,有更高的追求;对"应是"空间的振幅、成色和宽度,也有更加美好的想象——他比谭功达更有自觉的艺术追求,这一点,连谭功达本人都不否认(《山河入梦》,第310页)。为此,郭从年,一个个头不高的驼背老头儿,特地在"花家舍人民公社"办了一个"专门为落后分子设立的学习班",目的是"让每个人学会自我惩罚",尤其是那些"即将犯错的人","必须"得到"学习班"的"提前挽救",而用不了多长时间,不出郭从年之所料,所有"落后分子"和"即将犯错误"的人,都奇迹般地成为"举止端庄、得体、不苟言笑的新人"(《山河入梦》,第367—369页)。为此,"大他者"郭从年要求"花家舍人民公社"的每一个桃源梦运动员,都得思考"政治上的,道德上的,一般待人接物的礼仪上的,所有的界限……他们应当学会思考,学会自我约束"(《山河入梦》,第369—370页)。为此,他特地在"花家舍人民公社"的"每一个交通要道……都设立了铁匦,也就是邮箱,每个人都可以检举揭发他人的过失、错误、乃至罪行",结果"外甥告发舅舅、妻子告发丈夫、孩子告发父母,甚至还有自己告发自己的","铁匦制度试行不到一个月,效果是明显的……每个人的脸都变得纯洁而严肃。有迹象表明……社员们已经学会了思考"(《山河入梦》,第370—371页)。到了最后,花家舍的每个人"手臂上戴着同样的袖套,甚至他们藏在宽宽帽檐下的脸,都是同样的表情"(《山河入梦》,第304页),因为他们深深地知道,喜欢权力实验的郭从年已经成功地将花家舍训练成了这样一个地方:"没有人能真正看见公社,而公社却无处不在"(《山河入梦》,第354页)。但这一切激烈的举措,这些较为残酷的内心斗争和外部斗争,这些匪夷所思的、已经被实施的思想改造方案,它的最终目标,"是让每个人自己监督自己"(《山河入梦》,第371页),以便给动作/行为上的整齐划一和梦游特性,打下坚实、牢固的基础,为一个和睦、有礼、阳光灿烂的桃花源提供地平线,为桃源图找到可以完美施工的完美地盘——它很卖力地响应了桃花源为艺术性倡导的"高标准"和"严要求"。

通过强制性教育,经由激烈的、大体量的规训活动,突变、斗争过后的"花家舍人民公社",终于如愿以偿地一举变作了安静、祥和的桃花源,并且能达到诗人欧阳江河设想的那种以纸手铐囚禁犯人的水准,毕竟"想象中的监狱比真实的监狱更为可怕,因为没有任何一个人真的关在里面,但又可以说人人都关在里面。这个监狱是用可能性来界定的"。[①] 商鞅以肯定的口吻说:"赏施于告奸,则细过不失。"[②] 中国古代最著名的结巴仔韩非,反倒说得比他的前辈更决绝、更铿锵:"至治之国,善以止奸为务,是何也?其法通乎人情,关乎治理也。然则去微奸之道奈何?其务令之相规其情者也。则使相窥奈何?曰:盖里相坐而已。禁尚有连于己者,理不得相窥,惟恐不得免。有奸心者不令得忘,窥者多也。如此,则慎己而窥彼。发奸之密。告过者免罪受赏,失奸者必诛连刑。如此,则奸类发矣。奸不容细,私告、任坐使然也。"[③] 郭从年很可能偷师学艺于中国古代的法术术士(尽管他根本不愿承认),才让"花家舍人民公社"的动作/行为整齐划一,才让那些动作/行为的拥有者,在社会主义建设的道路上梦游着一路狂飙。但"江南三部曲"肯定会认可如下结论:这"不是德行,而是对德行与邪恶加以审慎的运用"。[④] 郭从年就很坦率地对谭功达承认过:正因为人的欲望不可能达到中庸状态,不可能做到刚好"不多不少",所以,"我们必须进行严格的控制,我们宁要不公正,不要无秩序;宁要正而不足,不要邪而有余……"(《山河入梦》,第372页)在此,红色桃源梦运动员很诚恳地亮出了底牌:

[①] 欧阳江河:《站在虚构这边》,第395页,生活·读书·新知三联书店,2001年。
[②] 《商君书·开塞》。
[③] 《韩非子·制分》。
[④] 利奥·施特劳斯(Leo Strauss):《关于马基雅维里的思考》,申彤译,第1页,译林出版社,2003年。

他实际上只拥有一个长有暗疾的桃花源,这暗疾看不见、摸不着,却在"花家舍人民公社"的创制者和"大他者"心头隐隐作痛。住在王观澄的桃花源里的那些人,是土匪和桃源梦运动员的合二为一,他们一边打家劫舍,一边谨慎地为山寨版桃花源看家护院;而住在"花家舍人民公社"里的那些人,则是社员或革命群众,他们仰仗纸手铐的"帮助",在努力建设一个祥和、安静的桃花源,却感觉不到暗疾带来的任何隐痛——他们还没有资格享受那种稀缺的感觉。

与六十年前的花家舍较为不同:"花家舍人民公社"直到《山河入梦》结束时,还是真正的桃花源,没有彻底走上自己的反讽者角色的那条不归路——但它的创建者,军人出身的郭从年,却很悲观地给出了花家舍滑向山寨版桃花源的具体时间表:"短则二十年,长则四十年,花家舍人民公社会在一夜之间灰飞烟灭。什么痕迹都不会留下来。"(《山河入梦》,第374页)看起来,郭从年似乎比王观澄要聪明、清醒得多:后者死到临头,才知道桃花源注定的命运是毁灭;前者却能在盛景时分,看出毁灭才是桃花源的必然命运。郭从年对即将被捕的谭功达说:"花家舍的制度能够存在多久,不是我一个人说了算的,也不是随便哪一个人……能够做主的,它是由基本的人性的原则决定的",而所谓基本的人性原则,就是指"人的欲望和好奇心是永远无法餍足的……即便共产主义实现了,人的所有愿望都能满足,我们的好奇心仍然会受到煎熬",因此,"花家舍人民公社"注定只能是"海市蜃楼"(《山河入梦》,第372—373页)——更何况我们"每个人的心都是一个被围困的岛屿,孤立无援"(《山河入梦》,第301页)。

或许,郭从年根本不愿意面对一个比基本人性原则、欲望、好奇心更加难缠的问题:桃源图或愿望意象一旦被誊写到现实世界,桃花源就会立即化为现实,但也会立即获取它的静止状态。在通过激烈的突变、动荡和斗争,才取得动作/行为上的整齐划一和梦游特性后,整齐划一和梦游特性反而能从最隐秘、最深刻的角度上,意味着桃花源的无时间性——这才是各种型号的桃花源最终坍塌、崩溃的根本原因,人性的基本原则,最多只是这个"根本原因"的表面化。桃花源中的每一个人,过的都是无时间性的生活,桃花源本身就是无时间性的社会,因为它的每一天,等同于包括它自己在内的任何一天;桃花源中的每一个人,都被迫认领了一种没有速度的生活,因为经过激烈斗争、上过"学习班"之后才按时到来的桃花源,只愿意强调匀速和均质,拒绝任何突变和奇迹——而突变和奇迹,刚好意味着对速度的追逐、对时间性的渴望。对此,霍布斯(Thomas Hobbes)有过上好的告诫:"他们只告诉我们说,永恒是现在时的停滞,是现在的永驻……这一名词他们自己不懂,别人也不懂,正像他们用此处的停驻来表示空间的无限大一样。"① 任何人都不可能长期忍受静止和没有速度的状态,这样的状态只能是一种纸手铐的状态,或者是一种必须由纸手铐来维持的状态 ——"面对生命,它捍卫尸首的权利"。② 作为一种不流动的、擅长做匀速流逝"科"的空间,因为遵从人性、却最终奇迹般违反人性的"花家舍人民公社"走向坍塌和崩溃,几乎指日可待。"短则二十年,长则四十年"的断语,实在是太乐观了,因为持续过于长久的无时间性的生活、无速度的生活,在魔念及其内部暗含的悖论的帮助下,除了让人发疯,更现实的选择,就是迫使人弃桃花源而出走,甚至"莫知其所终"——这是"江南三部曲"放在全书开篇、却必须经过倒叙才能追忆出来的结论。很显然,桃花源内某些人的"狂躁、神经病和癫狂,正好来源于空间形象的无从转换";而离开桃花源进入另一种空间形象之中,正是被逼无奈之后的最终选择,因为只有"出走者才有希望获取新的自我"。③ 对于桃花源的出走者(无论是六十年前的还是现在的花家舍出走者),此处实在有必要为他们送上祝福之辞。塞尔·西黑(Gail Sheehy)有过热情洋溢的称颂:"你正在远行,远离外在的评说和鉴定。你在脱离角色和走进自我。如果在这个旅程上我能给每个人一份送别礼物,它将是一顶帐篷。一顶暂时性的帐篷。这种礼物是便携式的根……(在这个过程中)自我发现的快乐总是常伴左右……"④

六、风雨长廊

作为一个特色鲜明的小说意象,风雨长廊在"江南三部曲"中不断出没,像鲸鱼一样,不时从深水下探出头来,挑逗、挑衅着读者的想象与胃口;作为一个存在于纸面上的空间形象、一个典型的愿望意象,风雨长廊既是时常出没于桃源梦者脑海里的完美幻象(比如陆侃),也是作为空间形象的桃花源中,最打眼、最惹人遐想的建筑实体 —— 无论是在王观澄的花家舍,还是在郭从年的"人民公社"。在桃花源的创制者那里,风雨长廊极富想象力地把雨伞和道路混合在一起,它是集道路的不

---

① 霍布斯:《利维坦》,黎思复等译,第548页,商务印书馆,1985年。
② 本雅明:《巴黎,19世纪的首都》,第15页。
③ 敬文东:《从铁屋子到天安门》,载《上海文学》,2004年第8期。
④ 塞尔·西黑:《漂泊者:成人生活的可预见性危机》,转引自查尔斯·泰勒(Charles Taylor)《现代性之隐忧》,程炼译,第50页,中央编译出版社,2001年。

动和雨伞的移动于一体的空间形象，令人惊讶地抹去了凝固与移动之间的界限。它是奇迹，是桃花源的精华部分，是"应是"空间最完美的一角，是桃源梦的艺术性所能获取的最高成就与地位，却又绝不仅仅是"上栋下宇，以蔽风雨"①的简单场所：它是答案，是桃花源举荐出来显示或解答桃花源何以为桃花源的杰出代表；但它更像一个消息盒子，全息性地包含着桃花源内的全部信息和所有秘密。

作为经典意义上的桃源梦运动员，无论是死于非命的王观澄，还是心头隐隐作痛的郭从年（甚至还包括半个陆侃），他们在梦境正酣之际设计、构想和思念风雨长廊时，都会自觉不自觉地遵从亨利·列斐伏尔的教导："'设计者'，作为真正的造物主，能够改变环境，创造一个新空间，如果人们为他提供一些新的'价值观'的话。"②关于这个问题，后现代主义者爱德华·索亚（Edward Soja）有着十分透辟的理解："在列斐伏尔看来，实际的空间是感情的、'热的'，充满了感官上的亲昵；构想的空间则是理智的、抽象的、'冷的'，它疏远人。各种构想的空间虽然也能激发人的热情，但它们的重点是心灵而不是肉身。"③然而，作为愿望意象的风雨长廊一旦显露真身，不仅体现了"设计者"为它赋予的"价值观"，还趁机变作了寄存于花家舍的"实际的空间"，却又像列斐伏尔的"构想的空间"一样，重点在人的"心灵"而不是人的"肉身"——这或许就是桃花源区别于一切凡俗空间最为显眼的地方。

王观澄的风雨长廊"雕梁画栋，不一而足。穹顶画有二十四孝图、戏剧人物、吉祥鲤鱼、瑞龙祥凤"，尽管"长廊的顶篷是由芦秆和麦秸做成，有些地方早已腐朽、塌陷，露出了湛蓝的天空"（《人面桃花》，第120页）；"花家舍人民公社"的风雨长廊的"拱顶上画有艳俗的油画和水彩画……每隔一段都会出现一幅毛泽东的草书书法……在题有'喜看稻菽千重浪，遍地英雄下夕烟'的油画中，画的竟然是沼气池的生产工艺图……"（《山河入梦》，第309页）中国古代至少出现过三种不同方案的桃源梦，如果它们化为现实，将依次出现三种不同型号、不同口径的桃花源：道家的小国寡民、儒家的大同世界、墨家的兼爱空间。考虑到王观澄的前清进士身份，他构想、设计的风雨长廊的穹顶出现"二十四孝图"，就再正常不过，因为"二十四孝图"正好体现了儒门版桃花源的"价值观"；出现"戏剧人物"也很好理解，最晚从北宋开始，④历代

---

① 《易·系辞》。
② 亨利·列斐伏尔：《空间与政治》，第90页。
③ 爱德华·索亚：《第三空间》，陆扬等译，第37页，上海教育出版社，2005年。
④ 苏轼《东坡志林·怀古》云："王彭尝曰：'涂巷中小儿薄劣，其家所厌苦，辄与钱，令聚坐听说古话。至说三国事，闻刘玄德败，频蹙眉，有出涕者；闻曹操败，即喜唱快。'"

中国"牲人"（homo sace）①都是从戏剧、小说、说书一类下贱的艺术体式中，接受、想象和享用儒门版桃花源的"价值观"；而"吉祥鲤鱼、瑞龙祥凤"等图案，刚好与夜不闭户、路不拾遗的儒门桃花源的空间形象相对仗，它修饰了花家舍，它是镶嵌在桃花源四周的光晕。但这一切，都将首先作用于人的"心灵"，再下替到人的"肉身"，为合乎桃花源之"价值观"的动作／行为的整齐出场，贡献出教化性的契机。社会主义建设时期的风雨长廊出现毛泽东的草书，完全合情合理，因为革命群众只要看到毛主席的书法，就相当于见到了毛主席本人，而正是他，才是型号最大的红色桃源梦运动员，是社会主义桃花源的总"设计者"，是至高无上的"大他者"；沼气池的生产工艺图旁边配上他老人家的诗句，更是点睛之笔，因为成功地实现了前所未有的用沼气生火做饭，正好是那两行带有原汁原味桃源梦之缥缈意境的诗句的本意。这一切，同样通过作用于人的"心灵"，而影响到人的"肉身"，也为符合社会主义桃花源之"价值观"的动作／行为的集体出场，提供了教化性的契机——风雨长廊并不只起到遮风避雨、美化生活的作用，教化才是它的根本目的之一。风雨长廊是教化的建筑实体，它负责把价值观或意识形态，输入到列位桃源梦运动员的脑海之中，并为他们赋予特定的自我意识，时刻提醒他们要明白自己的身份。

列斐伏尔认为，空间的生产开始于身体的生产，"空间的最始源性的身体化实践基础，是人的身体的剩余能量与激情，而不是理性与工具技术。只有剩余的能量才具有创造力，才能让生命从苟延残喘状态中挣脱出来。它修改或导致了一个新的空间"。②王观澄、郭从年确实是依靠自己的"剩余能量与激情"——尤其是激情——才造就了令人匪夷所思和美轮美奂的风雨长廊。毫无疑问，人定义空间，空间也定义人。人与环境的相互渗透，不仅造就了特定的民风、民俗，也定义了空间、空间和人之间必须认领的那种特定关系，③恰如马丁·海德格尔所说："此在本身在本质上就具有空间性，与此相应，空间也参与组建着世界。"④行走在王观澄的风雨长廊里的人，是土匪和桃源梦运动员的合二为一，行走在"花家舍人民公社"的风雨长廊里的，则只具有桃源梦运动员的单一身份，但更应该被说成社员或革命群众，而被巴黎的拱廊绑架和挟持的那些人，则被本雅明意味深长地称作游手好闲者，他们

---

① 见吉奥乔·阿甘本（Giorgio Agamben）：《生命的政治化》，严泽胜译，收入汪民安主编，《生产》第 2 辑，第 219 页，广西师范大学出版社，2005 年。
② 转引自刘怀玉：《现代性的平庸与神奇》，第 410 页，中央编译出版社，2006 年。
③ 见敬文东：《在神灵的护佑下》，载《天涯》，2011 年第 4 期。
④ 海德格尔：《存在与时间》，陈嘉映等译，第 131 页，生活·读书·新知三联书店，1999 年。

的集合,则被唤作人群。本雅明把拱廊街视为 19 世纪欧洲最重要的建筑成就。和风雨长廊被建在山间野外供人行走、让人得到教化、让人品尝桃花源的美好果实大不相同,拱廊街被建在 19 世纪欧洲的首都——巴黎,频频向行人传递着中产阶级的价值观,以及由商品点缀起来的趣味;跟风雨长廊的木制甚至草制结构很不一样,拱廊街"用玻璃做顶,用大理石铺地,穿越一片片房屋……光亮从上面投射下来,通道两侧排列着高雅华丽的商店,因此这种拱廊就是一座城市,甚至可以说是一个微型世界"。① "拱廊既是房子,又是街巷",② 由拱廊形成的街道,则变成了"游手好闲者的居所。他靠在房屋外的墙壁上,就像一般的市民在家中的四壁一样安然自得。对他来说,闪闪发光的珐琅商业招牌至少是墙壁上的点缀装饰,不亚于一个有资产者的客厅里的一幅油画。墙壁就是他垫笔记本的书桌;书报亭是他的图书馆;咖啡店的阶梯是他工作之余向家里俯视的阳台"。③ 土匪和桃源梦运动员合二为一造就的"新人",只能和山寨版桃花源及其价值观相对称,革命群众则只能同社会主义的桃花源及其超强所指相对称,这两批人都只能行走在风雨长廊,不能越过风雨长廊固有的意识形态半步,否则,必遭镇压;也不能改变自己被风雨长廊早已派定的身份和自我意识,否则,必遭删刈——风雨长廊是这两批人共同认可的"应是"空间,虽然风雨长廊或迟或早,终将得到魔念暗含的悖论的侵蚀、威胁和要挟。人群则是拱廊街有意创造出来的一代"新人",正承受着发达资本主义时代的意识形态的侵扰——虽然拱廊街很快就会受到"现代性"时代给予的毁灭性打击,迅速变作供人凭吊的"古代"遗迹。

人群在动作/行为上,没有整齐划一的残疾特征,虽然它可能带有几分梦游特性;拱廊街允许动作/行为上的多元主义原则,尽管它很可能并不鼓励这种原则:雨果可以"把自己作为英雄放在人群中",波德莱尔却可以"把自己作为一名英雄从人群中分离出来",④ 但他们都不会受到拱廊街的惩罚——拱廊街的严肃性和残酷性并不体现在这里。如果行走在风雨长廊中的人,胆敢动用动作/行为的多元主义原则,后果将不堪想象。这结局,归根到底来源于桃花源倡导的无时间性的生活与无速度性的生活,风雨长廊正好是桃花源最精华、最核心的部分,对桃花源的价值观的悉

---

① 本雅明:《巴黎,19 世纪的首都》,第 3—4 页。
② 同上书,第 22 页。
③ 本雅明:《发达资本主义时代的抒情诗人》,张旭东等译,第 55 页,生活·读书·新知三联书店,1989 年。
④ 同上书,第 84 页,生活·读书·新知三联书店,1989 年。

心维护，才是它最主要的任务：它一边让人享受，一边让人得到最直观的规训。动作/行为上的多元主义原则，必然会打破无时间性的生活与无速度性的生活。它会导致桃花源的分崩离析。谭功达向郭从年告别的前夜，问过后者一个问题："为什么你们要把殡仪馆建在村中最醒目的位置，让每个人一抬头就能看到它巨大的烟囱？"对此问题，相信但厌恶人性基本原则的郭从年没有理睬，只在天明后谭功达即将彻底告别花家舍奔赴距离自己"一箭之地"的命运时，才淡淡地说："老弟……我不想告诉你答案。就算是我送给你的礼物，你自己去思考吧。"（《山河入梦》，第375、378页）考虑到空间形象和每个人之间那种足以致命的关系，联想到风雨长廊的固有本质，很显然，这是一件令人恐怖的礼物。

七、不妨或花家舍（之三）

和自己的曾外祖父（陆侃）、外祖母（陆秀米）以及父亲（谭功达）比起来，《春尽江南》的主人公谭端午似乎拥有一个大异其趣、逆时而动的人生轨迹。在格非过于审慎的叙事逻辑中，谭端午是个很优秀的诗人（至少曾经很优秀），却不幸遭遇了诗人和诗歌能够遭遇到的最坏的那个"恶时辰"："现代性"时代（或称强人时代）。"现代性"时代绝不仅仅是时间性的，同时也是空间性的——它认领了大卫·哈维（David Harvey）所谓"时空压缩"（time-space compression）的全部特点。[1] 这个硕大无朋的时代或空间的最大特点，据说是"可以用美元来估算人命"[2]；它公开的秘密和核心主题，据说就是对利润的疯狂追逐。利润成了这个时代高高在上的"大他者"和劲道十足的春药："1+1=3是正确的，1+1=2就大错特错了——因为'2'里边没有包含命定的利润和利息。'3'就是强人时代真正的乌托邦，是建立在地上的上帝之城。"[3] 谭端午在上海某大学获得硕士学位后，几经辗转，最后供职于江南某市的地方志办公室——他父亲曾经荣任县长的梅城县在行政上就隶属于这个地级市。从小说的叙事语调中推测，他很可能将终老于这个职位。相对于"3"发出的殷勤召唤，诗歌和诗人身份的荒诞不经不证自明；在一个可以用美元来估算人命的时代，

---

[1] 见大卫·哈维：《后现代的状况》，阎嘉译，第300页，商务印书馆，2003年。
[2] 查尔斯·泰勒：《现代性隐忧》，前揭，第39页。
[3] 敬文东：《指引与注视》，第184页，中国文史出版社，2001年。

供职于地方志办公室的滑稽特性不言而喻。但谭端午却觉得这份差事跟他的个性十分匹配:他不用每天去坐班(因为确实没什么事情可做),他有大把时间欣赏古典音乐(他是个标准的发烧友),阅读不可能给他带来任何利润的《新五代史》,以及像他的"花痴"父亲那样长时间地发呆。而发呆,谭端午早就在心中暗暗发愿:正好可以当作自己下半生的事业。

与谭端午完全相反,妻子庞家玉是一个积极向上的律师,不仅努力工作,拼命赚钱,还逼迫读中学的儿子,必须要成为班上的第一名,并为此不惜对儿子若若施以暴力。在庞家玉看来,她丈夫"竭尽全力地奋斗,不过是要让自己成为一个无用的人。一个失败的人"(《春尽江南》,第13页)。她因此痛斥谭端午:"难道你就心甘情愿,这样一天天地烂掉?"(《春尽江南》,第13页)庞家玉十分清楚,那些一门心思为"现代性"时代效力、辩解的专家们,"非常通晓物品的预期寿命:洗澡间三年,起居室五年,卧室八年……"① 这种局面的出现,据说是因为有"现代性"时代撑腰的消费社会,是一种"被迫感觉到舒服"的变态社会。② 因此,被这个巨大的空间形象挟持的所有人,必须要应和、呼应"现代性"时代发出的热切吁请,将一切没用的东西(比如诗歌)全部摒除,才能腾出时间,专心致志地对"3"展开有效的追逐,才能应对"物品"们早已命定的寿命带来的麻烦——只有足够多的钱,才能换取物品的复活与继续呼吸。面对妻子的痛斥,谭端午居然逆着"现代性"时代的内在语义,下定了"每天堕落一点点"的决心(《春尽江南》,第8页)。他似乎很认可地方志办公室负责人老冯对他的开导:"你只有先成为一个无用的人,才能最终成为你自己。"(《春尽江南》,第47页)但这到底是什么意思?

谭端午从隐秘的角度,在一个一门心思追杀桃源梦的"现代性"时代,继承了曾外祖父、外祖母以及父亲曾经热衷过的桃源梦:对诗歌和失败者身份的自觉追求,正切切实实构成了谭端午的愿望意象;通过对"每天堕落一点点"的不断索求,他苦苦守护着这个已经完全不合时宜的梦境。和自己的先人比起来,谭端午充其量只能算作桃源梦运动员的个人主义者——他从不曾指望像先人那样,去建立失败者公社、诗歌公社一类的桃花源。从"现代性"时代的方向看过去,他是个不折不扣的多余人,是累赘,是叛徒,是疯子;但出乎所有人(包括他已故的前三代亲人)意料的是,谭端午本身就是一个走动的、肉身意义上的桃花源。他穿梭、往来和出没

---

① Henri Lefebvre, *Everyday Life in the Modern World* (Transaction Publishers, 1994), p.81.
② 刘怀玉:《现代性的平庸与神奇》,第284页。

于"现代性"时代,却势必要跟它的每一个空间形象身上的价值观或意识形态发生冲突,因为谭端午的身体本身就是一个空间形象,因为桃花源就寄居在他身上,或者,他的身体就是一个袖珍版本的桃花源——他拥有一个不断向内陷的"应是"空间。当他的桃花源遭遇利润和围绕利润组建起来的一切事情、空间、观念和事物时,不适感是极其明显的,也是完全可以想见的;但谭端午之所以没有像他的曾外祖父那样发疯、离家出走,靠的正是短语"不妨……"当中暗含的神奇力量——很有趣,不是么?

露丝·韦津利(Ruth Wajnryb)女士讲得十分精彩:"只要说出,事情就发生。把一个人打入地狱是如此容易,所以如此诱人,只需要一个经济实惠的音节,就大功告成。"① 反过来说,情况也必将同样如此:将一个人从崩溃的边缘拉回,将一个人推出地狱享受阳光,也只需要一个"经济实惠的音节"。庞家玉为要不要去北京参加一个律师研讨班犹豫不决(她确实有太多工作要做),便"强迫"谭端午给出参考答案,后者只好"字斟句酌"地说:"不妨去去。"(《春尽江南》,第7页)庞家玉的乡下表叔为一件官司询问谭端午(庞家玉去北京开会了):他们可不可以用死者的遗体,去派出所"诈他娘的一回尸",以便要挟派出所从而赢得官司?被逼无奈,谭端午再次"字斟句酌"地说:"不妨试试。"(《春尽江南》,第12页)罗兰·巴尔特(Roland Barthes)讲过,即使"一个词语可能只在整部作品里出现一次,但借助于一定数量的转换,可以确定其为具有结构功能的事实,它可以无处不在,无时不在"。② "借助于"巴尔特的睿智,仰仗他给出的思想疆域,短语"不妨……"完全有资格自我宣称:它就是《春尽江南》专门为谭端午制造出来的普遍语境,笼罩着、浸润着和修饰着谭端午所有的动作/行为,也为谭端午免于崩溃、毁灭和精神失常,贡献出了自己的全部心智。

"不妨……"深刻地意味着:在谭端午和"现代性"时代之间(一定要注意"现代性"时代的"时空压缩"特性),最多只拥有一个微不足道的切点;他是这个时代的局外人,依靠面积最小的切点(假如切点有面积),尝试着跟"现代性"时代发生最微不足道的关系。而短语"不妨……"内部暗含的不确定性,还额外给谭端午的动作/行为捎去了绝对的被动性,直到最后成功地将他迎进动作/行为的梦游状态和恍惚状态——那里,才是一个多余人的家园,那里,才是同局外人相匹配的领地。齐

---

① 露丝·韦津利:《脏话文化史》,颜韵译,第144页,文汇出版社,2008年。
② 罗兰·巴尔特:《批评与真实》,温晋仪译,第66页,上海人民出版社,1999年。

泽克对梦的深刻解析,或许有助于理解谭端午的梦游和恍惚状态——当然,这得采用一个几乎完全相反的视角才能有效:"正如雅克·拉康所言,真实具有一种虚构的结构:在梦乃至白日梦的伪装之中出现的东西,有时就是社会现实压抑着的隐藏的真实之显现。这就是弗洛伊德的《梦的解析》最终教诲我们的东西:现实是为那些不能忍受梦的人准备的。"① 同王观澄的花家舍、郭从年的"人民公社"中的梦游特性很不一样,谭端午的梦游状态不单单来自他个人性的桃花源,更来自他的桃花源与"现代性"时代之间的冲撞与对照:"现代性"时代强调实惠、倡导理性、颂扬利润的狰狞面孔,谭端午的桃花源则强调务虚、倡导唯美和颓废、颂扬失败的柔美表情;前者把有时间性的生活和有速度性的生活发挥、推演到了极致,后者仅仅是从那个渺小的切点处,既意外又必然地获取了有时间性的生活、有速度性的生活的一个小切片——正是依靠这一点,不仅让谭端午获取了动作/行为上的被动性、梦游和恍惚状态,也给他看起来貌似正常的生活带来了契机,赢得了活命的粮食。灰色的桃源梦运动员谭端午,在无限透支了"不妨……"内部的全部神力后,终于守住了自己的梦想,在一个越来越嚣张、越来越"被迫感觉到舒服"的消费主义社会,成功地"一天天地烂掉"……

因为参加一个全国性的诗歌研讨会,谭端午在恍恍惚惚中,跟着朋友来到了花家舍。如今的花家舍,早已物不"是"人已"非"。根据格非和《春尽江南》的联合报道,当年湖心小岛上的公社招待所,变作了豪华宾馆;像多年前的外祖母和倒霉的父亲一样,谭端午似乎命中注定,也将下榻于湖心小岛。此时此刻,他和父亲、外祖母的关系,就像梁宗岱说的那样:"两个相同的命运,在一刹那间,互相点头,默契和微笑"②——虽然"点头"、"默契"很可能真的存在,但"微笑"必定是凄楚的。而对岸曾经整齐划一的房子,被清一色的酒吧、休闲会所和色情场所覆盖,最高处带烟囱的殡仪馆,则被高高的佛塔取代,只有郭从年留下的风雨长廊"顺着山脊,蜿蜒而上,一直通到山顶的宝塔"(《春尽江南》,第308页)——风雨长廊早已丧失了曾经不无强硬的价值观和意识形态,仅仅充当花家舍的旅游资源,吸引游客,赚取利润,它摇身一变,成了"3"的弄臣和玩偶。而曾经波澜壮阔的历史往事、消失了的桃花源、血腥的革命、杀戮和统一表情的学习班,都被一股脑儿改编成滑稽剧,在舞台上滚动式地上演,供游客欣赏,博游客一笑(《春尽江南》,第330—331页),

---

① 斯拉沃热·齐泽克:《弗洛伊德-拉康》,第7页。
② 梁宗岱:《诗与真二集》,第86页,人民文学出版社,1980年。

也算向他们展示了花家舍独特的历史人文，但目的还是为了向数字"3"效忠。郭从年像早他一个甲子的土匪总揽把王观澄一样，精确地预言了"花家舍人民公社"的倒掉；但他比王观澄更进一步，还预见到了"现代性"时代的诞生："三四十年后的社会，所有的界限都将被拆除；即使是最为肮脏、卑下的行为都会畅行无阻。举例来说，一个人可能会因为五音不全而成为全民偶像，而两个男人要结婚，也会被视为理所当然。世界将按一个全新的程序来运转，它所依据的是欲念的规则……"（《山河入梦》，第374页）但说这话的那个驼背老人现在哪里？他的命运和结局是什么？"陶令不知何处去，桃花源里可耕田？"这一切，都无法从小说中寻找答案——答案只在读者满怀惆怅的猜测、想象之中。毫无疑问，"一个存在者的欲望，就构成了我（I）这样的存在者"，而"这个'我'是'有欲望的我'或者'欲望之我'（the I of a Desire or of Desire）"。① 应和着消费主义时代的强硬逻辑，花家舍一如郭从年所说，确确实实变作了一个集休闲、娱乐、色情于一体的空间形象，它尊崇"欲念的规则"，认"欲念的规则"为新的价值观和守门人，疯狂、颓靡、肉体的白浪按照利润的指令四处翻腾，昔日的风骨、气息早已烟消云散，荡然无存……

谭端午，那个行走着的桃花源；谭端午，那个集个人和空间于一体的特殊"事物"——他的身体和念头，住进了由他的身体本身搭建而成的空间形象之中。因此，谭端午和充满肉欲的花家舍会面，至少包含着两层意思：作为桃花源的谭端午与花家舍相遇；作为桃源梦运动员的谭端午与花家舍相遇。前者意味着两个空间的相遇，它们是如此陌生，几乎没有任何共同语言，在它们之间，仅仅拥有一种相互扑空的动作韵味，只是由于花家舍巨大的体量产生的地心引力，将作为桃花源的、正在做倒栽葱"科"的谭端午给吸附了过去，让它处于半站、半倒的悬空状态，让它和花家舍之间，刚好形成了一个四十五度的锐角，而这个锐角，就是它们之间那个渺小的切点，正好被"不妨……"所包含；后者意味着某个人进入了某个新质的空间，必然要受制于这个空间身上暗藏的意识形态或价值观。同"现代性"时代只存在一个小切点的谭端午，不可能接受花家舍身上的意识形态——他只是受制于这种意识形态（即"欲念的规则"）。渴望"一天天地烂掉"的谭端午，这个多余人，数字"3"的旁观者，不愿意走出由自己的身体构筑的桃花源。他只是极为表面、极为虚假地居住在湖心小岛的宾馆里。像在其他任何空间形象当中一样，谭端午在花家舍也为

---

① 科耶夫（Alexander Kojeve）：《黑格尔著作导论》，汪民安译，收入汪民安主编，《生产》第1辑，第412页，广西师范大学出版社，2004年。

自己创造了双重的"住":先住进身体性的桃花源,再把装载了桃源梦运动员的桃花源,放进湖心小岛的豪华宾馆的某个房间的某张床上——谭端午和花家舍(包括整个"现代性"时代)之间,始终隔着一堵墙;这堵墙的厚度,大体上就是他的身体的厚度。但这个厚度却又不是他的身体本身提供的,而是短语"不妨……"提供的——对于无聊的诗歌研讨会,他本来就抱着"不妨去去"的心态。

"不妨……"之中暗含的不确定性,能够抵消魔念中暗含的那个无法被清除的悖论吗?至少,谭端午依靠"不妨……"的内在语义,成功地拯救了自己;通过一个切点,他虚假地活在"现代性"时代,真实地活在一个向内陷的应是空间当中,既没有像陆侃那样发疯,也没有像陆秀米那样郁郁而终,更没有像父亲那样享用牢狱之灾,当然,也不会有王总揽把那个更为悲惨的结局。他拥有一个完整的桃花源,仅仅是缺了一个几乎可以忽略不计的小小切点,因而从来未曾认领过自身的反讽性产品(即山寨版桃花源);他也有自己的风雨长廊,他就是自己的"大他者"。虽然他身边到处都是人群,但人群再也不是拱廊街的产物,而是利润的追随者、"3"的拥戴者。他用自己的身体(桃花源)装着自己的身体(桃源梦运动员),清醒地行走在自制的风雨长廊——他表面上的恍惚和梦游状态,仅仅是"现代性"时代对他的动作/行为的错误观察。他把惩罚性的失败者身份,直接当作了"现代性"时代给予他的奖品。他是一位当代英雄,是百年来中国桃源变形记的终端产品。谭端午的出现,既让"江南三部曲"回到了它的逻辑起点,又最大幅度地偏离了逻辑起点,但这个偏离,这个暗藏在小说字里行间的"华丽转身",或许刚好是"江南三部曲"的真正目的:桃源梦固然给近百年的中国带来了灾难,确实能让人发疯,但抛弃最基本的梦想,强化对桃源梦传染性的免疫力,唾弃对"应是"空间的追求,我们就一定会获得幸福么?

这也是一个问题,但更是一道几乎无解的难题。

2012 年 5 月 7—21 日,北京魏公村
(原载《当代作家评论》,2012 年第 5 期)

网络时代：
"新文学"传统的断裂与"主流文学"的重建

邵燕君

如今，网络文学的发展强势已是有目共睹[①]。如果说在新世纪的第一个十年间，网络文学对"主流文坛"的冲击还局限在文坛内部，经过被称为"网络文学改编元年"的2011年，随着《宫》、《步步惊心》、《后宫·甄嬛传》等一部部穿越剧、宫斗剧的热播，电影《失恋三十三天》（改编于豆瓣"直播贴"）的席卷，"网外之民"也身不由己地"被网络化"，文学网站开始取代文学期刊，成为影视改编基地。一位颇具洞见的新媒体研究者更提出，随着2012年城镇人口首超农村人口、"两基"（基本普及九年义务教育和基本扫除青壮年文盲）的历史性完成，"主流文艺"将进入"新文艺，新时代"——"新中国"以来，以"工农群众"为核心受众的"人民的文艺"将转换为以城镇网民为核心受众的"网民的文艺"[②]。网络不再是年轻的"网络一代"自娱自乐的亚文化区域，而将成为国家"主流文艺"的"主阵地"。

从文学内部而言，更需关注的是，随着文学期刊的边缘化和纸质出版的夕阳化，网络测评系统越来越被传统体系所借重。不但网上红了的作品容易被出版，甚至一些出版社准备出版的作品，也会被先放到网上试试。如此一来，网络文学的内部标准，从"写什么"到"怎么写"，都会折射进传统体系。似乎不用多少争辩争夺的过程，网络文学从"自成一统"到"暗接正统"已经"自然"发生。数年前就有大型

[①] 据新华网报道，截至2011年末，全国网络文学用户达1.94亿，网络文学作者达一百多万人，每年约有三四万部作品被签约。

[②] 庄庸：《新文艺，新时代》，载《网络文学评论》总第3期，广东省作协主办，花城出版社，2012年。

文学网站的"掌门级"人物宣称,网络文学已经是"准主流文学"①,几年来的众多举措也都显示了其向"主流化"方向"挺进"的努力②。那么,到底何谓"主流文学"?原来居于"主流"地位的文学如何突然变成了"传统文学"?其"主流"地位是如何失落的?面对文学媒介的"千年之变"、文学价值体系的"百年之变"和文学制度转型的"五十年之变","主流文学"如何在各方争锋中重新进行定位调整和力量整合?是否可能重建一个"精英"、"草根"良性互动的"文学金字塔"?这些都是不容回避的严峻问题。

何谓"主流"?

正当"主流文学"突然遭逢"谁将入主"挑战的当口,一本名为《主流——谁将打赢全球文化战争》》③的书也在流行。这本由法国记者马特尔2010年出版的畅销书重点不在理论的探讨,而是通过大量采访,对美国、日本、韩国、印度等产生国际影响力的文化产业进行了深入报道,其关注点在于"全球文化战争"——美国电影如何在好莱坞、华尔街、美国国会和中情局的共同作用下成为世界主流文化?迪士尼、索尼等国际文化资本如何以并购等方式占领各国市场?日本如何通过漫画、流行音乐等实现其"重返亚洲"的战略?印度如何通过与好莱坞结盟来抗衡中国?伊朗如何成为各国媒体争夺的目标?非洲如何成为欧、美、中、印巴等共同争夺的市场?总之,文化战争将怎样重塑新的地缘政治?谁将赢得全球文化战争的胜利?耐人寻味的是,这本全方位报道全球文化竞争的书虽然几次遗憾地谈到中国的文化保护壁垒政策,却没有正面谈到中国的文化产业,或许暗示了"崛起"的中国并不是一个拥有价值观输出能力的文化大国,而是各种流行文艺的被输出国。

---

① 侯小强(盛大文学CEO):《网络文学到底是不是主流文学?》,载《新京报》,2009年2月11日。
② 2008年7月盛大文学成立后,高调开启了一系列活动,如2008年底的"30省作协主席小说巡展",2009年3月的"首届全球华语原创文学大展"、6月与《文艺报》合作召开的"起点中文网四大作家"研讨会,7月与鲁迅文学院合办"网络文学作家培训班",等等。主动向官方示好的并非盛大一家,2008年11月"中文在线"也通过同中国作协旗下《长篇小说选刊》合作,开展"网络文学十年盘点"的活动,该活动动用了全国二十余家纯文学刊物的编辑力量读稿评分,巧妙地完成了网络文学学术性活动的"体制化"操作。尽管在最初的对接中难免迂回摩擦,网站的主动攻势还是有力地撬动了主流文坛。
③ 弗雷德里克·马特尔:《主流——谁将打赢全球文化战争》,刘成富等译,商务印书馆,2012年。

在大量实证考察的基础上,《主流》一书提出的观点是:主流是由多数人共同享有的一种思想方式和文化方式。主流文化是一种大众文化,也是流行文化,是一个国家的"软实力"。在序言中,作者引用"软实力"概念的发明者、美国克林顿时期国防部副部长约瑟夫·奈的话说,"软实力,是一种吸引力,而非强权","软实力"需要通过价值观来产生影响,而负载这种价值观的正是大众流行文化。

仔细解读一下这里的"主流"概念,可以发现它背后有四个关键词:大众、资本、精英、权力。大众流行文化居于最表一层,背后是政治、经济、文化各路力量。在资本的运作下,精英通过流行文化打造人众的"幻象空间",将权力关系植入大众的情感—欲望结构。高明的"软实力"岂止是吸引力,甚至可以是媚惑力,"软"到几乎隐去一切"规训""引导"痕迹,发乎于"人性本能",止乎于"普世价值",才具有真正强大的实力。

这个"主流文化"的概念与法兰克福学派所批判的作为"社会水泥"的"文化工业"并无本质差别,差别在于精英的占位上。"主流文学"里精英的占位不是外在的批判者,而是内在的建构者。这也并非是屈服或权宜之计。自上个世纪 50 年代以后,文化精英对大众文化的态度已经发生转向。以罗兰·巴特《神话学》为前导的解构主义理论、以英国伯明翰中心为重镇的文化研究理论都对法兰克福学派和利维斯主义的保守精英主义立场进行了颠覆,大众文化被认为是"积极的过程和实践"。美国大众文化理论家约翰·费克斯更主张"理解大众文化"[①],在他开创的粉丝文化研究中,提出生产力和参与性是粉丝的基本特征之一。粉丝的生产力不只局限于新的文本生产,还参与到原始文本的建构之中[②]。以后的粉丝文化研究者也倾向认为,"粉丝经济"最大的特点是生产—消费一体化,粉丝既是"过度的消费者",又是积极的意义生产者,于是产生了一个新词粉丝"产消者"(Prosumer,由 Producer 和 Comsumer 两个单词缩合而成)。亨利·詹金斯等学者还主张以"学者粉(Aca-fan)"[③]的身份进行"介入分析"(Intervention Analysis)[④]。在法兰克福学派猛烈抨击大众文化半个世纪之后,大

---

① 约翰·费克斯:《理解大众文化》,王晓钰、宋伟杰译,中央编译出版社,2001 年。
② 约翰·费克斯:《粉都的文化经济》,陆道夫译,收入陶东风主编,《粉丝文化读本》,北京大学出版社,2009 年。
③ 指将自己认同于粉丝的学术研究者,或将自己认同于学术研究者的粉丝。
④ "介入分析"与其说是概念,不如说是一种研究态度和文化实践,即更积极地接近和参与文化研究对象的态度。参阅 2011 年 6 月北大中文系韩国留学生崔宰溶博士答辩通过的博士论文《网络文学研究的困境与突破——网络文学的土著理论与网络性》第三章第一节"土著理论和介入分析"。

众文化不但天下滔滔而且反客为主,并在各国政府力量的支持下成为"主流文化"。今天,再延续法兰克福学派的批判立场已经意义不大,特别在文化研究在上世纪70年代发生"葛兰西转向"之后,外在于大众文化的消极批判态度远不如积极地介入更有建设性。葛兰西提出的"文化领导权"(Cultural Hegemony)理论的核心要点是,统治阶级的文化要占据"文化领导权",其前提是能在不同程度上容纳对抗阶级的文化和价值,为其提供空间。这样,大众文化就成为了阶级对抗和谈判的场所了。此后布迪厄提出的"文学场"理论更指出,"文学场"是一个政治力量、经济力量和文学力量相互斗争的"场域",各方为了取得自身的合法性,为了控制这个场的"特殊利润"处于不断的斗争之中[①]。今天,我们谈论"主流文学",首先要建立的一个观念是,它不是一个固定的概念,而是一个斗争、谈判的场所,精英力量只有进入这个"场",并且确实占有相应资本,才有说话的资格。

在全球"主流文化"模式参照下,中国当下"文学场"的格局确实独具特色。一方面,"新中国"成立以来建立起来的一整套文学体制和管理体制仍然完整存在并且有效运转,但以文学期刊的"边缘化"和"老龄化"为标志,"体制内"文学已经越来越"圈子化",从而失去了大众读者[②];另一方面,在资本运作下进入集团化的网络文学已经建立起来日益成熟的大众文学生产机制,不但拥有了数以亿计的庞大读者群,也建立起一支百万作者大军,然而,必须小心翼翼地接受体制管理,寻求体制接纳。在二者之间,以学院派为代表的文学批评精英力量多年来与"五四""新文学"传统脉络下的"严肃文学"、"纯文学"共生,对骤然坐大的网络文学大都怀有法兰克福学派倾向的拒绝态度,在一个"草根狂欢"的时代,与网络文学的关系基本是互不买账、各说各话。以中国"国情"来看,这样一种"文学场"格局,尤其是体制与资本两种力量的对峙和博弈将会在很长一段时间内存在,而精英文学的强大传统也不会以整个社会商业化进程的同等速率衰退。在这个意义上,笔者认为,中国"主流文学"的定义未必依照资本主义体系的"国际惯例"。我们的"主流文学"未必是拥有最大众读者的,但必须是对最大众读者有引导力的,也就是说,决定其"主流"地位的不是读者的占有量,而是是否拥有"文化领导权"。"主流文学"可以是对"大众文学"有"文化领导权"的"精英文学",也可以是获得了"文化领导权"的、为"精英文学"留下足够空间的"大众文学"。

[①] 皮埃尔·布迪厄:《艺术的法则——文学场的生成和结构》,刘晖译,第262—270页,中央编译出版社,2001年。

[②] 参阅拙文《传统文学生产机制的危机和新型机制的生成》,载《文艺争鸣》,2009年第12期。

谁居"主流"?

按照这一概念,一直以来以"主流文学"自居的"体制内文学"确实已经难当其实。根本原因还不是其失去了大众读者,而是对于体制外"自起炉灶"生长起来的大众文学(网络文学之外还有畅销书以及以畅销书机制为依托的"青春文学")无论在文学标准、文学资源还是文学传承上都失去了引导力。而拥有大众的网络文学可以称作"主流文学"吗?恐怕也不能。不是因为网络文学还没有完全被"体制"接纳、认可,而是它未能承担起负载中国社会"主流价值观"的责任——或许这是一个过于苛刻的要求,因为对于转型期的中国来说,"主流价值观"本身尚处于模糊状态。然而,对于一种借助新媒介优势快速成长的大众文学,网络文学如能在自身发展中充分调动互联网的民众参与力量,积极参与转型期中国"主流价值观"的打造和传播,则更能为"荣登大宝"积累资格。毕竟,"主流"的概念里不是只有大众和资本,还有精英和权力,这个权力并不完全是显性的体制权力,更是靠精英力量运作的隐性的"文化领导权"。可惜,目前以商业化为主导的网络文学更关注娱乐功能,对于参与打造"主流价值观"的使命并未显示出积极的承担意识。

2009年初盛大文学CEO侯小强(此时盛大文学刚刚组建不久,号称"网络文学航空母舰"[①])在对"主流文学"发出挑战,提出"网络文学走过十年之路,成为准主流文学"时,他的主要依据是,网络文学是"主流的网络读者的选择","被读者认同的文学才是主流"[②]。这种说法并不陌生。事实上,自上世纪80年代中后期文学也进入"市场化"转型阶段以来,不断有从"纯文学"阵营走向市场的作家或改版期刊都持此说,以"读者喜欢"、"好看"这样似乎无需证明的笼统判断论证自身的合法性[③]。这实际上显示了,在混乱的转型期,文坛对于"主流文学"的定位和功能、"主流文学"与"大众流行文学"以及"纯文学"的关系等一系列理论问题认识都比较模糊,乃至失语。读者到底为什么会喜欢?"好看"的要素是什么?事实上,大

[①] 2008年7月,盛大文学有限公司成立,在起点中文网之外,又收购了晋江原创网、红袖添香网,宣称要打造"网络文学的航空母舰",此后又收购了小说阅读网和潇湘书院,2009年收购榕树下,2010年初其官网信息宣称,已占据国内网络原创文学90%以上的市场份额。
[②] 侯小强(盛大文学CEO):《网络文学到底是不是主流文学?》,载《新京报》,2009年2月11日。
[③] 典型的代表是《北京文学》1998年第9期以"好看"为宣言的改版,见以编辑部名义发表的改版公告《我们要好看的小说——〈北京文学〉吁请作家关注》。

众从来都不是白纸一张,没有一种天然存在的、"本质化"的"大众口味",他们的"天生口味"都是被喂养出来的,是被古今中外各种流行文艺打造出来的。一个国家如果不能生产出可以满足本国大众精神和娱乐需求的"当代主流文艺",他们的"空胃"就会成为各方神圣安营扎寨的"黑屋子"①。没有新的,就吃旧的,没有自家的,就吃别家的。

如果我们考察一下当下中国网络文学中的主要类型,就可以摸索到其主要文化资源。这资源大致可以分为三类。一类是中国传统文化资源,既有被"五四""新文学"传统指定为经典的雅文学,如四大名著,以及偏于这一脉络的现当代作家,如张爱玲、白先勇;也有被当年的"新文学"压抑下去的种种"旧文类",仙侠鬼怪,蝴蝶鸳鸯,官场黑幕,以及这一脉络的当代港台武侠言情小说。这些构成了玄幻、穿越、武侠、官场、都市、言情等类型的主要资源。第二类是美国好莱坞大片、网游以及包括科幻、奇幻(Fantasy)在内的欧美类型文学,特别是科幻文学关于未来宇宙的推演设定和《指环王》、《哈利·波特》等奇幻文学打造的魔法世界,构成了以"九州系列"为代表的中国奇幻小说(以纸版为主)和以"小白文"②为代表的网络玄幻小说想象力的来源之一。第三类是日本动漫,尤其是其中的耽美文化③,是"耽美文"、"同人文"④的直接来源。当然,网络文学的各种类型,特别是其中最具有中

---

① 齐泽克在《斜目而视》一书中通过对一个短篇小说《黑屋子》的分析,来阐释"幻象空间"是如何发挥作用的。"黑屋子"是一个空洞,一个屏幕,一个供人投射欲望的"幻象空间"。斯拉沃热·齐泽克:《斜目而视:透过通俗文化看拉康》,季广茂译,第13页,浙江大学出版社,2011年。
② "小白文"是在网络文学中非常火爆尤其在"网游一代"中极受欢迎的一种文类,与其说是一种文类,不如说是一种写作风格。"小白"有"小白痴"的意思,指读者头脑简单,有讽刺也有亲昵之意;也指文字通俗、意思浅白。"小白文"以"爽文"自居,遵循简单的快乐原则,主人公往往无比强大,情节是以"打怪升级"为主,所以"第二世界"的内部逻辑不甚严密,基本属于"低度幻想类"幻想文学。
③ "耽美"(たんび)一词最早是出现在日本近代文学中,为反对"自然主义"文学而呈现的另一种文学写作风格,日文发音"TANBI",本义为"唯美、浪漫"之意,耽美即沉溺于美,一切可以给读者一种纯粹美享受的东西都是耽美的题材,BL(Boy's Love,即男—男之爱)只是属于耽美的一部分。但就目前而言,我们提及耽美99%指的是与BL相关的文化现象,"耽美"也就被引申为代指男性之间不涉及繁殖的恋爱感情。这种感情是"女性向"的,不仅作者和受众基本是女性,而且对立于传统文学的男性视点,纯粹从女性的审美出发,一切写作的目的都是为了满足女性的心理、生理需求。
④ 我们现在常用的"同人"这一概念,来自日文"DOUJIN"的发音,取其"由漫画、动画、游戏、小说、影视等作品甚至现实中已知的人物、设定衍生出来的文章及其他如图片影音游戏等创作"之含义;在英文中,"同人文"通常被称为"粉丝小说"(Fan-fiction),字面意思为粉丝创作的小说。维基百科将其定义为"Fans以原著的设定和人物创作的故事"。"同人"从来就不单指"耽美同人",但"耽美同人"是"同人"作品中的很大一个分支。

国本土和时代特色的新类型,如玄幻、穿越、盗墓等,都是综合以上各文化资源的再创造。

盘点中国网络文学的文化资源,我们不难发现一个触目惊心的事实,在古今中外的文化传统中,单单是"五四"以来确立的"新文学"传统被绕过去了,而"新文学"传统正是一向居于"主流文坛"的"正统文学"一脉相承的传统。为什么被"主流的网民"选择的大众文学单单绕过了这一最主流的传统?这一大师辈出、感动了几代中国人、有力地参与了中国现代国家建构的伟大传统,这些年来一直被国家文艺管理制度、文学生产体制、学院体制和中小学教育体制置于垄断性的保护地位,居然被不见硝烟地暗渡陈仓,这一切是如何发生的?这是我们讨论建构"主流文学"之前必须审查反思的。

"新文学"传统是如何被"绕过去"的?

以今日"网络大众"的"自然选择"而反观,"五四""新文化"运动建立起来的"新文学"传统有三个突出的面向:以启蒙价值为基础的精英化,以西方文学为师的现代化,以及延续千年的印刷文明的文字化。洋派的"新文学"一直存在着"民族化"、"大众化"的障碍,文字的艺术也一直受到影像艺术的冲击,而在网络时代,"新文学"传统在这三个方面都遇到了更致命的挑战。

首先是启蒙价值的解体。

"五四""新文学"的建立得力于欧洲启蒙主义的引进,"新时期文学"的崛起与八十年"新启蒙运动"共生。而网络时代则是一个"后启蒙"(the Post-enlightenment)的时代,这未必与网络直接相关,也不是中国单独的状态,而是"冷战"结束后东西方共处的人类"普遍处境",这就是齐泽克在《意识形态的崇高客体》一书中揭示的"启蒙主义的绝境":今日的意识形态,尤其是极权主义的意识形态不再需要任何谎言和借口,"保证规则畅通无阻的不是它的真理价值(truth-value),而是简单的超意识形态的(extra-ideological)暴力和对好处的承诺"[①]。这显然走向了启蒙理性的反面,因为启蒙主义假定人的理性和理想可以战胜一切卑污。为什么一切变得

---

① 斯拉沃热·齐泽克:《意识形态的崇高客体》,季广茂译,第42页,中央编译出版社,2002年。

如此明目张胆？根本原因就在于人类已经没有"另类选择"。2011年10月9日齐泽克在"占领华尔街"的街头演讲中，也活生生地向我们演示了大洋彼岸的抗议者们"梦醒之后无路可走"的彷徨："我们知道我们不要什么。但是我们要什么呢？怎样的社会组织方式可以代替资本主义？怎样的新领导者是我们需要的？记住：问题不在于腐败或贪婪。问题在于推动我们放弃的这个体系。"①

"启蒙的绝境"抽掉了现实主义文学的价值基石，其"严肃性"的价值也必然遭到质疑。当年"五四"先贤之所以弃宽择窄从多种文类中选择现实主义为唯一正统，正是因为现实主义文学具有"认识世界、改造世界"的功能。但如果世界是不可改造的，"睁了眼看"又有何意义？意义系统的危机不但使现实主义文学本身遭困，使其曾具有的"主流文学"功能大大降低，也使其对消遣性文学的压抑力量逐渐瓦解。面对来自精英系统"娱乐至死"的批评，网络文学一方一向不以为然，并且堂而皇之地宣称"YY无罪，做梦有理"②。在他们看来，既然"铁屋子"无法打破，打破后也无路可走，为什么不能在白日梦里"YY"一下，让自己"爽"③一点？"网络一代"本来就流行"轻阅读"，在文学资源上的选择，自然会避开面目端肃的鲁郭茅巴老曹，选择轻舞飞扬的蝴蝶鸳鸯；避开相对陌生的西方样式，选择骨子里熟惯的中国笔法。

第二，"85－95独孤一代"的横空出世。

"网络一代"是"读图一代"，也是"独孤一代"。这不仅指他们大都是独生子女，更是指他们在文化上也像是孤儿，是"喝狼奶长大"的一代。以前，人们经常用"80后""90后"称呼"网络一代"④。而从网络文化的角度考察，更准确的概念是"85－95一代"，因为这是受日本ACG文化（Animation 动画、Comic 漫画、Game

---

① 引文来源：http://www.occupywallst.org/article/today-liberty-plaza-had-visit-slavoj-zizek/.
② 比如，中国首个"类型文学概念读本"《流行阅》的创刊卷里，有一篇署名 dryorange 的文章《YY无罪　做梦有理》，夏烈主编，新世界出版社，2008年。
③ "爽"和"YY"的含义都很复杂，需要从上下文的语境中理解。简略来说，"爽"不是单纯的好看，而是一种让读者在不动脑子的前提下极大满足阅读欲望的超强快感，包括畅快感、成就感、优越感，等等。"YY"即汉语"意淫"的拼音字头，发音为"歪歪"。此语源于曹雪芹的《红楼梦》，意指在不通过身体接触的前提下，视觉所见后通过幻想达到心理极大满足的行为。网络用语中的"YY"不一定和性有关，泛指一切放纵幻想的白日梦。
④ 实际上，在他们内部又有细分。如"80后"分"85前"和"85后"，"90后"分"94前"和"94后"，用他们自己的话说，"85年前"的"80后"更像"70后"，"94前"的"90后"更像"80后"。

游戏)影响的第一代人①,深受耽美文化浸润,具有浓郁的"宅腐"②特征。"宅男"和"腐女"是构成目前网络读者的两大重要"族群"。他们也是美国好莱坞大片、英美日韩剧,以及《指环王》和《哈里·波特》、"吸血鬼系列"等这些超级国际流行文艺的铁杆粉丝。

我们经常说现在"三年就是一代",决定"一代人"和"一代人"之间"代沟"的是什么?就是要看他们是什么流行文化喂养大的。如果我们把学校推荐给中小学生的阅读书目和他们私下里流传的作品做一个对比参照,会发现两者几乎不搭界。学校推荐书目上的是喂养"亲一代"长大的经典,对于"子一代"来说,它们基本是一种文学知识。而让他们尖叫不已的东西,对于父母而言,可能是完全陌生的。在这里,我们不能不承认"先进媒介"的覆盖力,尤其对于自从识字以后时间就被学校和补习班分割殆尽的中国小孩而言,ACG文化才是他们一心奔向的乳娘。只是乳娘喂养的不仅是艺术审美观,同时也是世界观、人生观、价值观。一方面,我们不能不警觉地看到,由于这些年中国"主流文艺"弱势,"网络一代"的三观塑造深受他国流行文艺的影响③。另一方面,我们又不得不清醒地看到,这些流行文艺不仅满足着"网络一代"的感官需要,同时也满足着"独孤一代"的心灵需要——科幻作品是在启蒙理性杀死上帝后,对宇宙秩序和终极意义的重新设定;《指环王》、《哈

---

① 自1980年12月中央电视台引进第一部国外动画《铁臂阿童木》以来,中国开始有了能够看着日本动漫长大的第一代人,即"80后"。事实上日本的御宅文化起源于20世纪80年代初期,而耽美文化虽早在60年代初就已在日本兴起,但直到90年代后期才进入中国大陆,因此当下真正带有"宅腐"属性的网民大多于1985—1995年出生。参见肖映萱:《"宅腐"挺韩——"85—95"的逆袭》,载《网络文学评论》总第3期,广东省作协主办,花城出版社,2012年。

② "宅男"概念起源于日本"御宅"(おたく)一词,原指对ACG具有超出一般人的了解程度、鉴赏能力、游戏技能的人群,这一概念经由台湾再传入大陆,意涵发生了一些变化,泛指不善与人相处,或是整天待在家,生活圈只有自己的人群。"腐女"是"腐女子"的简称,源自于日语,由同音的"腐女子(ふじょし)"转化而来。"腐女"与"耽美文化"有血缘关系。"腐女"就是对"耽美"情有独钟的女性,通常是喜欢此类作品的女性之间彼此自嘲的称谓。"宅腐",也作"腐宅",可作"腐女"和"宅男"的合称,也可理解为兼具腐、宅两种属性。宅、腐并不排斥,就是说,有"宅男",也有"宅女",有"腐女",也有"腐男"。

③ 2011年秋季学期,笔者在北大中文系开设的"新世纪网络文学研究"讨论课上,作了一次特别的调查,请同学们说出对自己的"三观加一观"(人生观、世界观、价值观,我特意加上审美观)影响最深的艺术作品(不局限于文学,包括影视动漫,但我也强调可以包括最经典正统的文学作品)。结果令人惊诧,"85后"的学生,尤其是接近"90后"的学生,对他们影响最深的是日本动漫,他们的核心价值观,包括那些正面积极的价值观,如勇敢、忠诚、友谊,都是日本动漫给他们的。中华文艺里唯一能够对他们产生深切影响的是金庸。夸张一点说,如果没有金庸,中华文艺全军覆灭。

利·波特》等奇幻作品借助前基督教的凯尔特文化，在奥斯维辛之后重论善恶的主题，并最终让正义战胜邪恶；"耽美文"和"吸血鬼系列"在上个世纪60年代"性解放"引发"性泛滥"导致"爱无能"之后，通过重设性别或人鬼的禁忌，再度讲述爱情的神话。这些文化都是在西方启蒙运动之后兴起、流行的，属于"后启蒙"文化，它们是对启蒙理性的反拨、反动或补充，属于正统文化之外的民间文化、被压抑的边缘文化、抵抗的亚文化。当启蒙理想打造的现实乌托邦遭到质疑后，流行文艺借助"后启蒙"文化在"第二世界"里建造"异托邦"①，用最时尚的方式重唱"古老谣曲"的母题，重新给人带来信心和安慰。如果说，喂养"亲一代"长大的是"五四"先贤从启蒙文化脉络引进的正统文学，喂养"子一代"长大的就是"后启蒙"脉络的大众流行文艺，双方的"代沟"隔膜不仅在媒介鸿沟上，也在文化渊源的错位上。而在一个"后启蒙"的时代，一种不包含"后启蒙"文化的文艺很难对时代命题作出有力的回应，很难成为名副其实的"主流文艺"。

第三，消费社会大众文艺机制欠缺。

尽管面临"启蒙的绝境"和"媒介革命"的双重挑战，但这毕竟是人类的"普遍处境"。居于正统已近百年的"新文学"传统在网络时代突被悬置，原因还是应该在中国当代文学机制内部找。显而易见的事实是，网络是全球的，而网络文学却是中国风景独好，流行文艺高度发达的欧美日韩，网络文学的发展都没有中国兴旺蓬勃。反过来说，中国网络文学的过度发展，正反映了中国的流行文艺机制的欠发达。网络文学的出现终于使亿万流行文化消费者有了一个本土基地。

然而，顺着这一思路，我们容易忽略的是，中国流行文化生产机制的欠发达，正是新中国以来建立的社会主义文化制度设计的结果。在那套文化制度里，今日四处觅食、正被资本瞄准的消费大众，原本应该是被社会主义文化教育的人民群众，被培养的"业余作家"，之后是被启蒙文化引导的读者，乃至"文学青年"。换句话说，今日在消费文化层面暴露出如此大的空位，正是主流文坛整合能力失效的表征，

---

① 异托邦（Heterotopias）是福柯晚年提出的一个概念。王德威教授曾借用这个概念分析中国的科幻小说，非常有启发性。按照王德威的归纳，"异托邦"指的是我们在现实社会各种机制的规划下，或者是在现实社会成员的思想和想象的触动之下，所形成的一种想象性社会。它和乌托邦（Utopia）的区别在于，它不是一个理想的、遥远的、虚构的空间，而是有社会实践的、此时此地的、人我交互的可能。王德威：《乌托邦，恶托邦，异托邦——从鲁迅到刘慈欣》，载《文艺报》，2011年6月3日、6月22日、7月11日连载。

那套曾在1950—1970年代以独特方式成功运转、在1980年代焕发巨大生机的"主流文学"生产机制，未能伴随中国社会1990年代以来向消费社会的转型而完成自身转型，未能及时建立起一个适应消费社会的、具有中国特色的"主流文学"机制，以致逐渐丧失了对大众文学的"文化领导权"，也中断了"新文学"建立以来一直致力于的"大众化"方向的努力。

应该说，欧化的"新文学"在大众接受方面一直力不从心，虽然"新文学"取得了正统地位，但"旧文学"只是被压抑下去了，在普通读者间一直有着更广大的市场（最典型的例子就是鲁迅在母亲面前的败给张恨水）。"新文学"真正取得"压倒性胜利"是在新中国建立以后，其"压倒性"并不仅在于政策上的压制取缔，更在于艺术上的转化吸收。特别是经由赵树理等"人民艺术家"的卓越努力，以及包括"样板戏"在内的"革命文艺"的创造性实践，将"旧文学"中有生命力的要素"批判地吸收"进革命文学，成为内化其叙述模式和快感模式的"潜在结构"。"新时期"初期，文学没有雅俗之分的困惑，"伤痕文学"、"改革文学"、"知青文学"的主题是全民共同关注的，依托的现实主义手法（此时还遗留着一定的"工农兵文艺"模式），经过多年普及也是读者熟悉的。直到接近80年代中期"寻根文学"、"现代派文学"、"先锋文学"相继兴起，"新时期"的"文学共同体"才开始解体。一方面是"主流文学"越来越"雅"，一方面是金庸、琼瑶等港台通俗文学大举进军。与此同时，城市体制改革起步，文学期刊"断奶政策"出台，整个社会开始向消费形态转型。

应该说，这是一个十分关键的时期，以往靠社会主义文学体制支撑的文坛大一统格局将要被打破，进入政治、经济、文学各种力量相互博弈的"文学场"。"主流文学"的主导地位不能再只依靠制度力量在权力秩序中建立，而是在相当程度上要借助"文化领导权"的整合力量。以今日的"后见之明"，"主流文学"此时应该以积极主动的态度面对文学的分化和转型，大力建设中国本土的通俗作家队伍和通俗文学生产机制，并重新调整自身的导向定位，从以往的"严肃文学"、"纯文学"移向更有涵盖性和笼统性的"精英文学"——尽管在"启蒙的神话"破灭以后，重建精英价值的"文化领导权"存在着悖论式的难题，毕竟，"严肃文学"和"纯文学"还存有巨大的"剩余能量"，这能量不仅在作家队伍里，也在读者的普遍期待中。如果"主流文学"能够平衡内部格局中传统和创新的力量，以"纯文学"为旗帜打造高雅的"小众文学"，以现实主义为导引，建设严肃的"大众文学"，或许这个以精英为导向的"主流文学"还是有可能建立起来。

可惜，此时"主流文坛"对"变局"的理解只在"市场化的冲击"和"通俗文学的侵袭"的层面，其反应基本是消极被动的。以"回到文学自身"为口号躲进象牙塔，名为坚守，实为退守。对于"新时期"以后开始创办并在读者中产生越来越大影响的各种带有通俗文学性质的报刊，如武侠类的《今古奇观》、侦探类的《啄木鸟》、民间故事类的《故事会》、"小小说"刊物，以及伴随打工浪潮孕育而生的各种"打工文学"杂志，都未予以充分重视。即使关注，也是按"纯文学"标准要求其提升"文学性"，其结果反而是使读者大量流失。这种消极的态度在变局发生之初尚有可理解之处，但长期的延续则与"纯文学"意识形态下膨胀的傲慢心态有关。这正是我们要深入反思的。

"纯文学"意识形态的负面影响

我们说今日文坛的"正统"与"五四""新文学"传统一脉相承，主要是指其面向现代化的精英性，在不同的历史时期，这种精英性可能表现为文化精英性、政治精英性或文学精英性。虽然，现实主义一直是"法定"的主导原则，但这些年来实际居于文坛主位的并不是现实主义文学，而是作为"先锋文学"后裔的"纯文学"，"文学性"代替"严肃性"成为镇山法宝。被网络文学视为挑战对象的"传统文学"也主要指"纯文学"，而不是指传统的现实主义文学[①]。

这悄悄的位移发端于1985年"先锋文学"运动发起的"形式变革"。那场以"回到文学自身"为口号的文学运动其实有着明确的意识形态挑战指向，倡导者以西方现代主义文学样式为基本参照，试图从纯粹形式的角度，挑战现实主义的定于一尊，从而把文学从"文以载道"的工具乃至政治宣传的工具的地位上解放出来，确立文学的自足价值。这场文学运动并不是"反启蒙"的，而是80年代"新启蒙运动"的一部分。然而这场旁敲侧击式的"革命"并没有如一些倡导者预期的那样，从形式变革进入到意识形态抗争，反而以"非政治"的姿态在"告别革命"的语境下落

[①] 如侯小强就在《网络文学到底是不是主流文学？》一文开篇时称："很多人喜欢把纯文学和网络文学以对立面的方式放到一起，网络文学甫一出现，便是如此，直到现在网络文学走过十年之路，成为准主流文学，仍然有很多人如此。最近在想这两者之间的关系，有了豁然开朗的感觉：纯文学从始至终根本就是个伪概念，被读者认同的文学才是主流。"载《新京报》，2009年2月11日。

入了80年代真正居于主流的"新启蒙意识形态"。正如贺桂梅在《新启蒙知识档案》一书中指出的,"回归文学自身"的"纯文学"本身是一种意识形态,从80年代的"非政治化的政治",到90年代的"去政治化的政治",其背后的理论支撑也从80年代强调审美世界不但自身自律自足并且可以作为"现实世界样板"的"诗化哲学",转为90年代适合自由市场主体意识的专业主义[1]。在此过程中,"纯文学"也失去了其反抗政治体制的张力关系,卸去了先锋的爪牙,十分无害地寄身于作协体制之内。

如果从文学史的进程来看,"先锋文学"运动的发起有其历史必然,它所进行的"叙述革命"和"语言革命"的探索也对汉语写作的发展有突破性推进。然而,由此衍生的"纯文学"意识形态则对这些年来"主流文学"的发展产生了相当大的负面影响,这些负面影响今日从文坛多重变局的视角观察尤为明显。

首先,导致文坛格局内部失衡,自伤其根。

"先锋运动"本是一场由"新潮编辑"、"新潮评论家"发起、初出茅庐的青年作家打头的激进形式实验,如果不是"纯文学"意识形态的催化,再怎么炫目,也不会在二三年内发展成席卷整个文坛的主潮。而当时的文坛却是"整体向西",在求异求变的大势所趋下,敢于坚持走现实主义老路的作家,即使像路遥这样的大作家,即使他拿出《平凡的世界》这样的后来被时间证明的经典之作(基本也可以说是唯一对网络文学产生深入影响的"新时期文学"经典[2]),在当时也备受冷落压抑。而构成"新时期"中国作家主体队伍的正是像路遥这样出身乡土、自学成才、在价值观和审美观乃至情感结构上都相当传统的现实主义作家。面对"纯文学"大潮的席卷,他们要么赶鸭子上架,要么甘于边缘寂寞。正值文学"失去轰动效应"的当口,这一刀又从内部伤了文学的根。现实主义写作从此一蹶不振,不但削弱了"主流文学"的整体实力,也加速了文学期刊与读者亲密关系的解体,"专业—业余"作家培养体制的解体。

---

[1] 贺桂梅:《"新启蒙"知识档案——80年代中国文化研究》,第六章"纯文学"的知识谱系,北京大学出版社,2010年。
[2] 如笔者认为目前网络文学中最有"大师品相"的作家猫腻就在《间客》一书的后记中称"我最爱《平凡的世界》",是其学习的两大样板之一。参阅拙文《在"异托邦"里建构"个人另类选择"的"幻想空间"》,载《文艺研究》,2012年第4期。

其次，未建立起"小众文学"平台，"新文青"自立门户。

虽然在"纯文学"理念的召唤下，"主流文学"主动抛下大众而奔向小众，但却始终未能凝聚培养起一个以高雅文学为旨趣的小众群体，更没有在市场化转型中，凭借"大社"、"名刊"的权威声望和各种资源积累建立起一个小众市场，从而在网络时代完成"华丽转身"。这一点可以从"80后"、"90后"中的新一代"文青"自立门户得到反证——郭敬明、韩寒、张悦然、笛安等"80后"作家在被主流文坛接纳不久后，都纷纷在畅销书机制的运作下创办文学杂志①，且大都以"纯文学"为旗帜；2005年创办的豆瓣网几年内汇集数千万用户，被称为"全国文青基地"，2011年底推出的"豆瓣阅读"更开始直接建立中短篇小说的下载收费平台，被称为"网络时代的'纯文学'移民"②。这场绕过文学期刊的网络内"移民"有可能从内部撬开"主流文坛"，吸纳"纯文学"队伍中的有生力量，打破目前网络文学"类型化"一统天下的格局，实现网络文学内部的分化分层。这一切都说明当代青年中不是没有"文学青年"，而是这些"文学青年"不再凝聚在主流文学期刊周围，不再与前辈作家（包括"纯文学"作家）有师承关系。这固然有体制方面的多重原因，也与"纯文学"理念的片面性有关。如果当年的"先锋运动"不刻意割裂文学形式和内容的关系，那些生吞活剥来的西方现代派、后现代派技巧，尽管当时是超前的，但随着中国急速的现代化进程，早晚要落地生根，与本土经验打通。西方现代派文学正是在两次世界大战的灰烬中产生的反思启蒙文化的文学，与"后启蒙"文化孕育的流行文艺互为雅俗，更具有反抗性和挑战性，最能吸引"独孤一代"的"新文青"。试想，如果这些"新文青"能在以"西方文学现代派、后现代派传人"自命的"纯文学"作家那里找到某种共鸣，怎会不如见父兄，心悦诚服？但事实上是，那些文学理念当时是舶来的，此后依然是"不及物"的。那些"凌空蹈虚"的"纸上空翻"恐怕也只有在"纯文学"神话的麻醉下，在作协体制的支持下，才能孤芳自赏多年。

---

① 2006年10月，郭敬明主编的《最小说》创刊（长江文艺出版社）；2008年6月，张悦然主编的《鲤》创刊（江苏文艺出版社）；2010年7月，由韩寒主编的《独唱团》（山西书海出版社出版，华文天下文化图书有限公司运作发行）经千呼万唤终推出创刊号后停刊；2010年12月，笛安主编的《文艺风赏》、落落主编的《文艺风象》创刊（长江文艺出版社）。此外，2011年3月，"70后"安妮宝贝主编的《大方》创刊（十月文艺出版社，新经典文化有限公司）；2008年10月，饶雪漫主编《最女生》创刊（万卷出版公司，万榕书业）；2009年4月，蔡骏主编的《谜小说》创刊（新世纪出版社）。

② 参阅白惠元、范简：《豆瓣阅读：网络时代的"纯文学"移民》，载《网络文学评论》2012年总第3期，花城出版社，2012年。

当"新文青"另起炉灶,"先锋文学"这些年在语言革命、叙述革命中积累的文学经验也无以传承。其实,"纯文学"被网络文学一方称为"传统文学"还算是客气的,因为只有被继承的传统才可称为传统,否则只能叫"博物馆艺术"。

第三,"背对读者",自弃"文化领导权"。

"纯文学"的口号是"背对读者写作",从"文学场"的理论解读,"以输为赢"正是"小众文学"的生存逻辑甚至生存策略①。然而,"小众文学"的蜜糖,对于"主流文学"而言,却是不折不扣的砒霜。如果不是一种意识形态式的笼罩力量,我们很难想象,一直承担弘扬"主旋律"任务的"主流文学",为什么会在那么长的一段时间内,如此漠视读者"看不懂"的呼声,任由读者在失望中离开,并傲慢地要求读者"提高欣赏水平"。

正是这傲慢导致了违背常识的偏见。精英引导型社会的一个根本原则是,相信读者是应该被引导的,可以被引导的,也必须被引导的。但关键是如何引导。通常,一种精英价值观要深入人心需要两道"转译",一道是由理念转译成文艺,一道是由"精英文艺"转译成"大众文艺"②。即使在"政治挂帅"的年代,文艺主政者还需要想方设法将革命理念灌注到群众喜闻乐见的形式中去。中国传统的"文以载道"也讲求"言之无文行之不远"。消费社会更需要"道成肉身",消费者没有义务去"主动提高欣赏水平",相反,他们有权利要求按照他们既有的口味和水准被满足、被吸引、被提高,被"寓教于乐"。要求大众读者像中文系学生那样精研细读"有挑战性的文本",这样的想法既不现实也不合理。"纯文学"的傲慢是一种末世贵族式的傲慢,在消费大潮汹汹来临之际"躲进小楼",在"去政治化"语境之下"回到自身",实际上是自弃"文化领导权"。因为,一种不能引导"大众"的"小众"仅仅是"少数",不再具有精英导向。

---

① 皮埃尔·布迪厄(Pierre Bourdieu):《艺术的法则——文学场的生成和结构》,刘晖译,中央编译出版社,2001年。
② 参阅孟繁华、程光炜《中国当代文学发展史》(修订版,北京大学出版社,2011年)第三章第一节中,关于延安"文化领导权"建立的过程中,"新文学"如何被"转译"成人民群众喜闻乐见的"民族化的革命文艺"的论述。

结语：如何重建"文学金字塔"？

以上对于网络文学资源脉络的清理，对于"新文学"传统失落原因的探讨，对于当代文学内在危机的反思，应该说，都只是为"主流文学"的建构勘察地基。在全球文化战争背景下的网络时代，真正具有"文化领导权"、代表中国"主流价值观"的"主流文学"到底是什么样貌，或许我们现在谁都无法描述，但至少，它必须是有高度整合力和创造力的，并且必然是具有"中国特色"的。

在这个意义上，笔者提出建构"文学金字塔"的设想。这个作为"主流文学"的"文学金字塔"应该是以重新调整定位的精英标准为导向的，整合进所有"传统的"、"网络的"、"体制内的"、"体制外的"等各种文学资源中有生命力的力量，也为各种"小众文学"和"先锋文学"提供空间。它必须是分层、互动、开放的。所谓分层，就是要承认居于"塔尖"的"精英文学"与居于"塔座"的"大众文学"各有其读者定位和文学定律，不能以统一的标准一概论之；所谓互动，就是虽然大家各司其职，但仍有一套互通互认的价值系统，"塔尖"为"底座"提供精神参照和艺术更新，"底座"为"塔尖"聚"人气"，接"地气"。只有形成良性互动，文学才有持续性发展动力。所谓开放，是指对相关艺术门类的开放，与影视、ACG 等媒介艺术共通。再说句悲观的话，在笔者看来，未来担纲"主流文艺"主导门类的，恐怕既不是文学，也不是影视动漫，而是电子游戏。文学除了作为"脚本基地"以外，要保持自身的艺术地位，必须向精英方向发展，同时与"最先进媒介"的艺术保持互通，从而与大众保持互通。

至于这个"文学金字塔"是以何方为"基座"建构起来的，是拥有"大众"和经济资本的网络文学一方，还是拥有"精英"和政治资本的"主流文坛"一方，这就要看双方博弈的结果了。近几年，我们可以看到双方都在积极动作[①]，这个博弈的过程会让我们真切地体会到，"主流文学"是一个"斗争和谈判的场所"。这里需要

[①] 网络文学一方，近年来有两个"精英苗头"的动向特别值得关注。一个是出现了具有"大师品相"的精品，如获 2010 年起点中文网年度作品的《间客》（猫腻），参阅拙文《在"异托邦"里建构"个人另类选择"的幻想空间》，载《文艺研究》，2012 年第 4 期；一个是前文谈到的豆瓣网 2011 年底推出"豆瓣阅读"，尝试"网络时代的'纯文学'移民"。"主流文坛"一方，除中国作协的一系列举措外，2011 年广东、浙江两个省作协也有突破之举，广东作协创办了国内第一个网络文学研究刊物《网络文学评论》，浙江作协启动了全国首个"西湖·类型文学双年奖"的评选。两项举措都旨在打通精英批评通向网络文学的研究通道。

提出的是以学院派为代表的文学批评精英力量的占位问题。今天从事当代文学批评的研究者大都是读启蒙经典长大的，深受法兰克福学派等精英理论的洗礼，对于以网络文学为代表的大众流行文学，在外批评易，入场介入难。然而，不入场就没有话语权。未来的"主流文学"不管以哪一方为"基座"，都必然要以拥有大众的网络文学为"底座"，不理解网络文学就无法真正参与"主流文学"的建构。目前在这个场域内，政治、经济、大众的力量都很强大，最缺乏的就是文学精英的力量。一方的弃权只能让其他力量增大"控制场内特殊利润"的机会。也就是说，对于当代文学研究者来说，理解网络文学，积极参与"主流文学"的建构，是时代向我们提出的新任务。如果从国家文化战略的角度来看，这也是一种责任担当，是对"感时忧国"的"五四"传统的精神继承。

（原载《南方文坛》，2012年第6期）

异质与互渗：
艺术视野下的文字与图像关系研究

赵炎秋

我们已经进入读图时代。这一判断似乎已成为一种社会共识。在这种语境中，图像与文字的关系问题也就成为人们热议的话题。现有的讨论形成两种对立的观点：一种观点侧重图像与文字的对立，认为图像的迅速发展形成对文字的挤压，并由此造成文学的衰落与边缘化；另一种观点则认为，图像尽管表面热闹，但对文字的损害不大，在文字与图像的关系中，文字仍居于主导地位。本文试图在此基础上进一步探讨文字与图像的关系，以求达到更加深入的理解。

一、对文字与图像的界定

文字与图像是人类表达与交流的两种主要手段，牵涉的范围极广。全面探讨两者的关系，不是一篇文章所能承担的。本文将自己的探讨限定在艺术的角度与范围。

图像有狭义与广义之分，狭义的图像指二维平面上的静止形象，如绘画、照片和包括卡通在内各种类型的图片。广义的图像指所有用视觉直接把握的艺术形式，包括如下几种类型：1.二维平面上的静止形象如绘画、图片；2.二维平面上的活动图像，又可分为纯活动图像，如无声电影、没有声音的录像等，配有其他因素的活动图像，如电影、电视、有声录像等；3.三维立体形象如雕塑、建筑；4.现实中活的形象如舞蹈、戏剧、人体艺术等。至于广告、网络则比较复杂。严格地说，网络只是一个载体，上面有文字也有图像，无法将它完全纳入图像的范围。而广告则横跨图像的各种类型，它可以是二维的，也可以是三维的或者是现实生活中活的形象，如人体广告；可以是静止的，如图片，也可以是活动的，如广告片；可以是无声的，也可以是有声的。广告不是根据媒介与表现形式，而是根据目的与用途划分的，因此它虽然属于图像的范围，却无法纳入上述各种类型①。本文讨论的图像是广义的。

语言由能指和所指构成。语言的能指包括声音与字形。声音需要听觉把握，字形由视觉把握。索绪尔认为，在语言中，语音是本源性的，文字只是记载语音的符号。这种观点被称为语音中心主义。本文不准备辨析语音与文字二者谁更为根本。但从阅读实践来看，当今人们消费语言的艺术作品，显然更加依赖文字而不是语音。现代的文学作品主要是以文字（书面）的形式存在，而不是以语音（口头）的形式存在。自然，文字与语音实际上是合一的。有无文字的语音，但没有无语音的文字（考古发现的已经死亡的语言除外）。但是，有语音无文字的语言无疑是一种未发展成熟的语言，在这种语言基础上形成的文学作品也不可能是成熟的文学作品。另一方面，听故事与看文本毕竟是两种不同的文学接受方式。就现代社会的阅读实践来看，人们接受文学作品更多地是通过文字，通过语音接受的可以说是微乎其微。本文强调语言能指的视觉形式即文字（字形）方面，用文字代表语言和语言的艺术作品，一是为了与图像相对，一是考虑当今文学作品的存在和接受实际。

当然，文字也是靠视觉把握的，从这个意义上说，它与图像有共同之处。但是这两种视觉把握是有区别的。视觉对图像的把握是直观的把握，通过感官把握到的形式与在心灵中形成的形式是同一的；而视觉对文字的把握则是间接的，通过感官把握到的形式与在心灵中形成的形式是不同一的。换句话说，视觉把握到的字形并不是心灵所接受到的最后形式，视觉把握的是字形，心灵把握的则是概念，这概念通过一系列的转换，最终形成心灵所需要的形象。另一方面，视觉把握图像无需伴随其他的感官活动，而人们在用视觉把握文字时则总要联系到它的声音，暗含着听觉的活动。因此，文字与图像虽然都是经由视觉把握，但两者是不同的媒介，语言艺术很难归入视觉艺术的范围。

在本文，我们谈的图像指图像艺术及其作品，文字指语言艺术及其作品。

---

① 由于纯文字的广告比例较小，我们按照一般的习惯，仍将广告划入图像的范围。

二、文字与图像的异质性

莱辛曾在《拉奥孔》中探讨过文字与图像的关系。他认为，虽然"说画是一种无声的诗，而诗是一种有声的画"有一定的道理，但"画和诗无论是从摹仿的对象来看，还是从摹仿的方式来看，却都有区别"①。莱辛的观点是正确的。就二者关系来看，文字与图像既有相互对立的一面，也有相互联系的一面，我们可以分别将它们称为异质性与互渗性。但是在《拉奥孔》中，莱辛的重点是讨论诗与画的界限，对于诗画之间的异质与互渗则关注不多。

日本学者浜田正秀将文字与图像视为人类两种不同的"精神武器"："语言是精神的主要武器，但另有一种叫做'形象'的精神武器。形象是现实的淡薄印象，它同语言一样，是现实的替代物。形象作为一种记忆积累起来，加以改造、加工、综合，使之有可能成为精神领域中的代理体验。然而它比语言更为具体、更可感觉、更不易捉摸，它是一种在获得正确的知识和意义之前的东西。概念相对于变化多端、捉摸不定的形象而言，有一个客观的抽象范围，这样虽则更显得枯燥乏味，但却便于保存和表达，得以区分微妙的感觉。形象和语言的关系，类似于生命与形式、感情与理性、体验与认识、艺术与学术的那种关系。"②浜田正秀的论述涉及到了文字与图像的异质性，但没有深入下去。

本文认为，异质性指的是文字与图像不同的质的规定性。这种规定性决定了文字与图像不同的性质、特点和艺术生产与消费的方式，主要表现在三个方面。

其一，就存在与反映世界的方式而言，图像以具象的形式存在，对世界的反映是直接的、直观的，而文字则是以符号的方式存在，对世界的反映是间接的、抽象的。黑格尔曾经指出，"诗人所给的不是事物本身而只是名词，只是字，在字里个别的东西就变成了一种有普遍性的东西，因为字是从概念产生，所以字就已带有普遍性"③。因此他认为，"我们把我们所意谓的一个感性存在用语言说出来是完全不可能的"④。语言的核心是概念，概念没有直观性，而语言的能指也没有直观性，它只是一些声音与线条，因此，文字不能像图像那样直观地表现世界的感性存在，而只能

---

① 莱辛：《拉奥孔》，朱光潜译，第2—3页，人民文学出版社，1979年。
② 浜田正秀：《文艺学概论》，陈秋峰、杨国华译，第32页，中国戏剧出版社，1985年。
③ 黑格尔：《美学》第1卷，朱光潜译，第213页，商务印书馆，1979年。
④ 黑格尔：《精神现象学》（上册），贺麟、王玖兴译，第66页，商务印书馆，1979年。

将其间接地表现出来。作者先将世界文字化，读者再根据相关的文字还原作者所感受的世界。读者如果不识字或者没有相关的还原能力，就无法感受到作者所感受的世界[①]。另一方面，图像的物质存在形式与世界的感性存在是一致的。它用线条、色彩、光电、固体材料或人体构成图像的物质存在，本身就是形象的。梅兰芳的"黛玉葬花"无论是在舞台上表演，还是照下来，或者绘成图画，塑成雕塑，都是形象的物质存在。而文字的物质存在形式则只是干巴巴的符号，不经过心灵的转换，人们是无法直接在这符号中看到形象的。图像与文字的这一区别造成了图像的易接受性、拟真性和文字的难接受性、间离性。就传达的信息与思想的丰富而言，图像要多于文字；就传达的信息与思想的清晰与条理而言，图像又不如文字。浜田正秀认为："在一个概念里面有好几个形象，但即便使用好几个概念也不能充分地说明一个形象。"[②] 一个概念可以用多个形象来表达，而一个图像中隐含的信息，却不是几个概念（文字）就能说明的，这正好体现了文字与图像之间的这种关系。

其二，就图像而言，人们用感官把握到的形式与其最终在脑海中形成的形式是一致的；就文字而言则是不一致的。一幅画，它在我们眼前是什么形式，我们最终把握到的也是这种形式。而一篇小说，比如鲁迅的《阿Q正传》，读者最终把握到的，或者说读者阅读的最终结果肯定不是它呈现在眼前的若干文字，而是阿Q从出生到中兴到死亡的人生经历、他的性格、相关人物与场景。自然，阿Q的形象是靠这些文字塑造出来的，但是这些文字能够塑造这些形象，不是因为它们本身的物质形式，而是它们表达的概念或者说承载的意义。维特根斯坦认为符号"在使用中才是活的"，"命令和它的执行之间有一道鸿沟。它必须由理解的动作填平"[③]，"'学会它'的意思是：使他能够做它"[④]。读者必须能在那些文字中把握到阿Q的形象和相关的生活，才算是把握了这部小说。如果他只是认识字，却无法形成相应的形象，则不算把握了这部小说。把握图像则不存在这个问题，看到某个图像，也就把握了这个图像。因此，相对于文字，图像更容易把握与消费，更能给观众带来感官的刺激与感性的愉悦。而文字则更能在知解力与想象力的运作与和谐中带给读者美的愉悦。

其三，图像与思想的关系是间接的、分离的，而文字与思想的关系是直接的、

---

① 这一过程十分复杂，笔者已经作了比较详细的探讨，可参见拙著《形象诗学》（中国社会科学出版社，2004年）第四章"文学语言与文学形象"。
② 浜田正秀：《文艺学概论》，陈秋峰、杨国华译，第32页，中国戏剧出版社，1985年。
③ 维特根斯坦：《哲学研究》，汤潮、范光棣译，第170页，生活·读书·新知三联书店，1992年。
④ 同上书，第160页。

同一的。语言的核心是概念,概念则是思想最重要的组成部分。索绪尔认为,语言是思想的直接现实,思想与语言是不可分割的。它们就像纸的正反两面,"思想是正面,声音是反面。我们不能使声音离开思想,也不能使思想离开声音"①。对于人类来说,并不是先存在着某种思想,然后再寻找一定的语言来表达。两者实际上是同时形成的。思想由语言构建,思想形成的过程也是语言运用的过程。这里的关键是思想需要清晰、明确,而只有语言才能清晰、明确、系统、复杂地保存、表达、交流思想。因为思想是抽象的,语言也是抽象的,思想由概念组成,语言的核心也是概念,两者之间有着天然的一致性。而图像由于其形象、具体的品质,无法构成与思想天然的一致性,因而也就不可能与思想形成直接、同一的关系。思想只能含蕴在图像之中,两者之间没有直接、固定的联系,更不是同一的关系。如果强行将某种思想与某种图像固定搭配起来,比如用鸽子表示和平,那么这些图像也就部分地符号化了。人们在观看这些图像的时候,更多地不是感受其中的形象,而是在领会其中的意义,这时人们实际上已在运用语言了。自然,这不是说图像中没有思想,或者通过图像不能保存、表达、交流思想,而是说,当我们要将思想抽象出来,作为思想来保存、表达和交流的时候,只能运用语言。

海德格尔在20世纪30年代曾预言"世界图像时代"的来临。他认为,"从本质上来看,世界图像并非意指一幅关于世界的图像,而是指世界被把握为图像了"②。海德格尔将"关于世界的图像"与"世界被把握为图像"区别开来,是很有意义的。这说明,事物以图像的方式呈现和我们以图像的方式把握事物,这两者并不是一回事。所谓"关于世界的图像",也就是说世界以图像的方式呈现,但并不意味着我们将世界把握为图像。而且,即便把世界把握为图像也不等于用图像的方式把握世界。把世界把握为图像只是一种结果,也就是说,世界最终以图像的形式对我们存在,以图像的方式把握世界则不仅指把握的结果,而且指把握的方式,把握的过程也完全是图像在运作,而这实际上是不可能的。把握世界的感性存在和以感性的方式把握世界只是人类把握世界的一个方面,另一个而且可能更重要的方面则是以理性的方式把握世界以及把握感性存在背后所隐含的本质与规律,而这很难通过图像和图像的运作来实现。进而,我们可以发现,对世界的感性存在的把握也有两种方式。一种是用感性的方式(主要是图像)将感性存在以其本来面貌表现出来,一种是将

---

① 索绪尔:《普通语言学教程》,高名凯译,第157页,商务印书馆,1980年。
② 海德格尔:《世界图像时代》,收入孙周兴编,《海德格尔选集》,上海三联书店,1996年。

感性存在语言化，以文字的形式表现出来①。由此可见，由于语言与思想的直接和同一，即使在图像时代，它仍然有着不可取代的地位。因此，阿恩海姆尽管重视图像，强调视觉在思维中的作用，认为"语言并不是思维活动之不可缺少的东西"，但他也不得不承认，语言"的确有助于思维"②。

由此可见，语言的艺术作品更能清晰地表达复杂深邃的思想，图像的艺术作品则更能表现世界的感性存在。文字表达意义更加准确、清晰、直接，更能表达系统、复杂的意义；图像相对而言则要含混、模糊、间接。美国批评家道利斯·格拉博（Doris A. Graber）曾批评电视对美国政治和美国民众的不良影响，认为："在许多方面，电视时代已经反拨了人类学习知识的时钟，回到了只能眼见为实时代的学习。电视让人们即刻或稍后就能看到事件的发生，无须再依靠文字的描述。自从有了文字印刷的新闻，即使运用照片和图解，也不可能全然捕捉事件的发生。人们原本指望电视时代的公众能够比以前更好地把握现实，包括政治现实世界。这个指望已经显然落空。目前的研究者大多数都指出，尽管电视新闻的政治内容多多，但大多数美国人认识政治的水平却是令人失望。"③这段论述涉及图像的形象具体的长处和在思想表达方面的不足，是有道理的。

异质性决定了文字与图像的竞争与对抗，决定了二者各有存在的理由。它们各自满足了人类艺术欣赏的特定要求，无法互相取代。

三、文字与图像的互渗性

陈平原在2007年《新史学》创刊座谈会上说："没有相关的文字我们几乎没有办法解读图像，或者说没办法阐发图像。但是带进了文字以后，我们如何保持图像的完整性，最后不要变成只是用图来做说明，我觉得这是一个比较大的困难。结果如何将图像和文字联合，我不知道。我自己的感觉是，到目前为止，我们看到的研

---

① 关于语言如何表现现实的感性存在，请参见拙文《文学形象的语言构成》（载《文学评论》，1996年第4期）。
② 鲁道夫·阿恩海姆：《视觉思维——审美直觉心理学》，滕守尧译，第305页，四川人民出版社，1998年。
③ Doris A. Graber, "Seeing is Remembering: How Visuals Contribute to Learning from Television News", *Journal of Communication*, No. 40(1990): 134.

究图像的论文,尤其中文系和历史系写的论文都碰到这个问题,我自己的著作也是这样,包括黄克武他们编的也是这样,以前的郑振铎,都有这个问题。我们其实都是用配图的办法来读,而没想到图像本身可能伸展出一种文字涵盖不了说明不了的问题。"[1]陈平原的研究经验一方面说明图像与文字的异质,图像有"文字涵盖不了说明不了的问题",另一方面也肯定了两者之间的互渗,文字可以"阐发图像"。

文字与图像的互渗性,指的是二者之间的相互联系与相互渗透,主要表现在三个方面。

其一,是文字与图像之间的相互支撑性,即文字与图像在表现、交流以及效果上是互相依赖的。这方面的常见形式有传统的诗配画、现代的摄影小说等。作为人类交流与表达的两种主要手段或媒介,无论文字还是图像,都无法单凭自身完成人类认识与表达世界的任务。文字需要图像,以使自己的表现更加的直观、具体、形象。在一段文字材料中穿插几幅图片,无疑会使已有的表达更加形象具体,更有吸引力。而图像也需要文字,以使自己的意义能够敞亮、澄明。如创作于1991年的那张为"希望工程"做宣传的"大眼睛女孩"照片:一位小姑娘手拿铅笔,睁着一双大眼睛,望着前方。人们从这张照片看到了贫困地区的孩子对读书的渴望,对社会的呼唤。这张照片在当时产生了轰动效应。据照片作者解海龙介绍,当时主人公苏明娟正在教室低头写字,她偶尔抬头的时候,解海龙发现,这女孩的眼睛特别大,有一种直抵人心的感染力。于是他拍下了这张照片。那双眼睛能够被人解读出强烈的渴望,因此这张照片被中国青少年基金会选为"希望工程"宣传标识。由此可见,无论是其产生的过程,还是画面本身,"大眼睛女孩"都不是必然地与"渴望读书"这样的思想联系在一起的。它之所以能让人们做这样的解读,实际上是与这张照片的标题"我要读书"以及相关解说分不开的。也就是说,这张照片蕴含着多种解读的可能性。如给它配上"期待团圆"的标题及相关解说,它也可以表达农村留守儿童对于同父母团聚的渴望;给它配上"外面的世界"的标题及相关解说,它又可以表示落后地区的孩子对发达地区的向往。可见,若无文字的参与,这张照片意义的确定实际上是不可能的。照片如此,影视等图像艺术更是如此。如果没有文字的参与,影视作品的艺术表现力、意义的深广性都是无法实现的。

其二,是文字与图像之间的相互渗透性,即文字与图像各自包含一些对方的因

---

[1] 陈平原:《我真正用力的是图像和文字之间的关系》,见 http://fcs123.blog.163.com/blog/static/753942 14200862284113754/。

素并且有赖于对方的参与。

在美国纽约的现代美术馆里，有这样一件艺术作品。约瑟夫·科苏斯将一把真实的折叠椅、一张等大的该椅子的照片和一张放大了的关于"椅子"的词条并置在一起，命名为"三张椅子"。真实的椅子与椅子的照片构成椅子的所指，而词条则提供了椅子的能指。科苏斯试图通过这种方式完成对"椅子性"的探讨。真实的椅子为我们提供实物，椅子的照片为我们提供图像，如果要真正地把握"椅子"，还必须在观念上理解它。我们首先得给它命名，其次得了解它的功能，再次要掌握它的基本外观，这些都离不开文字。可见，要全面真正地把握"椅子"，我们既不能离开椅子的图像，也不能离开椅子的概念，两者实际上是无法分割的。换句话说，在一般情况下，文字与图像实际上是互相暗含的。这是文字与图像相互渗透性的第一层意思。

第二层意思是，从形成的过程看，文字与图像是相互渗透的。形象思维与抽象思维作为人类思维的两种基本形式是互相交叉、渗透的。语言是抽象的，但它又可以描写、塑造形象。语言艺术在形成过程中少不了图像的参与。很多作家往往是在形成生活的相关意象之后，再用文字将其表达出来。众所周知，屠格涅夫曾在火车上邂逅一个青年，其睿智与玩世不恭给他留下了深刻的印象。分手之后，青年的形象不断地在他脑海中浮现并渐渐清晰、完善，最终促使他动笔写作《父与子》。图像艺术在形成的过程同样有文字的渗入。例如，一幅画的构思，对它的意义、目的、诉求的把握，对与这幅画相关知识、背景的把握，更多地需要依靠语言。

其三，是文字与图像的相互转化性。曹雪芹用文字写出了《红楼梦》，我们可以将它转化为图像，如改编成电视剧。另外，图像也可用文字进行描述。比如前述照片中的那个"大眼睛姑娘"。先有影视剧本，再拍成电影、电视；或先拍成电影、电视，再出小说，更是现在常见的现象。

然而，问题的关键不在于说明文字与图像之间存在着相互转化，而在说明这种转化的内在机制及其原因。

我们认为，这种内在机制首先在于文字的图像表述能力和图像的文字内蕴，其次在于二者的同构性。

如前所述，在一般情况下，文字与图像是互相暗含的，都只是表现世界的一种形式。语言并不是理性的产物，而是生活的凝集。卡西尔认为："语言概念的最初功能并不在比较经验与选择若干共同属性；它们的最初功能是要凝集这些经验，打个比方，就是把这些经验合为一点。但是，这种凝集的方式总是取决于主体旨趣的方向，而且更多地是为观察经验时的合目的性的视角，而不是经验的内容所制约的。

无论什么，只要它看上去对于我们的意愿或意志，对于我们的希望或焦虑，对于我们的活动或行为是重要的，那么，它，并且唯有它，才有可能获得'语言'意义的标记。意义的区分是表象得以固化的前提；而表象的固化则如上述，又是指称这些印象的必要条件。"① 奥古斯丁在谈到他少时学习语言的情况时这样写道："当他们（我的长辈）称呼某物时，他们同时转向该物。我注意到这些并且渐渐明白：他们是用发出的那个声音来意指该物的。他们用身体的动作表示自己的用意，可以说身体的动作是一切种族的自然语言。人们用面部表情、眼神、身体其他部位的动作和语气表达寻求、拥有、拒绝或逃避等心理状态。因此，当我反复听到字词在各种不同语句中不同位置的用法后，便逐渐学会了懂得它们所指的东西。后来我的口舌习惯于这些声音符号时，我便用它们来表达我自己的意愿。"② 语言不仅要表现世界的本质、规律，也要将世界的感性存在凝结成概念，通过概念表现出来。抽象的文字背后隐藏着感性的世界。人们在学习语言的时候，也就把握了语言背后的感性世界。如一个孩子在看到椅子时，父母告诉他这是椅子。经过一段时间，他便能将"椅子"这个词与真实的椅子及其表象联系起来。当他看到的不是真实的椅子而是图像时，就能知道那是椅子；当他看到"椅子"这个词时，自然也能联想到椅子的感性形式。由此可见，文字与图像之间不是绝缘的，而是相通的。图像本身蕴含着文字的因素，文字可以描绘形象。语言的积累和成熟达到一定程度，事物的表象或图像的文字化就是顺理成章的事。

苏珊·朗格曾讨论事物之间的同构性问题：当你在商店买灯罩时，你先看中的是一个绿色的灯罩，然后你又要一个大些的紫色的同样的灯罩，无论是你自己还是售货员，都不会弄错你要的是什么。那么，这两个灯罩的共同之处是什么呢？"这一共同之处不是别的，而是指组成这两种灯罩的各个部分之间的相互关系模式。至于这两种灯罩的空间质，那是毫不相等的，因为在它们之间没有一个地方的实际尺寸相同。然而它们的形状是相似的，这就是说，组成这两种灯罩的各个部分之间的空间关系是相同的，因此，它们才有相同的'形状'。"③ 换句话说，两个事物只要具有这种同构性，不管其他方面如何不似，人们都会将它们看做同类事物。文字作品与图像作品之间也存在这种同构性。它主要建立在核心要素与关系相同的基础上。一

---

① 卡西尔：《语言与神话》，于晓等译，第63—64页，生活·读书·新知三联书店，1988年。
② 转引自维特根斯坦：《哲学研究》，第7页。
③ 苏珊·朗格：《艺术问题》，滕守尧等译，第15—16页，中国社会科学出版社，1983年。

部根据《水浒传》改编的电视剧，只要它描写的是一位叫宋江的人领着一群好汉与官府作对，时代背景、基本情节、人物关系、主要人物不变，其他一些因素再怎么变，人们也会认为它是《水浒传》，因为两者之间具有同构性。一幅画中一个纤弱的古装美女荷着小锄、提着花篮，篮子盛着一些落花。熟悉《红楼梦》的人就知道这位女子是林黛玉，尽管这位女子与他想象中或别的画中的黛玉长得完全不同。这也是因为这幅画与《红楼梦》中描写的"黛玉葬花"有同构性。

由于文字和图像的异质性，它们在相互转化的过程中总会丢失一些东西，但只要保持这种同构性，两者之间的转换就是成功的。

四、文字与图像的此消彼长

文字与图像的异质性决定了二者无法相互取代，而互渗性又决定了它们相辅相成、无法离开对方而独立存在，由此形成二者之间的张力。如果仅从二者关系的角度静态地看，文字与图像应该处于一种平衡和平行的发展状态，但是历史告诉我们，文字与图像并不是平衡与平行发展，而是此消彼长的。

从历时的动态角度看，人类艺术的发展大致可以分为三个时期。

第一时期是图像为主的时期。在史前时期或前文字时代，人类主要靠信号、结绳、图画、锲刻、肢体语言等方式传递信息，思维方式上主要是实物—具象思维。后来逐渐产生了语言，大约在公元前 3500 年，在古埃及、克里特和中国开始出现文字。但人类早期语言尚不成熟，加之书写材料（如龟甲、金石、木板、竹简、锦帛、羊皮等）的笨重与昂贵，手工抄写的复制与传播方式的困难，以文字为基础的语言艺术很难大规模地展开。

第二时期是文字为主的时期。这一时期在我国大概从东汉蔡伦发明造纸术开始，欧洲大概从 8 世纪造纸术传入后开始。造纸术、雕版印刷以及后来的活字印刷术的发明，使文字活动的大规模展开成为可能，以文字为基础的语言艺术特别是小说的大规模展开也成为可能，文字逐渐超过并取代图像成为艺术的中心。

第三时期是文字与图像并立的时期。20 世纪后半期之后，由于电子、网络、信息技术的迅猛发展，图像再度兴盛，形成与语言艺术并峙的艺术高峰。以新的科技手段为依托的电影、电视、摄影、电子图像等占据主导。麦克卢汉曾宣称："图画式的消费时代已经死了,图像时代已经来临。"①丹尼尔·贝尔认为:"当代文化正在变成一种视觉文化,而不是印刷文化,这是千真万确的事实。"②波德里亚提出"拟像"理论。美国学者米歇尔认为我们已经进入"一个不仅由图像所再现的世界,而实际上是由图像制造所构成并得以存在的世界"③。尽管如此,语言艺术仍在发展,原有的文类如小说、诗歌、散文、戏剧文学依然存在,新的文类如影视文学、网络文学迅速发展,与新媒介结合的新形式如手机文学、摄影文学、广告文学等更是无孔不入。

文字与图像在人类艺术中地位的此消彼长,与植根于科学技术发展的人类艺术生产与消费方式有密切的联系。麦克卢汉认为,科技的发展会导致艺术形式与审美观念的变化④。科技发展不仅导致新的图像类型如电影、电视的出视,而且使图像的大规模展开与传播成为可能。弗洛伊德认为,人类不会放弃任何可能的享受。艺术消费也是如此。人们总是寻找最方便、最舒适、最能得到愉悦与享受的艺术消费方式。相对于文字来说,消费图像更方便、更舒适,得到的感官愉悦与直接的快感也更大。因此,在同样的条件下,人们自然更喜欢消费图像。

不过,消费图像虽然方便、舒适,但在摄影、电子与网络技术产生之前,人们要得到欣赏图像的机会并不容易。他必须步行或坐车、骑马到剧院才能欣赏到戏剧与歌舞,必须到画廊、博物馆才能欣赏到绘画与雕塑,必须到建筑物的所在地才能欣赏到建筑。而且这些地方大都是公共场所,他不能随心所欲。此外,还有经济上较高的支出。而文字则不同,一本书、一张桌子、一杯茶,就能供他愉快地度过一个晚上。因此,虽然电影在20世纪初就产生并得到人们的喜爱,但是由于电影的公共消费性质,它并没有对文字造成多大的威胁。两者基本上相安无事。只有当电视、录像、电脑、网络产生之后,图像的消费不仅变得容易而且成为家庭和个人消费行为,图像才成为文字强劲的竞争对手。

(原载《文艺研究》,2012年第1期)

---

① 麦克卢汉:《理解媒介——论人的延伸》,何道宽译,第213页,商务印书馆,2000年。
② 丹尼尔·贝尔:《资本主义文化矛盾》,赵一凡等译,第156页,生活·读书·新知三联书店,1989年。
③ 米歇尔:《图像理论》,陈永国、胡文征译,第31页,北京大学出版社,2006年。
④ 参见李中华:《麦克卢汉文学原型》,载《中国文学研究》,2011年第4期。